IL SENSO DELL'ALLIGATORE

GUIDO SGARDOLI

IL SENSO DELL'ALLIGATORE

PIEMME

Questo romanzo è un'opera di fantasia. Personaggi e situazioni sono invenzioni dell'autore e hanno lo scopo di conferire veridicità alla narrazione. Qualsiasi analogia con fatti, eventi, luoghi e persone, vive o scomparse, è puramente casuale.

La citazione a pag. 57 è tratta da Ivan Turgenev, *Padri e figli*, traduzione di Mirco Gallenzi, Mondadori, Milano 1997.

Pubblicato per

PIEMME

da Mondadori Libri S.p.A.

ISBN 978-88-566-8997-6

I Edizione aprile 2023

Anno 2023-2024-2025 – Edizione 1 2 3 4 5 6 7 8 9 10

Once upon a time, not so long ago,
a monster came to the small town
of Castle Rock, Maine.

STEPHEN KING, *Cujo*

A mio padre

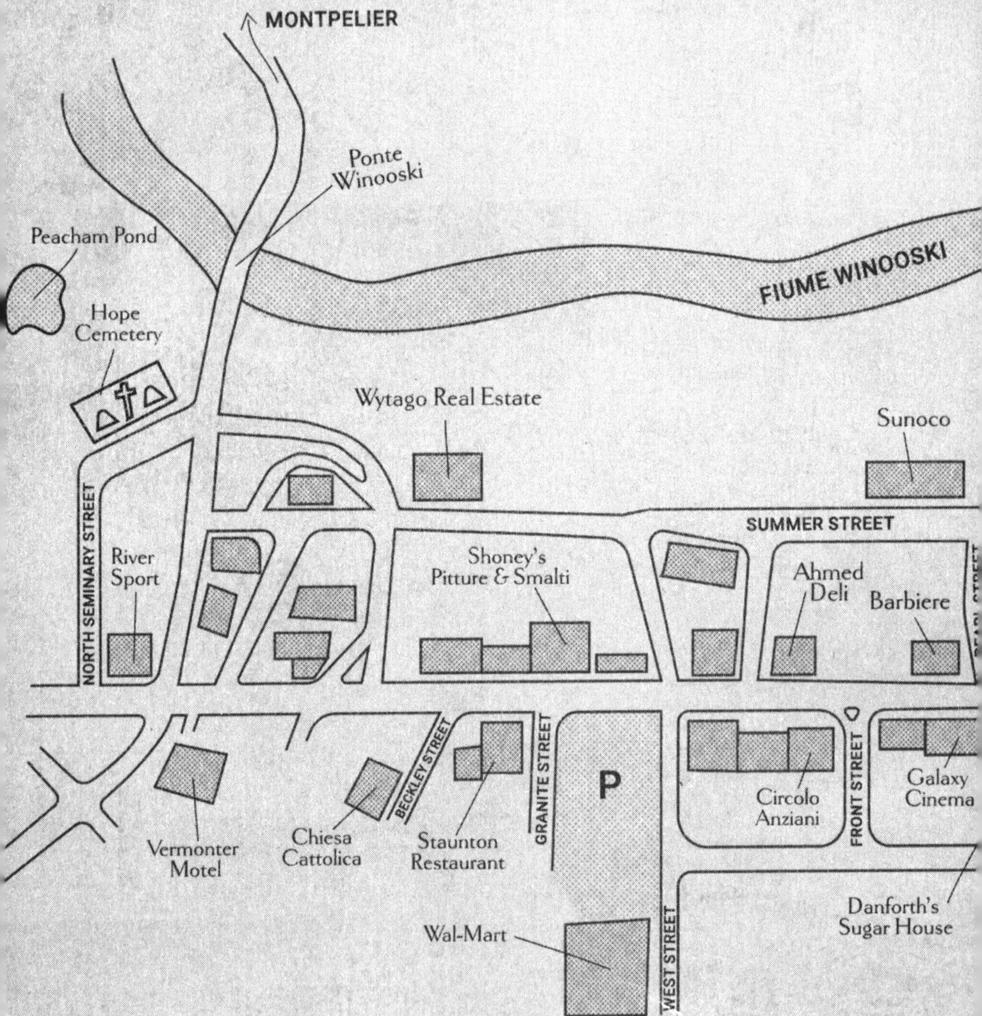

THE CITY OF

WYTAGO

CHITTENDEN COUNTY, VERMONT

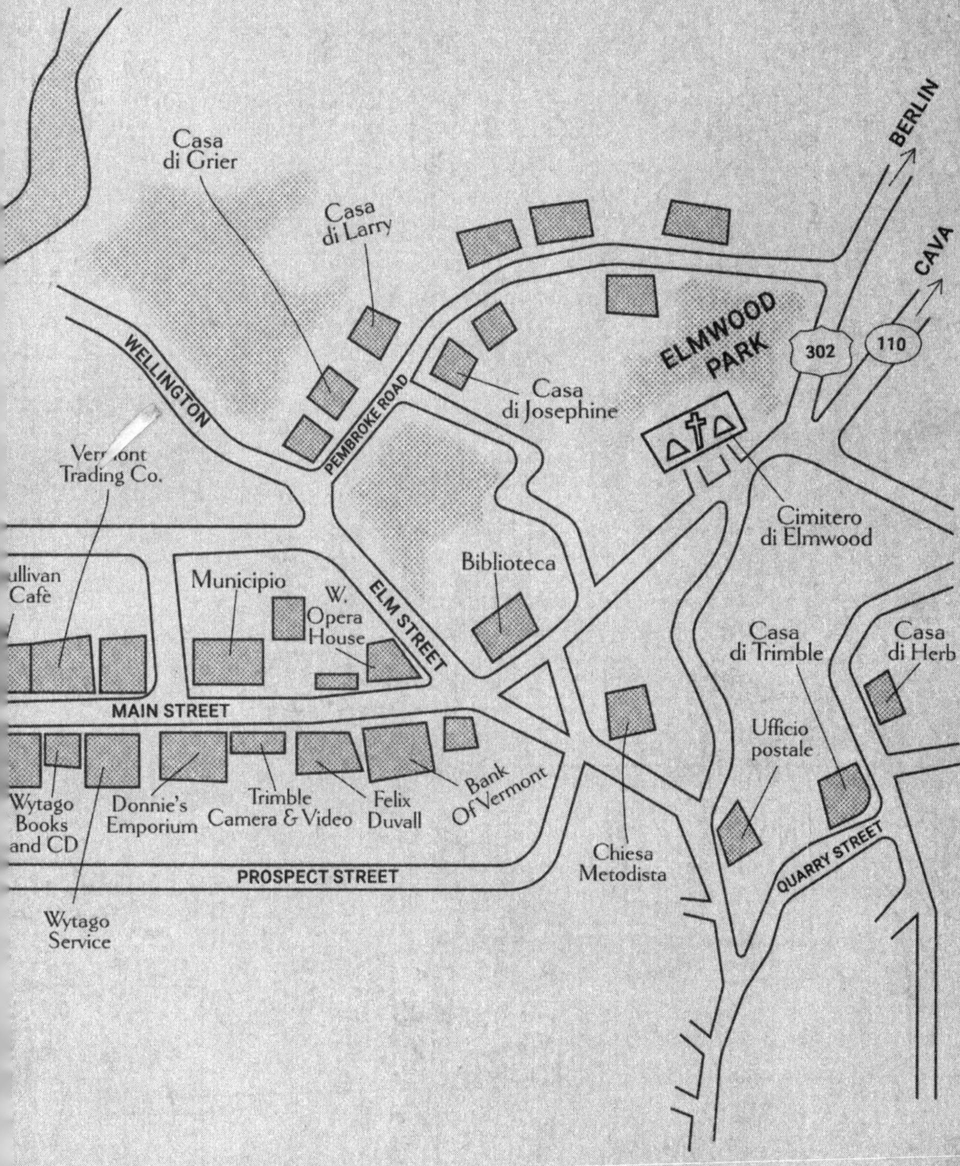

Casa di Grier
Casa di Larry
BERLIN
CAVA
WELLINGTON
PEMBROKE ROAD
ELMWOOD PARK
302
110
Casa di Josephine
Vermont Trading Co.
Cimitero di Elmwood
ullivan Cafè
Municipio
W. Opera House
ELM STREET
Biblioteca
Casa di Trimble
Casa di Herb
MAIN STREET
Ufficio postale
Wytago Books and CD
Donnie's Emporium
Trimble Camera & Video
Felix Duvall
Bank Of Vermont
Chiesa Metodista
QUARRY STREET
PROSPECT STREET
Wytago Service

Personaggi

Larry Nowak, *veterinario*
Howell e Etta Furman Grier, *vicini di casa di Larry*
Josephine Boulding, *vicina di Larry*
Thurgood Blanchard, *sceriffo di Wytago*
Francine Rosenberg Blanchard, *moglie dello sceriffo*
Frankie Poletti, *operaio che ristruttura la casa di Larry*
Lauren Poletti, *moglie di Frankie*
Esther Poletti, *figlia di Frankie*
Mike Winthrop, *marito di Esther*
Dave Winthrop, *figlio di Esther, nipote di Frankie*
Martha Richardson, *amica di Josephine*
Donnie Licois, *proprietario del Donnie's Emporium*
Annette Licois, *figlia di Donnie*
Milton Swayne, *cugino di Donnie*
Graham Moravi e Hazel Coughlin, *amici di Donnie*
Jobeth Allison, *amica di Larry*
Lucille Sparks, *mamma di Jobeth*, *commessa al Sullivan Cafè*
Luke, *figlio di Jobeth*
Herbert Gilmore (Glove), *titolare del Wytago Service*
Stewart Simkins (Stu), *aiutante di Herbert*
Edward Shoney, *titolare di Shoney's Pitture & Smalti*
Alma Shoney, *moglie di Edward Shoney*
Scott Gallaudet, *commesso di Shoney's Pitture & Smalti*
Maldwyn Price, *agente speciale della sezione anticrimine*
J. R. Randolph, *giornalista*

Lou Touissant e Eyleen Bishop, *titolari del salone di bellezza*
Eliah Fairfax, *proprietario del Vermonter Motel*
Jeff Bundy, *il mago del barbecue*
Kate Evans Bundy, *moglie di Jeff, segretaria dello sceriffo*
Walter Hill, *sindaco*
Lyman Tugwell e Peter Moravi, *vice sceriffi*
Alfred Kapelewski, *compagno di Martha Richardson*
Owen Kapelewski, *figlio di Alfred*
Nat Buscema, *medico*
Bushrod Trimble, *proprietario di Camera & Video*
Jenny Trimble, *moglie di Bushrod*
Jonie, *ex fidanzata di Larry*
Karl e Donna Woodelson, *genitori di Harry*
Harold Brewster e Norris Whitemore, *ex soci di Larry*
Marylou Meier, *commessa di Wal-Mart*
Felix Duvall, *titolare del negozio di mobili*
Sandra Wiley Duvall, *moglie di Felix*
Suzie Duvall, *figlia di Felix*
Donald Bradley (Doodley), *marito di Suzie*
Ted Deepneu, *titolare dell'agenzia immobiliare Wytago Real Estate*
Dottor Godschalk, *medico di Larry*
Dana Damrosh, *proprietaria del ristorante Staunton*

Sperava di tornare a casa.

Ci sperava, sebbene non ci credesse, così come non credeva a Babbo Natale o alla formica dei denti o agli alieni gentili come E.T., ma gli piaceva pensarci perché, finché non sai davvero se una cosa è vera o no, hai ancora una possibilità che lo sia.

Tornare a casa e giocare con Goofie, il suo cane, guardare i cartoni che la tv trasmetteva tutti i pomeriggi alle quattro, sentire l'odore dei biscotti e delle matite e del cuoio del suo guantone da baseball. Vedere la macchina di suo padre rientrare al tramonto e udire lo scatto del box, quel rumore che gli faceva capire che era tutto a posto, che la famiglia era riunita. Voleva il suo pupazzo, Jackie, un coniglio con le orecchie lunghe quanto il corpo, del quale, ora che stava crescendo, iniziava a vergognarsi un po'. Voleva cose normali che gli facessero dimenticare quello che stava accadendo. Forse un giorno ci avrebbe ripensato come si ripensa ai brutti sogni, con un brivido e un senso di vuoto nella pancia, ma con la confortante consapevolezza che gli incubi non sono reali e che vivono in un mondo parallelo al nostro.

Quando quel giorno di maggio, che preannunciava un'estate torrida, aveva scorto una figura tra gli alberi, Steve Taller aveva subito pensato a Vinnie Coughlin. Vinnie gli spillava qualche dollaro, di tanto in tanto, e si divertiva a maltrattarlo. I Coughlin erano strani da generazioni, lo si sapeva, dal primo all'ultimo, e non c'era verso di mettersi contro di loro né di stupirsi per com'erano fatti, così come non ci si poteva stupire di un tuono prima del fulmine o delle stelle in cielo o della neve sulla cima di Mount Washington a Natale. Erano dati di fatto, eventi certi e riconosciuti.

Invece, in agguato tra le macchie d'ombra disegnate dal sole, al posto di Vinnie c'era un lupo.

Il lupo gli aveva parlato. «Ciao» aveva detto con un sorriso storto e la voce impastata.

Steve aveva proseguito senza rispondere, accelerando il passo, certo che, se non gli avesse dato corda, sarebbe scomparso, sarebbe tornato nella tana o in qualunque altro schifoso posto dal quale se n'era saltato fuori.

Ma purtroppo per lui, l'ultima lezione che il piccolo Stevie imparò nella sua vita terrena fu che non basta evitare di pensare a una cosa perché quella cessi semplicemente di esistere.

E il lupo, infatti, se lo mangiò.

1

Venerdì 26 maggio

«Giallo tenue» dichiarò il commesso di Shoney's Pitture & Smalti, ostentando una spiacevole naturalezza, come se lui avesse ragione da vendere e Larry fosse uno sciocco sprovveduto alla disperata ricerca di buoni consigli.

Il ragazzo (sedici, diciassette anni al massimo) indossava una camicia bianca di cotone leggero a maniche corte e un farfallino rosso, come si usava con tutta probabilità ai tempi di suo nonno, e sulla tasca, all'altezza del petto, aveva appuntata una targhetta con stampato il nome, Scott.

«Giallo tenue?» ripeté Larry, combattuto tra il desiderio di andarsi a fare una birra ghiacciata e la volontà di rimanere. Si stupiva di essersi più o meno inconsapevolmente calato nel ruolo che Scott gli aveva affibbiato fin dall'inizio, quello dello sciocco sprovveduto alla disperata ricerca di buoni consigli. Ma non era questo, in fondo? *The new kid in town* cantavano gli Eagles mille anni prima. Parlavano di lui, di chi altri?

«Dia ascolto a chi se ne intende» insisté Scott, sornione e sicuro. Non c'era dubbio che, nonostante la giovane età, desse l'impressione d'intendersene. «Dà sobrietà ed eleganza alle pareti. Facilita il rilassamento, dona luce alle stanze e maschera i fumi e lo sporco meglio del bianco.» E aveva un certo stile, per così dire.

Sacrosante parole, rifletté Larry appoggiato con un gomito al bancone come un consumato cowboy in attesa del proprio whisky. Ma il *giallo tenue*, o *paglierino*, non era il colore dell'urina? Si sforzò di immaginare le pareti della sua nuova casa gocciolanti urina, urina fresca, secchiate di odorosa, schiumosa urina appena prodotta. Non gli sembrò affatto una cosa sobria ed elegante.

«È una tinta acrilica lavabile» riattaccò Scott sporgendo oltre il bancone la sua rossa capigliatura.

A Larry parve che l'alito del ragazzo sapesse di sigarette (possibile), deodorante spray alla lavanda (bizzarro) e disinfettante per pavimenti piastrellati (improbabile). Le stranezze, da quando aveva riaperto gli occhi su quella parte di mondo, erano diventate un accessorio piuttosto comune nelle sue giornate.

«E si dà il caso che sia in offerta speciale fino a giovedì a un dollaro e novantacinque al litro» seguitava Scott imperterrito. «Prezzo bomba della Shoney's Pitture & Smalti. Lei è nuovo di queste parti, vero?» Non attese la risposta. «Sbaglio o è già stato da noi un mese fa o giù di lì?» incalzò.

Il ragazzo era fisionomista e aveva una buona memoria, perché Larry era effettivamente già stato in quel negozio, all'incirca due settimane prima. In quell'occasione aveva acquistato qualche attrezzo e del solvente per smacchiare le pareti (prima di risolvere che sarebbe stato meglio dipingerle *ex novo*) ed era stato servito da un uomo grasso e corpulento, poco incline al sorriso e con le mani sudate. E un po' balbuziente, gli pareva. Shoney-Pitture-&-Smalti in persona. Quel giorno, Scott si stava occupando di un altro cliente, tuttavia doveva avere l'occhio lungo per essersi ricordato di lui. Non che fosse difficile, considerata la maschera di sofferenza che Larry si portava addosso, ma Larry stesso rammentava come fosse facile dimenticare i volti dei clienti da una settimana all'altra, a volte da un giorno all'altro. Succedeva quando ti capitava di vedere tante facce. Succedeva quando Larry lavorava alla clinica veterinaria, nella sua vita di prima.

«Un dollaro e novantacinque al litro?» ripeté per prendere tempo, non perché non avesse capito.

«Prezzo bom-ba» scandì Scott. «Potrei arrivare a uno e settantacinque giusto per darle il benvenuto a Wytago, sempre che il signor Shoney naturalmente non abbia niente da ridire. Ma si dà il caso che il signor Shoney oggi non ci sia e che mi lasci una certa libertà... *d'azione* con i clienti. Non so se mi spiego. Così farò un'eccezione per lei, signor...?»

La proposta di lasciar perdere quella fesseria di dipingere da solo l'intera casa del colore dell'urina fresca e andarsene a bere una birra ghiacciata (o due) era sempre lì, annidata da qualche parte del malandato cervello di Larry, ma mancava di sufficiente autorità per essere presa in seria considerazione. «Nowak. Larry Nowak» rispose come un automa.

Il ragazzo tese una mano sbilenca attraverso il bancone. «Scott Gallaudet. Lieto di conoscerla.»

Larry gliela strinse. «Di quanti litri avrò bisogno secondo te, Scott?»

«Dipende da quante stanze intende dipingere.»

O *ingiallire*, pensò Larry. «Tre, forse quattro. Non molto grandi.» Gettò uno sguardo intorno valutando approssimativamente la metratura del negozio. «Metà di questo spazio, direi.» Non aveva futuro come imbianchino, ma la cosa non lo sconvolgeva più di tanto.

«Allora le serviranno dai venti ai venticinque litri. Se posso permettermi un consiglio, signor Nowak, è sempre meglio averne un po' di scorta.»

«Giusto. Facciamo venticinque, allora.»

«Venticinque litri...» ripeté Scott scrivendo la nota d'ordine «...di giallo tenue. Ecco fatto. Le serve altro?»

«Uno di quei...Come si chiamano?» Larry unì le mani davanti a sé facendo andare le braccia in su e in giù nella goffa imitazione di un esagerato atto di masturbazione.

«Un rullo?» lo soccorse Scott più preoccupato che mai che il suo nuovo cliente non si affaticasse troppo le meningi.

«Un rullo, esatto. E anche un paio di pennelli, sai, per le rifiniture.»

«Cinghiale, sintetico o setola di maiale?»

Gli parve più giusto rispondere sintetico: sapeva di ecologico.

«Diluente?»

Perché farsi mancare qualcosa? Annuì.

«Una tanica di trementina dovrebbe bastarle. Antimuffa?»

La situazione gli stava decisamente sfuggendo di mano. «Ce l'ho» mentì. Non era il caso di complicarsi troppo la vita. «Dove posso trovare delle bombole di gas?»

«Bombole di gas, dice? Da Herb, al Wytago Service. È in fondo alla Main, prima del negozio di libri, sulla destra. Cucina nuova?»

«Già. Sto facendo qualche lavoretto...»

«Altro?»

Larry ci rifletté qualche istante. Gli sarebbe seccato dover tornare una terza volta. «A dire la verità, sì. Mi serve un'insegna.»

«Di che genere?»

«Cartelli, di plastica. Hai presente? Tipo quelli delle agenzie immobiliari... Di quelli che si piantano davanti alle case con la scritta VENDESI.»

«Deve vendere qualcosa, signore?»

«Ne avete?»

Scott scosse la testa, sinceramente dispiaciuto di non poterlo soddisfare in ogni suo desiderio. «Dovrebbe provare alla Wytago Real Estate in Summer Street, l'agenzia immobiliare» disse indicando genericamente qualcosa alle sue spalle.

«Non mi serve un'insegna con la scritta VENDESI O AFFITTASI» specificò Larry.

«Quindi non vende né affitta...»

Larry si aspettò che la domanda successiva fosse: *dunque a che diavolo le serve un cartello?* Invece il ragazzo suggerì semplicemente di provare da un certo Bushrod.

«Bushrod...?»

«Bushrod Trimble Camera & Video, oltre il Wytago Service, sempre sulla Main. È un negozio di articoli fotografici, stampe digitali, cose così... Non può sbagliare, di fronte al municipio.»

«A quanto pare conosci tutti, da queste parti.» Larry sembrava davvero un cowboy alle prese con un barista simpatico e, avvedendosene, si sentì piuttosto ridicolo.

«Lei viene da una grande città» se ne uscì Scott dopo averlo osservato per un po' in silenzio. Sulla sua faccia si aprivano bubboni adolescenziali grossi come piselli ma che a quanto sembrava non erano tali da creargli particolari preoccupazioni, comunque non quante se ne creava Larry a causa del suo aspetto emaciato (tanto per essere carini) e della sua andatura sbilenca (tanto per essere obiettivi).

Tutto sommato Scott gli piaceva. Somigliava vagamente a quel personaggio del *Muppet Show*, Becco, ma nonostante questo dimostrava una certa intraprendenza, e l'intraprendenza, a tutte le età, era una cosa buona. Dio solo sapeva se anche Larry non ne avesse avuto un disperato bisogno.

«Ho ragione?» domandò il ragazzo sfoderando un sorriso inaspettatamente delicato.

Larry fece sì con la testa. Nashua nel New Hampshire non era Manchester, però contava quasi ottantamila abitanti. Sicuramente più grande di quel neo sperso nelle foreste del Vermont dove aveva deciso di trasferirsi.

«Scoprirà presto che in un piccolo centro come il nostro si finisce per essere una grande famiglia» concluse Scott con bonaria rassegnazione.

Le città piccole ospitano piccole immaginazioni, si disse Larry uscendo nel sole scintillante di quel pomeriggio di fine maggio. L'aveva letto da qualche parte, non ricordava dove.

2

Venerdì 2 giugno

Larry ripose il pennello sull'apposito gancio in cima alla grata di scolo e rimase a osservare con disgusto quanto lo circondava.

La tinta dominante sulle pareti era un verde stinto così avvilente da indurre uno stato depressivo in un soggetto psicologicamente instabile. E Larry non era sicuro di non appartenere a quella categoria. Si chiese se ci fosse del vero in tutte le teorie di psicologia cromatica o cromopsicologia o quel che era, perché, nel caso, era meglio dare un'occhiata a internet e verificare i potenziali effetti del colore che dominava il piano terra della sua nuova casa. Sapeva che il blu era in grado di diminuire la frequenza cardiaca (immaginò un anziano vittima di un arresto cardiaco in una stanza tutta blu), che il rosso metteva agitazione, che il nero provocava un senso di angoscia, e gli sembrava di aver letto che in Florida (o forse era l'Alabama?) il direttore di un carcere aveva ottenuto che le celle del braccio della morte fossero tinteggiate di un rosa acceso. Non avrebbe saputo dire quali stati d'animo potesse suscitare il rosa acceso, soprattutto nei confronti di chi si apprestava a lasciare le pene terrene grazie a un'iniezione letale, tuttavia era quasi certo che il verde stinto della sua casa avesse a che fare con qualcosa di emotivamente negativo.

Era trascorsa una settimana dall'allegra chiacchierata con il giovane Scott giù al negozio di vernici (sebbene la sua percezione del tempo fosse abbastanza approssimativa, lo ricordava con precisione soltanto perché il ritrovamento del corpo di quel povero ragazzino nel bosco intorno a Graniteville risaliva proprio a quel giorno) e Larry aveva perso il conto delle ore passate a rompersi la schiena menando in su e in giù quel dannatissimo rullo come un moderno Tom Sawyer, trasportando secchi, inalando vapori di diluente e ricavandone, infine, la fastidiosa impressione di trovarsi nel bagno della stazione degli autobus di Nashua. Era lì che gli pareva di aver veduto quella precisa tonalità di verde, sulle mattonelle schizzate di piscio.

Entrò in cucina attraversando una lama di luce obliqua che penetrava dalla finestra e che tagliava diagonalmente la stanza, e aprì il frigorifero. Vuoto. Forse avrebbe fatto un salto al centro commerciale prima di cena. O forse no. Nella hit parade della sua nuova vita il cibo rivestiva un ruolo piuttosto marginale. Nella hit parade della sua nuova vita molte posizioni si erano ribaltate.

Tolse dal ripiano più basso una lattina di Miller Lite e se la portò alla testa facendola ruotare sulle tempie e sulla fronte, esattamente come aveva fatto durante quell'ultima settimana con il rullo sulle pareti. Avvertì le gocce gelate raffreddargli la pelle e scivolare attraverso l'ispido intrico delle sopracciglia.

Guardò fuori, la strada deserta. Un cane abbaiava. Gli aceri macchiavano d'ombre irregolari l'irregolare asfalto di Pembroke Road, come in certi quadri impressionisti. Se fosse sbucata una donna vestita di nero con cappello e ombrellino bianco a *volant* Larry non se ne sarebbe stupito. Per il resto, tutto appariva immobile. Non era quello che cercava? Quello per cui era lì?

Chiuse gli occhi godendo del refrigerio che la lattina di birra gli regalava. Quando li riaprì, il vetro della finestra semiaperta gli rimandò la propria immagine sbiadita, un po' opaca, desolante in verità. Sembrava uno di quei reietti di cui cantava Woody Guthrie. L'immagine grigia di un estraneo, di un nuovo Larry, che quello vecchio stava appena imparando a conoscere.

Chissà cosa aveva pensato Scott vedendolo. Probabilmente niente. Scott non sembrava il tipo da perdere la concentrazione trovandosi al cospetto di occhiaie da vampiro e qualche cicatrice sopra un corpo un po' troppo magro. Scott andava dritto alla meta, proprio come un bravo *running back*, senza lasciarsi distrarre, sebbene Larry avesse pensato fin dall'inizio che la cosa più lontana dai pensieri di Scott doveva essere il football. Era più un tipo da club degli scacchi o gruppo di lettura della biblioteca cittadina. Con una vena di dolce, avrebbe detto sua madre, sapendo bene cosa intendesse. In ogni caso, la conferma di essere stato in qualche modo abbindolato, Larry l'aveva ricevuta appena due giorni dopo, quando il suo vicino, il signor Grier, gli aveva confidato che avrebbe potuto acquistare lo stesso tipo di pittura al reparto fai-da-te del Wal-Mart (*Always low prices, always*) alla fine di West Street, per un dollaro e cinquanta al litro e che per una spesa superiore ai quindici dollari avrebbe ricevuto in omaggio un utilissimo morsetto da tavolo. Benché del morsetto da tavolo non avrebbe saputo che farsene, Larry aveva accusato il colpo. Non era bello arrivare in città con un biglietto da visita con su scritto COGLIONE. Ma probabilmente, si era consolato, quello era lo scotto da pagare quand'eri *the new kid in town*. Il vecchio Howell Grier, giusto per affondare il colpo, aveva anche aggiunto che Larry era stato davvero un pollo e che Edward G. Shoney era un ladro riconosciuto in tutta la contea di Chittenden.

Howell e sua moglie Etta vivevano nella casa accanto a quella di Larry, molto simile alla sua, ma tenuta decisamente meglio. Da quando era in pensione, Howell Grier dedicava tutto il proprio tempo alla cura della casa e del giardino. Larry provava un'insana rivalità nei confronti di quel vicino così straordinariamente capace e solerte.

Howell Grier era riconoscibilissimo perché indossava immancabilmente la divisa ufficiale da Howell Grier: pantaloni di tela da ginnastica grigi stretti alle caviglie, husky senza maniche avvinghiato al busto tozzo e un cappellino dei Red Sox calcato sulla testa a punta, il cui frontino sembrava poggiarsi stanco sulle gigantesche lenti degli occhiali fuori moda. Ogniqualvolta Larry spingeva il naso oltre il portico di casa, vedeva Howell Grier intento ad armeggiare. Quando non avvitava o oliava o svitava qualche arnese da giardino, riassestava le pietre del vialetto; quando non trafficava nel vano motore della sua Dodge familiare color magenta, segava le assi per il nuovo capanno degli attrezzi; quando non tinteggiava la ringhiera del portico o i finti scuri delle finestre, potava le rose davanti alla casa, e quando non erano le rose erano le ortensie o i calicantus. Nei lavori casalinghi non era da meno. Larry lo scorgeva oltre la finestra del salotto appollaiato in cima alla scala a svitare lampadine dal soffitto, o appeso alla grondaia mentre controllava che non si accumulassero le foglie, o ancora sul tetto con la testa infilata nel camino come l'amichetto di Mary Poppins. Ultimamente aveva finito di ridipingere (da solo!) l'intero esterno della casa. Era, a voler ben vedere, un autentico affronto per la palese inettitudine di Larry ai lavori domestici.

Chiuse la finestra congedando la propria sconfortante immagine e tornò in salotto. Il pavimento di legno scricchiolava sotto i suoi piedi, dandogli l'impressione di camminare sopra uno spazio vuoto, sottili assi sospese nel nulla. Abitava stanze caste e silenziose, che lui stesso aveva reso tali, o che forse gli somigliavano, e per questo motivo ci si trovava a proprio agio.

Si fermò di fronte all'ultimo secchio di *giallo tenue*, un dollaro e novantacinque al litro, prezzo *bom-ba* in offerta fino al giorno precedente. Sul fondo, un ammasso grumoso di pittura depositata sembrava sul punto di saltarsene fuori per aggredirlo, come in quel vecchio film di fantascienza fine anni '50, *Blob – fluido mortale*, con un imberbe Steve McQueen.

In mezzo alla stanza, i mobili del vecchio Ellroy, accatastati alla rinfusa e coperti da lacere lenzuola ingiallite dal tempo (giallo tenue? No, piuttosto un giallognolo urina vecchia e ammuffita), somigliavano a cadaveri in attesa di essere gettati in una fossa comune. Quando, un paio di mesi prima, Larry aveva varcato la soglia della casa del dottor Ellroy nutrendo la speranza che potesse diventare presto la sua, li aveva guardati bene, quei mobili. Arredi esausti, stanchi, dagli angoli smussati e dal carattere piegato, che non avevano più niente da dire. Un po' come il loro proprietario, doc Ellroy, un uomo sfibrato, svuotato di ogni energia, un uomo in attesa.

Mandò giù un sorso di birra. Era così fredda da togliere il fiato, ma in una giornata calda come quella era proprio ciò che ci voleva. I pavimenti erano disseminati di fogli di giornale. Un brandello sembrava essersi affezionato al suo piede destro. Ci si era aggrappato strenuamente durante il breve tragitto che Larry aveva compiuto dalla cucina al salotto.

WYTAGO SERVICE – MANUTENZIONI PER LA CASA, lesse mentre cercava di staccarselo dal tallone. Quando si dice il caso. Al Wytago Service aveva incontrato Herb.

***

Quel giorno, dopo essere uscito dal negozio di vernici (più o meno all'ora in cui un gruppetto di escursionisti provenienti da Berlin si imbatteva nel corpo privo di vita, coperto di foglie e sudiciume e inzuppato di benzina del giovane Steve Taller), Larry aveva caricato il bagagliaio dell'auto, una vecchia Ford Mustang del '74 color senape, di secchi, bidoni e materiale vario e si era avviato a piedi lungo Main Street.

Herbert Gilmore (magro, arcigno, un po' ingobbito, con una voglia color fragola grande quanto metà del viso) era uno di quei tizi il cui già striminzito vocabolario non contempla la parola "fretta". Aveva preso l'ordinazione per le bombole di gas senza fare domande, quindi si era acceso una sigaretta ed era rimasto a fissare Larry come se stesse osservando un insetto morto sul pavimento.

«Le consegnate voi?» aveva chiesto Larry. «Le bombole, intendo.» Gli capitava molto spesso di sentirsi a disagio con le altre persone, e questo riteneva fosse dovuto essenzialmente alla sua disabitudine nel relazionarsi. Tuttavia, pur non volendo ammetterlo, anche il suo aspetto fisico, un po' troppo malridotto per poterlo definire semplicemente sciupato, gli creava un certo spiacevole imbarazzo, del quale non riusciva ad avere ragione.

«Stasera» aveva risposto Herb soffiando il fumo dalle narici mentre osservava con eccessivo interesse l'orlo dell'unghia del proprio pollice. Quindi aveva sollevato lo sguardo e tirato su col naso. Fine delle comunicazioni.

E infatti, poco prima del tramonto, uno Chevrolet CK di prima generazione (in alcuni punti la vernice era scorticata fino al metallo) aveva accostato di fronte al 9 di Pembroke Road. Herb aveva scaricato dal cassone quattro bombole di gas direttamente sul vialetto di accesso e lì le aveva lasciate. Aveva salutato il buon vecchio Howell intento ad annaffiare il prato e si era acceso una sigaretta. Poi aveva risalito ciondolando i gradini del portico e si era guardato intorno. «Bella casa» aveva detto. Fumava American Eagle senza filtro tenendole all'angolo della bocca, con un occhio strizzato per proteggerlo dal fumo.

«La ringrazio» aveva risposto Larry.

«Qui sotto, però» aveva aggiunto Herb indicando le travi di sostegno della veranda con un dito ossuto e giallo di nicotina «è tutto marcio. Va rimesso a nuovo.» L'accento del Vermont, che Larry ormai aveva imparato a riconoscere, suonava in quell'uomo eccessivamente strascicato, quasi si trattasse di un'imitazione. O di un'ostentata linea di demarcazione tra *loro*, gli autoctoni, e *lui*, il nuovo venuto. Quand'eri *the new kid in town* lo rimanevi a lungo, a volte per sempre.

«Lei si occupa di ristrutturazioni?» aveva domandato Larry.

«Io mi occupo di un sacco di cose, se è per questo. In ogni caso non ho parlato di ristrutturazioni, signor Kowak...»

«Nowak...»

«Ho solo detto che va rimesso a nuovo.»

«Cioè ristrutturato?»

«Cioè rimesso a nuovo.»

Larry l'aveva invitato a fare un preventivo di spesa e Herb aveva dato un'occhiata in giro. Infine se n'era andato gettando il mozzicone nel vialetto e promettendo che si sarebbe fatto vivo nel giro di un paio di giorni.

Da allora era passata una settimana. Una settimana durante la quale l'azzurro stinto delle pareti del primo piano della casa che era stata del dottor Ellroy si era trasformato, per effetto della sovrapposizione cromatica dovuta al *giallo tenue* (tante grazie Scott, davvero tante fottutissime grazie), in quell'indefinibile verde lucido lavabile delle mattonelle dei bagni all'autostazione di Nashua.

Larry raddrizzò il collo avvertendo una fitta alla nuca. Forse, pensò avvicinandosi a una delle pareti, a forza di aggiungere strati su strati quella tinta imbarazzante sarebbe stata rimpiazzata, ma quanto gli sarebbe venuto a costare?

***

Oltre il Wytago Service, sempre sulla destra, Larry aveva trovato il Trimble Camera & Video.

Il negozio era situato sotto un ampio porticato lungo il quale si aprivano le vetrine di altri esercizi. Passando davanti a uno di questi, il Donnie's Emporium, un tizio l'aveva riconosciuto.

«Lei è quello che ha comprato la casa di Elmer Ellroy» aveva detto senza intonazione, come se avesse semplicemente annunciato che il tempo si metteva al brutto.

Larry si era fermato e aveva accennato un saluto. Altri due anziani che sedevano lì accanto lo avevano squadrato in un modo che non gli era piaciuto.

«Va da Bushrod?» aveva chiesto uno di loro indicando l'entrata del negozio di foto.

«Già. Mi servono dei cartelli...»

«Cartelli come? Cartelli stradali?»

«Delle insegne. Scott, del negozio di pitture, mi ha detto che qui forse le avrei trovate...» Non sapeva perché si stava prodigando in inutili spiegazioni. Forse era per un senso di rispetto verso gli anziani o forse perché, tutto sommato, si sentiva solo un ospite, un estraneo.

«Il vecchio Elmer non si curava tanto della casa. Non trova?»

Larry si era stretto nelle spalle. In effetti la casa era messa peggio di quanto aveva sospettato in un primo momento, ma ormai il dado era tratto.

«Comunque, se ha bisogno di qualche lavoretto, c'è Frankie, che sa fare un po' di tutto» aveva detto quello che aveva parlato per primo. «È in pensione, adesso, ma ha lavorato per una vita su a Morrisville, dove fanno la carta.»

A Larry non era parso chiaro il collegamento tra la cartiera e l'attitudine di Frankie ai lavori di falegnameria, se non per il fatto che la materia prima era sempre costituita dal legno. In ogni caso aveva ringraziato dell'offerta e li aveva salutati.

Poco dopo, entrando da Trimble Camera & Video, aveva riflettuto divertito sul fatto che personaggi come quelli esistevano in qualsiasi paese di qualsiasi Stato d'America. Li trovavi seduti sotto un portico d'estate o accanto alla stufa d'inverno, a commentare una partita di baseball o la stagione arrivata troppo in fretta o i risultati delle primarie o il numero delle alci investite dagli automobilisti distratti, sempre con la stessa spenta enfasi. Chiacchiere da paese. Chiacchiere che anche lui forse col tempo si sarebbe abituato a fare, si era detto senza crederci troppo. Lassù la gente era piuttosto chiusa e se non eri *dei loro* fin dall'inizio restavi *degli altri*.

Bushrod Trimble era una persona dinamica, sui cinquanta, che sgusciava dietro un grande bancone alle prese con negativi, fotocopie e ingrandimenti di bambini con cappellini di carta in testa che soffiavano su torte di compleanno.

«Non c'è problema» aveva detto con un sorriso spontaneo, autentico. «Facciamo tutto. Targhe, timbri, insegne luminose, insegne plastificate, calendari, magliette. Personalizziamo ogni tipo di oggetto, modifichiamo al computer, ristampiamo, digitalizziamo. Basta chiedere!»

Larry aveva spiegato che a lui serviva solamente un'insegna da esterno, di un metro e cinquanta per un metro. Poi aveva scritto sopra un pezzo di carta quello che voleva vi comparisse.

«L'avrà per la prossima settimana» aveva promesso Bushrod Trimble. «Senza meno!»

I tipi come Bushrod Trimble a Larry piacevano. Non facevano troppe domande, erano competenti, efficienti e soprattutto, a differenza dei tipi alla Herb del Wytago Service, davano l'idea di lavorare sul serio.

***

Larry buttò giù un altro sorso di birra. Scoprì che era finita e fece saltare la linguetta a una gemella. Poi, per contenere l'emicrania che stava salendo come una marea, tirò una pista di ketamina.

L'insegna era arrivata addirittura con due giorni d'anticipo e ora se ne stava in un angolo della lavanderia in attesa di essere sistemata sul prato di fronte alla casa in modo che fosse chiaramente visibile. Prima, però, c'erano ancora parecchie cose da sbrigare. C'erano, ad esempio, le porte da stuccare e da riverniciare. Non una cosa urgente, ma prima o poi avrebbe dovuto occuparsi anche di quelle. C'era l'impianto elettrico. Qualche filo scoperto, qualche presa da spostare, qualche cavo da tirare. Faccende che avrebbe potuto svolgere anche da solo. Come quella sciocchezza del dare la tinta alle pareti, tanto per fare un esempio. E c'era naturalmente l'ambulatorio da allestire. A volte aveva l'impressione di aver imboccato una strada sbagliata, un vicolo cieco che non l'avrebbe condotto in nessun punto. E non era soltanto per il fatto che fisicamente si sentiva ancora debole (era un buon venti per cento al di sotto del suo peso ideale; i muscoli, se sottoposti a compiti appena al di fuori dell'ordinaria amministrazione, si riempivano di chiodi e poi s'indolenzivano facendolo sentire come se avesse la febbre). Il vero problema era che sempre più spesso gli capitava di pensare di aver sopravvalutato la propria capacità di adattarsi alle situazioni. L'idea un po' romantica ma poco pratica di ripartire da zero, di cambiare città, di rimboccarsi le maniche e di arrangiarsi, forse non era così semplice da realizzare come gli era sembrata in un primo momento, quando, rispecchiatosi nella realtà alla quale era sempre appartenuto, non si era più riconosciuto. Però era testardo, esattamente come sua madre, e difficilmente avrebbe ammesso di aver sbagliato. Mai di aver bisogno di aiuto.

In fondo, ripensandoci, si disse che non era colpa di Scott se il dottor Ellroy aveva voluto le pareti della propria casa azzurre. E che non era colpa di Scott se lui, Larry, non glielo aveva detto. Non era colpa di Scott se lui, Larry, aveva deciso per il giallo e non era colpa di Scott se lui, Larry, non aveva rimosso la tinta originale, né era colpa di Scott se anziché chiamare una ditta specializzata sempre lui, sempre caprone-testardo-Larry, aveva voluto fare di testa propria. Scott era un commesso e per quanto giovane, esuberante o furbo che fosse, con i clienti ci sapeva fare, il che bastava. Il resto erano stronzate. Un po' di sana autocritica a volte faceva sentire meglio.

Larry finì la birra e incrociò le braccia sul magro torace in posa assorta, contemplando con distacco il proprio lavoro. Gli sembrava uniforme. Almeno quello. In effetti, non c'erano zone più spiccatamente gialle e altre più azzurre: era tutto armoniosamente e fottutamente verdognolo. Forse, col tempo, ci si sarebbe anche potuto abituare. Per fortuna al piano superiore le pareti erano ancora rivestite dalla carta da parati che, sebbene stinta e macchiata in più punti, Larry si guardava bene dal sostituire. Talvolta bisognava scendere a compromessi con se stessi e magari chiedere una mano a qualcuno. Qualcuno come Frankie, ad esempio, che aveva lavorato alla cartiera di Morrisville e che sapeva fare un po' di tutto. Poteva essere un'idea. O un'alternativa all'inafferrabile Herb Gilmore del Wytago Service. Avrebbe aspettato ancora un paio di giorni, poi, se Herb non si fosse fatto vivo, avrebbe cercato quel Frankie. Bastava andare dalle parti dell'emporio per trovarlo.

***

Il campanello della porta emise una specie di rantolo. Era la prima volta che Larry lo udiva suonare. Sembrava un vecchio affetto da enfisema. Andando ad aprire si appuntò mentalmente di sostituirlo.

Attraverso il vetro smerigliato dell'entrata intravide una figura maschile e accanto a essa, più in basso, una sagoma scura, come un borsone o una grossa valigia. Pensò immediatamente a un venditore porta a porta di aspirapolveri.

«Salve. Cerco il dottor Nowak.» L'uomo, un anziano con un voluminoso addome ricoperto da una felpa grigia recante lo stemma verde oro della UVM, l'Università del Vermont, teneva stretta nella destra l'estremità di un guinzaglio, al cui capo opposto si trovava un grosso cane, che aveva appena terminato di inzuppare di urina la base di uno dei sostegni del patio.

«Sono io» rispose Larry provando nostalgia per il piazzista di aspirapolveri.

L'uomo lo scrutò attentamente, soffermandosi dapprima sui capelli incrostati di pittura, quindi sulle macchie del viso, la maglietta sporca e infine sui piedi scalzi. «Il veterinario?» chiese con malcelata diffidenza.

«Stavo tinteggiando» si giustificò Larry abbozzando un sorriso. Gli era partita la tachicardia e una lieve sudorazione alla fronte. Niente di che.

L'uomo tese una mano paffuta. «Jeffrey Bundy. Jeff. E questo qui è Bert. O forse dovrei dire quell'accidente di Bert, che deve avere qualcosa nelle orecchie. Siamo stati a passeggiare lungo il Winooski, un paio di giorni fa, e lui ha pensato bene di farsi una nuotata...»

Il cane, udendo il proprio nome, emise un guaito indecifrabile, quindi, esaurito tutto il suo entusiasmo, prese a scuotere la grossa testa e a tentare di grattarsi un orecchio con la zampa posteriore.

«Ecco, vede? Fa così tutto il santo giorno.»

«Senta, signor Bundy» iniziò Larry asciugandosi il sudore «sto sistemando casa, come può intuire, e a essere sinceri contavo di aprire lo studio non prima di un paio di settimane...» Guardò il cane. Se ne stava lì ad annusare l'impiantito con quell'aria triste, senza smettere di scuotere la testa. Doveva dargli parecchio fastidio.

«Allora sarò sincero anch'io» disse Bundy. «Ho già chiamato il dottor Gardner, ieri, a Mattawam, ma la segreteria telefonica dice che è a un congresso, nel Rhode Island credo. Così gli ho messo delle gocce che avevo in casa. A Bert, non al dottor Gardner!»

Larry sorrise. Sentiva i battiti del proprio cuore dietro i bulbi oculari. L'effetto delle medicine. Più probabilmente della ketamina.

«Le gocce le aveva usate una volta mia moglie Kate perché si era presa un colpo d'aria e aveva l'otite. Non so se ho fatto bene, ma forse nemmeno male. Comunque non è migliorato...»

Larry annuì socchiudendo gli occhi. «Ok» disse facendo strada «venga dentro. Troveremo il modo di dare un'occhiatina al povero Bert.»

Non ne aveva alcuna voglia, in verità. Si sarebbe steso volentieri sul divano o a letto con una lattina (o due, meglio tre) di Miller Lite accanto anziché ficcanasare nelle orecchie di un cane. Ma, si disse, doveva pur ricominciare, prima o poi. Tanto valeva iniziare da lì. Inoltre, non se la sentiva di lasciare il *povero Bert* in quello stato.

«Stia attento ai secchi e a non toccare le pareti, potrebbe sporcarsi» avvertì facendo la gimcana tra i resti disseminati del suo disordinato lavoro.

«Avanti bestione!» sibilò Jeff Bundy. Per tutta risposta Bert si impuntò lasciando che il collare gli raggrinzisse la pelle del collo e del muso. Bert era un meticcio che aveva qualcosa del segugio e qualcosa dello spinone, con orecchie lunghe e pendenti e un tartufo sovradimensionato. In quella posizione, con l'espressione corrugata, sembrava un bambinone grosso e cocciuto che si ostina a volere un giocattolo visto nella vetrina di un negozio.

«Testa di rapa di un cane. Avanti, muoviti!»

Ma Bert non ci pensava affatto, teneva il sedere a terra e le zampe anteriori rigide e tese in avanti.

«È solo diffidente» intervenne Larry uscendo nuovamente sotto il portico. «Bert! Ehi bello!» Offrì il dorso della mano destra e Bert gli concesse una leccatina esplorativa. «Ecco! Bravo Bert! Ora siamo amici.»

Jeff Bundy misurava con lo sguardo lo spazio del portico, come se cercasse qualcosa, qualche traccia sbiadita o la conferma a qualche suo sospetto. «Il vecchio Elmer non era uno che si preoccupava troppo della casa, eh?» I suoi occhi bagnati e lievemente tendenti al giallastro fissavano le travi sotto il tetto del portico. «Se ne fregava se le assi marcivano. Vede lì?» Indicò una macchia scura sul legno. «C'è parecchio lavoro da fare» aggiunse. Gli si era accorciato leggermente il fiato.

Larry annuì. «Venga dentro.»

L'uomo rifilò uno strattone al guinzaglio di Bert, che rovinò su un fianco con un tonfo sordo. «In piedi, scemo!»

Bert capitolò. A volte non conveniva insistere troppo. Soprattutto quando a riempirti la ciotola era il tizio all'altro capo del guinzaglio. Così si avviò, senza smettere di sbatacchiare la testa, come se, anziché avere un fastidio, semplicemente disapprovasse.

Jeff Bundy seguì Larry attraverso lo stretto corridoio che fiancheggiava le scale guardandosi intorno. Osservava le pareti e il pavimento facendo anch'egli lo slalom tra i secchi di pittura e i mobili ammassati e ricoperti dalle lenzuola. Il suo volto rubizzo era una maschera imperturbabile di scetticismo. Larry fu certo che da un momento all'altro se ne sarebbe uscito con una frase del tipo: "Dica un po', ma lei è proprio sicuro di essere il dottor Nowak?" Successivamente avrebbe preteso di vedere con i propri occhi il diploma di laurea o quello di abilitazione alla professione e la cosa divertente, o almeno così pareva a Larry, era che, se glieli avesse realmente chiesti, lui non avrebbe saputo nemmeno dove cominciare a cercarli, tale era la confusione dentro e fuori la sua testa e la sua nuova casa.

«Di qua» Larry fece strada spingendo da un lato quella che attraverso un telo lacero pareva, per sagoma e dimensioni, una poltroncina a schienale alto. O un fantasma seduto e con le braccia tese in avanti.

«Che ne ha fatto del vecchio ambulatorio di Elmer?» chiese d'un tratto il signor Bundy.

Il vecchio ambulatorio di Elmer Ellroy era una specie di sgabuzzino malamente illuminato che puzzava costantemente di muffa e di escrementi di topo, sul lato nord della casa. Larry l'aveva già trasformato in locale lavanderia, non prima di averlo abbondantemente disinfettato e ridipinto. «Sto facendo qualche aggiustamento» rispose sparendo oltre la porta della cucina. «Sarà tutto diverso. Ho intenzione di riadattare la serra...»

Riadattare la vecchia serra contigua alla cucina era un progetto che Larry trovava estremamente originale. Gli piaceva l'idea di lavorare avendo l'impressione di trovarsi all'esterno. I clienti avrebbero potuto entrare dal giardino, aggirando la casa, e consentendogli di mantenere la propria privacy. Avrebbe eretto una piccola parete in cartongesso, così da delimitare lo spazio per la sala d'aspetto, e aperto una porta di comunicazione tra i due locali. D'estate avrebbe messo in funzione un condizionatore, di quelli portatili, mentre d'inverno poteva sfruttare il calore proveniente dalla cucina e da una piccola stufa che aveva scovato, inutilizzata, nella soffitta. Trovava originale l'idea che i clienti, dal giardino, potessero vederlo mentre visitava, capendo senza bisogno di bussare o d'infilare la testa all'interno se era libero oppure no. Tutto si sarebbe svolto alla luce del sole. O sotto la pioggia o la neve o quel che era.

«Naturalmente non aspettavo visite, visite professionali, intendo» continuò mentre liberava il vecchio tavolo della cucina da ingombranti scatoloni che recavano scritte del tipo SCARPE, VASI (FRAGILE!!), LIBRI GIALLI, ROBA DA SCI (aveva davvero portato la sua attrezzatura da sci?, gli sembrava impossibile essere stato tanto sprovveduto). «Ecco. Metta Bert qui sopra, per favore» disse controllando che la lampada dell'otoscopio funzionasse. «Ora vediamo...»

Il cane, catapultato a forza sopra il tavolo, tentò di sottrarsi all'operazione.

«Fermo, diavolo di una bestia!» gridò il signor Bundy. Le vuote pieghe del collo dell'uomo tremolarono come i bargigli di un enorme tacchino e subito dopo fu preso da un accesso di tosse.

Larry infilò il cono dell'otoscopio nel condotto uditivo del cane e, senza staccare gli occhi dalla lente, estrasse alla cieca dalla borsa una pinza di Hartmann.

«Che ha intenzione di farci con quella?» chiese Bundy allarmato.

«C'è qualcosa dentro.»

«Dentro dove?»

«Lei pensi a tenerlo fermo.»

Bert lanciò un guaito, ma il suo padrone non allentò la presa. «Diavolo!...»

«Ancora un secondo...» mormorò Larry. «Resista ancora un secondo... Presa!» Con un gesto armonioso, quasi teatrale, sfilò la Hartmann e l'otoscopio. La punta della pinza aveva catturato un enorme forasacco, inzuppato del cerume e del sangue di Bert.

Jeff Bundy l'osservò con occhi sgranati. «Oh cazzo! Da dove l'ha tirata fuori quella cosa?»

Larry sorrise soddisfatto. «In effetti è piuttosto grande. Povero Bert, avevi ragione a lamentarti tanto, eh?»

Da quanto non interagiva direttamente con un animale, con un paziente? Era come andare in bicicletta, avrebbe detto qualcuno. O come fare l'amore. Cose che da tempo aveva riposto in un cassetto.

«Be',» commentò Jeff Bundy dando piccole pacche amichevoli sulla testa del cane «che mi venga un colpo!»

«Dovrà mettere delle gocce, un paio di volte al giorno per una settimana.»

«Nessun problema.»

«A parte questo,» volle sapere Larry «come sta Bert?»

«Come sempre. Mangia, dorme e caga, scusi il termine. E poi c'è chi dice "vita da cani"!»

Larry si portò alle orecchie le olive del fonendoscopio. Aveva sempre pensato che una buona visita al paziente non andava mai risparmiata: c'erano più pro che contro e la consapevolezza di non aver trascurato nulla. "Scienza e coscienza" recitava il motto. «Quanti anni ha?»

«Undici» rispose l'uomo. «E con la vita che fa, è probabile che sia lui a seppellire me!»

Larry prese ad auscultare il torace di Bert riflettendo sul fatto curioso che molti proprietari tendevano a dissimulare l'affetto per il proprio animale con atteggiamenti di indifferenza o addirittura di cinismo. A volte, pensò, la stessa cosa accadeva con gli esseri umani. Lui, per esempio, era bravissimo a dissimulare, a mostrarsi cinico. Soprattutto con sua madre.

All'improvviso, mentre era chino sul petto di Bert e udiva il cuore del cane pompare come una locomotiva in piena corsa a causa dell'agitazione, la sua mente visualizzò una massa informe, estesa, priva di margini definiti, di un rosso brillante, il colore del sangue arterioso. L'ondata lo circondò, lo sommerse e lo penetrò, come un dirompente flusso di energia in una sorta di stupro mentale. Durò lo spazio di un battito di palpebre, l'arco temporale di una sistole e una diastole (così gli sembrò), ma fu incredibilmente estraniante, brutale.

Larry si staccò da Bert barcollando. Nell'aria c'era odore di sigarette, deodorante spray alla lavanda e disinfettante per pavimenti piastrellati. E la luce che entrava dalle finestre era più intensa.

Il signor Bundy gli stava parlando.

«Come dice?» chiese Larry. Ebbe l'impressione che le parole dell'uomo gli giungessero ovattate, avvolte in uno spesso strato di panno. Le sue, al contrario, gli risuonarono nel cranio simili a un folle scampanio. E gli formicolava tutto il corpo.

«Qualcosa non va?» ripeté Jeff Bundy.

La marea rossastra, preoccupante e pericolosa, se mai c'era stata, adesso era sparita. Il mondo aveva ritrovato i suoi colori naturali, anche se parevano più intensi e netti di poco prima. «Non ne sono... sicuro» balbettò Larry. Il suo cuore seguitava a scalpitare come un puledro indomabile, in sincrono con quello di Bert.

Non era nuovo a certe stranezze. Si manifestavano in modi differenti, ma la loro origine era la stessa. I danni che il suo cervello aveva subito non erano del tutto quantificabili. I mal di testa (meglio sarebbe stato dire le punte di trapano da nove che gli perforavano il cranio) erano all'ordine del giorno, ma non mancavano amenità estemporanee come svenimenti, attacchi d'ansia, nausea, depressione, vuoti di memoria, dilatazione del tempo e dello spazio, percezione alterata del proprio corpo. E i farmaci che era costretto a prendere contribuivano, ne era più che certo, a peggiorare il quadro.

In ogni caso, un campionario di stravaganze a cui se n'era appena aggiunta una nuova.

«Che vuol dire che non ne è sicuro?» Jeff Bundy si fece paonazzo.

«Credo che sarebbe una buona idea fare un elettrocardiogramma.»

«Un elettrocardiogramma? Perché?» Ora il respiro aveva un fondo roco, aspro, quasi strozzato.

«Un controllo. Niente di più.»

Era stata quell'immagine, se tale poteva definirla, a suggerirgli che il cuore di Bert potesse avere qualche problema. Certo, strano modo di sospettare una patologia, qualcosa che aveva più affinità con i fenomeni paranormali e i sensitivi che con la medicina. Si sarebbe meravigliato non poco se l'ECG avesse dato conferma di quella bizzarra suggestione. Tuttavia non costava poi molto verificarne la fondatezza, no? Scienza e coscienza. Sempre.

«E può farlo lei?» domandò Bundy, seriamente preoccupato. «Ora?»

Il problema era scoprire dove diavolo fosse finito l'elettrocardiografo. «Mi dia qualche minuto» disse Larry allontanandosi.

Dieci minuti più tardi l'espressione contratta di Jeff Bundy era svanita e il suo colorito era tornato quello di prima, un rosa pallido tendente al giallo.

«Falso allarme» gli aveva appena detto Larry dopo aver esaminato il tracciato. (Lo strumento era in una scatola con scritto ELETTROCARDIOGRAFO, niente di più facile. Meno facile era stato collegare i sensori e farlo funzionare. Non tutto era semplice come andare in bicicletta e fare l'amore.) «Il cuore di Bert non ha nulla che non vada» concluse. Si diede dello stupido per aver pensato che ci fosse un nesso tra quello che era capitato e la salute cardiaca del cane di Jeff Bundy. Effetti psichedelici da ketamina, con tutta probabilità. Ecco come chiamare la buona (si fa per dire) novella.

«Non sa come mi sento sollevato, dottore.»

«Mi dispiace di averla fatta preoccupare per nulla.»

«Invece la ringrazio. Lei è stato molto scrupoloso. Se Bert avesse avuto un problema al cuore non l'avrei sopportato.»

Larry si stupì di quell'affermazione. Gli sembrava eccessiva e comunque non adatta a un tipo come Jeff Bundy, di quelli che mettono paletti tra uomo e animale, che rispettano i ruoli, di quelli con la scorza che, alla fine, "un animale è un animale". Invece, a quanto pareva, si era sbagliato su di lui.

La spiegazione arrivò un istante dopo. «È che... sono cardiopatico» confessò Bundy. «Grave» aggiunse subito dopo. «Dovrebbero cambiarmi le valvole, sa... sono in lista.»

«Mi spiace, non sapevo...»

«E come avrebbe potuto? Solo che, quando ha detto che anche Bert poteva avere qualche, sì, insomma, qualche noia al motore, per così dire» indicò il proprio torace, all'altezza del cuore «mi sono allarmato.»

Per un breve momento Larry vide l'uomo che gli stava di fronte come il bambino che era stato sessant'anni prima, spaventato, senza maschere, vulnerabile. Estremamente vulnerabile.

Nella sua vita precedente, quella in cui era *davvero* il dottor Nowak, gli era capitato molte volte di assistere a casi in cui uomo e animale presentavano la stessa malattia, quasi che si fossero contagiati in qualche modo l'un l'altro. E non si trattava di influenze o bronchiti o altro di comune. Erano cancri, diabete, epatiti, calcoli, cose serie, cose che ti portavi avanti a lungo se non per sempre.

«Oh, Cristo!» esclamò tutt'a un tratto Jeff Bundy ritornando l'adulto con la felpa dell'Università del Vermont che aveva premuto il campanello di Larry Nowak, improbabile veterinario. «Sei proprio un idiota! Pisciare sul tavolo! Vergognati!» Bert aveva mollato gli ormeggi.

«Lasci perdere. Può succedere. È la tensione.» Larry osservò il liquido scivolare dai bordi e gocciolare sul pavimento della cucina con un ticchettio regolare. Un liquido *giallo tenue* che sarebbe sicuramente piaciuto a Scott. «Può farlo scendere» disse. «Solleviamolo da questa tortura.»

Bert parve capire, perché balzò dal tavolo come una molla scivolando sul pavimento levigato della cucina e sbattendo la mandibola contro le scarpe del suo padrone. L'uomo imprecò.

«Cosa le devo, Larry?» disse poi. «Posso chiamarla Larry, dottore?»

«Certo che può. E non mi deve niente.»

«Ma...»

«Non è deontologicamente corretto ricevere denaro quando ci si presenta in queste condizioni» scherzò riferendosi alla sua tenuta da pittore.

«Mi fa sentire a disagio...»

Mai quanto si sentiva Larry. «Stia tranquillo. Va bene così.»

«Allora la ringrazio». Per sottolineare la propria gratitudine, l'uomo gli strinse la mano con entrambe le sue, le dita grosse come salsicce sudate. «Conosco parecchi allevatori nei dintorni. Farò il suo nome.»

«Allevatori di vacche, maiali, animali da reddito?»

Jeff Bundy rise. «Certo! Che altro?»

«Io mi occupo solo di piccoli animali, animali da compagnia, capisce? Cani, gatti, conigli...» Gli venne da pensare a James Herriot, il celebre veterinario e scrittore inglese, pioniere della clinica dei piccoli animali. I tempi del medico che sapeva curare di tutto, dai pappagalli ai tori, erano passati da un po', almeno nell'idea che Larry aveva della sua professione.

«Capisco. Ma non è poco? Voglio dire, al giorno d'oggi quasi tutti hanno un cane o un gatto, ma questa non è una grande città. Non avrà molto lavoro.»

«Andrà bene lo stesso» rispose Larry.

«Posso farle un'altra domanda?» chiese Jeff Bundy dopo averlo studiato per qualche istante.

«Ci provi.»

«Perché mai qualcuno dovrebbe venirsene fin quassù nel Vermont per rilevare un vecchio ambulatorio? Voglio dire, lei non mi sembra affatto un giovane alle prime esperienze, né un anziano alla vigilia della pensione come lo era il vecchio Elmer.»

«Mi sembrava una buona occasione» rispose Larry, evasivo.

«Una buona occasione per cosa?»

«Per fare molte cose.» Larry distolse lo sguardo riavvolgendo con eccessiva cura i cavi dell'elettrocardiografo. Il silenzio che seguì parve interminabile.

«In tal caso, benvenuto a Wytago, Larry. Questa è una piccola comunità, dove vige il principio del buon vicinato. Si troverà bene. Soprattutto se continuerà a non accettare denaro dai clienti!»

«Se continuerò a non accettare denaro dai clienti non penso che potrò permettermi di restare a lungo in questa città» replicò Larry con un sorriso sincero, ma che sembrò orribile a causa della magrezza del suo volto.

Mentre attraversavano il corridoio, un secondo frammento di giornale riuscì ad aggrapparsi a uno dei talloni nudi di Larry e a farsi comodamente trasportare fino al vialetto d'accesso, a metà del quale spiccavano i generosi escrementi di Bert.

«Ah, questa l'ha fatta prima» ammise Bundy quasi divertito. «Se mi dà una pala gliela tolgo di mezzo io.»

«Non si preoccupi.»

«Insisto.»

«Le dico che è tutto a posto.»

«Allora, grazie davvero, Larry, e arrivederci!» L'uomo spalancò la portiera della sua voluminosa Oldsmobile e Bert balzò all'interno come un fulmine. Poi restò a guardare gli uomini dal finestrino con la lingua penzolante dalla bocca.

«Stavo pensando,» disse Bundy prima di salire a sua volta «Kate fa un'ottima salsa per il barbecue, che io cucino. Perché un giorno non fa un salto su da noi? Stiamo solo a tre chilometri in direzione Berlin. Così, tanto per conoscerci un po'. E per ricambiare la sua gentilezza. Che ne dice?»

«Perché no?» rispose Larry stupendosi di pensarlo realmente.

Rimase a osservare l'auto allontanarsi e lasciare dietro di sé un fumo nerastro, mentre il naso di Bert spuntava dal finestrino aperto a metà. Jeff Bundy sporse la mano sinistra dall'abitacolo in segno di saluto, quindi scomparve oltre la curva che immetteva Pembroke Road nella 302.

Larry alzò un braccio nell'aria, che gli parve quasi solida, accompagnando quel gesto a un sorriso poco convincente, incollato come un francobollo sbiadito sul viso.

Come aveva fatto Jeff Bundy a sapere che il tizio che aveva rilevato la casa del dottor Ellroy si chiamava Larry Nowak e che faceva il veterinario?

«In un buco come questo» gli aveva detto Scott del negozio di pitture «scoprirà che non è difficile conoscere tutti.»

Doveva essere così, si disse. *Era* così.

Abbassò il braccio e, avvolto dalla calda luce di un sole calante, si apprestò a raccogliere la merda di Bert dal marciapiede.

***

Josephine attraversò il corridoio con la velocità che le consentivano le sue giunture scricchiolanti e si infilò in cucina. Anche a televisore spento, l'eco delle parole della dottoressa Fernon continuava ad aleggiare come un'immobile nube di fumo sulla tappezzeria sdrucita del salotto di casa Boulding.

Ed è per questo motivo, egregi delegati, che rassegno le mie dimissioni. La fiducia, solo quella è importante. Non potrei mai svolgere il mio lavoro e guardare negli occhi i miei pazienti se non fossi certa della loro totale fiducia. E finché dubbi e sospetti getteranno ombre malevole sulla mia persona, dedicherò ogni energia alla ricerca della verità. Solo allora, quando avrò dimostrato la mia innocenza, potrò tornare.

Josephine accese la piastra elettrica sotto la caraffa del caffè e tirò fuori dal forno la mezza torta avanzata dal giorno precedente, quando la sua amica Martha Richardson era venuta in visita portando novità, odore di lacca e, appunto, una delle sue famigerate crostate.

Gli egregi delegati avevano accettato le dimissioni della dottoressa Fernon con compostezza. Le avevano stretto la mano e uno solo tra loro, Bob Carson (che aveva sempre nutrito una stima incondizionata nei confronti della ginecologa orfana che veniva dal Midwest e alla quale, intorno all'episodio numero 1250, aveva confidato il suo amore) aveva dichiarato ad alta voce, così che tutti gli altri potessero chiaramente sentire, che l'ospedale l'avrebbe attesa e che nessuno avrebbe osato dubitare circa la sua innocenza. Poi era calata la parola fine. Non fine del 1873esimo episodio, ma fine di quella stagione. I rotocalchi specializzati, come il «Gold» o il «GossipWeek», spiegavano con dovizia di particolari che la quinta serie di *St. Gregory* era già pronta e confezionata per il prossimo autunno, ma il senso di vuoto che quella parolina di quattro lettere aveva lasciato nello scabro petto di Josephine Boulding e nella sua vita altrettanto scabra era qualcosa di devastante.

Spalancò il bidone dei rifiuti e senza tanti convenevoli vi fece scivolare il resto della torta. Un po' della marmellata che ne ricopriva la superficie le rimase attaccata al pollice. Josephine indugiò qualche istante, indecisa se leccarsi il dito o lavarselo. Quindi aprì l'acqua del rubinetto e vi cacciò sotto tutta la mano.

C'erano momenti della giornata sanciti da punti fermi, cardini sui quali far ruotare le altre poche variabili di una vita d'attesa. Il caffè delle sei e mezzo al mattino, ad esempio, dopo la prima preghiera, e quello delle cinque al pomeriggio. La seduta evacuativa (Josephine era incredibilmente pudica riguardo certe questioni) poco dopo l'alba, il riassetto del letto e della cucina alle sette, il notiziario delle dodici, le prediche di Charles Frazier Stanley dalle frequenze della WMNV al pomeriggio, la tisana della sera, l'ultima preghiera prima di coricarsi, alle nove precise. Il *St. Gregory Hospital* dalle diciassette e trenta alle diciotto e quindici sul canale 52. Oltre a ciò, poco altro. Ah, già: l'*Alvin Peabody Show*, ogni sera alle diciannove sul canale 17 dopo le previsioni del tempo (quando però gli ospiti si infervoravano e cominciavano a volare gli insulti non le piaceva per nulla, e quello sciocco di Alvin Peabody che lasciava correre rimanendosene in un angolo dello studio a ridacchiare!). Ora che la soap della dottoressa Fernon se ne andava temporaneamente in naftalina, si creava un buco nell'usuale dipanarsi della giornata.

Era più che devastante, aveva pensato Josephine cercando di analizzare lucidamente la nuova situazione. Era *destabilizzante*.

E aveva poco da venire a sproloquiare, Martha Richardson. Le cose andavano considerate da punti di vista differenti. E malgrado questo, spesso non coincidevano. Avrebbe voluto vedere lei, starsene quattro stramaledetti mesi senza quel suo circolo di vecchi bacucchi male in arnese. Già, perché esattamente di questo si trattava: quattro pidocchiosi mesi senza il dolce sorriso della ginecologa dalla quale ogni donna d'America con un briciolo di sale in zucca avrebbe desiderato un consulto. Per tutto quel tempo che, ne era certissima, le sarebbe sembrato eterno, un buco di quarantacinque minuti avrebbe pesato come la mancanza di una persona cara.

Versò il caffè bollente nella tazza e si sedette al tavolo: notò che la lunga crepa longitudinale che lo divideva in due metà sembrava più ampia del solito.

Martha Richardson e la sua lacca al profumo di fiori di primavera, che le gonfiava i capelli e glieli mummificava. Martha Richardson, una gran confusionaria. Si esprimeva con parole affettate, infarcendo il suo vocabolario di luoghi comuni, e il suo tono di voce era sempre squillante, ai limiti della molestia. A tal proposito, Josephine si era chiesta innumerevoli volte se ciò fosse causato dal fatto che in cuor suo Martha la considerasse mezza sorda e intronata dagli anni, o semplicemente perché era solita frequentare luoghi affollati e chiassosi, come il circolo per anziani di Wytago, a parere di Josephine un posto pieno zeppo di vecchi storditi.

«Il tuo problema» le diceva spesso Martha «è che te ne stai troppo sola, Jo.»

Josephine detestava i discorsi che iniziavano con "il tuo problema è". E allo stesso modo detestava che la si chiamasse Jo.

«Dovresti ricominciare a venire giù al circolo, Jo. Siamo davvero un bel gruppo, sai?»

Josephine non ne dubitava, ma preferiva ugualmente non averci nulla a che fare. Non più.

L'anticamera della morte, lo chiamavano quegli spiritosi del Donnie's Emporium. E per quanto Josephine non nutrisse particolari simpatie per la combriccola capitanata da Donnie Licois e da suo cugino Milton Swayne (ricordava che anche ai tempi della scuola non le erano mai piaciuti granché, sempre a fare i gradassi e a prendersela con i più piccoli, e una volta – quando le tornava in mente non riusciva a trattenere un risolino malizioso – quello smargiasso di Donnie, lei lo aveva fatto tornare a casa con la coda tra le gambe e con il segno delle sue cinque dita sulla guancia sinistra, ah quelli erano tempi!), doveva ammettere che la definizione calzava a pennello. Josephine Boulding aveva iniziato a frequentare il circolo anziani di Wytago (non aveva un nome vero e proprio sebbene, trovandosi in Front Street, spesso venisse chiamato il circolo di Front Street) più o meno all'epoca delle dimissioni di Nixon e si era decisa a smettere alla vigilia della guerra del Golfo. Non che le implicazioni politiche la influenzassero, tutt'altro. Josephine apparteneva a una famiglia democratica che vantava lontani legami di sangue con Franklin Pierce, l'oscuro avvocato del New Hampshire, quattordicesimo presidente degli Stati Uniti. Tuttavia riteneva che i politici fossero una brutta razza di voltagabbana egoisti meritevoli di estinzione. Il fatto era che le prime pagine dei giornali rappresentavano spesso le uniche inamovibili testimonianze degli anni che passavano e Josephine tendeva a memorizzare le date degli eventi che capitavano associandole ad avvenimenti di carattere internazionale, puntualmente rilevati dai quotidiani.

In realtà si era allontanata dal circolo anziani di Wytago nel momento in cui aveva amaramente realizzato che le persone alle quali le capitava di affezionarsi morivano una dopo l'altra, inesorabilmente. Non che al di fuori del circolo le persone non morissero, ma, quantomeno, non frequentandole le sembrava di soffrire di meno per la loro dipartita. Così era accaduto per Eddie Freeman, l'unico individuo di sesso maschile per il quale Josephine Boulding avesse mostrato interesse nella sua lunga vita da nubile e che un ictus si era portato via una grigia mattina di novembre del 1979 (lo stesso maledetto giorno in cui a quei miscredenti di Persia era venuta in mente la brillante idea di occupare l'ambasciata). Così era accaduto per Violet Roberts, compagna di interminabili partite a pinnacolo e di dissacranti pettegolezzi sulle star di Hollywood, una delle poche donne, a giudizio di Josephine, che sapesse anche stare ad ascoltare. Violet se n'era andata a causa di un melanoma alla fine del 1983 (Ronald Reagan posava sorridente per i fotografi a braccetto di un comunista: si vedeva che aveva fatto l'attore quel figlio di buona donna di un repubblicano!). E così era stato per Albert Schmalfuss e i suoi disegni a china, e per Brigitte Sanders che faceva vagonate di biscotti alla cannella e niente di più, e per Ralph Morton che nessuno, ma proprio nessuno, riusciva mai a battere negli scacchi, e per tanti altri ancora a cui Josephine era sopravvissuta. A volte, quando si erano ritrovati tutti insieme, giù al circolo, a guardare un film in tv o a tavola per qualche occasione particolare, e magari qualcuno di loro era mancato da poco, aveva avuto la netta impressione che negli occhi di ciascuno si nascondesse l'insana curiosità di immaginare chi potesse essere il prossimo. E questa era una cosa che la faceva inorridire. *Dieci piccoli indiani andarono a comprare scarpe nuove, uno cadde e rimasero in nove; nove piccoli indiani fecero tardi in salotto, uno si addormentò e restarono otto...*

E un bel giorno aveva iniziato a starsene a casa. Molto semplicemente. (Be', c'era stato anche quell'altro fatto, a dire il vero, capitatole in quella caldissima giornata di inizio agosto, una giornata che non avrebbe mai dimenticato, ma preferiva non pensarci.) Da allora erano trascorsi quasi dieci anni, durante i quali solo Martha Richardson aveva cercato con continuità di spingerla a uscire nuovamente dal suo rassicurante guscio, dalla sua *comfort zone*, come le piaceva dire. Naturalmente senza esito.

Versò un po' di latte in un piattino e lo posò a terra, accanto al frigorifero.

Martha Richardson e le sue camicette a fiori. Era di circa quindici anni più giovane di Josephine per cui c'erano buone possibilità che se ne andasse all'altro mondo dopo di lei. Era solo per questo motivo che Josephine le permetteva di andare a trovarla. Martha Richardson era l'anima del circolo anziani di Wytago, lei e il suo compagno (si usava dire così, ma a Josephine dava sempre l'idea di qualcosa di sporco, di clandestino) quell'Alfred Kapelewski che tutti chiamavano Alfie (avevano la fissa dei nomignoli, Alfie sembrava un cane, e poi era il titolo di quella bellissima canzone di Burt Bacharach e associarla a un tipo del genere ne storpiava irrimediabilmente il ricordo). Alfie somigliava a un vecchio playboy caduto in disgrazia. Lui e Martha avevano sempre da organizzare qualcosa. Fortunatamente, a differenza di Martha, Alfie, o come accidente si faceva chiamare, lì a casa sua non ci metteva piede. Josephine non aveva nessunissima intenzione di sorbirsi le effusioni amorose di due vecchi che giocavano alla guerra degli ormoni. Lo trovava grottesco. A volte le capitava di immaginare Martha e Alfred Kapelewski stesi sul sudicio letto di qualche motel completamente nudi intenti a scambiarsi carezze proibite e sguardi lascivi su corpi ormai in disfacimento. Quando ciò accadeva, Josephine scacciava quell'immagine e reprimendo un moto di disgusto si metteva a pregare per una buona mezz'ora.

Milky sbucò da sotto il tavolo stiracchiandosi. Emise un miagolio di saluto che subito si trasformò in uno sbadiglio e si avvicinò ciondolando al piattino del latte.

Martha Richardson e le sue crostate alla marmellata. Non un granché in fondo. La pastafrolla sembrava sempre un po' bagnata e le marmellate il più delle volte possedevano uno sgradevole retrogusto amaro. Sarebbe bastato dirle, una volta soltanto: *Martha, non sai fare le torte, ho sempre finto che mi piacessero perché non volevo che tu ti offendessi, ma ora non ne posso davvero più, smettila, ti prego, di presentarti qui ogni santa volta con una crostata alla marmellata e, visto che siamo in vena di franchezze, piantala pure di accompagnarti a quel viscido individuo che risponde al nome di un cane.*

Invece non le diceva assolutamente niente.

Milky ripulì il piattino, si guardò intorno, quindi si aggrovigliò alle caviglie della donna richiedendo un'ulteriore dose di latte.

Non che le visite di Martha Richardson le dispiacessero come si ostinava a dar a intendere a se stessa. Le evitavano di andare nel salone di Lou e Eyleen per essere messa al corrente delle ultime novità, ad esempio. Le consentivano di farsi recapitare a casa piccole spese o di pagare qualche conto all'ufficio postale o agli sportelli della Bank of Vermont. Martha si prestava volentieri a queste commissioni. Contenta lei. E poi, se si fosse sentita male all'improvviso, aveva la sicurezza che entro quarantotto ore al massimo l'avrebbero trovata. Magari ugualmente morta, ma comunque prima che la puzza del proprio cadavere in decomposizione infastidisse i vicini. Com'era successo al vecchio Henry Hakluyt, che per oltre cinquant'anni era stato il postino di Wytago e che viveva da solo dalle parti di Quarry Street. Lo avevano trovato nel letto di casa che era morto da due settimane. Aaron McLeod, che andava a far legna poco distante, aveva raccontato che il puzzo arrivava fino alla strada, a oltre cinquanta metri dalla casa. Quella volta però la colpa era stata del vecchio Henry. Un paio di giorni prima di morire era andato in giro a raccontare che si sentiva stanco, con le pile al minimo (proprio così aveva detto quel giorno al circolo di Front Street, «le pile al minimo») e che si sarebbe recato a Boston da sua sorella per un po'. Così nessuno si era dato pena di cercarlo. Lei non voleva finire come Henry Hakluyt. Inoltre Milky non sarebbe sopravvissuta due settimane senza cibo, a meno che non si fosse accontentata di divorare i resti della sua padrona. Così andava bene anche Martha Richardson, con la sua lacca, le camicette a fiori, le torte alla marmellata e tutto il resto.

Milky finì di leccare il secondo piattino di latte, balzò in grembo alla donna e lì si accoccolò facendo le fusa.

Martha Richardson e le sue novità. Di regola riguardavano pettegolezzi, indiscrezioni, semplici voci. Il settore più gettonato era naturalmente quello della salute: chi era morto e di cosa, chi era ammalato e di che malattia, chi aveva una brutta cera, chi non si vedeva in giro da un po'. Al secondo posto veniva la sfera affettiva, comprendente chi se la faceva con chi, chi piaceva a chi, chi non ne poteva più di chi. Infine le varie ed eventuali: quali prodotti erano in offerta al Wal-Mart, che piatti venivano serviti da Gordie's o Staunton, i due principali ristoranti della zona (e quante schifezze buttassero dentro la carne degli hamburger di McDonald's), i programmi dell'auditorium, chi alloggiava al Vermonter Motel di Eliah Fairfax in fondo alla Main. Cose così. Fatti da piccole città. Gli stessi di cui discutevano Donnie Licois e gli altri giù all'emporio usando semplicemente un gergo differente.

Era accaduto qualcosa, però, la settimana precedente, e da allora Martha non sembrava capace di parlare d'altro. A Graniteville, un paese a pochi chilometri da Wytago, era stato ritrovato il corpo di un ragazzino di undici anni. Era stato violentato, strangolato e ricoperto di benzina. L'arrivo di alcuni escursionisti aveva probabilmente impedito che gli fosse dato fuoco. Era una cosa che faceva accapponare la pelle.

Mai, da che ricordava Martha, era accaduto qualcosa di simile da quelle parti, eccezion fatta naturalmente per il caso del vecchio Clark *Polecat* Lambert che aveva sparato all'amante della moglie con il Winchester a un colpo modello 1885 canna tonda da 50 con il quale si trastullava a far fuori i topi nel suo deposito di rottami lungo la 302. Ma questo accadeva nel '64, ai tempi in cui Lyndon Johnson strombazzava a gran voce la creazione della "Grande Società Americana", e dopo quel fatto poco altro, a parte il suicidio di Meredith Shoney nel giugno del '94 e l'incendio alla segheria Pitney nel maggio dello stesso anno, che aveva causato la morte del piccolo Tommy Blanchard, il figlio dello sceriffo (per quanto, avrebbe potuto obiettare qualcuno, la disgrazia di Thomas Blanchard rientrasse più precisamente nella casistica degli incidenti, come quelli di Ron Allison finito con il camion nel Winooski, di Matthew Lague morto dissanguato per essersi accidentalmente mozzato un piede disboscando il faggeto dietro casa, di Harry Woodelson annegato a Peacham Pond, di Lorna e Eddie Sprouse schiantatisi contro un pino lungo la 110 mentre tornavano dalla festa per i loro venticinque anni di matrimonio e di due operai precipitati mentre lavoravano nella cava Schuyler di Owls Head). E infine c'era la sparizione di Ben Solander il primo di gennaio del 1997, che aveva fatto molto scalpore ma che a tutt'oggi restava un mistero.

Questa la storia mortuaria della contea di Chittenden negli ultimi trentacinque anni. E anche Josephine, che era più vecchia di Martha, aveva convenuto di non ricordare episodi così cruenti. Quel brav'uomo di Thurgood Blanchard, lo sceriffo, non ne aveva cavato nulla, nessun indizio, nessun sospettato, brancolava nel buio, come dicevano nei film polizieschi. Un'autentica brutta storia.

Al circolo, come in città del resto, non si parlava d'altro. Martha aveva detto che in fondo, al punto in cui il mondo era arrivato, non ci si poteva aspettare che fatti simili. Josephine aveva dovuto darle ragione per la seconda volta quel giorno, cosa che francamente le scocciava un tantino. Poi era passato Alfie Kapelewski (che Josephine si ostinava a chiamare "Alfred") e Martha se n'era andata insieme a lui a commentare ulteriormente l'accaduto giù al circolo anziani o forse a scambiarsi oscene carezze nel sudicio letto di qualche motel fuori città.

Ora, sorseggiando il suo caffè, Josephine ripensava a quanto Martha le aveva riferito a proposito di quel brutale omicidio. Erano davvero tempi bui per i bravi cristiani.

Lei era nata a Manchester, nel New Hampshire, ma viveva a Wytago da quando aveva dieci anni, la stessa età di quello sfortunato ragazzino che ora giaceva in una cella mortuaria dell'ospedale statale di Montpelier. Da quelle parti la gente lasciava aperta la porta di casa (non lei) e non aveva inferriate alle finestre o sensori antiintrusione (lei li aveva). L'opposto di quanto si faceva a Boston, a Nashua e ormai anche a Manchester. Lì a Wytago vigeva la *community watch*, dove tutti tenevano d'occhio tutti e se solo qualcosa non ti sconfinferava andavi di filato a raccontarlo allo sceriffo. Com'era possibile che accadessero simili atrocità?

Be', accadevano, come no. E lei lo sapeva bene, anche se si ostinava a pensare il contrario.

Dopotutto, Martha aveva davvero ragione quando diceva (in un gergo che apparteneva sicuramente al suo adone col nome da cane) che il mondo, anche da quelle parti ormai, stava andando a farsi fottere.

Attraversò lo specchio di luce della finestra che si affacciava su Pembroke Road per andare a posare la tazza nell'acquaio e qualcosa dall'altro lato della strada attrasse la sua attenzione. Scostò la tenda e stette a guardare. Un uomo, sporco ed emaciato, scalzo e con un foglio di giornale appiccicato sotto i piedi se ne stava immobile sul ciglio della strada con un braccio alzato contemplando degli escrementi di cane. Era quel tipo strambo che aveva comprato la casa del vecchio Elmer Ellroy. Naturalmente Martha le aveva raccontato quel poco che sapeva sul suo conto e cioè che avrebbe dovuto essere un veterinario come Elmer (*meglio* di Elmer era auspicabile), che veniva dal Sud ma non precisamente da dove (venire dal Sud per gli abitanti della contea di Chittenden poteva significare anche dalla contea di Harriman, ad appena una cinquantina di chilometri di distanza) e che era un personaggio schivo, che amava starsene da solo.

Josephine si fece il segno della croce e riaccostò le tendine. «Signore mio Dio» disse socchiudendo appena le palpebre grinzose «in che mondo viviamo. Proteggi Milky e me, ti prego, da tutti i malintenzionati e dagli assassini. Amen.»

***

Jeff Bundy (gli era piaciuto quell'uomo ed era stato sincero quando aveva accettato il suo invito a cena, c'era una certa inusuale schiettezza in lui che l'aveva conquistato), gli aveva detto che il portico era marcio. Larry guardò in alto, lungo le travi, ma non vide nulla di così particolare da colpirlo. Gettò un'occhiata in basso: l'urina di Bert rendeva più scuro il legno alla base dei piloni, ma nessuna traccia di marciume. Com'era che tutti da quelle parti sembravano intendersi di legname? Anche a Herb Gilmore era bastata un'occhiata per dire la sua. Forse perché, a differenza di Larry, quella era gente che viveva in mezzo alle foreste da che era nata. In ogni caso se lo dicevano doveva essere vero.

In effetti non era la prima volta che gli si insinuava l'idea di essere stato in qualche modo raggirato. No, non pensava a Scott, quello era stato un raggiro da poco. Pensava al dottor Ellroy. Non che l'anziano veterinario fosse una volpe travestita da gallina, o almeno Larry non voleva crederlo, ma gli era parso davvero un uomo stanco, un uomo al capolinea, la cui unica colpa con tutta probabilità consisteva nel desiderio di disfarsi di un peso. A Larry la cifra richiesta era parsa ragionevole, così ragionevole da accettare senza concedersi di controllare lo stato della casa. Ma a quanto sembrava aveva commesso un errore (forse il primo di una lunga serie, aveva pensato): il fabbricato era logoro e necessitava di riparazioni, di aggiustamenti, di "rimesse a nuovo" come diceva Herb il loquace, ma soprattutto di dollari. Forse al momento della definizione del contratto avrebbe potuto tirare un po' sul prezzo, magari far stimare l'edificio da un perito (ci aveva riflettuto, ma poi gli era parsa una mossa indelicata) oppure più semplicemente rifiutare l'offerta e attendere un'altra opportunità. Ma non l'aveva fatto. Dicendo sì a Elmer Ellroy, Larry aveva detto sì alla sua nuova vita e apponendo la propria firma in calce a quell'atto di vendita un po' scarabocchiato, un po' ingiallito come le mappe dei tesori dei pirati, aveva firmato in realtà l'assegno in bianco del proprio futuro.

Mentre saliva i tre sconnessi gradini della veranda (*Tre gradini di legno scricchiolanti* cantava Burl Ives sotto il portico in *Magia d'estate*), Larry si accorse di avere un nuovo pezzo di giornale attaccato a un piede. Lo staccò dal tallone. Questa volta si trattava del «New Hampshire Union Leader», non di un quotidiano locale. Continuava ad acquistare l'«UL» come se vivesse ancora a Nashua. Lo aveva trovato giù al centro commerciale e quando ci andava se ne tornava sempre con una copia sottobraccio. Era forse l'unico vero legame che per il momento manteneva con la sua vecchia vita. Accartocciò il foglio senza leggerlo. Tornò in salotto e succhiò le ultime gocce di birra dalla lattina che aveva lasciato a terra vicino a un barattolo di diluente aperto quando Jeff Bundy aveva suonato alla porta. Oltre che calda, gli sembrò che la birra odorasse vagamente di solvente.

Si sentiva a pezzi. Dietro le palle degli occhi era iniziato un pulsare insidioso, un campanello di allarme che Larry conosceva molto bene. Il mal di testa aumentava e anche questo non era un buon segno. Si prospettavano per lui un paio di giornate segregato nel buio della camera da letto con lo stomaco rappreso come un frutto secco. L'emicrania faceva parte ormai stabilmente della sua vita, tanto quanto le cicatrici, la difficoltà nel camminare e nel digerire, gli incubi notturni, l'ansia e i rimpianti.

La luce era cambiata. Gli piaceva. Dalle finestre spalancate entrava una brezza leggera e calda che sollevava i bordi dei lenzuoli sopra i mobili e gli angoli delle pagine dei giornali a terra. La stessa aria che faceva tremolare le foglie degli aceri sul viale e i panni stesi sull'asciugatoio nel giardino della casa accanto alla sua.

Udì il ritmico, ipnotico, inconfondibile *ciaf-ciaf* degli annaffiatori che ruotavano sui prati e il brontolio sommesso del camion dei rifiuti che compiva il consueto giro serale. In fondo alla strada, un gruppetto di bambini si dava chiassosamente appuntamento per il giorno seguente, a scuola.

Ricordava bene quanto accaduto al padre di quel suo compagno, Ronnie Underwood, che era tornato dal Vietnam con qualcosa di sbagliato nel cervello e che se ne girava per il quartiere con un casco da motociclista sulla testa. Quando qualcuno si metteva a ridere e gli domandava che diavolo credeva di fare, lui rispondeva serafico che le granate erano maledetti gingilli pronti a scoppiare in qualsiasi momento. Un giorno si era sparato un colpo in bocca e l'aveva fatta finita per sempre. Al funerale, Larry aveva sentito qualcuno dire che per come era andata quella storia tanto valeva che Ronnie Underwood non fosse mai tornato dalla guerra, che se una di quelle granate di cui cianciava tanto gli fosse scoppiata sotto il sedere ci si sarebbe risparmiati tutti un immenso strazio.

Da quando Larry si era risvegliato, non passava giorno in cui non si domandasse come sarebbe andata a finire la sua di storia e se magari, come era capitato per il signor Underwood, qualcuno un giorno avrebbe detto o pensato quanto meglio sarebbe stato se Larry non fosse mai tornato, se non si fosse mai ripreso dal coma, se in quel maledetto incidente ci fosse rimasto secco. Anche questo, probabilmente, era un motivo per allontanarsi da Nashua e dalla sua vita di prima. Certo, non era l'unico, ma come spesso accade per le scelte sofferte non c'è mai una ragione soltanto che porta a prendere una decisione.

Sua madre l'aveva lasciato andare senza opporre una particolare resistenza e questo, almeno in parte, l'aveva stupito. Si sarebbe aspettato qualche tentativo più convinto di trattenerlo, ma alla fine gli era parso di capire che a lei sarebbe stato bene anche così. Larry aveva pensato alla possibilità che sua madre si fosse rassegnata già da tempo all'idea di avere perso un figlio e la sua vita si era probabilmente adattata quanto quella di lui alla nuova situazione. Non era facile cambiare ancora una volta, non a quell'età. L'aveva vista in ospedale, alcuni giorni dopo il risveglio, quando finalmente i suoi occhi erano riusciti a mettere a fuoco qualche immagine definita che non fosse solo un'ombra o una macchia di luce. Aveva trovato una donna anziana, una vecchia zia o una giovane nonna, ma non era riuscito a pensare a lei come a sua madre. Sei anni e mezzo di tormenti potevano pesare come venti. Le si erano imbiancati i capelli (anche se le davano un tono più *blasé*) e appariva più bassa, forse solo più curva. E soprattutto le si era spento il sorriso. Nemmeno quando si erano abbracciati (con molta cautela perché il corpo di Larry allora era fragile come quello di un neonato) si era lasciata andare. Lui l'aveva sentita piangere silenziosamente appoggiata sulla propria spalla, mentre le sue cellule olfattive registravano un profumo estraneo. Ma quando, dopo parecchio, si erano staccati, gli occhi di lei erano asciutti e lo sguardo quasi imbronciato. Larry aveva scoperto solo in seguito che quella era la sua espressione abituale, come se durante tutti quegli anni la pratica di non sorridere le avesse trasformato i lineamenti del viso. Dopo qualche altro giorno gli era stato detto che suo padre, circa due anni prima, era morto. Era accaduto in pochi mesi a causa di un tumore al pancreas. E la cosa assurda era che, senza apparente motivo, senza responsabilità oggettive, Larry si sentiva fortemente in colpa per non esserci stato quando era successo.

La psicologa che l'aveva seguito durante tutte le fasi di riadattamento, gli aveva spiegato più di una volta che la crescita dei sensi di colpa nei soggetti che hanno subito lunghe ospedalizzazioni è normale, ma va controllata. Il fatto di essere stato sospeso per così tanto tempo (la dottoressa Susan O'Connor usava solamente il termine "sospensione" e mai "coma" o "stato vegetativo") rappresentava una situazione ai limiti del paradosso. Esserci ma non poter fare nulla per impedire che le cose accadano è un po' come starsene seduti al cinema seguendo uno spettacolo sul quale naturalmente non si ha alcuna possibilità di intervenire. E i sensi di colpa di Larry per quella sua involontaria mancanza non si limitavano solo all'assenza durante la malattia e la morte del padre, ma costituivano una specie di pila interminabile, stavano accatastati e sovrapposti gli uni agli altri, puntati come canne di fucile verso ogni essere vivente che fosse entrato in relazione con lui: sua madre, sua sorella, i suoi soci alla clinica, sé stesso, perfino Flip, il suo cane, che naturalmente non c'era più. E non ultima Jonie, la sua ragazza di allora.

La dottoressa O'Connor era stata chiara riguardo i sensi di colpa: erano utili quanto un preservativo bucato (esattamente queste erano state le sue parole) e quindi in un modo o nell'altro andavano rimossi. E Larry era giunto alla conclusione che un passo verso la loro rimozione poteva essere quello di farne un fascio, bruciarli e andarsene, lasciandosi alle spalle solo cenere e fumo. Era ovviamente più facile a dirsi che a farsi, ma da qualche punto si doveva pur cominciare, prima o poi.

Così, in un pomeriggio uggioso di marzo, mentre senza nulla da fare sfogliava l'ultimo numero della rivista ufficiale dell'*American Small Animals Veterinary Association* (molte riviste specializzate non avevano smesso di arrivare nella sua cassetta delle lettere, in questo era come se a Larry non fosse accaduto nulla di particolare, come se se ne fosse semplicemente andato in vacanza per un lungo, *lunghissimo* periodo) lo sguardo gli era caduto casualmente sulla pagina degli annunci. E lì, tra offerte di materiale seminuovo, canili alla ricerca di un responsabile e giovani neolaureati disposti a tutto pur di intraprendere l'attività, aveva scorto quel CEDESI scritto in grassetto.

Si trattava di uno studio con annessa abitazione nel Vermont, in un paese dal nome curioso, Wytago, sicuramente un termine

Micmac o Algonchino per indicare una montagna, un corso d'acqua o magari un animale sacro. Fatto sta che Larry, folgorato come Paolo sulla via di Damasco (be', *quasi* come Paolo) da quello scarno trafiletto, aveva strappato la pagina e si era letteralmente precipitato al telefono. Aveva lasciato che dall'altra parte del filo la suoneria squillasse innumerevoli volte fino a che la linea era caduta senza che nessuno avesse risposto. E così aveva trascorso il resto del pomeriggio ripetendo quel numero all'infinito, nella trepidante attesa che una voce, lassù nel Vermont, alzasse la cornetta. Ma inutilmente.

All'ora di cena sua madre era rientrata, ma Larry aveva preferito non dirle nulla. L'aveva ascoltata lamentarsi delle solite cose, del traffico, del lavoro, del tempo e naturalmente dei suoi tanti (e in costante crescita) acciacchi, controllando nervosamente l'orologio appeso alla parete sopra la porta del salotto. Con una scusa banale, verso le nove era uscito di casa e si era intrufolato nella cabina telefonica all'angolo di Merrill Terrace da dove aveva ripreso i suoi spasmodici tentativi di ottenere risposta. Finalmente, dopo un'altra mezz'ora di pigiatura di tasti, qualcuno aveva rotto quel silenzio prolungato.

«Sì?» La voce di un uomo anziano, forse con del cibo ancora in gola. Larry lo aveva sentito deglutire rumorosamente, quindi schiarirsi la voce. «Chi parla?» L'accento era quello tipico e un po' estraneo del Vermont.

***

Thurgood Blanchard aveva quarantaquattro anni, una moglie che soffriva di depressione e con la quale non aveva rapporti sessuali da sei anni, una casetta da finire di pagare sulla strada per Williamstown, una notevole collezione di vinili di musica jazz, qualche chilo di troppo e molti capelli in meno.

Era diventato lo sceriffo di Wytago nell'ottobre del 1992 (soltanto pochi mesi prima che nel Massachusetts un giovane veterinario si schiantasse a bordo della sua Harley contro la fiancata di un camion) succedendo al vecchio Isaac Dempsey (nessuna parentela con il più famoso Jack, campione dei pesi massimi), che era stato sceriffo per un sacco di tempo e che il Dipartimento di Polizia di Montpelier aveva deciso di mandare in pensione precocemente a causa di una altrettanto precoce demenza. A quel tempo Thurgood Blanchard svolgeva le funzioni di vice e la sua nomina a successore del vecchio (ma nemmeno troppo) Dempsey era apparsa ai capoccioni su in Centrale un fatto scontato tanto quanto il sole che sorge al termine della notte. La simpatica demenza di Isaac Dempsey si era trasformata ben presto in un Alzheimer della peggior specie e il vecchio (ora sì, aveva preso dieci anni in dieci mesi) sceriffo era finito nella tomba soltanto un paio d'anni più tardi, con il cappello d'ordinanza sulla bara e una bella corona di gladioli firmati da Thurgood e dal resto dell'ufficio sulla lapide al cimitero di Elmwood.

Ma le cose, dai tempi di Isaac, erano cambiate. C'erano squilibrati in quantità industriale e le strade non erano più sicure. Giravano un sacco di sostanze stupefacenti e qualcuno cominciava a permettersi di rubare anche da quelle parti, fregandosene della *community watch*. Senza contare quel fatto di Graniteville, qualcosa senza precedenti, un ferro arroventato che alimentava in Thurgood un dolore mai sopito, la disgrazia accaduta a suo figlio Tommy sei anni prima. Presumeva che dipendesse dal fatto che le vittime erano entrambi dei ragazzini. Tuttavia, nel sentire la puzza della benzina disseminata sopra e intorno al cadavere di Steve Taller, Thurgood aveva avvertito come un refolo gelato serrargli il cuore.

Tommy era uscito una mattina di primavera per andare a scuola. Avrebbe fatto otto anni ad agosto. Non era più tornato. Lo avevano cercato fino a quando era sceso il buio, e oltre, con le torce e con i cani, organizzati in squadre. Il giorno dopo qualcuno aveva notato del fumo uscire dai boschi sul lato occidentale del Winooski. Era la vecchia segheria Pitney che andava a fuoco. Spento il fuoco, avevano trovato il cadavere carbonizzato di Tommy. Forse stava giocando con dei fiammiferi o forse fu solo un caso. Thurgood non poté scoprirlo. E da allora quel buco nero (perché si trovava lì? perché non era rientrato a casa quella sera?), quella lacuna nella vita del suo unico figlio, pesava come il pianeta intero.

Dopo la disgrazia, la moglie di Thurgood, Francine, non si era più ripresa. Da quando Tommy era morto qualcosa dentro di lei aveva definitivamente fatto *clic*, come un interruttore, come una luce che si spegne.

Giusto sette giorni prima, allo sceriffo Blanchard erano toccati due compiti che definire ingrati sarebbe stato più che inappropriato. Il primo era stato bussare alla porta della piccola casa di Hidden Drive, a Graniteville, e vedere Goofie (anche se Thurgood ancora non sapeva che fosse quello il suo nome) venirgli incontro scodinzolando. Goofie, un bastardino bianco e nero vivace come un salmone che risale la corrente, era il cane di Steve Taller. Stevie, come lo chiamavano i suoi. Fu quella visione, forse più dello sguardo terreo di George Taller e del mancamento di Sylvia Taller e delle sue grida laceranti poco dopo, a svuotargli il cuore e farlo diventare un palloncino sgonfio. Immaginò Stevie che tornava da scuola e Goofie che gli correva incontro, una scena che non si sarebbe ripetuta. Mai più. Qualcosa che gli ricordava da vicino Tommy con Coltrane, il gatto che lui e Fran gli avevano regalato per il suo quarto compleanno, un Maine Coon chiamato come uno dei gatti di Lisa Simpson (e come John Coltrane, il sassofonista jazz, passione di Thurgood). Anche Coltrane aveva cercato a lungo Tommy, annusando la sua stanza, miagolando, chiedendosi forse quando sarebbe tornato. E anche in questo caso la risposta era stata: «mai più».

Il secondo compito ingrato era stato trovare le parole per dire alla coppia che il loro figlio era stato ucciso. In realtà non c'erano parole. Certe cose andavano dette e basta e girarci intorno, a suo avviso, non faceva che peggiorare la situazione e prolungare l'angoscia. L'aveva imparato sul campo. Quando Tommy era morto, nessuno era venuto a dirlo a Thurgood e Francine. Non glielo aveva detto nessuno, perché era stato lo stesso Thurgood a rinvenire suo figlio. O almeno quello che ne restava. L'aveva riconosciuto dalla Nike numero 35 che aveva trovato appena fuori dalla segheria, le scarpe che avevano acquistato insieme al centro commerciale di Berlin appena un mese prima. Ed era toccato a lui tornare a casa e guardare negli occhi sua moglie, la madre di Tommy, e dirle cos'era accaduto senza incespicare nelle parole.

Così si era tolto il cappello e dopo aver bussato aveva atteso, con il cuore che gli galoppava nel petto come se fosse lui a dover ricevere una brutta notizia e non viceversa. E quando Sylvia Taller gli aveva aperto, lei l'aveva già capito che era capitato qualcosa di brutto, di orribile, e si era aggrappata alla maniglia della porta con entrambe le mani. «Chi è?» aveva chiesto George dall'interno, e quando aveva visto la divisa e il volto grave dello sceriffo, per prima cosa aveva abbracciato le spalle della moglie, preparando entrambi al peggio. E poi Thurgood glielo aveva detto, senza attendere oltre, sforzandosi di guardarli negli occhi, perché ricordava bene come, quando ancora oggi qualcuno gli parlava di Tommy, gli sguardi fossero sempre sfuggenti, fissi su mani, piedi o auto di passaggio. Lui, invece, voleva che loro, i Taller, George e Sylvia, capissero quanto gli era vicino, quanto la loro perdita fosse anche la *sua* perdita, quanto fosse consapevole del loro dolore sebbene non avesse potere di alleviarlo. Tenne la voce ferma e alla fine poggiò una mano sulla spalla rigida di Sylvia, il massimo che potesse fare, perché Thurgood e gli abbracci non erano mai andati d'accordo.

Infine c'era stato il riconoscimento, la sera, all'obitorio di Montpellier e, il giorno seguente, l'apertura dell'inchiesta, le interminabili testimonianze (genitori, parenti, amici, vicini), i verbali, lo strazio dei dettagli, anche quelli più delicati, imbarazzanti, e Thurgood che sembrava scusarsi continuamente perché costretto a fare il proprio lavoro, che, cominciava a pensare, non gli piaceva più, e non da quel giorno, ma da un pezzo, da sei anni per l'esattezza, sei anni vissuti in una massa priva di forma, somigliantisi l'uno all'altro, confusi e dolenti. Giorni faticosi e notti insonni, zeppe di pensieri e silenziose, a parte, nei primi tempi, per il sommesso pianto di Fran, come le gocce regolari, incessanti, di un rubinetto guasto, che lui non era in alcun modo in grado di arginare. Ora era cessato anche quel pianto, per lasciare il posto a un'indifferenza inquietante che si alternava a momenti di agitazione vicini all'isteria. Lo stato d'animo di Francine Rosenberg somigliava al Dow jones di Wall Street: su e giù, più stabilmente giù. Ma Thurgood non voleva saperne di farla ricoverare in uno di quei posti come l'istituto Dillard, dove ti trattavano da cerebroleso. Era convinto che le cose si sarebbero messe a posto da sole, con il tempo. O almeno si illudeva che così sarebbe stato. Forse, se fossero andati via da Wytago, se avessero provato ricominciando da qualche altra parte... Aveva sondato il terreno coi capi, ma gli era stato risposto che i trasferimenti erano faccende lunghe e complicate e che venivano considerati solo in casi strettamente necessari o per meriti speciali. «In fondo» gli aveva detto il comandante Royce «il vincolo tra forze dell'ordine e cittadini è basato essenzialmente sulla fiducia, come quello tra medico e paziente. Com'è possibile coltivare un tale legame spostando gli agenti come pedine sopra una scacchiera?»

Quel pomeriggio (all'incirca alla stessa ora in cui Larry Nowak a un chilometro di distanza ascoltava rapito il ritmico, ipnotico *ciaf-ciaf* degli annaffiatori che ruotavano sui prati e il brontolio sommesso del camion dei rifiuti che compiva il consueto giro serale) Thurgood Blanchard sedeva alla scrivania osservando le fotografie della scena del crimine (così la chiamavano quelli della tv) senza riuscire a concentrarsi su nulla se non sul corpo del piccolo Steve Taller, che, in molte di quelle istantanee, aveva la fisionomia di suo figlio Tommy.

***

La dottoressa O'Connor l'avrebbe sicuramente definita "rilocalizzazione". Ma Larry non era uno strizzacervelli e dunque per lui trasferirsi era solo l'occasione di cambiare aria, di ricominciare senza le zavorre del passato.

La prima cosa che Larry aveva notato imboccando con la sua auto Pembroke Road appena un paio di giorni dopo la conversazione telefonica con il dottor Ellroy, era stata la spettacolare e ininterrotta doppia fila di aceri che, in un gioco perfetto di fughe prospettiche, convergeva in un punto imprecisato oltre il limite visibile della strada. Quegli alberi avrebbero meritato di finire fotografati sulle pagine di un calendario o di una brochure turistica. Larry si era sporto leggermente in avanti per poter osservare attraverso il parabrezza opaco della Mustang i rami e le foglie incrociarsi e confondersi sopra la sua testa e sopra la strada in una volta uniforme color verde acceso. A destra e a sinistra, oltre i tronchi massicci, piccole e sobrie costruzioni sparse secondo un'apparente casualità.

Aveva portato l'auto al di sotto dei quindici chilometri all'ora e due ragazzini in sella alle loro biciclette lo avevano superato. Uno dei due aveva gettato uno sguardo curioso all'interno dell'auto. Da quelle parti, aveva pensato Larry, un estraneo restava tale per poco. Il numero 9 si trovava sulla sinistra, pochi metri più avanti: una casa rialzata rispetto al piano stradale, con uno stretto vialetto di accesso e una breve rampa di gradini che portava alla veranda in legno. Assi bianche e infissi rosso bordeaux. Un acero, che a Larry era sembrato decisamente più grande degli altri, se ne stava piantato a guardia della casa, proiettando su di essa la propria ombra.

Spento il motore, era rimasto per qualche istante seduto al posto di guida, in silenzio. I due bambini erano giunti alla fine della via e le loro sagome, confuse nella luce intensa del sole al tramonto, dopo un ultimo sfuggente movimento nella direzione di Larry, si erano divise. Nessun altro per la strada. Due ingombranti familiari parcheggiate a ridosso del marciapiede e uno scoiattolo occupato a rovistare tra le foglie e i detriti. Larry aveva abbassato il finestrino e l'abitacolo era stato attraversato da un lieve sospiro che si era mescolato all'odore di tappezzeria e di polvere.

Era stata con tutta probabilità quella prima vivida immagine di Pembroke Road o qualcosa di imperscrutabile legato a essa a convincere Larry che quanto stava facendo era la cosa giusta per lui. Gli sembrava che la sua vita fino ad allora (o almeno fino all'incidente) fosse consistita in un susseguirsi frenetico di azioni alla ricerca di qualcosa che francamente gli sfuggiva, un moto continuo senza soluzione di continuità, una corsa conclusasi violentemente contro la fiancata di un camion.

Al college aveva letto *Padri e figli* di Turgenev e un brano gli era rimasto impresso. *Il posticino stretto stretto che occupo*, diceva, *è talmente minuscolo in confronto al resto dello spazio in cui non sto e in cui nessuno sa niente di me. E la porzione di tempo che riuscirò a vivere è così insignificante rispetto all'eternità prima di me e dopo di me.*

Era esattamente così che si era sentito durante la prima parte della sua vita, quella che aveva preceduto l'incidente, come qualcuno che avesse voluto essere contemporaneamente in tutti i posti e che soffriva dell'impossibilità fisica di esserci. Questo desiderio di ubiquità (che forse nascondeva un sottile anelito di immortalità) ora era scomparso. Il nuovo Larry voleva accontentarsi del *posticino stretto stretto* che la vita gli avrebbe riservato, e quella strada del Vermont, in quel pomeriggio dorato, gli aveva inaspettatamente suggerito un'immobilità di cui sentiva un impellente bisogno. Cercava il qui e ora, non l'ovunque e sempre.

Sceso a fatica dall'auto, era scivolato lungo il vialetto quanto più silenziosamente aveva potuto raggiungendo la vasta zona d'ombra delimitata dall'acero. Non c'era alcun motivo per cui non avrebbe dovuto far rumore, semplicemente non desiderava turbare quello che a lui sembrava un equilibrio perfetto. Sentiva le gambe indolenzite e i legamenti contratti, come sempre quando gli capitava di stare bloccato a lungo in una posizione. Un uomo, che poco tempo dopo Larry avrebbe scoperto chiamarsi Howell Grier e avere una moglie primitiva e spietata, spargeva semi con movimenti misurati nel prato della casa accanto. Aveva guardato Larry senza salutarlo, mentre la porta del civico 9 si schiudeva, pigramente, con una specie di acuto lamento, e un uomo anziano e curvo si affacciava. Teneva gli occhi socchiusi e il sole basso gli colpiva il viso trasformandolo in una grottesca maschera rossastra.

Larry era emerso dall'ombra e zoppicando si era avvicinato. «Buonasera, dottor Ellroy. Sono Larry Nowak, di Nashua.»

«Si è fatto male?» aveva chiesto l'uomo osservando l'andatura malferma di Larry.

«Sono in convalescenza.»

Si erano stretti la mano senza altri inutili convenevoli. Quindi, dopo aver ruminato con la sua dentiera ed essersi guardato un po' attorno (come se vedesse la strada, la *sua* strada, per la prima volta), il dottor Ellroy, che da quelle parti tutti chiamavano semplicemente il vecchio Elmer, aveva mormorato «Venga dentro. Ci facciamo una tazza di caffè.»

Nella casa l'aria era umida e densa di odori. A Larry era parso di riconoscere verdura cotta, pancake e antitarme per abiti. E naturalmente imprecisato vecchiume. Sopra le superfici c'erano lampade e soprammobili poggiati su centrini di pizzo ingialliti dal tempo e alle pareti quadri incorniciati con legno scuro e pesante. Filtrava poca luce e non perché non vi fossero finestre o non fossero ben esposte, ma perché le tende erano tirate. Come in una casa vestita a lutto.

«Lei va a pesca?» aveva voluto sapere il dottor Ellroy mentre erano in cucina.

«Ci andavo, da ragazzo...» aveva mentito lui.

«Io ci vado tutti i giorni, tempo permettendo. Lungo il Winooski. O a Peacham Pond.»

Larry aveva approvato con un sorriso. L'acquaio era ingombro di piatti e posate da lavare, così come l'intera cucina di arnesi, pentole e utensili poco utilizzati. L'infisso alla base della finestra, da cui si scorgeva un brullo spiazzo sul retro, era pieno di mosche morte.

Quanto può vivere una mosca?, si era chiesto Larry.

Un alito di vento solleticava l'orlo di una tenda che un tempo era stata bianca e, attutito, giungeva il rumore di una motofalciatrice. Larry fu investito dall'odore dell'erba appena tagliata.

«A Peacham Pond ci sono le trote più grosse che si possano pescare nella contea di Chittenden» aveva proseguito l'anziano veterinario.

«Le cucina lei?»

«Che cosa?»

«Le trote.»

«Oh, no! Le libero.»

«Le lascia andare?»

«Certo! Altrimenti che gusto ci sarebbe a pescare?» Aveva versato il caffè nelle tazze spandendone una buona quantità sul piano del tavolo e anche sul pavimento, che Larry aveva immaginato appiccicoso oltre che sporco. «Zucchero?»

«No, grazie.»

«Se compra la casa, le lascio le mie canne» aveva dichiarato mentre uscivano nel retro. Lo spiazzo terminava in prossimità di un boschetto di betulle.

«È davvero un bel posto» aveva osservato Larry sorseggiando quel caffè imbevibile.

«Credo che mi mancherà.» Elmer Ellroy teneva la propria tazza con entrambe le mani dissimulando a fatica il tremore che le attraversava.

Larry si era trattenuto dal fare domande, attendendo che

fosse l'anziano dottore a spiegare, se lo desiderava, le ragioni del suo distacco.

«È mai stato in Florida, dottor Nowak?» aveva chiesto l'uomo a un certo punto.

«Mai.»

«Nemmeno io. Ma non credo che lì si possa pescare. Non come intendo io, almeno. Mia sorella vive a Osprey, sul golfo. Lì ci sono solo squali e alligatori. E questo è un fatto.»

«Già. Non credo che le canne per le trote ce la facciano a tirarli su.»

«Nemmeno io. Sa che se un alligatore perde un dente semplicemente gli ricresce?»

«Non lo sapevo.»

«Sarebbe comodo anche per noi, non trova? Pensi quanti soldi risparmiati dal dentista.»

«Ha ragione.»

«Però non masticano. E questo è un paradosso. Con tutti quei denti che si ritrovano in bocca. E infine ho scoperto che sanno arrampicarsi sugli alberi. Chi l'avrebbe detto? Magari uno cerca di scappare rifugiandosi sopra un… che alberi ci sono in Florida? E invece quello ti insegue anche lì…»

«È sicuro di voler andare proprio in Florida?» aveva scherzato Larry.

«Sì, voglio stare con mia sorella per il tempo che mi resta da vivere.» Aveva teso la destra davanti a sé lasciando che tremolasse come un foglio di carta. «Vede, che roba? Non posso più stare solo. Mi toccherà morire laggiù, con i pantaloni corti, la camicia a fiori e un cocktail con la cannuccia tra le mani che mi verserò addosso. Senta un po', non sarà mica ricercato o roba simile?»

«Ricercato?»

«Dalla polizia, dall'FBI o che so io. Lo sa che lei è l'unico ad aver risposto al mio annuncio? Perché vuole venire a vivere qui?»

«Magari per imparare a pescare le trote a Peacham Pond» aveva replicato Larry dopo una lunga pausa.

Il vecchio veterinario aveva annuito. «Una buona risposta, ma non credo sia la verità.»

«No, infatti. È un po' difficile da spiegare.» Larry aveva guardato il cielo, come se fosse in cerca di un'ispirazione. «A volte accade qualcosa e *zac*, la vita non sembra più la stessa.»

«*Zac*?»

«*Zac*, sicuro. Un colpo netto e le cose appaiono diverse da prima.»

«Presumo abbia ragione» aveva risposto Ellroy dopo averci riflettuto per qualche istante. «Ci sono molti tipi di... *zac*, come li chiama lei.»

Un certo non so che nell'espressione dell'uomo aveva suggerito a Larry che forse anche a lui era capitato qualcosa del genere, qualcosa che aveva cambiato tutto, che aveva distinto un prima da un dopo senza alcuna possibilità di tornare indietro. «Comunque stia tranquillo» si era premurato di aggiungere «nessun guaio con la giustizia.»

«Ok. Venga. Ci facciamo un giro.»

L'uomo aveva condotto Larry attraverso le stanze di quella vecchia casa in silenzio, aprendo con mano malferma una porta dopo l'altra, senza alcun commento, come se stesse semplicemente controllando che all'interno oltre a loro due non vi fosse nessun altro. Le pareti erano dipinte di un azzurro stinto e in alcuni ampi tratti la vernice mostrava profonde crepe o tracce di muffa. Altre stanze invece erano rivestite da carta da parati, piuttosto logora e decorata con sbiaditi fiori giallastri. Le porte cigolavano e stentavano a rimanere aperte e qualche presa di corrente penzolava senza vita dal muro. Però l'acqua scorreva nei tubi, la caldaia sembrava funzionare, c'era una falda sotterranea che riforniva la casa e un grande e accogliente camino in salotto. L'ambulatorio si trovava nel retro, in una stanzetta che puzzava di stantio, dotata di un grande lavabo in un angolo e poco altro. Lo strumentario era ben poca cosa, ma per quello non ci sarebbe stato alcun problema.

«Ho voluto bene a questa casa» aveva detto il dottor Ellroy una volta tornati sotto il patio esterno, con una punta di commozione nella voce. «E questo è un fatto.»

C'era una grande voliera vuota appesa sotto la tettoia. Il metallo era arrugginito e sul fondo riposava un foglio di giornale ingiallito. «Avevo un merlo, una volta» era sembrato quasi giustificarsi.

Si erano stretti la mano in un turbine improvviso di vento,

mentre il sole tramontava definitivamente oltre le montagne e i lampioni della strada prendevano vita.

«Andrà a pescare, Larry?»

«Forse. In ogni caso avrò cura delle sue canne. Glielo prometto.» Quindi si era voltato avviandosi lungo il viale.

«Non faccia come me» aveva aggiunto dai gradini il dottor Ellroy alzando un braccio in segno di saluto. «Si trovi una compagna con cui invecchiare.»

***

Larry si accorse che fuori la luce si era smorzata e la brezza era scomparsa. Non aveva nessuna voglia di mangiare, tantomeno di andare fino al Wal-Mart per fare la spesa. Peggio ancora prendere qualcosa da McDonald's. Ma non c'era alternativa. Doveva recuperare peso e l'unico modo che conosceva era quello di non saltare i pasti. E poi doveva rimpolpare le scorte.

Si cacciò nella doccia e dopo meno di mezz'ora era in macchina lungo Summer Street.

La prima tappa la fece alla farmacia. Larry, come veterinario, godeva della fiducia incondizionata di medici e farmacisti e dunque non incontrava alcuna difficoltà ad acquistare (e con lo sconto) le porcherie di cui si imbottiva. Fentora, Vicodin, Percocet, Abstral, Tyazen. Il dottor Dwight Finley, della CVS Pharmacy, era stato uno dei primi cittadini di Wytago che Larry aveva conosciuto. Era una persona per bene e discreta, che non aveva fatto commenti o domande sui farmaci richiesti (non troppe, perlomeno, gli era bastata la dichiarazione scritta del neurologo che aveva seguito Larry, il dottor Godschalk del New Hampshire Hospital), accontentandosi di spiegazioni che altri probabilmente avrebbero trovato vaghe e sospette. Era sempre lui, il dottor Finley, a procurargli i farmaci veterinari per il nuovo studio, ketamina compresa.

Larry uscì dalla CVS con una borsa bella piena di sbarellanti e infilò la corsia che portava al supermercato.

Le sue cognizioni culinarie erano piuttosto scarse. Si limitavano a bistecche e patate, hamburger, insalate miste e qualche zuppa istantanea. La sua specialità era tuttavia il cibo messicano. Riusciva particolarmente bene nelle *albóndigas*, sorta di polpettine alle olive, nella *tinga* di pollo e nel *queso relleno*, una conca di formaggio ripiena di carne, che Larry adorava. Il problema era che i piatti messicani richiedevano un certo tempo di lavorazione e non sempre l'umore di Larry era quello giusto per affettare cipolle, tritare coriandolo o mondare sfilacci di carne.

Si soffermò a lungo di fronte al banco dei surgelati, indeciso tra la pizza e una zuppa di aragosta del Maine. Mentre decideva, infilò nel carrello un incarto da dodici di Miller Lite. Poi ci ripensò e ne prese un altro. Quindi tornò ai surgelati, agguantò entrambe le confezioni e le gettò nel carrello. Una coppia di anziani in scarpe da ginnastica e pantaloni a quadretti lo superò spingendo con fatica un carrello stracarico di merce. Larry sorrise e loro ricambiarono esibendo protesi perfette, a parte un lieve, inconfondibile alone giallastro. Pensò che si sarebbero trovati perfettamente a loro agio in uno di quei complessi per pensionati nella ridente e soleggiata Florida, anziché tra le montagne di pini del freddo Vermont, e quel pensiero gli riportò alla mente l'immagine (probabilmente non corrispondente al vero) di Elmer Ellroy con la camicia hawaiana e un Margarita in mano mentre si sbrodolava i pantaloncini. L'anziano veterinario gli aveva detto di trovarsi una moglie per invecchiare. Forse, un giorno, sarebbe potuto accadere. E a dirla tutta, non fosse stato per l'incidente, Larry c'era andato vicino. Figlia di un facoltoso imprenditore edile di Nashua e discendente da John G. Foster – generale nordista durante la Guerra di Secessione, una delle personalità eccelse della vecchia Nashua – Jonie era una ragazza bella (per due volte di seguito reginetta al college), intelligente (si era laureata con il massimo dei voti) ed eticamente corretta (in Economia dei Paesi del Terzo Mondo), molto somigliante all'attrice omonima (quando Larry la presentava dicendo «Lei è Jonie Foster» i presenti mostravano sempre un istante di sorpresa esitazione nel dubbio di trovarsi di fronte la celebre protagonista di *Taxi Driver*). La brillante, turbolenta Jonie, che parlava e parlava, che sembrava avere un'opinione su ogni singola cosa del mondo e che ne sapeva molto più di lui quasi su tutto. La splendente, ironica, controversa Jonie, che fustigava i costumi (e alcuni discutibili comportamenti di Larry), leggeva riviste apertamente liberal-progressiste (come «The Nation»), elargiva beneficenza a getto continuo, ma piangeva di commozione quando vedeva *Piccole donne* (la versione del 1933, quella di George Cukor). Dopo quasi quattro anni di fidanzamento (e tre di sesso), lei e Larry avevano deciso di sposarsi e il padre di Jonie (che fortunatamente non sapeva del sesso) aveva acquistato per loro (e nonostante il parere contrario della figlia) una casa su due piani in uno dei migliori quartieri della città. Una coppia perfetta, destinata a un futuro radioso. Tuttavia, quando pensi che le cose stiano andando come dovrebbero, è esattamente il momento in cui cambiano direzione.

La vita è quello che ti capita mentre fai altri progetti, cantava John Lennon.

Larry si era schiantato contro quel camion e ogni cosa si era fermata, cristallizzata come il parabrezza e come il suo corpo, steso su un letto del New Hampshire Hospital per quasi sette anni. E quando il mondo si era rimesso in moto, con enorme fatica, come se stesse districandosi da una pozza di densa fanghiglia, irrimediabilmente non era più lo stesso.

Conclusione: dopo il risveglio, Jonie non c'era più, andata, perduta come gli anni trascorsi da Larry nel limbo del coma (da quel che ne sapeva, aveva trovato un altro fidanzato con il quale realizzare ciò che forse non aveva mai avuto il coraggio di progettare con Larry, ovvero mollare Nashua, la casa su due piani e andarsene a lavorare per l'ONU o qualcosa del genere in un paese centro-africano), e il futuro radioso era diventato tutt'a un tratto un luogo nebbioso e infido. In quei lunghi ultimi mesi, Larry si era più o meno convinto di aver amato l'idea di amarla e soprattutto l'idea di loro due insieme. Dunque gli sembrava che alla fine fosse stato meglio così – per quanto *meglio* fosse una parola assai difficile da associare a qualcosa che riguardasse la sua attuale vita –, che ognuno avesse preso la propria strada. Non che ci pensasse così spesso a Jonie, ma ancora abbastanza da fantasticare su come avrebbe potuto essere e come invece era finita, e quel che quasi sempre gli restava dopo quelle inutili, dolorose elucubrazioni era un retrogusto amaro di cui avrebbe fatto volentieri a meno.

La nostalgia è una gioiosa infelicità. Chi l'aveva detto era uno stronzo.

«Dodici e sessanta.» La voce della cassiera lo riportò al presente. Era una ragazza giovane con i capelli neri e corti e un neo sopra il labbro superiore. Carina.

«Ecco a lei.»

La ragazza lo guardò di sottecchi mentre apriva la cassa. E Larry si sentì a disagio. Ora non aveva più la vernice incrostata sui capelli e i pezzi di giornale attaccati sotto i talloni, ma il suo aspetto lasciava comunque a desiderare. Se ne rendeva perfettamente conto. Afferrò il resto e guadagnò l'uscita senza voltarsi. In macchina si guardò nello specchietto retrovisore e sospirò. Si sarebbe tagliato un po' i capelli, per prima cosa. E poi voleva farsi crescere la barba. Forse ne sarebbe uscito un nuovo Larry. Accese il motore e partì.

Quella sera mangiò la zuppa di aragosta del Maine (che per inciso non era un granché) e a seguire un paio di compresse di Fentora innaffiate da tre lattine di Miller Lite. Alle dieci si distese sul letto comprimendosi le tempie con i palmi delle mani. La sua testa pulsava come quel maledetto cuore rivelatore sepolto troppo frettolosamente sotto il pavimento. Alle dieci e quaranta la zuppa di aragosta del Maine finì per intero nel water e con essa almeno una delle due compresse di analgesico. Alle undici e alle undici e dieci buttò fuori quel poco che ancora gli era rimasto nello stomaco, cosa che lo portò a riconsiderare le vecchie Abstral sublinguali. Ne prese due. E scettico sul loro effetto, un'ora dopo ci aggiunse della ketamina. Una bella dose.

All'alba la casa odorava di cavoli cotti, pancake e antitarme per abiti. E Larry stava viaggiando al di fuori del proprio corpo.

3

Lunedì 5 giugno

Restò chiuso in casa per l'intero weekend, due giorni consecutivi.

A volte la testa gli faceva così male che pareva sul punto di creparsi, fratturarsi come la crosta terrestre durante un'eruzione vulcanica, dalle volute cerebrali più profonde fino alla scatola cranica in superficie, per poi esplodere. E i farmaci sembravano non sortire alcun effetto concreto, a parte forse il fentanil (ma in dosi da cavallo) e naturalmente la ketamina, ma quella era una faccenda a sé.

Ketamina cloridrato, tabella III delle sostanze stupefacenti secondo la FDA. Un anestetico dissociativo largamente usato in ambito veterinario per interventi chirurgici di media durata. E come droga dai tossicodipendenti a due zampe. Studi recenti in medicina umana avevano dimostrato la sua efficacia nell'attenuare il dolore in soggetti con gravi forme di cefalea cronica. Soggetti come Larry Nowak. La sperimentazione era ai primi passi e avveniva sotto stretto controllo medico, per cui un paziente che avesse voluto agire per proprio conto avrebbe incontrato non poche difficoltà a procurarsi il farmaco. Ma Larry era un paziente particolare e il dottor Finley il suo pusher legalizzato.

Aveva una certa pratica, ormai, e avrebbe addirittura potuto scrivere un saggio o un articolo per «Nature» o un'altra di quelle riviste scientifiche. Larry sottoponeva la ketamina (liquida) a un semplice processo di evaporazione ottenendo una polvere bianca che inalava o assumeva per via orale. Modificando le concentrazioni, aveva conseguito risultati altalenanti. In qualche caso, la soluzione era stata tale da indurre effetti simili a quelli delle metanfetamine: gli capitava di sentirsi letteralmente soffiare via, schizzava lungo una tangente immaginaria alla superficie del globo terracqueo e buonanotte a tutti. Non c'erano più spazio né tempo, né caldo né freddo. Non era brutto, in fondo, a parte la sensazione di un flusso sotterraneo di tristezza che aumentava ogni volta che giungeva il risveglio.

La ketamina creava dipendenza e per questo motivo Larry era riluttante ad abusarne. *Nuoce gravemente alla salute*, gli scivolava di pensare in quelle occasioni. Tuttavia, nonostante gli accorgimenti, stava impercettibilmente aumentando le dosi.

Altre volte, però, il dolore riusciva ad avere il sopravvento anche sui rimedi farmacologici. In quelle occasioni, Larry se ne rimaneva a lungo steso a letto, preferibilmente al buio e con tre cuscini intorno alla testa, come un sacco vuoto. Non mangiava, beveva soltanto. Dopo un periodo variabile tra le dodici e le quarantotto ore, generalmente la crisi passava. A quel punto era in grado di alzarsi e di camminare fino alla cucina (accompagnato quasi sempre da una vertigine moderata) dove di solito si faceva un paio di uova e pancetta con pane bianco. E naturalmente qualche birra. Diverse birre. La frequenza di queste crisi era anch'essa variabile. Poteva dipendere dalla stagione in corso, dall'umidità e dalla temperatura dell'aria, dal sole a cui Larry era stato esposto, da uno sforzo eccessivo. Non ultimo dallo stato emotivo. Tutto e niente, insomma. *La bella emicrania*, la chiamava il dottor Batchelor. Larry avrebbe desiderato che la provasse lui, giusto per qualche ora. L'avrebbe trovata tutt'altro che bella.

Il dottor Hugo *Sondino* Batchelor, medico della famiglia Nowak da oltre trent'anni. Larry aveva trascorso lunghi pomeriggi d'infanzia in quello sciupato studio al numero 122 di Auburn Street, Nashua, seduto su scomode seggiole a sfogliare riviste che parlavano di avvenimenti passati da anni, mentre sua madre lo controllava dalla testa ai piedi e, cosa che lo infastidiva più di tutte, gli abbassava con le dita inzuppate di saliva i ciuffi ribelli in cima alla testa.

Non aveva mai nutrito fiducia nei confronti di quel medico con poca voglia di aggiornarsi, che si ostinava a ordinare sondini rettali per i bambini stitici e Pepto-Bismol anche nei casi gravi di ulcera gastrica. Sebbene Larry dopo l'incidente fosse stato operato dal dottor Miller (si era sempre chiesto se fosse parente dei Miller di Milwaukee, quelli della sua birra preferita, sarebbe stata una curiosa coincidenza), uno dei migliori neurochirurghi della costa est e, in un secondo tempo, l'equipe del dottor Harry Godschalk del Centro neurologico del New Hampshire Hospital l'avesse seguito costantemente fino al giorno in cui era stato dimesso, sua madre aveva insistito affinché Larry si facesse dare un'occhiata dal loro medico di famiglia. «Lui ti conosce come nessun altro» gli aveva detto seria con uno di quegli sguardi che non ammettevano repliche. In questo Larry le assomigliava, in un'insistenza che talvolta rasentava la pervicacia.

Così, per far smettere quel broncio da bambina a sua madre, un pomeriggio piovoso di fine febbraio Larry si era ritrovato davanti alla nota targa di ottone sbiadito priva di specializzazioni al primo piano di un edificio altrettanto sbiadito e logoro. Portava una cartella traboccante radiografie, TAC, elettroencefalogrammi, referti specialistici e altro ancora, e la teneva stretta sotto al braccio come uno studente tiene i suoi appunti a un esame. E in fondo, aveva scoperto con fastidio, era esattamente così che si era sentito mentre, da sotto la piega dei capelli cotonati, qualche minuto più tardi la signora Carlisle, segretaria tuttofare da tempo immemorabile di *Sondino* Batchelor, lo aveva sbirciato furtivamente. Le seggiole scomode con l'imbottitura a brandelli non c'erano più. Erano state sostituite da altrettanto scomode (ma decisamente al passo con i tempi) poltroncine in plastica ignifuga di colore rosso. Tuttavia le riviste, disposte con un discreto ordine sopra un tavolino al centro della stanza, erano come allora di qualche anno addietro.

«Ricordati, Larry, che il dottor Batchelor ti ha visto crescere e ha curato te e tua sorella fino all'altro giorno.»

Le parole di sua madre seguitavano a ronzargli nella testa mentre varcava la soglia dello studio e veniva investito da quell'odore che sembrava impossibile dimenticare, misto di sigarette spente a metà e deodorante spray alla lavanda, solamente in parte coperto dagli effluvi dei disinfettanti (non era esattamente ciò che aveva colto nell'alito di Scott, il commesso zelante, alcuni mesi più tardi?). Quel giorno Larry era piombato repentinamente indietro nel tempo, a quando sua madre lo trascinava di peso dentro quella stanza sempre in penombra sotto lo sguardo divertito e complice della signora Carlisle (all'epoca ancora sufficientemente fresca e maliziosa da far pensare a Larry che se la facesse con il capo). Erano gli anni in cui Larry si rifiutava di mangiare, rimanendo per ore seduto a tavola con un piatto di carne ormai fredda sotto il naso e il tovagliolo a mo' di protesta sulla faccia. A parere di sua madre (e del dottor Batchelor, naturalmente), l'unico rimedio era quello che lei chiamava (non senza un pizzico di sadismo) una "bella curetta ricostituente" e che consisteva in una serie di iniezioni di Polivit Forte intramuscolo: una tortura micidiale, da far piangere un bue.

Quel pomeriggio freddo e sbiadito di febbraio, il vecchio dottore era apparso a Larry più vecchio, se possibile, di quanto si aspettasse. Batchelor sorrideva da dietro la scrivania, gli occhialetti tondi alla Harold Lloyd, i denti rifatti, impettito nel suo camice lindo e ben stirato sul quale spiccavano due lunghe pieghe verticali.

Aveva dato una rapida scorsa ai fogli di Larry annuendo in qualche occasione e facendo *mmm* in qualche altra, dando, nel complesso, l'impressione di non capirci un'acca.

«L'importante è non affaticarsi» aveva detto il medico da dietro la sua inutilmente enorme scrivania e con quel fare che Larry rammentava bene, una supponenza spacciata per competenza. «Fare i periodici controlli e continuare a prendere le medicine.»

La mente di Larry era stata attraversata dall'immagine fugace di uno sciamano Micmac con indosso gli occhialetti del dottor Batchelor e i denti finti del dottor Batchelor, infagottato in una coperta rossa e nera, una di quelle che si potevano acquistare d'estate lungo le sponde del lago Pawtuckaway, intento a preparare un intruglio magico per fargliene dono. «Uomo bianco! Tu prendere medicina e stare bene. Augh!»

Poi Capo Batchelor si era faticosamente alzato dalla sua poltrona e appoggiandosi alla scrivania si era avvicinato. «Vuoi stenderti sul lettino?» aveva domandato.

Larry avrebbe voluto rispondere di no, che gli sembrava a dir poco assurdo. Invece si era accomodato, avvertendo la stessa sensazione di pericolo che gli afferrava lo stomaco quand'era un ragazzino e per salire sul trespolo di Batchelor aveva bisogno di una scaletta con tre gradini (*scricchiolanti*).

Il medico l'aveva visitato, come sempre approssimativamente, tastandogli le ghiandole e facendolo tossire mentre gli auscultava il torace, e gli aveva detto che lo trovava bene.

Un uomo di trentasei anni ridotto a pesare poco più di cinquanta chili, costretto a sedute giornaliere di fisioterapia per riacquistare il tono muscolare, con i legamenti delle gambe e delle braccia rattrappiti, anemico, reduce da due interventi al cervello e con una emicrania a grappolo da spaccare in due la testa, secondo Hugo *Sondino* Batchelor *stava bene*.

«E soprattutto» aveva concluso quando già Larry aveva superato la postazione della signora Carlisle «non avere fretta di guarire.»

E per quanto detta da lui la cosa potesse apparire priva di senso compiuto, in realtà era il miglior consiglio che qualcuno potesse dare a Larry.

Non aveva nessunissima fretta, almeno non più. Essere a un passo dalla morte gli aveva permesso di capire alcune cose. Aveva corso tanto fino all'incidente, che ora sentiva di doversi fermare a riprendere fiato. Era per questo motivo che se n'era finito «lassù nel Vermont» (come aveva detto Jeff Bundy), per cercare di prendersela comoda. Harold Brewster e Norris Whitemore, i soci di Larry nella clinica veterinaria di Nashua, gli avevano dato del pazzo quando lui li aveva informati circa le proprie intenzioni. E talvolta gli veniva da pensare che forse avevano davvero ragione loro, che la sua era stata pura follia. L'incidente e il lungo coma avevano probabilmente sfasato, e in modo irreversibile, i cilindri del suo motore grigio e altrettanto probabilmente agli occhi delle persone normali lui appariva né più né meno come uno di quei disgraziati disadattati che mostravano nei documentari, rinchiusi all'interno di istituti specializzati. D'altronde, il più delle volte, i pazzi sono convinti di non esserlo per niente. Ronald Laing aveva detto «la schizofrenia passerà ai posteri come uno squarcio di luce nelle menti ottenebrate». Ecco là.

Durante i due giorni di crisi, il telefono aveva squillato più volte, ma Larry non aveva mai risposto.

La mattina di lunedì si preparò e uscì di casa alle otto, sentendosi particolarmente in forma. Scese in paese a piedi («cammini, cammini il più possibile» gli avevano consigliato i medici dell'equipe del dottor Godschalk «almeno un'ora tutti i giorni») godendo dell'aria frizzante sotto un cielo cristallino e privo di nuvole. Un inizio giugno da manuale per il New England del Nord.

Giunto in città, si ficcò da Sullivan, un locale anni Cinquanta all'incrocio della Main con Pearl Street, con un'insegna luminosa in vetrina che diceva APERTO. Ordinò caffè, pane bianco, uova strapazzate, patate, salsicce e un succo di frutta all'arancia. Gli succedeva sempre così dopo le crisi: gli veniva una fame incredibile.

Dietro il bancone si muoveva con discreta scioltezza un donnone di mezza età (forse anche leggermente oltre la mezza età ma, come spesso accade alle persone in carne, esibiva una pelle così fresca e luminosa che dimostrava meno anni di quelli che aveva). Portava una divisa azzurra che le tirava sul seno e sui fianchi e i capelli tinti di rosso scuro. Si avvicinò con il bricco del caffè fumante sorridendo. «Buongiorno tesoro! Dormito bene?»

Larry la guardò un po' sorpreso e, con qualche secondo di ritardo, rispose: «Bene grazie».

Dalle sue parti, a Nashua, difficilmente al mattino la gente era tanto cordiale e, escludendo sua madre, non ricordava che qualcuno l'avesse mai apostrofato con l'appellativo *tesoro*. Nemmeno Jonie.

Nel locale c'erano soltanto altre due persone. Un uomo con un collo largo quanto una delle cosce di Larry che si ingozzava di pancetta leggendo il giornale, e un tipo in abito coordinato e cravatta, probabilmente un rappresentante di passaggio. Quest'ultimo trangugiò l'ultimo pezzo di torta che aveva sotto il naso e innaffiò il tutto con il caffè. A seguire ordinò un bicchiere di acqua e ghiaccio dal quale prelevò soltanto il ghiaccio mettendosi a masticarlo rumorosamente. Quindi lasciò un biglietto da dieci sul tavolo e, afferrata la valigetta che teneva tra i piedi, si dissolse attraverso la porta.

Arrivò la colazione di Larry.

«Sono Lucille» disse la donna. «Se ha bisogno di qualcosa mi chiami.»

«Grazie, signora.»

La cameriera scoppiò in una fragorosa risata. «Chiamami Lucille, per carità! Signora mi fa sentire così vecchia!»

«Allora grazie, Lucille.»

Lucille gli fece l'occhiolino e si allontanò canticchiando un motivetto.

Mentre stava deglutendo l'ultimo pezzo di pane bianco imburrato rimasto nel piatto, Larry notò Herb Gilmore che entrava nel locale in compagnia di Stewart Simkins, suo collaboratore al Wytago Service. Entrambi indossavano salopette blu con le lettere WS stampate sul davanti. Larry li seguì con lo sguardo fino a che non gli furono a meno di un metro di distanza. «Salve, signor Gilmore» disse pulendosi la bocca con il tovagliolo.

Herb lo osservò per qualche istante dando l'idea di non riconoscerlo. Poi, con esagerato entusiasmo (e forse un pizzico di sarcasmo), esclamò: «Ah! Il signor Kojak!».

«Nowak» lo corresse Larry sospettando che in realtà si stesse divertendo a schernirlo storpiandone il nome in quello del poliziotto calvo dei telefilm. «Aveva detto che mi avrebbe chiamato...»

«Caffè, ragazzi?» li interruppe Lucille.

Herb annuì. «E omelette.» Poi guardò il collega. «Tu vai a sederti, Stu, io arrivo subito.»

«Fanne un'altra per me, Lucille» disse l'altro allontanandosi.

«Guardi che io l'ho chiamata, sa?» fece Herb tornando a posare la propria attenzione su Larry. Sembrava avesse le pupille un tantino troppo dilatate e la sua voglia violacea era sbiadita. O forse era colpa delle luci attenuate. «Mi sa che mi ha dato un numero sbagliato.»

Larry rifletté sul fatto che per due giorni era stato impegnato a visitare un altro sistema solare. Una delle telefonate alle quali non aveva risposto poteva essere stata proprio quella di Herb. O forse stava facendo ancora il furbo. «Probabilmente non ho sentito» si giustificò. «Mi dispiace. Allora?»

«Allora cosa?»

«Si è fatto un'idea di cosa potrebbe costare la rist... la rimessa a nuovo della casa?»

«Troppo.»
«Cosa intende con *troppo*?»
«Che secondo me non ne vale la pena.»
«Faccia dei numeri.»
Herb si guardò intorno. Si grattò la testa, fece un cenno di saluto all'uomo che sfrigolava uova e salsicce oltre il varco che collegava la sala con la cucina (probabilmente il signor Sullivan), quindi con una smorfia emise il verdetto. «Dai sette ai dieci.»
«Mila?»
Herb Gilmore sorrise mettendo in mostra una serie sconclusionata di denti. «E cosa, se no?»
Larry si dondolò sullo sgabello girevole pensieroso. «In effetti mi sembra parecchio» ammise.
«Glielo avevo detto, no? È che se vuole fare le cose per bene, in modo che durino intendo, quella è la cifra che deve scucire. Altrimenti tanto vale tenersi la casa così com'è.»
«Capisco.»
«Ok, capo. La mia omelette si fredda. Se decide qualcosa, sa dove trovarmi.»
«Certo. Grazie, signor Gilmore.»
Herb gli riservò lo stesso saluto che aveva rivolto poco prima al cuoco, due dita di traverso all'altezza della fronte, e quando si sedette accanto al suo compare, Larry li vide sghignazzare. Con ogni probabilità ridevano di lui.
Non capiva esattamente come, ma aveva fatto ancora una volta una figura da idiota sprovveduto. *The new kid in town*. Pagò il conto e uscì.
Fuori, il paese cominciava ad animarsi e la temperatura stava salendo. Raggiunse il negozio del barbiere, ma lo trovò ancora chiuso. Guardò attraverso il vetro con le mani a coppa e scorse alcune poltrone vecchio stile, una stufa elettrica e una testa d'alce impagliata appesa sopra la cassa. All'esterno, la classica insegna cilindrica a righe bianche e rosse. Sulla vetrina era stata aggiunta la scritta Salon de Coiffure. Dall'altra parte della strada la facciata un po' kitsch del Galaxy, la sala cinematografica che sembrava uscita da un'illustrazione di Norman Rockwell, Hand Me Downs, un negozio di abbigliamento per donne e bambini, e la Danforth's Sugar House che vendeva sciroppo d'acero e articoli da regalo.

Larry notò che ovunque posasse lo sguardo lungo la Main, aveva l'impressione di trovarsi sul set di un film del primo dopoguerra. Sembrava che il tempo si fosse dimenticato di scorrere da una cinquantina d'anni a quella parte.

Giunse fino al termine della via, dove la Main tornava a chiamarsi 302 e incrociava la 145 che scendeva in direzione sud, passando di fronte al municipio con la sua grande torre quadrata e alla Wytago Opera House. Diede un'occhiata a sinistra verso Elm Street (se la seguiva per quattrocento metri e poi girava a destra si ritrovava in Pembroke Road, a casa), e verso la libreria pubblica. Davanti a sé vide una piccola chiesa (CHIESA METODISTA DI ST. PAUL, recitava un enorme cartello di legno posto sul ciglio della strada) e oltre, tra la 145 e Prospect Street, l'ufficio postale, uguale a tutti gli uffici postali di tutti gli Stati degli Stati Uniti d'America. Oltre Hill Street prendeva a salire Jupiter Hill, la collina che dominava la città, sulla cima della quale era situata l'antica torre per l'avvistamento degli incendi. Vista da laggiù, la collina sembrava l'enorme schiena di un animale addormentato.

Larry attraversò la strada e fece dietrofront, ripercorrendo la Main lungo il lato opposto. Si specchiò nelle vetrate azzurre della Bank of Vermont e in quelle meno splendenti del negozio di mobili artigianali di Felix Duvall. Superò Trimble Camera & Video e il Donnie's Emporium (non c'era ancora nessuno seduto lì fuori a quell'ora). Incrociò Herb che apriva la saracinesca del Wytago Service in compagnia di Stu (a entrambi penzolava una cicca dall'angolo delle labbra, un'American Eagle di sicuro) e sbirciò qualche libro esposto nella vetrina del Wytago Books and CD. Tre isolati in tutto.

Si ritrovò di fronte al Sullivan Cafè giusto mentre Lucille sbucava dall'uscita di sicurezza laterale su Pearl Street accendendosi una sigaretta.

«Ehilà!» lo salutò la donna. «Ci si rivede!»

«Sto aspettando che apra il barbiere» spiegò Larry raggiungendola.

«Deve tagliarsi la barba?»

«I capelli.»

Lucille lo squadrò per alcuni secondi in silenzio. «Sta bene con la barba, sa? La fa sembrare meno magro.»

«Grazie.»

«Però dia retta a una che di certe cose se ne intende» disse facendogli l'occhiolino. «Dovrebbe mangiare un po' di più.»

Larry si sforzò di sorridere.

«È di queste parti?» chiese Lucille dopo aver dato una lunga aspirata alla sigaretta.

«New Hampshire.»

«Bello il New Hampshire! Ci sono stata diverse volte.»

«È più o meno come il Vermont» rispose Larry controllando che nel frattempo il barbiere non avesse aperto.

«È meglio. E sa perché? Perché ci sono più laghi. Io adoro i laghi. Mi rilassano più dell'oceano e, mi creda, io ci vivevo sull'oceano.»

«Sì, i laghi sono belli» confermò Larry.

«Io sto a Wytago da un paio di mesi soltanto. Prima vivevo a Narragansett, Rhode Island. Conosce?»

Larry scrollò la testa.

«Lo sa che il Rhode Island è lo Stato più piccolo d'America? È largo appena trentadue chilometri. Da non credere, vero?»

«È un nome indiano, Narragansett?»

«Già. Come Wytago. Curioso, no? Mia figlia invece vive qui da una decina d'anni. Ha un ragazzo di otto anni, Luke... Mio Dio, se penso a quel che è successo a quell'altro ragazzino...»

«Già, una cosa terribile.»

«A volte mi chiedo in che mondo viviamo.»

Se lo chiedeva anche Larry. E piuttosto spesso.

«Bisogna avere mille occhi, al giorno d'oggi» continuò Lucille. «Sa, mia figlia è vedova.»

«Mi dispiace...»

«È accaduto tre anni fa. A dirla tutta, suo marito non era un granché come padre. Sempre in giro la sera con gli amici, le birre e forse anche qualche donnaccia, non so se mi spiego.»

Larry annuì a disagio. «Si spiega.» Non era abituato a quel genere di confidenze. Trattenne il respiro mentre una nuvola di fumo biancastra lo investiva in pieno, e guardò nuovamente all'indirizzo del barbiere. Niente da fare. Forse quello era il suo giorno di chiusura.

«Detto che sta solo a Colui-che-sta-lassù giudicare, succede che un giorno finisce con il camion e tutto quello che contiene, blocchi di granito grandi come automobili, giù per il Winooski, lasciando mia figlia e mio nipote soli e pieni di conti da pagare, che Dio abbia pietà della sua anima balorda. E dopo un po' di tempo, Jo, mia figlia, mi chiede di venire a stare con lei. Così ho sistemato i miei affari nel Rhode Island e sono piombata qui. Fortuna che ho trovato questo posto da Sullivan. Non è niente di speciale, ma ho parecchio tempo libero e mi permette di stare dietro a Luke e parlare con la gente. A me piace parlare con la gente. A lei no?»

«Dipende.»

«Com'è che è venuto a stare nel Vermont?»

«Lavoro.»

«E che lavoro fa?»

«Veterinario.»

«Non posso crederci!»

«Ci creda.»

«Non è che mi sta prendendo in giro?»

Larry sorrise e scrollò la testa. Se ne pentì subito. Una scarica di dolore gli attraversò il cervello.

«Lo sa che cosa volevo assolutamente fare quand'ero ragazzina?» disse la donna abbassando la voce come se si trattasse di un segreto.

«Me lo dica.»

«La veterinaria! Non è una coincidenza?»

Per Larry non lo era. Si disse che molti bambini pensano di voler fare i veterinari, una volta cresciuti, credendo erroneamente che fare il veterinario significhi giocare e accarezzare cuccioletti e gattini e roba simile. Ma quando realizzano che si tratta di sangue e puzza ed escrementi e urla e morsi e tutto quel genere di cose, cambiano immediatamente idea.

«E dove pratica?» insisté Lucille. «Qui in città?»

Un uomo passò loro accanto giocherellando con un mazzo di chiavi. Teneva un giornale sotto il braccio e fischiettava. «Buongiorno» disse sorpassandoli.

«Salve Lou» rispose Lucille gettando a terra la sigaretta e calpestandola con una enorme scarpa da ginnastica dai lacci rosa. «Quello è Lou Touissant» spiegò poi a Larry. «Il barbiere.»

«Oh. Allora devo proprio andare. Grazie della chiacchierata, Lucille.»

«Grazie a lei! Ehi, non mi ha neanche detto come si chiama!»

Larry non le badò: aveva già attraversato Pearl Street mettendosi sulle tracce di Lou, il cui arrivo provvidenziale l'aveva salvato da un autentico interrogatorio.

***

Qualche minuto dopo, Larry sedeva sopra una di quelle poltrone reclinabili che aveva intravisto poco più di un'ora prima attraverso le vetrine. Tentava di trovare una posizione confortevole ma a quanto pareva quelle sedie erano fatte appositamente per stare scomodi. L'atmosfera era pervasa dell'odore di lozioni antiche, di quel tipo che Larry ricordava d'aver sentito addosso a suo padre (Fine American Blend, ad esempio), qualcosa che nei saloni delle grandi città si era estinto da tempo. La testa d'alce lo osservava severa riflessa nello specchio.

«È vera?» chiese indicandola.

«Certo che è vera. Allora, che si fa? Barba e capelli?»

«Solo capelli.»

«Però la barba un po' gliela devo regolare, altrimenti cresce come il campo di John Jay.»

«Prego?»

Lou rise. «Il campo di John Jay!» Aveva un volto scabro e solcato da rughe profonde e occhi vivi che guizzavano da una parte all'altra come lucette di Natale. Doveva aver superato la settantina, ma evidentemente amava il proprio lavoro e di andare in pensione non ne voleva sapere.

Larry lo guardò attraverso lo specchio con aria interrogativa.

«È un modo di dire. John Jay viveva da queste parti un sacco di tempo fa. Coltivava mais e avena ma aveva un modo tutto suo di seminare. Così i raccolti crescevano alla rinfusa, senza ordine. Capisce?»

«Capisco.»

In realtà aveva un significato più profondo, anche se Larry lo ignorava, un significato che avrebbe trovato perfetto per la sua situazione: uno stato di confusione, l'incapacità di mettere ordine nella propria vita.

«E per i capelli, ha qualche preferenza? A spazzola, con la riga a destra, a sinistra, in mezzo, scalati, sfoltiti?»

Larry non ci aveva pensato. Non aveva grande importanza, comunque. «Faccia lei» rispose. «Come le sembra che stiano meglio.»

Lou approvò. «Si lasci servire e vedrà un uomo nuovo!»

Larry non disse che era proprio quello che sperava di vedere. Chiuse soltanto gli occhi e cercò di rilassarsi.

«È fresco di queste parti?»

Come non detto. Quante volte si sarebbe trovato a dover rispondere a quella domanda, pensò mentre Lou preparava l'occorrente per lo shampoo. «Mi sono trasferito da Nashua, New Hampshire. Abito nella casa di Elmer Ellroy, al numero 9 di Pembroke Road e faccio il veterinario.» Tanto valeva dire tutto in una volta.

Il barbiere lo guardò attonito. «È uno che va per le spicce, lei.»

In ogni caso Lou capì l'antifona, perché non si fece più sentire fino a che, un quarto d'ora più tardi, non entrò nel negozio una donna con un cappello di paglia a forma di disco volante e una divisa rosa confetto perfettamente stirata.

«Ciao Eyleen» la salutò Lou.

Eyleen diede una rapida occhiata allo sconosciuto seduto sulla poltrona ma rimase sulle sue. Si tolse il cappello e lo appese con cura all'attaccapanni che si trovava nell'angolo opposto alla porta. Quindi si versò una tazza di caffè dal bricco sopra la piastra elettrica, accanto ai phon e alle lozioni anti caduta. «Oggi non ho voglia di far niente» disse rivolta alla parete.

«È la primavera» replicò Lou.

«Primavera un corno. Ho passato la notte a pulire la merda di Scott. Che gli venga un accidente, se non gliene è già venuto uno.»

«Scott è il suo cane» bisbigliò il barbiere all'orecchio di Larry.

Larry avvertì una punta di delusione. Per un istante aveva pensato che quello Scott fosse lo stesso Scott dello Shoney's Pitture & Smalti. Lo divertiva l'idea che Scott, il commesso, avesse trascorso la notte a fare su e giù dal cesso con un attacco feroce di diarrea e che la signora in rosa avesse pulito tutto quanto.

Poi, alzando la voce verso Eyleen, Lou disse: «Per tua fortuna ho proprio sotto le forbici il nuovo veterinario in città».

Eyleen si voltò verso di loro a bocca spalancata. «Dici davvero?»

«In carne e ossa. Anzi, se il dottore mi permette la battuta, poca carne e tante ossa.»

Larry si abbandonò a un sorrisetto di circostanza.

«Le dispiace se...»

«No, signora» la anticipò Larry sebbene gli dispiacesse, eccome. «Dica pure.»

«Ecco vede, credo che abbia mangiato qualcosa, magari del veleno. Cosa ne pensa lei?»

Larry le fece qualche domanda giungendo alla conclusione che con tutta probabilità Scott aveva solamente preso freddo durante la passeggiatina serale. Consigliò di tenerlo a casa e di fargli prendere dello yogurt magro per un giorno o due.

«Lei è una persona gentilissima» lo blandì Eyleen quando Larry ebbe terminato. «Dico che ci voleva proprio un vero veterinario qui a Wytago. Elmer Ellroy... Oh be', lasciamo perdere.»

La porta si aprì e due donne si precipitarono all'interno discutendo serratamente. «Salute, ragazze» disse Lou.

«Lou, Eyleen. Siamo in ritardo?»

«Martha Richardson e Marylou Meier!» esclamò Eyleen tirando il viso in modo parossistico. Il suo umore era cambiato come cambia all'improvviso il vento in autunno. «Non indovinerete mai chi c'è sotto questo asciugamani caldo.»

Le due donne si guardarono.

«Il nuovo veterinario!» quasi urlò Eyleen al culmine della sua eccitazione.

Larry pensò a uno di quei presentatori di giochi a premi che annuncia l'entrata in scena del campione.

«Non mi dire!»

«Guarda, guarda. Casca a fagiolo. Credo che il mio Sammy cominci a perdere la vista» iniziò Marylou Meier. «Il nostro amico Alfie dice che si tratta senz'altro di cataratta. Vero Martha?»

Martha Richardson annuì con convinzione. «Il mio Alfie se ne intende di cani. Ne ha sempre avuti in casa, fin da quando era ragazzino. Io sono una grande amica di Josephine Boulding» si premurò di aggiungere. «La sua vicina. L'ho vista dalla finestra una volta che ero da lei...»

Larry le rivolse una rapida occhiata attraverso lo specchio. Sì, era la donna che aveva scorto qualche volta far visita alla sua dirimpettaia. Le sorrise, ma lei stava già sfogliando una rivista.

«Quand'è che quella vecchia arpia si deciderà a tornare tra i vivi?» domandò Eyleen.

Martha alzò le spalle. «La vecchia Jo è una causa persa. Me lo dice sempre Alfie.»

«Ma anch'io la conosco, sa?» disse Marylou Meier avvicinandosi a Larry e osservandolo come se fosse un reperto egizio in una teca. «L'ho vista al Wal-Mart. Io lavoro lì, al reparto cosmetici». Era una donna magra, spigolosa, con capelli biondissimi, platinati come quelli di certe dive del cinema degli anni Cinquanta. E più giovane delle sue amiche.

Larry annuì mantenendo un sorriso fiacco incollato sulla faccia, tipo paretico. In realtà non se ne ricordava affatto.

«Abbiamo scoperto che il dottore ha un debole per rossetti e mascara?» scherzò Eyleen.

«Certo che no» replicò Marylou Meier. «La farmacia è accanto al mio reparto. Per quello l'ho notato. Si nota sempre una faccia nuova in città...»

«Va bene, va bene» intervenne Lou agitando le mani come il barbiere italo-americano in un film di Francis Ford Coppola. «Adesso lasciatelo un po' in pace. Forza, sgomberare.»

«No, no. Nessun disturbo...» assicurò Larry.

«Lou ha ragione» ammise Eyleen sfilando la rivista dalle mani di Martha Richardson. «Andiamo ragazze. Di là.» Prese sottobraccio le due donne e le accompagnò nel retro attraverso una porticina che si apriva accanto all'attaccapanni.

«Verrò a trovarla con Sammy. Voglio che lei dia un'occhiata alla sua cataratta...» riuscì a dire Marylou Meier prima che la porta le si richiudesse sulle parole.

«Lì dietro abbiamo il nostro salone femminile» spiegò Lou con un briciolo di orgoglio. «Salon de coiffure» biascicò in un francese approssimativo mentre indicava con le forbici la scritta sulla vetrina.

«Però» fu il commento di Larry.

«Ora la lascio tranquillo» disse Lou. «Si rilassi. Non la disturberemo più.»

E per un po' Larry riuscì a non sentire altro che il ticchettio delle forbici e il mormorio docile del phon.

Quando finalmente il taglio giunse al termine, Larry poté contemplarsi nello specchio e scoprire che quel barbiere gioviale, che avrebbe dovuto trovarsi in pensione da tempo, sapeva ancora fare il proprio lavoro. Ora i capelli erano molto corti, soprattutto sulla nuca, e un po' più lunghi davanti, divisi da una riga centrale appena accennata. Nel complesso il viso ci guadagnava, nel senso che sembrava meno smunto, e la barba, piuttosto corta, risaltava maggiormente. Sembrava perfino ringiovanito. «Ottimo» dichiarò convinto.

Al momento di pagare, la porta sul retro si aprì e la testa di Eyleen fece capolino dal Salon de Coiffure. «Lou, per quanto riguarda il dottore...» Alle sue spalle si intravedevano le due clienti sedute sotto i caschi e impegnate in una discussione serrata. «... Oggi offre la casa.»

«Non se ne parla» intervenne Larry. «Voglio pagare.»

«Assolutamente no» fece Eyleen.

«Insisto per pagare» ribadì Larry.

«Nossignore» intervenne Lou.

«Allora rivoglio i miei capelli.»

Lou e Eyleen scoppiarono a ridere e anche Larry si lasciò andare abbozzando un risolino.

«Fagli almeno un bello sconto» disse Eyleen sempre appesa alla maniglia della porta.

«E sia» ammise Larry.

«Posso farle una domanda?» chiese Lou dopo aver dato il resto a Larry.

«Dica.»

«Non vorrei che mi rispondesse di impicciarmi dei fatti miei...» precisò l'uomo.

«Nel caso lo pensi, posso dirglielo?»

Lou parve sorpreso. «Sì... direi di sì...»

«Allora spari.»

«Be', ecco... cosa le è successo? Voglio dire, sulla testa ha più cicatrici lei del mostro di Frankenstein! Senza offesa, s'intende. Ha avuto delle ferite o cosa?»

«Ha ragione, Lou. Non sono affari suoi. Però non se la prenda. Ok?»

Lou sorrise impacciato.

Larry si asciugò la fronte imperlata di sudore e uscì. Gli girava la testa.

Attraversò la strada con la consapevolezza di non essere particolarmente saldo sulle proprie gambe, cercando di concentrarsi sulle cose che gli accadevano intorno. Vide un autobus giallo della scuola passargli davanti e gli sembrò che l'autista gli dicesse qualcosa. Vide due donne con dei bambini piccoli che chiacchieravano sul marciapiede dall'altra parte della strada, il cartellone del film al Galaxy (c'era Tom Cruise con una ferita sulla guancia e la scritta *MI2*, gli pareva), qualcuno che attraversava la Main e un alligatore che lo fissava con i suoi occhietti gialli e cattivi sotto il portico del Sullivan Cafè. Il cielo era diventato blu elettrico e la luce lo accecava. Si portò una mano sul viso e sentì che era inzuppato di sudore, le gambe sul punto di cedere. Poi un suono, fortissimo, lacerante, come quello della sirena di una nave e tutto tornò al suo posto naturale.

Larry si trovava in mezzo alla strada e un camion di surgelati era fermo a meno di un metro da lui. L'autista diede un secondo colpo di clacson. Poi fuoriuscì con metà del tronco dal finestrino. «Ehi! Stai dormendo, amico?»

***

Etta Grier aveva una lista di cose da fare lunga così, quella mattina. Ci si era messo anche quello stupido di Howell a complicarle la vita. Lui e il suo sciroppo di acero. Lui e il suo liquido antiruggine. Lui e la sua chiave numero dodici. Lui e le sue venti braccia di tubo di gomma diametro trentadue omologata RIV. E chissà che altro ancora se lei non gli avesse detto: «Santo cielo, basta così Howell! Per tua norma e regola non sono un fattorino!».

Hand Me Downs proponeva una vendita promozionale con sconti fino al cinquanta per cento sui campionari estivi e Doreen Jaworski le aveva detto che c'erano pochissimi capi di taglia forte, che se non si sbrigava non avrebbe trovato più niente. Servivano latte, yogurt magro alla frutta, detersivo per la lavatrice, smacchiatore per le chiazze di vernice sui pantaloni della tuta di Howell, filo da rammendo color verde bottiglia, una confezione di marshmallow (Etta non rinunciava mai ad arrostire qualche vecchio caro marshmallow la sera per mangiarselo mentre guardava la televisione), una nuova padella antiaderente per i pancake, pasta adesiva Bouiex per la protesi di Howell, qualche mela. E poi doveva riconsegnare quel libro alla biblioteca pubblica e restituire le schede del censimento all'ufficio anagrafe del municipio. Diavolo, non riusciva a capire come certe mattine le cose da fare si moltiplicassero. Il giorno prima non c'era bisogno di nulla, il giorno seguente la nota della spesa era lunga da lì a Montpelier.

Avrebbe voluto dire a Howell di arrangiarsi, di infilarsi un paio di braghe decenti al posto di quelle da vecchio incontinente con il cavallo basso, e di scendere in città lui stesso. Il fatto era che Howell, se ci si metteva, era capace di renderti la vita impossibile, e così Etta, pur di risparmiarsi un pieno di tiritere gratuito e senza bollini per la raccolta punti, aveva acconsentito a effettuare per suo conto quelle commissioni.

Era stata da Danforth per lo sciroppo d'acero (Howell non sopportava il gusto degli altri sciroppi, pretendeva quello della Danforth's Sugar House ed esclusivamente in bottiglia di vetro, quelle di plastica ci lasciavano il sapore), era stata all'Emporio di Donnie per la chiave e per il tubo di gomma (c'erano quattro chiavi del dodici diverse tra loro per impugnatura e tre modelli di tubo in gomma diametro trentadue a seconda della resistenza alle basse temperature e tutti omologati RIV – ma perché Donnie non semplificava un po' le cose in quel suo cavolo di negozio? – e per non sbagliare Etta aveva acquistato tutte e quattro le chiavi e venti braccia del tubo più resistente) ed era stata al Wal-Mart per il liquido antiruggine («Non ti sognare di mettere piede da quel ladro di Shoney» le aveva detto Howell sulla porta di casa «sarebbe capace di farti pagare l'aria che gli respiri nel negozio»). Poi (sempre al Wal-Mart) aveva fatto la spesa (Stain-less, lo smacchiatore per le macchie di vernice sulle braghe di Howell, era aumentato di un botto, tanto valeva che comprassero ogni volta un paio di pantaloni nuovi), era passata da Jobeth Allison alla biblioteca pubblica per quel libro di Kathleen Norris che non le era piaciuto per niente (ma Jobeth era occupata con la raccolta fondi a favore della torre del municipio e Etta aveva dovuto lasciare il libro a quell'impicciona di Sandra Duvall che le aveva chiesto perché Dakota non le fosse piaciuto) e aveva fatto un salto in municipio per consegnare le schede.

Ovunque non si faceva che parlare della morte di quel ragazzino, Steve Taller. Certe cose, pensava Etta, accadevano perché c'era troppo lassismo, permissivismo e via dicendo. I genitori erano sempre impegnati e i figli venivano lasciati soli a vagabondare per le strade, a drogarsi o a finire nelle mani di depravati psicopatici. Lei, di figli, non ne aveva avuti. Non erano venuti, ma non per questo ne aveva fatto un dramma. Meglio non metterne al mondo che farli per poi non avere il tempo di crescerli.

Quando finalmente era riuscita a entrare da Hand Me Downs, aveva scoperto con enorme disappunto che gli abiti in promozione taglia XL erano terminati. Tutto quello che era rimasto le sarebbe potuto andare bene ai tempi del college, o al massimo, del primo anno di matrimonio. Si consolò acquistando l'ennesimo foulard di seta. Etta possedeva una collezione impressionante di foulard di seta (oltre a una di bambole di porcellana). Amava portarli sulla testa, come usava sua madre negli anni Cinquanta. Diceva che la proteggevano dal vento, ma Etta Grier indossava quei suoi colorati foulard anche quando di vento non ce n'era nemmeno un alito.

Fu mentre usciva dal negozio di abbigliamento che incrociò "quello della casa di Elmer", come lo chiamavano lei e Howell. Usciva dal barbiere, proprio lì di fronte, e procedeva lungo la Main con un'aria da stordito che era tutto un programma (un camion l'aveva evitato per un pelo). Poteva considerarsi fortunato a essersela cavata solo con una strombazzata e un vaffa.

«Dovevi vederlo» disse Etta a suo marito non appena fu di nuovo in casa. «Se ne stava in mezzo alla strada a pensare a chissà cosa! Per poco quel camion non lo mette sotto e lui se ne va come se niente fosse...»

«Chi?» Howell era in cantina. Stava trafficando con la pompa della caldaia. Sosteneva che da un paio di inverni a quella parte la produzione di calore fosse diminuita del quindici per cento. Aveva deciso di smontare la pompa, di ripulirla e di rimontarla pezzo per pezzo. In quel momento era alle prese con un montante a molla che sembrava del tutto estraneo al meccanismo.

«"Quello della casa di Elmer"! Come chi?»

«Ah.»

«Io dico che è un drogato.»

«Tu dici che è un drogato, eh?» ripeté suo marito senza intonazione.

«Mi stai a sentire, Howell Grier?»

«Sì, Etta. Ti ascolto.»

«Ti sto dicendo che non mi convince.»

«Non piace nemmeno a me, se è per questo. Sta sempre a spiare quello che faccio in giardino, ma non credo sia un drogato.»

Etta lo guardò sgranando gli occhi. «Ah sì? E tu come lo sai che non si droga?»

«Non lo so, Etta. Ho solo detto che non lo credo. Mi dà più l'idea di un mollaccione.» Per Howell Grier i mollaccioni erano tutti gli esseri umani di sesso maschile che non sapevano fare da sé i lavori di manutenzione della casa.

«Mollaccione e drogato. Che cos'ha fatto durante lo scorso fine settimana chiuso in casa giorno e notte?»

«Non ne ho idea, Etta. Forse ha guardato la tv.»

«Quanto sei ingenuo. Sai che cosa mi ha detto Eyleen Bishop?»

«Sei andata a farti i capelli da Eyleen?»

«Certo che no! Non ti sembra che avessi abbastanza da fare stamattina? A proposito» aggiunse guardandolo con un piglio di riprovazione «per colpa del tuo stupido sciroppo d'acero, dell'antiruggine e di tutte le altre cose, ho perso la svendita di Hand Me Downs.»

«Mi dispiace.»

«Ah! Ti dispiace, eh?»

«Sì, mi dispiace.»

«Non è che invece sei felice come un pisello nel baccello perché così non ho speso i tuoi pidocchiosi dollari, vero?»

«Etta...»

«Allora sappi che mi sono comprata un altro foulard.»
«Come vuoi, cara.»
«Ah, puoi dirlo forte, Howell! Come voglio io. Sicuro.»
«Mi dicevi che sei andata a farti i capelli da Eyleen...»
«Vedi che non ascolti quando ti parlo? Non ho detto che sono andata a farmi i capelli da Eyleen. Ho solo detto che sono *andata* da Eyleen!»
«Va bene, sei *andata* da Eyleen. E perché accidente ci sei andata, si può sapere?»
«Sono entrata da Eyleen solo un momento, se vuoi proprio saperlo.»
«Io non volevo sapere un bel niente. Sei tu che hai cominciato a parlarmi di "quello della casa di Elmer".»
«Credevo t'interessasse. Comunque sono entrata da Eyleen solo per sapere che diavolo ci faceva quello là nel suo negozio.»
«Etta, ti prego di non bestemmiare.»
Etta alzò gli occhi al cielo trattenendo a stento uno sbuffo. «Insomma, ti interessa o no sapere che cosa mi ha raccontato Eyleen?»
«Devo proprio risponderti?»
«Oh, be', te lo dico lo stesso. "Quello della casa di Elmer" ha più cicatrici in testa che capelli.»
Howell abbandonò momentaneamente la propria occupazione e posò gli occhi su sua moglie. «Cicatrici?»
Etta Grier sorrise compiaciuta. Finalmente aveva la sua attenzione. «Cicatrici» ribadì soddisfatta.
«E perché dovrebbe avere delle cicatrici sulla testa?» chiese Howell Grier.
«Non usare il condizionale, Howell. Le *ha*, le cicatrici.»
«D'accordo. Perché *ha* le cicatrici sulla testa?»
«Ricordi quel film con Liz Taylor? Quello dove lei era rinchiusa in un ospedale psichiatrico?»
Howell scosse la testa.
«Ma sì, lui era Monty Clift e faceva il medico... Com'era il titolo?»
L'uomo puntò il dito verso la moglie. «*Improvvisamente d'estate?*»
«*Improvvisamente l'estate scorsa!* "Quello della casa di Elmer" è stato... com'è che dicevano? Lobotomizzato! Ecco cosa!»

Howell Grier rimase per qualche istante pensieroso. Ricordava bene quel film. La Taylor rischiava di vedersi asportare una parte di cervello perché considerata pazza, la Hepburn era una zia sull'orlo della demenza e Monty un aitante psichiatra innamorato degli occhioni della sua paziente.

«Però si tratta di un film piuttosto vecchio, Etta» eccepì. «Non credo che al giorno d'oggi si ricorra ancora a certe pratiche...»

«E tu che ne sai? Sei un neurochirurgo per caso? Pensa allora a Nicholson. Te lo ricordi *Qualcuno volò sul nido del cuculo*?»

«E come no. Gran film.»

«Ti dico come stanno le cose, Howell Grier. "Quello della casa di Elmer" è un malato di mente lobotomizzato! E scommetto che ora si imbottisce di droga. E poi che ne sappiamo di lui?»

«Giù in città dicono che venga dal New Hampshire...»

«E allora? Non ci sono matti da quelle parti? Te lo dico io, è un ex internato o roba simile.»

«E Eyleen non lo sa il perché di quelle cicatrici?»

«Lou ha provato a chiederglielo, ma il tizio gli ha risposto che non erano affari suoi. Una bella faccia tosta, dico io. Pensa che si spaccia per veterinario.»

«Lou?»

«Ma che dici? "Quello della casa di Elmer"!»

«Be', potrebbe anche essere. In fondo Elmer era un veterinario. A chi avrebbe dovuto vendere la casa?»

«A volte sei come un bambino, Howell. E io che ti ho pure sposato. Che cosa volevi che dicesse? Che fa l'astronauta? O magari che ammettesse di essere stato lobotomizzato e di far uso quotidiano di droghe? Compra la casa di un veterinario e dice di essere anche lui un veterinario! Mi sembra logico, non ti pare?»

A Howell Grier non pareva così logico, ma conosceva sufficientemente bene sua moglie per non mettersi a discutere quando le si fissava un'idea in testa. «Potresti sempre chiedere notizie a Walter» suggerì. «Lui è il sindaco. Saprà chi viene a vivere qui, no?»

«Vedremo» sibilò Etta. Il suo cervellino stava girando a velocità folle. «Vedremo» ripeté salendo le scale. Doveva andare a sistemare le sue bambole di porcellana.

***

Sotto il portico dell'emporio di Donnie Licois affacciato lungo Main Street c'era un banchetto ricoperto da una tovaglia a quadri bianca e verde. Sopra il banchetto un modellino in balsa del municipio di Wytago e un barattolo di vetro pieno per metà di banconote che richiamavano gli stessi colori della tovaglia. Oltre il banchetto, una donna sorrideva ai passanti invitandoli a lasciare un obolo a favore della ristrutturazione della torre, il cui orologio era senza lancette da oltre un anno.

Contro la parete dell'edificio, allineati come vicesceriffi di guardia a una prigione, sedevano quattro individui la cui età media si aggirava intorno alla settantina. Parlavano tra loro osservando il traffico in strada e portavano berretti con frontino che reclamizzavano note ditte produttrici di sementi e di macchine agricole. Avevano i volti in ombra e ai piedi calzavano scarponi da lavoro, di quelli color fango secco. Due di loro tenevano una lattina di Lone Star tra le mani, uno fumava il sigaro, il quarto succhiava una spiga secca.

Donnie Licois era quello con il sigaro in bocca. Ma il sigaro era spento. «Ecco come la penso io» diceva con gli occhi fissi sulla 302, dove un camion che trasportava surgelati stava compiendo un'incomprensibile manovra. «Qui c'è di mezzo qualche setta satanica, una di quelle robe da fanatici.»

Donnie Licois poteva permettersi di dire balordaggini senza che nessuno dei suoi amici si prendesse la briga di replicare, e questo essenzialmente per due motivi. Il primo era che i Licois vivevano a Wytago dall'anno in cui il nucleo urbano aveva preso forma, ossia dal 1800, ed erano tra i fondatori stessi della città (all'entrata del municipio tutti potevano leggere i nomi dei fratelli Samuel e David Licois originari del Quebec, incisi sopra un'enorme targa di bronzo). La seconda ragione consisteva nel fatto che Donnie Licois era il proprietario del Donnie's Emporium, di tutti gli edifici dell'isolato e del portico sotto il quale i suddetti amici quotidianamente sedevano.

L'unico ad avere ogni tanto qualcosa da controbattere a Donnie era Milton Swayne, suo cugino, più anziano di un paio d'anni. «Mah, non lo so, Donnie...»

«Appunto, non lo sai» lo rimbeccò acido Donnie. «Quelle congreghe sacrileghe si annidano dappertutto, come uova di pidocchi. Fanno cose orribili, oscene, non ci voglio nemmeno pensare, e poi finisce che ammazzano i ragazzini. Ma prima ci fanno i loro comodi, com'è successo per quel poveretto. Dio Santo, mi viene da vomitare.»

Graham Moravi si tolse di bocca la spiga che stava succhiando. «Stai parlando di sacrifici umani?» Aveva occhi piccoli e scuri, del tutto inespressivi, che si perdevano in un viso troppo grande. «Ho visto un film, una volta, che parlava di queste cose...»

Donnie lo guardò di traverso tenendo il sigaro tra indice e medio. «Sto parlando di gente fuori di testa, Graham, non di stupidi film. Di schizzati, di fottute cricche di degenerati che approfittano di povere creature. L'avevano cosparso di benzina, capisci, e stavano per dargli fuoco, Cristo. Magari era ancora vivo, quel disgraziato. Magari respirava ancora. I Taller sono gente semplice, che non si merita tutto questo.»

«Oggigiorno non ci si capisce più un accidente» sancì Milton. «Ci vorrebbe un nuovo diluvio universale o qualcuna di quelle piaghe che il buon Dio pensò bene di mandare in terra nei tempi antichi. Che dice Thurgood?»

«Lo sceriffo Blanchard non dice niente» intervenne Hazel Coughlin alzandosi dalla sedia, una di quelle vecchie poltroncine in plastica dei tempi dei magazzini Woolco. «È troppo occupato a correre dietro alle fisime della moglie.» Si avvicinò ridacchiando al distributore del ghiaccio, aprì lo sportello e introdusse una mano raggrinzita all'interno. Ne uscì stringendo un cubetto gocciolante e se lo infilò in bocca. «Lo sanno tutti di cosa ha bisogno una donna, dico bene?» ghignò. «Tutti a eccezione del nostro sceriffo.»

«Finisci quella cazzo di birra, Hazel» lo apostrofò Donnie.

«Thurgood brancola nel buio» disse Moravi. Era stato nel corpo di polizia della contea fino a una decina di anni prima e conosceva Thurgood Blanchard da quando era un agente di primo pelo. Diceva spesso di essere stato lui il primo tutor dell'attuale sceriffo. E suo figlio Pete era uno dei due vice di Blanchard.

«È perché non cerca nella direzione giusta» decretò Donnie. «Dietro alle confraternite evangeliche che predicano dagli schermi televisivi, dietro alle raccolte di denaro, alle attività illecite mascherate da beneficenza. È lì che Thurgood e i suoi scagnozzi dovrebbero andare a infilare il loro fottuto naso.»

«E se si trattasse di un balordo?» ipotizzò Milton. «Magari uno della zona.»

«Dio non voglia» sibilò il cugino. «Non gli converrebbe mettere il muso fuori dalla tana, perché in tal caso sapremo come accoglierlo.»

«Amen, fratello» gli fece eco Hazel, che, a causa della sua abitudine di concludere sempre i discorsi con un amen, era soprannominato scherzosamente "il reverendo". «Ai tempi dei nostri padri si usavano corda e sapone e per Dio se funzionava!»

«Forse la corda non servirà» disse Moravi serio. «Lascia solo che Bush Junior diventi presidente e avremo il barbecue statale anche da queste parti, state a vedere.»

«Barbecue statale?» ridacchiò Coughlin aggiustandosi i testicoli. «Mi sono sempre piaciuti i barbecue!»

«Il "Chronicle" dice che la maggior parte degli americani è per la pena di morte» informò Milton.

«E chi non lo sarebbe» convenne Donnie. «Con quella merda che c'è in giro. La gente è stanca che i fottuti criminali la facciano franca. Lo dice anche la legge del Signore: occhio per occhio.»

«Amen, fratello» ripeté il *reverendo* socchiudendo gli occhi come un vero predicatore affacciato dal pulpito di una chiesa. «Così sia.»

***

Mentre Donnie e i suoi amici disquisivano in maniera più o meno pedestre sulla pena di morte e sulla giustizia divina, Larry saliva i gradini del portico ancora scosso per via di quel camion che per un pelo non l'aveva messo sotto.

«Un'offerta per il municipio di Wytago, signore?» Da dietro il banchetto, una donna agitava nell'aria un barattolo di latta.

«Prego?»

«Raccogliamo fondi per la torre del municipio.»

«Che ha che non va?» domandò Larry incuriosito.

«Necessita di lavori straordinari di manutenzione e le lancette dell'orologio vanno sostituite.»

Larry si voltò cautamente in direzione dell'edificio in questione, dall'altra parte della strada. Era vero, le lancette sul quadrante dell'orologio non c'erano. Non ci aveva fatto caso fino a quel momento. «E dove sono finite?» volle sapere.

«È nuovo di queste parti, vero?» La donna aveva un sorriso chiaro e allegro.

«Si nota molto?»

«Abbastanza. È una storia lunga. Se la faccia un po' spiegare dai quattro moschettieri seduti lì sotto» rispose indicando Donnie e i suoi compari.

Larry sfilò dal portafogli una banconota da cinque dollari e la guardò come se non sapesse riconoscerne il valore. «Possono bastare?»

«Basteranno, grazie.»

«Allora buona giornata.»

«Arrivederci, straniero!»

Larry le sorrise, ripose il portafogli nella tasca posteriore degli Avirex color cannella dentro i quali il suo sedere nuotava (o affogava), quindi si avvicinò agli uomini. Ricordava di averli visti in precedenza, sempre seduti lì sotto, come pezzi d'urbanistica stradale. Indossavano berretti, scarponi e calzoni da lavoro come se avessero staccato il turno da poco. Ma il più giovane tra loro doveva aver smesso di lavorare da non meno di una decina d'anni. Erano gli stessi che gli avevano parlato di Frankie, quello che avrebbe potuto dargli una mano con i lavori della casa.

«Buongiorno. Sapreste dirmi che è successo alle lancette dell'orologio?» chiese loro indicando la torre del municipio.

I quattro anziani lo guardarono in silenzio.

«Lei è quello che è venuto a stare nella casa di Elmer» disse Graham Moravi.

La stessa vigile diffidenza, lo stesso modo di allungare le vocali che Larry aveva notato nella parlata di Herb Gilmore. Doveva essere un tratto esclusivo, una specie di casta, pensò.

«Solo che sembra diverso dall'altra volta che l'ho visto» aggiunse l'uomo.

«Sono stato dal barbiere» spiegò Larry.

«Bundy dice che cura cani e gatti» osservò Hazel Coughlin con un tono a metà strada tra il sorpreso e il divertito.

«È così.»

«E che non si fa pagare» aggiunse Milton Swayne.

Larry pensò che i due fatti non dovevano giocare a proprio favore in una cittadina rurale come Wytago. Forse lo consideravano già un debole, un buono a nulla perché non faceva nascere vitelli e maiali, non si sporcava le mani e le braccia di placenta e sangue e perché non parlava con lo stesso accento strascicato, ma scoprì che la cosa non gli importava granché, poteva sopravviverle.

«Che ne pensa della pena di morte?» domandò Donnie Licois a bruciapelo.

Era uno strano modo di iniziare una conversazione, perfino peggiore di quello del *reverendo* Coughlin. Ma forse da quelle parti, si disse Larry, erano soliti andare dritti al sodo. Ci rifletté qualche istante. E alla fine decise di non rispondere.

«Sto cercando il signor Frankie» disse invece. «Quello che lavorava alla cartiera».

«Frankie *Spaghetti*?» domandò Moravi. «Perché lo cerca?»

«Ho bisogno di aiuto con la casa.» Se ancora non lo credevano un gay ora ci erano arrivati. "Ho bisogno di aiuto con la casa" era una chiara dichiarazione di dappocaggine. Avrebbe dovuto prendere lezioni private da Howell Grier.

«Frankie è l'uomo giusto» dichiarò solennemente Milton Swayne.

Hazel Coughlin sputò un grumo di catarro non molto distante dalle Adidas di Larry. «Sa fare di tutto» crepitò con voce zoppa. «Lo trova nell'elenco. Sotto *Spaghetti*.»

«Frankie *Spaghetti*» confermò Moravi.

Sghignazzarono tutti eccetto Donnie Licois. «La stanno menando per il naso» disse fissando oltre Larry, la strada. «*Poletti*.»

«Prego?»

«Poletti. È il cognome di Frankie. Nella guida deve cercare Poletti. Non Spaghetti.»

«Poletti» ripeté Larry come un alunno solerte.

«L'importante è che non si faccia fregare da quel ladro di *Glove*, del Wytago Service» lo ammonì sottovoce Milton.

«Chi è *Glove*?»

I quattro moschettieri sghignazzarono di nuovo. Sembravano un branco di adolescenti fuori da scuola intorno al nuovo arrivato.

«Herb Gilmore» spiegò Moravi. «Non ha notato la voglia che ha sulla faccia?»

Larry l'aveva notata, ma non ne intuiva il nesso.

«Comunque non vada da lui per le riparazioni» concluse Milton. «È caro.»

«Lo terrò a mente» promise Larry.

«Non ha risposto alla domanda» intervenne Donnie. «Che ne pensa della pena di morte?»

Larry lo osservò. Gli occhi dell'uomo erano piccoli e chiari, quasi bianchi, contornati da una miriade di rughe che sembravano solchi di un aratro sul terreno arso dalla siccità. Occhi che lo stavano accuratamente valutando.

«Nemmeno voi avete risposto alla mia» ribatté. «Che fine hanno fatto le lancette dell'orologio?»

***

Quella stessa sera Larry telefonò al signor Poletti.

Quando sentì la voce dell'uomo all'altro capo del filo, fu tentato di chiamarlo *Spaghetti*, ma fortunatamente si trattenne (Poletti-*Spaghetti*, chissà da ragazzo a scuola come l'avevano preso per il culo).

Il signor Poletti si mantenne sulle sue, sembrava diffidare di quello sconosciuto che lo chiamava all'ora di cena per proporgli un lavoro. Si limitò a buttare qualche «sì» qui e là, quasi a caso, e si accordò per un sopralluogo il giorno seguente.

Prima di cena (il menu prevedeva polpette di carne precotte, purea di patate e una barretta di cioccolato al riso soffiato, adorava il cioccolato al riso soffiato ma quando lo acquistava diceva che era per suo nipote, che naturalmente non esisteva: sua sorella Harper aveva deciso di dedicare la vita ai bambini poveri dell'Africa, a tutti i bambini, non a uno soltanto) Larry si fece una sniffata di ketamina e poi si sedette sotto il portico, più o meno all'altezza della gabbia vuota che un tempo aveva incarcerato il merlo di Elmer Ellroy, a guardare la strada sorseggiando una Miller Lite (in verità era la terza).

Howell Grier stava raccogliendo con un rastrello l'erba tagliata durante il pomeriggio. Larry si disse che probabilmente anche l'erba del suo prato (gli faceva ancora una strana impressione chiamarlo il *suo* prato) aveva bisogno di una buona regolata e gli sovvenne quel che Lou, il barbiere, gli aveva raccontato a proposito di John Jay, i semi che crescevano a caso. Era una discreta metafora.

Transitò un'auto, una soltanto, che andò a fermarsi qualche casa più in là, e poco dopo un ragazzino a bordo di una bicicletta con una carta da gioco fissata ai raggi della ruota. Un gruppetto di suoi coetanei, che giocava a frisbee nell'area verde in prossimità dell'incrocio con la 302 chiamato pretenziosamente Elmwood Park (un posto che dopo il tramonto si riempiva di adolescenti che andavano a bere o a limonare), lo salutò gridandogli dietro amichevoli offese.

Sebbene il tempo passasse, pensò Larry compiaciuto, certe cose sembravano non passare mai. Anche lui aveva avuto una bicicletta come quella e aveva giocato a frisbee o gironzolato sullo skateboard nelle sere estive, prima di cena.

Di tanto in tanto, da un punto imprecisato, si sollevava un refolo di vento, poco più di un soffio tiepido che gli accarezzava la pelle. A quell'ora del giorno, la luce assumeva una tonalità senza eguali, se non forse nelle migliori giornate autunnali, morbida e consolante.

Larry avrebbe voluto che quel momento durasse più a lungo possibile. C'era una percettibile armonia nell'aria, come il suono di un'orchestra perfettamente affiatata in ogni suo elemento, una combinazione di proporzioni ideale. E, per quanto ne sapeva, quel posto, quella strada, in quel preciso istante, poteva essere il centro dell'universo.

Era inconcepibile che da quelle parti qualcuno avesse davvero stuprato e ucciso un bambino.

Ripensò ancora a quella canzone in *Magia d'estate*, uno dei classici Disney della sua infanzia. Si intitolava *On the front porch*. Il grosso e paterno Burl Ives suonava una piccola chitarra intonando parole che si adattavano perfettamente a quel momento.

Larry non era Burl Ives e non aveva nessuno con cui dividere l'idilliaca atmosfera di un portico al tramonto e a cui rubare uno o due baci, tuttavia inspirò a pieni polmoni avvertendo l'aroma degli alberi e dell'erba fresca di taglio, e si sentì soddisfatto e in pace. Considerando quello che gli era capitato negli ultimi tempi, non era una cosa da poco.

Un gatto bianco giocherellava con alcune foglie dall'altra parte della strada. Di saltello in saltello finì sul ciglio, da dove mosse qualche passo incerto verso il centro della carreggiata.

Larry si alzò dalla sedia come in preda a un presentimento.

Dalla curva di Pembroke Road, dal lato che si univa a Elm Street, giunse un rombo cupo. Il gatto annusò l'aria come fosse alla ricerca di una traccia da seguire.

Larry avanzò verso i gradini del portico. Il rombo aumentò d'intensità e si avvicinò: era il camion dei rifiuti che, ultimato il giro serale, rientrava al deposito. Aveva i fanali accesi malgrado ci fosse ancora una lieve luminescenza a rischiarare la strada.

Il gatto (che entro pochi minuti Larry avrebbe scoperto essere una gatta) sembrò non far caso al rumore del motore.

Larry affrontò il primo gradino. Il camion accelerò per superare la leggera salita verso la 302. Dalla direzione opposta arrivò un borbottio più acuto, quello di un furgone per la consegna di pizze a domicilio.

L'animale, abbagliato dai fari del camion, schizzò in avanti evitandone per un soffio il paraurti affilato, ma finì contro la ruota anteriore sinistra del furgone delle pizze. Emise un miagolio acuto, un grido da far rabbrividire, e rimase steso a terra.

Larry zoppicò fino al centro della strada e si chinò sul gatto, che cercava disperatamente di raddrizzarsi puntando le zampe anteriori. Aveva gli occhi dilatati dal terrore e respirava a bocca spalancata, in preda allo choc. I bambini smisero di giocare col frisbee e corsero a vedere. Il ragazzo del furgone delle pizze scese e disse che gli dispiaceva, che non era stata colpa sua. Il camion dei rifiuti era già oltre l'incrocio, il conducente non si era accorto di nulla.

Il buon vecchio Howell si appoggiò al rastrello e rimase a guardare, ma con una certa indifferenza.

Una donna anziana sbucò in quel momento dalla porta della casa di fronte. Vide i bambini riuniti in un capannello in mezzo alla strada e un uomo inginocchiato tra loro. Si fermò sotto il portico osservando il prato, come se fosse una palude piena di famelici coccodrilli. Quindi, sporgendo il mento in avanti ma senza muovere un solo altro passo, domandò: «Si è fatto male qualcuno?».

Larry la guardò annuendo. «Una gattina» disse. «È stata investita.»

***

Dalle finestre della cucina di Josephine Boulding, Larry poteva scorgere casa propria, con le luci del salotto accese e quella tinta assurda alle pareti.

L'anziana donna aveva approntato un ricovero d'emergenza per la gatta infortunata, uno scatolone foderato di carta di giornale, vecchi stracci e una calda coperta di lana. Mentre con mano tremante versava del latte in un piattino, osservava con sospetto l'uomo che le aveva riportato Milky reggendola tra le braccia. Non sembrava lo stesso che solo qualche giorno prima aveva notato in mezzo al vialetto, scalzo, sporco e trasandato, quello che dava l'impressione di essere un assassino mentalmente disturbato.

«Così lei sarebbe un medico?» buttò lì avvicinando il piatto con il latte al musetto della gatta.

Larry sorrise. Stava controllando i riflessi nervosi della micetta. «Sì, signora.»

«Signorina, se non le dispiace» lo corresse stizzosa Josephine.

Aveva esitato prima di acconsentire che quell'uomo entrasse in casa sua. Per quanto ne poteva sapere, quella della gatta ferita poteva anche essere una bella scusa per intrufolarsi nella tana di una povera vecchia indifesa e fare i propri porci comodi. Alla fine, però, si era convinta. In primo luogo perché Milky stava effettivamente soffrendo, e poi perché, anche se lei si ostinava a non volerlo ammettere, quello era davvero il veterinario che aveva rilevato la casa e l'attività di Elmer Ellroy. Martha Richardson lo aveva confermato. Lo aveva visto da Lou, il barbiere, quella stessa mattina, e ci aveva parlato. Inoltre le aveva detto che Bushrod Trimble gli aveva fatto un'insegna da mettere davanti alla casa. Per maggior sicurezza, aveva ugualmente lasciato la porta d'entrata spalancata. La prudenza non è mai troppa, le diceva sua madre, e gli stupidi molti di più. Sulla soglia c'erano ancora un paio di ragazzini che curiosavano e Josephine si guardò bene dal mandarli via considerandoli possibili testimoni nel caso lo sconosciuto si fosse messo in testa qualche idea balorda.

«La gattina risponde bene» spiegò Larry. «Poteva andare molto peggio.»

«La gattina ha un nome» replicò la donna. «Si chiama Milky.»

«Certo, signorina. Milky non sembra aver subito danni cerebrali...»

«E allora perché diamine non cammina?»

«Ha una frattura al bacino che le ha causato una paresi, un'infermità temporanea...»

«Non vuole il latte, però...»

«Le dia tempo. È sotto choc.»

La donna sollevò lo scatolone e lo posò sopra la tavola. «Si riprenderà?» chiese. La sua voce tradì tutta l'inquietudine che cercava di mascherare.

Larry adagiò delicatamente la gatta nel suo nuovo alloggio e le accarezzò le orecchie. Senza alcun preavviso fu investito da un'onda abbagliante, come un'esplosione atomica, ma silenziosa. Una vampata bianca che spazzò il suo campo visivo da qualunque altra cosa e lo costrinse ad appoggiarsi al tavolo. L'onda penetrò attraverso le retine degli occhi e i pori della pelle e gli invase il cervello, i pensieri, ogni cellula del corpo. Bianco dappertutto, come un paesaggio desolato, come un deserto infinito battuto da un sole spietato. Come ossa esposte al sole.

Si sentì *spaventato*, *smarrito*, ma non da quello che gli stava capitando (era assuefatto ai capricci del suo diroccato cervello). C'era dell'altro. La paura (il *terrore*) proveniva da quel biancore senza fine ma, e questo lo comprendeva pur senza sapere come, sembrava non riguardarlo. Non direttamente. Lui era il semplice testimone di qualcosa di inspiegabile, la cui origine gli era del tutto oscura.

«Qualcosa non va?» sentì che gli chiedeva la voce acuta di Josephine Boulding. Gli parve che provenisse da un'altra stanza, addirittura dalla strada.

Invece Josephine Boulding era lì, a meno di un metro da lui. La sbiancata era sparita con tutto quello che si portava appresso, qualunque cosa fosse, e ora c'erano solo la donna, la sua gatta sofferente e una cucina dall'arredamento antiquato. L'unica differenza rispetto a poco prima era che l'aria sapeva di sigarette, deodorante spray alla lavanda e disinfettante per pavimenti piastrellati. E la lampada sul soffitto sprigionava una luce troppo intensa.

«Tutto bene?» insisté la donna e il suo sguardo apprensivo, posato sulla gatta, fece intendere a Larry che la sua preoccupazione era rivolta non a lui bensì a Milky.

La consuetudine alle stravaganze della sua mente, aveva fatto sì che Larry sapesse uscire da certe situazioni con nonchalance, senza darlo troppo a vedere. Almeno in apparenza.

«Le cose andranno a posto in due o tre settimane» disse. «Si riprenderà» aggiunse poi sforzandosi di tenere i suoi occhi in quelli di Josephine per rassicurarla. Si massaggiò le mani, che erano intorpidite.

La donna non disse nulla. Si sedette accanto alla scatola e prese ad accarezzare Milky con la cautela del caso.

«Faccio un salto in casa a prendere la borsa» disse Larry squarciando il silenzio che era calato all'improvviso. Si accorse di aver quasi urlato, ma quel che gli era accaduto, nonostante tutto, l'aveva scosso e la questione della borsa era un ottimo pretesto per rimanere qualche minuto da solo.

I bambini sulla porta lo assalirono come fan all'esterno di uno stadio di baseball.

«Come sta Milky?»

«È morta?»

«Cosa le fa?»

«Le deve tagliare una gamba?»

Larry li tranquillizzò e disse loro di andare a casa, che Milky aveva solo bisogno di riposo e che ci avrebbe pensato la sua padrona. I ragazzini lo seguirono fin sulla porta della sua abitazione e rimasero ad aspettarlo sotto il portico, nella luce giallastra di una vecchia lampadina, facendo congetture sulla sorte di Milky e dandola ormai per spacciata.

Una volta in casa, passando davanti al tavolo sul quale aveva visitato Bert, il cane di Jeff Bundy, a Larry tornò in mente l'episodio vissuto proprio in quell'occasione, un'incursione rossa e fuggevole che lui aveva erroneamente associato a un disturbo cardiaco del cane. C'era una relazione tra i due avvenimenti? Davvero era il caso di scomodare qualche astrusa e pseudoscientifica teoria sulla telestesia animale? Una sorta di chiaroveggenza? Relativa a cosa? Il sospetto che Bert avesse una patologia cardiaca si era rivelato infondato. Non poteva essere, piuttosto, un aggravamento di quei simpatici danni collaterali da coma prolungato che accompagnavano Larry stabilmente? E il fatto che si fossero manifestati mentre era intento a visitare due animali una mera coincidenza?

Quando uscì, i ragazzini gli si fecero nuovamente intorno.

«Perché zoppica?» chiese qualcuno.

«Si è fatto male anche lei?»

«Milky l'ha graffiato?»

«Perché ha preso la borsa?»

«Cosa c'è lì dentro?»

«Un bisturi?»

«Io l'ho vista un'operazione in tv! C'era un sacco di sangue...»

«Deve operare Milky?»

Larry entrò in casa di Josephine Boulding richiudendosi la porta alle spalle, senza aver risposto a una sola delle domande dei ragazzini. «Eccomi di ritorno» disse come un marito che rientra in casa dopo una dura giornata di lavoro, con lo stesso forzato entusiasmo.

La donna però non ci fece caso. I suoi pensieri erano tutti per la povera Milky. Immaginava che la sua paresi si potesse trasformare in una paralisi definitiva. La immaginava trascinare per casa quelle gambette inerti ridotte a due ossicini miagolando sofferente. E allo stesso modo, e con un nodo di dolore crescente nel petto, immaginava il momento in cui avrebbe dovuto chiedere a quel nuovo dottore di porre fine alle sue sofferenze con una puntura letale. In un istante gli occhi annegarono in un mare di lacrime.

«Non faccia così, signorina» la esortò Larry quando se ne avvide. «Milky sente se lei si dispera. Deve darle coraggio, non deprimerla. Le pare?»

La donna alzò gli occhi su di lui asciugandosi le lacrime con la manica del golfino. Era la prima volta che sentiva qualcuno, a parte lei naturalmente, preoccuparsi dell'aspetto psicologico di un animale. La cosa la colpì. «Ha ragione» mormorò.

«Si fidi di me» continuò Larry. «Ora faccio un paio di iniezioni che aiuteranno Milky a stare meglio.»

Estrasse dalla borsa un flaconcino contenente un liquido giallastro, ne caricò una siringa per metà e infisse l'ago sotto la pelle del collo di Milky. La gattina non si mosse neppure. Poi aprì una scatola piena di fialette rosse, ruppe l'estremità di una di esse, aspirò il contenuto con un'altra siringa e ripeté l'operazione. Anche questa volta Milky non si accorse di nulla. Si limitò a osservare Larry con curiosità, lasciando che Josephine continuasse a grattarle il mento e il dorso del naso.

«Dovrà fare una di queste fiale rosse una volta al giorno» spiegò Larry.

«Dovrei fargliele io?»

«Ci penserò io. Mi basterà attraversare la strada.»

Prima di Milky, Josephine non aveva mai avuto animali in casa. Milky era stata un regalo di Martha Richardson, naturalmente. «Per farti sentire meno sola, Jo» le aveva detto consegnandole quel fagottino grande come un topo che frignava a più non posso. Josephine avrebbe voluto risponderle che non aveva bisogno di pulciosi animaletti per non soffrire di solitudine, che anzi lei non soffriva affatto di solitudine, e che per quanto la riguardava Martha poteva riprendersi quell'affare seduta stante e riportarlo dove lo aveva trovato. Invece non aveva detto nulla, come al solito. E dopo qualche ora aveva scoperto inaspettatamente di essersi già affezionata a quell'esserino che si strusciava contro la sua mano e che giocava con le stanghette degli occhiali. Milky aveva ora sette anni (era nata quando Larry era già ridotto a una cosa immobile collegata a dei tubicini) e mai in tutto quel tempo Josephine aveva avuto bisogno di chiamare Elmer Ellroy per lei. Il che era stata senza dubbio una fortuna.

«Dovrà solo tenerla riguardata e somministrarle un paio di volte al giorno questo sciroppo» aggiunse Larry compilando la prescrizione. «È a base di vitamine del complesso B. Fanno bene ai nervi.»

Josephine annuì, ubbidiente. «È molto gentile, dottor...»

«Nowak. Larry Nowak.»

«È molto gentile, dottor Nowak.»

«È il mio lavoro.»

«C'è chi lo sa fare meglio di altri.»

Anche Jeff Bundy si era espresso a quel modo. «Be', ora devo andare» disse Larry chiudendo la borsa. «Stavo preparando la cena...» mentì generosamente. Definire "cena" il cibo precotto che aveva intenzione di riscaldare equivaleva a chiamare ambulatorio la serra dietro casa.

Josephine fu sul punto di invitarlo a restare, ma le sembrò eccessivo. Quella cosa della prudenza e degli stupidi. Lo accompagnò alla porta e gli strinse la mano. «Cosa le devo?» domandò.

«Per pagare e per morire c'è sempre tempo, no?» rispose Larry sorridendo. Peccato che la prima rata del mutuo stipulato per l'acquisto della casa scadesse giusto tra un paio di lunedì. Ma questo naturalmente lo tenne per sé. «Quando Milky starà bene mi pagherà» aggiunse.

Josephine lo guardò maliziosa. «È una promessa?»

«Farò del mio meglio. *Questa* è l'unica promessa» ribadì Larry.

A Josephine fu sufficiente. Lo seguì con lo sguardo mentre, con la sua andatura claudicante (e molto simile alla sua e, forse, a quella di Milky non appena avesse ricominciato a camminare) attraversava la strada, saliva i gradini del portico e rientrava in casa.

Forse si era sbagliata sul conto di quell'uomo. Ora le sembrava diverso, molto diverso. E non solo perché si era tagliato i capelli e portava una camicia pulita e le scarpe ai piedi. O perché Martha Richardson l'aveva rassicurata sulla sua identità.

Ora le dava l'idea di essere un uomo con dei sentimenti, cosa che al giorno d'oggi le pareva un evento sempre più raro.

4

Martedì 6 giugno

Bussavano.

Larry si svegliò con l'impressione di avere la testa immersa in una vasca di gelatina tiepida. Fuori, invece, sembrava che una ruspa enorme stesse tentando di radere al suolo l'intero isolato. Emerse dai suoi sonni agitati con uno spasimo e si mise a sedere sul bordo del letto cercando di realizzare quanto stava accadendo. Sentiva, fortissimo, l'odore della lozione dopobarba Fine di suo padre.

Verso le quattro del mattino si era cacciato in gola due compresse di Tyazen 400 per riuscire a dormire, ma il risultato era stato pessimo: una specie di confuso dormiveglia e la sensazione continua di precipitare nel vuoto.

Quando finalmente realizzò che c'era qualcuno dabbasso e che quel qualcuno aveva intenzione di farsi aprire la porta a qualunque costo, si infilò un paio di calzoni, una maglietta (al contrario) e scese le scale cercando di ignorare le proteste delle proprie malconce ginocchia.

Sotto il portico c'era un uomo di mezza età, appoggiato con una mano allo stipite. (*Tenere la tua mano e rubarti un bacio o due.*) Dall'espressione contrariata si intuiva che stava aspettando da un tempo che il suo metro di valutazione giudicava eccessivo.

«Desidera?» chiese Larry restando al di qua della zanzariera e finendo di allacciarsi i pantaloni.

«Sono Poletti» dichiarò l'uomo scoccandogli un'occhiata

feroce, un'occhiata che sottintendeva qualcosa del tipo "Chi ti aspettavi, Babbo Natale con il suo corredo di fottuti elfi?"

La mente di Larry era lontana anni luce dal ricordare l'appuntamento concordato la sera precedente. «Oh, già» disse. Lesse MPI – MORRISVILLE PAPER INDUSTRY sul frontino del berretto ed ebbe la conferma di chi aveva davanti. «Signor Sp... Poletti.»

L'altro fece una smorfia di falsa condiscendenza. «Indovinato. Ma non si aspetti un premio.»

Larry represse una fitta terribile all'arcata temporale destra, una specie di lancia incandescente che gli trapassò senza pietà lo spessore del cranio. Abbozzò qualcosa che somigliasse, anche solo vagamente, a un sorriso. Ma non gli riuscì granché bene.

«Dica un po'» riprese Frankie Poletti continuando a guardarsi intorno. «Si alza sempre così tardi al mattino?» C'era un'evidente nota di biasimo nella voce. «È una cattiva abitudine, sa? Saranno dieci minuti che mi spello le nocche contro questa porta. Ho temuto che i vicini chiamassero lo sceriffo per disturbo della quiete pubblica.»

Larry guardò in direzione della casa dei Grier. Howell era in giardino, a fingere di fare qualcosa. La quiete pubblica erano lui e sua moglie Etta. «Mi dispiace, non credevo venisse così... presto» si giustificò.

«Sono le otto e tre minuti» sancì l'altro mostrando il quadrante del suo Waltham da polso. «Non ho mica tutto il giorno a disposizione, che crede?»

A Larry era parso di capire che Frankie fosse in pensione. «No, certo, capisco. Prende una tazza di caffè?»

Frankie Poletti fece segno di no con il capo. «Qui è tutto marcio» disse pragmatico indicando il tetto del porticato. «Ha intenzione di rimettere a nuovo l'intera casa?»

«Non proprio. Dove c'è assoluto bisogno.»

«Perché io faccio solo piccoli lavoretti, sa? In caso contrario deve parlare con qualcuno che abbia un'impresa, tipo Owen Kapelewski. Oppure Herb Gilmore del Wytago Service...»

Glove, avrebbe voluto aggiungere Larry. Cominciava perfino a conoscere i soprannomi delle persone. L'avrebbero fatto cittadino onorario di Wytago. Come no. E un giorno, magari, sindaco.

L'uomo colse la sua espressione. «Ci ha già parlato?»

«Sì. Ma il suo preventivo non sodalizza con le mie tasche.»

Spaghetti si sistemò il berretto e accennò una specie di sorriso. «In effetti Herb ha il vizio di gonfiare le cifre» ammise. «E non è l'unico vizio che coltiva...» Fece il gesto di fumare, riferendosi evidentemente all'erba.

«Senta» domandò Larry. «Potrebbe dirmi perché lo chiamano *Glove*?»

A differenza degli uomini sotto il portico, Frankie non sghignazzò. Non sorrise neppure. «È per via della macchia che ha sul viso».

«Un angioma».

«Quello che è. Ricorda un guantone da baseball. Così l'hanno sempre chiamato *Glove*, Guantone, fin da quando era ragazzino. Dicevano che suo padre, tifosissimo dei Mountaineers, gliele dava col guantone, per quello era sempre rosso da quel lato».

Larry annuì. Neppure lui trovava nulla da sghignazzare.

«Mi fa entrare o stiamo qui fuori?» domandò Frankie asciutto.

«Naturalmente. Mi segua...»

Spaghetti iniziò la sua ispezione all'interno della casa con lo stesso cipiglio di un generale incazzato che esamina una sconclusionata compagine di reclute. Ogni tanto si soffermava accanto a una parete o a una trave portante e grattava via un po' di legno con l'unghia del pollice, oppure assestava qualche colpetto con le nocche e poi annuiva o disapprovava a seconda del suono che ne derivava.

«Ha dipinto lei qui?» volle sapere quando fu in salotto.

«Si vede?»

Frankie *Spaghetti* non aggiunse altro, ma quel silenzio fu più efficace di un intero discorso.

E Larry si sentì un perfetto idiota.

«Allora, qual è la diagnosi?» chiese massaggiandosi le tempie quando ritenne di averne abbastanza.

«La *cosa*?»

«Sì, insomma, cosa gliene sembra?»

L'uomo si tolse il cappello, si grattò vigorosamente la fronte con un rumore di carta vetrata (aveva dita tozze e callose, che avevano lavorato a lungo, «per una vita, su a Morrisville, dove fanno la carta», avrebbe aggiunto uno dei moschettieri sotto il portico), passò una mano sui capelli radi tenuti insieme da un qualche tipo di brillantina sconosciuta nel mondo dal quale veniva Larry, quindi si rimise il berretto sulla testa. «Mettiamola così» disse. «Se io fossi un dentista e le travi di questa casa fossero i suoi denti, le direi di toglierli tutti e di farsi fare una bella dentiera. Ecco cosa le direi.»

«Capisco.» Non era un buon inizio.

«Ma se lei mi dice di fare il possibile per riuscire a masticare» proseguì l'uomo «e cioè stuccare, rinforzare e recuperare quel po' di sano che c'è, io lo faccio. E siccome non si tratta di denti ma di assi di legno, aggiungo che forse rattoppare è la soluzione migliore.»

Messa così suonava decisamente meglio. Larry annuì. «Rattoppi» disse soltanto.

«Certo che poi» riprese Frankie «se una trave le precipita sulla testa non voglio responsabilità. Voglio dire, è lei che mi ha detto di rattoppare.»

«Allora cambi quello che deve cambiare.»

«Le ho detto prima che io non faccio lavori così specializzati. Per quelli deve rivolgersi a Owen Kapelewski o a Herb...»

«Del Wytago Service, lo so. Ascolti, signor Poletti. Rattoppi e faccia del suo meglio. Se mi cascherà qualcosa sulla testa, pazienza, significa che era destino.»

L'altro lo guardò per qualche istante in silenzio, con una manifesta maschera di perplessità sul volto abbronzato e solcato da rughe profonde. «Come vuole» disse infine. «La casa ora è sua.»

«Quanto mi verrà a costare il tutto?»

«Se il tetto è a posto, con mille e cinquecento al massimo le sistemo alla meglio le parti che non vanno».

«E se non fosse a posto?»

«Pressappoco il doppio.»

«Di qua» disse Larry indicando la scala che conduceva di sopra. «Finiamo il tour.»

Il tetto si rivelò essere *abbastanza* a posto, ma non del tutto (in realtà Larry aveva trovato chiazze sul soffitto della camera da letto e su quello del bagno: il tetto filtrava acqua, non era a posto). In ogni caso decisero che poteva aspettare. Magari l'anno seguente. Fissarono il preventivo a mille e trecento dollari e

Frankie *Spaghetti* disse che avrebbe potuto iniziare i lavori dal giorno seguente, a patto, però, che Larry fosse sveglio almeno alle otto.

Larry promise solennemente e lo congedò, lasciandolo alle sue pressanti faccende, che con tutta probabilità consistevano nel raggiungere i vecchi amici sotto il portico dell'emporio. Dopodiché si trasferì in cucina. Mise sul fuoco una padella con tre uova e prese a maltrattarle. Versò il caffè in una tazza sulla quale era stampato GOOD MORNING! LET THE STRESS BEGIN! (l'aveva acquistata senza nemmeno leggere la scritta al Wal-Mart, tuttavia doveva ammettere che era una frase dannatamente *meditativa*) e si sedette al tavolo mangiando con il cucchiaio direttamente dalla pentola e osservando dalla finestra i cespugli di more ormai sfioriti. Spirava una brezza leggera che Larry indovinò piena della fragranza delle rose selvatiche che si arrampicavano sul graticcio del portico. Gli venne da pensare come se la sarebbe cavata con il giardinaggio. Male, probabilmente.

Più tardi, mentre si trovava nella lavanderia alle prese con il bucato, gli cadde lo sguardo sul manico dell'insegna che aveva fatto realizzare da Bushrod Trimble. Se n'era totalmente dimenticato.

Ecco un'altra cosa da fare, pensò con un sospiro. In quel preciso momento gli esplose una fitta acuminata come un bisturi al centro esatto della testa. Si alzò e andò all'armadietto dei medicinali (veterinari) ricorrendo a una spolverata di cara vecchia Miss Ketamina.

***

Aveva imparato il significato di sofferenza fisica durante il lungo periodo di rieducazione. Il fisioterapista che l'aveva preso sotto la sua ascella protettrice (non esattamente profumata: consumava cipolle in quantità industriale) si chiamava Royo Quintero ed era messicano (le nozioni di cucina messicana Larry le doveva a lui).

Royo Quintero parlava sempre di "forzata inattività" riferendosi agli anni che Larry aveva trascorso in coma. Curioso come gli addetti ai lavori evitassero di usare i termini più comuni per indicare i problemi o le patologie dei pazienti. Doveva far parte di qualche nuovo corso di psicoterapia comportamentale: il corretto approccio psicologico al paziente turbato, o qualcosa del genere. Forzata inattività, sospensione o coma, il risultato era lo stesso: gambe più corte, muscoli secchi e fragili come legnetti del gelato, e un senso angosciante di estraneità.

Royo Quintero aveva fatto un ottimo lavoro, ma era stata dura. Davvero dura. La riabilitazione poteva essere un supplizio indescrivibile, un inferno in terra. Se Larry ripensava ai dolori atroci che aveva dovuto sopportare durante quel periodo, le recenti emicranie somigliavano a noiose seccature. Aveva implorato Royo Quintero di lasciarlo in pace, di abbandonarlo per sempre sopra una comoda, spaziosa, autosufficiente sedia a rotelle con un sacchetto attaccato al culo e un catetere infilato nel pisello. Si sarebbe accontentato. Tutto, pur di interrompere quell'indicibile strazio giornaliero. E quando le implorazioni non erano servite, Larry aveva scaricato addosso all'incolpevole Royo tutti gli accidenti possibili e anche alcuni impossibili, e aveva maledetto il giorno in cui, anziché andarsene al Creatore, aveva riaperto gli occhi e collegato i circuiti ritrovandosi nuovamente da questa parte dell'eternità.

Una volta, qualcuno in ospedale (non ricordava chi, meglio così altrimenti ora gli avrebbe fatto trovare una testa di cavallo mozzata sul letto), gli aveva detto che tornare da un coma era un po' come vincere alla lotteria: c'era da ritenersi fortunati.

Davvero una gran fortuna, pensava Larry. Avrebbe dovuto saltare sul letto e mettersi a fare le capriole dalla contentezza, non fosse stato per quel piccolo particolare del suo corpo ridotto a brandelli flaccidi, non fosse stato per il fatto che aveva l'impressione costante di essere a bordo del vascello pirata nel luna park di North Conway, non fosse stato per il fatto che la sua famiglia come tale non esisteva più.

L'idea di rimettersi a vivere gli era sembrata allora simile a quella di poter viaggiare alla velocità della luce. La disperazione nella quale Larry si barcamenava in quel periodo era giunta a tal punto che non c'era giorno in cui non si augurasse la morte piuttosto che continuare a quel modo. E, puntuale come un'amante impaziente, era sbocciata l'idea del suicidio. Dapprima in maniera molto semplice, istintiva, quasi animale: avrebbe aperto la finestra dell'ospedale e si sarebbe buttato di sotto, a testa in giù, un bel volo. Poi più raffinata, come ad esempio un'iniezione letale di embutramide, il farmaco che lui stesso aveva utilizzato un'infinità di volte per le eutanasie. Oppure la classica e mai *demodé* lametta squarcia-vene nel tepore di una vasca da bagno piena d'acqua, un'idea molto chic, candele, musica jazz e un bicchierone di whisky. Ma le idee fortunatamente erano rimaste tali. Larry non era mai arrivato all'ultimo gradino di quella scala che scendeva sempre senza possibilità di risalire. Un po' per l'istinto di conservazione che scoprì inaspettatamente di possedere (qualcosa che era sicuro derivasse dal patrimonio genetico preistorico), un po' grazie all'aiuto della dottoressa O'Connor, che lo marcava stretto, più stretto di quanto facesse con i suoi avversari Lawrence Taylor quando giocava nei Giants di New York.

Larry ricordava con nostalgia le sedute terapeutiche di *Susy la Rossa*, così la chiamava. Non era stato facile svegliarsi pensando di avere ventinove anni e scoprire di averne quasi trentasei. Qualcuno si era rubato quei sei anni abbondanti, i *suoi* sei anni abbondanti. E non era esattamente come farsi fregare l'auto nuova: non sarebbero mai tornati e non si potevano ricomprare. Non era stato facile neppure scoprire che il mondo era andato avanti lo stesso, con o senza di lui (non appena era stato in grado fisicamente di farlo, aveva preso d'assalto l'emeroteca di Nashua sfogliando interminabili sequenze di articoli microfilmati, posseduto da una irrefrenabile smania di sapere: il neoliberismo, il crollo del comunismo, la fine della Guerra Fredda e la dissoluzione dell'Unione Sovietica, i tagli alla spesa sociale, l'Unione Europea, il multiculturalismo, l'hip hop e il grunge, la tv via cavo, il World Wide Web, la terapia genetica, la pecora Dolly, la morte della Principessa del Galles, il genocidio in Ruanda, i conflitti etnici nei Balcani... Dio, il mondo era stato rivoltato mentre lui semplicemente dormiva).

With or without you cantava Bono prima che Larry si prendesse l'aspettativa dal mondo reale. Già, perché il mondo reale non aveva nessunissimo bisogno di uno come lui, questa la lezione che aveva imparato a proprie spese.

Susy la Rossa gli aveva ricostruito il cervello un pezzo alla volta (così come Royo Quintero aveva fatto con il corpo) attraverso interminabili ore trascorse a parlare e solo raramente ad ascoltare. Ora che lei non gli stava più accanto, Larry sapeva che sarebbe stato tutto più difficile. Non impossibile, ma difficile. E con altrettanta nostalgia rammentava il suo primo risveglio sessuale, che naturalmente era avvenuto durante una delle sedute di terapia della fulva e procace dottoressa. Larry si era ritrovato a puntarle il seno, palpitante e ribelle sotto una camicetta di seta forse di una taglia in meno, come un segugio la pernice nascosta nel cespuglio, e aveva avvertito una prima piccola vibrazione. Cinque minuti più tardi era in piena erezione, soltanto in parte celata dalla coperta che gli ricopriva le gambe, la fronte sudata per la vergogna e la flebile speranza che Susan non se ne fosse accorta (ma avrebbe dovuto essere cieca per non notarlo).

Ora, in quella casa malridotta (malridotta come lui) dagli interni verdognoli, in quel villaggio sperduto tra i boschi, era moderatamente felice di non aver provato l'effetto dell'embutramide sul corpo umano o di non essersi perforato il torace con un coltellino da frutta per vedere quanto tempo ci voleva a morire dissanguato. Ora era anche capace di sorridere su quanto aveva passato (ridere no, non ancora) e ciò rappresentava un grande, grandissimo passo avanti.

Ma non era sufficiente. Per sentirsi davvero un uomo normale (posto che mai sarebbe tornato a esserlo), per poter davvero ricominciare a vivere una vita degna di tal nome, doveva costruire qualcosa, ma soprattutto farlo da solo. Doveva avere di nuovo tra le mani le redini dei suoi giorni futuri. Ecco perché aveva fortemente voluto Wytago nel Vermont. Ecco perché aveva acquistato quel rudere di casa senza accertarne realmente le condizioni. Ecco perché si ostinava a fare tutto da solo.

***

«È lei il veterinario?» chiese una voce alle sue spalle.

Erano quasi le due del pomeriggio e Larry aveva appena terminato di piantare la nuova insegna sul prato davanti alla casa, a circa un metro dalla strada. (Howell Grier aveva sorvegliato i suoi movimenti mentre fingeva di smontare e ripulire il filtro dell'impianto di condizionamento.)

Larry si tirò in piedi, serrando la mascella per scaricare il dolore che gli procurarono le ginocchia, e voltandosi si trovò di fronte una donna esageratamente grassa, bendata da una tuta da ginnastica bianca che ne raddoppiava il volume e che non doveva aver mai visto una palestra. In braccio reggeva un cucciolo di bulldog. «È lei o no?» ripeté la donna.

«Sono io» rispose Larry porgendo la destra per salutarla. Era una giornata molto calda e il sudore gli colava dalla fronte e da sotto le ascelle.

«Oh, bene. La mia amica Eyleen Bishop mi ha parlato benissimo di lei. Salute Howell!» gridò in direzione della casa dei Grier. Howell alzò un braccio munito di cacciavite ma senza mutare espressione.

«Eyleen Bishop?» chiese Larry asciugandosi il viso madido con l'avambraccio.

«La parrucchiera. La socia di Lou.»

«Ah, già. Ora ricordo.» Era la donna che aveva passato la nottata a ripulire la merda di Scott. Il cane, non il commesso che somigliava a Becco dei Muppet. «Una signora molto simpatica» si sentì di aggiungere.

«Mi ha detto "vai da quel giovane veterinario che mi ha fatto davvero un'ottima impressione".»

Larry ringraziò mentalmente Eyleen Bishop per averlo definito "giovane", ma non era così sicuro di sembrarlo davvero.

«Sa, era tempo che l'aria cambiasse un po' da queste parti. Non che avessi qualcosa contro Elmer, intendiamoci, però, come si dice, il vecchio stanca. Non so se mi spiego. Dovrebbe essere così anche nei matrimoni!» Ridacchiò una risatina acuta, nervosa. «E dal momento che mi hanno regalato questo cucciolo appena una settimana fa, mi sono detta andiamo un po' a farlo vedere al nuovo dottore. Sentiamo che mi dice. Ho fatto bene?»

«In realtà mi sto ancora attrezzando...» spiegò Larry.

«Non mi dica che sono venuta per nulla. Oh, Dio, che sfortuna!»

C'era sempre il tavolaccio sopra il quale aveva visitato Bert. Poteva bastare. Però doveva decidersi a rimettere a posto la serra e predisporre il nuovo ambulatorio. Era inutile esporre un'insegna se poi l'ambulatorio di fatto non esisteva. «D'accordo. Venga dentro, signora...?»

«Mi chiamo Sandra Duvall.»

«Troveremo il modo di visitare il suo cucciolo, signora Duvall.»

Il cane si chiamava Charley e la donna spiegò che il nome era dovuto alla sua grande passione per i libri e in particolare per John Steinbeck e che Charley era appunto ispirato al cane del romanzo *Viaggio con Charley*, sebbene quello di Steinbeck fosse un raffinato barboncino francese e il suo un prosaico bulldog inglese. Aggiunse poi che in realtà quel viaggio Steinbeck non l'aveva mai fatto con un cane ma con la seconda moglie Elaine, cornificata quanto la prima, dettaglio che comunque non intaccava minimamente la sua stima per l'arte letteraria dell'autore premio Nobel.

Charley (quello della signora Duvall) se la cavò con un paio di pastiglie di antiparassitario e una prescrizione di sali di calcio per irrobustire le ossa.

Per Larry, fortunatamente, nessuna ondata cromatica, nessuna vertigine, niente di niente, il che screditò l'ipotesi che ci fosse un legame tra i nuovi bislacchi episodi del serial *Benvenuti nella stravagante mente di Larry Nowak* e gli animali visitati.

La signora Duvall (che lavorava come volontaria alla biblioteca pubblica, ma che da ragazza, prima di diventare a tempo pieno la moglie di Felix Duvall, aveva frequentato un corso da arredatrice) trovò molto originale l'idea di fare di una serra uno studio medico e disse che non vedeva l'ora di venirci, una volta che fosse stato realizzato. Diede anche un paio di consigli su come sistemare la sala d'aspetto e di che colore dipingere le pareti (verde acqua).

Non appena la donna lasciò il vialetto della casa, Larry si gettò a capofitto nell'opera di sgombero. Le esitazioni che l'avevano frenato erano scomparse, spazzate via dall'entusiasmo contagioso di Sandra Duvall.

A metà pomeriggio la serra si era trasformata in uno scheletro vuoto e Larry in un relitto. Nello spiazzo dietro la casa (confinante a est con la staccionata del giardino di Howell ed Etta Grier) era ammonticchiata una quantità incredibile di cianfrusaglie, vecchi arnesi da giardinaggio, cocci e vasi inutilizzabili, resti di piante mummificate, contenitori di terra secca, cassette di legno ridotte a pezzi, innaffiatori. E le famose canne da pesca. Ma non solo. Negli anni quella vecchia serra era diventata per Elmer Ellroy qualcosa di simile a una soffitta, un ripostiglio dove riporre qualsiasi oggetto non particolarmente utile in attesa che lo diventasse o, più facilmente, che si deteriorasse a tal punto da venir gettato.

Trovò anche uno scatolone scurito dall'umidità che conteneva vecchie carte e documenti. Larry lo mise da parte con l'intenzione di farlo avere al dottor Ellroy. Doveva avergli lasciato il suo indirizzo di Osprey in Florida, da qualche parte. Per l'ambulatorio, decise di recuperare un armadietto di metallo con le ante in vetro, un secchio di latta che poteva utilizzare come pet-corner e una targa retrò che reclamizzava l'Old Quaker, un bourbon molto venduto negli anni '40, utile, come recitava il testo, *sia per uso domestico che medico*.

Gran parte dell'attrezzatura veterinaria gli era stata ceduta dai suoi soci di Nashua quando lui li aveva informati dell'intenzione di riprendere il lavoro in un'altra città. Il resto aveva provveduto a ordinarlo presso una ditta specializzata con sede a Boston (attendevano il suo ok per la spedizione).

Lo spazio ricavato all'interno sembrava ora enorme. Con un ultimo sforzo, Larry utilizzò delle vecchie assi di legno per delimitare le aree destinate alla sala d'aspetto, alla sala visita e alla piccola sala chirurgica che intendeva allestire nella parte più interna. Sarebbe bastato alzare delle pareti in cartongesso, supponeva. Risolse di parlare a Frankie *Spaghetti* anche di quello. Forse l'ex operaio della cartiera di Morrisville avrebbe storto il naso e probabilmente avrebbe arrotondato il compenso per quel lavoretto extra, ma Larry da solo non ce l'avrebbe mai fatta. C'era da iniziare dalla struttura in ferro, dall'intelaiatura della serra: aveva bisogno di una buona scartavetrata e di una o due mani di vernice bianca. Stavolta non si sarebbe fatto infinocchiare dal signor Shoney e dal suo zelante commesso Scott. Stavolta sarebbe andato al centro commerciale e poi avrebbe chiesto a Frankie *Spaghetti* di occuparsi del lavoro: i suoi muscoli provati avevano già dato molto alla causa.

Rientrò in casa e accompagnò del Vicodin con due lattine di Miller Lite. Ottimo abbinamento, disse il sommelier che si nascondeva in lui.

Mentre era sotto la doccia, squillò il telefono. Larry chiuse l'acqua, agguantò alla cieca l'accappatoio e raggiunse la camera da letto gocciolando. «Pronto?»

«Buonasera, dottore!» Una voce di donna, particolarmente su di giri. «Come sta?»

«Chi parla, scusi?»

«Sono Eyleen, dottor Nowak! Lou, il barbiere, ricorda?»

«Buonasera, Eyleen.»

«L'ho disturbata?»

«No, dica pure...»

«È stata Martha Richardson a darmi il suo numero di telefono. L'ha avuto da Alfie Kapelewski, che l'ha avuto da suo figlio Owen, che l'ha chiesto a Herb Gilmore, del Wytago Service. Spero non le dispiaccia.»

A che servivano le insegne pubblicitarie in un posto come quello? si domandò Larry.

«Volevo dirle di Scott.»

«Scott?»

«Il mio beagle!»

«Certo, Scott...»

«Era proprio come diceva lei. Forse un colpo di freddo. Ora però sta meglio. Gli ho dato lo yogurt. Ah, lui non ne voleva sapere, ma io gli ho detto: il tuo dottore dice che devi prenderlo e quindi lo prenderai! Alla fine ha accettato di mandarlo giù. Non le dico le smorfie...»

«È stata molto gentile a chiamarmi, signora Eyleen.» Il *tuo* dottore. Suonava fidelizzante, ma anche claustrofobico.

«Solo Eyleen.»

«Oggi è stata qui la sua amica, Sandra...»

«Sandra Wiley?»

«Ha un cucciolo di bulldog, ma non mi pareva fosse quello il cognome...»

«Oh, certo, che sciocca! Duvall! Wiley è il cognome da signorina. È stato suo marito Felix a regalarle il cane. Secondo me sbagliano a tenere un cane come quello. Non so, sbavano tanto e respirano in quel modo così rumoroso... Che dice lei, dottore?»

Larry si accorse che ai suoi piedi si andava formando una pozza d'acqua. E in più sentiva freddo. Si aggiustò l'accappatoio e tentò di concludere la telefonata. «Non si preoccupi per la sua amica» disse. «Vedrà che non avrà problemi. Ora, se vuole scusarmi, la devo lasciare.»

«Si capisce. Non volevo trattenerla. Mi perdoni. Mi chiedevo, le piacciono i pasticci di carne?»

«In che senso?»

«Sono i piatti che mi vengono meglio, sa? Vorrei portargliene uno nei prossimi giorni...»

«Non si disturbi.»

«Per ringraziarla dei preziosi consigli.»

«Come preferisce, grazie. Ora la saluto perché sto letteralmente sgocciolando sul pavimento della camera.»

Eyleen rise. «Che simpatico! Allora ci vediamo, eh?»

«Certo. A presto.»

***

Verso le sei, Larry attraversò la strada e suonò il campanello di Josephine Boulding.

Mentre attendeva sotto il portico, notò Etta Grier che lo osservava da dietro una delle finestre del salotto. Larry alzò il braccio e la squadrata figura della donna scomparve all'istante, inghiottita dalla penombra della stanza.

«Chi c'è?» domandò diffidente Josephine attraverso la porta.

«Larry Nowak, signorina Boulding.»

«Chi?»

«Il veterinario.»

Seguì una serie imprecisata di scatti di serrature e di chiavistelli e finalmente la porta si schiuse. Gli occhi della donna indugiarono a lungo sulla scarna figura di Larry. «Sì, è proprio lei» disse infine.

«Come sta?» domandò Larry.

La televisione accesa rimandava le note di una pubblicità. «Io sto bene. Ma non posso dire altrettanto di Milky.»

«È peggiorata?»

«No, anzi ha voluto mangiare delle aringhe in scatola.»

«Buon segno.»

«Però non si muove e non fa i suoi bisogni. Quelli grandi» aggiunse quasi sottovoce. Le parve che *seduta evacuativa*, l'espressione che utilizzava normalmente, non si addicesse a una gatta.

«Questo è abbastanza normale. Ora diamo un'occhiata.»

Milky stava al suo solito posto, dentro lo scatolone. Guardò Larry con indifferenza, sospendendo le proprie operazioni di pulizia.

«Ciao Milky» la salutò Larry. Esitò, prima di toccarla. L'onda bianca, l'atomica silenziosa, poteva essere in agguato lì intorno, come l'assassino in un horror-movie di serie B.

«È inutile che le dica ciao. È sorda» gli ricordò la voce piatta della signorina Boulding. «È per quello che è finita sotto il camion. Cerco sempre di non farla uscire, ma a volte è più veloce di me. E in fondo ci vuole poco.»

Larry annuì. Quindi posò le mani con cautela sulla testa della gatta.

E l'atomica arrivò. Un dilagare di bianco che lo investì come uno tsunami. Un istante, un nanosecondo, e il mondo si fece opalescente. Come un paesaggio desolato, un deserto infinito battuto da un sole spietato. Ossa esposte al sole.

«Coraggio» disse la voce ovattata di Josephine Boulding. «Che aspetta?»

Coraggio, elaborò la mente di Larry. *Aspetto il coraggio*. «Niente… stavo solo controllando una cosa.»

La nube si era dissolta. Guardò Milky. I suoi occhi lo osservavano, ma non sembrava spaventata, né dolorante, né altro per cui potesse risultare turbata. Anzi, pareva assolutamente a proprio agio.

A differenza della sua padrona. «Stava controllando cosa?» chiese con l'angoscia nello sguardo e nella voce. «Oddio, non mi dirà che è peggiorata e che non si riprenderà mai più, vero?»

«Ma no, no certo. Stia tranquilla… È che…»

«Che?»

Larry finse di dedicarsi all'iniezione. Nel frattempo pensava a come giustificare il suo momento di assenza e, soprattutto, a comprendere cosa diavolo fosse quella cosa. *Un indizio è un in-*

dizio, due indizi sono una coincidenza, tre fanno una prova diceva Sherlock Holmes o chi per lui. E quella era la terza volta che gli capitava. Eppure, quello stesso pomeriggio, quando aveva visitato Charley, non era accaduto niente di simile. Dunque gli animali non c'entravano. E questo, come avrebbe detto il vecchio Elmer Ellroy, era un fatto.

«Dovrebbe massaggiarle la pancia» consigliò trovando finalmente lo spiraglio giusto per riemergere dalle profondità dei propri pensieri. «Dopo che ha mangiato.»

«Massaggiare la pancia? Perché?»

«Per favorire la digestione e l'evacuazione delle feci.»

«I *bisogni grandi*» lo corresse compita la donna.

«I bisogni grandi» ripeté Larry. «La frattura del bacino impedisce la contrazione corretta dell'addome a causa del dolore. Ecco perché potrebbe essere una buona pratica quella di massaggiarle la pancia.»

«Ho capito, e non dubiti che lo farò.» Poi, rincuorata e sotto l'impulso di uno slancio che non le apparteneva, andando verso la cucina chiese: «Dottore, le piacciono i dolci?».

Ecco un problema risolto, pensò Larry. Tra dolci, barbecue e pasticci di carne avrebbe recuperato tutto il peso perduto nel giro di qualche settimana. Sua madre ne sarebbe stata contenta. «Non mi dica che ama fare le torte.»

«Infatti non glielo dico. Le fa la mia amica Martha Richardson. Questa» disse alzando il coperchio dell'alzata come un prestigiatore al termine del suo numero «me l'ha portata stamattina, fresca fresca.»

«Ho conosciuto una Eyleen, una Lucille e una Sandra, mi pare. Ma nessuna Martha» fece Larry cercando di essere spiritoso.

Rammentò a se stesso che quella era una faccenda sulla quale esercitarsi. Non che prima dell'incidente fosse un mostro di simpatia, però se la cavava, almeno stando a quanto diceva Jonie, la sua ex. Ma da dopo il risveglio non gli riusciva proprio, e quando ci si metteva i risultati erano deludenti. Un'altra voce da spuntare sulla lunghissima lista di cose da fare.

«E invece ricorda male, dottore. Martha ha detto di averla veduta ieri mattina dal barbiere. Si stava facendo bello.»

Larry annuì. «Una delle signore del casco» mormorò.

«Già. A Martha piacciono le camicette a fiori e i capelli freschi di piega. E poi naturalmente adora venire qui a spettegolare masticando le sue crostate alla marmellata. Vuole assaggiarne una fetta?»

Larry controllò l'ora. Le sei e venti. Il Timex, che un tempo era immobile, ora scivolava fino a metà avambraccio. Non l'aveva mai fatto stringere, forse nell'illusoria speranza di tornare quello che era.

«Solitamente a quest'ora finisce la mia trasmissione televisiva preferita» continuò Josephine notando il gesto di Larry. *St. Gregory Hospital*. Il tono era quello di chi parla con nostalgia di una persona cara.

«In tal caso domani verrò un po' prima...»

«Stia tranquillo. Non vi avrei rinunciato nemmeno se si fosse presentato alla porta l'uomo di Little Rock in persona con l'Air Force One ad attenderlo in mezzo alla strada. La serie è stata sospesa e i nuovi episodi riprenderanno in autunno. Conosce la dottoressa Fernon?»

«Non personalmente...»

Josephine rise.

«Non guardo spesso la televisione» spiegò Larry. «È un medico?»

«Una ginecologa. Una donna che si è fatta da sola. Piena di umanità.»

«Un medico che non esiste» commentò Larry sarcastico.

«È un medico anche lei, in fondo.»

«Sì, ma con i miei pazienti non sono costretto a fingere.» Si pentì immediatamente di quella frase, scontata e infelice.

Josephine lo osservò con attenzione. «Chi beve l'acido si inacidisce» sentenziò. «Allora, questa fetta di torta?»

«E sia. Grazie.»

Mentre il suono del coltello che tagliava la crostata di Martha Richardson (un suono piacevole, fragrante) riempiva la cucina, Larry sbirciò dalla finestra casa propria.

Per un istante gli parve di poter scorgere se stesso attraversare il salotto diretto in cucina. Si vide tornare indietro portando alle labbra una lattina di Miller Lite e sostare immobile al centro della stanza, come uno spettro muto, come il vecchio Ellroy, forse, aveva fatto negli ultimi tempi trascorsi vagando solitario tra quelle stanze.

Osservando la sua casa da quella distanza (una distanza di appena una ventina di passi) gli sembrò di stare a guardare un'altra vita, una vita che gli parve inaspettatamente triste.

«Ecco» disse Josephine mettendogli sotto il naso un piatto che profumava di conserva di fragole. «Vuole anche del caffè? O forse, con questo caldo, sarebbe meglio un tè freddo.»

Larry si concentrò sul volto grinzoso della donna. «Il caffè andrà benissimo, grazie.»

Josephine Boulding sorrideva poco. Come lui. Poteva essere stata un'insegnante o la preside di una scuola, pensò. O la direttrice dell'ufficio postale. La vedeva come doveva essere stata in passato, austera, severa, puntigliosa, poco incline alle concessioni. Una donna abituata a stare sola. Forse non si era mai sposata o era rimasta vedova presto. Non era tipo da divorzio, non secondo Larry. Niente figli. E dallo scarso movimento notato intorno alla sua casa, pochi amici. A parte la donna con le camicette a fiori e le messe in piega vaporose, Martha Qualcosa.

«Come si trova nella casa di Elmer?» domandò all'improvviso Josephine.

«Bene, direi. Ha solo bisogno di qualche aggiustamento.»

Lei annuì. «Elmer aveva poca cura della casa, come di sé del resto.»

«Lo conosceva bene?»

«Da quando era giovane e pieno di entusiasmo e Warren Harding, con il medesimo entusiasmo, prendeva tangenti alla Casa Bianca. Andavamo a scuola insieme, Elmer e io» aggiunse dopo una breve pausa. «Con Harding, invece, non ci sarei andata nemmeno al cinematografo. E se le fosse sfuggito, mi riferisco a quel Warren Harding che fu il nostro ventinovesimo presidente.»

«Perché secondo lei se n'è andato?»

«Elmer?» Josephine esitò. «Presumo che per molti la solitudine sia una brutta compagna.»

«Per molti, ma non per tutti» osservò Larry. Parlava di sé, naturalmente, ma qualcosa gli suggerì che doveva valere anche per la donna che aveva di fronte.

«Non la mangia?» chiese Josephine indicando la fetta di torta con un dito adunco. «Ha un aspetto tanto orribile? Può dirmelo. Non mi offendo. Tutt'al più sarà Martha Richardson a offendersi quando glielo dirò. Scherzo. Avanti, ci dia dentro!»

Larry ubbidì. «È veramente buona» disse dopo che ne ebbe assaggiato un pezzo.

«Davvero?»

Non era vero, ma Larry era stato abituato a essere educato. «Ottima. Faccia i miei complimenti alla sua amica.»

«Lei non sa mentire. Ad ogni modo chi è causa del suo male, eccetera eccetera. Le propongo questo. Quando Milky sarà guarita, le garantisco torta gratis settimanale. Le va l'idea?»

«Andata» approvò Larry.

«Almeno fino a che Martha Richardson continuerà a cuocerle e a portarmele» soggiunse inarcando le sopracciglia. «Oh, be'. Credo che Martha alla fine le piacerà. È un tipo... vibrante». Non trovò altro aggettivo per descriverla. «Può essere un tantino irritante, alla lunga, ma è come una tazza di ginseng, non so se mi spiego. E lei ha l'aria di uno a cui una buona tazza di ginseng serve davvero.»

Larry annuì e terminò il caffè. «La ringrazio. Ora però devo andare.»

«L'accompagno.»

«Se per lei va bene, tornerei domani, verso sera.»

«L'avverto, alle nove mi corico. E la porta resta chiusa.»

Larry sorrise. «Verrò prima delle nove.»

«Lei sarà la mia nuova soap. Dopo la dottoressa Fernon, ecco il dottor Nowak. In fondo vi assomigliate un po', voi due.»

«Davvero? Io spero di no, altrimenti quella povera donna non troverà mai un fidanzato!»

«Intendevo...»

«Ho capito» la interruppe Larry con dolcezza. «E la ringrazio. Lei è una cara persona, signorina Boulding.»

***

Mentre attraversava nuovamente la strada per tornare a casa, Larry si fermò per lasciar passare un ciclista che sopraggiungeva a velocità sostenuta dalla sommità della strada. Montava una bici da corsa e Larry fu tentato di dirgli di rallentare quando notò che il ciclista era in realtà una ciclista.

«Salve!» lo salutò la donna. Quindi premette con entrambe le mani sui freni andando a fermarsi pochi metri più avanti.

Larry la osservò. Non gli sembrava di conoscerla affatto. La donna si slacciò il caschetto liberando una folta capigliatura nera e riccia. «Ci siamo visti ieri» disse invertendo il senso di marcia e avvicinandosi a Larry. «Le offerte per il municipio, ricorda?»

«Mi perdoni. Non l'avevo riconosciuta. "La donna del banchetto".»

Lei sorrise. «"La donna del banchetto". Sembra il titolo di un film!»

Portava una maglietta stampata e un paio di bermuda stile militare. Sulla maglietta era scritto WHY ME? e sotto, in piccolo, WHY NOT?. Allungò un braccio. «Jobeth Allison.»

«Io sono Larry Nowak» rispose Larry stringendole la mano. Quella della donna era leggermente sudata, ma la cosa non lo infastidì.

«Abita da queste parti?» volle sapere Jobeth.

«Lì» disse Larry indicando casa propria. «E non mi dica che il tetto del portico è marcio.»

La donna lo guardò senza capire. Aveva occhi scuri e brillanti.

«Non ci badi.» Faceva pratica, patetici balbettii di simpatia. «È sua questa bicicletta?»

«Mi mancano ancora...» Contò con le dita. «Sette rate e poi lo sarà.»

«Deve costare parecchio» osservò Larry. «Ci sa andare?»

«Non ci vuole poi molto.»

«Volevo dire che è una bici da professionisti...»

Jobeth guardò il proprio attrezzo come se lo vedesse per la prima volta. «Presumo che sia colpa di tutti quei rapporti. Ho chiesto, ma quelle con il cambio automatico per donne incapaci le avevano finite!»

Larry rise. Jobeth Allison aveva il senso dell'umorismo, niente da dire. Forse avrebbe potuto dargli ripetizioni. «Mi perdoni, non volevo essere scortese.»

«Vuole farci un giro?» Doveva avere all'incirca la stessa età di Larry e, Larry se ne avvide subito, non portava la fede.

«Io? No, grazie.»

«Perché?» Jobeth scese dalla sella e porse il manubrio a Larry. «Coraggio!»

Ancora quella parola. O forse si trattava semplicemente di quel fenomeno, Bad-Meiner gli pareva si chiamasse o un nome simile, per cui si tende a notare ovunque qualcosa che ci ha particolarmente colpito. Un disturbo cognitivo, qualcosa che in un cervello rimessosi in moto dopo quasi sette anni di nanna ci poteva stare come il Cheddar sulle *albóndigas*.

«Non amo molto le due ruote» rispose Larry in modo evasivo.

«Come vuole. Anzi, mi scusi, non volevo insistere.»

«È andata bene la raccolta fondi?» Larry sentiva il bisogno di cambiare discorso. E in fretta. Aveva iniziato a sudare.

«Non molto. La speranza era quella di sistemare la torre per la festa del bicentenario, il 4 luglio, ma ho idea che dovremo rimandare ancora una volta.»

«Il bicentenario?»

«Della città. Be', non credo che storicamente sia proprio il 4 luglio, sarebbe una strana coincidenza, la stessa data del giorno dell'Indipendenza, non trova? Lo sa che Wytago vuol dire "rinascita"? È algonchino. Sull'origine della città esistono parecchie versioni.» Fece una pausa. «Tutte discordanti» concluse divertita.

Larry rammentò di aver veduto, poco prima di avvistare l'alligatore sotto il portico del Sullivan Cafè, un lungo striscione appeso da una parte all'altra della Main che forse accennava a qualcosa del genere.

«La versione più conosciuta è quella dei fratelli Licois» continuò Jobeth. «C'è una targa che li ricorda, nell'atrio del municipio. I loro antenati furono i primi a insediarsi su questa sponda del Winooski. Ma non è certo l'unica, versione intendo. Pensi che si narra di un cacciatore che uccise un orso ma perse una gamba e fu soccorso da una donna Micmac da allora chiamata Mooinei, che significa "pelle d'orso". I due vissero accampati lungo il fiume e i loro discendenti diedero origine agli attuali abitanti della città. Un'altra storia riguarda un bandito feroce. Si dice che... Mi perdoni, la sto trattenendo.»

«No. È molto interessante, invece.» Non lo era, ma Larry voleva essere gentile.

«È che adoro questo genere di storie. Un giorno mi piacerebbe scriverne una.»

«Fa la scrittrice?»

Jobeth rise, una risata limpida, autentica. Una risata sconosciuta a Larry Nowak, zombie redivivo. «Magari!» esclamò. «No, non scrivo libri. Però ci sto in mezzo gran parte della giornata. Lavoro alla biblioteca cittadina. E in un'altra mezza dozzina di posti, a dire il vero.»

Larry non capì se si trattava di un'altra battuta, ma per non sbagliare preferì lasciar cadere l'argomento. «E la storia delle lancette?» domandò. «Anche quella è una questione controversa?»

Lei lo guardò con curiosità. «Che cosa le hanno detto i trichechi?»

«I trichechi?»

«Donnie Licois e i suoi degni compari. Gli anziani sotto il portico dell'emporio.»

«Ah, già. Ma non li chiamava moschettieri?»

«Trichechi, moschettieri, è uguale!»

Larry li ribattezzò all'istante i quattro cavalieri dell'apocalisse, portatori di una punizione divina che anticipava il giudizio universale. «Mi hanno chiesto cosa ne pensavo della pena capitale» disse dando voce a quel pensiero.

«Pena di morte» replicò lei. «È di questo che si tratta, in fondo. Di morire. Gli ha risposto?»

«No.»

La donna annuì. «L'anno passato, per conto di un'associazione che si batte per i diritti civili, abbiamo raccolto duemilatrecento firme per l'abolizione della pena di morte negli Stati Uniti.»

«Non sono molte» osservò Larry.

«No ma, unite al milione scarso raccolto dalla stessa associazione ovunque in America, diventano qualcosa. Non le pare?»

Larry annuì gravemente. «È una donna piena di iniziative, lei.»

«Mi do da fare. E lei?»

«Mi do da fare anch'io. Anzi, ora che me lo fa ricordare, bisogna che vada a darmi da fare con la cena.»

«Certo. E io con la mia.»

«Allora, buona passeggiata, signorina Allison.»

«Signora» rettificò Jobeth. «Vedova.»

«Mi dispiace...»

«Facciamo così, mi chiami Jobeth e io la chiamerò Larry. Ci sta?»

Era il giorno delle proposte, quello. Larry annuì.

«Io passo di qui spesso. Magari una sera mi fermo e ci beviamo un'aranciata. Se non le scoccia.»

«Con piacere. Anche se non credo di avere dell'aranciata.» *(Però ho tante birre.)*

«Non si preoccupi...»

«Posso sempre comprarla. Così finirà di istruirmi sull'interessante storia di questa città, dal momento che ormai ritengo di farne parte.»

«Non si fa mai parte di una città come questa. A meno che non ci si nasca.» Jobeth Allison si rimise il caschetto. «Addio straniero.»

«Buonanotte» rispose Larry mentre la donna si allontanava pedalando.

Rientrò in casa sentendosi inquieto. E non per un incontro (inutile negarlo) che gli aveva dato un piacere intimo, quasi imbarazzante, e nemmeno per quella domanda diretta sulla pena di morte, per quanto se la fosse cavata assai meno bene che con i trichechi. La ragione della sua contrarietà era un'altra. Il problema era dire la verità, parlare del suo incidente, della moto (una Harley Sporty del '77) a bordo della quale si era fracassato le ossa contro la fiancata di un camion, gli anni di coma e il patetico tentativo di rimettere in piedi non solo se stesso ma la sua intera vita. Di questo (e di parecchio altro) faceva ancora molta fatica a parlare.

La cena decantata alla vedova Allison consisteva in un hamburger surgelato e patatine fritte BBQ in sacchetto. Trascorse il resto della serata a guardare aste telefoniche in tv, chiedendosi come fosse possibile vendere un forno a microonde, una spazzola ad acqua per lavare la macchina e un anello di brillanti in oro bianco (*BIANCO*) il tutto a novantanove dollari e novantanove centesimi, trasporto incluso. E a ripensare a quella frase: WHY ME? WHY NOT? Sembrava la sintesi perfetta della sua vita.

Quando finalmente si decise ad andare a letto, ovunque in casa c'era odore di pneumatici da moto, gas di scarico, aringhe in scatola e salsa barbecue.

***

Jobeth infilò il casco e buttò sul piatto un *Addio straniero* che lì per lì le parve amichevole e incoraggiante. In realtà se ne pentì già all'altezza del lampeggiante sospeso all'incrocio di Elm Street. Sembrava una frase da film western. Così come le sembrò sciocca la battuta sulle bici con il cambio automatico. Solitamente se la cavava meglio (non solo con gli uomini, in generale, con le persone), ma non aveva previsto di trovarsi di fronte Larry Nowak proprio quel giorno e in quella particolare circostanza.

Sapeva bene chi era. *Quello* che aveva acquistato la casa del vecchio Ellroy. Chi non ne era a conoscenza in un buco come Wytago? Gli aveva chiesto dove abitava solo per una questione di forma, non voleva che lui pensasse a una combriccola di pettegoli sempre intenti a curiosare dalle finestre, anche se era esattamente questo che accadeva. Lui era quello nuovo e le novità destavano sempre un mucchio di curiosità.

Lo aveva trovato più carino di quello che le avevano detto Eyleen Bishop e Marylou Meier e soprattutto di quello che le aveva raccontato sua madre, che lavorava come cameriera al Sullivan Cafè. Certo un po' patito, ma lei era riuscita a immaginarselo con qualche chilo in più e con una salutare patina di melanina sul volto, e il risultato finale era stato soddisfacente.

Pedalò su per Summer Street godendo della brezza fresca che le accarezzava il viso sudato, superando il distributore della Sunoco, che un tempo, prima che lei nascesse, era stato Enco. Da sotto la pensilina, Doodley la salutò sollevando il braccio vero.

La bicicletta era il solo lusso che Jobeth si concedeva, anche dal punto di vista del tempo per se stessa. Luke, suo figlio, le occupava ogni energia che non fosse dedicata al lavoro, e fortuna che sua madre aveva deciso di trasferirsi, perché da quando c'era lei le cose andavano decisamente meglio. L'acquisto di una Trek in alluminio era infatti una diretta conseguenza della calata di Lucille Sparks nella vita e nella minuscola casa che Jobeth divideva con Luke al numero 54 di East Hill Road.

Non sempre la convivenza con sua madre era facile (erano stati sufficienti quei primi due mesi per causare frizioni e facce scure e protratti silenzi), soprattutto quando eri abituata a scansionare il tempo e lo spazio in maniera quasi automatica. Tuttavia doveva ammettere che, grazie a lei, aveva potuto allentare il nodo scorsoio che le serrava il collo e pensare ai suoi giorni e a quelli di Luke non più come a un insieme di momenti presenti ma a una sequenza sensata, qualcosa che avesse la parvenza di un futuro.

Lasciò sulla sinistra Pearl Street, che scendeva fino alla Main, e vide, dall'altra parte della strada, alcune persone entrare al Galaxy. Davano *Mission Impossible 2*, con Tom Cruise. Da quanto non andava al cinema? Forse, con sua madre a occuparsi di Luke, l'avrebbe fatto presto. E a proposito di Luke, la presenza fissa di Lucille era un autentico sollievo, considerando quello che era accaduto a quel povero ragazzino di Graniteville. Sapere che Luke si trovava sempre con qualcuno la faceva stare meglio.

Di tanto in tanto le affibbiavano un flirt. Generalmente si trattava di datori di lavoro. Non sapeva perché. Probabilmente lo stereotipo della giovane vedova che se la fa con il capo era duro a morire e da sempre alimentava la morbosa curiosità di chi ne parlava. L'ultimo in ordine di tempo era Ted Deepneu che gestiva la Wytago Real Estate, l'agenzia immobiliare dove Jobeth faceva le pulizie il martedì e il giovedì mattina (aveva perso il conto di quanti lavori aveva fatto: oltre che nella biblioteca e nell'ufficio del sindaco, Jobeth era stata cassiera al Wal-Mart, addetta alle pulizie al Vermonter Motel, commessa al River Sport – dove aveva comprato la bici da corsa – e nel negozio di mobili di Felix Duvall, padre della sua amica Suzie).

In realtà non pensava agli uomini, e non perché non ne desiderasse la compagnia quanto per una questione di priorità. La sua priorità, fino a quel momento, era stato Luke. Tutto il resto poteva attendere. Compreso il Paradiso, come recitava quel film con Warren Beatty (non era forse a Warren Beatty che somigliava la proiezione che la sua mente aveva fatto di Larry Nowak?). Sempre che un paradiso, di qualche tipo, esistesse. E lei ne dubitava.

In ogni caso Ted Deepneu ci aveva provato, come qualsiasi uomo dotato di una dose sufficientemente alta di testosterone ovunque nel mondo ci proverebbe con una donna single e attraente che vede abbastanza spesso da consentirgli la formulazione di una o più fantasie erotiche. Ma da provarci ad avere una relazione ce ne passava almeno quanto ne passava tra lei e Lance Armstrong in sella a una bicicletta. Ora però le cose forse sarebbero cambiate. Ora c'era Lucille a sollevarla. E Luke stava crescendo, pur senza un padre.

Girò intorno all'Auditorium giusto per allungare di un chilometro e si immise nella 14 direzione nord. Era arrivata a fare venti chilometri tre volte la settimana e avendo tutta l'estate davanti contava di arrivare a raddoppiarle. Tra le altre cose, la bicicletta tonificava i glutei e i glutei non erano qualcosa da trascurare quando vedevi l'orizzonte dei quaranta e avevi avuto una gravidanza.

Mentre sistemava la bici nel box, le luci accese nella casa le diedero una confortante sensazione di appagamento. Immaginò Luke seduto sul tappeto del salotto a giocare e sua madre intenta a preparare la tavola. Forse la vita le stava concedendo una pausa rinfrancante, pensò.

«Ehi voi!» disse entrando. «Sono tornata!»

***

Josephine Boulding, da dietro la finestrella accanto alla porta, aveva osservato Larry intrattenersi con Jobeth Allison sotto gli aceri davanti alla casa.

Il marito di Jobeth era finito appresso al suo camion sul fondo del Winooski tre anni prima (a Josephine sembrò di ricordare che fosse verso la metà di gennaio, al tempo del faccia a faccia tra Bill manomorta e quella rifatta della Jones, i titoloni erano tutti per lei e per quel parrucchiere, Daniel DiCriscio), lasciando lei e un ragazzino di appena cinque anni sepolti dai debiti. Dopo il funerale, si era venuto a sapere che Ron Allison si era scolato già da tempo l'assicurazione sulla vita sopra i banconi di tutti i bar da Wytago a Musquacook, ai confini della contea di Chittenden, e che sulla casa di East Hill Road era stata accesa una seconda ipoteca.

Jobeth si era arrangiata a tirar su quel ragazzino come meglio aveva potuto, facendo due e a volte anche tre lavori contemporaneamente, sfoderando una tenacia e un carattere insospettati. Quando si ha un figlio da crescere e si è soli, pensava Josephine, non c'è tempo per disperarsi.

Da qualche mese sua madre l'aveva raggiunta dal Rhode Island e le cose sembravano andare finalmente per il verso giusto.

Tutto questo, ovviamente, Josephine l'aveva saputo dalla boccaccia senza fondo di Martha Richardson, la quale certo non si faceva mai pregare quando si trattava di mettere al corrente qualcuno di come stavano le cose. Martha aveva anche aggiunto un paio di particolari piccanti che riguardavano i rapporti di Jobeth Allison con alcuni single di Wytago. Ma Josephine non vi aveva dato credito. Le pareva che Jobeth Allison, pur non arrivando ai trentacinque, fosse una ragazza vecchio stile. "Noi della vecchia guardia", era un modo di dire che piaceva terribilmente ad Alfred Kapelewski. Josephine detestava vederlo compiacersi chiamando se stesso e gli altri del circolo anziani in quel modo, neanche avessero mai fatto davvero la guardia a qualcosa. Però, in un certo senso, quel pallone gonfiato di Alfred aveva ragione: quelli della *vecchia guardia* avevano un certo modo di vedere le cose che quelli della *nuova guardia* non possedevano. Jobeth non somigliava affatto a certe ragazze d'oggi tutto trucco e reggiseno che strizzava in alto le tette, con quei cosi lì (i "profilattici", Josephine non le voleva neanche pensare certe parole) infilati nelle tasche dei jeans, le pastigliette dal nome paradisiaco per tirarsi su nel borsellino e l'anello al naso come i tori da monta. E a proposito di monta, sempre pronte a ficcarsi in qualche bosco appartato con lo sprovveduto di turno, salvo poi gridare spaventate «al lupo al lupo» quando le cose si mettevano al peggio. No, Jobeth non era quel genere di ragazza. Aveva un figlio a cui badare e nemmeno quando quel fesso di Ron, suo marito, si era fatto beccare sbronzo lungo la 62 con le braghe calate e la testa di una puttana tra le cosce, nemmeno allora Jobeth aveva mai pensato di lasciarlo o di tradirlo. Era una che andava avanti a testa bassa, asciugandosi il sudore e diventando ogni giorno un po' più forte. Walter Hill, il sindaco, la teneva in grande considerazione e a detta di chiunque giù in città tutto si poteva dire di Walter Hill eccetto che fosse un babbeo. Jobeth Allison poteva essere considerata a pieno merito una della "vecchia guardia". E forse, si disse, poteva esserlo anche il nuovo acquisto di Wytago, Larry Nowak, un po' riservato o forse solo timido, che assomigliava vagamente al Cristo in croce. Era rispettoso, educato, aveva garbo e sembrava discreto. Un ragazzo d'altri tempi, avrebbe detto qualcuno. Un ragazzo per bene, pensava Josephine Boulding.

Li aveva visti ridere, lì sul bordo della strada. Non stavano nemmeno tanto male insieme. O meglio, la ragazza aveva riso, con naturalezza, socchiudendo gli occhi e lasciando che un velo di ingenua fanciullezza le attraversasse il viso, mentre lui, all'opposto, era parso trattenersi, riluttante, quasi avesse timore di scoprire un lato di sé che serbava gelosamente.

Larry Nowak zoppicava, aveva l'aspetto di chi è appena uscito da un gran brutto male e faceva ciniche battute sui medici. E anche nei rapporti con gli altri dava l'idea di essere un tantino arrugginito, come le giunture di Josephine, come uno che non è più abituato a fare certe cose da un po' di tempo. Da un bel po' di tempo, per l'esattezza.

Ma qualunque terribile esperienza avesse dovuto sopportare quell'uomo, considerò Josephine, ne stava uscendo, di questo era ragionevolmente certa. Non si cominciava una nuova vita, altrimenti. Doveva aver sofferto tanto. C'era come un'aura di dolore che lo avvolgeva, di colore scuro, che lei riusciva a scorgere ma che, le sembrava, si stesse affievolendo. Wytago e l'aria del Vermont l'avrebbero guarito del tutto, così come lui stava facendo con Milky. Aveva sbagliato a giudicarlo male il primo giorno che l'aveva visto al di là della strada. Anche alla sua veneranda età c'era sempre qualcosa da imparare.

«Signore mio Dio,» disse «ti prego, proteggi Milky, me e il medico di Milky da tutti i malintenzionati e i maniaci assassini. Così sia.»

Dopodiché tornò in salotto. Si sedette sul divano, infilò il segnalibro tra le pagine di *My Antonia* di Willa Cather (trovava *My Antonia* uno dei romanzi più belli e appassionanti che mai fossero stati scritti da una donna; era affascinata e commossa dal coraggio e dallo spirito di sacrificio che animava le donne di frontiera ai tempi dell'immigrazione e riteneva che la dottoressa Fernon rappresentasse una moderna Antonia Shimerda), accarezzò delicatamente le orecchie di Milky e pigiò il pulsante di accensione del telecomando. Sintonizzò il programma sul canale 17 e attese che terminasse la pubblicità. Entro pochi minuti avrebbero trasmesso le previsioni del tempo (c'era quel commentatore un po' troppo patinato, tipo attore del cinema muto, Josephine era convinta che Alfred Kapelewski avrebbe detto di lui che probabilmente era uno *dell'altra sponda*) e subito dopo Alvin Peabody avrebbe fatto, come ogni sera, cucù dall'angolo a destra del teleschermo.

Mentre aspettava, si accoccolò tra due cuscini come una gatta, scoprendosi a sorridere.

5

Mercoledì 7 giugno

Frankie Poletti si presentò alle otto precise (Larry, questa volta, si fece trovare sveglio, lavato e vestito come uno scolaretto al primo giorno di scuola) e lavorò di buona lena fino alle dieci. Quindi si concesse una pausa per una tazza di caffè e due chiacchiere sui materiali da costruzione utilizzati nel nord del New England. Al fischio della sirena di mezzogiorno, giù in città, interruppe la stuccatura di un'asse portante vicino alla porta d'entrata, si diede una lavata alle mani e andò a pranzo. All'una e trenta si ripresentò sotto il portico di Larry. Non suonò nemmeno il campanello, si rimise semplicemente a lavorare. Alle cinque e mezza staccò, preciso come se ancora fosse costretto a timbrare il cartellino alla cartiera di Morrisville, e sotto lo sguardo attento di Howell Grier risalì sul suo Dodge sparendo oltre la curva della 302.

Larry ne approfittò per lavorare alla serra. Finì di vuotarla e fece avanti e indietro con la Mustang da casa al deposito rottami, che un tempo era appartenuto a Clark *Polecat* Lambert (quello che aveva sparato all'amante della moglie con un Winchester modello 1885) fino alle cinque.

Rientrando in casa, sentì il telefono squillare. Fece una mezza corsa per rispondere e poco ci mancò che ruzzolasse a terra inciampando in uno dei gradini del portico (*tre gradini di legno scricchiolanti*). Quando sollevò il ricevitore aveva il fiato corto. «Pronto?»

«Mi rallegra sapere che sei ancora negli Stati Uniti.»

Un istante di sorpresa. Poi: «Ciao… mamma.»

«E che ti alleni per qualche tipo di corsa» aggiunse la donna percependo il respiro affannato.

«No, è che…»

«Ciao, Lawrence.»

Margareth Rutledge Nowak non aveva mai chiamato "Larry" suo figlio. Se ci si scervellava tanto per trovare un nome a un neonato, pensava, perché mai si doveva poi storpiarlo? In questo, pur non avendo la più pallida idea di chi fosse Josephine Boulding, si sarebbe trovata d'accordo con lei.

«Ciao.»

«L'hai già detto.»

«Scusa. Non mi aspettavo di sentirti…»

Perché si stava scusando? La voce di *Susy la Rossa* bisbigliò: "I sensi di colpa, Larry, sono utili quanto un preservativo bucato".

«Forse perché non ti sei mai degnato di darmi il tuo numero.»

«Mi hanno installato la linea da un paio di giorni.» Era una bugia colossale. Il telefono era attivo dal primo giorno che aveva messo piede in casa, cioè da oltre un mese. Sentì il volto avvampare, come se lei avesse spalancato la porta della sua camera da adolescente scoprendolo con un giornalino pornografico sotto le coperte.

«Non sei mai stato bravo a raccontare balle. La società che gestisce le linee telefoniche nel Vermont, la vt&c, oltre ad avermi gentilmente fornito il tuo numero, mi ha anche rivelato che il contratto risale al 27 aprile.»

Com'era quel detto? "Le bugie hanno le gambe corte". E storte, come quelle di Larry.

«Ti avrei chiamata al più presto. Volevo prima sistemarmi.»

«E il cellulare? Ti devono installare anche quello?»

Quando Larry era andato in coma, i cellulari erano aggeggi ingombranti e costosi (ricordava vagamente un avvocato amico di suo padre che girava con un Motorola del peso di circa un chilo che si vantava di aver pagato 3995 dollari) e anche se nell'anno 2000 erano diffusi e alla portata di tutti, per lui restavano congegni futuristici e astrusi. «Non ce l'ho. La città è piccola e…»

«Come vuoi» lo interruppe lei, sbrigativa. «Non sei tenuto a darmi spiegazioni, sei cresciuto abbastanza.»

Altro che se era cresciuto. Ma, sebbene lo fosse, finiva sempre così, a doversi giustificare. D'altra parte, sapeva di averla fatta sporca. E non una volta soltanto. Aveva telefonato a Elmer Ellroy, era salito a Wytago nel Vermont, aveva visto la casa, aveva firmato il contratto, si era fatto liquidare la propria quota nella clinica da Harold e Norris, era stato in banca per accendere un mutuo e aveva perfino ordinato alla Vetecom di Boston la fornitura per il nuovo ambulatorio, il tutto prima di accennare anche una sola parola a sua madre.

Non sapeva darsene una ragione precisa e francamente nemmeno si era dato pena di cercarla. Forse desiderava semplicemente che quelle decisioni fossero una sua esclusiva, e se di errori si fosse trattato, di errori imputabili soltanto a lui. Per troppo tempo in passato aveva permesso che le proprie scelte fossero guidate dalle opinioni dei suoi genitori. Gli era capitato spesso di riflettere sul fatto che, da quando aveva iniziato a capire qualcosa di come andava questo assurdo mondo (a cominciare da quell'affare in mezzo alle gambe che senza motivo talvolta si rizzava come la proboscide di un elefantino, oppure dal fatto che a scuola c'era sempre qualcuno più grande di te pronto a farti il culo, insomma le piccole grandi leggi dell'universo), suo padre e sua madre avevano interferito con le sue scelte. Dallo sport al college, dai vestiti da indossare alle vacanze estive, dall'università, alla clinica per piccoli animali. Perfino Jonie e le ragazze che aveva avuto prima di lei erano state controllate e approvate dai suoi genitori. Sempre e su tutto essi esprimevano le loro ponderose convinzioni. E sebbene Larry, quasi altrettanto spesso, non le avesse condivise, aveva finito immancabilmente per assecondarle. Lui ci metteva del suo, ma loro erano clamorosamente bravi a fargli pesare i loro giudizi, bravi a tal punto che il subconscio di Larry li trasformava inevitabilmente in sensi di colpa.

«Come stai?» le chiese, cercando di prendere tempo.

«Come al solito. E tu?»

«Bene, grazie.»

«Le emicranie?»

Perché le chiamavano emi-cranie? Le sue non erano emi, erano intere, gli prendevano tutto il cranio, a trecentosessanta gradi. «Passate» mentì. Fu quasi certo che sua madre se ne fosse accorta. Perché ancora una volta aveva ragione lei (e Josephine, anche questo avevano in comune), non era bravo a raccontare balle, per niente.

Ma Margareth, se intese qualcosa, preferì non insistere. «Ti trovi bene?»

«È una bella casa. Spero che verrai a trovarmi, appena potrai.»

«Sempre che tu mi faccia avere l'indirizzo.»

«Naturale. Non voglio mica nascondermi.»

«Ah, davvero? Mi era parso il contrario.»

«Non vorrai metterti a litigare?»

La sentì prendere fiato. Forse stava contando fino a dieci, come consigliano di fare a chi perde facilmente il controllo dei propri nervi.

«Verrò appena mi sarà possibile» disse infine con tono risoluto. «Al lavoro è un tale caos...»

«Già, immagino sia complicato scegliere tra *Le virtù dei legumi, Viaggiare in compagnia dei nostri amici cani e gatti* e *Arredare con la frutta*». Larry si riferiva ai titoli dei manuali editi dalla JED Publishing, la casa editrice presso la quale lavorava sua madre. JED stava per John Elwood Dee, il titolare, ma suonava tanto tipo saga di Guerre Stellari.

«Non fare lo spiritoso, Lawrence. Quelle stronzate danno da mangiare a me e hanno pagato la tua riabilitazione.»

Grazie per avermelo ricordato, mamma.

Il problema economico (perché di problema si era trattato) generato dall'incidente di Larry era stato affrontato e risolto in fasi diverse. Inizialmente c'era stata l'assicurazione. La polizza infortuni e invalidità che Larry aveva sottoscritto a inizio carriera aveva coperto tutte le spese di ricovero, quelle degli interventi chirurgici e il primo anno di coma. Dopodiché, semplicemente si era esaurita. Appellandosi a un vizio di forma all'atto della stipula, la società assicuratrice aveva negato l'invalidità permanente e quindi si era tolta dal gioco. Se la famiglia del ragazzo voleva mantenere in funzione il respiratore lo doveva fare a proprie spese. James Nowak, il padre di Larry, era un fiscalista piuttosto apprezzato nel circuito finanziario della capitale. Possedeva un proprio studio e un discreto gruzzolo investito in titoli governativi a tasso fisso. Nel momento in cui l'assicurazione aveva fatto fagotto, era subentrato lui: aveva liquidato i buoni fruttiferi e li aveva investiti in ciò che riteneva un capitale di maggior valore, suo figlio. E così era stato fino alla sua morte.

A quel punto Margareth era andata in crisi. Il suo lavoro non sarebbe bastato per mantenere lei, Harper e le spese ospedaliere. Era stata a un passo dal chiudere il baraccone, far spegnere le macchine e dire addio al suo amato ragazzo ridotto a zucchina. Ma fortunatamente non l'aveva fatto. Si era invece recata a parlare con Harold Brewster e Norris Whitemore, i due soci di Larry, e loro le erano venuti incontro. Da quando Larry era entrato in coma, le sue quote di partecipazione nella clinica erano rimaste congelate. Esattamente come lui. Nel frattempo, però, l'attività si era sviluppata prosperando e la percentuale di Larry si era rivalutata. Harold e Norris, prima che soci, si erano dimostrati amici. Avevano deciso di stanziare una cifra mensile sufficiente a coprire le spese dell'ospedale fino a che non fosse stata raggiunta la somma totale dovuta alla partecipazione di Larry, il che equivaleva grosso modo a un periodo di quattro anni.

Ventotto mesi più tardi, Larry si era svegliato. Margareth aveva provveduto personalmente alle spese di rieducazione, e così parte della quota di Larry nella clinica si era salvata. E allorché l'uomo tornato dal mondo delle ombre aveva deciso di farsi liquidare, aveva tenuto per sé una parte sufficiente a saldare il materiale ordinato presso la Vetecom e a versare un anticipo sull'acquisto della casa di Wytago. Il resto lo aveva consegnato a sua madre in forma di risarcimento. Margareth non aveva accettato, ma Larry aveva insistito. La cosa si era trascinata per diversi giorni, infarcita di discussioni animate fino a che, una mattina, lei lo aveva visto caricare un paio di valigie e qualche scatolone nel bagagliaio di una vecchia Ford color senape ("diarrea di bambino", l'aveva battezzato) e andarsene verso Nord.

Da allora erano passati oltre due mesi. Margareth non aveva voluto i soldi di Larry, eppure non mancava di rinfacciargli i sacrifici che aveva dovuto sostenere. E mentre Larry chiamava questo "egoismo", Margareth lo definiva "senso di responsabilità".

«Era solo una battuta.»

«Sì, lo so. Non farci caso. È davvero un periodaccio... Il lavoro? Hai clienti?»

«Sì, cominciano ad arrivare. Ho fatto fare un'insegna e l'ho messa sulla strada.»

«Buona idea.»

«E poi sto riadattando una serra...»

«Ti sei dato al giardinaggio? Ho qualche manuale della JED che farebbe al caso tuo...»

La sentì sorridere.

«Grazie, ma ho intenzione di farci il mio nuovo studio.»

«Hai intenzione di fare uno studio dentro una serra?»

«È una serra in disuso. Un posto splendido, pieno di vetrate...»

«Non credo funzionerà, Lawrence.»

«Perché?»

«Non lo so, però non si è mai sentito di un veterinario dentro una serra.»

«Significa che sarò il primo.»

«E poi tutti vedranno quello che fai...»

«Non è mica un mistero.»

«... Come un pesce nella vasca. E quando verrà l'inverno? Hai pensato a quando verrà l'inverno?»

«Mamma, per favore.»

«Mi sembra una stupidaggine, Lawrence, un'autentica stupidaggine.»

«Lo vedremo.»

«Va bene, non insisto. Sono affari tuoi. Però secondo me sbagli.»

Larry non replicò.

«Poi non dire che avevo ragione» insisté la donna.

«Non lo dirò.»

«Ricordati che il merlo impara a proprie spese a volare basso.»

Non era cambiata. Larry pensò a tutte le volte che quei dialoghi assillanti si erano ripetuti durante gli anni della sua vita. Innumerevoli volte. E i pregiudizi e gli anacronistici e fasulli modi di dire. No, Margareth non era cambiata, si era soltanto indurita. Adesso era ancora più difficile scalfirla. Avrebbe usato tutta quella durezza per proteggersi, con la consapevolezza che, nel mondo in cui viveva, una donna sola aveva ben poche possibilità di difendersi.

«Tua sorella Harper torna in America il mese prossimo» annunciò dopo una breve pausa.

«Davvero? Questa sì che è una notizia.»

Harper Nowak lavorava per conto di un'organizzazione non governativa operante prevalentemente in Africa. Quando Jonie orbitava ancora intorno al mondo di Larry, lei e sua sorella andavano molto d'accordo. Probabilmente era stata Harper a instillare nella mente di Jonie l'idea di poter lavorare *sul campo*, come poi aveva fatto non appena Larry si era tolto di mezzo. Gli ultimi dodici mesi, Harper li aveva trascorsi a distribuire medicinali in Angola, e prima dell'Angola era stata in Mozambico. Non aveva potuto abbandonare il proprio posto quando la notizia del risveglio di Larry l'aveva raggiunta. Si erano parlati per telefono molte volte ma non si erano ancora incontrati. Larry non vedeva sua sorella da quando aveva avuto l'incidente.

«È fantastico» ribadì.

«Vedremo di fare una rimpatriata» concesse Margareth.

«Ti chiamo presto, d'accordo?»

«D'accordo. Fai il bravo.»

«Farò il bravo.»

«Sei sicuro di stare bene?»

«Sto bene.»

«E il peso? Lo stai controllando?»

«Sale. Qui i clienti pagano in natura. Sai, torte, pasticci di carne, polli, quarti di bue...»

Questa è una piccola comunità, aveva detto Jeff Bundy, dove vige il principio del buon vicinato.

«Mi chiamerai se avrai bisogno?»

«Stanne certa.»

Larry abbassò lentamente la cornetta, come se si stesse muovendo al rallentatore. Vide la propria mano descrivere un arco nell'aria e fu quasi certo che si trattasse del braccio di un'altra persona. Lo scatto del pulsantino che consentiva la comunicazione lo riportò al tempo reale.

Quella sera, prima di andare a dormire, mandò giù dello Xanax.

Verso le due del mattino si svegliò di soprassalto. Gli pareva di aver udito dei rumori, dei botti. Rimase a lungo in ascolto, ma a parte il canto di una civetta e il picchiettare delle fronde mosse dal vento contro le finestre del secondo piano, non colse nient'altro.

Si mise in posizione fetale. Sul pavimento della camera c'erano sei vuoti di Miller Lite che non ricordava di aver bevuto.

Dopo un tempo indefinito, trascorso a rigirarsi cercando inutilmente di riprendere sonno, si alzò. Stava sudando copiosamente e gli mancava l'aria. Spalancò una finestra con l'intento di respirare a fondo, come gli avevano insegnato in quel corso di yoga che aveva frequentato per un certo periodo, quando, frastornato dai pareri di amici, parenti e perfetti sconosciuti, passava da una pratica all'altra nel tentativo di supportare le terapie mediche.

Ma il suo proposito fu stroncato sul nascere. Sul prato davanti casa c'era un alligatore, forse lo stesso alligatore che il giorno precedente stazionava sotto il porticato di Main Street.

L'alligatore fissò Larry con occhi piccoli, gialli e malevoli, quindi aprì le enormi fauci un paio di volte facendo un rumore secco, come quello di una tagliola.

Larry non fece in tempo a domandarsi nulla, perché, all'improvviso, il mondo si fece piccolo e luminoso, come una stella che implode.

E infine sparì.

6

Lunedì 12 giugno

Le giornate di Larry iniziarono a perdere quella connotazione di vacanza perpetua, di attesa, per assomigliare sempre di più a strutture logiche con uno scopo concreto.

Decise che ogni mattino (*quasi* ogni mattino) avrebbe camminato per un'ora almeno.

Attendeva che Frankie arrivasse, dopodiché s'infilava un paio di pantaloni stile Howell Grier (li aveva acquistati al reparto sportivo del Wal-Mart e aveva il sospetto che fossero *esattamente* lo stesso modello utilizzato da Howell Grier), le fidate Adidas, occhiali da sole. Quindi usciva in strada e percorreva Summer Street fino all'incrocio con la 14, circa tre chilometri. A metà strada incrociava il distributore della Sunoco, gestito da un uomo con un braccio artificiale, Doodley. Larry provava un'istintiva empatia con lui. Non sapeva che cosa gli fosse capitato, ma poteva immaginare il suo percorso, forse non molto diverso dal proprio, qualcosa che, a suo modo di vedere, li accomunava. La strada affratella, diceva Kerouac. Anche le disgrazie. E per questo motivo, pur non conoscendolo, gli riservava un cenno di saluto al quale Doodley gentilmente rispondeva.

Attraversata la 14 scendeva per North Seminary Street costeggiando la sua "piccola piacevole scoperta": l'Hope Cemetery, il vecchio cimitero di Wytago, un parco funebre punteggiato da enormi querce, cedri bianchi e aceri, e delimitato da un basso muretto in pietra grezza. Le lapidi, guastate dal tempo e dall'incuria, avevano un che di seducente. Quelle che non erano invase dai rampicanti o nascoste da ciuffi di erba alta, mostravano nomi illeggibili. E anche quando la giornata era immobile, del tutto priva di vento, si avvertiva sempre un lieve stormire di foglie che a Larry ricordava un rumore di vesti strusciate. Vi sostava spesso, per riposare ma anche perché vi percepiva un'atmosfera speciale, come se nel tempo le preghiere dei visitatori avessero caricato quel luogo di energia positiva. E poi gli piaceva il nome. Hope, *Speranza*. Il cimitero della speranza era il cimitero per chi riteneva che oltre quel limite buio vi fosse qualcosa. Nessuno poteva sapere quante volte Larry si fosse posto quella stessa domanda.

Accanto al cimitero c'era un piccolo lago di forma circolare, Peacham Pond, di cui gli aveva parlato il vecchio dottor Ellroy, un buon posto dove andare a pesca. Le canne del vecchio veterinario erano ancora lì, in un angolo della casa, avvolte nelle loro custodie, in attesa. Forse una mattina Larry le avrebbe portate con sé e avrebbe pescato. Pensando a Elmer Ellroy. O magari le avrebbe regalate a qualcuno. Talvolta arrivava fino alla riva del laghetto, lasciando che l'acqua lambisse le suole delle sue Adidas. Lo specchio d'acqua lo incuriosiva e al contempo lo intimoriva. Quando il cielo si incupiva, Peacham Pond cambiava aspetto, finendo con l'assomigliare a un grande occhio nero, un pozzo senza fondo capace di inghiottire ogni cosa, compresa l'energia. Forse dipendeva da quello che gli era stato raccontato, cioè che ci era annegato un ragazzo più di un anno prima.

Lasciato il cimitero, Larry seguiva ancora la North fino alla Main e, poco oltre il Vermonter Motel (l'unico della città, a quanto ne sapeva), risaliva in Summer Street attraverso South Seminary. Il tutto per una lunghezza di quasi sei chilometri. Alle volte, se gli veniva fame o se da qualche casa gli arrivava il profumo della pancetta e del pane tostato, Larry si tuffava da Sullivan e si faceva servire uova, patate e salsicce, innaffiando il tutto con abbondante caffè. Se non c'era nessuno con cui scambiare una parola, ci pensava Lucille a tenerlo su di morale, ed era quasi arrivato al punto di imitare con discreta padronanza l'accento di quella parte del Vermont (la parlata di Herb e dei trichechi del Donnie's Emporium ancora no, per quella ci volevano anni o forse bisognava nascerci, laggiù).

Rientrato a casa, si faceva una doccia (a volte capitava che si spogliasse completamente senza ricordarsi di tirare le tende, un particolare che la moglie di Howell Grier, Etta, aveva notato con estremo disgusto) e, aiutato da una compressa e da una birra (molte compresse e molte birre, in realtà), si metteva al lavoro, perché, aveva scoperto, in una casa c'era sempre qualcosa da fare.

Con il passare dei giorni, le ore di esperienza e gli errori accumulati gli diedero la labile consapevolezza di non essere del tutto negato per i lavori manuali. Non sarebbe mai arrivato ai livelli eccelsi di Howell Grier ed era ad anni luce da Frankie *Spaghetti* (per non parlare di Owen Kapelewski). Però se la cavava. E questa era la novità. Tirò i fili che andavano tirati, spostò le prese che andavano spostate, sistemò un paio di mobiletti che andavano sistemati. E quando gli sembrava di essersi spinto oltre i propri limiti o qualcosa non tornava, c'era sempre Frankie al quale rivolgersi. Gli avevano detto che aveva un gran brutto carattere, ma a Larry sembrava solo un uomo riservato, poco incline alle chiacchiere e alle perdite di tempo. Lui, in fondo, doveva fare più o meno la stessa impressione.

Arrivarono anche gli strumenti ordinati alla Vetecom di Boston, tra i quali un tavolo visite in acciaio inox con convogliatore di liquidi e vaschetta di contenimento, un piccolo analizzatore biochimico, una lampada scialitica per la chirurgia e una sterilizzatrice a secco. Non li aveva ancora sballati, perché, prima, voleva terminare di sistemare la serra, ma era questione di poco, qualche giorno al massimo.

Ogni pomeriggio, tra le quattro e le cinque, attraversava la strada per recarsi dalla signorina Boulding.

«Cosa le sembra?» domandava con immancabile trepidazione la donna.

«Non male» rispondeva Larry riponendo gli strumenti. «Migliora».

A quel punto Josephine riprendeva a respirare e gli offriva caffè e crostata.

***

«Dovrei farle la fisioterapia?» chiese attonita l'anziana donna quando Larry con un sorriso a fior di labbra, quasi non ci credesse neppure lui, propose di associare alla terapia un piccolo programma di rieducazione muscolare. I progressi di Milky erano reali, ma piuttosto lenti.

«Pochi minuti al giorno. Sempre che Milky sia d'accordo.»

«E va bene. Se crede che potranno servire...»

Larry fu sul punto di dire qualcosa che riguardava la sua lunga vicenda riabilitativa, ma si astenne dal farlo. Sorrise, invece, con gentilezza e approvò facendo un rapido cenno del capo.

«È una pratica diffusa la fisioterapia negli animali?» volle sapere Josephine quando si sedettero al tavolo della cucina.

«Non molto» ammise Larry. «Ma in questi casi la medicina umana insegna.» Si avvide che gli occhi della donna indugiavano sulle sue gambe. «Se sta pensando che starei bene in calzoncini corti se lo scordi. Sono un ragazzo per bene.»

Josephine rise. «Non ho dubbi che lo sia, dottor Nowak! Non più. Se le dicessi che idea mi ero fatta di lei la prima volta che l'ho vista, non mi crederebbe.»

«Ci provi.»

«Oh, no! Non ho nessuna intenzione di screditarmi ai suoi occhi, giovanotto!»

«L'apparenza inganna» ammonì Larry.

«Assolutamente vero.»

«Si è chiesta che cosa mi è successo, non è vero?» domandò Larry dopo aver sorseggiato pensoso il caffè.

Josephine non rispose. Si limitò ad abbassare lo sguardo e a stirare leggermente le labbra in un sorriso colpevole.

«Non mi vedrà mai in pantaloncini corti, signorina Boulding» disse Larry «per la semplice ragione che ho le gambe piene di cicatrici e detesto dover dare spiegazioni.»

«Non avevo intenzione di...»

«Non si preoccupi. È la prima volta da tanto tempo che non mi pesa quanto sto per dire.»

Lei lo interrogò con lo sguardo.

«Mi creda. Lo faccio volentieri» la rassicurò Larry.

«So che ha sofferto» disse la donna senza staccargli gli occhi di dosso. «Non perché zoppica o perché è magro come un chiodo arrugginito. Lo vedo dal suo sguardo e dalla piega amara che prende a volte il suo viso.»

Larry annuì. «Ho avuto un incidente» spiegò. «Grave» aggiunse. «Sono rimasto in coma per quasi sette anni…»

«Mio Dio!»

«Incredibile, eh? Non so per quale motivo o grazie a quale prodigioso evento mi sono risvegliato dopotutto quel tempo, ma è così che è andata.»

Tecnicamente, Larry era stato un paziente con score della GCS (Glasgow Coma Scale, la scala di valutazione neurologica) pari a 7, ovvero un soggetto con scarse se non scarsissime possibilità di risveglio.

Josephine aveva gli occhi lucidi e le mani che tremavano serrate tra loro in grembo. «È un miracolo» sussurrò.

«Sì, c'è chi potrebbe definirlo tale. Io però non saprei dire. Ho subìto undici interventi chirurgici.»

«Alle gambe?»

«Scelga lei. Dalla testa ai piedi, quello che preferisce.» Larry bevve un sorso. «Il barbiere, Lou, ha detto che sembro una specie di creatura di Frankenstein. Non avevo mai considerato la cosa da questo punto di vista, ma credo che abbia maledettamente ragione. Sono stato ricostruito pezzo per pezzo.»

Josephine sospirò. «Lei crede in Dio, Larry?»

Gli sarebbe piaciuto rispondere con quella vecchia battuta di Woody Allen: "Credere è una parola grossa, diciamo che lo stimo". Ma Josephine Boulding non sembrava l'interlocutore ideale per quel genere di umorismo. «È una domanda difficile» disse soltanto.

«Meno difficile di quanto si possa credere. Vicende come quelle che ha vissuto lei non capitano per caso.»

«Non so se capitino per caso o se invece seguano dei disegni prestabiliti. Comunque sia, le posso assicurare che non auguro a nessuno quello che è toccato a me.»

«Se è la volontà di Dio quella che l'ha rimandata su questa terra, allora c'è sicuramente un motivo dietro a tutto.»

«Un motivo, dice?» Si stava innervosendo. «Francamente mi riesce abbastanza difficile individuare una ragione precisa per il calvario che ho attraversato.» Un cazzo di ragione, avrebbe voluto dire, ma si trattenne.

«È come se lei fosse tornato a vivere una seconda volta, Larry. È un dono immenso. Ci pensi.»

Un dono immenso. Larry tornò rapidamente all'elenco delle sofferenze fisiche e degli strazi psicologici che aveva sopportato e che ancora lo tormentavano, ai lancinanti dolori, alle notti insonni, alla dipendenza da farmaci che aveva sviluppato, alla vita che gli era stata sottratta, a tutto quello che al momento non gli veniva in mente, e scosse la testa. Un dono immenso. In tal caso, grazie, ma non ne desiderava più di doni simili.

«È meglio che vada» disse alzandosi. «Grazie del caffè e della torta.»

Nella piccola cucina di Josephine Boulding era scesa un'improvvisa cappa di gelo.

«Mi dispiace se si è risentito...»

Lui alzò una mano per fermarla. «Non c'è problema, signorina. Non si preoccupi. Ci vediamo domani.» E senza voltarsi uscì in strada.

Aveva voglia di urlare, di scaricarsi, prendere a calci un bidone o altro di simile. Ma non sarebbe servito a niente. Non era colpa di Josephine Boulding se la fede ti portava a credere necessariamente che tutto quello che ti capitava aveva un senso, una logica. Era così che funzionava quel genere di cose. Ma lui la vedeva diversamente. E nemmeno quello era colpa di Josephine Boulding. Aveva sbagliato a irrigidirsi, a trattarla freddamente.

Si fermò, in mezzo alla strada, indeciso se andarsene o fare dietrofront e tornare a scusarsi. L'auto che accostò davanti al vialetto di casa sua risolse l'incertezza.

«Chi cerca?» chiese quando ebbe raggiunto l'uomo che ne era sceso.

«Il veterinario» rispose un tizio alto e magro, secco come il manico di una scopa.

Potrebbe competere con me, pensò Larry. Se non fosse per tutto il resto. «Sono io» disse. «Come posso aiutarla?»

***

Cinque minuti dopo, Larry saliva a bordo della sua Mustang e si preparava a seguire il Voyager dell'uomo che era venuto a chiedergli aiuto. Presero la 14 direzione sud e si fermarono dieci chilometri più avanti, di fronte a una piccola casa a due piani in Hidden Drive, Graniteville.

L'uomo, che aveva detto di chiamarsi George Taller, gli aveva spiegato che il loro cane, un bastardino di media taglia, stava morendo. Lo aveva pregato di andare a visitarlo perché sua moglie ne stava facendo una malattia.

Non appena entrò nella casa dei Taller, Larry notò l'atmosfera cupa e il silenzio. Non c'erano luci accese, eccetto una asfittica lampadina che penzolava come un impiccato dal soffitto dell'entrata e che emanava un debole chiarore. George Taller era una persona cortese, con un tic nervoso che lo obbligava a grattarsi di frequente il lato destro della faccia, per quel motivo leggermente arrossato. L'uomo lo condusse di fronte alla porta spalancata di una stanza totalmente buia. La fioca luce del corridoio disegnava sul pavimento un riquadro allungato, che cessava di esistere in prossimità di un letto in ferro battuto.

«È lì sotto» disse l'uomo con rassegnazione.

«Lì sotto?» ripeté Larry.

«Non esce più. Da qualche giorno, ormai.»

Larry si accucciò accanto al letto e guardò sotto. Il cane era lì, il muso triste appoggiato alle zampe anteriori. Sollevò un sopracciglio allorché si accorse che qualcuno lo stava guardando. Poi lo riabbassò, senza reazioni.

«Posso tirarlo fuori?» domandò Larry.

«Tende a mordere» rispose George Taller. «Anche se credo che ora non ne abbia più nemmeno la forza. Faccio io.»

Lo trascinò per una zampa, mentre l'animale ringhiava, ma con scarsa convinzione. Era ridotto pelle e ossa. Aveva urinato, lì sotto il letto, bagnandosi e macerando la pelle. L'odore di ammoniaca era acido e penetrante.

«Cos'è successo?» volle sapere Larry.

«Ha cominciato con il rifiutare il cibo, poi anche l'acqua. Infine si è rintanato lì sotto e non siamo più riusciti a smuoverlo.»

Larry avvicinò una mano per farsi annusare e il cane sollevò le labbra mostrando le zanne.

«Non si fidi» disse George Taller. «È piccolo ma ha i denti appuntiti.»

«Come si chiama?»

«Goofie.»

Larry si sfilò un laccio dalle scarpe e con quello fece un cappio che applicò con delicatezza intorno al muso del cane. «Bravo, Goofie. Bravo» lo rassicurò. «Ora ti visito, ok?»

Fu a metà del suo esame che l'onda arrivò.

Viola, questa volta. Viola come paramenti sacri, come un vecchio ematoma, come il volto congestionato di un affogato, come un dolore cronico, inguaribile, irreversibile.

Larry dovette sedersi sul bordo del letto per non cadere. Il cuore correva a mille all'ora e la stanza gli vorticava intorno come quella della piccola Dorothy nel *Mago di Oz*.

«Cosa le succede?» domandò George Taller.

«È solo un calo di pressione» mentì Larry. «Passa subito.»

E infatti passò. L'onda, come le altre volte, si dileguò lasciando nell'aria sentore di muschio, resina ed erba bagnata. E quella fiacca lampadina nel corridoio, tutt'a un tratto, sparava un fascio di luce più potente dei fari di un'auto.

«È sicuro che vada tutto bene?»

«Sicurissimo. Grazie.» E per dimostrare che stava bene si alzò, sorridendo, e si chinò nuovamente accanto a Goofie, che, trattenuto da Taller, cercava mugolando di riguadagnare l'oscurità della propria tana.

«Allora» chiese l'uomo «che ne dice?»

«Mi serviranno degli esami» rispose Larry preparando siringa, laccio emostatico, butterfly e un paio di provette. Aveva il nuovo analizzatore biochimico da far esordire. Quale miglior occasione per cominciare ad ammortizzare l'investimento? «Mi dà una mano?» chiese. «Facciamo un prelievo di sangue.»

«Facciamo?»

«Lei lo tiene, io faccio il prelievo.»

«Ma pensa che guarirà? Mia moglie è molto in pena per lui...»

«Dipende da cos'ha. In verità, le confesso che alla visita, eccetto la magrezza esasperata dovuta al fatto che non mangia, non riesco a cogliere nient'altro...» Se non vogliamo considerare quella cosa viola, avrebbe dovuto ammettere. Ma il tizio non lo avrebbe capito. «Sembra quasi un problema... psicologico. Non so se mi spiego.»

Taller prese a grattarsi compulsivamente la guancia destra, più di quanto avesse fatto fino a quel momento. «Cosa intende?»

«Intendo che, da quanto mi ha raccontato, Goofie si rifiuta volontariamente di mangiare preferendo nascondersi sotto questo letto. A proposito, chi ci dorme?»

«Ci dormiva mio figlio» disse una voce roca e sfinita.

Nel vano della porta si stagliava una figura spettrale. Una donna in vestaglia e con i capelli scarmigliati che le arrivavano alle spalle. Aveva un aspetto orribile, dolente, e due vistose mezzelune nere sotto gli occhi. Tra le dita della destra teneva una sigaretta per metà in cenere.

«E suo figlio dov'è, ora?»

«È morto.»

***

Larry non aveva collegato il cognome Taller alla faccenda del ragazzino trovato tra i boschi di Graniteville. Non l'aveva collegato semplicemente perché non lo conosceva. Sapeva solo che era accaduto un fatto brutto (molto brutto) più o meno nei giorni in cui lui iniziava a bazzicare la città. Niente di più.

Il problema del cane, a quel punto, era piuttosto semplice da diagnosticare. Goofie aveva atteso il ritorno del suo compagno di giochi finché, a un certo punto, aveva compreso che non sarebbe più riapparso. Così, disinteressandosi al cibo, si era rintanato nel posto dove sapeva che il bambino si coricava ogni sera, con la speranza, forse, di ritrovarlo al mattino. E giorno dopo giorno, nella vana attesa, si era lasciato andare, perdendo le forze e l'interesse per la vita.

«Si può fare qualcosa?» chiese George Taller. Le sue dita passavano instancabilmente il lato destro del volto, su e giù, come un soldato di ronda.

Una volta sfilato il laccio, Goofie era strisciato immediatamente sotto il letto, rincantucciandosi più lontano possibile dagli uomini e lasciandosi inghiottire dalla pozza di oscurità.

Quando Sylvia Taller era entrata nella camera del figlio, suo marito aveva fatto scattare l'interruttore della luce e quello che Larry aveva visto, al chiarore di un lampadario a forma di mongolfiera, lo aveva raggelato. La stanza era rimasta come il piccolo Steve l'aveva lasciata il giorno in cui era morto. Il letto era sfatto, con il pigiama gettato sul cuscino e un coniglio di peluche con le orecchie lunghissime seduto con la schiena appoggiata alla testiera. Su una sedia era distesa una maglietta e per terra c'erano dei calzini usati. Un quaderno a quadretti aperto sugli ultimi compiti fatti, un guantone da baseball, una mazza, i resti di una merenda e altri frammenti di vita infantile. Tutto fermo, tutto congelato.

Larry, quel gelo, l'aveva avvertito. Era una stanza morta, come il suo occupante.

Si chiese ancora una volta cosa significassero quelle... *cose* (non sapeva come chiamarle). Immagini, visioni, allucinazioni, vaneggiamenti, fantasie, deliri a occhi aperti? Era tutta colpa della ketamina e degli altri farmaci? Era il suo cervello che lentamente (ma nemmeno tanto) se ne andava in malora, marciva?

Non sapeva darsi una risposta, mentre George e Sylvia Taller ne attendevano una da lui.

«Non lo so» rispose con sincerità. «Vorrei dirvi che si riprenderà, ma non ne sono sicuro. Ha bisogno di essere alimentato forzatamente. E anche così non è detto che possa recuperare. I problemi psicologici, negli uomini come negli animali, sono i più difficili da risolvere.»

Guardò Sylvia Taller. Non c'era bisogno di ricordarglielo. Aveva l'aspetto di una donna che non avrebbe sorriso mai più, che non avrebbe amato la vita mai più.

«La sua mente» proseguì «non capisce la morte. È triste perché pensa che il suo amico l'abbia abbandonato. Ed evidentemente vostro figlio era la cosa più importante della sua vita, più del cibo, più di tutto. Farò questi esami» disse rigirandosi le provette tra le dita «ma è probabile che non ne caveremo nulla. E comunque il mio consiglio è di ricoverarlo in una clinica.»

«Lei non può farlo?»

No, Larry non poteva. La sua piccola serra con alcune attrezzature ancora dentro le scatole, non era idonea ai ricoveri. Telefonò da casa dei Taller alla clinica più vicina (che si trovava a Berlin) e presentandosi spiegò il caso.

«Vi aspettano appena possibile» disse infine, prima di congedarsi. «Mi dispiace tanto non poter fare di più.»

«Cosa le devo?» chiese George Taller mettendo mano alla tasca posteriore dei jeans.

Sua moglie era rientrata nell'oscurità che l'aveva accolta fino all'arrivo di Larry. Non disse una parola di saluto. Semplicemente si ritirò, come un'ombra davanti alla luce.

«Non mi deve nulla» rispose Larry. Ancora una volta si ritrovava a non farsi pagare. A parte una visita e aver perso un'ora scarsa, non aveva fatto altro.

«Ma... E gli esami?»

Larry si mise la provetta in tasca. «Li faranno direttamente in clinica. Buona fortuna.»

L'uomo annuì e lo accompagnò alla porta.

«Mi dispiace per vostro figlio» disse Larry quando fu sulla soglia.

George Taller annuì nuovamente. Poi, senza dire nulla, tornò in casa e chiuse la porta, lasciando Larry solo.

Mentre guidava lungo la 14 in direzione opposta rispetto a quella di poco prima, osservando l'asfalto crepato e il ciglio punteggiato da grandi alberi che gettavano le loro lunghe ombre sulla strada, Larry pensò che salvare Goofie era probabilmente tutto quello che rimaneva a George e Sylvia Taller, dal momento che non avevano potuto salvare il loro bambino.

7

Sabato 17 giugno

Il pick-up tossicchiò fino al marciapiede andandosi a fermare poco oltre con un sussulto. Si sarebbe detto che avesse esalato il suo ultimo respiro. Ma il furgoncino di Frankie Poletti-*Spaghetti* non era tipo da perdersi d'animo per un po' di tosse.

Larry, dalla finestra del salotto, osservò l'uomo rimanere per qualche istante seduto al posto di guida borbottando qualcosa. Poi lo vide scendere, fare il giro del furgone e aprire la portiera del lato passeggero. Ne uscì un ragazzino con una felpa rossa e un paio di jeans.

«Questo è mio nipote Dave» disse Frankie quando Larry lo raggiunse all'esterno.

Dave era un ragazzino ossuto con due grandi occhi castani e i capelli biondi e sottili.

«Salute, Dave» fece Larry. «Aiuti tuo nonno?»

Dave fece sì con la testa.

«È il ragazzo di mia figlia Esther. Dave ha ottime capacità manuali. Gli ho permesso di venirmi ad aiutare qualche volta ora che la scuola è finita. Così possiamo tenerlo d'occhio. Sa, la faccenda di...» Mimò con le labbra la parola "Graniteville". «Sempre che a lei non dia fastidio» si affrettò ad aggiungere.

«Darmi fastidio? E perché?»

«Be', non a tutti piace avere un ragazzino che gironzola per casa.»

«Ma Dave non è un ragazzino che gironzola per casa» affermò Larry guardando negli occhi Dave. «Io vedo un apprendista carpentiere dalle enormi potenzialità.»

Il signor Poletti sorrise. Diede un colpetto sulla spalla al nipote e si mise al lavoro.

La cosa si ripeté nei giorni seguenti, ma anziché aiutare il nonno, Dave si intratteneva sotto il portico con Larry a bere aranciata (Larry aveva svuotato lo scaffale delle aranciate al Wal-Mart garantendosi una scorta sufficiente per un anno nel caso Jobeth Allison fosse passata da quelle parti) e a guardare il nonno che grattava, stuccava, graffettava e soprattutto sudava.

Dave parlava poco (quando si agitava soffriva di una lieve balbuzie, cosa che lo metteva ancor più a disagio), ma osservava molto. Tuttavia, quando scoprì che Larry era un veterinario, un *dottore degli animali* (gli aveva chiesto perché teneva tutti quegli strani aggeggi dentro una serra per i fiori), sembrò illuminarsi di una luce nuova e diventare tutt'a un tratto ciarliero. Volle sapere se avrebbe potuto assistere a qualche visita, meglio ancora se riguardava un cane. A lui, disse, i cani piacevano tantissimo, ma i suoi non volevano che ne tenesse uno perché nessuno avrebbe potuto badarci. Larry rispose che non c'era alcun problema, che se fosse capitato un cane da curare mentre Dave si trovava lì insieme al nonno, lo avrebbe certamente chiamato per assisterlo.

Si stupì di come riuscisse a interagire con un ragazzino di otto anni, lui, che non aveva mai avuto dimestichezza con i marmocchi, i mocciosi, i bambini. Harper non aveva figli e neppure gli amici che Larry frequentava prima di incrociare la sua strada con quella di un Kenworth W-900 a dieci ruote ne avevano avuti. Le sole esperienze in materia gli derivavano da qualche cliente che arrivava alla clinica accompagnato da uno o più figli, e in quei casi c'era poco da stare allegri. Si mettevano a toccare dappertutto e lo riempivano di domande o, se erano troppo piccoli, frignavano tutto il tempo distogliendo l'attenzione dei genitori dalle spiegazioni che Larry forniva. Per non parlare di quei saputelli che si preoccupavano che al loro *giocattolino* (perché per i bambini, il più delle volte, di questo si trattava, di un regalo di Natale o di compleanno, che dopo qualche mese, un anno al massimo, perdeva interesse e veniva sostituito con qualcosa d'altro, possibilmente un videogioco), non venisse fatto alcun male, come se il veterinario, trasformatosi in un folle sadico, si divertisse a punzecchiare con le siringhe i suoi pazienti o a infilare quello strano attrezzo (il termometro) in quel posto. Si schiacciavano i palmi sulle orecchie sgranando gli occhi e facendo smorfie insensate, preparandosi a urla e versi da far accapponare la pelle, oppure uscivano dalla porta per non assistere, costringendo i genitori a rincorrerli.

Larry non aveva trascorsi positivi con i bambini, nossignore. Dunque, la buona accoglienza riservata al giovane nipote di Frankie *Spaghetti*, oltre che a stupirlo, sembrava appartenere alla nuova direzione che la vita del dottor Nowak aveva assunto. Una nuova direzione che comprendeva visioni psichedeliche in quantità.

***

Più tardi, quel pomeriggio, mentre attraversava lentamente Pembroke Road dopo essere uscito dalla casa di Josephine Boulding (e aver ricevuto la notizia che Goofie, il cane del piccolo Steve Taller, non ce l'aveva fatta), Larry udì il fruscio morbido degli ingranaggi di una bicicletta da corsa alle proprie spalle.

Era giù di corda e si voltò con l'ingenua speranza che in sella ci fosse proprio lei, "la donna del banchetto".

«Buonasera, straniero!» lo salutò Jobeth da sotto il suo casco giallo e azzurro. «Comprata l'aranciata?»

Era trascorsa una decina di giorni dal loro precedente incontro.

Larry sorrise provando una sensazione nuova, una specie di voluttuoso piacere. «Può scommetterci. Ero solo indeciso tra quella dolce e quella amara. Così le ho acquistate entrambe.»

«Ecco un uomo previdente!» scherzò lei. Non possedeva soltanto il senso dell'umorismo, ma un'ironia civettuola che profumava di buono e di fresco, come un prato primaverile di primo mattino. O forse era tutto merito dell'ammorbidente.

Dopo poco meno di cinque minuti erano passati a darsi del tu. Sedevano in salotto. Jobeth sorseggiava un'aranciata. Larry una birra. L'arredamento era essenziale, «minimalismo vintage», lo definì la ragazza. I mobili provenivano in prevalenza da un mercatino delle pulci che Larry aveva scovato lungo la 302, poco fuori l'abitato di Barre, e nel complesso davano la curiosa impressione di trovarsi in una comune fricchettona. Incredibile a credersi, il verde delle pareti legava.

«Mi piace il colore che hai scelto» disse infatti Jobeth. Pareva sincera.

Larry si trattenne dal riderle in faccia. «Grazie» disse soltanto. Se Jobeth avesse saputo.

«Ti chiederai com'è che per la seconda volta consecutiva ti ho incrociato proprio mentre attraversavi la strada» disse lei cambiando improvvisamente argomento.

«Veramente non me lo sono chiesto affatto.»

«Penserai che sia lì a controllare le tue mosse.»

«Per niente. Credo che si tratti di una semplice coincidenza.»

«Non voglio passare per una di quelle persone che si fissano e non danno tregua.»

«Ti garantisco che non dai quell'impressione.»

«Bene, perché è l'ultima cosa che voglio.»

«Puoi stare tranquilla.»

«Certo che è strano...»

«Cosa?»

«No, niente.»

Se lo scopo di Jobeth era quello di incuriosirlo, Larry si disse che ci era riuscita in pieno. «Cosa?» insisté.

«Mi chiedevo com'è che vai avanti e indietro dalla casa della signorina Boulding. Ecco, scusa, ho fatto la figura della fissata, non volevo. Fai finta che non abbia detto niente, perdonami, davvero...»

Larry sorrise e sollevò le mani, come a dire di non preoccuparsi, di rilassarsi. «Come fai a sapere del mio appuntamento quotidiano con Josephine Boulding?»

Jobeth raddrizzò la schiena sorpresa. «Ah, è quotidiano? Io ti ho visto... tre, quattro volte, non di più. Faccio sempre questa strada con la bici, di sera, dopo il lavoro. Quasi tutti i giorni. E mi è capitato di vederti entrare da lei. A volte uscire... Ma giuro che non ti sto spiando!»

Larry sorrise. «La sua gatta è stata investita e io vado a farle delle iniezioni. Ecco svelato il gran mistero.»

Jobeth tirò un sospiro di sollievo e finse di raccogliere il sudore dalla fronte. «Temevo avessi una relazione con lei.» Stava scherzando, ovviamente. «Avrebbe dato scandalo, in una cittadina come Wytago!»

«Ho idea che avrebbe dato scandalo un po' ovunque!» rise Larry.

«E così fai il veterinario.» Lo sapeva già (come poteva non saperlo in un posto come quello?), ma aveva atteso l'occasione giusta, aveva atteso che fosse lui in qualche modo a introdurre l'argomento.

«È una cosa tanto brutta?» Gli piaceva il tono scherzoso che aveva preso la conversazione. Era come surfare, stare sopra le onde e osservare le creste spumeggiare. Era liberatorio. E a lui sconosciuto.

«Tutt'altro. Molto affascinante. Dicono che sia uno dei lavori più belli al mondo.»

Larry pensò agli occhi tristi di Goofie. Lo immaginò fare un ultimo profondo respiro e andarsene. «Chi lo dice?»

Jobeth sollevò le spalle. «Non lo so. La gente. In realtà sei il primo veterinario che conosco.»

Larry si stupì. «Non hai mai avuto animali?»

«Certo, ma non sono mai ricorsa alle cure di un veterinario. Mio padre era solito dire che la natura basta a se stessa.»

Gli sarebbe piaciuto crederlo. La natura, quando voleva, sapeva essere crudele, spietata. E nel suo caso non era stata la natura a rimetterlo in piedi, ma una quantità strepitosa di farmaci, molti dei quali, ora, erano diventati amici fraterni, compagni di vita quotidiana. Fu sul punto di raccontarle ogni cosa.

«E hai intenzione di sistemare la serra del vecchio Ellroy per farci il tuo studio?» chiese lei.

«Esattamente. Le notizie volano, da queste parti.»

«Come proiettili. Non te n'eri accorto?»

«Più o meno.»

«E di me, che si dice?»

«Di te?»

«Di me, hai presente? Quella del banchetto, dei diritti civili e della bici da corsa.» Il suo tono era allegro e confidenziale, come se si conoscessero da tempo. Una confidenza che a Larry sembrò quasi intima.

«Niente.»

«Non ci credo.»

«Si vede che a Wytago non mi ritengono ancora degno dei pettegolezzi più biechi.»

«Oppure significa che hai molto tatto e non vuoi mettere in imbarazzo una madre single...»

«Hai un figlio?» Larry si fece improvvisamente serio.

«È una cosa tanto brutta?» replicò lei aggrottando le sopracciglia in tono scherzoso.

«Certo che no. Scusa.»

«Luke ha otto anni ed è il miglior figlio che una madre possa desiderare.»

«Non lo metto in dubbio, ma chissà perché ho la bizzarra convinzione che ogni figlio sia il miglior figlio che una madre possa desiderare.»

Era contento che quella insana pulsione di raccontare a Jobeth la verità, tutta la verità, nient'altro che la verità (*tutt'altro che la verità*, dicevano in tribunale i fratelli Marx giurando sopra una Bibbia) fosse scemata. Non sarebbe stata una buona idea. L'avrebbe probabilmente spaventata.

Jobeth rise. «Forse hai ragione.» Si accomodò sul divano tirando a sé le ginocchia, un gesto, questo sì, palesemente intimo, che Larry registrò con piacere. «Ron, mio marito, è morto in un incidente stradale, tre anni fa. Il suo camion si è rovesciato nel fiume ed è andato a fondo.»

«Dio mio. Deve essere stato terribile.»

«Oh, non credo se ne sia nemmeno accorto. Dicono che fosse ubriaco, come al solito.»

Larry si sentì in imbarazzo. Lo sconcertava la facilità con la quale Jobeth riusciva a parlare di certi argomenti. Come se non la riguardassero, come se uno scudo invisibile fosse in grado di proteggerla, di farle scivolare addosso le disgrazie. Lui non ne sarebbe stato capace, ne era più che certo. In ogni caso la sua vena ironico-sarcastica, grazie alla vedovanza di Jobeth, era andata a farsi benedire.

«Il peggio è sempre per chi resta» disse lei terminando di bere. «Posso averne ancora un po'?» Un velo di sudore le ricopriva lo spazio tra il naso e il labbro superiore.

La casa assorbiva il calore del sole durante il giorno e lo rilasciava dopo il tramonto. Larry pensò che avrebbe potuto installare un piccolo impianto di condizionamento o semplicemente dotare il salotto di una pala girevole da soffitto.

«Naturale» rispose alzandosi dal divano e zoppicando verso la cucina.

«Sono indiscreta se ti chiedo che ti è successo alla gamba?» urlò Jobeth mentre Larry spariva oltre il vano della porta.

«Sei indiscreta» le disse lui tornando a sedersi e poggiandole di fronte l'aranciata. Per sé aveva preso un'altra birra. «Ma oggi mi sento magnanimo e così te lo dirò ugualmente.» Si sforzava di essere sciolto, di esprimere una discreta fluidità, impresa quasi impossibile. La disabitudine si faceva sentire e a lui sembrava quasi di recitare una parte.

Jobeth sorrise e gli fece posto sul divano, accanto a lei.

«Un incidente» disse Larry quando si fu nuovamente seduto, proprio dove lei voleva che si sedesse. Avvertì il suo profumo, mescolato all'odore naturale del corpo leggermente sudato. «Io, però, sono stato più fortunato di Ron» aggiunse dopo aver buttato giù un lungo sorso. Non era sicuro della veridicità di quella affermazione, ma gli parve fosse la cosa giusta da dire in quel momento. Poi gli sovvenne qualcosa, il brandello di un ricordo, di un dialogo. «Hai detto che tuo figlio si chiama Luke.»

«Sì, perché?»

«Credo che qualcuno mi abbia parlato di lui e... di tuo marito, certo. Lucille, del Sullivan Café!»

«Mia madre!»

«Non ci credo! Faccio colazione da lei quasi ogni mattina.»

Jobeth lo guardò a lungo e con occhi capaci di scavare. «Lo so» disse.

***

Etta Furman, ai suoi tempi, era stata quella che al giorno d'oggi si definirebbe una donna con le palle. E Howell Grier ne sapeva qualcosa. La sua caparbietà era seconda solo alla sua massa ed entrambe incutevano una certa soggezione. I novanta chilogrammi abbondanti che distribuiva per centosettantacinque centimetri di altezza la autorizzavano ad alzare la voce quando le pareva e a ottenere dagli altri ciò che desiderava. Quasi sempre.

Quando, al secondo anno di liceo, Etta aveva deciso che quel ragazzo segaligno e schivo che tutti chiamavano Howie sarebbe diventato suo marito, nessuna tra le sue poche amiche pensò che stesse fantasticando. Si dispiacquero soltanto per il ragazzo. E così fu. Howell Grier era sufficientemente mansueto e forgiabile da permetterle di fare ciò che più le piaceva, e che consisteva essenzialmente nello sposarsi e andarsene di casa lasciando Julius ed Ethel Grier, i suoi genitori, a scannarsi come meglio comodava loro. Il fatto che non approvassero la sua scelta fu, inutile dirlo, un particolare del tutto trascurabile. Come altrettanto trascurabile fu il desiderio di Howell di continuare gli studi in legge o di mantenere l'appuntamento settimanale del bowling con i vecchi amici di scuola quando Etta decise che era ora di farla finita con quei «capricci da bambino viziato».

Fece storia, a Wytago, la furibonda discussione che Etta ebbe un pomeriggio di fine giugno davanti alla casa dei Grier con i genitori di Howell. I poveretti avevano tentato disperatamente di salvare il figlio dalle grinfie di quella che ai loro occhi appariva una manipolatrice di allocchi, commettendo l'errore di sottovalutarla. Etta li aveva investiti con la furia fisica della sua dialettica e, dopo aver detto senza mezzi termini tutto quello che pensava di Julius ed Ethel Grier, aveva agguantato Howell per un braccio come una madre avrebbe potuto fare con il proprio bambino capriccioso trascinandolo a casa. E quando poi si liberò quel posto da cassiere alla Bank of Vermont e a Howell, che era in lista d'attesa da quasi un anno, fu preferito Cale Jenkins, la cui madre si diceva fosse una vecchia e cara amica del direttore Slidell (l'accento cadeva sempre sul *cara*), Etta attraversò la strada con il suo passo da guerra, qualcosa che avrebbe potuto ricordare la marcia di un rinoceronte attraverso un tratto di savana, si fece annunciare a Curtis Slidell (o meglio, disse semplicemente che *voleva* vederlo) ed entrò nell'ufficio chiudendosi la porta alle spalle. Nessuno seppe mai di preciso che cosa Etta disse al direttore della banca di Wytago, sta di fatto che Cale Jenkins finì a fare la maschera al Galaxy e Howell Grier venne assunto in qualità di cassiere alla Bank of Vermont.

Questa era Etta Grier ai suoi tempi.

La vigoria dei suoi poderosi attributi era andata consumandosi con il passare degli anni, e ora Etta avrebbe potuto essere al massimo una zia o una lontana cugina dell'animosa ragazza di quell'epoca. Quand'era a caccia, però, l'ombra di quel rinoceronte a zonzo per la savana rispuntava fuori da chissà dove e il suo passo riprendeva a somigliare a quello di allora.

Etta Grier era un donnone da prendere con le molle. Ancora adesso.

Dalla finestra della cucina osservò Jobeth Allison uscire dalla casa di *quello* e salire sulla sua bici da corsa. Il fatto che una donna se ne andasse in giro seduta sopra una sella tanto stretta e dura le faceva venire in mente cose oscene, e la posizione, con il sedere all'insù e la schiena quasi orizzontale la faceva pensare a una cagna in calore. Non che considerasse propriamente Jobeth Allison una cagna in calore. Aveva avuto la sua dose di sfortuna con quel marito da quattro soldi ed era stata brava a tirare su il suo ragazzino (anche se Luke le dava sempre l'impressione di essere un tantino *inadeguato*). Tuttavia doveva essere una di quelle donne che non sanno resistere ai propri appetiti, considerato il numero di relazioni che le venivano attribuite. Ad ogni modo non era Jobeth Allison a interessarla, ma "quello della casa di Elmer".

Ultimamente aveva raccolto un bel po' di informazioni su di lui. In un paio di occasioni, vedendolo uscire, era andata a spiare nel suo contenitore per le lattine e i vuoti riciclabili scoprendovi una quantità di cadaveri di Miller Lite da mezzo litro da farle drizzare i capelli. Ma soprattutto aveva saputo che si riforniva di medicinali presso la cvs Pharmacy del Wal-Mart. L'aveva saputo non dal farmacista, naturalmente (per quanto Etta fosse arcisicura che il segreto professionale era una gran balla e che medici, avvocati e forse perfino reverendi, godessero dei guai confessati e che la sera, a cena, spartissero con i propri cari o gli amici certe confidenze), bensì da Marylou Meier, che lavorava al reparto cosmetici. Marylou le aveva raccontato (ma senza malizia, così per parlare) che una volta a settimana "quello della casa di Elmer" (lei lo chiamava il dottor Nowak, come se fosse davvero un dottore!) passava dalla farmacia per ritirare un quantitativo di medicinali pari a quelli che lei stessa consumava in un anno. «Poverino» aveva detto «chissà come soffre.» Ma Etta Grier non provava pietà per i drogati e per gli alcolizzati (droga e alcol andavano indissolubilmente a braccetto e a loro si univa spesso il sesso), non era nata ieri e sapeva che la dipendenza ti portava a usare di tutto, compresi gli sciroppi per la tosse, i colluttori o il NyQuil contro il raffreddore, e che bastava un nulla per perdere il controllo. L'aveva letto su «People».

Sebbene negli anni l'indignazione perbenista fosse diventata un suo tratto peculiare, non si sentiva investita del ruolo di raddrizzatrice di costumi e neppure era una di quelle bigotte che si segnavano ogni volta che vedevano qualcosa che le turbava (tipo Josephine Boulding, per dirne una). Era perfettamente a conoscenza, ad esempio, delle riviste porno che Howell nascondeva nel doppiofondo della cassetta per il trapano, giù nello scantinato, e del fatto che di tanto in tanto suo marito si facesse un goccetto (lei pure alle volte ne sentiva il bisogno), e ai loro tempi, lei e Howell ci avevano dato dentro con le sconcezze, come tutte le giovani coppie dovrebbero fare. Per cui lasciava correre. Ma un conto erano le innocenti evasioni, i piccoli vizi che non nuocevano a nessuno, un altro era avere a che fare con un abuso smodato.

Accanto al cartello di accesso alla città ce n'era un secondo. COMMUNITY WATCH, era scritto sotto un grande occhio spalancato. Quell'occhio, l'occhio della comunità che osservava, era lei, era Etta Furman Grier.

8

Lunedì 19 giugno

Quel pomeriggio, Thurgood Blanchard rientrò in ufficio dal consueto giro di pattuglia trovando una sorpresa ad attenderlo. E Thurgood Blanchard non era tipo da amare particolarmente le sorprese, soprattutto in quell'ultimo periodo, durante il quale gli pareva che le sue pur ampie spalle non avrebbero potuto sopportare ulteriori carichi.

L'ufficio dello sceriffo della contea di Chittenden era ospitato nell'ala nord al primo piano del palazzo municipale di Wytago. Era costituito da tre locali abbastanza spaziosi ma scarsamente illuminati e da una cella nel seminterrato, occupata occasionalmente da qualche ubriaco e utilizzata più a scopo terapeutico – nell'attesa che la sbornia passasse – che detentivo.

«C'è qualcuno che desidera vederla, capo» gli disse Kate Evans, l'attempata centralinista. Kate era la moglie di Jeff Bundy, il mago del barbecue, e *mamma* di Bert, il primo paziente di Larry a Wytago.

Thurgood la interrogò con lo sguardo, ma non ottenne altri particolari. La donna era tornata alle parole crociate del «Vermont Eagle» (le migliori, a suo dire) che le occupavano il tempo tra una telefonata e l'altra.

Lo sceriffo si tolse il cappello e spalancò la porta dell'ufficio deciso a scoprire di chi si trattasse.

Seduto sopra il casellario c'era un uomo in completo grigio chiaro, calzini bianchi e mocassini lucidi neri: guardava oltre il vetro della finestra, le luci del giorno che si spegneva. O il parcheggio. Accanto a lui una tazza di caffè vuota. Dal collo gli penzolava un'impeccabile cravatta bordeaux.

«Ci conosciamo?» chiese Thurgood gettando il cappello sopra la scrivania.

La giornata per lui era iniziata male e continuata peggio. Ora non restava che vedere come sarebbe andata a finire. Al mattino era stato buttato giù dal letto dal rumore di sua moglie Fran che cadeva, di là, in soggiorno. Si era agitata tutta la notte tenendolo sveglio. Così, verso le tre del mattino, lui le aveva dato due compresse del suo antidepressivo preferito, l'Anafranil (il dottor Buscema gli aveva detto di non abusarne, tuttavia alle volte Thurgood vi si aggrappava come un naufrago a un salvagente). La loro efficacia si era dimostrata piuttosto scarsa, salvo manifestarsi improvvisamente verso l'alba. Fran era caduta addormentata dove si trovava, e cioè in piedi accanto al divano del salotto. Thurgood aveva chiamato il dottor Buscema, il quale aveva consigliato di lasciarla dormire. Così si era preparato e aveva cercato di dare un senso alla giornata recandosi in ufficio.

Lungo la 110 un camion carico di legname si era rovesciato bloccando completamente il tratto tra Topsham e Orange e l'autista era stato estratto a fatica dall'abitacolo ridotto in pessime condizioni. Poi c'erano state due chiamate ravvicinate, una per una rissa tra operai in una delle cave di marmo della Butterfield Mountain e un'altra a causa dell'inondazione di una strada sterrata a sud di Wytago provocata dall'ostruzione di un canale di scolo. All'ora di pranzo era riuscito a passare un momento da casa per controllare Fran (le aveva regalato un cellulare, ma la maggior parte delle volte era scarico), scoprendo che dormiva ancora il sonno profondo dei sedativi. Alle due aveva avuto la solita riunione di aggiornamento con lo staff dell'ufficio. All'ordine del giorno l'andamento dell'Indagine, quella che Thurgood e gli altri indicavano con la maiuscola: il figlio di George e Sylvia Taller ucciso a Graniteville tre settimane prima. Il corpo era stato portato a Montpelier da dove il coroner aveva inviato un fax che elencava freddamente le sevizie alle quali Steve era stato sottoposto prima di venire ucciso. Non c'erano elementi significativi, né tracce che indirizzassero l'Indagine in una direzione precisa. Non erano stati trovati resti biologici né impronte. La benzina che gli era stata versata sopra aveva reso il quadro ancora più confuso. E la pena di Thurgood maggiore.

Lo sceriffo conosceva la differenza tra gli omicidi di provincia e quelli di città. Generalmente, in un piccolo centro di provincia, se si uccideva qualcuno lo si faceva per un motivo stupido, futile, e spesso capitava che l'assassino non riuscisse nemmeno a spiegarsi il perché di quel gesto. A volte l'omicidio era la conclusione di una rissa particolarmente violenta tra marito e moglie o tra ubriachi. Altre volte un tentativo di stupro finito male o una vendetta privata tenuta a covare per anni sotto le braci della rabbia e della frustrazione. Non c'era mai nulla di cerebrale, mai nulla di premeditato, mai nulla di astuto. Qualcuno, a volte, perdeva il controllo. Tutto qua. Si uccideva con il fucile, con il coltello, a mani nude, a sprangate, a bottigliate e solitamente c'era sempre un testimone o due, quando addirittura il colpevole non si faceva trovare ancora accanto al corpo della vittima o, al massimo, nel bar più vicino davanti a una fila di birre da riempire il bancone. Stavolta era diverso. Sempre che l'eccezione non confermasse la regola.

Thurgood e i suoi avevano passato al setaccio Graniteville e dintorni senza alcun risultato. Non era saltato fuori nulla né dai compagni di scuola di Steve, né dai genitori, né dai vicini di casa, e i grandi capi su a Montpelier stavano con il fiato sul collo dello sceriffo. Poteva anche darsi, come sosteneva il sindaco Walter Hill, che l'assassino non fosse del posto e che se ne stesse andando tranquillamente a zonzo dalle parti del Quebec o chissà dove. E anche se nessuno aveva il coraggio di dirlo, era ciò che tutti nella contea si auguravano, perché la prospettiva di avere un assassino in casa (come ipotizzato da Milton Swayne) non era affatto gradita.

Nel pomeriggio, lo sceriffo si era dedicato alle scartoffie, alla ronda stradale, e, brevemente, al sindaco Hill per la gestione delle attività commerciali e delle licenze. Quindi si era concesso un taco al pollo e formaggio da Staunton e aveva dipanato una controversia tra vicini in Quarry Street (il cagnaccio di *Glove* Gilmore aveva masticato la schiena a quella specie di topo che i Trimble si ostinavano a chiamare cane, e non contento aveva assaggiato la mano del figlio maggiore di Bushrod, Greg). Verso le quattro era passato da Fran, trovandola seduta in cucina. Si stava facendo un tè, in pigiama. Non sembrava stare male, solo un po' intontita, come un pugile che stenta a trovare le parole davanti al microfono dopo un incontro particolarmente duro. Thurgood le aveva dato un bacio e lei gli aveva riservato un sorriso stanco. Rientrato in ufficio, aveva dovuto richiamare quella matta di Etta Grier, che si era lamentata del suo nuovo vicino, il veterinario. A volte Thrugood provava una gran pena per suo marito Howell, non doveva essere semplice vivere accanto a una persona disturbata come quella. Alle sei aveva dato una mano a Lyman Tugwell, uno dei suoi vice, impegnato nell'inseguimento di due adolescenti che, ispirati da qualche tipo di pasticca, avevano ripulito la cassetta delle offerte della chiesa di Beckley Street (ventisette dollari e cinquantacinque cent il bottino). Infine, svuotato, era rientrato alla base.

«Ci conosciamo?» domandò lo sceriffo all'uomo che se ne stava con il culo (magro) appoggiato al suo personale schedario.

«Maldwyn Price» si presentò l'uomo. «Sezione anticrimine, Dipartimento di Polizia di Boston.» Aveva il classico accento effeminato del Massachusetts e il viso butterato dall'acne giovanile.

«Ah» fece Thurgood slacciandosi il cinturone. «E io che mi credevo chissà che. Mi avevano detto che avrebbero mandato qualcuno.»

«È stato il centro coordinamento di Montpelier che ci ha chiesto di intervenire» spiegò Maldwyn Price.

«*Ci* ha chiesto?» A Thurgood non era sfuggito l'uso del plurale e dubitava che si trattasse di quello *maiestatis*. Il manichino che gli stava di fronte doveva essere uno di quei tipi che si sentono investiti di una missione, come i fratelli Blues nell'omonimo film.

«Prego?»

«Niente. Lasci perdere.» Era stanco e nervoso e non voleva cominciare una discussione.

«Ha dell'altro caffè, sceriffo?» domandò Price mostrando la tazza vuota.

«Di là, dietro la scrivania della signora Bundy.» Thurgood si strusciò il palmo della mano sulla coscia e allungò il braccio. «Sono Thurgood Blanchard. Dalle nostre parti si usa ancora fare così.»

Price parve sorpreso. Esitò per un istante, quindi passò la tazza nella sinistra e porse la destra. «Maldwyn Price» ripeté.

Lo sceriffo afferrò la mano dell'uomo e la strinse con forza. Price rispose con una stretta non altrettanto vigorosa ma sufficiente per far intendere a Thurgood che serviva altro per intimorire uno come lui.

«Ci sono novità?» chiese lo sceriffo.

Price uscì dall'ufficio senza rispondere, scivolò alle spalle della centralinista sorridendole in maniera complice e si servì un'altra tazza di caffè. «Le novità le dobbiamo trovare noi» disse rientrando nella stanza.

«Cosa intende?»

«Stanno intorno a noi. Basta sapere dove guardare.»

Ecco un altro poeta del crimine, pensò Blanchard avvertendo un principio di bruciore di stomaco. Ne aveva conosciuti come quel Maldwyn Price. All'Accademia, innanzitutto. Erano i tipi cerebrali, quelli che non si sporcavano mai le mani, che non sarebbero mai finiti a fare i poliziotti in una contea come quella di Chittenden. E neppure in una come Harriman, se è per questo. Loro erano i predestinati. Si sapeva già che i loro lisci e delicati deretani avrebbero riposato su morbide poltroncine imbottite, dentro confortevoli e modernissimi uffici. I Blanchard, invece, rimanevano a marcire sempre nello stesso buco, a inseguire ubriachi, a sedare liti, a deviare il traffico, a spalare fango quando le tubature si mettevano a fare i capricci.

Gli era capitato di lavorarci con un tipo così, giusto per un paio di settimane, che allora gli erano sembrate le più lunghe della sua vita. Era accaduto prima del matrimonio, quando prestava servizio a Portsmouth e si occupava di un caso di omicidio. Lui e quel tale, Robert Starck o Stack che fosse, avevano chiuso la loro proficua collaborazione con un bell'incontro di boxe nel vicolo dietro la centrale. Thurgood ci aveva rimesso un incisivo, ma a Robert era andata decisamente peggio: trauma cranico e prognosi di venticinque giorni. Thurgood era stato sospeso e in seguito rispedito a Wytago, da dove era arrivato, a fare da secondo a Isaac Dempsey. Il resto era storia.

«Allora ci dica lei dove guardare» replicò ironico.

«È esattamente quello che ho intenzione di fare.»

«E noi le saremo infinitamente grati.» Ora sorrideva. Anzi, ghignava insolente.

Maldwyn Price posò la tazza del caffè, chiuse la porta accompagnandola dolcemente e si avvicinò allo sceriffo. Era più basso di Blanchard (molto più basso) e più minuto, ma quello che gli difettava nel fisico era tutto concentrato nello sguardo. Piantò i suoi piccoli occhi di ghiaccio nelle pupille leggermente dilatate dello sceriffo. «Thurgood» disse con voce profonda e calma. «Eviteremmo un mucchio di guai se cominciassimo togliendoci dalla faccia quello sguardo del cazzo.»

Lo sceriffo incassò il colpo e rispedì al mittente un'occhiataccia carica di ostilità. Ma non disse nulla. Una parte del genere non se l'aspettava.

«Non sono qui per una vacanza» continuò con lo stesso tono piatto l'agente Price. «Si dà il caso che esistano posti fantastici come Aspen in Colorado o Ensenada in Messico dove vado a trascorrere i miei giorni di ferie. Sono stato mandato in un buco del culo come questo perché, a quanto pare, avete bisogno della balia per sbrogliare le vostre matasse.»

Il volto dello sceriffo era un temporale minaccioso. Rimase fermo dove si trovava avvertendo l'odore del caffè nell'alito dell'uomo che lo fronteggiava.

«A Montpelier non hanno particolare simpatia per gli assassini dei minorenni. E, te lo dico in tutta franchezza, Thurgood, credo di potermi associare alla loro opinione. Tu no?»

Thurgood annuì impercettibilmente. Si stava trattenendo, a fatica, ma ci stava riuscendo. Price era uno stronzo come tanti, ma stavolta lui non avrebbe rovinato tutto. Ci si sarebbe messo d'impegno, avrebbe avuto pazienza, e se fosse stato bravo avrebbe portato via Fran da Wytago. «Non piacciono neanche a me» disse atono.

«Evviva. E almeno su questo siamo d'accordo» sentenziò Price distogliendo finalmente lo sguardo. Sorseggiò il suo caffè inarcando la schiena come chi è stato a lungo in una posizione scomoda. «C'è un motel decente qui a... Wytago?» chiese agitando la mano nell'aria. La pausa era studiata ad arte, stava a indicare tutto il suo disprezzo per la città. O buco del culo, come l'aveva gentilmente chiamata.

«Il Vermonter Motel è alla fine della strada» lo informò Blanchard.

«È decente?»

«Più che altro è l'unico.»

Price sospirò. «Vado a farmi una doccia e a mangiare una bistecca. Sceriffo, vuoi farmi compagnia?»

«Ho ancora parecchie cose da sbrigare» mentì lui.

«In tal caso, ci vedremo domattina.»

Non vedo l'ora, pensò Thurgood. «Goditi la città» disse invece guardandolo allontanarsi. Notò che aveva le spalle della giacca imbottite. Giacca da città.

***

Frankie *Spaghetti* aveva lavorato tutto il pomeriggio a una putrella di sostegno che gli aveva fatto sputare l'anima. Suo nipote Dave bighellonava sul prato senza nulla da fare e Larry era dovuto scendere in città per alcuni acquisti.

Bushrod Trimble, l'artefice della nuova insegna di Larry, si materializzò nel vialetto passando proprio accanto al cartello che aveva realizzato, senza peraltro degnarlo di uno sguardo. «C'è il dottore?» quasi gridò all'indirizzo di Frankie che, arrampicato in cima alla scala, si tergeva il sudore con un fazzoletto. Trimble era palesemente agitato e tra le braccia reggeva un involto, una coperta di lana a righe rosse.

«Che ti succede, Bushrod?»

«È urgente» disse lanciando un'occhiata preoccupata all'interno della coperta da dove, al posto di un neonato, spuntò la testa di un piccolo cane.

Dave si avvicinò incuriosito. «Cos'ha?»

«Dov'è Nowak?» domandò Trimble. Aveva una mano sporca di sangue rappreso.

«Credo che sia al Wal-Mart. Si può sapere che c'è?»

«Quanto ci mette a tornare?» Era pallido e la sua voce aveva un tono troppo alto.

«Non ne ho idea. Perché non ti siedi e l'aspetti?»

«È ferita…»

Dave gli saltellava intorno. «P-posso accarezzarla?»

«No, non puoi. È ferita» ripeté Trimble.

«Dove? Mi fai vedere?»

L'uomo lo ignorò rivolgendosi al nonno. «È andato via da molto?»

«Senti, Bushrod» sbottò Frankie «ho da lavorare. Perciò lasciami in pace, datti una calmata e aspetta che Nowak torni. Altrimenti sei libero di prendere e farti più di trenta chilometri fino a Mattawam.»

«M-morirà?» domandò Dave facendosi all'improvviso preoccupato.

«Morire?...» Trimble parve sorpreso da quell'eventualità. «Oddio, spero proprio di no.»

La cagnolina lo guardò con i suoi occhioni lucidi e gli leccò la mano. Poi sbadigliò. Forse era lo stress, tuttavia non parve a nessuno di loro, Dave compreso, una creatura in punto di morte.

Quello sbadiglio ebbe il potere di tranquillizzare il suo padrone. Così, Bushrod Trimble fece quello che gli aveva detto Frankie Poletti: si sedette sotto il portico e attese.

«Come si chiama?» chiese Dave.

«Scout» rispose Trimble.

***

Più o meno nello stesso istante, Larry usciva dal Wal-Mart con il carrello stracarico di merce (e una copia dell'«UL» sotto il braccio) come un turista appena arrivato al campeggio estivo che si preoccupa di fare scorte. Si era finalmente deciso a cucinare qualcosa di messicano. L'aveva promesso a Jobeth quando si erano salutati dopo il loro ultimo incontro. Era per il venerdì successivo. O giovedì? Gli sembrava venerdì. Una vocina gli suggeriva di non correre, anzi di rallentare di brutto, di cacciare una bella pestata sui freni se non voleva ritrovarsi con un altro scontro sul tabellino. Sembrava un adolescente lusingato dalle occhiate della racchia che nessuno ha fatto ballare. Non che Jobeth Allison fosse proprio l'ultima racchia della festa, al contrario, ma era sicuramente la prima donna che manifestava un interesse non professionale per la sua scarna figura, e questo non poteva lasciarlo indifferente. Larry si sforzò di tenere a bada quella vocina, rassicurandola del fatto che non c'era alcuna corsa in piedi. Proprio per niente. Si trattava solo di buon vicinato. Peccato che Jobeth Allison non fosse affatto una vicina di casa, dal momento che abitava dall'altra parte della città e che, a proposito di vicini, Larry non si fosse mai sognato di invitare né Josephine Boulding né Howell e Etta Grier a bere un'aranciata o a spartire un'*enchilada* al pollo e *queso*.

Sopra le lattine di birra, le confezioni di surgelati e i sacchetti di frutta, spiccavano barattoli di salse colorate, scatole di fagioli neri, un pezzo enorme di formaggio Cheddar, avocado (che in Messico chiamavano *aguacates*), cipolle bianche, pomodori e peperoncini *jalapeño* di differenti qualità. La fissa del cibo messicano era stata alimentata da Royo, il fisioterapista, ma era nata già ai tempi dell'università, quando le cene per venti persone erano all'ordine del giorno e spesso terminavano con strepitose bevute e una o due sane canne. Altri tempi, altro Larry.

Quando, caricata l'auto, riportò il carrello al deposito, la sua attenzione fu attratta da un volantino formato A4 appeso all'entrata del Wal-Mart. Non ci aveva fatto caso le volte precedenti, ma quel giorno se ne avvide perché il foglio si era quasi del tutto staccato dalla porta a vetri e ora penzolava nel vuoto in procinto di cadere. Larry lo raddrizzò e cercò di rimetterlo al suo posto utilizzando i resti del nastro adesivo ancora attaccato. Sul foglio era stata stampata una fotografia che ritraeva un ragazzino biondo con una maglia bianca e una scritta illeggibile sul davanti. Sorrideva felice. La sua allegria stonava decisamente con il contenuto del testo che ebbe il potere di raggelare Larry. SCOMPARSO diceva la scritta sotto la foto, 1 GENNAIO 1997. Quindi il nome, BEN SOLANDER, e una breve descrizione fisica. Larry lo collegò immediatamente a Steve Taller, il ragazzo ucciso a Graniteville, il cui cane, Goofie, aveva vissuto i suoi ultimi giorni sotto un letto, e per un istante si domandò se ci fosse una relazione tra i due fatti.

Qualcuno sopraggiunse alle sue spalle chiedendogli il carrello sul quale teneva ancora poggiata una mano. «Le spiace?»

«No, prego...»

Larry percorse West Street rispettando il limite dei dieci chilometri orari e all'incrocio con la Main prese a destra. Da una parte all'altra della strada c'era quello striscione, che annunciava le celebrazioni per il bicentenario. Era bianco, rosso e blu.

CELEBRAZIONE PER IL BICENTENARIO DI WYTAGO
1800-2000
MARTEDÌ – 4 LUGLIO

Un secondo annuncio, più ridotto, penzolava sulla Main pochi metri più avanti. UNA CITTÀ SENZA OROLOGIO È UNA CITTÀ SENZA TEMPO. AIUTA IL FONDO PER LA RISTRUTTURAZIONE DEL MUNICIPIO. C'era anche uno schizzo che riproduceva la torre e il quadrante dell'orologio vuoto e bianco.

All'altezza della bottega di Lou il barbiere, rallentò per far attraversare un pedone. Eyleen Bishop uscì in quel momento dalla porta del negozio e lo salutò agitando vistosamente la mano nell'aria.

Larry sorrise e contraccambiò il saluto.

Anche Herb (*Glove*), appoggiato alla porta del suo negozio, la sigaretta ficcata nel solito angolo della bocca e l'occhio mezzo chiuso per non farci entrare il fumo, quando lo vide passare gli fece un cenno, una specie di saluto militare, l'indice portato svogliatamente alla fronte.

Larry ebbe la netta impressione che quel dito indice, mentre saliva, si fosse trasformato in un medio: *vaffanculoNowak*. Herb sapeva che Poletti si stava occupando dei lavori di rimessa a nuovo della casa? Che domande. Certo che sapeva. Era impossibile ignorare qualcosa in una città come quella. Sbirciò involontariamente sulla voglia a forma di guantone da baseball ma non era sicuro che corrispondesse davvero a quello che dicevano, a un guanto. A lui sembrava solo una grande macchia color fragola.

Era una sensazione nuova, per lui, quella di essere riconosciuto e salutato per strada. Non necessariamente buona o cattiva, solo nuova, e come tale ancora tutta da comprendere. Nashua, diversamente da Wytago, era una città grande quanto bastava da permettergli di non incontrare persone di sua conoscenza, il che alle volte poteva essere un vantaggio.

Sotto il portico del Donnie's Emporium, vide il solito banchetto con la tovaglia a scacchi bianca e verde, il plastico del municipio di Wytago e il barattolone per la raccolta dei fondi. Al posto di Jobeth c'era Sandra Duvall, la donna del cucciolo di bulldog, che vedendolo gli fece un sorriso e alzò il pollice. Indossava la stessa tuta da ginnastica bianca.

Sulle sedie, all'ombra, i cavalieri dell'apocalisse discutevano con fare annoiato fissando la strada. Larry sporse la mano dal finestrino ma nessuno di loro parve accorgersi di lui. Notò invece che il Trimble Camera & Video era chiuso. Sulla porta era stato appeso un cartello, che Larry non riuscì a leggere.

Giunto al semaforo di Elm Street svoltò a sinistra e dopo circa duecento metri si ritrovò in Pembroke Road. Una Dodge Caravan azzurra metallizzata era parcheggiata di traverso, metà sul prato della casa metà sul marciapiede. Larry fermò la Mustang un paio di metri più indietro e scese guardandosi intorno. Scorse una sagoma seduta sotto il portico. Troppo voluminosa per appartenere a Dave. Forse era Frankie che si prendeva una pausa.

«Dottore!» gridò la figura alzandosi e andandogli incontro. «Finalmente!»

Larry guardò meglio. Era Bushrod Trimble, l'uomo che gli aveva venduto l'insegna. Tra le braccia reggeva un fagotto.

«È stata morsa!» strillò Trimble sollevando la coperta che conteneva Scout all'altezza del viso di Larry.

«C'è un cane da curare, L-Larry!» lo informò Dave sbucando tutto allegro da dietro le colonne del patio.

«Mi segua» disse Larry zoppicando verso la serra.

Dave tirò Larry per la maglia. «P-posso venire anch'io?»

Larry guardò Frankie, che annuì. «D'accordo.»

Il gruppetto girò intorno alla casa e si ritrovò sul retro.

«Là sopra» disse Larry indicando il tavolo una volta che furono dentro la serra.

Faceva caldo e l'aria odorava di vernice.

Bushrod posò delicatamente il fagotto sul tavolo, e Scout diede un mugolio. «Ecco, vede» disse mostrando un sette sulla schiena dell'animale. Dalla ferita incrostata di pelo colava un rivolo di sangue rosso vivo. «Cosa dice? È un'emorragia, quella?»

Larry sorrise. «Stia tranquillo. Non corre alcun pericolo. Com'è successo?»

In attesa della risposta, Larry cominciò a ripulire la ferita. Niente onde energetiche. Niente tsunami colorati. Scout era una meticcia del tutto innocua.

«Io gliel'ho detto a *Glove* che quel cane lo deve tenere alla catena. Non è la prima volta che combina guai, sa?»

Annuì per far intendere che lo conosceva.

«Abitiamo vicini e quel cane è un vero diavolo. Andrebbe soppresso!»

Larry sorvolò su quell'ultima affermazione. «Com'è successo?» ripeté.

«Mio figlio Greg stava rientrando con Scout dalla passeggiata, quando si è trovato davanti quell'ossesso che senza alcun motivo ha attaccato la nostra cagnolina. Greg ha cercato di dividerli e quello gli ha morso la mano.»

Larry alzò gli occhi sull'uomo. «È grave? Il ragazzo, intendo.»

«Non credo... Comunque adesso dovrebbe essere dal dottor Buscema, per farsi vedere. Herb era al lavoro e quando l'ho chiamato per dirgli quello che era successo mi ha risposto che è colpa nostra, che Scout è sempre in calore e che il suo Rocky non fa altro che seguire la natura. Ma stavolta ci scappa una denuncia. Dio, quando ho visto tutto quel sangue ho pensato che...»

«Ok» lo rassicurò Larry. «La lesione non è profonda e non ha leso nessun organo. Stia tranquillo. Ora Dave e io la rimetteremo a posto.»

Dave, che fino a quel momento se n'era rimasto in disparte, si illuminò. «Io?»

«Si capisce.»

«Che bomba!»

«Mettiti un paio di guanti. Sono in quel cassetto...»

***

Larry somministrò a Scout una lieve sedazione. Quindi, dopo aver ripulito la lesione, applicò una decina di punti con la collaborazione attiva di Dave Winthrop, promosso al ruolo di assistente. Il ragazzino, mostrando un sangue freddo notevole per la sua età, tamponò diligentemente la ferita, passò le pinze che Larry richiese e tagliò con mano ferma i capi dei punti via

via che Larry li stringeva. Alla fine si scambiarono una stretta di mano, come due cardiochirurghi dopo un laborioso ma riuscito trapianto.

Mentre Dave si occupava di Scout accarezzandola e tranquillizzandola con parole dolci, Larry istruiva Bushrod Trimble sulle medicazioni che avrebbe dovuto fare i giorni seguenti. «Quando ha partorito?» chiese infine.

«Ai primi di maggio» rispose Bushrod sorpreso. Larry l'aveva capito dal gonfiore delle mammelle. «Cinque cuccioli. Due purtroppo sono morti e altri due sono già piazzati. Anzi, dottore, se sapesse di qualcuno che...»

Larry annuì. «Vedremo di trovare una casa anche per l'ultimo. O ultima?»

«Un maschietto, grigio fumo.»

Quando Bushrod Trimble e Scout se ne furono andati, Dave si avvicinò a Larry. «Sai cosa mi piacerebbe?» gli chiese.

«Cosa?» Larry stava ripulendo il tavolo e gettando le garze e l'ago in un apposito contenitore dedicato ai rifiuti speciali.

«Diventare un veterinario come te.»

Larry si fece serio. «Dovrai andare all'università e studiare molto. A te piace studiare, Dave?»

Dave annuì sbattendo i grandi occhi chiari.

«Allora, se lo vorrai, credo che potrai diventare un ottimo veterinario.»

«Che bomba!» Poi si corrucciò improvvisamente come se un pensiero nuovo avesse oscurato quello precedente. «Però mi piacerebbe fare anche il p-pilota.»

«Il pilota di auto da corsa?»

«Di aerei militari!»

«Non credo che una cosa escluda l'altra» rifletté Larry.

«Cosa vuol dire?»

«Che potresti fare entrambi, il veterinario e il pilota. E magari andare a casa dei pazienti con il tuo aereo.»

«Sì!» esclamò Dave. «Una super b-bomba!»

All'esterno, nella luce calante del sole, Frankie ultimava la sistemazione di un'asse lungo il lato della casa confinante con il giardino dei Grier. Al di là della recinzione, Howell stava dicendo la sua sul lavoro di Frankie. Quest'ultimo sembrava non apprezzare particolarmente la cosa, dal momento che, conoscendo Howell Grier, si trattava con tutta probabilità di commenti non richiesti.

«Senti, Howell» lo interruppe a un certo punto. «Non è che per caso Etta ti sta chiamando? Mi pare di averla sentita...»

«Etta è al Wal-Mart» rispose secco Howell. «O da qualche altra parte. Comunque non in casa. Se tu invece sotto a quell'asse non ci metti uno strato di Poliem isolante, sistemarla non servirà a nulla. A novembre l'umidità inizierà a sollevarla e a febbraio sarà tale e quale a prima.»

«Credi?»

«Sì, credo. E lo sai perché?»

«No, dimmelo tu, Howell.»

«Perché se tu volessi davvero, ma dico *davvero*, isolare per bene la casa, dovresti smontarla un pannello alla volta, fargli il cappotto come si deve, e rimontarla. Ecco cosa credo.»

«Nonno!» Dave arrivava dal retro della casa correndo. «Ho deciso che voglio fare il veterinario come Larry!»

«Meglio il veterinario che il falegname come lo fa tuo nonno!» commentò sarcastico il signor Grier.

«Non dovevi fare il pilota d'aereo?» domandò Frankie ignorando la provocazione.

«Larry dice che p-posso fare tutti e due!»

«Ah, se lo dice Larry...»

Larry sopraggiunse zoppicando alle spalle del bambino.

«Signor Nowak» lo apostrofò Howell Grier. «Si lasci dire che ha fatto un gran bell'affare a ingaggiare quest'uomo. Non ha la più pallida idea di come si rimette a nuovo una casa.»

«Adesso piantala, Howell» ruggì Frankie. «Prima che venga lì e ti calpesti le rose che hai appena potato.»

«Grazie, signor Grier» rispose Larry strizzando l'occhio al nonno di Dave. «Il signor Poletti sta solo eseguendo le mie disposizioni. Gli ho chiesto di fare un po' di economia. Capisce?»

«Come vuole. Ora la casa è sua, però mi creda se le dico che si potrebbe fare di meglio.»

«Ne sono convinto. Anche il signor Poletti aveva cercato di farmi cambiare idea, ma alla fine ho preferito così.»

Howell Grier rimase ancora per qualche secondo affacciato

oltre il bordo della staccionata. Quindi fece un cenno vago con la mano e scuotendo la testa contrariato si ritirò.

«Howell è tremendo» dichiarò Frankie. «È così da quando è andato in pensione.»

«È che non ha altro da fare» lo giustificò Larry.

«Già. Dev'essere come dice lei. O forse è colpa di quell'arpia della moglie. Etta è una ficcanaso e una...» Si accorse che Dave lo stava ascoltando. «Così tu vorresti fare il veterinario, piccoletto?» domandò l'anziano virando rapidamente argomento.

Il ragazzino gli saltò sulle spalle mentre era ancora accucciato. «E anche il pilota!»

«Va bene, va bene. Che ne diresti intanto di aiutare un po' il tuo vecchio?»

«Devo proprio?»

Dave scivolò a terra e si distese sull'erba.

«Se ti vuoi guadagnare quel monopattino...»

«Non è un monopattino, nonno. È uno skateboard!»

«Be', quel che è. Se lo vuoi devi darti da fare.»

«D'accordo» mugugnò Dave.

«Nel cassone del pick-up c'è una cassetta di legno con la tracolla. È piena di chiodi di varia misura. Ok?»

Dave corse via.

«Gli ho promesso che se mi aiutava gli avrei fatto un regalo» spiegò Frankie guardandolo allontanarsi.

«È un bravo bambino» osservò Larry.

«Lo è» confermò Frankie. «E lei gli piace. E molto.»

Larry scosse la testa. «Gli piace quello che faccio. Il che è diverso.»

«Può darsi. In ogni caso se la cava piuttosto bene coi ragazzini.»

«Crede?»

Frankie si passò una mano sul collo e se l'asciugò sui pantaloni. «Non ha figli?» chiese.

«Ne vede in giro?»

«Volevo dire che potrebbe essere divorziato o... mi scusi, non sono affari che mi riguardano.»

Larry sorrise. «Mi spiace, non volevo essere scortese. No, non ho figli, né qui né altrove.»

Una Oldsmobile accostò lentamente al marciapiede e un uomo si sporse dal finestrino. Suonò due volte il clacson. «Ehi! Dottor Nowak!» fece l'uomo al volante.

Larry mosse qualche passo nella sua direzione.

«Sabato, alle sei e mezza!»

Larry lo riconobbe. «Signor Bundy!»

«Sabato alle sei e mezza» ripeté Jeff Bundy.

«Come?»

«Il barbecue. Ci saranno alcuni amici.»

Se n'era completamente dimenticato. «La ringrazio, spero di poter...»

«Certo che potrà. Non è un invito, ma un ordine. L'aspettiamo.»

Larry alzò le mani in segno di resa.

«Stiamo a circa tre chilometri verso nord, lungo la Mule Track Road, direzione Berlin». Jeff Bundy ripartì agitando la mano dal finestrino.

«Gli hamburger di Jeff sono i migliori della contea» sentenziò Frankie prendendo a martellare la parete della casa. Dave stava giocherellando con i chiodi della cassetta.

Già, pensò Larry. Tutti da quelle parti conoscevano l'abilità di Jeff Bundy con il barbecue, così come sapevano che Frankie aveva lavorato alla cartiera di Morrisville, che il padre di *Glove* lo picchiava fino a sfinirsi con il guantone dei Vermont Mountaineers, che Martha Richardson faceva eccellenti crostate di frutta, che Howell Grier aveva la fissa dei lavoretti domestici, che il dottor Ellroy era un mediocre veterinario, che il marito di Jobeth era finito nel Winooski lasciando debiti e tradimenti e che Edward Shoney era un ladro riconosciuto in tutta la contea di Chittenden.

Quella non era Nashua, dove la gente si sfiorava senza accorgersi del prossimo, a meno che uno non fosse ubriaco, drogato o senza un tetto dove andare, e in tal caso molto semplicemente si scansava per non rischiare di doverlo toccare. Non era Nashua, dove si mangiava in piedi, negli uffici, o seduti da soli in un banchetto del Burger King o del Taco Bell o di un qualsiasi altro anonimo fast food, guardando il muro di fronte o tutt'al più la pagina economica dell'«Union Leader», dove la gente sembrava avere sempre una fretta dannata, dove i cellulari sfrecciavano come pallottole nel vecchio West, e la gente usava termini incomprensibili e scriveva messaggi privi di vocali.

No, Wytago non era Nashua. Lì le persone parlavano tra loro, si invitavano a pranzo, a bere un'aranciata o a mangiare una fetta di torta. Si sedevano sotto i portici a commentare i fatti di attualità, usavano ancora il buon vecchio telefono del signor Bell e i ragazzini giocavano a frisbee o schizzavano sui loro skateboard. Internet e le fotocamere digitali erano gingilli ancora lontani da venire. A Wytago il progresso e l'alienazione sembravano frenati, come se una invisibile forza circondasse la città e la difendesse dagli assalti della modernità, come se l'intero paese si fosse fermato a qualche anno addietro. Esattamente come Larry. E per questo motivo era senza dubbio il posto per lui.

«Allora, veterinario-pilota!» esclamò Larry battendo le mani. «Hai voglia di guadagnarti un dollaro extra?»

Dave alzò su di lui occhi grandi e pieni di speranza.

«Ho la macchina piena di sacchetti della spesa da portare in casa. Mi dai una mano?»

***

Etta pensava di saperne abbastanza.

Sapeva che "quello della casa di Elmer" si chiamava Larry Nowak. Sapeva che era pieno di ghirigori sul cranio e che veniva da Nashua nel New Hampshire. Forse faceva il veterinario o forse fingeva, questo non importava. Sapeva però dell'abuso di farmaci e che beveva. E ancora non bastava. Sapeva che girava nudo per casa e che aveva un gran brutto aspetto, uno di quegli aspetti che le era capitato di vedere spesso in televisione in alcuni di quei reportage sui drogati, sui malati di AIDS, sugli spostati che circolavano ormai ovunque per il paese. E quella storiaccia capitata a Graniteville non predisponeva gli animi al buon vicinato. Almeno non il suo.

Quel pomeriggio, di ritorno dal Wal-Mart (dopo averlo intravisto in coda alla cassa, con quell'aria da zombie svitato), si era decisa a telefonare allo sceriffo Blanchard.

«Che vuoi che ti dica, Etta?» le aveva risposto Thurgood quando, all'incirca un'ora più tardi, l'aveva richiamata.

«Perché non ci vai a parlare?» Etta Grier era esattamente quel tipo di donna che si permetteva di suggerire a uno sceriffo di contea le mosse da fare.

Thurgood sospirò. «Non ha violato alcuna legge. Cosa dovrei dirgli?»

«Fatti dare un mandato di perquisizione. Vedrai che qualcosa di illegale lo trovi.»

«Etta, non è così che funzionano le cose. Se quel tipo ha delle regolari prescrizioni per i farmaci che prende, allora non sta facendo niente di male.»

«E tutte quelle lattine di birra?»

«Se mi mettessi a contare le birre che si scolano gli abitanti di Wytago dovrei mettere dentro metà della popolazione...»

«Ma gira nudo per casa!»

«È in casa sua. Tu fai a meno di spiarlo dalle finestre.»

«Io non lo spio!»

«Mi spiace Etta, ma ora ho da fare. Devo riagganciare.»

«Thurgood, aspetta un attimo...»

Lo sceriffo aveva riattaccato. Le aveva riattaccato in faccia! Etta fu presa da un attacco d'ira. Sbatté il ricevitore una, due, tre, quattro volte contro il blocco fino a creparne la plastica.

«Etta, che succede?» gridò Howell dal salotto.

«Niente, non succede assolutamente niente» rispose lei a denti stretti. «È proprio questo il guaio.»

Se ne andò al piano di sopra, calcando i gradini della scala come se stesse schiacciando scarafaggi, a sistemare le sue bambole (quando era così nervosa, l'unica cosa che riusciva a calmarla era mettere in ordine la sua imponente collezione di bambole di porcellana, racchiuse in una stanza che a Howell metteva i brividi). Avrebbe trovato un altro modo per ficcare il naso nella vita di quello strambo tizio. Quando Etta Grier si metteva un'idea in testa, non era tipo da rinunciarvi facilmente.

***

Quella notte Larry sognò. Non gli capitava spesso, quasi che il lungo sonno forzato gli avesse consumato in una volta sola gran parte del bonus onirico che ognuno di noi riceve alla nascita. Vide l'immagine di se stesso stampata sopra un foglio appeso al Wal-Mart, ma anziché SCOMPARSO la scritta diceva SOSPESO. E lui, nel sogno, si era sentito esattamente come il Larry della fotografia, bidimensionale, piatto, schiacciato, al punto che quando si svegliò ebbe ancora a lungo l'impressione di non riuscire a respirare.

Quando finalmente riuscì a riprendere sonno (anche grazie a un paio di compresse di Xanax e ad altrettante lattine di Miller Lite) era quasi l'alba. E qualcosa o qualcuno gli percuoteva la scatola cranica dall'interno con la potenza di un martello pneumatico.

9

Martedì 20 giugno

Al mattino lo sceriffo Blanchard ricevette una telefonata dal dottor Buscema, il medico condotto di Wytago.

«Salute Thurgood.»

«Buongiorno, doc. Dimmi che chiami per farti togliere una multa.»

«Jenny Trimble ha sporto denuncia nei confronti di Herb Gilmore. Suo figlio Greg è stato morso da *quel* cane». Si riferiva al cane da guardia di Herb Gilmore, un colosso di quasi cinquanta chili pronto ad azzannare qualsiasi cosa gli passasse a tiro, un tipaccio che aveva già causato più di un guaio in passato.

«Lo so, ma mi risulta che non fosse nulla di grave.»

«Te lo confermo. L'ho medicato, fasciato e l'ho mandato a casa con un antidolorifico e dell'antibiotico, ma sua madre ha deciso di dar seguito alla cosa. Quel cane sta diventando un problema.»

Thurgood sospirò. «Ci mancava pure questa.»

«Mi pare che in questi casi si debba segnalare la cosa al veterinario...»

«Lo chiamo subito. Grazie.»

«Come sta Fran?»

«Al solito. Oggi mi ha detto che le piacerebbe fare del giardinaggio. Se faccio in tempo, più tardi vado al Wal-Mart a prendere semi, bulbi, qualche pianta... cose così.»

«Mi sembra una buona idea. Il giardinaggio è rilassante. Cosa ne pensi?»

«Che domani probabilmente cambierà idea.»

Nat Buscema non rispose. Avvertiva una punta di cinica indifferenza in quella frase. O forse, si disse, era semplice rassegnazione.

«Ho bisogno di portarla via di qua» aggiunse lo sceriffo. «Altrimenti temo che non sopravvivremo.»

Quel *noi* era come uno scricchiolio nella fusoliera di un aereo. Ricominciare. Non c'era alcuna garanzia che avrebbe funzionato. La mente che ci portiamo dietro è sempre la stessa, da un capo all'altro della Terra. Eppure Thurgood pensava che se Fran fosse tornata ai luoghi della sua infanzia, a Salem, Massachusetts, dov'era stata felice (prima di sposare lui), sarebbe potuta ripartire e anche la sua mente, forse, sarebbe ripartita con lei. E con lui, naturalmente.

«Vuoi che venga a vederla?» chiese Buscema.

«No. Tranquillo. Grazie, Nat.»

Thurgood Blanchard non riagganciò la cornetta. Si limitò a schiacciare il tasto per interrompere la comunicazione e compose l'uno-uno che lo metteva in linea con Kate Bundy al centralino.

«In cosa posso servirti, tesoro?» rispose Kate. Era un gioco che facevano tra loro, la frase di un film famoso.

«Puoi chiamarmi il veterinario, per favore?»

«Gardner?»

«No, quello che è da poco in città...»

«Larry Nowak.»

«Diavolo, sei più informata di me!»

«Arriva.»

Ci fu una pausa. Quindi si udirono alcuni scatti, e la luce rossa sul telefono dello sceriffo lampeggiò. Thurgood rimase in attesa. Sulla scrivania c'era la foto di Francine. Rideva, i capelli mossi dal vento. Qualcosa che non si verificava da... non ricordava da quando. Accanto a lei Tommy, con la divisa della squadra di baseball della scuola. Era stata scattata un mese prima della sua morte.

«Pronto?» Una voce grigia, sbiadita, con un fondo rauco, come quella di chi si è appena svegliato da un lungo, paludoso sonno.

«Sono lo sceriffo Thurgood Blanchard. Parlo con Larry Nowak?»

«Lo sceriffo?»

«Tranquillo, non ha fatto nulla di male. Non ancora, almeno» aggiunse dopo una breve pausa. La battuta non provocò alcuna reazione dall'altra parte del filo. «La chiamo per una questione ufficiale» tagliò corto. «Jenny Trimble, la moglie di Bushrod, quello del negozio Camera & Video, ha sporto denuncia contro il cane del signor Gilmore in relazione all'aggressione avvenuta ieri pomeriggio ai danni di suo figlio Greg.»

«Ne sono al corrente, sceriffo. Ho suturato io il cane dei Trimble.»

«Dunque, come ben saprà, ho l'obbligo di invitarla a visitare il cane del signor Gilmore e di inviare una relazione scritta all'APHIS.»

«Naturale. Andrò oggi stesso.»

«Grazie, dottor Nowak» concluse riattaccando prima che il suo interlocutore avesse il tempo di rispondere.

Thurgood appoggiò il ricevitore senza far rumore e rimase per alcuni lunghi minuti a contemplare la foto di una famiglia che non esisteva più.

***

Maldwyn Price si aggirava nel bosco come un cacciatore. Si muoveva con circospezione, con il distintivo bene in vista sul risvolto della giacca (per evitare equivoci), badando a non smuovere con le scarpe eccessivi detriti. Era silenzioso e guardava soprattutto a terra e sui tronchi.

Per i primi giorni, la zona dove era stato trovato il corpo di Steve Taller era stata circoscritta dai classici nastri gialli e neri del Dipartimento di Polizia. Ma ora, dopo tre settimane, quel tratto di bosco era tornato un semplice tratto di bosco, pieno di foglie morte, terriccio, cespugli e rocce. Questo, a suo avviso, era il problema principale, il fatto che non si fosse fatto fin dal principio ciò che era necessario. Ora la scena del crimine era sicuramente contaminata ma, considerando che si trattava di un'area isolata e scarsamente frequentata, c'era il caso che riuscisse ancora a scoprire qualcosa che agli agenti della polizia locale era sfuggito. L'oceano era fatto di gocce d'acqua e i casi più complessi erano stati spesso risolti da dettagli, minuscoli particolari apparsi insignificanti agli occhi dei più.

Price conosceva tutti gli step atti a formulare analisi corrette. Li aveva imparati a Quantico frequentando un corso di undici settimane presso l'Accademia Nazionale dell'FBI a tu per tu con esperti provenienti dall'Unità di scienza comportamentale.

La scelta della vittima: era la prima domanda alla quale generalmente tentava di dare risposta.

Poteva essere premeditata o del tutto casuale. La sua conclusione temporanea fu che Steve Taller era capitato nel posto sbagliato al momento sbagliato. Poteva essere lui o un altro, non avrebbe fatto differenza, purché fosse un bambino. L'uomo aveva atteso nascosto tra gli alberi come un ragno sulla tela, bramando di realizzare la fantasia che fino ad allora era rimasta confinata solo nella sua mente. Conosceva la vittima? Non necessariamente. Una delle coincidenze piuttosto evidenti che aveva indotto Boston a mandare qualcuno con una certa dose di esperienza era stata la scomparsa, risalente al 1997, di un ragazzino, Ben Solander, mai più ritrovato. Due anni dopo, sempre da quelle parti, un certo Harry Woodelson era affogato in un laghetto in circostanze mai chiarite e, andando a ritroso nel tempo, il figlio dell'attuale sceriffo, il piccolo Tommy Blanchard, era perito in un misterioso incendio nel 1994. Tre bambini morti e uno scomparso negli ultimi sei anni. Certo era poco per considerare l'ipotesi di un assassino seriale e i casi di Harry Woodelson e di Tommy Blanchard, per quanto insoliti, facevano pensare a incidenti, piuttosto che a omicidi. Tuttavia sui loro corpi non era stata disposta alcuna autopsia e questo, forse, era stato un errore.

Quale la modalità del crimine costituiva la seconda domanda.

La violenza, lo strangolamento e il bagno di benzina erano atti compiuti tutti alle spalle della vittima. Il corpo era stato ritrovato in posizione prona (Price si era preoccupato quella stessa mattina di controllare le deposizioni del primo poliziotto giunto sul posto e degli escursionisti, e naturalmente aveva visionato le fotografie). Questo lo induceva a ritenere che l'assassino avesse voluto spersonalizzare la vittima, considerarla uno strumento, non un soggetto preciso. Il che confermava la casualità della scelta.

Quelle due domande portavano inevitabilmente a una terza, la più importante: chi?

Entra nella mente del tuo uomo. Pensa come lui. Il comportamento riflette la personalità. Questo il mantra che al corso lo obbligavano a ripetersi costantemente. *Se vuoi capire l'artista, guardane l'opera.* Calarsi psicologicamente ed emotivamente nei panni del soggetto di cui era a caccia, rappresentava per Price qualcosa di estremamente eccitante, che lui stesso attribuiva con ironia a un processo patologico piuttosto che creativo. Forse, scherzava a volte, se non avesse fatto il poliziotto sarebbe stato un serial killer.

Si muoveva all'ombra di quegli alberi come avrebbe potuto fare un assassino che attende la sua preda. Era quell'uomo. Sentiva come quell'uomo.

Indugiò a lungo, la schiena appoggiata a un grosso tronco, ascoltando ogni suono del bosco, lo stormire lieve delle foglie, gli scricchiolii del legno, i passetti di un invisibile animale selvatico, una motosega lontana, il passaggio di qualche raro camion laggiù in strada. Poi udì la sirena di fine turno, che proveniva da una fabbrica dei dintorni. Immaginò di veder arrivare Steve Taller, vestito come l'aveva veduto in quelle foto. Immaginò di avvicinarsi a lui guardandosi intorno per timore di incappare in qualcuno di passaggio. Percepì il desiderio irrefrenabile dell'assassino, una smania inquieta che lo spingeva a rischiare, ma alla quale era impossibile sottrarsi, uguale a quella del tossico in crisi d'astinenza. Lo immaginò trascinare la preda nel bosco, gettarlo a terra ansimando, sudando forse, e compiere il suo rito velocemente. Poi lo vide uccidere, l'atto finale al quale tutta quella sequenza di azioni tendeva, e immaginò il piacere che doveva aver provato, pari a quello di un orgasmo, perché per certi assassini l'uccisione delle proprie vittime corrisponde esattamente al loro possesso e l'appagamento che ne traggono è incommensurabile.

Esisteva anche la possibilità che l'assassino avesse soppresso la sua vittima soltanto per non lasciare testimoni, che fosse stato *obbligato* a farlo. Ma Maldwyn Price sentiva che non era così, glielo suggeriva l'istinto, di cui spesso e a ragione si era fidato. L'omicidio faceva parte della rappresentazione, ne era una parte importante, il climax senza il quale nulla avrebbe avuto senso. E questa era una caratteristica degli assassini seriali.

***

Ripensando alla conversazione telefonica avuta con lo sceriffo, Larry ebbe l'impressione di aver avuto a che fare con un uomo stanco. Gli riuscì facile percepirlo, gli riusciva facile con tutti quelli che come lui erano in riserva, per un motivo o per l'altro. Come Elmer Ellroy. Si trattava di uomini in attesa di un distributore dove poter fare un pieno. Tra simili ci si riconosceva.

Cercò tra le scartoffie che giacevano in uno degli scatoloni contrassegnati dalla generica dicitura DOCUMENTI alla ricerca dei moduli APHIS. Sempre che ne avesse qualcuno.

L'Animal and Plant Health Inspection Service era l'agenzia governativa deputata alla salute degli animali e alle pratiche di agricoltura ottimali, responsabile di monitorare, tra le molte altre cose, l'andamento dell'infezione da virus della rabbia nella popolazione selvatica. L'aumento di casi di rabbia verificatosi fin dall'inizio degli anni Novanta nell'intero territorio boschivo del New England risaliva a una migrazione di volpi provenienti dal Canada. I casi accertati dall'APHIS erano passati dai 2 del 1989 ai 179 del 1995 e comprendevano alcuni animali domestici, con conseguente pericolo epidemiologico per la popolazione umana. Dal 1992, ogni animale morsicatore a carico del quale vi fosse una denuncia, andava sottoposto a controllo veterinario al fine di escludere sintomi riconducibili alla malattia. E nel caso fosse risultato positivo, per legge doveva essere abbattuto.

Trovò nell'elenco il numero di telefono del Wytago Service (il brandello di giornale l'aveva gettato).

«Pronto?»

La voce non gli sembrava quella di *Glove*. «Il signor Gilmore?»

«Sono Stu. Chi lo vuole?»

«Sono il dottor Nowak, il veterinario.»

Ci fu una pausa. «Cosa le serve?»

«Il signor Gilmore, per favore. Gli devo parlare.»

«Un attimo.»

Larry immaginò Stu, con uno stuzzicadenti all'angolo della bocca, trascinare stancamente i piedi nel retro, dove *Glove* fumava un'American Eagle o si trastullava con qualche rivista di caccia o pesca o pornografia, roba da uomini veri.

Passò un tempo assurdo, forse sei o sette minuti. Si figurò Herb dire a Stu: "Lascia che quello stronzo aspetti. Non c'è fretta".

«Sì?» disse infine la voce cantilenante di *Glove* Gilmore. Era cauto, diffidente, e non poteva essere altrimenti, dal momento che soltanto il giorno prima il suo cane aveva azzannato un proprio simile e la mano del suo proprietario, e per quanto superficiale, zotico o irresponsabile fosse, Herb non poteva ignorarlo del tutto.

«Sono Larry Nowak, signor Gilmore.» Cercò di assumere un taglio professionale. «Il dottor Nowak. Le telefono per quella spiacevole faccenda capitata ieri. La legge prevede che il suo cane sia visitato.»

«Visitare Rocky?» Ora sembrava più aggressivo che cauto. «È quell'altro schizzo di cane che dovrebbe visitare! Lo portano a spasso quand'è in calore, per forza che attira gli altri cani!»

«Non era in calore...»

«Sì che lo era. È per quello che Rocky...»

«La cagnetta dei signori Trimble ha partorito meno di due mesi fa. Non *può* essere in calore adesso.»

«Comunque è stata lei a provocare il mio Rocky.»

«Mi creda, signor Gilmore, si tratta solo di una formalità. È la legge.»

«Me ne frego della legge.»

Chissà perché quell'affermazione non lo sorprese. «Sono obbligato a redigere un modulo che poi invierò all'APHIS...»

«Cosa sarebbe? Una specie di agenzia delle tasse?»

Larry glielo spiegò, nel modo più chiaro e docile che poté. E soprattutto gli disse che non c'era nulla da pagare.

«Perché deve venirci proprio lei?» volle sapere Herb.

Larry si chiese se Herb lo considerasse capace di mentire dichiarando che il suo cane aveva la rabbia solo per compiacere i Trimble. «Perché sono un veterinario e perché me lo ha chiesto lo sceriffo» rispose sperando che quell'informazione troncasse sul nascere ogni questione.

Sentì Herb sospirare nel ricevitore. Sembrava un vento invernale che s'infila sotto le porte. Lo immaginò ponderare i contro di una risposta negativa sotto lo sguardo curioso di Stu.

«Va bene» concesse Herb. Avevano vinto i pro.

«Posso venire oggi stesso? La valutazione andrebbe effettuata entro trentasei ore dall'aggressione…»

«Non è stata un'aggressione» sbottò Herb. «Voleva solo… divertirsi un po'.»

A Larry sembrò che stesse ridacchiando. «D'accordo. Ciò non toglie che io debba vederlo.»

«Alle sei e mezza sarò a casa.»

«Grazie.»

Herb gli disse qual era l'indirizzo e riagganciò.

Larry depose la cornetta avendo la sensazione che pesasse una tonnellata. Quelli erano gli aspetti del suo lavoro che aveva sempre sgradito. Tuttavia avrebbe fatto quanto doveva. Se aveva intenzione di ricominciare, doveva farlo con tutti gli annessi e connessi (definizione di sua madre).

Guardò l'ora. Erano soltanto le nove e trenta del mattino. Andò al frigorifero e svuotò una lattina di Miller Lite osservando, tra un sorso e l'altro, le goccioline di condensa che ne imperlavano la superficie. E per non sbagliare, ingoiò due Tyazen 400.

Passò il resto della giornata a lottare contro il mal di testa, cercando in tutti i modi di distrarsi. Scese in città, lavorò insieme a Frankie, fece il simpatico con Dave, sistemò ulteriormente la serra.

«La vedo più serio del solito» disse a un certo punto a Frankie Poletti.

L'uomo gli dava le spalle, impiallacciava una porzione di veranda. In tutto il giorno non aveva quasi mai aperto bocca. Dave giocava a fare l'aviatore nel prato, poco distante, dispensato sia dal lavoro di carpentiere che da quello di assistente veterinario.

«Qualche rogna» rispose l'uomo. «A casa.»

«Mi spiace. Spero che siano rogne risolvibili.»

Frankie sollevò le spalle. Il messaggio era chiaro, da quelle parti certe faccende non si mettevano sul tavolo. Tutti sapevano tutto di tutti, ma c'era un limite. E il limite, per chi come Larry non era di quelle parti, rappresentava un muro invalicabile.

***

Frankie Poletti viveva a circa sei chilometri da Wytago, oltre Jupiter Hill, con la moglie Lauren e il vecchio fratello di suo padre, Giovanni, che un tempo era stato falegname. Frankie aveva prestato servizio come operaio specializzato alla cartiera di Morrisville per oltre trent'anni, ma la sua attitudine ai lavori di riparazione trovava origine negli insegnamenti di zio Giovanni e nelle lunghe ore che da ragazzino aveva trascorso a osservare il suo lavoro nella bottega di Prospect Street, dalle parti dei binari della ferrovia. I Poletti (come altre famiglie di origine italiana della zona) discendevano dagli scalpellini che all'inizio del 1900 erano emigrati nel New England dal Nord Italia per lavorare alle cave di granito. Tuttavia, nel tempo, le macchine avevano sostituito la loro manualità e lo straordinario talento di cui erano depositari si era perduto, a beneficio di occupazioni più redditizie.

Frankie era consigliere cittadino, membro del comitato per la salvaguardia del patrimonio boschivo della contea di Chittenden, membro dell'associazione ex operai di Morrisville, dell'associazione veterani di Corea, del museo dei rapaci del New England e, naturalmente, del circolo anziani di Front Street. E si dava da fare. Lui e il lavoro sodo erano sempre andati d'accordo e nemmeno il pensionamento era riuscito a intaccare questo loro mutuo rapporto. Il mattino dopo il suo ultimo giorno di lavoro, aveva adattato il garage a laboratorio di falegnameria. Gli ex colleghi gli avevano regalato un nuovo set di attrezzi e Frankie aveva iniziato a spargere la voce che da quel momento in avanti Herb del Wytago Service aveva un concorrente in più in città. Frankie Poletti era un signore di sessantacinque anni poco socievole, con le mani ruvide e grosse come costate di manzo e la fronte perennemente corrucciata, ma chi lo conosceva sapeva che di lui ci si poteva fidare come di una calda coperta in inverno. Era "uno della vecchia guardia", come avrebbe detto Alfred Kapelewski.

La moglie di Frankie, Lauren (la cui più grande sventura nella vita, a detta del padre, era stata quella di sposare un italiano), faceva parte del consiglio Madri di Wytago, del circolo culturale intitolato a Emma Goldman (unica donna della contea di Chittenden che mai si fosse cimentata nella letteratura), delle Figlie di Maria (una confraternita facente capo alla chiesa cattolica di Beckley Street, la prima chiesa di Wytago, fondata nel lontano 1828) e, naturalmente, del circolo anziani di Wytago. Si sarebbe detto che la smania di riempire le giornate che aveva sempre contraddistinto il marito avesse negli anni contagiato anche lei.

Qualcuno sostiene che gli esseri umani, a differenza di tutti gli altri organismi viventi, amino spassarsela. E Frankie e Lauren Poletti, invecchiando, avevano trovato il loro modo di spassarsela. Avevano tre figlie. Due erano sparse per il paese. La mezzana, Esther, era la madre di Dave, l'unico nipote.

Quella sera, dopo aver terminato il lavoro dal dottor Nowak e aver riportato a casa Dave, Frankie parcheggiò come al solito il pick-up sotto la tettoia che lui stesso aveva costruito in fondo al giardino. Levò dal cassone posteriore la borsa degli attrezzi e la ripose in garage. Si tolse gli scarponcini, indossò un paio di comode scarpe da ginnastica ed entrò in casa.

Lauren stava preparando la cena e gli rivolse un sorriso contenuto. Frankie la conosceva come conosceva i peli della barba sul proprio viso. Era da un paio di giorni che qualcosa non quadrava, come una giornata di cielo pulito guastata dall'arrivo inaspettato di un cumulo scuro. Tuttavia non fece domande. Lauren andava presa per il verso giusto. Non andava forzata, mai. Avrebbe parlato quando lo avesse ritenuto il momento giusto.

«Ti do una mano» disse soltanto, passandole accanto e infilandosi nel bagno attiguo alla cucina.

«Tutto bene dal nuovo veterinario?» domandò Lauren quando, poco dopo, Frankie si mise ad apparecchiare la tavola.

«C'è parecchio da fare, ma il lavoro procede.»

Lauren stirò le labbra in un sorriso. «Ci sarebbe voluta una donna, in quella casa. Non sarebbe andata in rovina.»

«La donna c'era» constatò amaramente Frankie «ma stava nella casa sbagliata.»

«Non sto parlando di Meredith» rispose asciutta sua moglie. «Lei aveva una casa e una famiglia. Intendo una donna libera. Elmer avrebbe dovuto trovarsi una giovane donna e sposarsi, questo dico.»

Frankie non aveva nessuna intenzione di contraddirla. Non quella sera. «Sì, forse hai ragione tu.»

«Zio!» gridò Lauren all'improvviso affacciandosi in salotto. «È pronto. Vieni a mangiare!»

Giovanni Poletti alzò le proprie stanche ossa dal divano e le trascinò fino alla porta della cucina.

«Salute, zio» lo salutò Frankie.

L'uomo si voltò nella direzione dalla quale proveniva quella voce che, ne era certo, apparteneva a uno sconosciuto. Zio Giovanni aveva già da tempo liquidato buona parte del proprio cervello e quel poco che ancora gli funzionava possedeva un'indole incredibilmente pigra. «Chi è?» chiese rivolto a Lauren.

«È tuo nipote Frankie, zio» disse la donna con consumata pazienza.

Zio Giovanni strisciò le ciabatte sul pavimento finché non raggiunse il proprio posto a tavola. Dopodiché appoggiò entrambe le mani sulla tovaglia e lasciò che il resto del corpo si adagiasse sulla sedia. «Allora?» disse osservando il piatto vuoto. «Dov'è la cena?»

Lauren portò in tavola due pentole fumanti e prese posto di fronte al marito e alla destra di zio Giovanni. Tutti e tre congiunsero le mani sopra i piatti e raccolsero il mento sul petto. Lauren non permetteva che in casa propria si iniziasse a mangiare senza una breve preghiera di ringraziamento.

«Signore, con profonda devozione Ti ringraziamo per i frutti che ci accingiamo a consumare. Proteggi i nostri cari e gli uomini di buona volontà. Amen.»

«Amen» le fece eco Frankie.

Zio Giovanni non disse nulla. Prese un cracker e lo frantumò contro le gengive.

«E lui?» volle sapere Lauren sistemandosi il tovagliolo in grembo. «Com'è? Ormai dovresti conoscerlo un po'. Quelle pettegole di Eyleen e Sandra dicono che è una persona molto gentile e garbata.»

«Non lo so. Mi sembra un tipo a posto. Non ha un bell'aspetto, questo è certo.»

«Che vuoi dire?»

«Sembra malato. Te lo ricordi Albert?»

«Albert Schmalfuss?»

«Proprio lui. Quel dannato cancro se l'era mangiato vivo.»

Lauren si irrigidì.

«Cristo, se faceva pena.»

«Frankie, ti prego.»

«Scusami, Lauren. È che questo tizio, Nowak, è di una magrezza spaventosa. Ma non è solo magro, è che sembra prosciugato dall'interno.» Frankie inforcò un pezzo di patata lessata e rimase a guardarlo come se fosse alla ricerca del punto migliore dal quale iniziare a masticarlo. «No, non ha per niente un bell'aspetto. Ma presumo che questo non conti granché. Ognuno ha i propri problemi, in fondo.»

«L'importante è che sia una brava persona» aggiunse Lauren a occhi bassi tagliuzzando una polpetta di carne.

La mano destra di zio Giovanni incocciò nella bottiglia di birra che, sarebbe stato pronto a giurarlo, soltanto un attimo prima non si trovava lì, e la tovaglia si trasformò immediatamente in una gialla palude spumeggiante.

«Zio!» strillò Lauren. «Fai attenzione! È mai possibile?»

«Fa niente. Pulisco io» disse Frankie alzandosi.

Lo zio non parlò. Il suo braccio proseguì semplicemente la propria traiettoria finché non raggiunse l'obiettivo del suo movimento: la saliera.

Frankie strappò dei fogli dal rotolo di carta da cucina e iniziò a tamponare la tovaglia.

«Oh, lascia stare» fece Lauren togliendogli la carta dalle mani. «Faccio prima a cambiarla.»

C'era qualcosa nei suoi modi, notò Frankie, che stentava a riconoscere. Era secca, asciutta. E tesa.

Ripresero a mangiare avvolti da un silenzio opprimente, interrotto solo dal rumore delle posate che scivolavano dalle mani di zio Giovanni e delle sue umide gengive che masticavano.

«Albert Schmalfuss veniva a pescare le rane insieme a me, alla vecchia cava» proruppe a un certo punto il vecchio, come se avesse lasciato in sospeso il discorso giusto qualche istante prima. «Era un ottimo giocatore di scacchi, quel vecchio figlio di puttana...»

«Zio» lo interruppe Lauren «te lo chiedo per favore, non usare certe parole sotto questo tetto.»

«Zio» intervenne Frankie. «Perché non vai a finire la tua birra sotto il portico? È una bella serata.»

«Albert Schmalfuss aveva una sorella tutto pepe» proseguì il vecchio ridacchiando. «E lui chiedeva dieci centesimi a cranio per farcela vedere nuda attraverso il buco della serratura...»

«Adesso basta!» Lauren batté con forza il palmo della mano sul tavolo. «Se vorrai dire ancora sconcezze dovrai andartene fuori di qui!»

Frankie si alzò, prese sottobraccio lo zio e lo accompagnò verso la porta. «Aspettami sul dondolo» gli disse. «Tra poco vengo a farti compagnia.»

«Tu sei Frankie, vero?» chiese l'uomo osservando da vicino il volto del nipote.

«Sì, zio. Ora fai il bravo, aspetta qui fuori.»

Quando rientrò in cucina, Frankie scoprì Lauren ferma di fronte alla finestra, immobile. Fissava qualcosa oltre il vetro, probabilmente nulla.

«Scusami» disse lei continuando a osservare quel punto inesistente tra le fronde degli aceri e la sommità di Jupiter Hill. «Mi dispiace di aver reagito così.»

Frankie non aveva l'abitudine di abbracciarla, né di baciarla. Non lo fece nemmeno quella volta anche se, in qualche modo, lo avrebbe desiderato. «Non importa» rispose. Raccolse i piatti sporchi dalla tavola e li depose nell'acquaio.

«Hanno telefonato dall'ospedale» mormorò lei senza voltarsi.

Frankie si fermò e trattenne il respiro. Era già da parecchio che Lauren soffriva di cefalea, violenti attacchi, non molto diversi in fondo (benché lei non potesse saperlo) da quelli che colpivano Larry Nowak, *the new kid in town*. Negli ultimi tempi, inoltre, aveva perso parte del gusto e quasi completamente l'olfatto. Il dottor Buscema l'aveva visitata circa due settimane prima e aveva predisposto una serie di esami da compiere presso l'ospedale di Montpelier, tra cui una TAC cerebrale. Quel pomeriggio il medico le aveva telefonato per comunicarle gli esiti.

«Ho un tumore al cervello» disse senza intonazione. «In una fase molto avanzata.»

Frankie rimase in silenzio.

«Dicono che se mi faccio operare ho qualche possibilità di fermarlo.»

Dio, Ti ringraziamo per i doni che hai saputo offrirci, pensò Frankie in quel momento. Tante grazie davvero.

«Mi dispiace» mormorò Lauren.

Frankie le si avvicinò. Adesso sì, avrebbe desiderato stringerla forte e accarezzarle i capelli e magari accogliere sul proprio viso le sue calde lacrime, ma tutto quello che gli riuscì di fare fu poggiarle una mano callosa su una spalla e serrarla per due volte, come un coach al quarterback che ha appena sbagliato un passaggio decisivo. Tutto qui. «Se hai bisogno di me sono fuori con lo zio» disse.

Lauren si asciugò furtivamente le lacrime e annuì. Era così che funzionava in certe famiglie. Di sicuro era così che funzionava nella sua.

***

Quarry Street era una strada periferica di Wytago. Poche case, distanziate da ampi tratti di terreni in cui cresceva selvaggia l'erba (a Larry venne in mente il campo di John Jay) e boschi che si facevano subito fitti.

La casa di Herb Gilmore era vecchia e malandata e il cortile circostante brullo e pieno di rottami accatastati alla rinfusa. C'era una specie di fienile, sul lato est della casa, con le assi parzialmente ciondolanti, e accanto a esso una cisterna per l'acqua piovana, un affare spettrale tutto arrugginito, vagamente somigliante alle astronavi dei film anni Cinquanta. Doveva essere stata una piccola fattoria, un tempo. Forse ai tempi dei genitori o dei nonni di *Glove*. Ora era solo una catapecchia. Proprio un bel biglietto da visita per chi gestiva un negozio di manutenzioni per la casa. D'altra parte, una delle massime preferite dalla madre di Larry era "il calzolaio gira sempre con le scarpe rotte".

Larry fermò la Mustang sul ciglio e spense lo stereo. Stava ascoltando una vecchia cassetta di Billy Joel. L'album era *52nd Street*. Quando aveva comprato l'auto, aveva notato con piacere che era dotata di un mangiacassette (pareva un termine antiquato, ora, nel nuovo millennio, qualcosa tipo *elaboratore elettronico* anziché *pc*). All'epoca del suo incidente, sebbene i compact disc fossero in forte ascesa (lo stesso *52nd Street* era stato il primo album commercializzato anche in versione cd), non avevano ancora spiccato il balzo decisivo e le musicassette erano diffuse come zucche a Halloween. Ma dopo soli sette anni i dischetti ottici avevano soppiantato del tutto nastri e vinili rendendo l'invidiabile collezione di Larry un reperto archeologico. Si disse che avrebbe dovuto decidersi ad acquistare un mangiacassette per uso domestico: non poteva pensare di passare le giornate in auto per riascoltare le canzoni della propria giovinezza.

Sul sedile accanto aveva una valigetta in pelle marrone contenente i moduli APHIS necessari per la valutazione del cane di Herb Gilmore. Afferrò il manico della borsa e fece per scendere, allorché si ritrovò di fronte gli occhi vagamente giallastri di un molosso mastodontico.

Larry mandò un grido del quale immediatamente si vergognò.

Il cane – un incrocio disordinato tra un San Bernardo, un mastino e un bigfoot – era in piedi (il suo muso superava il tettuccio della Ford di Larry), le zampe poggiate contro la portiera. Fissava con aria malevola (o forse maligna) l'intruso che si permetteva di parcheggiare nel *suo* territorio. Quando prese ad abbaiare e a sbavare contro il vetro, Larry si rallegrò di averlo tenuto chiuso nonostante la puzza di muffa che saliva dalla tappezzeria.

Il caldo benvenuto di Rocky, pensò. *Eye of the tiger*, cantavano i Survivor.

Un pick-up sgangherato lo superò svoltando nello spiazzo e fermandosi di fronte al fienile. Herb scese, richiuse la portiera e senza fretta (come ogni cosa che faceva) si diresse verso l'auto di Larry. Non richiamò il cane. Si limitò a osservarlo, quasi – parve a Larry – compiaciuto che svolgesse così bene il proprio lavoro. Lo prese per il collare (di cuoio e borchie, neanche a dirlo) e lo tirò a sé, in malo modo. Quindi gli assestò un colpo sulla testa, con il palmo della mano. «Può scendere» disse infine e con estrema calma rivolgendosi a Larry.

Larry uscì dall'auto. «Signor Gilmore» disse «non ha un guinzaglio?» *(Una catena, una cima da piroscafo, chiodi per imbullonarlo all'asfalto, qualsiasi cosa purché resistente.)*

«Da qualche parte» rispose Herb vago. «Quanto ci vorrà?»

«Per cosa?»

«Non deve visitarlo?»

Larry colse un lampo di malizia nei suoi occhi, quasi si stesse domandando come avrebbe fatto quel segaligno veterinario (che aveva affidato i lavori della propria casa a qualcun altro anziché a lui) a toccare quel bestione del suo cane senza rimetterci come minimo un braccio.

«No» rispose Larry, felice di disattendere le perfide speranze di *Glove*. «Ma devo comunque stilare un modulo. È la legge.»

«Me l'ha già detto. E consiglierà di metterlo in un canile?»

«No, se riuscirà a controllarlo.»

«Se lo lego impazzisce.»

«Non ha un recinto, un box? Potrebbe costruirne uno...»

Herb scrollò la testa più volte. «Gliel'ho detto, è territoriale. Che male c'è se difende il territorio?»

«Signor Gilmore, guardi dov'è parcheggiata la mia auto. Se non avessi avuto il finestrino chiuso mi avrebbe morso. Che accadrebbe se un ragazzino passasse di qua e mettesse un piede nel suo cortile? Rocky potrebbe cacciarla nei guai. Guai seri.»

Herb trascinò Rocky nel fienile e tornò da Larry, che nel frattempo aveva iniziato a compilare i documenti sopra il cofano della Mustang.

«Di che razza è?» volle sapere.

«Razza Gilmore» rispose Herb accendendosi una sigaretta. «L'ho trovato tra i boschi che era un cucciolo. Non più grande di così.» Posizionò le mani a una distanza di un paio di spanne. «Ho sempre pensato che se ne fosse uscito dritto dritto dall'inferno!» Rise. Poi tossì e sputò un grumo di catarro.

«Dovrebbe firmare qui sotto» disse Larry mettendogli sotto il naso il verbale.

Herb si ricompose. Spostò la sigaretta nell'angolo della bocca e lesse con un occhio chiuso a causa del fumo. «Non è che mi manda in prigione se firmo?» chiese ghignando.

Larry fu certo che molte delle frasi scritte sul modulo non gli erano chiare. «Non andrà in prigione» lo rassicurò. «Ma se ci fosse un'altra denuncia, devo avvertirla che Rocky finirebbe sotto custodia presso un centro veterinario statale. Ciò che io, come veterinario, le consiglio è di farlo castrare.»

«Mai.»

«È solo il mio parere. Lei è libero di fare come crede.»

Herb tirò la sua sigaretta fissandolo senza dire nulla.

«Be', io ho finito. Tolgo il disturbo.»

Mentre Larry faceva inversione, notò che Herb era rimasto fermo sul ciglio della strada, a guardarlo. Diede un'ultima boccata alla sigaretta, quindi la lanciò contro il retro della Mustang.

Larry abbassò il finestrino e alzò il volume. Billy Joel cantava *My life.*

Fatti i fatti tuoi e lasciami in pace.

Sante parole, Billy, pensò.

***

Il profilo dell'assassino di Steve Taller che Maldwyn Price delineò al termine del suo sopralluogo fu: maschio di razza bianca, tra i trentacinque e i cinquant'anni, proveniente da una famiglia disfunzionale con padre violento e madre debole. L'età dipendeva dal fatto che il killer apparteneva, per le modalità del crimine commesso, alla categoria degli esecutori *disorganizzati*, e, di fatto, un minor grado di sofisticatezza corrispondeva sempre a una maggiore età del soggetto. C'erano poi forti probabilità che avesse subito violenze fisiche o psicologiche durante l'infanzia e che soffrisse di un difetto fisico per il quale era stato deriso in passato. Quest'ultimo particolare lo desunse dal fatto che l'assassino aveva scelto di rimanere sempre alle spalle della vittima, o per non vederla o perché lei non vedesse lui.

Ma non era tutto.

Calatosi nei panni dell'omicida, Price aveva spiato la strada da dietro gli alberi come se davvero stesse aspettando la sua vittima, immaginando cosa avrebbe potuto fare nell'attesa. A volte, nei luoghi in cui gli assassini sostavano a lungo, si trovavano cartine di caramelle, mozziconi di sigaretta, impronte. Ricordava di aver letto di un caso risolto grazie ai pezzetti di unghia che il colpevole aveva lasciato in un capanno per gli attrezzi nel quale si era nascosto.

Ma lui non aveva trovato mozziconi, né carte, né impronte (era piovuto pochi giorni dopo il ritrovamento) e tantomeno pezzetti d'unghie. Così era tornato nuovamente tra le rocce dov'era avvenuta la violenza. Aveva guardato a lungo le fotografie scattate sulla scena del crimine confrontandole con i luoghi. Aveva immaginato i rumori e gli odori. Poi le fasi dello strangolamento. Si era inginocchiato allungando le mani nel vuoto sotto di lui, per simulare l'aggressione. Aveva perfino sentito con la mente l'ultimo respiro del ragazzo. E quando si era rimesso in piedi aveva cercato la tanica di benzina. L'assassino non poteva correre il rischio di allontanarsi eccessivamente, e dunque doveva averla messa lì, da qualche parte nei dintorni, a portata di mano. Nascosta, però, perché se fosse passato qualcuno avrebbe potuto vederla o portarsela via o insospettirsi. Aveva girato intorno alle rocce, cercato nelle rientranze, toccato le superfici annusandosi le dita alla ricerca dell'odore che ne avrebbe svelato la presenza.

Alla fine non trovò taniche, né tracce di benzina, ma qualcosa che diede realismo al suo processo immaginativo confermandone la validità.

La variazione di programma (l'arrivo degli escursionisti) aveva portato l'assassino a commettere una dimenticanza.

10

Mercoledì 21 giugno

Etta stava sfogliando «People» quando le venne un'idea.

Howell era in giardino. Lei andò al telefono della cucina e chiamò la compagnia telefonica per farsi dare i numeri dei due principali quotidiani della capitale: l'«Enquirer» e l'«Union Leader» di Manchester.

Il centralino dell'«Enquirer» rispose con una sequenza elettronica sintetizzata del *Bolero* di Ravel da far rabbrividire.

«Enquirer» rispose una giovane voce femminile dopo un tempo che Etta giudicò eccessivo. «Posso esserle utile?»

«Credo di sì, signorina. Ho bisogno di informazioni.» Cercò di essere più cordiale possibile. In fondo non era scontato che assecondassero le sue richieste. Anche se lei ne era soltanto vagamente al corrente, esisteva qualcosa che si chiamava privacy e non era sicura che certe informazioni potessero essere reperite da cani e porci (benché lei, ovviamente, non si ritenesse né un cane né tantomeno un porco).

«Di che tipo, signora?»

«Vorrei sapere se esistono articoli relativi a una certa persona che conosco...»

«Le passo l'archivio.»

Nuovamente il *Bolero*.

«Pronto?» chiese qualcuno dopo un minuto buono.

«Sono la signora Grier e vorrei delle informazioni» attaccò Etta.

«Con chi vuole parlare, signora?» Stavolta la voce era quella di un uomo e dal tono urtato. Etta pensò di aver interrotto sul più bello un solitario alle carte. O una sveltina con la collega d'ufficio.

«Mi è stato detto che avrei parlato con l'archivio.»

«Questa è la redazione, signora. Ha sbagliato.»

«Io non ho sbagliato, caro signore!» replicò Etta sentendo l'incavo delle ascelle farsi umido per l'agitazione.

«Come vuole, le passo l'archivio...»

Lo scatto secco della linea interrotta le soffocò un'imprecazione. Di nuovo quell'assurdo *Bolero*, suadente come una bistecca lasciata raffreddare sul piatto.

«Enquirer. Posso esserle utile?» Era di nuovo la centralinista.

«Senta signorina, lo sa quanto costa chiamare Manchester in New Hampshire da Wytago, contea di Chittenden, Vermont? Sono in linea da quasi dieci minuti!»

«Di cosa ha bisogno, signora?»

«Voglio che mi passi quello stramaledetto archivio! Ecco cosa voglio!»

«Si calmi, per favore.»

Etta contò mentalmente fino a due.

«Attenda in linea» concluse la centralinista soddisfatta di aver sedato la protesta sul nascere. «Grazie e buona giornata.»

Bolero di Ravel.

«Ma andate a fare in...»

«Archivio. Chi parla?»

«Sono la signora Grier. È l'archivio?»

«Gliel'ho appena detto, signora. Cosa desidera?» Voce femminile, mezza età, forse sovrappeso.

«Oh, finalmente. Allora, vorrei sapere se è possibile trovare articoli pubblicati dal vostro giornale che riguardino una certa persona.»

«Che tipo di articoli, signora?»

«Omicidi, pazzi assassini, drogati violenti, evasi da manicomi criminali, lobotomizzati o roba del genere...»

La donna all'apparecchio ebbe un istante di esitazione. «Mi sta prendendo in giro?»

«Nemmeno per idea. Mi chiamo Etta Grier e non sono abituata a prendere in giro nessuno.»

«Va bene. Dunque articoli di cronaca nera...» Etta udì il rumore attutito di tasti picchiettati in velocità. «Chi sarebbe la persona in questione?»

«Larry Nowak» scandì Etta.

«Ora vediamo... Nowak... Ho cinque Nowak. Ha detto Barry?»

«Larry, non Barry!»

«Mi risulta soltanto un Lawrence Nowak. Potrebbe essere lui?»

«Credo di sì. Cosa dice l'articolo?»

«Ce ne sono tre... in periodi differenti. Lei non può venire al giornale per consultare il nostro archivio digitale?»

«Le sembra che se potessi muovermi me ne starei qui a perdere tempo al telefono?»

«Ha una connessione Internet, signora?»

«Come?»

«Ha almeno un fax in casa?»

«No, non ho nessuno stramaledetto fax in casa. Mi dispiace tanto di essere così retrograda, *signora*.»

«Allora credo davvero che dovrà farsi un viaggetto fino a Manchester.»

«Vuole scherzare?»

«È davvero bella in primavera, sa?»

«Stronza!»

Con l'addetto all'archivio del «New Hampshire Union Leader» andò meglio. Clarence Tillich, così si chiamava, trovò cinque articoli su Lawrence Nowak, distribuiti tra settembre e dicembre 1999, tutti a firma di un certo John R. Randolph. Riguardavano un uomo risvegliatosi dopo sei anni e mezzo da un lungo coma. Roba da Guinness dei primati. Non potendo per evidenti motivi farseli leggere al telefono, Etta chiese a Clarence Tillich di fornirle il recapito del giornalista che si era interessato al caso. Tillich rispose che non poteva assolutamente comunicare i dati personali di un collega e che in ogni caso, anche avesse voluto, John Randolph era un freelance che lavorava per il giornale saltuariamente, ma che se proprio desiderava parlargli forse l'avrebbe trovato sulla guida telefonica.

«Che cosa stai architettando?» le chiese Howell di ritorno dalle operazioni di pulizia dei rampicanti dietro casa, mentre

Etta riagganciava la cornetta. «Li conosco quegli occhietti furbi.»

«Voglio fare luce su una certa cosa» rispose lei controllando che le scarpe di Howell non si portassero appresso sporcizia.

«Quale cosa?» volle sapere suo marito. Ma il tono lasciava intuire che si trattava di una domanda poco interessata a ricevere una risposta.

«Una cosa» disse Etta lasciando la stanza. «Tu non ti preoccupare.»

***

John Ross Randolph si disse che con tutta probabilità la donna all'apparecchio con quella voce stentorea e un'altissima stima di se stessa doveva essere un tantino fuori di testa. Ma questa sensazione durò soltanto pochi minuti, poiché man mano che Etta snocciolava domande, commenti e affermazioni a dir poco inusuali, Randolph si convinse che la bizzarra donna all'apparecchio doveva essere invece una grandissima rompicoglioni, di quelle che se ti si mettono di traverso sulla strada meglio fare dietrofront e riprovare da un'altra parte.

Ma in fondo a lui di questo importava ben poco. Sarebbero stati cavoli di Lawrence Nowak, non suoi, e sarebbero stati cavoli piuttosto amari, a giudicare dal piglio con il quale quella schizzata ci si era messa. Auguri vecchio Larry, ne hai bisogno.

La donna aveva detto di chiamarsi Etta Grier e di aver avuto il suo nome dall'addetto all'archivio del giornale (Randolph si annotò di ringraziare vivamente Clarence Tillich non appena gli fosse capitato di incontrarlo). Il numero, invece, l'aveva semplicemente chiesto alla compagnia dei telefoni. Aveva detto inoltre che era molto interessata alle vicende di un certo Lawrence Nowak di Nashua, New Hampshire (il modo in cui la sua voce aveva indugiato su quel *molto* gli aveva fatto pensare di potersi ritenere fortunato a non essere tra le persone suscettibili di interesse da parte di quella donna).

Ora, se qualcuno avesse deciso di assegnare l'Oscar per la miglior biografia non ufficiale del *bello addormentato* (così l'aveva sempre chiamato nei suoi articoli e anche se ora Larry non poteva certo essere definito un bell'uomo, c'era chi giurava che prima dell'incidente lo fosse), questo sarebbe toccato senza ombra di dubbio a John Ross Randolph, cronista d'assalto del «New Hampshire Union Leader» (che molti seguitavano a chiamare «Manchester Union Leader», alla vecchia maniera). E a proposito di assalti, Etta lo aveva bersagliato di quesiti quasi quanto i C-130 americani le città irachene di missili intelligenti, con la sostanziale differenza che John Ross Randolph, al contrario di Saddam Hussein, volle e ottenne qualcosa in cambio.

J.R. Randolph, dittatore dello Stato libero del *Stavolta-ho-la-storia-giusta*, volle sapere dove si trovava Larry Nowak. Lo aveva cercato dopo il risveglio in ospedale, ma lui era stato protetto dai medici. Lo aveva cercato ancora a dicembre, quando Larry era tornato a casa, ma quella volta era stata sua madre a innalzare i bastioni intorno all'appartamento di Pleasant Street. E infine era stato lo stesso Larry al telefono a dire di no, che non desiderava rilasciare nessun tipo di intervista a nessun tipo di giornale e a nessun tipo di cronista. J.R. ricordava bene il suono di quella voce che si stava riabituando a parlare e che con tutta probabilità frequentava un logopedista: gli aveva dato l'impressione di uno di quei servizi telefonici automatizzati che si servono di voci sintetiche e agglomerati di parole separate. Comunque, i reiterati rifiuti non avevano fiaccato la caparbietà di J.R. nel volere dal *bel resuscitato* (ora non dormiva più e non aveva senso continuare a chiamarlo il *bello addormentato*) l'esclusiva della propria storia.

L'ultimo anno del secolo era stato piuttosto avaro di soddisfazioni per J.R., quarantadue anni, capelli biondi a spazzola, una discreta propensione per i liquidi ambrati e fortemente alcolici nonché per il gioco d'azzardo. Nauseato dalla cronaca ordinaria, aveva tentato senza successo la strada del paranormale, partendo dal geniale (a suo dire) assunto secondo il quale a una squallida realtà romanzata è sempre preferibile una finzione resa abilmente credibile. C'erano fior di colleghi che si davano battaglia su testate come «Amazing Magazine», «The Boston Journal of Incredibile Facts» o «Strange Things & Misteries», campando e prosperando su fregnacce quali cerchi del grano, campi di forza, scie chimiche, WingMaker, Agharti, teschi di cristallo, pietre preistoriche del

Perù e via dicendo. J.R. non amava particolarmente quello che lui stesso riteneva un giornalismo di seconda divisione, però amava la MG decappottabile verde bottiglia sulla quale girava, l'appartamento all'ultimo piano che occupava in un elegante palazzo del centro di Manchester, una giocata di tanto in tanto presso il suo bookmaker preferito e quelle due settimane all'anno su una spiaggia caraibica che si regalava in genere tra gennaio e febbraio. E in ogni caso aveva scoperto che la seconda divisione, a volte, rendeva molto più della prima.

Poi, come spesso accade, due eventi si erano combinati a formarne uno solo.

Gli era capitato di scrivere un articolo su un certo Paul Perry che sul finire degli anni Settanta aveva pubblicato un volume riguardante le NDE, le esperienze premorte. Perry stava curando un'edizione aggiornata del libro, con nuove testimonianze, e girava gli Stati tenendo delle conferenze. J.R. era stato ad ascoltarlo a Manchester e aveva buttato giù un pezzo senza pretese. Dopo un paio di giorni era entrato da Border's, aveva acquistato quel famoso libro e se l'era divorato in una notte. La mattina seguente, mentre si trovava seduto di fronte allo schermo bianco e piatto del PC, con una fiaschetta di Glenlivet quasi piena sulla scrivania e un flacone di Pepto-Bismol quasi vuoto posato a terra, aveva pensato a Larry Nowak, che aveva fatto la piantina ornamentale per sette anni e che la morte doveva averla vista abbastanza da vicino per saperne qualcosa. E così l'idea se n'era venuta fuori da sé. Avrebbe proposto al *bel resuscitato* di scrivere un libro sulla NDE insieme a lui. Chi avrebbe potuto confutare le esperienze dell'uomo che deteneva il primato del coma più lungo? (In realtà il record assoluto spettava a una certa Karolina Olsson, una svedese che aveva vegetato in stato comatoso per ben trentadue anni, dal 1876 al 1908, ma all'epoca le conoscenze mediche nel campo della neurologia erano ancora piuttosto limitate.)

J.R. aveva fiutato l'odore dei dollari non appena si era reso conto delle enormi possibilità di una simile operazione, soprattutto ora che quelle balorde teorie sullo spiritualismo e sulle energie dell'universo si diffondevano peggio di un fungo sulla pelle di un neonato.

Nel frattempo le tracce del *bel resuscitato* conducevano a nord, probabilmente nel Maine o più su ancora, in Canada, almeno stando a quanto era riuscito a scucire dalle bocche semichiuse dei due ex soci di Larry, Brewster e Whitemore (gli era sempre sembrato un duo canoro, tipo Simon e Garfunkel o Ashford e Simpson). La madre di Larry, Margareth Rutledge, si era rifiutata categoricamente di incontrarlo, e quando la telefonata era giunta a quello che lei riteneva il proprio livello di guardia, lo aveva mandato a farsi fottere senza usare mezzi termini.

Ora, per qualche arcano e insondabile destino, gli dei dei cronisti di seconda divisione facevano piovere dal cielo quella schizzata di Etta Grier, che serviva proprio a lui, J.R. Randolph, Lawrence Nowak sopra un piatto d'argento con contorno di patate, carciofi, carotine tenere e un bel limone infilato in bocca. Che il cielo la benedicesse, quella stronza.

Alle venti e venti J.R. chiuse la telefonata con la squilibrata del Vermont e gettò le prime cose che gli capitavano sottomano nella borsa da viaggio di pelle invecchiata, che era il suo marchio di fabbrica almeno quanto la MG decappottabile. Alle ventuno e zero sette imboccava l'accesso all'Interstatale 89 direzione ovest e alle ventidue e trentanove stava parcheggiando di fronte all'insegna luminosa VACANCY del Vermonter Motel di Eliah Fairfax a Wytago.

***

All'interno dell'office non c'era nessuno. Da una porta socchiusa giungevano le voci smorzate di una televisione e un vago odore di pollo fritto, ma non raffinato come quello di KFC.

«C'è qualcuno?» chiamò J.R. protendendosi con il corpo oltre il bancone.

Uno stinto e consunto scaffale di legno ospitava attempati opuscoli informativi sui servizi offerti dalla città, ben pochi in verità. Wytago non era mai stata un centro turistico come ad esempio lo erano Berlin o Northfield, con le loro piste da sci, i cinquanta metri di altezza del ponte sul Branch White River, e la gelateria Cabot, vanto della contea da otto generazioni (uno dei pieghevoli su Northfield prometteva ben *diciotto* cose divertenti da fare in città). Le attrazioni turistiche di Wytago si limitavano alla visita guidata della torre del municipio (solitamente la guida era Sandra Duvall o, al suo posto, Jobeth Allison o tutt'al più l'anziano Kurt Bouchard dell'ufficio anagrafe, al quale puzzava l'alito in maniera tremenda, così che tutti i partecipanti dopo qualche minuto prendevano le distanze), alla visita guidata della torre antincendio di Jupiter Hill (organizzata dai volontari della guardia nazionale), alla visita (non guidata) della fattoria Billings e del relativo museo rurale del Vermont, alla visita guidata dello stabilimento per la produzione dello sciroppo d'acero della famiglia Danforth e alla visita (non guidata) del *Vecchio della montagna*, una roccia modellata dall'erosione vagamente somigliante al profilo di un uomo anziano. Forse entro breve si sarebbe aggiunta la *Roccia del Tempo*, un ambizioso progetto che riguardava la ricollocazione della vecchia e ormai quasi esaurita cava Schuyler, ma per il momento questo era quanto Wytago offriva ai suoi occasionali turisti.

La televisione stava trasmettendo il bollettino meteorologico. «Sereno in tutto il Vermont del nord» dichiarava con falso entusiasmo un tipo con il farfallino e una giacca improbabile. «Qualche locale addensamento a sud. Temperature in lieve aumento.»

E nuvole nere sulla testa di Larry Nowak, pensò J.R. con sottile piacere.

«C'è qualcuno qui?» ripeté.

Sul bancone vide la copia gratuita di un giornale locale, il «Chittenden News». Edmond Russ aveva sparato a un orso nel retro della propria abitazione, mentre la signora Goldstein si era portata a casa la bellezza di centoquindici dollari grazie a un portentoso Bingo durante l'abituale riunione domenicale nella sala del consiglio municipale.

J.R. sorrise. Trovava quel giornaletto informativo e ameno. Informativo e ameno quanto avrebbe potuto esserlo un poster della campagna antifumo fatto da una pornostar ma, naturalmente, tutto fuorché professionale. Se andava bene, il direttore di quella simpatica testata era un alunno dell'ultimo anno del liceo e i suoi redattori i compagni di classe più sfigati, quelli che non andavano alle festine perché nessuna ragazza se li fumava. Eh, sì. Era davvero un mestiere duro quello del giornalista. Del giornalista vero.

In basso a destra i suoi occhi furono attratti da una fotografia che ritraeva un ragazzino sorridente. *Mistero fitto sull'omicidio di Graniteville*, diceva il titolo. Dunque ogni tanto qualcosa accadeva, pensò passando il dito sulla foto.

«Prego?» La voce aguzza del proprietario del motel lo fece sobbalzare.

«Salve. Ha una camera libera?»

Eliah Fairfax mostrò una fila nerastra di vecchi denti. «Ne ho ventitré» rispose facendo l'occhiolino. «Le bastano?»

«Tutte vuote?»

«Tutte meno una.»

«Fa un sacco di affari da queste parti, eh?»

«Non mi lamento. Fumatori o non fumatori?»

«Fumatori» rispose J.R. e, come a sottolineare il fatto, tirò fuori una sigaretta dal taschino della camicia.

«Sono undici e cinquanta più tasse.»

«La prendo.»

«La devo avvertire che non c'è l'aria condizionata.»

«Poco male, basta che abbia una doccia.»

«Per cinquanta centesimi il letto si mette a vibrare» disse Eliah Fairfax. Dalla sua espressione J.R. capì che reputava la cosa innovativa e di grande interesse turistico. «Vuole vederla?»

«No, grazie. Mi fido. Lei sembra una persona simpatica.»

«Dovrebbe compilare questo modulo» disse il vecchio spingendo avanti a sé con un dito ossuto e macchiato di nicotina uno stampato ingiallito e con i bordi ripiegati.

J.R. estrasse una biro dalla giacca e si mise a scrivere.

«È qui anche lei per il ragazzo morto?» chiese Eliah Fairfax accennando alla fotografia del giornale.

«Come?»

«Un paio di giorni fa è arrivato un poliziotto. Da Boston.»

«No» rispose Randolph scuotendo leggermente la testa. «Non sono qui per questo.»

Lungo la strada aveva comprato una bottiglia di Chivas Regal. Quando spense la luce ne era rimasta meno di metà.

11

Giovedì 22 giugno

Al Vermonter Motel di Eliah Fairfax la colazione consisteva in un distributore automatico di merendine e un bollitore per il caffè, il più delle volte duro come un pugno in pieno stomaco. Quando il motel ospitava più di cinque clienti (cioè una o due volte l'anno, solitamente in concomitanza delle fiere agricole che si svolgevano nelle contee limitrofe), Eliah sollevava il suo secco culo dalla poltrona e faceva un salto al Wal-Mart (che distava appena quattrocento metri) o alla panetteria LaBrioche per acquistare delle ciambelle. Ma quella mattina il registro riportava solo due firme, e dunque Eliah se n'era rimasto comodamente a sedere nella stanza sul retro, a guardare fotografie di donne nude sui giornali che comprava per corrispondenza (quel giorno era di scena «Triple X Stories», uno dei suoi preferiti).

Maldwyn Price uscì diretto al Sullivan Cafè dove già da due mattine Lucille Sparks gli serviva una colazione coi fiocchi. Venendo da Boston accoglieva le piccolezze della provincia americana con la divertita sorpresa di chi si sente superiore. Nel parcheggio del motel aveva osservato con misurato interesse una MG decappottabile di colore verde targata New Hampshire, e si era chiesto chi potesse essere tanto folle da decidere di trascorrere la notte in un posto come Wytago. Oltre a lui, naturalmente. Pensò di domandarlo a Eliah Fairfax, sempre che fosse sveglio, ma poi preferì lasciar perdere e infilarsi nella sua Chrysler Cirrus polvere di luna puntando diretto al centro.

Maldwyn Price era un uomo di bassa statura, dai lineamenti

affilati ma gentili. Vestiva in maniera sobria, senza possedere il gene dell'eleganza. Da ragazzo era stato spesso deriso a causa della sua statura, e un paio di volte picchiato. Dopo la laurea era entrato nel corpo di polizia, ramo investigativo, e grazie alla sua perspicacia, ma più che altro alla ferrea volontà di imporsi, la sua carriera poteva dirsi avviata su una strada ben lastricata. Aveva trentadue anni, era scapolo e determinato a riuscire in ogni cosa che faceva.

Quella mattina, dopo aver gustato la colazione e più o meno all'ora in cui J.R. Randolph si svegliava cercando di capire da che parte del mondo si trovasse, l'agente speciale Price raggiunse lo sceriffo Blanchard nel suo ufficio.

«Stavo giusto per uscire» disse Thurgood sistemandosi il cinturone. «C'è stato un incidente lungo la 302.» Non era vero, ma non aveva nessuna voglia di stare a sentire la lezioncina che era certo Price avesse preparato per lui. Che si fottesse con tutta la sezione anticrimine nonché l'intero Dipartimento di Polizia di Boston. Non aveva bisogno che qualcuno gli insegnasse il mestiere.

Price gli si mise di fronte e sollevò all'altezza del volto dello sceriffo un sacchetto trasparente che conteneva un piccolo oggetto rotondo. «Reperto A» disse.

Thurgood pensò a quei sacchetti di plastica per alimenti, dove sua moglie (quand'era ancora lei e si dava da fare ai fornelli) usava mettere la carne avanzata prima di congelarla. Ma quel sacchetto (Thurgood era pronto a giurare che l'agente Price doveva esserselo portato dietro da Boston, chissà quante di quelle stronzate aveva nel bagagliaio della sua Chrysler) non conteneva avanzi di pollo o di torta o altro di commestibile. «Un tappo?» domandò.

«Di una tanica» precisò Price. «Che conteneva benzina. Era a una cinquantina di metri dal luogo in cui giaceva il cadavere di Steve Taller. Eppure non è stato trovato. Fino a oggi» aggiunse in maniera provocatoria.

«Chi ti dice che non ci sia finito dopo?» domandò Thurgood. «Dopo l'omicidio, intendo.»

«Non me lo dice nessuno, sceriffo. Ma converrai con me che è altamente improbabile che in queste ultime tre settimane qualcuno sia passato proprio in quel punto e abbia lasciato cadere il tappo di un fusto di benzina, o che abbia fallito senza ragione un tentativo di dar fuoco al bosco.»

«Improbabile ma non impossibile. Ogni estate ci sono incendi nei boschi d'America.»

«Come quello che ha coinvolto tuo figlio?»

Thurgood si accigliò. «Che vuoi dire?»

«Lo sai benissimo.»

«Invece non credo di capire.»

Price ripose il sacchetto e proseguì con tono professionale, il più possibile distaccato. «Vorrei avere tutte le deposizioni relative alla sparizione di...» Lesse da un quadernino zeppo di appunti. «Ben Solander. E poi i verbali dell'incidente accaduto l'anno scorso a Harry Woodelson.» Fece una pausa. «E quelli della morte di tuo figlio, se non ti dispiace.»

Thurgood si irrigidì. «Dispiacermi? Sì, in effetti a pensarci bene mi dispiace. Che stai cercando, esattamente?»

«Attinenze, rapporti, connessioni, corrispondenze, concordanze, similitudini. Chiamale come vuoi.»

«Tu pensi che ci siano attinenze tra la morte di Steve Taller e un incendio provocato da un ragazzino imprudente mentre giocava con dei fiammiferi?»

«Il fuoco. Lo stai dicendo tu. È un punto di contatto, non trovi?»

Lo sceriffo scosse la testa e gli diede le spalle prendendo a camminare su e giù per l'ufficio. Non riusciva a stare fermo. Rivangare la vicenda della morte di Tommy non gli sembrava giusto. Era una carognata. Non aveva un senso, se non quello di riportare a galla un dolore il cui filo tagliente si stava appena smussando. Ora sarebbe tornato affilato come un tempo e pronto a lacerare, a squarciare. Soprattutto la mente e il cuore di sua moglie Francine. Per anni lui e Fran si erano scervellati domandandosi cosa fosse successo in quella segheria e, a un certo punto, avevano smesso, accettando di rimanere all'oscuro. Era un modo per sopravvivere, in fondo.

Price stava per riaprire una ferita mai rimarginata e forse ci avrebbe gettato dentro del sale. Poteva essere doloroso, lo sarebbe stato sicuramente, ma Thurgood capiva che era anche necessario. Price stava solo facendo il suo lavoro ed era con se stesso che lo sceriffo doveva avercela, perché all'epoca si era accontentato della prima ipotesi ragionevole formulata: Tommy era morto per un incidente fortuito, una casualità. Non sarebbe tornato. Dunque che ragione c'era di capire? Invece allora avrebbe dovuto farlo. Ecco la lezioncina che Maldwyn Price gli stava impartendo quella mattina.

«Mi servono gli atti relativi all'indagine» continuò l'uomo venuto da Boston. «Ho inviato una mail all'Unità anticrimine chiedendo che sia stilato un elenco di tutti i ragazzi scomparsi nello Stato del Vermont e in quelli confinanti, esteso agli ultimi quindici anni. Non ne sono sicuro, ma ho il forte sospetto che il nostro uomo abbia già colpito. Questo non è stato il suo primo omicidio.»

«Come fai a dirlo?» La rabbia era svanita. Ora restava solo un senso di vuoto e di amarezza che non se ne sarebbe andato facilmente.

«Perché sa come uccidere.»

Price riferì allo sceriffo di essere stato a parlare con i genitori di Steve Taller e con il coroner di Montpelier il giorno precedente, ricavandone le seguenti conclusioni. Il delitto era avvenuto con premeditazione. Lo deduceva dal fatto che il corpo era stato cosparso di benzina con l'intenzione di dargli fuoco. Con tutta probabilità, l'assassino voleva simulare un incendio doloso messo in atto da un piromane e far sembrare la morte di Steve Taller una tragica fatalità. Il posto sbagliato al momento sbagliato.

A quelle parole, Thurgood avvertì una lama infuocata attraversargli l'addome. L'idea che Tommy fosse stato vittima di una violenza e poi fosse stato arso per non lasciare prove gli risultava insopportabile.

«Dunque l'assassino doveva avere con sé almeno una tanica» stava dicendo Maldwyn Price con freddezza, come se stesse semplicemente elencando gli acquisti da una nota spese. «La scelta di quel ragazzino, invece, è stata casuale.»

L'uomo aveva incontrato la sua vittima lungo la strada. Per lui non era Steve Taller di Graniteville, il piccolo Stevie, che aveva due genitori e un cane ad aspettarlo a casa, ma una preda senza volto né nome. L'aveva attirato nel bosco con una scusa o forse con la forza. L'aveva violentato e poi strangolato (l'autopsia aveva chiaramente distinto la cronologia dei due momenti), e si stava preparando a bruciarne i resti, se non fosse intervenuto qualcuno a disturbarlo: escursionisti fuori sentiero. Il loro arrivo doveva averlo turbato e costretto ad allontanarsi in fretta dimenticando o perdendo il tappo della tanica che aveva con sé.

Thurgood Blanchard, tuttavia, non era dello stesso parere. Secondo la sua opinione, il fatto che l'uomo avesse con sé una tanica di benzina non ne provava la premeditazione. Poteva tenerne una di scorta nell'auto. E quando Price gli aveva fatto notare che nessuno girava con una tanica di scorta nel bagagliaio, dal momento che esistevano cose chiamate distributori a ogni due chilometri o quasi, Blanchard aveva replicato che Wytago non era Boston o Providence e nemmeno Montpelier. Non c'era cosa più comune che vedere taniche di benzina sui cassoni dei pick-up o nei bagagliai delle station wagon. A volte servivano esclusivamente per ricaricare i serbatoi dei tosaerba, soprattutto in quel periodo dell'anno. A quel punto Price gli aveva fatto notare che il luogo del delitto era distante da qualsiasi strada e dunque era assai improbabile che l'assassino fosse andato e tornato alla macchina parcheggiata chissà dove, rischiando di essere scoperto. Inoltre non c'erano tracce di pneumatici lungo i sentieri che si inoltravano nel bosco, e il corpo non era stato spostato, ragion per cui l'assassino doveva avere la tanica con sé oppure averla precedentemente depositata in prossimità del luogo dove aveva compiuto il suo crimine: un crimine, quindi, assolutamente *premeditato*.

La questione riguardante la premeditazione era (su questo concordavano entrambi) di primaria importanza poiché permetteva di distinguere tra un omicida potenzialmente seriale e un omicida occasionale e, prendendo per valida la versione di Thurgood, un omicida occasionale allontanava da Tommy l'ombra cupa di una morte diversa da quella a cui lui e Fran si erano faticosamente abituati in quegli anni.

«Abbiamo finito?» domandò lo sceriffo quando ne ebbe abbastanza.

«Non ancora. Voglio far riesumare il corpo di Harry Woodelson per verificare se ci sono segni di violenza sessuale.»

«Cristo, Price! Quel povero ragazzino...»

«È necessario. E, te lo dico francamente, l'avrei fatto anche con tuo figlio...» Sollevò una mano per fermare la reazione dello sceriffo. «Ma ho parlato con il medico legale e mi ha detto che, viste le condizioni del cadavere, non avrebbe alcuna utilità.» (In realtà il medico legale aveva anche aggiunto che riesumare Tommy Blanchard sarebbe servito solamente a far incazzare lo sceriffo.)

«Non ti fermi davanti a niente tu. Vero?»

«Faccio quello che devo.»

«E allora fa quello che devi fare e togliti di torno. Dirò a Kate di preparare quanto ti serve.»

Thurgood spalancò la porta (facendola sbattere conto la parete) e attraversò ad ampie falcate il corridoio e l'atrio.

«Tutto bene, sceriffo?» gli chiese Kate Bundy sollevando la testa dal suo cruciverba. Era alle prese con la dodici verticale (cinque lettere, "Il jazz di Charlie Parker") e fu tentata di domandare aiuto proprio a Thurgood, conoscendo la sua passione per la musica jazz. Ma non appena si avvide dell'andatura e dell'espressione scura sotto il cappello di ordinanza, cambiò idea.

Thurgood Blanchard bofonchiò qualcosa di incomprensibile (che non era "bebop") e uscì nella luce calda del mattino.

Maldwyn Price lo seguì dopo qualche minuto. Quando arrivò nel parcheggio, lo sceriffo era già sparito. Price salì a bordo della sua Chrysler e si avviò verso Barre.

La prossima destinazione era la casa di Cynthia e Mike Solander, i genitori del piccolo Ben.

***

Nonostante il caldo del tardo mattino, J.R. indossava una giacca spinata con le toppe di camoscio sui gomiti. Era la sua giacca da battaglia, per così dire. Come la borsa da viaggio di pelle invecchiata e la MG. Quando uscì dalla casa di Howell e Etta Grier controllando il blocchetto per gli appunti, l'orologio che portava al polso indicava le undici e sedici minuti.

Si sentiva stordito. Una buona parte del cervello di quella donna, secondo lui, era malato. Il resto solo un po' strano. E gli dispiaceva immensamente per quel poveraccio del marito, Howell-Santo-Martire-Grier. Ad ogni modo, da quel turbinio sconclusionato di teorie, accuse e deliri, era riuscito a cavarne qualcosa. Ora doveva solo bussare alla porta di Larry Nowak e sperare di convincerlo a collaborare.

C'era un uomo, arrampicato in cima al tetto della casa. J.R. lo osservò per qualche istante valutando se palesarsi chiamandolo oppure no. Gli sembrava troppo vecchio per essere Larry Nowak. Aveva delle fotografie risalenti a prima dell'incidente e una soltanto del post-coma, e benché la malattia e tutto il resto dovevano averlo cambiato parecchio, non si aspettava certo di trovarsi di fronte un anziano.

Il problema fu risolto proprio dall'uomo sul tetto, che, notando lo sconosciuto aggirarsi incerto lungo il vialetto di accesso, lo apostrofò dicendo: «Cerca il dottor Nowak? Il veterinario?».

J.R. annuì.

«Passi dal retro. È nella serra.»

***

Larry stava mettendo mano alla vecchia scatola rinvenuta nella serra un paio di settimane prima. Conteneva documenti, ricevute di pagamenti e anche alcune lettere, gli sembrava. Aveva intenzione di spulciarle per verificare che tra esse non vi fosse qualcosa che sarebbe stato meglio spedire al loro legittimo proprietario, il dottor Ellroy.

«Nowak?»

La voce lo fece sobbalzare. Si voltò e nel suo campo visivo, al di là dell'esile telaio metallico e screpolato della serra, apparve un uomo in giacca di tweed. Non aveva con sé trasportini o guinzagli o altro che facesse pensare alla presenza di un animale.

«Sono io» rispose Larry alzandosi e andandogli incontro.

«John Ross Randolph» disse l'uomo. Tese una mano grassoccia su cui spiccava un grosso orologio. La luce si rifletteva sulla cassa lucida producendo piccoli dardi dorati e il cinturino, squamato, attirò, senza una ragione precisa, l'attenzione di Larry.

«Posso aiutarla, signor Randolph?» chiese cercando di scacciare una lieve e indefinita sensazione di disagio. Non sapeva ancora nulla dell'uomo, eppure già non gli piaceva.

«Credo di sì.»

«Di che animale si tratta?»

«Animale?» J.R. scoppiò in una risata sonora. «No, nessun animale. Dio me ne scampi! È già tanto che riesca a occuparmi di me stesso!»

Larry lo guardò sorpreso.

«Voglio dire» si affrettò ad aggiungere l'altro «non ho niente contro cani, gatti, uccellini e via dicendo, ma non fanno per me. Durerebbero poco. Ho una vita piuttosto sregolata, senza entrare nei dettagli.» Strizzò l'occhio, come se volesse far partecipe Larry di qualcosa che era meglio tacere.

«Capisco. Allora cosa posso fare per lei?»

«Lavoro per l'"Union Leader".»

Larry indietreggiò immediatamente. Sembrava avesse ricevuto una scossa. «Non rilascio interviste» disse seccato, e fece per rientrare.

«Aspetti. Non sono qui in veste di giornalista.»

«È lo stesso.»

«No, signor Nowak, non è lo stesso. Lasci che le parli cinque minuti.»

Ma Larry, dandogli le spalle, era già rientrato. Richiuse la porta a vetri con una spinta eccessiva e le lastre, instabili nei loro scheletri di stucco, sussultarono impaurite.

J.R. non aveva alcuna intenzione di arrendersi. Non senza aver lottato. Questa volta non c'erano madri e dottori e infermiere a proteggere il *bel resuscitato*. Questa volta erano solo loro due. Lo seguì battendo i palmi aperti sulle vetrate opache e scheggiate. «Mi ascolti, per favore, si tratta solo di pochi minuti. Giuro che non voglio intervistarla.» Alzò la voce per farsi sentire. «Lo giuro!»

Frankie si sporse dal tetto. «Ehi lei! Si può sapere che vuole? Lasci in pace il dottore!»

Etta Grier era alla finestra della cucina e sbirciava in direzione della casa.

Larry se ne accorse e tornò sui propri passi. «La smetta» disse socchiudendo la porta. «Questa è una proprietà privata. Potrei chiamare la polizia.»

«Sì, penso che potrebbe, ma sarebbe decisamente esagerato. Le chiedo solo di ascoltare. Lei non dovrà nemmeno rispondere. Dopodiché la lascerò in pace. Lo giuro.»

«E la smetta di giurare.» Larry si guardò intorno. Fece un cenno a Frankie, sempre in attesa lungo il bordo della grondaia, per fargli capire che andava tutto bene. Poi guardò in direzione di casa Grier.

Etta era sempre lì, ferma come un fotogramma, a spiare. Suo marito non si vedeva, ma non significava che non stesse osservando anche lui la scena, magari dal bunker sotterraneo anticatastrofe che Larry era convinto si fosse costruito in giardino.

«Va bene» concesse. «Ma solo cinque minuti.»

«Basteranno.»

Lo fece accomodare. «Vuole del caffè?» In fin dei conti era sempre stato una personcina gentile. Che motivo c'era di smettere proprio quel giorno?

«Non vorrei disturbare, ma... volentieri. Grazie. La colazione al motel non era particolarmente invitante.»

«Forza, la ascolto» lo sollecitò Larry mettendogli davanti una tazza.

«Carino qui» replicò J.R. facendo scorrere lo sguardo tutt'intorno. «Certo, c'è qualche lavoro da fare, ma nel complesso direi che...»

«È per questo che è qui? Per parlare di ristrutturazioni?»

Randolph scrollò la testa. «No» mormorò. Quindi afferrò la tazza e prese posto al tavolo della cucina. «Posso fumare?» chiese cavando da una tasca interna un pacchetto di Marlboro.

«Preferirei di no.» Larry si massaggiò le tempie. La testa aveva mandato segnali di guerra fin dalle prime ore di quella mattina. Si sarebbe fatto una bella tirata di ketamina, in quel momento.

J.R. ripose le sigarette e buttò giù un sorso di caffè. «Ah! Ci voleva proprio. Quello del motel sembrava sciacquatura di piatti...»

«Allora?» Larry stava in piedi, dalla parte opposta del tavolo (formica rosa, ereditato da doc Ellroy), proponendo una versione decisamente ostile di sé.

«Ha mai sentito parlare di un certo Paul Perry?» domandò J.R.. «O del dottor Raymond Moody?»

Larry scosse la testa e subito si maledì per averlo fatto: una scudisciata gli si scaricò dalla cima del cranio alle spalle. Non riuscì a trattenere una smorfia di dolore.

«Si sente bene?»
«Benissimo, grazie. Mai sentiti. Chi sono?»
«Hanno scritto dei libri.»
«Dei romanzi?» chiese Larry con ironia.
«Direi di no. Esperienze premorte. NDE. Le dice niente?»
Larry si irrigidì. «Mi spiace deluderla, signor Randolph, ma si dà il caso che non abbia avuto alcuna esperienza premorte.»
J.R. annuì, paziente. «Vede» disse grattandosi il viso non rasato «non è così semplice. Ho studiato parecchio l'argomento in questione e ho assistito a numerose conferenze. Non sempre il soggetto ricorda un'esperienza del genere...»
«Sarei io il *soggetto*?»
«A volte si tratta di immagini, sensazioni o semplici ricordi. A volte vengono scambiate per sogni. A volte addirittura vengono rimosse.»
«Mi dica dove vuole arrivare. Non vorrà per caso sottopormi a una di quelle sedute di... di regressione ipnotica o roba simile per risvegliare le mie esperienze premorte?»
«Niente di tutto ciò» lo rassicurò J.R. «Sono un giornalista, non uno strizzacervelli. Le chiedo solo di pensarci, di riflettere, e di mettere nero su bianco quello che ricorda o che crede di ricordare. Siamo nel Duemila, l'alba di un nuovo millennio. Ovunque si sviluppano movimenti new-age, nuove filosofie, nuove religioni. Si parla di fine del mondo e contemporaneamente di rinascita...»
Qualcuno aveva parlato a Larry di *rinascita*. Jobeth, certo. Wytago significava per l'appunto "rinascita". Forse non era un caso che Randolph se ne fosse saltato fuori all'improvviso con quella parola. Larry Nowak, il *dottor* Nowak, non era il tipo d'uomo che credeva a certe cose (fino a prova contraria la sua formazione era scientifica), però c'era che Josephine Boulding gli aveva detto una cosa e Jobeth Allison un'altra, e ora le due cose sembravano stare insieme, formarne una nuova, maledettamente reale. O almeno così a lui pareva.
«La gente desidera sapere cosa c'è dall'altra parte» proseguì J.R. «Vuole essere confortata, vuole avere una possibilità.»
«E sarei io a doverla confortare?» A Larry scappò un sorriso. «Lei mi sopravvaluta, Randolph.»
«Forse è lei che si sottovaluta, Nowak.»

Il sorriso sbiadì a una velocità impressionante. Quel tipo aveva ragione. Alla fine era proprio per questo motivo che Larry se n'era venuto a Wytago. Non perché davvero volesse ricominciare, ma perché voleva capire se ne sarebbe stato capace. Il che metteva l'intera questione sotto un'ottica nuova.

«E se dall'altra parte non ci fosse nulla?» domandò.

«Nessuno tornerà indietro a reclamare. Giusto?»

«In ogni caso non sono la persona che cerca.»

«Aspetti a dirlo. Potrebbe sbagliarsi.»

Larry lo fissò, a lungo. «Lei scriverà un libro su di me» affermò. «Mi sbaglio? Con o senza il mio aiuto.»

«Mi dia qualcosa, Larry, appunti, riflessioni, qualunque cosa. Andranno bene anche dei pensierini come quelli che faceva alle elementari. Io mi occuperò del resto.»

«E magari diventerà un best seller, così lei si arricchirà.»

«Se diventasse un best seller si arricchirebbe anche lei. E parecchio. Che c'è di male, in fondo? Le darebbe molto fastidio guadagnare dei soldi?» J.R. tornò a guardarsi intorno. Stavolta era sincero, non c'era falsa adulazione. «Potrebbe avere di meglio» sancì.

«Questo è quello che voglio e che mi basta» replicò Larry, ma la sua voce suonò poco convincente anche a se stesso. «Lei ha parlato di rinascita. E questa è la mia. Il passato è passato. E ora, se non le dispiace, i cinque minuti sono scaduti.»

J.R. annuì esibendo la sua espressione da "come vuoi, amico, la scelta è tua", ma perfino Larry sapeva che un tipo come quello non avrebbe deposto le armi con tanta facilità. Si alzò dalla sedia estraendo il pacchetto di Marlboro dalla tasca della giacca. «Non può nascondere la testa nella sabbia» disse infilandosi una sigaretta in bocca. «Non può fingere che non sia successo.»

«Posso chiederle una cosa?» domandò Larry quando ormai Randolph era oltre la soglia di casa.

«Quello che vuole.»

«Ho notato il suo orologio» disse indicandolo con un vago gesto della mano.

J.R. parve sorpreso. Guardò a sua volta l'orologio e sollevò il braccio tirando indietro la manica della giacca così da scoprirlo del tutto. «È un Patek Philippe Nautilus. Le piace?»

«Non molto. Volevo solo sapere del cinturino.»
«Il cinturino?»
«È di pelle?»
J.R. annuì. «Alligatore.»

***

Larry andò in bagno e ingoiò due compresse (tre) di Fentora da 200 seguite da una lattina di birra Miller Lite (due lattine di birra Miller Lite). Poi, visto che era fermamente convinto che prevenire fosse meglio che curare, ci aggiunse un po' di ketamina. Quindi si sedette sul letto.

Era confuso. E se davvero Josephine Boulding aveva visto giusto? Se davvero il suo risveglio, la sua *rinascita*, avesse avuto uno scopo? Forse era quella la ragione che aveva portato J.R. Randolph sotto il portico di casa sua. (J.R., come quello della famosa serie televisiva *Dallas*, una carogna integrale, Larry ricordava che sua madre ne aveva desiderato la morte ed era rimasta enormemente delusa quando Kristin, la sorella di Sue Ellen, gli aveva sparato ferendolo soltanto anziché cancellarlo dalla faccia della Terra.) Benché non volesse crederlo, benché fosse crudele e assolutamente ingiusto, forse c'era davvero una ragione per quello che gli era accaduto, una fottuta ragione.

Esperienze premorte. Non era sicuro di quello che aveva vissuto durante gli anni in cui era stato ospite del Coma Hotel. E a proposito di *new kid in town* e Eagles, gli entrò in testa il ritornello di *Hotel California*.

Glenn Frey doveva averla scritta per lui, solo che aveva cambiato il nome dell'hotel.

A pensarci bene, però, qualcosa c'era stato. Sogni, visioni, memorie. Sogni di memorie? Memorie di sogni? Rifrazioni infinite e infiniti intrecci di onde alfa, delta e theta. Come due specchi posti uno di fronte all'altro e destinati a riflettersi a vicenda senza soluzione di continuità. Di tutto ciò aveva una vaga consapevolezza. Eppure non avrebbe saputo mettere in parole quello che credeva di aver provato. Scrivere presupponeva ordine e organizzazione, e lui era mentalmente disorganizzato.

Ricordava (o gli sembrava di ricordare) prima di tutto i flash.

Lampi di luce accecanti che parevano provenire non da dietro le palpebre, ma da dietro i bulbi oculari o da un punto ancora più lontano, sprofondato nelle volute cerebrali. Sempre che davvero ci fossero stati e che il loro ricordo non fosse semplicemente l'ennesimo prodotto dell'immaginazione o del suo confusionario stato mentale. Gli sembrava che i flash fossero fatti di molti colori, non di uno soltanto, ma se cercava di ricordare quali colori non riusciva a distinguerli. A pensarci bene, non era tanto diverso da quello che gli capitava ultimamente: le onde rosse, bianche e viola che l'avevano assalito durante le visite agli animali. C'era un collegamento? Era il sintomo di un peggioramento? E che c'entravano gli animali?

Poi c'erano stati i rumori.

Non rumori veri e propri, di cose conosciute, quanto suoni, indecifrabili e ancora privi di nome. Si era chiesto spesso se potessero somigliare ai fischi, agli acufeni che molta gente (e senza essere in coma) dice di sentire. A volte, ripensandoci, gli pareva che fossero rumori di fondo, come quelli che si sentono in piscina, quando si resta un po' con la testa sott'acqua. Tonfi, echi, rintocchi. Ma anche di questo non aveva certezza. Forse si trattava semplicemente di ricordi, elaborazioni di suoni.

Tuttavia nessuna luce in fondo a un tunnel, se era questo che Randolph intendeva, né nubi di farfalle, né defunti vestiti di bianco, né angeli cantanti, né voli extra-corporei (quelli erano la specialità dell'agenzia viaggi Keta-tour il cui motto era "*A colorful experience, a curious place*").

Ogni pulsazione gli rimbombava nel cranio come se quest'ultimo fosse un contenitore vuoto. Sudava. In alto, sopra la sua testa, scoppiò un tuono. O una bomba. O la sua scatola cranica che andava in pezzi. Cominciò a piovere. Era un tuono. L'acqua si abbatté sulla casa con accanimento, come se fosse decisa a schiacciarla, a rendere vano il patetico tentativo di Larry di sistemarla.

Sentì odore di barbecue e salsa Worcester o qualcosa di simile. Scommise con se stesso che sul prato, davanti casa, se solo si fosse sporto dalla finestra, avrebbe visto l'alligatore rotolarsi nel fango o nelle budella di qualche preda. Ma non credeva di poter arrivare così lontano.

Si stese schiacciandosi il cuscino sulla faccia, sperando che bastasse a soffocarlo.

Dopo qualche minuto cadde in un sonno profondissimo e senza sogni.

***

Riemerse dal sonno come un tappo di sughero, con un *plop*. Era sudato marcio e il cuore gli martellava in petto. Guardò la sveglia sopra il comodino: le tre del pomeriggio. Aveva dormito quasi tre ore.

Si alzò, ma con cautela, poiché sapeva per esperienza che le sue gambe s'indebolivano dopo una eccessiva dose di farmaci. Si resse alla sponda del letto e poi alla parete e raggiunse la finestra avvertendo la vertigine smorzarsi. Era nudo, ma non ricordava di essersi spogliato. Non c'era nessun alligatore sul prato, ma nemmeno Frankie *Spaghetti*. Gli attrezzi e la scala erano lì dove li aveva lasciati. L'erba era asciutta e il temporale, se mai c'era stato, non aveva fatto danni.

Passò nel bagno dove si sciacquò più volte il viso, finché non gli sembrò che quella patina di nebbia lo avesse mollato. Si guardò allo specchio con disgusto: miosi e sclera arrossata. Insieme alla stipsi che sarebbe seguita facevano parte della *triade visibile* del fentanil. Il resto accadeva all'interno, fegato, reni, midollo e compagnia bella. Tutto frullato e servito fresco con una scorzetta di lime.

Scese di sotto per cercare nella rubrica il numero di Frankie Poletti e quando vide una lattina aperta sopra il tavolo si scolò quanto ne restava. Era calda e svampita.

«Pronto?» Una voce di donna.

«Parla Larry Nowak. Cerco il signor Poletti.»

«Sono Esther, sua figlia.» Il tono, notò Larry, non era particolarmente vivace.

«Oh, la mamma di Dave. Il suo ragazzo è un ottimo assistente, lo sapeva?»

«Mio padre non c'è» rispose Esther, ignorando inaspettatamente il commento sul suo ragazzo. «È andato all'ospedale. Con mia madre.»

«È successo qualcosa?»

«Mia madre non sta bene ultimamente...»

«Mi dispiace. Frankie... suo padre, non mi aveva detto nulla.»

«Lui tende a parlare poco delle questioni familiari.»

Fa bene, pensò Larry.

«So che l'ha cercata, al telefono» riprese Esther. «Ma non è riuscito a trovarla»

Ero a letto, avrebbe dovuto dire, a trastullarmi con una droga che potrebbe stendere un elefante anziché con una bella ragazza (Jobeth Allison, formulò vigliaccamente il suo cervello). «Probabilmente non ho sentito» rispose invece. «Gli dica di non preoccuparsi.»

«Glielo dirò.»

«E faccia i miei auguri più sinceri a sua madre.»

«La ringrazio.»

Seguì un *clic*, malinconico come la conversazione appena conclusa.

***

L'agente speciale Maldwyn Price era stato a Barre, a parlare con i Solander.

Il loro ragazzo, Ben, si era allontanato da casa il pomeriggio del primo gennaio 1997. Doveva raggiungere un amichetto presso il parco Currier con lo skateboard, ma non ci era mai arrivato. Di lui era stato ritrovato soltanto lo skateboard, a un centinaio di metri dal parco. Nessun indizio, nessuna richiesta di riscatto, nessun messaggio. Ben era letteralmente svanito. Aveva dieci anni.

Dopodiché Price si era recato a Williamstown (dodici chilometri da Barre) dai genitori di Harry Woodelson. Harry, dodici anni, era annegato in un piccolo lago cercando di recuperare la barchetta con cui stava giocando. Lo aveva trovato un pescatore. Galleggiava a faccia in giù. Era l'11 aprile 1999. Le indagini erano state rapide e superficiali e Harry era stato sepolto senza esami o autopsie.

Infine fu la volta dei Taller, a Graniteville. Con loro ci aveva già parlato, ma quando confidò che stava cominciando a prendere in considerazione l'idea di un assassino seriale, George e

Sylvia Taller si mostrarono turbati. Un serial killer da quelle parti era come immaginare dei piranha (o un alligatore) nel fiume Winooski. Una cosa inconcepibile. Gli chiesero cosa ne pensasse lo sceriffo Blanchard, e Price rispose che aveva le sue idee, il che non significava poi molto.

Ora, stanco e affamato, mentre osservava il sole che si appoggiava ai morbidi profili delle Green Mountains, cercava un posto dove consumare la sua ultima cena a Wytago. Con buona pace di Thurgood Blanchard. Sul sedile posteriore dell'auto aveva uno scatolone contenente i verbali delle indagini che lo sceriffo gli aveva (malvolentieri) messo a disposizione facendoli preparare dalla solerte Kate Bundy.

Tornava alla base con qualcosa su cui lavorare e la consapevolezza che nei piccoli centri la polizia avrebbe fatto meglio a frequentare quei corsi di aggiornamento che i dipartimenti centrali organizzavano gratuitamente, ma ai quali quasi nessuno si degnava mai di partecipare.

Nel piazzale antistante Staunton («Il migliore ristorante della città» gli aveva detto Peter Moravi, uno dei vice di Blanchard «se proprio non vuole andare da McDonald's o al Taco Bell»), riconobbe la MG decappottabile verde bottiglia che aveva veduto parcheggiata al Vermonter Motel.

Non era un'auto da agente di commercio, né da turista medio. E Wytago, con tutto il rispetto per i suoi abitanti, non era di quei posti dove la gente prenota da un anno all'altro per timore di non trovare una camera disponibile. Allora perché, si chiese Maldwyn Price mentre già le sue mani ruotavano il volante della Chrysler Cirrus in direzione dell'accesso al parcheggio, perché qualcuno trovava interessante fermarsi in quel buco di città?

Accostò per controllare la targa.

Era la stessa auto. Fatto che lo spinse a decidere di cenare anche lui da Staunton.

Il locale era moderatamente elegante (lo standard di eleganza a Wytago era piuttosto diverso dallo standard di eleganza a Boston) e con una buona metà dei tavoli occupati. In provincia si usa cenare un paio d'ore prima rispetto alle grandi città, il che fece per un istante preoccupare Price. Guardò l'orologio. Le sette e quaranta. Il cameriere che gli andò incontro lo accolse con un sorriso, fugando ogni dubbio circa la precocità del suo arrivo. Prese posto a un tavolo discosto, in modo da osservare il resto della sala. Ordinò una bistecca ben cotta e delle patate al cartoccio. E un bicchiere di vino rosso. Poi cominciò a chiedersi chi fosse il proprietario della MG.

Ai tavoli c'erano alcune coppie, due uomini soli e due famigliole. Dopo aver escluso le famiglie per ovvi motivi, ricorse a un piccolo esperimento per determinare a chi appartenesse l'auto.

Mentre attendeva la cena, andò alla toilette e passando vicino all'entrata prese un biglietto da visita del ristorante. Quando fu in bagno chiamò con il cellulare. Disse che una MG decappottabile verde bottiglia gli impediva di uscire dal parcheggio. Chiese se il proprietario fosse nel locale e, nel caso, se potesse essere così gentile da spostarla. Poi uscì dalla toilette e tornò al suo posto.

Un cameriere gli passò accanto e dal centro della sala domandò a voce alta se qualcuno possedesse una MG verde bottiglia decappottabile (in un ristorante veramente elegante, nessun cameriere avrebbe fatto un simile annuncio dal centro del locale, ma sarebbe passato tavolo per tavolo, con discrezione). Un tipo tarchiato, con i capelli a spazzola e una giacca spinata fuori stagione si alzò facendo cadere il tovagliolo e si diresse all'entrata. L'uomo era solo.

Price non perse tempo. Agguantò il cellulare e chiamò la centrale, a Boston. Si fece passare Paul Sacks, un amico che lavorava al reparto elaborazione dati. Gli dettò la targa e attese di sapere a chi fosse intestata l'MG.

«John Randolph» disse Paul Sacks. «245 Sunset Avenue, Nashua, New Hampshire. Giornalista freelance. Un paio di precedenti per guida in stato di ubriachezza e una pendenza fiscale per gioco d'azzardo. Vincite non denunciate.»

«Grazie Paul.»

«È un sospettato?»

«No. Un alleato, forse.»

Randolph rientrò in quell'istante. Si guardò intorno, accigliato. Quindi raggiunse il caposala e chiese spiegazioni. L'uomo scosse la testa e allargò le braccia a significare che non sapeva che dirgli. Infine tornò al tavolo buttando giù una lunga e corroborante sorsata di whisky.

***

Negli stessi minuti in cui Maldwyn Price organizzava il suo piccolo e innocente complotto ai danni di John Ross Randolph, qualcuno suonava al civico 9 di Pembroke Road, casa-studio del dottor Nowak.

Larry osservava l'interno della cella congelatore del proprio frigorifero. Decidere cosa mangiare era sempre un compito ingrato. Prepararsi il cibo ancora peggio. Gli era capitato di ripensare con nostalgia (forse nostalgia era un termine eccessivo, eppure in alcuni momenti di estrema spossatezza era indiscutibilmente nostalgia quella che Larry provava) a quando, in ospedale, l'alimentazione gli era stata garantita per anni da simpatici tubicini trasparenti. Il pappone che ti infilavano era sempre lo stesso. Non bisognava sceglierlo al supermercato né cucinarlo. Era un po' come la faccenda dei pasti liofilizzati degli astronauti. Cos'era il gusto in confronto alla praticità? E quella, per quanto riguardava il cibo, era una sera no.

Andò ad aprire senza chiedersi chi potesse essere. Magari, se aveva un po' di fortuna, la consegna sbagliata di una pizza a domicilio.

Al posto di un giovane e foruncoloso garzone di Domino's Pizza, si ritrovò di fronte Jobeth Allison, senza bermuda e caschetto, e senza bici. Indossava una camicia bianca portata fuori dai jeans e tra le mani aveva un involucro a forma di birillo da bowling.

«Sono un po' in ritardo, ma ci sono» disse sorridendo. Il suo viso era acceso, come se avesse fatto una corsa. «Luke non mi voleva lasciar andare. Ha fatto un mucchio di domande e mia madre si è dovuta inventare che avevo da lavorare. Non pensare che io sia abituata a mentire a mio figlio, ma ho sempre paura che entri in competizione, che sia geloso di quello che faccio senza di lui...»

Larry la guardava a bocca aperta. E non perché Jobeth fosse particolarmente attraente quella sera (lo era), quanto perché non capiva che diavolo ci facesse fuori dalla porta di casa sua con un birillo da bowling tra le mani. «Buonasera» disse. Poi, all'improvviso, ricordò. «Oh, mio Dio! La cena... la cena messicana!»

Gli era completamente uscito di mente. Aveva comprato tutto

il necessario ma poi c'era stata la visita di quel giornalista, la questione della moglie di Frankie *Spaghetti* e soprattutto la storia del cane di Herb. A quanto pareva la sua mente non riusciva a concentrarsi su più di una faccenda per volta.

Jobeth lo scrutò con apprensione. «Ho sbagliato giorno? Mi sembrava che fosse per stasera...»

«Non hai sbagliato. No. Sono io che ho sbagliato... anzi, diciamo pure che mi sono completamente dimenticato. Scusami. Non so che dire...» Si batté il palmo sulla fronte come per scacciare una cattiva idea.

«Non c'è problema. Facciamo un'altra volta?»

«No.» Quel *no* era stato fin troppo deciso e Larry se ne avvide. «No» ripeté in maniera più morbida.

«Questa è una bottiglia di vino» disse Jobeth porgendogli il cartoccio. (In effetti che senso aveva, si disse Larry, che si presentasse con un birillo da bowling?) «Non sono un'intenditrice. L'ho preso al Wal-Mart. Era uno dei più costosi...»

«Allora sarà buono senz'altro.» Preferì non aggiungere che con il cibo messicano lui beveva esclusivamente birra Corona. Ma tanto, pensò anche, ormai non avrebbe potuto cucinare una cena messicana, non iniziando a quell'ora. Quindi il vino sarebbe andato bene comunque.

Si accorse che erano sempre sulla porta. Non l'aveva invitata a entrare. «Che stupido! Accomodati, ti prego! Al posto della cena messicana, facciamo... facciamo... Be', qualcosa faremo. Spero solo che tu non abbia gusti particolarmente raffinati.»

«Tranquillo. Sono quella che si dice una buona forchetta. Mia madre non mi chiedeva mai se una cosa mi piaceva o no, se preferivo questo o quell'altro. Mi metteva il piatto sotto il naso e mi diceva solamente 'mangia'.» Rise. «E a ripensarci, non è cambiata negli anni.»

«La mia era esattamente il contrario» fece Larry spalancando il frigorifero. «Mi faceva trovare in tavola i piatti che preferivo, tipo pollo arrosto con patate, ravioli italiani, cordon bleu... Ti piace il cordon bleu?»

«Non sono sicura di sapere cosa sia...»

«Fa niente. Senti, ti andrebbe pane bianco confezionato e burro di arachidi?»

Jobeth lo guardò stupita.

«Sto scherzando. Dunque, lo chef consiglia... zuppa di pesce congelata, un piatto di spaghetti con... niente salsa... Dell'insalata? Potremo metterci dentro una scatoletta di tonno. Ho anche del Cheddar. L'avevo comprato per le *albóndigas*...»

«Le che?»

«Lascia stare.»

«Senti, perché non usciamo?» propose Jobeth.

Larry la trovò un'idea grandiosa. «Sono pronto in un minuto» rispose salendo a cambiarsi.

Si guardò. Era senza pantaloni e la maglietta gli copriva appena le mutande. Ma Jobeth era stata bravissima a fingere di non essersene accorta.

***

Quando John Randolph ordinò il conto, Maldwyn Price posò la forchetta e il coltello, agguantò il bicchiere di vino e si alzò dal tavolo. Attraversò il locale e si portò di fronte all'uomo della decappottabile verde bottiglia. «Buonasera, signor Randolph» disse con un sorriso amichevole.

J.R. alzò lo sguardo e aggrottando le sopracciglia bionde chiese: «Mi conosce?». Domanda sciocca, dal momento che quel tipo lo stava chiamando per nome.

«Posso sedermi?» replicò Price.

«Veramente sto per andarmene, però, se è una cosa breve...»

L'agente speciale Price stava già prendendo posto. Poggiò il bicchiere e vide un fondo di whisky in quello del giornalista. «Posso offrirgliene un altro?» domandò indicandolo.

Randolph annuì. «Lei è quel poliziotto, vero?»

Price rimase colpito, e ce ne voleva per sorprenderlo. «È perspicace, signor Randolph. D'altronde immagino che la perspicacia debba essere una delle doti principali di un bravo giornalista...»

«E di un bravo detective. È lei che mi ha fatto uscire poco fa. Perché?»

«Volevo poterla riconoscere.»

«Quindi ha chiesto le generalità dell'intestatario dell'auto alla centrale. È così?»

«Se lo sa già perché me lo chiede?»

«Anch'io so qualcosa di lei. Alloggia al Vermonter Motel e viene da Boston. È qui per indagare sull'omicidio di quel ragazzino.»

Price sorrise compiaciuto. «Può essere che io e lei andremo d'accordo. Mi sembra la persona più sveglia, in questa città.»

«Forse per il fatto che io *non sono* di questa città» ribatté Randolph.

«Ecco perché. Tuttavia mi sfugge il motivo della sua presenza qui. Si interessa al caso di Graniteville?»

Arrivò il cameriere e Price ordinò due whisky *on the rocks*.

«Questa volta è fuori strada» disse Randolph quando il cameriere si fu allontanato. «Mi sto documentando per un libro.»

«Squallore della provincia americana?»

«Esperienze premorte.»

Price si fece interessato. «Posso sapere di cosa si tratta?»

Randolph glielo spiegò. Gli raccontò anche di Larry Nowak e di come stesse tentando di convincerlo a collaborare. Nel frattempo ordinarono un altro giro di whisky.

«E si fermerà a lungo a Wytago?» volle sapere Price.

«Quello che servirà. Scommetto che sta per chiedermi qualcosa.»

Price mandò giù un sorso. Non era abituato a bere e già sentiva la testa più leggera di quando aveva iniziato quella conversazione. Ma effettivamente voleva qualcosa da Randolph e aveva imparato che l'arte dell'adattamento (quando ci pensava gli veniva in mente quel film di Woody Allen, *Zelig*, e si vedeva trasformarsi nei suoi interlocutori) era utile per ottenere favori o informazioni. «Sto per partire. Ho visto quello che dovevo vedere. Ora il mio lavoro continuerà a Boston. Però non mi dispiacerebbe avere un paio di orecchie e di occhi ancora per un po' da queste parti.»

«Non si fida della polizia locale?»

«Mi fido raramente della polizia locale. In quanto allo sceriffo di questa città, so che ha i suoi problemi personali. Non credo si trovi nelle migliori condizioni per svolgere un'indagine così delicata. Anche perché penso che sia vittima di... chiamiamolo un conflitto di interessi.»

«E io cosa dovrei fare?»

«Quello che sa fare meglio. Non c'è bisogno che glielo dica.»

«Cosa me ne viene?»

«Eccoci al punto. Non le basterebbe se le rispondessi che si comporterebbe da bravo cittadino americano?»

J.R. si lasciò scappare un ghigno. «Io mi comporto sempre da bravo cittadino americano.»

«Lo schedario della polizia di Nashua sembra pensarla diversamente.»

«Cazzate.»

«Concordo. Ma anche il fisco mi pare abbia un dossier su di lei. Si parla di vincite non dichiarate. O sono stato informato male?»

«Il solito accordo da piedipiatti» frignò J.R. «Io vi aiuto e voi mi scontate qualche peccatuccio. Non è un grande affare.»

«Infatti. Così ho pensato di offrirle altro.»

«E sarebbe?»

«Se dovesse imbattersi in informazioni utili alla risoluzione del caso, le affiderei l'esclusiva.»

«*Do ut des*, eh? Va bene, ci sto.» Randolph allungò la mano al di sopra del tavolo. «E per il conto» aggiunse facendo scivolare il foglio verso Price «ci pensa il dipartimento di Boston.»

Price lo prese. «Ma non ci faccia l'abitudine» disse accettando la stretta di mano.

***

Ordinarono due subs al pollo e salsa piccante da Ahmed Deli, il chiosco pakistano all'incrocio tra la Main e Merchant Street, di fronte al circolo anziani. Era economico, rimaneva aperto fino a tardi e non c'era la moltitudine di bambini che solitamente affollava McDonald's o Taco Bell. Ma soprattutto era informale, come Larry desiderava fosse il loro incontro. Qualcosa tipo due amici che decidono di mangiare un boccone insieme, senza implicazioni. E da come lei aveva accolto la sua proposta, sospettava che anche Jobeth fosse dello stesso avviso. Il che lo confortò.

Il locale era vuoto, e sedettero sulle panche addossate alla vetrata, sotto il ronzio dei neon colorati che annunciavano OPEN e DAILY FRESH FOOD. Sembravano due liceali di ritorno da una partita della squadra locale. Tra loro una caraffa di Pepsi.

Jobeth si macchiò la camicia di salsa e scoppiò a ridere.

«Allora» chiese dopo aver cercato di riparare utilizzando il tovagliolo di carta bagnato di saliva. (Larry notò che le si erano inturgiditi i capezzoli e distolse lo sguardo concentrandolo sui resti del suo panino.) «Come ti trovi a Wytago?»

«Bene. O almeno mi pare. Tutti sembrano darsi un gran da fare perché mi senta a mio agio.»

«E la cosa ti infastidisce?»

«No. Perché, do quest'idea?»

Jobeth alzò le spalle. «Un po'.»

«Credo sia naturale sentirsi un pesce fuor d'acqua in certe situazioni...»

«Anche a me è capitato. Quando sono venuta a stare qui, con Ron, non conoscevo nessuno e ti dirò che la prima impressione fu di fuggire via. Stavo a Narragansett, prima, nel Rhode Island, un posto affacciato sul mare, aperto, libero, e vedere tutte queste montagne e questi boschi intorno ti confesso che mi dava un senso di... claustrofobia. Ma presumo che la geografia fosse solo un alibi, la spiegazione più semplice al mio senso di oppressione. O la più comoda. In realtà non sopportavo l'idea di essermi staccata dalla mia città, dagli amici e dalla famiglia, era questo a soffocarmi.»

«Lo amavi?»

«Credo di sì. Ero molto giovane e pensavo che l'amore, il matrimonio, fosse una meravigliosa avventura.»

Larry pensò che la stessa cosa l'aveva detta Peter Pan riferendosi alla morte: una meravigliosa avventura. E forse non solo Peter Pan.

Per qualche istante Jobeth giocherellò con alcune briciole disperse sulla tavola, radunandole in un mucchietto. «Abbiamo avuto Luke» riprese poi «che è quanto di più bello potessi mai aspettarmi dalla vita. Per cui ti rispondo che lo amavo. Ma le cose negli anni sono cambiate. O forse siamo cambiati noi.»

«È così che succede. Si cambia.»

«Già. E un giorno guardi tuo marito mentre fa colazione e ti sembra di essere seduta a tavola con un estraneo. Non mi fraintendere, ho sofferto quando è morto, nonostante tutte le porcate che mi aveva fatto. Che *ci* aveva fatto, a me e a Luke. Ma se non fosse morto probabilmente l'avrei lasciato.»

«E perché non sei tornata nel Rhode Island? Quando lui è morto, intendo.»

Jobeth lo guardò seria. Poi il suo volto s'illuminò di un sorriso inaspettato. «Forse perché quel senso di soffocamento era scomparso. Te l'ho detto che era un alibi!»

Larry annuì. Non aveva esperienza in quel campo, ma presumeva che per qualcuno il matrimonio potesse diventare qualcosa del genere, un peso, un cappio intorno al collo.

«E tu?» chiese Jobeth come se gli avesse appena letto nel pensiero. «Ti sei mai sposato?»

«No. Però stavo con una ragazza, Jonie, e ne avevamo parlato. Lei… non ci siamo più visti dopo l'incidente.»

«Com'era? Ti va di raccontarmelo?»

«Aveva i capelli neri, tagliati corti, ed era una *puntualizzatrice*».

«Che significa?»

«Di quelle che hanno una risposta per tutto e che se sbagli ti correggono sempre. Lo so, detta così sembra una colossale rompipalle.»

«Io non l'ho detto.»

«Però stavamo bene. Credo fosse per il fatto che a quel tempo ero abituato ad avere intorno a me dei *puntualizzatori*. Mi sembrava normale.»

«I tuoi genitori?»

Larry annuì. «Tra gli altri».

Dopo una manciata di secondi di silenzio, Jobeth esclamò: «La vuoi sentire una bella storia d'amore per tirarci su?».

«Non so se mi va. Non vorrei trovarmi a piangere.»

«Dai, dico davvero.»

«Ok, ma non esagerare coi particolari lacrimevoli.»

«Lo conosci Doodley? Quello del distributore Sunoco.»

«Certo. Il ragazzo con la protesi.»

«Lui. Quel braccio l'ha perso una decina di anni fa in Kuwait, nella guerra del Golfo. Prima di arruolarsi stava insieme a Suzanna Duvall, la figlia di Felix Duvall, quello del negozio di mobili.»

«Credo di aver conosciuto sua moglie…»

«Sandra.»

«Sandra, esatto. Ha un beagle, credo…»

«Un bulldog. Dunque, Suzie è una mia grande amica. È stata

la prima a offrirmi un lavoro quando Ron è morto. Mi ha raccontato che lei e Doodley erano una coppia perfetta. Hai presente quelle cose da film? Lui capitano della squadra di football, lei cheerleader e reginetta delle feste da ballo. Insomma una storia troppo bella per essere vera. Poi lui è partito e lei gli ha giurato che l'avrebbe aspettato per sempre. Quando Doodley è tornato era menomato. Ma non solo nel fisico. Non era più lo stesso Doodley che a Wytago tutti conoscevano.»

Larry annuì. «La guerra fa questo tipo di scherzi.» E non solo la guerra, avrebbe potuto aggiungere.

«Puoi dirlo. Quello che tornò a casa era il fantasma del ragazzo entusiasta che era partito. Uno straccio che si trascinava compatendosi e raccontando la propria disperazione alle bottiglie. Ma Suzie era al settimo cielo perché almeno era tornato *vivo*. Capisci? Tutte le aspettative luminose che lo riguardavano si erano spente, ma a lei non importava. Decise che l'avrebbe sposato ugualmente e che sarebbero stati insieme.»

«Sicura che fosse amore?»

«Che intendi? Che provasse pena?»

«Non ci sarebbe niente di immorale.»

«Tu non conosci Suzie. Non l'avrebbe mai fatto se non fosse stata certa dei suoi sentimenti.»

«Ti credo. Vai avanti.»

«Come puoi immaginare, il padre di Suzie non ha preso bene la cosa. Sua figlia, la reginetta del liceo che si accompagna a un handicappato beone non suona bene alle serate del Lions Club di Berlin, e così ci si è messo d'impegno per ostacolare la loro unione.»

«E ci è riuscito?» Ora era davvero curioso. Incrociava Doodley tutte le mattine ma non era mai andato a fare rifornimento nella stazione di servizio nella quale lavorava. In verità, da che era arrivato a Wytago, non aveva mai fatto carburante in nessuna stazione di servizio. Girava ancora con il pieno fatto a Nashua prima di partire.

Jobeth scosse la testa e i riccioli le coprirono gli occhi. «Ha vinto l'amore e loro due stanno ancora insieme. Lui lavora al distributore. Lei al negozio di suo padre. Non è una bella storia?»

«Sì, è bella. Contro ogni avversità. Giusto?»

«L'amore, quand'è vero, trionfa.» Jobeth batté le mani e Ahmed, dall'altra parte del bancone si voltò a guardarla.

A Larry piaceva quell'ingenuità dal sapore infantile. Era così distante dal mondo reale, dal mondo cattivo e cinico, dal mondo fatto di dolore, pasticche e rimpianti. Era come fare un giro a Disneyland (Larry c'era stato con i suoi, a otto anni, durante una vacanza a Yosemite e Sequoia), un pieno di ottimismo, di false certezze. Ma che c'è di male, dopotutto, quando si rimane consci di essere in un parco giochi, quando non ci si dimentica che il castello della Bella Addormentata, l'Isolachenoncè, la locanda di Lilly e il Vagabondo, il labirinto di Alice e tutte le altre cose sono fasulle? Larry aveva bisogno di illusioni, di un parco giochi, di credere a qualcosa, anche se quel qualcosa poteva apparire incredibile. Solo per un po'.

«A Suzie e a Doodley» disse alzando il bicchiere di Pepsi (era riuscito a resistere alla tentazione di bere una birra semplicemente perché era più che sicuro che le birre etniche dell'Ahmed Deli fossero allungate con acqua). «Mi piacerebbe conoscerli.»

***

Martha Richardson, Alfred Kapelewski, Lou Touissant, Kurt Bouchard e un'altra manciata di soci del circolo anziani di Front Street stavano uscendo dalla sede dopo una serata trascorsa assistendo alle quasi tre ore di *Nascita di una Nazione*. Discutevano – come da quasi cent'anni a quella parte, ovvero dall'uscita del film nelle sale nel lontano 1915 – se il capolavoro di D. W. Griffith non fosse altro che un'apologia del razzismo o un inno al patriottismo.

In realtà molti dei presenti, del tutto disinteressati alla questione, avevano cominciato ad abbassare la testa e le palpebre poco prima che Ben Cameron, vedendo dei bambini bianchi travestiti da fantasmi, si facesse venire la brillante idea di ridare vita al Ku Klux Klan.

Per il mercoledì successivo era previsto *Intolerance*, ancora di Griffith (tre ore e sette minuti, versione integrale), e già qualcuno adduceva immaginari impegni per quella sera.

L'idea del cineforum era stata (manco a dirlo) di Martha

Richardson e di Alfie Kapelewski, e di per sé non era affatto una cattiva idea. Il problema consisteva nella scelta delle pellicole. Martha e Alfie avevano creato un percorso intorno alle origini del cinema americano, da Griffith a Eric von Stroheim, scavalcando Chaplin, considerato sovraesposto. Purtroppo per loro, si trattava di scelte inadatte a un pubblico serale la cui età media sfiorava i settantasette anni. Tuttavia lo spettacolo era gratuito e le sedie del circolo sufficientemente comode, e questi due fattori garantivano di poter contare su una certa presenza.

Quando fu in strada, l'attenzione di Martha cadde sulle vetrate illuminate dell'Ahmed Deli, dall'altra parte di Main Street. Diede di gomito ad Alfie (impegnato a difendere la validità della tesi secondo la quale, all'indomani della guerra civile, il Sud avesse necessità di ordine ed equilibrio alla mercé, com'era, dei suoi «incontrollabili cittadini neri, degli abolizionisti, dei mulatti e dei politici repubblicani traditori») e gli indicò la coppia seduta sotto la scritta lampeggiante OPEN.

«Guarda guarda» commentò Alfie.

Kurt Bouchard, che stava replicando ad Alfie come Griffith si fosse pentito di aver sposato quella teoria, tanto quanto l'allora presidente Woodrow Wilson, al punto di girare *Intolerance* con il preciso intento di difendersi dalle accuse di razzismo, si interruppe e si girò in direzione del locale. «È Jobeth Allison» disse.

«E sta con Larry Nowak» aggiunse Martha.

Anche Lou, il barbiere, si interessò alla faccenda. «È il nuovo veterinario, quello che abita nella vecchia casa di Elmer.»

«Dov'è Luke?» si domandò Kurt.

«Starà con Lucille.»

Il gruppetto rimase per qualche minuto a osservarli. Parlavano e ridevano, rilassati. Nessuno lo disse, ma tutti ebbero l'impressione di guardare una giovane coppia al suo primo appuntamento.

***

Quella sera, mentre aspettava un sonno che come sempre tardava a venire senza l'aiuto di qualche pasticca (Xanax, *please*) e sorseggiava la terza lattina di Miller Lite (come aveva fatto a bere *davvero* tre bicchieri di Pepsi?), Larry ripensò alla storia di Suzie e Doodley.

E naturalmente ripensò alla sua, con Jonie, la *puntualizzatrice*.

Anche lui, come Doodley, era tornato dalla sua personale guerra, ma a differenza di Suzanna Duvall, Jonie non l'aveva aspettato. Forse anche Suzie si sarebbe rifatta una vita se Doodley fosse rimasto sette anni in qualche ospedale militare. O forse no. In ogni caso non aveva senso perdere tempo a rimuginare a proposito di qualcosa su cui non si aveva potere. Tuttavia, se non aveva senso rimuginare, a volte, in quelle schegge acuminate di veglia, gli riusciva più facile immaginare. Immaginare non possedeva la devastante potenza di una droga o di un farmaco, ma in un certo modo, se non arrivava a lenire, quantomeno addolciva, smussava certi spigoli taglienti. E ogni sua immaginazione, ovunque lo conducesse, aveva bene o male la stessa origine: iniziava prima dell'incidente. E, naturalmente, non c'era nessun incidente.

Quella sera si scoprì a non avere fretta di dormire, quasi la sua insonnia lo stesse cullando.

Immaginò la sua vita con Jonie dopo il matrimonio. Immaginò la loro casa, immaginò i rumori e i silenzi, le risate, immaginò la luce nelle varie ore del giorno. Si vide rientrare la sera e appoggiare la borsa sopra un vecchio baule screpolato, voltarsi ed essere investito dall'abbraccio di Jonie. Immaginò il calore di una casa in attesa. Immaginò il sapore del cibo che avrebbe trovato in tavola. Immaginò il momento preciso in cui i loro sguardi si sarebbero intesi e l'odore del sesso. Immaginò la sensazione di un corpo caldo accanto al suo, fino al mattino seguente.

Quando la nostalgia per ciò che non era stato lo sopraffece, allungò una mano sul comodino e prese un paio di pillole.

Appesa al lampadario c'era una protesi artificiale: il braccio di Doodley. Tra le dita stringeva una scatola di ansiolitico. Xanax per l'esattezza.

***

Maldwyn Price odiava i copriletto dei motel. A parte il fatto che sembravano sempre confezionati con i peggiori tessuti in commercio e stampati con le più improbabili fantasie che mente umana potesse concepire, c'era anche il fatto che raccoglievano sporco, polvere (acari soprattutto), peli e capelli in quantità.

La prima cosa che faceva quando entrava nella stanza di un motel era prendere con due dita un bordo del copriletto e depositarlo in fondo all'armadio, dove restava fino al termine del suo soggiorno. A volte le cameriere addette alla pulizia della stanza ve lo lasciavano. A volte lo rimettevano sul letto, cosa che provocava nell'agente speciale Price un moto di rabbia e disgusto.

Quella sera fu lui stesso a recuperarlo dall'armadio, dove la cameriera l'aveva lasciato, e stenderlo a terra come fosse un tappeto. Sopra ci appoggiò la scatola con i verbali, le deposizioni e tutto il resto e poi i verbali, le deposizioni e tutto il resto. Come faceva in ufficio sui grandi tavoli da riunione.

Ora aveva tutto di fronte, all'interno del proprio campo visivo. Blanchard, Woodelson, Solander, Taller. C'erano foto, referti, testimonianze. Tutto quello che era stato raccolto sui quattro casi era sparso sopra quell'orrendo copriletto fantasia del Vermonter Motel. E più osservava quelle immagini e leggeva quelle pagine, più si convinceva che si trattasse di un assassino seriale e non di casi isolati o di tragiche fatalità.

Tutto sembrava essere cominciato con la morte di Tommy Blanchard nel rogo della segheria Pitney. La segheria non esisteva più, distrutta dall'incendio e in seguito ricostruita più a valle. Price pensava che se all'epoca avessero condotto le indagini con i crismi necessari, forse qualcosa sarebbe emerso. Ma in quel lontano 1994 era sembrato davvero un fatale incidente, e nessuno, nemmeno il padre di Tommy, aveva pensato ad altro. Tantomeno a un serial killer di bambini.

Ora, dopo sei anni, c'erano tante domande senza risposta. La dinamica dell'incendio era stata ricostruita in maniera superficiale e incompleta. Il cadavere era stato riconosciuto per i resti di una scarpa e per una carie che era stata curata poco tempo prima da un dentista di Berlin, il quale aveva conservato la scheda e le radiografie. La stessa dichiarazione dei vigili del fuoco era sommaria: incendio doloso ma di natura accidentale. Erano state trovate delle tracce di benzina? Delle latte o dei tappi?

Non esistevano accertamenti ulteriori, nessun esame di laboratorio, nessuna semiotica dell'incendio. E poi, sul corpo, non era stata eseguita alcuna autopsia.

Piste cieche, come venivano chiamate in gergo.

E Maldwyn Price odiava le piste cieche almeno quanto i copriletto dei motel.

12

Venerdì 23 giugno

Lauren Poletti ebbe un'emorragia cerebrale quella notte stessa.

Fu portata con l'ambulanza al Central Vermont Medical Center di Berlin, dove fu operata d'urgenza nelle prime ore del mattino.

«La situazione non è buona» disse il chirurgo quando convocò Frankie nel suo studio.

L'orologio sulla parete indicava le otto meno un quarto. Un orologio simile, appeso nella sala d'aspetto, Frankie l'aveva studiato per buona parte della notte, contando ogni singolo minuto e pregando che Lauren, la sua Lauren, ce la facesse.

«Sono costretto a dirle di prepararsi al peggio». Il neurochirurgo aveva l'espressione contrita e il tono profondo di chi mostra partecipazione, ma Frankie non poté fare a meno di pensare a quante volte quel medico aveva ripetuto, con le stesse parole, lo stesso tono e la stessa espressione, simili concetti. In quello stesso studio, pieno di libri e di piante che avevano bisogno di essere innaffiate. Per lui, invece, era la prima volta. La prima volta che qualcuno gli diceva che sua moglie stava per morire.

Rimase immobile, seduto in cima alla sedia che gli era stata offerta, come uno che sta per andarsene. Ed era esattamente quello che aveva intenzione di fare. Il suo dolore era solo suo. Non gli andava di condividerlo con nessuno. Eccetto Lauren, si capisce, per quanto la loro lunga vita insieme fosse stata costellata più di contingenze comuni che di emozioni condivise.

Sulla scrivania che separava i due uomini c'era una foto di famiglia. Quella del medico.

«Oggi stesso parlerò con l'oncologo» continuò il chirurgo. «Sua moglie dovrà affrontare la chemioterapia. Poi vedremo.»

E in quella frase Frankie colse l'ineluttabilità della faccenda. Lauren sarebbe morta presto, lasciandolo solo. Quell'uomo cercava solo un modo meno ruvido per dirglielo.

«Posso vederla?» chiese Frankie.

«Tra qualche ora. Adesso è presto. Si sta svegliando.»

Frankie uscì dallo studio senza aggiungere altro e si diresse nuovamente alla sala d'aspetto. Si sedette in un posto defilato senza badare a quello che gli accadeva intorno.

Aveva bisogno di capire cosa fare.

***

Mentre Lauren Poletti usciva dalla sala operatoria e Frankie ascoltava dalla voce del medico che l'aveva operata parole devastanti, Larry sollevava le palpebre avvertendo la sensazione di avere gli occhi pieni di sabbia.

Per prima cosa alzò lo sguardo sul lampadario, ma naturalmente non c'era nessun braccio che dondolava, lassù. Lo Xanax, però, era sul comodino accanto al letto. Reale come il suo mal di testa. Accanto allo Xanax c'era il Vicodin. Ne prese due compresse, prima di appoggiare i piedi sul pavimento.

Dopo una ventina di minuti, infilò la tuta e le Adidas (gli occhiali no, era nuvolo) e uscì per la consueta passeggiata.

Quando fu di fronte al distributore Sunoco rallentò il passo. Cercava Doodley. Dopo quanto gli aveva raccontato Jobeth, gli sembrava di conoscerlo meglio, gli sembrava che fossero quasi amici. E si illuse che per osmosi anche Doodley sapesse qualcosa di più su di lui, un po' come quella faccenda dei libri che ci piacciono e degli autori che li scrivono, che ci sembra di conoscerli da una vita perché condividiamo storie ed emozioni, al punto che quasi ci convinciamo che come noi sappiamo della loro esistenza, così loro dovrebbero essere a conoscenza della nostra.

Ma, al pari di quegli scrittori, Doodley non sapeva nulla di Larry, a parte forse quello che qualcuno in città si era lasciato scappare. E mai avrebbe immaginato di ritrovarsi soltanto una settimana più tardi a cena con quello sconosciuto (e sospettarlo di essere un omicida la settimana seguente).

Larry lo vide trascinarsi fuori dal piccolo ufficio stancamente, come un automa. Lo vide sistemare un paio di espositori e guardare in direzione della strada. Avrebbe voluto avvicinarsi per dire che la sera prima con Jobeth avevano parlato di lui e di Suzie. Ma non lo fece. Mosse la testa, in un segno impercettibile di saluto e sollevò timidamente una mano. Doodley però non se ne accorse. E Larry riprese a camminare.

Sostò qualche minuto all'Hope Cemetery, seduto in cima al muretto. Il sole giocava a nascondersi dietro le fronde degli alberi che custodivano le vecchie tombe, formando sagome di luce irregolari sull'erba incolta.

Gli venne un pensiero. Si disse che gli sarebbe piaciuto essere sepolto in un posto come quello, quando sarebbe stata l'ora. Doveva dirlo a qualcuno. Scriverlo da qualche parte.

L'idea della morte non l'aveva quasi mai sfiorato prima di quella domenica di febbraio del '93, quando l'aveva toccata non solo con mano, ma con tutto il resto del corpo. Poi c'era stato il coma, un blackout durato sei anni, sette mesi e sedici giorni, una non coscienza che aveva spento ogni cosa o quasi. Ma dal momento in cui Larry aveva riaperto occhi e cervello, la morte era diventata un'idea fissa, non così vicina da darla per imminente, né tanto lontana da non sentirne il lezzo. Una dirimpettaia, come lo erano ora Howell e Etta Grier, come lo era Josephine Boulding.

La morte era dietro l'angolo, anche se la svolta poteva essere ancora molto distante. La morte ti attendeva dietro *un* angolo. Non sapevi quale. Com'era accaduto al povero Steve Taller.

Tornato in Pembroke Road vide un uomo ritto davanti all'insegna sul prato. La *sua* insegna.

L'uomo, anziano ma giovanile, leggeva il cartello dondolandosi sui piedi con le mani unite dietro la schiena. Aveva capelli fluenti e bianchi e un foulard (che sarebbe piaciuto molto a Etta Grier) annodato al collo sotto una camicia a righe sottili bianche e azzurre. Calzava pantaloni blu e mocassini chiari. Sembrava pronto per una crociera a bordo del suo yacht.

Larry gli arrivò alle spalle e fu colpito dalla scritta, che, al posto degli orari di visita e il numero di telefono dello studio, recitava un allegro WELCOME TO THE NEW KID IN TOWN!

«Il famoso Larry Nowak!» esclamò l'uomo. Mentre Larry era concentrato sull'insegna, l'altro si era voltato nella sua direzione. E il cartello, naturalmente, era tornato quello di sempre. «Alfred Kapelewski», si presentò. Stava impettito, come l'ufficiale che era stato. Il bracciale d'oro che portava al polso sinistro (e che gli dava un tocco da anziano pappone) luccicò nel sole del mattino.

Il vecchio Alfie, pensò Larry. «Piacere. Josephine mi ha parlato di lei.»

«Chissà che cosa le ha raccontato» replicò l'uomo. «Conoscendo Jo, non mi riesce difficile immaginarlo. Ma la dispenso dal mentire. Josephine non mi sopporta. Lo so. Allo stesso modo in cui non sopporta la maggior parte degli abitanti di questa città. Magari dovrebbe chiedersi se il problema sono gli abitanti di Wytago o se piuttosto è lei. Comunque, benvenuto nella nostra piccola comunità, dottor Nowak.»

«Solo Larry.»

«E lei mi chiami solo Alfie. I miei amici mi chiamano tutti Alfie.»

«D'accordo, Alfie.»

«Ha fatto davvero un bel lavoro, Larry» disse Alfie rivolgendo la sua attenzione alla casa. «I miei complimenti.»

«I complimenti vanno al signor Poletti. È lui l'artefice della rinascita di questa casa». Si stupì di aver usato proprio quel termine, *rinascita.* Forse l'aveva fatto intenzionalmente.

Alfie annuì. «Frankie è un brav'uomo. Sono estremamente dispiaciuto per quanto sta accadendo a sua moglie Lauren. Ha saputo?»

«So che l'hanno portata in ospedale, ma non conosco i dettagli. Spero sia un problema risolvibile.»

Alfie dondolò la testa e stirò le labbra in un'espressione di puro fatalismo. «Speriamo. Purtroppo, però, voci di corridoio dicono che la faccenda è seria. Molto seria.»

«Posso offrirle qualcosa?» domandò Larry. Non aveva voglia di parlare di malattie, di disgrazie, di nuovi dolori. Gli bastavano i suoi.

«Non si disturbi, grazie!» Alfie sollevò le mani in un gesto enfatico, teatrale. «Sto aspettando la mia amica Martha, Martha Richardson.»

«La signora Richardson, certo. L'ho conosciuta. Mi pare abbia un beagle.»

Alfie sorrise mostrando un lavoro di implantologia perfetto e smagliante. E probabilmente molto costoso. «Quella è Eyleen Bishop.»

«Ha ragione. La signora Richardson ha un bulldog, un cucciolo bellissimo...»

Alfie scrollò la testa divertito e i suoi fluenti capelli bianchi ondeggiarono con eleganza. Ora pareva quasi un vecchio pirata. «Mi permetta di dirle, Larry, che lei fa un po' di confusione con le sue clienti. Il bulldog è il cane di Sandra Duvall. Martha non ha nessun animale, né cani né gatti.»

Larry sorrise imbarazzato. «Non devo fare una gran bella impressione come veterinario» ammise.

«È appena arrivato in città» lo giustificò Alfie. «È normale avere bisogno di un po' di tempo per adattarsi, non crede?»

Larry annuì.

«Io invece ho una grande passione per i cani da caccia. Pointer, setter, segugi. Ne ho avuti tanti, fin da ragazzo. Mi sono fatto una cultura, sa?»

Iniziò a sproloquiare sulle varie tipologie (da ferma, da riporto, da seguito, da tana, da traccia e via dicendo), mentre Larry fingeva di ascoltarlo e, di tanto in tanto, annuiva, sebbene non ne sapesse nulla di quegli argomenti.

Alfred Kapelewski era uno di quegli uomini che cercavano di rimanere (o sembrare) eternamente giovani, di quelli che, fedeli al detto "*carpe diem*, ogni minuto potrebbe essere il tuo ultimo", si illudono invece che non moriranno mai. Alfie si atteggiava a uomo giovane nei gesti, nel modo in cui si acconciava, nel vestiario, nel tono della voce, nella postura.

Larry si domandò se praticasse ancora un'attività sessuale. Senza alcun dubbio. Glielo si leggeva stampato in faccia che ci dava dentro, in quella faccia abbronzata e profumata. Ci dava dentro con Martha Richardson (e con l'aiutino di Fratel Coniglietto Viagra). E forse non solo con lei.

«Martha è da Jo» continuò Alfie facendo un cenno con il

mento alla casa dall'altra parte della strada. (Quand'è, si chiese Larry, che aveva cambiato soggetto? Aveva forse capito che lui stava pensando a Martha?). «Ma come le dicevo, io preferisco l'aria salubre del mondo esterno a quella stantia della sua casa. È lei, con le sue fisse, ad avvelenarla. Però non lo dica a Martha che io penso una cosa del genere. Lei stravede per Jo e farebbe di tutto per difenderla.»

Larry sodalizzò facendogli l'occhiolino. *E poi non te la darebbe più*, gli scivolò di pensare. Si passò una cerniera immaginaria sulle labbra. «Parola di scout» disse solennemente.

«Pensi che non esce di casa da più di dieci anni.»

«Sta parlando della signorina Boulding?» domandò Larry.

«Non esce mai» confermò Alfie con gravità. «Agorafobia. Sa cosa significa?»

Larry annuì. Lo sapeva. Paura di uscire di casa, di trovarsi in una situazione difficile, non gestibile. La chiamavano anche *evitamento*. Farmaci come lo Xanax potevano aiutare. Lui lo sapeva bene.

All'improvviso si ritrovò a pensare a un paesaggio desolato, a un deserto infinito battuto da un sole spietato. A ossa esposte al sole.

«Ci metta pure un pizzico di misantropia e la ricetta Boulding è pronta» concluse Alfie. «Jo ha una visione grandiosa di sé e una considerazione miserevole del prossimo.»

«Alfie!» Martha Richardson apparve sulla soglia della casa di Josephine Boulding. Alle spalle della sua camicia a fiori e dei suoi voluminosi capelli, la sagoma triste e rinsecchita dell'amica.

«Eccoci!» la salutò lui agitando la mano. «Siamo qui!»

Martha attraversò la strada con passo agile. «Come sta, dottore?» chiese quando li raggiunse.

«Bene grazie, signora Richardson. E lei?»

«A meraviglia. Vedo che ha fatto amicizia con il mio Alfie.»

Alfie annuì e sorrise. «Era tempo, non credi?»

«Avremo modo di parlare a lungo sabato prossimo, al barbecue di Jeff» disse Martha. «Verrà, vero?»

Larry disse di sì.

«Ci sarà anche il sindaco, Walter Hill» lo informò Martha. «Ha già conosciuto il sindaco?»

«Non ancora».

«Lo conoscerà. E non solo lui. Consideri il barbecue di Jeff una specie di debutto in società. Vero, Alfie?»

«Un debutto in società» ripeté Alfie.

Quell'ultima considerazione generò in Larry una punta d'ansia.

«Alfie, mio caro» riprese Martha «dobbiamo andare. Jo mi ha chiesto di farle una commissione e io, di mio, ho un mucchio di faccende da sbrigare in città.»

Alfie le offrì il braccio come il cavaliere a un ballo d'altri tempi.

«Ah, dottor Nowak» aggiunse la donna quando già era di tre quarti. «Grazie per quello che ha fatto con Milky, la gatta di Josephine. Un vero miracolo.»

«Niente di che. Poteva andarle molto peggio.»

«Non voglio nemmeno pensare a come l'avrebbe presa Jo, se Milky fosse morta.»

«Ma per fortuna non è accaduto» ribadì Larry.

Martha gli sorrise. «Già, non è accaduto.»

«Allora a presto» disse Alfie avviandosi.

«Arrivederci.»

Larry rimase qualche istante a guardarli, mentre si allontanavano sottobraccio. Sembravano autentici. Quando sollevò lo sguardo, incrociò quello risentito di Josephine. La donna non si era mossa dalla porta di casa. Gli fece un cenno con l'indice della destra, un uncino avvizzito come quello di una mummia egizia, un invito a raggiungerla.

E Larry ubbidì.

***

«Che c'è? Si è dimenticato di noi?» volle sapere Josephine con un'espressione d'accusa sul viso smunto.

Dalle sue spalle giungeva la voce di Alvin Peabody che chiacchierava con un ospite del suo show.

«Dimenticato?...» Larry salì i gradini del portico e dall'anca destra gli partì una stilettata che arrivò al cervello (*un'anca scricchiolante*). Si annotò di prendere qualcosa non appena fosse tornato a casa. Un intero blister di Fentora e uno di Tyazen, tanto per cominciare.

Josephine sembrò non accorgersene. «Non è passato per la puntura di Milky, ieri sera» lo rimproverò.

«Mi dispiace, signorina Boulding. Ha ragione. Ieri è stata una giornata piuttosto complicata...»

«Che a quanto mi dicono è finita bene.» Ora sul volto della donna comparve un sorriso, che nelle intenzioni era complice e malizioso, ma che a causa della pelle accartocciata e sottile sembrò un ghigno feroce, come quello della strega di Hansel e Gretel.

Larry capì e lasciò che anche sulle sue labbra fiorisse un sorriso. Il risultato, però, non fu molto diverso: anziché alla strega di Hansel e Gretel lui somigliava al Grinch di Dr. Seuss. «Ci hanno visto insieme, vero?» chiese.

«Ci può scommettere che vi hanno visto insieme!» rispose Josephine tornando dalla cucina con una ciotola di fagioli. «A Wytago non può starnutire senza che qualcuno lo venga a sapere. E comunque non c'è niente di male a distrarsi un po'. Poco fa, quando Martha mi ha raccontato di averla vista seduto lì in quel chiosco con Jobeth Allison, mi sono detta che una bella donna era senz'altro meglio di una vecchia gatta e della sua padrona. Ho ragione? Così l'ho perdonata per averci abbandonate.»

«Mi scuso ancora.»

Lei gli mise la ciotola sotto il naso. «Mi aiuti a sbucciare questi, piuttosto. E poi sputi il rospo...»

«Quale rospo?»

«È stato lei a invitarla? Perché, nel caso, non sarebbe stato meglio un bel ristorante anziché una bettola indiana o quel che è? Che ne so, poteva andare da Staunton.»

«Non è stato propriamente un invito a cena. Quanto piuttosto un... ripiego.»

«Un ripiego?»

Mentre sbucciava i fagioli, Larry le raccontò dell'inghippo capitato con la cena messicana e della decisione improvvisata di uscire a mangiare qualcosa.

«Mi pare che la sua memoria faccia acqua, o sbaglio? Come ha potuto dimenticare una cena con Jobeth Allison? Capisco Milky e me, ma mandare in bianco, come si usa dire, un bell'esemplare di ragazza come quella!»

Larry sorvolò. E a proposito di *bianco*, vide Milky che si stiracchiava sul divano. «Come sta?» domandò.

«È davvero migliorata. Pensi che oggi è salita su quella credenza. Anzi, ci è saltata. Un balzo da qui a lì come ai vecchi tempi!»

Larry posò i fagioli e si avvicinò alla gatta. Ne saggiò i movimenti del bacino aspettandosi onde, vampate, telestesia o qualunque cosa fosse. Invece non accadde nulla, a parte un miagolio infastidito. Larry sorrise sollevato. Non tanto per i miglioramenti della gatta (che aveva previsto), quanto per il fatto che la telestesia, forse, era solo nella sua testa. «Davvero bene» confermò tornando a sedersi al tavolo. «Considerato che sono passati solo quindici giorni...»

«Diciotto, per l'esattezza. Li conto» ammise la donna.

«È ora che le permetta di tornare fuori. Che ne dice?»

Josephine sospirò gettando platealmente un baccello vuoto sopra tutti gli altri. «Non è necessario che torni fuori, non crede?»

«Milky è abituata alle sue passeggiate, agli odori, e forse ha qualche amichetto, sul prato, che la sta aspettando.» Larry visualizzò un alligatore che apriva e chiudeva le fauci impaziente e affamato e Milky che, ignara della sua presenza, avanzava in quella direzione.

«Non lo so» ribatté Josephine. «E se capitasse di nuovo? La sordità e tutto il resto. Ora anche le gambe. Siamo due vecchie, lei e io. È più salutare per noi rimanere in casa.»

«Anch'io lo pensavo. Invece esco e ogni mattina faccio quasi cinque chilometri a piedi.» Si stupì di averlo detto davvero. Non contento, infierì. «Lo sa che cosa dice l'antipsichiatria? Che le passeggiate hanno lo stesso effetto degli antidepressivi.»

Ne era convinto. Per quel motivo si era imposto di camminare, al di là del vantaggio fisico che poteva derivarne. Il fatto che, nonostante quelle camminate, la sua dose di farmaci non si fosse ridotta di un grammo, al contrario fosse aumentata a dismisura, sembrava per il momento non intaccare la sua convinzione.

«Antipsichiatria? Oh, mio Dio! Sembra qualcosa di brutto, tipo anticristo...»

A Larry scappò un sorriso. Per come la vedeva lui, quell'affermazione, se solo rivoltata, sembrava contenere una patina di verità: la psichiatria era il male, l'antipsichiatria il bene. «Laing aveva ragione» disse quasi a se stesso.

Josephine non sapeva chi fosse Ronald Laing e probabilmente avrebbe trovato arida la sua famosa affermazione «La vita è una malattia a trasmissione sessuale ed è fatale al cento per cento», in ogni caso non aveva mai pensato a se stessa come a una persona depressa (tutt'al più misantropa e senz'altro scorbutica, ma non depressa) e si dispiacque nel sentire che Larry si riteneva tale.

«Lei è come una crisalide, Larry. Sa cos'è una crisalide?»

«La forma larvale di un insetto.» Non gli parve una cosa bella da dire a qualcuno, ma ne intuì il significato.

«Non esattamente. È una fase di sviluppo secondario. La differenza è simile a quella che c'è tra un embrione umano e il bambino che nasce, e tra un adolescente e un adulto. La crisalide è l'embrione, è l'adolescente.»

Messa così a Larry suonò meglio.

«Sono stata per quarant'anni un'insegnante» spiegò Josephine. «Di scienze.»

«Ah, ora capisco.»

«Allora veda di capire anche questo. La crisalide è immobile e non si nutre. Ma solo perché è in transizione.»

«E io sarei in transizione?»

Josephine annuì. «È evidente.»

La metamorfosi psicologica è più gravosa di quella fisica. Larry non ricordava chi, ma qualcuno glielo aveva detto subito dopo il risveglio.

«Transizione da una vita a un'altra» concluse Josephine. «Non tutti però vi approdano incolumi.» Si alzò per portare in cucina i fagioli. «Stasera zuppa» mormorò tra sé.

Dopo aver incassato il colpo, Larry passò al contrattacco. «E di lei, cosa mi dice?»

«Di me?»

«È vero che non esce di casa da più di dieci anni?»

«No che non è vero» ribatté la donna tornando da lui. Quindi, dopo una pausa che sembrò a entrambi eterna, aggiunse: «Sono nove anni e dieci mesi. Circa». E si sedette, come se le sue difese fossero cadute d'un sol colpo.

«Vuole parlarmene?» domandò Larry con tutta la delicatezza e la dolcezza di cui era capace.

«Oh, non c'è molto da dire» iniziò Josephine giochicchiando con un fagiolo rimasto sul tavolo. «Stavo andando a fare la spesa. Era una giornata caldissima, di inizio agosto. In quei giorni Saddam Hussein aveva invaso il Kuwait...»

«L'operazione Desert Shield» intervenne Larry. La ricordava bene. Al tempo lui era un ventiseienne con una brillante carriera davanti (e un Kenworth 900 da trenta tonnellate che lo aspettava dietro l'angolo) e conosceva parecchi ragazzi che erano partiti volontari per quella che poi fu chiamata la guerra del Golfo. (Tra gli entusiasti che desideravano servire il proprio paese c'era anche un certo Donald Bradley, detto Doodley, di Wytago, Vermont, ma Larry ancora non lo conosceva.)

«La gente era tutta davanti alle tv» continuò Josephine fissando il fagiolo che teneva tra le dita. «Per strada non c'era nessuno e faceva un caldo torrido. La moto mi si avvicinò silenziosa. Io ero sovrappensiero, stavo ripetendo mentalmente le cose di cui avevo bisogno, e non mi accorsi di nulla finché non sentii lo strattone. Mi afferrarono la borsa e io fui trascinata a terra. Non la mollai subito perché speravo che, vista la mia opposizione, rinunciassero.» Fece un'altra pausa. Deglutì. «Uno dei due scese dalla moto e mi prese a calci. Lasciai la borsa e loro scapparono.»

«Deve essere stato terribile» mormorò Larry.

Josephine non commentò. «Rimasi a terra stordita e sanguinante» disse. «Mezz'ora. Tanto ci volle perché finalmente qualcuno passasse e mi trovasse.»

Ossa esposte al sole.

«Credo che la *community watch* sia nata da queste parti proprio dopo il mio... *incidente*.»

«Ed è per questo che non esce più?» chiese Larry. «Perché ha paura di essere aggredita nuovamente?»

Josephine sorrise. «No. Non sono così sciocca. Ci ho provato, sa? Cosa crede. Ma ho delle crisi. Sembra che il cuore mi scoppi e inizio a sudare. Poi mi tremano le gambe e mi prende la sensazione di non riuscire a respirare. Attacchi di panico. Così me ne sto a casa, dove non mi viene un bel niente. D'altronde ho ottant'anni suonati. Dove vuole che vada? E poi c'è Martha. Morirebbe se sapesse di non essere più indispensabile!» Rise di quella battuta, ma Larry rimase serio.

«Anche lei è una crisalide» disse invece poi. «Immobile, come me. Ma non c'è transizione nel suo futuro. O sbaglio?»

***

Più tardi, quella mattina, Larry svoltava da Elm Street sulla Main. Era alla ricerca di un fax per spedire il verbale all'APHIS. Gli avevano detto di provare da Trimble Camera & Video, oppure all'ufficio postale. Trimble era più vicino. E poi voleva sincerarsi delle condizioni di Scout.

All'improvviso vide Dave Winthrop, il nipote di Frankie, uscire dalla porta girevole della Bank of Vermont. Dietro a lui, a pochi passi di distanza, una donna bionda e un po' sovrappeso che immaginò essere sua madre.

«Ciao dottore!» esclamò Dave riconoscendolo e agitando un braccio. Poi si voltò verso la donna. «È Larry!» disse.

Larry rispose al saluto e attraversò la strada per raggiungerli. «Ecco il mio assistente! Come te la passi, collega?»

Dave rise e batté il cinque che Larry gli offriva.

«Ci siamo parlati al telefono» ricordò Larry rivolgendosi alla donna.

Lei annuì e gli strinse la mano. «Esther Poletti. Piacere.»

«Come sta sua madre?»

La donna aprì la borsa e prese il portafoglio. «Dave, andresti a prendere un paio di ciambelle o quello che preferisci?»

«Non ho fame» rispose Dave.

«Ma se siamo usciti dal lavoro apposta perché *morivi* di fame.»

«Non mi va p-più. Adesso c'è Larry!»

Esther sospirò, paziente. «Allora potresti prenderne una per me?»

Dall'altra parte della strada, un enorme croissant di plastica giallo segnalava l'entrata della panetteria LaBrioche.

«Una ciambella?»

«Scegli tu. E qualcosa per il dottor Nowak...»

Larry sorrise e alzò entrambe le mani. «Io sono a posto, grazie.»

Dave prese i soldi. «Ok» disse allontanandosi imbronciato. «Ma torno subito. E t-tu non andare v-via!» intimò a Larry.

«Non mi muovo!» rispose lui.

«Ha capito che voglio parlarle a quattr'occhi» confidò la donna non appena lei e Larry rimasero soli.

Lo osservarono entrambi attraversare guardando prima a sinistra e poi a destra, quindi entrare nella panetteria.

«È un ragazzino in gamba» disse Larry.

«Sì, ma preferisco che non sappia come stanno le cose. Almeno finché non saranno chiare anche a noi. Ieri notte mia madre ha avuto un malore. L'hanno operata stamattina. Ma la storia non è finita. Ha un tumore al cervello.»

«Mi dispiace.»

«Mio padre è con lei. Parlano di trasferirla al *Fletcher Allen* di Burlington.»

Larry la guardò con aria interrogativa.

«È il più grande complesso ospedaliero dello Stato. Ma la sensazione è che non ci sia granché da fare.»

«Mi dispiace» ripeté. Non trovava altro da dire.

Dave era in coda al banco e attraverso la vetrina li guardava. Alzò una mano, in segno di saluto, e loro risposero allo stesso modo.

«Magari stasera, quando mio padre rientra, la faccio chiamare» disse Esther. «So che è in pena perché non ha terminato i lavori a casa sua...»

«Non se ne parla nemmeno. Dica a suo padre che pensi soltanto a stare con sua moglie. Anzi, glielo dirò io, quando potrò vederlo.»

La donna lo osservò per qualche istante. «Dave parla in continuazione di lei.»

«Davvero?»

«Gli è piaciuto stare allo studio. Gli mancano molto quelle giornate.»

«Perché non me lo porta, qualche volta? Mi farebbe piacere.»

«Le darebbe noia...»

«Tutt'altro. Non ho molti clienti e Dave potrebbe aiutarmi a mettere a posto un po' di cose che ancora non ho avuto il coraggio e la voglia di sistemare. Senza contare che recentemente mi è stato di grande aiuto con il cane di Bushrod Trimble.»

Esther Poletti sorrise. «Già. Mi ha raccontato dell'operazione! Quella sera ci ha fatto una testa così!»

«Mi creda, non sarebbe un fastidio. Lo terrei volentieri, magari per qualche ora. Sarebbe un piacevole diversivo.» E lo pensava davvero. Una sacca d'aria nelle sue giornate asfittiche.

La donna ci rifletté. «Le dirò che la sua proposta mi tenta. Io lavoro qui, alla banca, faccio un part time, e mia madre, ora che la scuola è finita, teneva Dave fino al pomeriggio. Mike, mio marito, è impiegato in una segheria dalle parti di Barre, e da quando mamma è in ospedale, Dave è costretto a stare con me in ufficio. Il direttore mi viene incontro, ma è una situazione che non può durare. Ci sarebbe lo zio Giovanni, che vive con mio padre, ma non mi fido di lui. Papà deve occuparsi della mamma e le babysitter costano un occhio della testa. Da quando è successa quella cosa, poi, su a Graniteville, preferisco che Dave sia sempre con qualcuno...»

«Allora affare fatto. Potrebbe lasciarlo da me la mattina, mentre va al lavoro, e ripassare a prenderlo quando ha finito.»

«Sarebbe fantastico! Alle dodici e tre quarti al massimo sarei da lei.»

Dave stava tornando. Reggeva due ciambelle glassate, una per mano. Una delle due portava i segni dei suoi morsi.

«Perché non lo chiediamo a lui?» propose Larry.

«Di colpo mi è venuta fame!» disse Dave spalancando la bocca piena di pezzetti di ciambella.

«Chiudi quella bocca» rise sua madre. «E ascolta. Ti andrebbe di passare qualche mattina con il dottor Nowak? A fargli da assistente?»

Dave spalancò gli occhi incredulo. «D-davvero?»

«Altrimenti come me la cavo se mi capita un altro paziente da suturare?» fece Larry.

Dave spiccò un balzo. «Sì!» gridò e le ciambelle volarono per aria descrivendo due archi perfetti.

Lasciati Dave e sua madre, Larry si diresse da Trimble Camera & Video per spedire il fax.

«Come sta Scout?» chiese a Bushrod non appena fu nel negozio.

«Dottor Nowak! Benissimo, grazie! Si è ripresa a meraviglia. Ha fatto un ottimo lavoro. Meglio di un chirurgo plastico!»

«Era un taglietto superficiale» si schermì Larry. «Piuttosto, vorrei chiederle una cosa, a parte inviare questo fax.»

«Dica pure.»

«Quando verrà per togliere i punti, dovrebbe farmi un favore...»

***

J.R. Randolph aveva deciso di adottare una strategia di attesa. Solitamente era uno d'attacco, di quelli che azzannano alla gola, senza lasciare scampo. Ma questa volta a J.R. conveniva giocare d'astuzia. Larry Nowak era uno da lavoro ai fianchi, senza fretta, da buttare giù al dodicesimo round, appena prima del gong. Avrebbe pazientato. C'erano ancora parecchi aspetti da chiarire relativamente a quelle teorie premorte. E in più c'era stato l'incontro con il bostoniano dell'anticrimine.

Forse quella dell'omicidio di Graniteville si sarebbe dimostrata una falsa pista, magari una perdita di tempo, ma nella situazione in cui si trovava, di tempo a disposizione credeva di averne a sufficienza. Prima che quella pazza di Etta Grier lo chiamasse non stava lavorando a nulla d'importante. Sopravviveva, scrivendo articoli di cui si vergognava. Tutto sommato poteva considerare il suo soggiorno a Wytago come una specie di strana vacanza, molto diversa da quelle che amava fare, ma non per questo meno interessante. E intanto si sarebbe documentato.

Cominciò dalla biblioteca pubblica, un edificio in mattoni rossi con tre pretenziose finestre ad arco di stampo neoclassico all'estremità orientale di Main Street.

Quella mattina, alla reception, c'era Sandra Duvall. Al posto della tuta da ginnastica bianca indossava un paio di fuseaux rosa e una camicia a fiori con le maniche corte e il collo alla coreana. Sul banco aveva una tazza di tè fumante alla menta.

Nonostante i vestiti sgargianti, J.R. considerò che fosse troppo avanti con gli anni per essere ufficialmente un'impiegata. Forse faceva la volontaria o qualcosa di simile.

«Vorrei utilizzare una postazione internet» disse. La connessione alla rete sarebbe potuta diventare il suo cordone ombelicale con il mondo esterno.

«Ha la tessera della biblioteca?»
J.R. scosse la testa.
«Le interessa farla?»
«No, grazie.»
«Perché, in caso, avrebbe uno sconto sull'utilizzo di internet, più altre agevolazioni. La tessera è gratuita.»
«Allora va bene.»
Sandra Duvall prese un modulo prestampato e lo porse a J.R.. «Dovrebbe compilarlo» disse. Quindi sorseggiò del tè, non prima di averci soffiato sopra per raffreddarlo, mentre, da sotto in su, sbirciava lo sconosciuto.
J.R. prese la penna legata alla catenella fissata al bancone e cominciò a scrivere.
Gironzolando per la città, non ci aveva messo molto a rendersi conto che a Wytago alcune categorie di individui sembravano estinte, com'era accaduto a quei bestioni del Giurassico. I giovani dai venti ai ventisei-ventisette, ad esempio, almeno quelli che avevano un pizzico d'ambizione. I pochi che J.R. aveva incontrato (compresa la sera, nei due o tre bar aperti) non andavano al college ed erano impiegati nelle fattorie di famiglia (lo si capiva dalle mani, dai vestiti, dal modo di parlare e dagli argomenti dei loro discorsi: fertilizzanti, semi, macchine agricole, parassiti, mungitrici). Mancavano le donne in carriera, quelle dai venticinque ai trentacinque, con i loro tailleur attillati e i tacchi anche di giorno, che sedevano (senza scarpe) al parco in pausa pranzo centellinando uno yogurt scremato e una barretta energetica. A quale carriera poteva aspirare una ragazza, in un posto come quello? Madri, commesse, mogli devote ai loro uomini, anziane: queste erano le donne che in città abbondavano. E ancora, dov'erano gli ispanici, gli orientali, i neri? Eccetto il tizio del Deli, la bianca uniformità degli abitanti di Wytago accecava la vista. Quello scarso ricambio genetico gli faceva pensare a incesti, a consanguineità, e lo predisponeva a considerare negativamente il prossimo.
«Ecco» disse restituendo il modulo quand'ebbe terminato.
Sandra Duvall distolse lo sguardo. «Ha un documento?»
«Certo.» J.R. le diede la patente.
«Viene da Manchester» disse lei leggendo il documento. «È di passaggio?»

«Mi fermo qualche giorno.»
«È un agente di commercio?»
«Giornalista.»
«Wow!» All'improvviso i suoi occhi traboccavano ammirazione. «Sta scrivendo qualcosa a proposito del bicentenario?»
J.R. aveva notato lo striscione che campeggiava in Main Street e alcune locandine che reclamizzavano il programma della giornata appese alle vetrine dei negozi. «È così» mentì.
Sandra Duvall sistemò il documento all'interno della fotocopiatrice. «C'è un nuovo abitante a Wytago che viene come lei dal New Hampshire.»
«Dice sul serio?»
La donna annuì. «È il veterinario.» Prese da un cassetto una tesserina plastificata e ci scrisse sopra a penna il nome del nuovo socio.
«Andrò di sicuro a fargli visita» disse J.R..
«Se dovesse avere bisogno di un'informazione, di una qualsiasi, non esiti a chiedere. Io sono Sandra Wiley Duvall.»
«Molto piacere. John Randolph.»
Sandra emise un risolino. «Lo so» rispose arrossendo. «L'ho letto sulla sua patente di guida.»

***

Prima di consegnare a Maldwyn Price le scatole contenenti i verbali richiesti, Thurgood aveva ceduto alla curiosità di spulciarli. Possibile che avesse tralasciato qualcosa di importante nell'indagine di Steve Taller, l'Indagine con la maiuscola? Possibile che ci fossero dei legami con gli altri casi? Si riteneva un bravo poliziotto, e la pulce che Price gli aveva messo nell'orecchio lo rendeva inquieto.

Così, quel pomeriggio, aveva ripreso in mano la faccenda. Non che avesse mai smesso di pensarci, e i suoi uomini avevano sempre un post-it appiccicato sulla fronte con scritto il nome di quel ragazzino, tuttavia la mancanza di una pista concreta da seguire aveva un po' smorzato la tensione emotiva dei primi giorni, quando tutti i poliziotti parevano segugi con la bava alla bocca. Ora somigliavano più a semplici cani che fiutano l'aria in attesa di una traccia odorosa. La lezioncina di Price era servita a Thurgood per fargli tornare quella fame di indizi.

Andò fino a Graniteville, a parlare ancora una volta con i Taller, scoprendo che Goofie se n'era andato e che Nowak, il nuovo veterinario, era stato a visitarlo alcuni giorni prima. Non venne a sapere altro di nuovo. Quindi, come aveva fatto Price, camminò nel bosco, intorno al luogo dove era stato ritrovato il cadavere, e per tutto il tempo non fece che pensare a Tommy, che bruciava nella falegnameria immersa in un bosco esattamente come quello.

Infine fece una capatina a Barre, dai Solander, ai quali chiese le stesse cose che aveva chiesto Price, ottenendo le medesime risposte.

Alla fine gli sembrò di non aver cavato un ragno dal buco. Forse lui non aveva la visione d'insieme di un agente speciale come Price. O forse non c'era nulla da mettere insieme, e Price stava semplicemente compiendo un esercizio di stile a proprio uso e consumo.

I commenti degli abitanti, sia quelli di Graniteville che quelli di Wytago, si orientavano verso l'ipotesi di un balordo di passaggio, qualcuno che probabilmente non era più nella zona. Era un pensiero meno terrificante rispetto a quello di un assassino che camminava per le loro stesse strade, che faceva acquisti nei loro negozi, che mangiava nel tavolo a fianco. O che magari viveva nella casa accanto.

E sebbene non ne fosse del tutto convinto, anche Thurgood Blanchard propendeva per quella possibilità.

13

Sabato 24 giugno

Il pomeriggio di sabato, intorno alle quattro, Larry scese in città.

Era una giornata tipicamente estiva. Il termometro segnava ventinove gradi e l'aria era immobile sotto un cielo azzurro macchiato da poche nuvole chiare.

Larry non era mai stato invitato a un barbecue prima di allora e non era sicuro di cosa si usasse portare al padrone di casa in quelle occasioni. Da principio aveva pensato a del vino (quando nella sua vita precedente si recava a cena a casa di qualcuno era solito presentarsi con un paio di bottiglie di vino della California da una decina di dollari l'una), ma poi aveva optato per una cassetta di Lone Star. Gli sembrava che la birra si sposasse meglio con gli hamburger e che la gente del posto non fosse tipo da succo d'uva.

Sotto il portico c'era il solito banchetto ricoperto da una tovaglia che questa volta era a tinta unita, blu elettrico. Alla raccolta fondi, una donna anziana che Larry non aveva mai visto.

«Una donazione per la torre del municipio, signore?» disse la donna.

Larry lasciò cinque dollari nel barattolo e procedette oltre in direzione dell'emporio.

Metteva piede al Donnie's Emporium per la prima volta. Come al solito, sulla porta aveva incrociato i *ragazzi* (era stato Frankie *Spaghetti* a usare quel termine, a Larry suonava meglio di trichechi o moschettieri e decisamente meglio di cavalieri dell'apocalisse), che l'avevano apostrofato con una delle solite battute.

«Frankie ha finito i chiodi, dottore?»

E giù a sghignazzare guardandolo di sottecchi con quell'espressione che lo faceva sentire ancora e sempre un idiota. *The new stupid kid in town*.

L'interno del Donnie's Emporium aveva un che degli antichi negozi di frontiera, odore compreso. Al centro del locale sonnecchiava una vecchia e panciuta stufa in ghisa (spenta, vista la stagione), al centro di un circolo di sedie scompagnate.

Larry avanzò guardandosi attorno.

Il pavimento a listoni scricchiolava a ogni passo ed era liscio come una sacra reliquia dall'andare e venire lungo un secolo e più. C'era profumo di legno stagionato, mordente e vecchia soffitta, e rispetto all'esterno la temperatura era di una decina di gradi più bassa. Non era difficile immaginare quegli stessi *ragazzi* che ora commentavano i fatti del giorno sotto il portico, riuniti intorno alla stufa accesa con le loro tazze di caffè tra le mani, mentre all'esterno infuriava una bufera di neve e il vento fischiava tra le fessure delle assi.

Una donna stava incartando una pentola da cucina dietro al lungo bancone, pieno di graffi e incisioni.

«Salute» disse Larry.

«Salute a lei» rispose la donna. Era magra e piuttosto alta (o forse dietro il bancone c'era una pedana) e con un seno pronunciato. Portava i capelli a caschetto con una frangetta castana che si appoggiava alle sopracciglia, sotto le quali spiccavano due occhi chiari. Doveva avere una quarantina d'anni, più o meno.

Larry si avvide di indugiare sul seno e lei dovette accorgersene perché gli rivolse un sorriso complice. Lui allora spostò lo sguardo sugli scaffali, stracolmi di merce di ogni genere, lasciando che vagasse senza una meta precisa.

«Posso aiutarla?» chiese la donna.

«Liquori?...» chiese senza smettere di fingere di cercare. (Era arrossito?)

La donna uscì dal bancone diventando più bassa di venti centimetri buoni (la pedana c'era) e lo guidò nell'angolo più remoto del negozio passando tra bidoni tracimanti semi e legumi e tavole ingombre di scatolame e oggetti per il giardinaggio e il bricolage in offerta speciale. Sotto un enorme cartello che proibiva l'acquisto di alcolici ai minori, una parete di mensole ospitava, ordinatamente disposte, decine e decine di bottiglie di liquori delle marche più conosciute.

«Ero partito con l'idea di comprare del vino» confessò Larry «ma mi pare di vedere che non ne tenete...»

«Mi dispiace, niente vino. Quello lo trova al Wal-Mart.»

Già. Perché non era andato direttamente al centro commerciale? Forse proprio per la curiosità di ficcare il naso al Donnie's Emporium, un locale d'altri tempi, anacronistico se paragonato ai grandi *mall* fuori città, che aveva attraversato incolume l'epopea del West. Peccato che il West, nel New England, non fosse mai esistito.

«Non ha importanza. In effetti strada facendo ho cambiato idea e credo che sia meglio prendere della birra. Lone Star.» Lui personalmente preferiva la Miller, ma gli sembrava che rispetto alla Lone Star mancasse di personalità, soprattutto se doveva essere accompagnata a hamburger e salsicce nel Nord del Vermont. Stesso discorso per la Bud, che non lo aveva mai convinto.

«Eccola lì» fece la donna indicando una mensola in basso.

Larry afferrò tre confezioni da dodici. Sarebbero bastate.

«Grazie» disse.

«Le serve altro?»

Larry pensò che non sarebbe stata una cattiva idea regalare a Jeff Bundy anche una buona bottiglia, magari di whisky. «Avete whisky invecchiato?»

«Tutto il whisky è invecchiato» rispose la donna con un'increspatura ironica sulle labbra.

«Intendevo, *molto* invecchiato?»

«Tipo dodici anni o giù di lì?»

«Giù di lì.»

«Il più vecchio dovrebbe essere questo. Crummel, viene dal Kentucky.» Lesse l'etichetta. «Cinque anni di stagionatura. Può andare?»

«Ne prendo due» disse Larry. «Questo posto è bellissimo» aggiunse mentre porgeva le banconote alla donna.

La cassa, una di quelle con la manovella e i numeri scritti sulle caselline, si aprì con uno scampanellio festoso. Il seno della donna ebbe un sussulto.

«Sembra un set cinematografico» continuò Larry. «Forse perché certi locali si vedono ormai solo nei film.»

«Mio padre ci tiene molto. In realtà è diventato un luogo di ritrovo per i suoi amici.»

«Suo padre è Donnie Licois?»

«Vedo che lo conosce» sorrise lei. «Io sono Annette.»

«Larry Nowak. Piacere. E suo padre è sempre di guardia al negozio?»

Annette Licois rise. «Come un mastino. È qui in vacanza, signor Nowak?»

Larry si stupì. Annette Licois doveva essere l'unica persona in tutta Wytago a non sapere della sua presenza. Oppure mentiva per non farlo sentire sotto la lente d'ingrandimento, a differenza di tutti gli altri.

«No» rispose. «Ci abito. Da poco, però.»

«Allora ci si rivede di sicuro. A Wytago è impossibile che non accada.»

«Me ne sto rendendo conto. Salute.»

«Salute a lei.»

Uscì sentendo lo sguardo della donna su di sé e non appena fu oltre la porta quello del padre lo prese in consegna.

«Fatto acquisti?» chiese Licois padre. Aveva occhi vetrosi di color azzurro yankee. Larry non li aveva notati in precedenza. Gli stessi occhi di Annette.

«Sua figlia è una donna simpatica» disse. E subito se ne pentì.

Donnie Licois, si disse, era uno di quei padri che se soltanto avevano il sospetto che tu potessi insidiargli la figlia imbracciavano il fucile e ti dissuadevano immediatamente dal solo pensarlo. Se poi avesse saputo che Larry le aveva puntato per ben due volte le tette, l'avrebbe probabilmente ucciso lì sotto il portico, di fronte ai suoi amici, e ne avrebbe trascinato il corpo per tutta Main Street appeso a un trattore.

Licois restò impassibile, il sigaro (spento) in bocca.

«Jeff Bundy fa un gran parlare di lei» buttò lì Hazel Coughlin. «Dice che è bravo.» Quindi scatarrò nella sputacchiera.

Larry lo interpretò come un gesto che ribaltava il senso di quella frase. Il *reverendo* Coughlin doveva essere il tipo che lasciava morire il proprio cane ritenendo sciocco spendere soldi e tempo in medicine. In natura le medicine non esistono, avrebbe detto probabilmente prima di chiudere con uno dei suoi *amen.*

In ogni caso, Larry poteva anche sbagliarsi, e così si produsse in un'espressione che avrebbe dovuto significare modestia, ma che invece somigliava a una smorfia di disapprovazione.

«Anche Frankie parla molto bene di lei» intervenne Licois. «Dice che ha fatto un gabinetto medico nella serra.»

Gabinetto medico. Larry non aveva più sentito quel termine da... da quando? Forse non l'aveva mai sentito, se non in uno di quei vecchi film in bianco e nero. O dalle labbra di *Sondino* Batchelor. «Sembra che la cosa vi crei disagio» disse.

«Cosa? Un gabinetto medico nella serra?»

«Il fatto che qualcuno mi consideri una persona degna.» Si era stancato di essere preso per il culo e aveva deciso di reagire. Per quanto civilmente.

«Tutt'altro!» esclamò Donnie Licois scuotendo la testa. «Noi siamo felici per lei, dottore.»

«E felici per i nostri animali» aggiunse suo cugino Milton con un sorrisetto ironico. «Che possono contare su un bravo veterinario.»

«Credo che lei ci abbia frainteso» riprese Licois.

Graham Moravi ghignò.

Larry li osservò uno a uno. Era chiaro che lo stavano prendendo per il culo. Non c'era alcun dubbio. D'altra parte lui era *the new stupid kid in town* e tale sarebbe rimasto per tutti i secoli dei secoli. Amen, fratello.

«Posso farvi una domanda?» chiese Larry.

«Coraggio, spari» rispose Donnie.

«Cos'è successo alle lancette dell'orologio?»

«Quali lancette?» fece Milton Swayne.

«Quelle» fece Larry indicando la torre.

«Oh, quelle» ghignò Donnie. «Se ne sono volate via in un giorno di vento.»

***

Etta Grier era alla finestra, quando la Mustang color senape di Larry si fermò in Pembroke Road.

Lo vide scendere e scaricare dal bagagliaio due sacchetti di carta, di quelli usati per confezionare i superalcolici, e tre confezioni da dodici di Lone Star.

«Eccolo lì» mormorò tra sé e sé. «A imbottirsi di birra e di chissà che altro.»

«Come dici, Etta?» chiese Howell dal salotto. Stava sistemando il lampadario, che da qualche giorno faceva le bizze.

«Dico che "quello della casa di Elmer" si prepara a festeggiare con una sbornia coi fiocchi.»

«Festeggiare cosa?»

«E che ne so? Mi sembra presto per il 4 luglio. Probabilmente si chiuderà in casa a bere e a drogarsi per tutto il fine settimana.»

«L'importante è che non dia fastidio a nessuno» commentò la voce lontana di Howell.

«Già, a te basta che nessuno ti venga a pestare le aiuole o ti graffi la recinzione. Ma io, mio caro, ho a cuore il benessere di questa città e dei suoi cittadini. E un tossico ubriacone come vicino di casa non lo voglio. Mi hai capito?»

«Sì, tesoro. Ho capito. Mi passeresti un cacciavite a stella, per favore?»

Etta tornò in salotto. Afferrò seccata il cacciavite dalla cassetta degli attrezzi di Howell e glielo allungò in cima alla scala (sebbene per un istante, un istante soltanto, fu presa dall'idea di ficcarglielo in un polpaccio). Poi andò al telefono dell'ingresso e compose il numero dell'ufficio dello sceriffo Blanchard.

***

Larry mise le birre in frigo e il whisky sopra la tavola cercando di resistere alla tentazione di assaggiarlo. Quindi andò di sopra e aprì l'armadio.

Voleva mettersi qualcosa di carino, che lo facesse sembrare un vero professionista e non un addetto alle pulizie o alla manutenzione della casa. Si sentiva nervoso a causa di quello che gli aveva detto Martha Richardson, che quel barbecue sarebbe stato per lui come un'entrata in società. Si pentì di aver accettato. Gli avrebbero fatto un mucchio di domande alle quali non era sicuro di voler rispondere.

Larry fissava l'armadio senza riuscire a decidersi, e l'armadio fissava Larry, con quella sua cavità spalancata come una enorme bocca muta. Sentì un principio di cefalea arrivare da un altro pianeta viaggiando a velocità supersonica. Si sarebbe schiantato sul suo povero cranio come quel famoso meteorite al tempo dei dinosauri e avrebbe estinto tutti i suoi pensieri.

Si voltò e raggiunse il bagno. Dall'armadietto sopra il lavandino scelse del Percocet (per il semplice fatto che il flaconcino era più pieno degli altri) e ingoiò due compresse con un sorso d'acqua. Quindi tornò all'armadio, che lo attendeva impaziente.

Passò in rassegna il suo scarno guardaroba. Non aveva portato via quasi nulla da Nashua. La maggior parte dei suoi vestiti erano a casa di sua madre, sempre che lei non se ne fosse disfatta regalandoli a qualche opera di carità. Probabile. Aveva messo in valigia soltanto felpe, jeans, magliette e un giaccone di lana a quadri con il collo di pelliccia. E un paio di camicie colorate che gli ricordavano i tempi spensierati dell'università. Una era hawaiana, con grandi ananas gialli, banane e noci di cocco (non poté fare a meno di immaginare il vecchio Elmer Ellroy con indosso quella stessa camicia, le bermuda, le gambette scarne e tra le mani un cocktail traballante a causa del Parkinson). L'altra era rossa. O meglio, doveva essere stata rossa in origine. Ora era piuttosto stinta e virava verso il rosa.

Prese quella rossa (rosa) e la indossò. Poi si guardò allo specchio. Stava malissimo. La camicia era orrenda e lui, lì dentro, sembrava Oliver Hardy poco prima della morte, quand'era dimagrito di cento chili e annegava nei suoi vecchi vestiti.

E Larry, davanti allo specchio, infilato in quella camicia di due o tre taglie più grande, esprimeva la stessa tristezza.

Si tolse la camicia e rimase a torso nudo. Si contemplò con la stessa sensazione di avvilita nostalgia che doveva aver provato il signor Hardy in quei tristi giorni. Lo sterno gli sembrò incavato. Era sempre stato così?

Scese le scale e fece saltare la linguetta a una lattina di Miller Lite mentre con gli occhi scrutava il whisky sopra la tavola. Rimase seduto in cucina a bere e a passarsi la lattina ghiacciata sulla fronte e sulle tempie. Quindi fece per tornare di sopra, ma improvvisamente si fermò. Fece marcia indietro e svitò il tappo di una delle bottiglie di Crummel del Kentucky invecchiato cinque anni. Ne buttò giù un bel sorso, a collo, e subito dopo un altro. Non era un granché, ma sarebbe servito allo scopo. E se fosse arrivato dai Bundy con una bottiglia anziché con due nessuno avrebbe avuto da ridire.

Rifece le scale (le gambe avevano perso un po' di stabilità, di forza) e riaffrontò l'armadio.

Alla fine scelse una maglietta nera, che gli stava abbastanza bene e lo faceva sembrare elegante (no, elegante era troppo, decente) e che si intonava con la barba, e un paio di pantaloni a cinque tasche grigi. Un po' stile pompe funebri, ma poteva andare.

Tornò di sotto e si fece altri due sorsi di Crummel.

Fuori non si muoveva una foglia. Il mondo sembrava essere in stand-by.

Guardò l'ora. Era ancora presto. Risalì le scale portandosi appresso la bottiglia di whisky e si stese sul letto con le scarpe ai piedi e la bottiglia stretta al petto.

Quando finalmente uscì di casa e salì in macchina, aveva in corpo quattro Percocet, due birre, mezza bottiglia di Crummel e una pista di ketamina per narice. Per darsi coraggio, si era detto.

Coraggio. Dove l'aveva sentita quella parola, ultimamente? Non ricordava, ma gli sembrava avesse a che vedere con Milky o con Josephine. O forse con se stesso.

Il mal di testa non era passato, la strada aveva assunto una forma molto diversa da quella che ricordava, e la luce era accecante.

***

Circa tre chilometri a nord direzione Berlin, lungo la Mule Track Road.

Queste le indicazioni di Jeff Bundy riguardo la propria abitazione. Peccato che, per quanto Larry avesse cercato nelle mappe, la Mule Track Road non esisteva. Poi aveva scoperto, parlando con Jobeth, che i residenti cambiavano i nomi delle strade a seconda di qualche particolare evento che vi si era verificato (Massacre Drive, Shaft Breakage Road) o delle loro caratteristiche (Sticky Street, Roller Coaster Lane), e così la "Mulattiera" si era trasformata come per magia nella ben nota 62.

Larry (leggermente intontito, leggermente stranito, leggermente *fatto*) guidò in qualche modo la Mustang fuori da Pembroke Road fino all'incrocio con la 302 (ricordava bene quei due ragazzini sulle loro biciclette al tramonto che lo guardavano curiosi, quando era stato da Elmer Ellroy, la prima volta, e si chiese se uno di essi non fosse stato Steve Taller o Dave o Luke) e svoltò a sinistra sulla 62 seguendo il cartello bianco a forma di cuneo che indicava BERLIN 20 CHILOMETRI.

Superò il Wytago Craft Center, un paio di case con ampi portici sul davanti, la chiesa battista di North Wytago, un cartello con una scritta che Larry lesse solo di sfuggita e che lo fece sorridere perché (sicuramente la frase era un'altra) dalla macchina in corsa quello che gli parve di vedere fu ancora WELCOME TO THE NEW STUPID KID IN TOWN!, e le indicazioni per la chiusa sul Winooski.

A quel punto controllò il contachilometri: poco meno di due chilometri. La strada curvò morbidamente verso destra, costeggiò un bosco che sembrava sul punto di divorare l'asfalto e si raddrizzò affrontando un breve tratto in salita. Al di là di un dosso comparvero tre casette uguali nell'architettura, ma di colore differente. Larry gettò un'occhiata al pannello di controllo dell'auto. Poco più di tre chilometri. Mise la freccia a destra e accostò parcheggiando di traverso.

Di fronte alla prima abitazione (di un colore vagamente rosa che si sarebbe intonato perfettamente alla camicia di Larry, peccato non l'aveva messa), stazionava una mezza dozzina di auto.

Jeff Bundy spuntò dal portico rosa con la mano alzata in segno di saluto. Bert scorrazzava libero nel prato rincorrendo insetti o sogni canini. La giornata era di quelle perfette per il barbecue, cielo terso e brezza da sud, l'ideale per mantenere vive le braci e spingere il fumo lontano.

Larry rispose al saluto restando seduto in macchina. Bundy fece segno di raggiungerlo e lui, preso un profondo respiro, si decise a scendere.

***

Una decina di minuti più tardi, Larry aveva conosciuto tutti. C'erano naturalmente Jeffrey e Kate Bundy (Jeff aveva il fiato grosso e il viso congestionato, come se avesse fatto una corsa, due chiazze vivide sotto gli zigomi che ricordavano certe bambole), il sindaco Walter Hill sulla sedia a rotelle (da bambino aveva avuto una grave forma di poliomielite e ora, anche per il suo aspetto fisico, ricordava vagamente il presidente Roosevelt) e la moglie (Larry non ne ricordava il nome). C'erano Edward G. Shoney e sua moglie Alma, il dottor Buscema e compagna (una nostalgica hippy di nome Sarah Hale), Alfred Kapelewski e Martha Richardson, il figlio di Alfred, Owen, insieme alla moglie e ai due figli, Sandra Duvall con il marito (Felix, gli pareva, il titolare di quel grande negozio di mobili in Main Street, un omone con due baffi stile guerra di secessione) e il loro cucciolo di bulldog, e altre persone, i cui nomi e ruolo nella comunità Larry perse per strada. Nel complesso ebbe l'impressione di trovarsi di fronte una specie di comitato ufficiale di benvenuto.

Gli misero in mano una birra (non era una di quelle che aveva portato lui, ma una impersonale Bud) e un piatto con un hamburger seppellito sotto un oceano di salsa barbecue. Larry sorseggiò la Bud cercando un posto dove appoggiare il piatto e poter tagliare la carne, ma non ci riuscì a causa delle persone che sembravano fare a gara per intrattenerlo in conversazioni del tutto inutili.

Il primo fu Edward Shoney.

Il *signor* Shoney, formulò Larry, il capo di Scott (il commesso, non il cane di Marylou Meier, o era Eyleen Bishop?), titolare della Shoney's Pitture & Smalti, un ladro riconosciuto in tutta la contea di Chittenden. E poco ci mancò che quel pensiero gli uscisse di bocca.

Larry si sentì afferrare per una spalla (una presa sorprendentemente forte). Quando si voltò, si trovò di fronte il faccione di Shoney che lo fissava serio. Era un uomo sovrappeso, con occhi ardenti, piccoli e neri, il volto pesante di grasso e la bocca (a culo di gallina, altra definizione di mamma Margareth) atteggiata in un sorriso forzato.

«P-piacere di conoscerla, dottor Nowak.»

«Piacere mio. Anche se in realtà ci siamo già conosciuti.»

«Davvero? E quando?»

«Più di un mese fa, quando sono arrivato in città. Ho comprato pittura, solvente, pennelli, cose così. Poi sono tornato un'altra volta.»

Shoney annuì. «E si è trovato bene?»

«Scott è un grande venditore. Se lo tenga stretto.»

«S-Scott è bravissimo. Ci tengo molto.»

Sua moglie, una donna diafana, quasi spettrale, reggeva un bicchiere vuoto. Non parlava. Osservava il marito e seguiva i suoi umori, come un giocattolo telecomandato, dando l'impressione che quel bicchiere non fosse affatto il primo del pomeriggio.

«State parlando del beagle di Eyleen?» si intromise Alfie. «Sta male?»

Larry rise. «No, del commesso del signor Shoney.»

Anche Alfie rise. (Ma come faceva ad avere una protesi così *abbacinante*?) «Lo so. Stavo scherzando!»

«Ho saputo dell'incidente tra il cane dei Trimble e quello di Herb Gilmore» subentrò Owen Kapelewski, il figlio di Alfie.

Al che il padre si mise a raccontare con eccessiva dovizia di particolari di un cane che una volta aveva azzannato uno dei suoi e per dividerli lui ci aveva quasi rimesso una mano, il tutto condito da esclamazioni e mimiche teatrali.

E partendo da quella banalità, Shoney e gli altri (tra cui il sindaco Walter *Delano* Hill) diedero il via a una discussione che pareva coinvolgerli incredibilmente.

Larry, invece, pensava solamente al modo di sganciarsi. Attraverso la sua mente anestetizzata, i vari argomenti passavano veloci e impalpabili come nuvole sospinte da un vento impetuoso, ma nessuno di essi attecchiva. Nel frattempo la birra era finita e l'hamburger si era freddato. A salvarlo arrivò Martha Richardson, che gli chiese se aveva assaggiato una fetta della sua crostata. Larry mostrò l'hamburger ancora intonso e lei lo portò via per consentirgli di sedere a uno dei tavoli sotto il gazebo.

Lì, Larry incontrò un tizio che disse di possedere un'agenzia immobiliare, la Wytago Real Estate, e di far parte del consiglio comunale presieduto dal sindaco Hill. Il tizio dell'immobiliare (che si chiamava Ted Deepneu e che era stato l'ultimo flirt in ordine di tempo attribuito a Jobeth Allison) volle sapere come mai avesse comprato una vecchia casa bisognosa di ristrutturazione senza rivolgersi prima a un'agenzia come la sua. Era stato molto imprudente, disse.

A quel punto un altro tizio, seduto lì accanto, aggiunse che era stato altrettanto avventato ad affidare i lavori a un incompetente come Frankie Poletti.

Fu in quel momento che Larry iniziò a sudare. Faceva molto caldo, ma non era solo quello. Il cocktail di alcol, farmaci e stupefacenti che aveva ingerito a casa stava producendo i suoi simpatici effetti.

Ci fu una specie di vuoto temporale e improvvisamente si trovò circondato da altre persone, sedute al suo stesso tavolo, tra cui Sandra Duvall, che gli sbatteva sotto il naso il grugno di Charley, l'adorato cucciolo di bulldog. «È cresciuto, vero? Pensi che adesso pesa quasi cinque chili!»

L'hamburger era tutto sul piatto, ma lui aveva in mano un'altra birra. Una mosca passeggiava sulla salsa barbecue. Il cielo aveva cambiato colore e nell'aria c'era un aroma di legno stagionato, mordente e vecchia soffitta.

«Farei attenzione a dare McCain per spacciato alle primarie» stava dicendo Felix Duvall. «Ricordate che gli elettori del Vermont tendono sempre a punire i favoriti. Questa è storia.»

«O come direbbe il vecchio Elmer, questo è un fatto!» concluse Alfie.

Qualcuno rise.

«Noi, vecchi nostalgici del Vietnam» (c'era qualcuno che provava nostalgia per il Vietnam? si chiese Larry) «adoriamo McCain» proseguì Duvall. «Nel '67 fu abbattuto sopra Hanoi e rimase in mano ai viet per sei anni. È un eroe e i reduci della mia associazione voteranno compatti per lui.»

«Lei che ne pensa, Larry?» gli chiese Deepneu.

«Come?...»

«È d'accordo con Felix?»

Larry si sentiva poco ferrato in politica. Era finito in coma quando George Bush padre era presidente e si era risvegliato scoprendo che al suo posto c'era un sassofonista dai capelli brizzolati e dalla smodata passione per le stagiste. Magari le prossime elezioni le avrebbe stravinte Jerry Lewis. Chi poteva dirlo? Avrebbe saputo argomentare senza timori (e il suo interlocutore ideale sarebbe stato il sindaco Hill) di legamenti retratti, muscoli atrofizzati, emicranie stratosferiche, pensieri suicidi e via dicendo. Ma di politica proprio no.

«Non saprei...» bofonchiò.

«Non annoiamo il nostro ospite d'onore con questi discorsi» intervenne il dottor Buscema. «Facciamo un brindisi al suo arrivo in città. C'era bisogno di aria nuova. Al dottor Nowak!»

«Al dottor Nowak!» rispose qualcuno sollevando la birra o il bicchiere.

Buscema si mise a parlare di Elmer Ellroy. Raccontò qualcosa a proposito delle sue prescrizioni, che, a detta di Finley, il farmacista del Wal-Mart, erano incredibilmente *creative*. E non perché il dottor Ellroy coltivasse il seme della genialità, ma perché, molto più semplicemente, non si aggiornava, per cui molti dei ritrovati che prescriveva non esistevano più o erano distorti dalla sua lacunosa memoria.

Alfie cominciò a parlare testimoniando circa alcuni abbagli presi dal vecchio veterinario di Wytago che fecero ridere l'intera platea a parte Larry, che stava sudando come una fontana, e Shoney, il quale pareva in procinto di intervenire nel racconto, ma allo stesso tempo era trattenuto da qualcosa.

Bert abbaiava da qualche parte in giardino. O forse in casa.

«Credo che ci voglia coraggio, no?»

Qualcuno stava nuovamente rivolgendosi a lui, a Larry. Era la *strana*, la donna che accompagnava il dottor Buscema.

«Come dice?»

«Si sente bene?»

Larry si asciugò il sudore sulla fronte. Il cuore gli schizzava fuori dalle orbite e dalle orecchie, la testa gli batteva con ferocia. «Sì, sto bene...»

«Mi permettevo di commentare la sua scelta di vita» seguitò la donna lanciando un'occhiata perplessa al compagno, che significava più o meno: *ci è o ci fa*? «Lasciare tutto e ricominciare da un'altra parte. Mettersi in gioco. Ci vuole coraggio, non trova?»

Coraggio. Era qualcosa che non si trovava dietro l'angolo e a buon mercato.

«A volte la vita ti mette di fronte a un bivio e tu prendi la strada meno battuta...»

«Ah-ha, Sarah! Questo è Robert Frost» la interruppe Sandra Duvall smettendo per qualche momento di sbaciucchiare Charley. «Due strade divergevano in un bosco e io presi la meno battuta.»

«A volte capita, no?» replicò Sarah. «L'importante è approfittarne.»

Con la scarsa lucidità che gli era rimasta, Larry constatò come quello fosse il commento più azzeccato che qualcuno avesse mai fatto sulla sua vicenda. A volte poteva capitare. C'era tutto il bene e tutto il male dell'intera faccenda in quella semplice frase.

Si tirò in piedi. Aveva bisogno di prendere aria. Sotto il gazebo e con tutte quelle persone si sentiva soffocare. Guardò il prato tagliato all'inglese. L'alligatore masticava indisturbato hot dog e hamburger. A Larry venne da ridere. Provò a spostarsi, soltanto un piccolo scivolamento laterale per avvicinarsi a qualcosa (un altro tavolo, un ombrellone, il carrello del barbecue) che potesse reggerlo nel caso fosse svenuto.

Lo spazio sembrò modificarsi intorno a lui, stiracchiarsi, deformarsi, in un modo che sarebbe potuto apparire buffo e divertente, se non fosse che Larry sapeva perfettamente cosa stava per succedergli.

Bert piombò su di lui correndo a perdifiato. Le sue grandi orecchie svolazzavano in slow motion come quelle di Dumbo l'elefantino, mentre le zampe divoravano il prato e scavalcavano in un solo balzo l'alligatore. Abbaiava nella direzione di Larry, come se ce l'avesse con lui.

Qualcuno disse: «Che gli ha fatto, dottore?». Ma la voce sembrava provenire da un sogno, era irreale e sfuocata.

Barcollando, Larry andò incontro al cane. E all'improvviso Bert si trasformò in una gigantesca nuvola rossa, quella massa informe e infinita che lo aveva investito la prima volta in cui lo aveva visitato. Come allora. No, più di allora. Molto più di allora.

Ne fu sommerso, fisicamente. Sentì scappare via il fondo dello stomaco e cadde all'indietro, rovesciando una sedia e aggrappandosi alle gambe di qualcuno (che in seguito scoprì essere state quelle di Felix Duvall). Ebbe solo il tempo di pensare *merda, cado* e cadde.

Poi su di lui calò la notte, buia e profondissima.

***

Quando riaprì gli occhi aveva tutti intorno.

Il dottor Buscema gli reggeva la testa. «Larry, mi sente?»

Larry annuì. Quanto era stato via?

«Beva.» L'uomo gli porgeva un bicchiere d'acqua.

Si udì l'abbaio di Bert, convulso, agitato, inarrestabile. Ora proveniva da dentro la casa.

«Quel cane!... Qualcuno lo faccia star buono!» ordinò il medico.

«Vado io» si propose Alfred Kapelewski.

«Le è saltato addosso senza motivo» stava dicendo Sandra Duvall. «Chissà perché?»

«Ce la fa ad alzarsi?» domandò Buscema.

Larry disse (o credette di dire) di sì.

L'aria, le persone, tutto possedeva un vago alone rossastro, come se il mondo avesse indossato un gigantesco paio di occhiali con le lenti rosa. La sua maglietta era imbrattata di salsa barbecue. Sembrava sangue, quasi gli avessero sparato in pieno petto.

Mentre a fatica e con l'aiuto del dottor Buscema (e di qualcun altro) si stava rimettendo in piedi, dalla casa giunsero le urla di una donna.

Subito dopo Alfred Kapelewski apparve sulla vetrata che dava in giardino. «Venite! Presto!» gridò. «Nat, corri!» Nat era il dottor Buscema.

Si precipitarono tutti dentro, compreso Larry, sorretto da Owen, il figlio di Alfie, il quale tentava inutilmente di calmare Bert che si affannava raspando con le unghie contro la porta del bagno. La stessa porta addosso alla quale Kate, la moglie di Jeff Bundy, implorava che il marito aprisse.

Larry si appoggiò a una parete (rosa).

Gli sembrava di vivere un déjà-vu.

«Toglietevi!» intimò Felix Duvall prendendo la rincorsa.

Abbatté la porta con una spallata.

All'interno c'era Jeff Bundy. Era seduto sulla tazza del water, i pantaloni calati. C'era odore di feci. E lui era indiscutibilmente morto.

14

Domenica 25 giugno

Il telefono squillava.

Più che una suoneria sembrava lo scampanio a festa di una chiesa.

Larry lo ignorò. Come faceva sempre quando non stava bene.

E quella mattina non stava affatto bene. La sbarellata che si era dato il pomeriggio precedente aveva lasciato un segno largo e profondo quanto quello di una valanga. E come una valanga, aveva trascinato via con sé ore e avvenimenti. Larry non ricordava nulla dal ritrovamento del cadavere di Jeff Bundy in avanti. Non sapeva come aveva fatto a tornare a casa, non sapeva come si era messo a letto, non sapeva quanto tempo era trascorso, non sapeva nulla. Un buco nero da cui non scappava nemmeno la luce.

Non riusciva ad alzarsi. La testa si era trasformata inspiegabilmente in un blocco di granito estratto direttamente dalla cava Schuyler a Owls Head.

Non ricordava dove avesse lasciato il corpo, se a Nashua, al New Hampshire Hospital (o al St. Gregory, dalla dottoressa Fernon, la ginecologa della tv), oppure in un qualunque letto di un qualunque posto del mondo. E non gli importava un fico secco.

Si svegliò e si riaddormentò una quantità innumerevole di volte.

A un certo punto un clacson suonava. Era insopportabile.

Larry riuscì miracolosamente a trascinarsi alla finestra e a scostare la tenda.

Sul vialetto era parcheggiata la sua Mustang color senape. Alla guida il dottor Nat Buscema, in persona. Che ci faceva lì?

Buscema guardava verso le finestre. Quando intravide lo spettro di Larry, suonò un'altra volta il clacson e gli fece segno di scendere.

Larry si accorse di essersi pisciato nei calzoni. Con grande (grandissima fatica) si tolse i jeans e indossò l'accappatoio. E mentre compiva questa complicatissima operazione, pensò alle parole di *Big Shot*, di Billy Joel: *alcol e droga, testa in fiamme e occhi sanguinanti.*

Anche questa era stata scritta per lui.

«Stavo per chiamare il 911» disse il medico quando (dopo parecchio) Larry fu in grado di strisciare giù dalle scale e ruotare (con due mani) la maniglia della porta d'ingresso. «Mi rallegro di vederla in piedi. Non era messo bene, ieri sera.»

«Può parlare più piano?» chiese Larry, gli occhi chiusi e una mano sulla fronte.

«Sto parlando piano, dottor Nowak. È lei che sente tutto amplificato. Mal di testa?»

«Cosa vuole?» domandò senza sollevare le palpebre.

«Sincerarmi delle sue condizioni. Perché beve così tanto?»

«Non bevo tanto.»

«Ieri ha bevuto parecchio. E ho il sospetto che utilizzi anche qualche pasticca portentosa. Le due cose insieme possono avere effetti inaspettati e sgradevoli.»

Tipo vedere alligatori e captare misteriose onde energetiche. «Non si preoccupi...»

«Invece mi preoccupo» disse l'altro entrando a forza e dirigendosi verso la cucina. «Le preparo del caffè. Ne ha bisogno.»

Larry non ebbe la forza di replicare. Voleva solo tornare di sopra e stendersi sul letto. E poi viaggiare come un cosmonauta nell'universo nero e sconosciuto e, soprattutto, silenzioso.

«Posso sapere cosa prende?» insisté il medico mettendo a bollire l'acqua.

«Va benissimo il caffè» rispose Larry con voce flebile, lasciandosi cadere sul divano.

«Non faccia lo spiritoso.» Ora il tono del dottor Buscema era meno affabile e più professionale. Anche un tantino incazzato, per dirla tutta. «Lei ha un problema.»

Larry riuscì a sorridere. «Più di uno.»

L'uomo prese posto sul divano, accanto a lui. «È dispiaciuto a tutti vederla in quello stato, ieri.»

«E il più dispiaciuto scommetto che era Jeff Bundy...»

«Il signor Bundy è morto, dottor Nowak» replicò stizzito Buscema. «Infarto. E il fatto che lei abusi di alcol e sostanze stupefacenti, perché pensa che la vita l'abbia presa a calci, non le dà il diritto di mancare di rispetto a un amico, un uomo per bene, e alla famiglia che lo piange.»

La marea rossa era arrivata ad annunciarla, quella morte. Un'onda rosso sangue.

Larry issò finalmente la testa. «No, non ne ho il diritto. Ha ragione. E mi scuso...»

«Perché si sta distruggendo?»

«Non mi sto distruggendo. O almeno non credo.»

«E cosa starebbe cercando di fare, allora?»

«Sto provando a stare meglio.»

«Imbottendosi di farmaci? Ho parlato con il dottor Finley della CVS...»

«Lo immaginavo. Alla faccia della privacy.» In un piccolo centro come il nostro si finisce per essere una grande famiglia, aveva sentenziato Scott della Shoney's Pitture & Smalti. Una famiglia dove i membri si impicciavano dei fatti degli altri. «Comunque li prendo solo quando sto molto male.»

«Il che la fa stare peggio.»

«Non sempre.»

Buscema sospirò e andò a controllare il caffè. Tornò dopo qualche minuto con due tazze fumanti. «Mandi giù» disse porgendogliene una.

«Senta» iniziò Larry. «Mi spiace per il signor Bundy. So che era una brava persona e che sperava di essere operato presto... Non mi giudichi male. Quando sono così a volte mi escono delle battute infelici. Per conto mio, non si preoccupi. Davvero. Sono abbastanza sotto controllo...»

«Abbastanza?»

«Mi segue l'équipe del dottor Godschalk, un neurologo.»
«Sicuro che la stiano seguendo?»
«Siamo in contatto. Purtroppo tutte le terapie antalgiche che abbiamo provato non hanno dato risultati.»
«Così si arrangia da solo. Giusto?»
«Più o meno.»
«Vorrei aiutarla...»
Larry posò la tazza e lo guardò dritto negli occhi (operazione che gli costò uno sforzo immenso, ma era determinato a dare al dottor Buscema un'impressione di sé migliore di quella che gli stava offrendo). «È stato un episodio, mi creda» disse sapendo di mentire. «Ero nervoso per via di tutta quella gente da incontrare. Non mi è facile socializzare, non ancora. Sono stato sette anni in coma...»
«Sette anni?» Buscema era incredulo.
Larry annuì. «Ho avuto un incidente e interventi a non finire. Riabilitazione, psicoterapia e tutto il corredo. Menu degustazione, insomma. Mi hanno rimesso in piedi, se così si può dire, un pezzetto alla volta. Mi dia un po' di tregua, dottore.»
Nat Buscema rimase a riflettere a lungo mentre sorseggiava il suo caffè.
«Parlerò con il dottor Godschalk» disse infine.
«Come vuole. Però non faccia parola di quanto accaduto ieri. Farò del mio meglio perché non succeda di nuovo.» Basterà evitare i barbecue comunitari, si disse.
Buscema si alzò. «Le ho riportato la macchina.»
«La ringrazio.»
«Non c'è di che. Per la cronaca, ieri, a riaccompagnarla a casa, è stato Alfie Kapelewski. Io sono dovuto andare in ospedale con la salma di Jeff e con Kate, sua moglie. Non trova pace, povera donna.»
«Posso immaginarlo.» E immaginava anche il buon vecchio Alfie che, mentre Larry era strafatto e incosciente, ficcava il naso per casa curiosando tra cose che non lo riguardavano per poi andare di filato a spifferarle a Martha Richardson, e quindi a tutta la città.
«Sicuro che posso andarmene?» chiese Buscema prima di uscire.

Larry sollevò il pollice. «Sicuro. Ora faccio una doccia e mi prendo un altro caffè. Domani sarò come nuovo.»

L'uomo non parve del tutto convinto. «Mi prometta che se non si sente bene mi chiamerà. Le lascio il mio numero qui sopra.» Tolse dalla tasca della camicia un biglietto da visita e lo depositò accanto al telefono. «Me lo promette?»

«Glielo prometto. Grazie della sua premura.»

«D'accordo. Faccia il bravo, Larry.»

«Lo farò.»

Non appena il dottor Buscema se ne fu andato, Larry finì il caffè e tornò di sopra. Arrancò fino al letto e vi stramazzò sopra. Nell'aria c'era odore di piscio e le lenzuola erano bagnate.

Il resto di quella tremenda giornata la trascorse tentando di tornare un essere umano, impresa quasi disperata. La doccia la fece durare a lungo, lasciando che il getto gli accarezzasse la testa e le spalle, che lavasse via le scorie della merda che si era ficcato in corpo. Bevve molti caffè e dormì ancora, mentre la luce, di fuori, cambiava colore e consistenza e modificava le ombre. La casa gli sembrò più vuota del solito. Suonava come la cassa di un tamburo. E lui si sentì solo come mai.

Ogni volta che gli capitava di passare davanti a una finestra, scrutava il prato alla ricerca dell'alligatore. Ma non ne vide nemmeno uno (non era sicuro che fosse sempre lo stesso). Vide invece Etta e Howell Grier (in momenti diversi, mai insieme), che sbirciavano la casa e lui, naturalmente. Fu tentato di mostrare loro il medio, ma preferì non peggiorare la sua situazione.

Riconobbe (ma solo con se stesso) di aver esagerato con le pozioni magiche, il giorno precedente. Il dottor Buscema aveva ragione: si stava distruggendo. Più di quanto l'incidente avesse già fatto.

Jobeth gli telefonò. Lui le disse che non stava bene, senza indugiare in particolari. Poi commentarono insieme quanto di terribile era successo a casa Bundy (non le sue assenze e cadute e visioni e tutto il resto, bensì la morte del povero Jeff) e infine, poiché Jobeth l'indomani aveva la giornata libera, si accordarono per una passeggiata lungo il Winooski, dopo che Esther Poletti fosse venuta a riprendere Dave (sempre che il penoso show di Larry al barbecue non fosse arrivato alle orecchie della donna, nel qual caso avrebbe probabilmente deciso, e a ragione, di non fargli più vedere suo figlio nemmeno con il binocolo).

***

Etta era furiosa e cercava di coinvolgere nella sua furia anche il marito. Ma lui si teneva a distanza, per così dire.

Sabato, quando aveva visto Larry scaricare le birre e un paio di bottiglie occultate da sacchetti di carta, aveva chiamato nuovamente l'ufficio dello sceriffo. Le aveva risposto il vice Tugwell (Kate era al barbecue e Thurgood desiderava passare un po' di tempo con Francine, ragione per cui si era preso l'intera giornata). E quando lei aveva fatto presente che il suo vicino consumava quantità di alcolici comparabili a quelli di un bar, lui le aveva risposto che finché il signor Nowak beveva in casa sua e dimostrava di essere maggiorenne non infrangeva alcuna legge. Poi era stata la volta di Tugwell domandare se il signor Nowak le avesse mai creato problemi in evidente stato di ebbrezza o se avesse insultato lei o il signor Grier o altri vicini o avesse disturbato in qualche modo la quiete della pubblica via. Ed Etta era stata costretta a rispondere no su tutta la linea.

«Allora la saluto, signora Grier» aveva concluso l'agente. «Buon fine settimana.»

Ma la sera, quando una macchina si era fermata davanti alla casa di Larry, Etta si era messa di vedetta. Luci spente e tende appena appena scostate. Al volante c'era Alfred Kapelewski. Era corsa a chiamare Howell (che trafficava nello scantinato o, più facilmente, sfogliava le riviste porno che nascondeva nel doppiofondo della cassetta per il trapano) e insieme, come due spie d'altri tempi, avevano osservato il vecchio Alfie spegnere il motore, scendere, fare il giro dell'auto, aprire la portiera dal lato passeggero ed estrarre (proprio *estrarre*) di peso "quello della casa di Elmer". Non era esattamente svenuto. Sembrava più fiacco, stanco, spossato, come privato della spina dorsale. Era sveglio (o almeno aveva gli occhi spalancati) ma non stava in piedi. Alfie si era messo attorno al collo un braccio di quel manichino flaccido e così, di peso, era riuscito a portarlo in casa.

Poi si erano accese le luci, anche quelle al piano di sopra, ed Etta aveva immaginato che l'avesse addirittura portato su per le scale, fino in camera, e probabilmente l'aveva pure messo a letto. Doveva essere ubriaco spolpo. Una cosa vergognosa, scandalosa, indecente, inammissibile in un quartiere di gente per bene. Dopo una ventina di minuti, Alfred era uscito, era risalito in macchina e se n'era andato. Le luci, in casa di Larry Nowak, erano rimaste accese tutta la notte.

Etta era stata lì lì per telefonare nuovamente a Blanchard o a chi per lui. Ma poi aveva pensato che, se "quello della casa di Elmer" schiattava o finiva in coma etilico (o in overdose), non erano affari suoi. Anzi, avrebbe tolto il disturbo una volta per tutte.

Al mattino si era presentato il dottor Buscema, a riportare la macchina e a verificare che fosse ancora vivo. E lui, "quello della casa di Elmer", era ancora vivo. L'aveva visto passare davanti alle finestre, come un fantasma che si aggira per le stanze vuote di una casa abbandonata.

E quando ne aveva incrociato lo sguardo spento, le erano venuti i brividi.

15

Lunedì 26 giugno

Non appena il cervello di Larry fu in grado di organizzare nuovamente pensieri di senso compiuto e dotati di sufficiente razionalità, cominciò a ragionare sulla questione delle onde di energia colorate.

Ammesso che la marea rossa riguardasse Jeff Bundy e il suo cuore traballante (per il semplice fatto che era morto d'infarto nello stesso momento in cui detta marea si materializzava davanti agli occhi di Larry) e che quanto accaduto fosse una sorta di *premonizione* (aveva paura anche solo a pensarla, una simile parola), cosa poteva dire a proposito delle altre esperienze analoghe?

C'era stato il bianco di Milky (che era un gatto *bianco*, e comunque il fenomeno ultimamente sembrava essersi esaurito), e c'era stato il viola di Goofie (che era morto e che non era mai stato viola).

Larry aveva letto di alcune persone (sensitivi) che erano in grado di vedere l'aura delle persone (ma anche degli animali e delle piante), ovvero una radiazione luminosa che ogni corpo emetterebbe. Naturalmente non c'era alcuna prova scientifica a sostegno di tali teorie e l'intera faccenda veniva catalogata nell'ampio e vago capitolo dedicato alle pseudoscienze. Ma se davvero l'aura, seppur non potendola dimostrare, esisteva, era possibile che lui, Larry, avesse in qualche modo acquisito la capacità di percepirla?

L'aura veniva descritta come un alone (o bozzolo, anche se

bozzolo non gli piaceva per niente, gli ricordava certi film di fantascienza degli anni Cinquanta dove alieni cattivi e affamati si cibavano di esseri umani) capace di riflettere l'anima o i sentimenti della persona (o animale o pianta) da cui era generata.

Le esperienze di Larry, sempre ammesso che fossero reali e non frutto della sua mente deviata, erano andate tuttavia ben oltre la semplice visione di "un sottile alone luminoso". Lui era stato investito letteralmente da una marea colorata, un'onda d'urto che l'aveva lasciato ogni volta stordito e turbato. E, almeno in una occasione, quella *cosa* era stata foriera di un grave avvenimento.

Nemmeno questo, però, provava niente. A Josephine Boulding non era accaduto nulla (non ancora), e neppure ai genitori di Steve Taller, a parte il fatto che avevano perduto il loro unico figlio. Ma in questo caso, l'aura (ora aveva cominciato a chiamarla così) viola che l'aveva colpito visitando Goofie si era verificata *dopo* la morte di Steve. Dunque non si poteva parlare di premonizione.

***

L'arrivo di Dave arrestò le sue zoppicanti congetture (Esther, evidentemente, non era stata messa al corrente di quanto accaduto al barbecue o se lo sapeva dimostrava di essere di larghe vedute). Dopo aver illustrato il funzionamento di alcuni strumenti come l'otoscopio e il fonendoscopio, Larry propose al bambino una partita a carte. Giocarono a *Crazy eights* e *Rummy* e Larry si stupì di ricordare ancora le regole. Quando anche le carte non ebbero più nulla da dire, passarono al calcio. Dave aveva portato un pallone e questa volta fu lui a mostrare a Larry i rudimenti di quella disciplina.

Nessun cliente, quella mattina. Nessuna telefonata. Dave, quando sua madre venne a riprenderlo, si mostrò un po' deluso.

«Ci vediamo domani?» chiese Larry a entrambi mentre madre e figlio imboccavano il vialetto.

«A domani» rispose la donna.

Alle due tenne fede all'impegno preso con Jobeth Allison per fare una passeggiata insieme.

Si erano dati appuntamento sulla 302, al piccolo parcheggio di fronte alla chiesa battista di North Wytago.

Quando Larry arrivò a bordo della Mustang, nella luce sbiadita di un sole pallido, vide che c'erano altre due auto parcheggiate. Non ci fece caso perché era certo che Jobeth lo avrebbe raggiunto in sella alla sua bicicletta da corsa. Così restò seduto in macchina, ad ascoltare la musica che usciva dal mangiacassette. Billy Joel, questa volta, cantava *Honesty*, un invito per Larry a comportarsi *onestamente* con la donna che stava per incontrare.

Da quando aveva bisogno dei consigli del vecchio Billy? E perché una parte di lui credeva di non essere abbastanza onesto con Jobeth?

Qualcuno bussò al finestrino facendolo sussultare.

Era Jobeth. Non portava il caschetto, come Larry si sarebbe aspettato, e nemmeno la tenuta da ciclista, ma una tuta grigia e una felpa con cappuccio. Accanto a lei c'era un ragazzino dai capelli neri e ricci e gli occhi scuri. Somigliava decisamente a Jobeth.

Anziché scendere, Larry abbassò il finestrino. «Ciao» disse.

Lei rise. «Hai intenzione di startene lì dentro ad ascoltare musica oppure vieni con noi?»

Era proprio quel *noi* che l'aveva leggermente confuso. Non si era parlato di *noi*, ma soltanto di Larry e Jobeth.

Larry richiuse il finestrino, spense lo stereo (ciao Billy, poi ti racconto quanto *onesto* sono stato) e scese dall'auto.

«Lui è Luke» disse Jobeth indicando il ragazzino, che osservava Larry con aria sospetta. «Mio figlio».

Larry allungò una mano. «Piacere, Luke. Io sono Larry.»

«È vero che curi gli animali?» chiese Luke ignorando la mano tesa nella sua direzione.

Larry guardò Jobeth, la quale scoppiò a ridere nuovamente. «Luke è un tipo pratico. Va subito al sodo! Dai la mano, Luke.»

Il ragazzino obbedì. «È vero che fai il veterinario?» ripeté.

«È vero» ammise Larry.

«Non sembri un veterinario» osservò con aria scontenta.

Questa volta fu Larry a ridere. «Sono assolutamente d'accordo con te!»

Jobeth e Luke erano venuti in macchina. Una delle due auto parcheggiate era la loro, una Nissan Stanza gialla a tre porte che, a giudicare dalla targa e dalla carrozzeria, doveva aver passato da tempo la maggiore età.

Si avviarono a piedi e, dopo aver aggirato la base della collina, furono accolti dal sommesso gorgogliare del fiume e dall'ombra della sua folta vegetazione. Da qualche anno era stato creato un sentiero di terra battuta che ne costeggiava gran parte del corso lungo la sponda orientale, dalla periferia di Berlin fino a Marshfield, per un totale di venti chilometri, passando per Wytago e la foresta di Orange. C'erano un paio di ponti coperti e alcune aree attrezzate per i picnic. E lo si poteva percorrere sia a piedi che in bicicletta.

«E se ti confessassi che non ci sono mai stato?» disse Larry.

«Ti direi peccato. È molto bello qui. Io ci vengo spesso, anche in bicicletta. Pensa che fino a qualche anno fa, prima che le cartiere e le altre fabbriche fossero costrette ad adottare i depuratori, il fiume era inquinato e senza pesci.»

«Dici sul serio?» Larry stentava a crederlo.

«Ho visto delle foto. Parlo degli anni Settanta fino alla fine degli anni Ottanta. Il colore dell'acqua variava dal giallo al marrone al nerastro, e la gente, se solo osava tuffarsi, si ritrovava la pelle piena di macchie rosse o peggio ancora.»

«Adesso, però, è un piccolo paradiso.»

«Puoi dirlo.»

Larry si rivolse a Luke. «E tu?» chiese nel tentativo di coinvolgerlo. «Anche tu ci vieni in bici con la mamma?»

«Non mi piace la bici» rispose il bambino senza voltarsi.

«A Luke non piace fare fatica» intervenne Jobeth. Poi, con un tono di voce più basso, verso Larry: «Tu come stai?».

Larry si chiese se sapesse del barbecue, di come era finito per lui. Certo che lo sapeva. A Wytago era impossibile nascondere qualcosa. «Meglio, grazie» disse.

Lei annuì.

Perché si era portata dietro il bambino? si domandò Larry. Gli sembrava diversa, con lui presente. E perché non glielo aveva detto? Quella cosa aveva le sembianze di un'imboscata, stonava.

Jobeth sembrò leggergli nei pensieri, perché rallentò il passo lasciando che Luke andasse un po' avanti. Il bambino aveva raccolto un legnetto e lo usava come una spada contro invisibili nemici.

«È simpatico» disse Larry.

«In realtà a volte sa essere davvero stronzo» replicò Jobeth. «Come oggi. Non ci voleva venire sul Winooski. Ce l'ho dovuto trascinare perché ci tenevo a fartelo conoscere.»

Fu Larry ad annuire. Quindi si sentì in dovere di aggiungere qualcosa. «Senti, riguardo a quello che è accaduto ieri…»

«Sì, è terribile. Povero signor Bundy. Non lo conoscevo bene però so che era tenuto in grande considerazione da tutti, in città.»

«È stato terribile, sì» ammise Larry. «Ma io mi riferivo a quello che forse ti hanno detto… di me.»

«Di te?»

«Di me.»

«Non sono una persona che giudica gli altri.»

«No, ma volevo dirti che…»

«Non mi scandalizzo per una sbornia.»

Quindi è questo che avevano raccontato, che era ubriaco, sorvolando pietosamente sul resto. Meglio così. Considerò se fosse il caso di confidarle quella cosa delle premonizioni o aure o qualsiasi accidente fossero. Dal fondo della coscienza, la voce di Billy Joel canticchiò il ritornello di *Honesty*.

«Senti» se ne uscì Jobeth stoppando ogni *onesta* iniziativa di Larry. «Che ne diresti di riprovarci con quella cena messicana?»

«Certo.»

«Volevo proporti una piccola variazione al programma.»

Larry si voltò a guardarla. «Sarebbe?»

«Se invitassimo anche Suzie e Doodley? Vorrei tanto che tu li conoscessi.»

Per un istante aveva pensato che la variazione al programma fosse Luke. «Mi sembra un'ottima idea» rispose. Ed era vero. Di Suzie gli importava meno, ma Doodley lo incuriosiva.

«Davvero?» Jobeth sembrava sorpresa.

«Davvero.»

«Grande!»

«Cos'è *grande*?» chiese il bambino che, sebbene camminasse qualche passo più avanti, doveva avere le orecchie ben tese alla conversazione tra i due adulti.

«Niente. Facciamo una cenetta con Suzie.»
«E io?»
«E tu starai con nonna Lucille.»
Luke sbuffò e percosse con furore il tronco di un albero con la sua spada di legno.
Jobeth sorrise. «Quando?» chiese a Larry.
«Non lo so. Decidi tu. La mia agenda non è così fitta di impegni.»
«Sabato prossimo?»
«Andata. Da me.» Gli piaceva l'idea che qualcuno fosse ospite in casa sua. Per la prima volta da che si era trasferito. Sperava solo di non fare la stessa fine del sabato precedente. Sarebbe stato attento. Avrebbe preso solo le medicine necessarie. Niente Miss Ketamina. E, soprattutto, niente alcolici. O quasi.
Camminarono per un po' in silenzio. Era un bellissimo tratto di fiume, di colore smeraldo, che scorreva pigro in un letto ampio cullando anatre e gallinelle d'acqua intente all'igiene personale e a emettere richiami. Piccoli mulinelli vorticavano per poi sparire, portando con loro pezzetti di legno o erbe galleggianti. Fronde di salici e di vecchi alberi barbuti carezzavano la superficie per rinfrescarsi o per bere.
Larry cercava di indovinare cosa pensasse Jobeth. Come in quel racconto di Edgar Allan Poe, dove Auguste Dupin riesce a seguire perfettamente il filo dei pensieri del suo amico uscendosene con una frase a effetto. Ma lui non era Auguste Dupin, neanche ci si avvicinava, e piuttosto che sparare una cazzata se ne rimase zitto.
Rifletté invece sulla donna che gli camminava a fianco.
Era molto carina, vivace, semplice. Era comprensiva. Stava nascendo qualcosa tra loro? Forse. O forse era solo alla ricerca di un amico. E poi c'era quel ragazzino, Luke. Non era colpa sua, ma in una eventuale relazione avrebbe complicato le cose. E Dave, allora? Per Dave era diverso. Non era il figlio della donna che Larry voleva portarsi a letto. Perché alla fine, volendo dare retta al vecchio e saggio Billy Joel, quello era lo scopo di tutti gli incontri, le telefonate, le passeggiate, dell'essere simpatici. Stava bene con Jobeth (anche senza scopare), però aveva un gran desiderio di andarci a letto insieme. Che c'era di male, in fondo?

Non doveva socializzare di più? Scopare era un gran modo di socializzare. Non ricordava più nemmeno come si faceva.

Alcuni maschi d'anatra insidiavano una femmina. Larry, da quanto ne sapeva, era più fortunato: lui, al momento, doveva essere l'unico pretendente di Jobeth. Ignorando una vocina che suggeriva *frena, frena, frena, rotta di collisione*, decise di provarci. Le loro mani si sfioravano e lui fece il gesto di prendere quella di lei.

Jobeth lo lasciò fare e poi gli sorrise. Evidentemente non le importava se Luke la vedeva. Tanto meglio.

L'acqua del fiume aveva cambiato colore. Ma non era uno dei soliti effetti collaterali legati ai farmaci di Larry e nemmeno una nuova ondata di inquinamento ambientale. Non c'erano alligatori che nuotavano, almeno non in superficie. Era il cielo ad aver cambiato colore, ingrigendosi e popolandosi di nuvole.

Da qualche parte scoppiò un tuono. Luke si fermò a guardare in alto.

«Non era prevista pioggia» disse Jobeth.

Nuvole più scure si radunavano veloci a nord, come se avessero appuntamento per un convegno meteorologico. Un altro tuono più forte e minaccioso del precedente e il cielo si chiuse del tutto.

«Meglio se torniamo» suggerì Larry mentre già le prime gocce iniziavano a cadere.

Arrivarono al parcheggio che pioveva a dirotto e sopra le loro teste, in un cielo cupo, esplodevano tuoni e lampeggiavano fulmini. Luke rideva divertito. Corsero verso la macchina di Jobeth evitando le pozzanghere e ci si infilarono dentro tutti e tre.

«Il meteo ci azzecca una volta su tre» constatò Jobeth guardando al di là del parabrezza.

L'abitacolo era caldo e i vetri si appannarono immediatamente. Luke si mise a giocare con una macchinina che aveva lasciato sul sedile, facendola correre sul ripiano posteriore e imitando il suono del motore.

«Qui non c'è lo stereo» disse Jobeth.

La pioggia batteva sul tettuccio dell'auto sovrastando la sua voce.

«In ogni caso dubito che si sentirebbe qualcosa» ribatté Larry.

Lei annuì.

Lui le riprese la mano. «Volevo dirti una cosa» iniziò.

Jobeth ascoltava, ma senza guardarlo. Era tesa. Forse pensava che Larry avesse intenzione di dichiararsi, lì, nella sua auto, con suo figlio che giocava sul sedile posteriore.

Il parabrezza era un fiume di vetro che offuscava completamente il paesaggio. Larry non riusciva più nemmeno a scorgere la propria Ford. La chiesa, poi, era stata letteralmente inghiottita dal grigiore diffuso che era sceso su quella parte di mondo.

«Sabato» disse parlando a bassa voce «mi è successa una cosa. Non è la prima volta che mi capita, ma sabato è stata veramente... non so... strana. Anzi, non solo strana, sì, anche strana, ma... colossale, ecco, una cosa enorme.»

Jobeth sbirciò con una fugace occhiata Luke, che continuava a far andare su e giù la macchinina, ma non disse nulla.

«Ho avuto una specie di... non so nemmeno io come chiamarla, una premonizione, forse.»

Sentì la mano di Jobeth stringere la sua.

«Ho visto qualcosa» continuò Larry «proprio un attimo prima che Jeff, che il signor Bundy... sì, insomma, che morisse.»

Lei strinse di più. Come a volerlo fermare. «Cosa intendi?»

«È difficile da spiegare, ma la stessa cosa mi è successa quando sono stato dai Taller e con la gatta della signorina Boulding, la mia vicina di casa...»

Jobeth staccò la mano. «Non capisco.»

«Nemmeno io. E forse non avrei dovuto parlartene.»

I tuoi consigli, vecchio e saggio zio Billy, un'altra volta tieniteli per te.

I tuoni si allontanavano e la pioggia stava perdendo d'intensità.

Perché si era portata dietro il bambino? si chiese nuovamente Larry. Forse perché le madri facevano così. Be', non sempre. Non tutte. Ma che ne sapeva lui di madri?

«Magari ne parliamo un'altra volta» concluse Jobeth agitandosi sul sedile. Era spaventata?

«Magari» ripeté Larry. Quindi poggiò la mano sulla maniglia. «Io vado. Grazie della passeggiata, Jobeth.»

Spalancò la portiera. Una pioggia sottile gli bagnò la camicia. Aveva rinfrescato. «Ciao, Luke» disse voltandosi.

«Ciao» rispose il bambino seguitando a dargli le spalle.

Poi Larry guardò Jobeth. Lei stava sorridendo, ma in maniera contenuta, quasi distaccata. La temperatura era scesa anche all'interno dell'auto.

***

Ci pensò per tutto il resto di quella lunga giornata. Un pensiero che spostò il focus da quello legato alle aure. Era successo qualcosa tra loro. Ed era successo a causa sua. Era stato come sentire un lago ghiacciato che comincia a scricchiolare sotto i piedi. Una piccola crepa sottile che minuto dopo minuto si ingrandisce fino a far implodere tutta la lastra.

Era accaduto in auto, quando lui le aveva preso la mano e aveva dato fiato alla bocca sproloquiando di premonizioni e altre amenità del genere. Per forza che si era spaventata. Magari si aspettava di sentirlo parlare d'amore, di come avesse perso la testa per lei, di quanto fosse meravigliosa. E invece aveva assistito allo show di un pazzo delirante, che pensava di poter comunicare telepaticamente con uomini e animali. Perché non con le piante, allora? O gli insetti?

Si diede del coglione. Provò a telefonarle, ma gli rispose Lucille dicendo che Jobeth era al lavoro e che sarebbe rientrata alle otto. Fu tentato di farsi dire dove avrebbe potuto trovarla. Desiderava parlarle, voleva chiarire quanto era accaduto. O non-accaduto. Ma alla fine si disse che avrebbe probabilmente alimentato l'idea che Jobeth si stava facendo di lui, uno svitato mentecatto con idee paranoiche.

Così si ficcò nella serra dedicandosi agli ultimi dettagli.

Sandra Duvall (quella del bulldog, o era il beagle?) aveva promesso che gli avrebbe dato una mano per l'inaugurazione dello studio (sempre che, dopo averlo visto svenire e quasi vomitare al barbecue, non avesse cambiato idea). Larry pensava a uno dei giorni dopo il 4 luglio, magari l'8, che cadeva di sabato. Prima, però, c'erano ancora alcune cose da fare. Come collegare tutte le apparecchiature, predisporre le luci, comprare un ventilatore, procurarsi qualche stampa con animali come soggetti, le solite cose per intenerire i clienti: gattini, cuccioletti e compagnia bella. E poi c'era quello scatolone ammuffito, quello pieno di documenti e oggetti appartenuti al dottor Ellroy, che ora beveva margarita o piña colada al sole della Florida.

Lo sollevò (pesava più di quanto ricordasse) e lo depositò sul tavolo del salotto. Quindi si mise seduto e cominciò a esaminarne il contenuto.

Trovò ricevute di pagamenti risalenti a decine di anni prima, autorizzazioni scadute, bolle di consegna di medicinali, registri caduti in prescrizione, alcune foto in bianco e nero (il giovane Ellroy durante una gita in montagna, una donna sorridente, una classe di liceali) e un pacco di lettere tenute insieme da un elastico che si sgretolò non appena Larry ci mise le mani. Le lettere si sparpagliarono sul tavolo come carte da gioco.

Sul fondo della scatola c'era un fagotto. Dentro uno straccio ingiallito e sporco d'olio, scoprì una pistola. Era scarica, ma nel fagotto c'erano le pallottole. Cinque in tutto.

Osservò la pistola alla luce della lampada. Era una Smith & Wesson calibro 32 a sei colpi, ammaccata e arrugginita. Larry la soppesò. Non aveva mai tenuto in mano una pistola vera. Chissà cosa se ne faceva il dottor Ellroy. La ripose nello straccio.

Passò alle lettere. Erano tutte indirizzate al vecchio proprietario della casa. Prive di mittente.

Ne aprì una.

Mio adorato Elmer, cominciava così. A quanto pareva il buon vecchio Elmer si era dato da fare, ai suoi tempi. *È dura stare lontani. È dura vederti e non poterti abbracciare e baciare. Sento ancora il tocco delle tue dita gentili sulla mia pelle e ripenso al nostro ultimo incontro, a casa tua.*

La cosa si faceva scabrosa. Se solo quelle pareti (ora verdognole) avessero potuto parlare.

Larry sorrise. In realtà si sentiva un impiccione, un guardone che spia dal buco della serratura.

Nonostante questo non riusciva a smettere. Cercò la data.

18 marzo 1947.

Anche la lettera era caduta in prescrizione, come i registri. Il vecchio Elmer non se ne avrebbe avuto a male. E poi, se le aveva lasciate lì, era probabile che non ci tenesse.

Continuò a leggere, una lettera dopo l'altra. Erano tutte scritte dalla stessa donna, che si firmava soltanto *tua M*. Grandi dichiarazioni d'amore, propositi di fuga sempre rimandati, sofferenze e rimpianti, tutto il campionario di un romanzo rosa alla Barbara Cartland. Immaginare il vecchio doc nel ruolo di amante focoso risultava a Larry piuttosto difficile, almeno quanto immaginare se stesso campione di sollevamento pesi.

Quando terminò, la casa era immersa nella penombra e fuori il sole stava tramontando. Larry accese la luce e stiracchiò i muscoli irrigiditi dalla posizione.

La donna di Elmer Ellroy a quei tempi era sposata a un altro uomo (il cui nome non veniva mai citato nelle lettere) e la relazione con il veterinario di Wytago era, ovviamente, clandestina. La tresca era andata avanti parecchio, almeno fino al 1951, anno in cui la donna aveva avuto un figlio, fatto che aveva sancito, stando alle lettere, la fine della loro storia.

In tutta la faccenda, però, quello che Larry ignorava era la posizione di Ellroy. Lei lo aveva amato e molto, questo era evidente, e il doc doveva aver corrisposto quell'amore, altrimenti avrebbe interrotto presto la rischiosa relazione. Soprattutto in un piccolo centro come Wytago, dove tutti sapevano tutto di tutti. Ma se l'amava davvero, perché si era accontentato di restare in disparte? Perché non l'aveva portata via da lì? E chissà se qualcuno aveva mai sospettato qualcosa? Se c'era una persona che avrebbe potuto rispondere a quelle domande, era Josephine Boulding. E alla prima occasione gliene avrebbe parlato.

Ora la questione era: quelle lettere andavano restituite a Elmer Ellroy? E se sì, che doveva fare della pistola? Spedire per posta un'arma, benché scarica, non era la migliore delle idee. C'era un mucchio di terroristi a zonzo per gli States e un mucchio di agenti speciali in agguato pronti a prenderli con le mani nel sacco. No, la pistola sarebbe rimasta a Wytago. Magari l'avrebbe consegnata allo sceriffo Blanchard.

La ripose con delicatezza nella scatola registrandone la robusta pesantezza. In quanto alle lettere, per il momento rimise a posto anche quelle. Poi chiuse lo scatolone con del nastro adesivo e lo depositò nel sottoscala, dopo aver scritto a pennarello: ELLROY ELMER-PRIVATO.

Mentre riemergeva dal sottoscala sentì il telefono squillare. Era Jobeth.

***

«Mi spiace per oggi» esordì la donna. «So che mi hai cercata, ma ti avrei chiamato io dopo il lavoro.»

Sembrava tornata quella di sempre. *Quella di sempre*? La conosceva appena.

«Non dovevo proporre la cena» continuò non lasciando spazio a Larry. «Ho imposto una cosa che forse non ti andava e tu, per non farmi restare male, hai detto di sì. E anche il fatto di Luke, non è andata benissimo, lo so. Eri a disagio e poi ti sei innervosito, me ne sono accorta, così mi sono detta Jobeth, bella scema che sei, hai rovinato tutto, e me la sono presa con me stessa...»

Larry stava sorridendo. Era stato investito da un fiume di parole e non sapeva esattamente cosa dire. Ma a parte questo, provava una vaga sensazione di sollievo, un benessere diffuso. Come quello che la ketamina gli dava i primi tempi, quando ancora non ne era schiavo.

«È così?» chiese la voce di Jobeth dall'altra parte del filo prendendo un sapore dolce, un po' infantile. «Ho rovinato tutto?»

«A dire la verità ero convinto di essere stato io a rovinare tutto.» *E che fossi stata tu quella a disagio.* Ma non lo disse.

«Tu? Perché?»

«Quando ti ho preso la mano...»

«Mi è piaciuto.»

«... E mi sono messo a farneticare di quella cosa.»

Tutt'a un tratto non gli sembrava più così importante, la faccenda dell'aura e dei colori. Gli appariva sbiadita, come un sogno che sembra reale mentre viene sognato ma che poi, al risveglio, appare addirittura ridicolo e ci si meraviglia di averlo potuto prendere sul serio.

«Ti confesso che un po' mi sono spaventata» disse Jobeth. «Anche perché Luke è facilmente impressionabile e non volevo che, sì, che pensasse che...»

«Che sono strano?»

«Tra me e te mi sa che la più strana sono io! No, intendo che magari è meglio se ne parliamo tra di noi, senza di lui.»

Larry non rispose.

«Ascoltami» riprese lei. «So che Luke può essere un ostacolo per una... cioè, se noi volessimo...»

«Avere una relazione?»

«Oddio! Non ci credo, l'hai detto! Va be', inutile che ci nascondiamo dietro un dito. Mi piaci, Larry, e io credo di piacere a te, o almeno abbastanza, ecco, e quindi... Oh, non so! Mi sento come una ragazzina, mi batte il cuore e il viso mi è andato in fiamme. Pensa che sono chiusa in bagno, con la mano a coppa sul microfono per non farmi sentire da Luke e da mia madre. Neanche avessi quattordici anni e fossi alla mia prima cotta!»

Quindi di questo si trattava, di una cotta, pensò Larry. E lui, invece? Aveva anche lui una *cotta*? O si trattava molto più prosaicamente di semplice attrazione sessuale? Non l'aveva ancora capito.

«Non dici niente?» domandò Jobeth. «Forse non hai nessuna intenzione di imbarcarti in una relazione con una vedova con madre e figlio a carico, giusto? Forse mi sono fatta un film che non esiste e tu stai pensando che devo essere davvero una cretina e che sto facendo una figura di...»

«Jobeth?»

«Eh?»

«La vuoi smettere?»

«Di fare cosa?»

«Di dire scemenze e di agitarti.»

«Ok, la smetto.»

«Sto bene con te, sei una persona meravigliosa, ed è probabile che le cose tra noi prendano una certa piega. Anzi, ne sono sicuro. Ma devi darmi un po' di tempo. Io non sono più abituato a... stare insieme a qualcuno.»

«Capisco...»

«No, purtroppo non credo che tu capisca. Il mio incidente, non è stato un semplice incidente.»

Le raccontò tutto. Del coma, della sua decisione di trasferirsi e di ricominciare, della dipendenza dai farmaci (evitò di parlarle della ketamina e anche dell'alligatore) e di tutti gli aspetti psicologici della sua *rinascita*, volendo usare un termine che da quelle parti era piuttosto familiare.

«Non avrei voluto che questa conversazione avvenisse al telefono» concluse. «Avrei preferito parlartene di persona, guardandoti negli occhi. Ma dovevo spiegarti. Mi capisci?»

«Sì, ti capisco. *Ora* ti capisco. Non immaginavo...»

«Lo so. A volte è difficile anche per me credere che sia accaduto veramente, che la mia vita sia stata rivoltata come un guanto. Vorrei che fosse solo un brutto incubo e che al risveglio tutto tornasse com'era allora...»

Sentì che Jobeth tirava su col naso. Forse stava piangendo.

«Non volevo rattristarti» si affrettò ad aggiungere. «Ma solo spiegarti come stanno le cose. Ho ancora molte difficoltà e temo che le persone che ho intorno ne risentano in qualche modo, che possano esserne turbate. Per questo ci vado piano. Tu, però, mi hai aiutato...»

«Io?»

«Sì. Sei stata come una boccata d'aria fresca dopo tanta aria viziata.»

«Dici davvero?»

Diceva davvero, anche se la metafora non era delle più azzeccate. Ma lui, fortunatamente, non era un poeta né uno scrittore. «Non è la serata delle verità, questa?»

Lei rise.

«Non preoccuparti» le disse cercando un tono caldo, più che amichevole, intimo. «E non aver paura di sbagliare, con me. Ti chiedo solo di avere pazienza se qualche volta non mi comporto proprio come farebbe una persona normale...»

«Tu *sei* normale!»

«Comunque grazie per avermi richiamato.»

«Ci vediamo nei prossimi giorni? Oh, scusa! Ecco che ci sono ricascata! Non volevo importi...»

«Jobeth?»

«Devo smetterla. Ho capito. Allora facciamo così, affascinante straniero, quando hai voglia di vedermi fischia. Io sarò nei dintorni.»

«Ti chiamo presto. Ok?»

«Ok. Buonanotte.»

«Buonanotte a te. E salutami Luke e anche tua madre.»

«Sarà fatto. Ora vado, altrimenti tra poco verranno a bussare alla porta del bagno per vedere che cosa sto combinando!»

Larry riappese pensando se aveva fatto bene a confessarle tutti i suoi guai (non proprio tutti). Jobeth gli era sembrata indifesa, vulnerabile e ferita, e aveva voluto darle conforto, abbracciarla con le parole, consolarla. Non sapeva se ci era riuscito, ma, più che altro, non era sicuro di averle detto la verità. Non su di lui, ma sul fatto che lui fosse (quasi) pronto per una relazione con lei. E con suo figlio.

Quello era il nocciolo della faccenda. Quando tra di loro c'era stato Luke, entrambi si erano comportati in maniera diversa, meno spontanea. E questo non rappresentava un punto a favore. Per niente. Piuttosto una specie di corsa ad handicap. Poteva darsi che col tempo tutto si sarebbe appianato, tutto sarebbe diventato più facile. Oppure no. Non ne aveva idea.

Nel frattempo gli era salita l'emi-crania, che era sempre più pan-crania. Doveva mangiare qualcosa e poi prendere del Fentora o l'Abstral o il Tyazen, cercando di evitare l'amica ketamina.

Aprì il frigorifero. Vuoto. Da quanto non faceva la spesa? E da quanto non si pesava? Aveva l'impressione di essere ulteriormente dimagrito. Ancora un po' e sarebbe scomparso. Avrebbero trovato i suoi vestiti vuoti, afflosciati sul pavimento, e di lui sarebbero rimasti un ciuffo di capelli e i denti otturati. Le sacre reliquie di Lawrence Nowak.

***

Etta Grier era inquieta. Il giornalista venuto da Manchester aveva promesso di aggiornarla sull'inchiesta relativa a "quello della casa di Elmer". Le aveva detto che lo conosceva, che era una persona schiva, che aveva avuto qualche guaio con la giustizia (Etta a quelle parole era andata in orgasmo), ma che non lo considerava pericoloso, se non per se stesso. Etta aveva insistito dicendo che, dal momento che l'ufficio dello sceriffo non prendeva seriamente la faccenda, lei considerava Randolph una specie di detective privato e dunque, se avesse scoperto la minima prova che "quello della casa di Elmer" rappresentava un pericolo per la comunità (ovvero per lei e Howell), voleva esserne immediatamente informata.

J.R., da parte sua, non aveva alcuna intenzione di spiattellare a una simile pettegola i fatti privati di Larry Nowak, soprattutto considerando che aveva già raggiunto il suo scopo, cioè trovare Larry, e quindi si era limitato a promettere quanto sapeva non avrebbe mantenuto.

«Sono passati quattro giorni» disse Etta a suo marito quella sera.

Howell guardava in tv *I Soprano*, una serie che Etta disapprovava per la crudezza del linguaggio e per le tematiche legate alla violenza, alla criminalità e al sesso. Non appena la sentì entrare in salotto, Howell cambiò canale. «Come dici, cara?»

«Che quel figlio di buona donna non si è più fatto vivo.»

«Di chi stai parlando?» Ora sullo schermo c'era la pubblicità di un beverone a base di verdure che prometteva un dimagrimento di venti chili garantito nell'arco di sole tre settimane.

«Del giornalista, quello con il nome uguale al tizio che faceva Dallas.»

«J.R.?»

«Già.»

«Magari se n'è andato.»

«Naaa. L'hanno visto gironzolare in città. Fa domande a tutti.»

«Le ha fatte anche a noi.»

«Sì, ma non erano questi i patti.»

«E quali erano i patti?»

Etta sospirò. «Lascia perdere, Howell. Torna pure a guardare quella serie volgare che ti piace tanto.»

«Di quale serie parli?»

«Non fare il furbo con me. Non ti conviene.»

16

Martedì 27 giugno

Kate Evans Bundy era stata sostituita al centralino dell'ufficio dello sceriffo da Martha Richardson, che per molti anni aveva fatto da segretaria a Felix Duvall, al negozio di mobili. O meglio, era stata la stessa Martha a proporsi per quel posto, dal momento che si trattava di un impiego temporaneo (solo finché Kate non si fosse ripresa: la morte del marito, per quanto fosse malato, era stata una mazzata tremenda) che non avrebbe intralciato le sue attività presso il circolo anziani di Front Street.

Fu dunque la sua squillante voce ad accogliere quella (meno squillante, anzi decisamente piatta) dell'agente speciale Maldwyn Price la mattina di martedì verso le dieci.

«Le passo immediatamente lo sceriffo Blanchard!» esclamò Martha, felice come se avesse appena spuntato tutti i numeri della sua cartella al Bingo settimanale.

«Pronto, Price?» Il tono di Thurgood Blanchard era quanto di più lontano potesse esserci da quello di Martha Richardson. Molto più simile a quello di Price, solo un tantino più lugubre.

«Salute, sceriffo.»

«Che posso fare per te?»

Il fine settimana che Thurgood aveva trascorso occupandosi di Francine era iniziato bene ma era finito decisamente male. Avevano litigato, cosa rara per Francine dal momento che i farmaci la portavano a essere, al contrario, piuttosto indifferente alla maggior parte delle persone o dei fatti che la circondavano. Il motivo del contendere era stato generato da Thurgood, il quale aveva avuto la pessima idea di confidarle le teorie dell'agente speciale venuto da Boston, che contemplavano, in qualche modo, anche la disgrazia capitata a Tommy. La donna, diversamente dal marito e alquanto inaspettatamente, era favorevole all'idea di portare finalmente a termine l'indagine che riguardava la morte di suo figlio. Fosse anche stato necessario riesumare il corpo.

Thurgood non se ne capacitava. Aveva chiuso in fretta il caso e tutto quello che lo riguardava proprio per permettere a Fran di dimenticare e di ricominciare. E ora lei se ne usciva con questa novità, dando ragione a quel damerino di Price, ipotizzando che Tommy fosse stato ucciso e non che avesse trovato la morte accidentalmente. *Ucciso*. Non poteva nemmeno pensarci.

Non poteva pensarci perché sapeva che, se sulla faccia della Terra esisteva davvero un essere così fottutamente infame da aver assassinato suo figlio, lui l'avrebbe ammazzato facendolo soffrire come un cane. Non gliene fregava niente della legge. E quel tipo, chiunque fosse, si sarebbe ritrovato a rimpiangere di essere nato.

Infine ci si era messo anche Coltrane, il gatto di casa, che andava venti volte al giorno a pisciare nella cassetta, ma non faceva che poche gocce. Anche per questo avevano litigato, perché Fran, che era affezionatissima a Coltrane (era stato il gatto di Tommy, così come Goofie era stato il cane di Steve Taller), esigeva che fosse visto dal veterinario, mentre Thurgood insisteva col dire che era una cosa da poco e sarebbe passata da sola. «In natura succede così» le aveva detto.

Alla fine lui aveva dormito sul divano (con Coltrane) e lei in camera da letto.

«Che puoi fare per me?» ripeté Price. «Leggere le mail, ad esempio.»

«Quali mail?»

«Quelle che ti ho mandato ieri e alle quali non hai risposto.»

«Non ho grande dimestichezza con i computer e con la tecnologia in genere» si giustificò lo sceriffo. «Cosa ci hai scritto in quelle mail?»

Price sospirò. Doveva avere pazienza con quella gente, lo sapeva, boscaioli, montanari lacustri. «Un paio di cose. Il laboratorio di analisi ha scoperto che il tappo ritrovato nel bosco» evitò di dire "che *ho* ritrovato" «appartiene a un modello di tanica abbastanza comune, purtroppo, venduta un po' ovunque e, in particolare, in tre negozi della tua zona: Wal-Mart, Shoney's Pitture & Smalti e Wytago Service. Li conosci?»

«Certo.»

«Lo immaginavo. La seconda cosa è questa. La benzina versata sul corpo di Steve Taller è di tipo Regular, ottantasette ottani, niente di che, si trova in qualsiasi distributore. Ma la novità è che quel tappo presentava residui di una specifica sostanza utilizzata come solvente per vernici e pitture e per sciogliere le cere nelle lucidature dei mobili. L'essenza di trementina.»

«Cosa significa?»

«Che quella tanica, prima di essere riempita di benzina, conteneva altro. Significa che tu e i tuoi dovrete guardare in quella direzione.»

«Quale direzione?»

Price cominciò a innervosirsi. «Sceriffo, mi stai prendendo per il culo?»

«Ti do quest'impressione?»

«Me la dai. Acquirenti di vernici, pitture, imprese di tinteggiatura, mobilifici, imbianchini, chiunque abbia a che fare con colori e pennelli, ristrutturazioni. *Comprenez vous*?»

«Sì, ho capito. C'è altro?»

«La riesumazione di Harry Woodelson è prevista per domani pomeriggio. Deve andarci qualcuno del tuo ufficio per controllare che tutto avvenga regolarmente.»

«Io?»

«Mandaci chi vuoi, basta che ci sia un rappresentante della legge. Tutto chiaro?»

«Sissignore.»

Price pensò per un istante se fosse il caso o meno di rimettere Blanchard nei ranghi. Poi, ancora una volta, si convinse a stare calmo e a lasciarlo lavorare in pace. «Buona giornata, sceriffo» concluse.

«Altrettanto» rispose Thurgood. E prima che Price chiudesse, sbatté la cornetta sulla base in modo che il messaggio gli arrivasse forte e chiaro. «Stronzo» mormorò infine, all'aria immobile del proprio ufficio.

***

Esther Poletti portò Dave da Larry alle otto e un quarto.

Larry dovette annaspare prima fuori dal sonno e poi fuori dal letto, scendere le scale senza cadere e aprire la porta dando l'impressione di essere in piedi da ore e avere sbrigato un mucchio di faccende domestiche.

«Spero di non averla svegliata» disse la donna con aria preoccupata.

Larry fece segno di no con la testa. «Assolutamente. Ero di sopra. Stavo sistemando una tubatura in bagno» mentì.

«Vedo che si dà da fare anche senza mio padre.»

«Ho imparato da lui. Come butta, Dave?»

«Cosa facciamo, stamattina?»

Larry non ne aveva idea. Come di molte altre cose, del resto. «Intanto facciamo colazione» disse.

«Ho già fatto colazione.»

«Ne facciamo un'altra, leggera. Vai in cucina. Io ti raggiungo subito.»

Quando Dave si fu allontanato, Larry chiese a Esther come stava sua madre.

Lei esibì un'espressione che era già una risposta. «I medici dicono che non ha molte possibilità, quasi nessuna. Oggi inizia la chemioterapia...»

«E Frankie?»

«Lui tiene tutto dentro. Sembra incrollabile, da fuori, ma sta soffrendo moltissimo.»

Larry annuì. «Ci vediamo più tardi» disse. «Buona giornata.»

Quando andò in cucina trovò Dave con una scatola di cereali in mano. «Ho trovato questa nella dispensa...»

«Davvero?» Larry non ricordava nemmeno di averla acquistata. Fece rapidamente sparire alcuni cadaveri di Miller Lite ficcandoli dentro un cassetto.

«Ma il latte è andato» aggiunse il ragazzino facendo una smorfia di disgusto.

Larry annusò la confezione. Era inacidito. «Hai ragione. Allora sai che si fa? Andiamo a fare colazione fuori.»

«D-dove?»

«Dove preferisci.»
«Alla panetteria LaBrioche? Ciambelle glassate?»
«Aggiudicato!»

***

Attraversarono Main Street come due turisti che prestano attenzione a ogni particolare, curiosi di novità. Dave faceva da cicerone indicando negozi che Larry fingeva di non conoscere.

Lucille Sparks, la madre di Jobeth, stava facendo la sua pausa sigaretta nel vicolo accanto al Sullivan Cafè. «Salute, Larry!» gli disse quando lo vide.

Larry fece un cenno con la mano, ma proseguì senza fermarsi.

Sotto il portico di Donnie i *ragazzi* erano già schierati (Larry ebbe il sospetto che dormissero su quelle sedie), una tazza di caffè in mano, gli inseparabili berrettini calcati sulla testa e gli scarponi da lavoro color fango secco ai piedi. Yankee della vecchia scuola.

«Non è il nipote di Frankie, quello?» domandò Hazel Coughlin quando Larry e Dave passarono davanti all'emporio.

«Buongiorno, ragazzi» li salutò Larry portandosi pollice e indice all'altezza della fronte nell'atto di levarsi un cappello immaginario.

«Che ci fa in giro con il nipote di Frankie?» volle sapere Donnie Licois con l'immancabile sigaro stretto tra i denti.

«Dave» disse Larry spettinando i capelli del ragazzino «diglielo tu.»

«Andiamo a farci un paio di c-ciambelle!» rispose Dave compiaciuto.

«Senti, senti. Allora buon appetito» augurò Donnie. «E non fare indigestione.»

«Nossignore.»

«Frankie è sempre in ospedale?» domandò Graham Moravi. Lo chiedeva a Larry.

«Credo di sì. In questi giorni non lavora da me per stare con… per starle vicino.»

«Lauren è una brava donna» disse Milton Swayne. «Non merita quello che le sta capitando.»

«Amen» approvò il *reverendo.*

Larry concesse un mezzo sorriso e sospinse Dave lungo il marciapiede. Non era il caso di mettersi a parlare della malattia di Lauren Poletti di fronte a suo nipote di otto anni.

Ma i *ragazzi* non avevano finito, evidentemente.

«C'è un tipo che è venuto a fare domande su di lei» disse Donnie Licois agitando nell'aria la mano.

«Su di me?» Larry era sorpreso. Molto sorpreso.

«Dice di essere un giornalista» spiegò Milton.

«E perché sarebbe venuto a fare domande su di me *a voi*?»

«A saperlo» rispose Milton.

«A saperlo» ripeté Hazel Coughlin.

«In realtà sta chiedendo un po' a tutti» disse Donnie.

«È un ficcanaso» tagliò corto Graham Moravi. «Ho già avvertito lo sceriffo.»

«Ma non ha fatto niente di male» obiettò Larry.

«Non ancora» ribatté Donnie.

Mentre si allontanava insieme a Dave, Larry scorse, sulla porta dell'emporio, Annette Licois. Le braccia conserte sul seno (Larry si chiese se lo stesse spingendo in avanti apposta), lo stava guardando (no, lo fissava proprio) con un sorriso invitante sulle labbra carnose. Le brillavano gli occhi. Larry pensò che era decisamente carina. Anzi, era provocante. Ci stava forse provando con lui?

Le fece un cenno di saluto con la testa e lei ricambiò sillabando *Ciao* con le labbra mute.

Dopo aver lasciato un paio di dollari al banchetto che raccoglieva fondi per la torre del municipio (Larry cominciava ad avere il sospetto di essere l'unico a sovvenzionare quella presunta ristrutturazione), andarono da LaBrioche, dove acquistarono un vassoio di dodici ciambelle assortite per quattro dollari e novantanove (e per tutto il tempo Larry non riuscì a togliersi dalla testa l'immagine di Annette Licois appoggiata allo stipite della porta come la donna di un cowboy in un vecchio film di John Ford).

Tornati a casa, l'umore di Dave era cambiato.

«Qualcosa non va?» chiese Larry.

«P-perché hanno detto quella cosa della nonna?»

«Quale cosa?»

«Che non m-merita. Cos'è che non merita? La nonna è brava...»

«Si riferivano alla malattia che sta affrontando. Volevano dire che non è giusto. Ma non ti devi preoccupare. Vedrai che le cose si sistemeranno.»

Dave gli rivolse i suoi occhi castani e pieni di speranza. «La nonna g-guarirà?» Era agitato, spaventato, ma cercava di non darlo a vedere. La sua balbuzie, però, parlava per lui.

«Non lo so, ma tu devi essere fiducioso e...» Pregare per lei, avrebbe detto qualcuno. Non lui, non Larry.

«E?» domandò Dave.

«E comportarti bene, con tua madre, tuo padre e il nonno. Non essere capriccioso e aiutarli più possibile.» Parlava come sua madre quando lui era bambino. Non lo avrebbe mai immaginato.

«E questo f-farà star meglio la nonna?»

Questa volta Larry non rispose. Si limitò ad aprire il cartoccio con le ciambelle e a offrirle a Dave.

I bambini facevano un sacco di domande alle quali, a volte, non era possibile dare risposta.

Sperò che Dave non insistesse. E Dave non insisté. Prese una ciambella e se la ficcò in bocca.

Mentre Dave era intento a masticare (e disegnare sopra i ricettari), Larry notò, infilato in un portadocumenti appartenuto al vecchio dottor Ellroy, un biglietto da visita che non ricordava. Non era quello del dottor Buscema (ancora accanto al telefono), ma un cartoncino colorato con qualcosa di scarabocchiato a mano.

Lo prese. Era di John Randolph, il giornalista che era stato a trovarlo qualche giorno prima (e che faceva domande su di lui agli abitanti di Wytago). Sopra aveva scritto a penna il numero di telefono del Vermonter Motel, dove con tutta probabilità aveva una stanza. Come mai era ancora da quelle parti?

Non appena Dave se ne fosse andato, l'avrebbe chiamato per dirgli di smetterla di curiosare su di lui. Si chiese se ci fossero gli estremi legali per denunciarlo. Probabilmente sì. Avrebbe potuto parlarne con un avvocato. Chissà se c'era uno studio legale a Wytago.

Intanto c'era Dave, a cui pensare.

«Che cosa stai disegnando?» gli chiese.

«Aerei» rispose il ragazzino sputacchiando briciole di ciambella sul foglio. «Gli aerei che piloterò un giorno. E poi farò uno show a-acrobatico.»

***

Il campanello annunciò una visita.

Larry controllò l'ora. Quasi mezzogiorno. Presto per Esther Poletti.

«Un c-cliente!» esclamò Dave eccitato. Si stava lavando nel lavello della cucina. Lui e Larry erano stati a cercare more e lamponi nei boschi dietro casa e li avevano mangiati, sporcandosi mani, facce e vestiti.

Larry dubitava che potesse essere un cliente e andò ad aprire immaginando, invece, di imbattersi in John Ross Randolph in persona.

Si trovò di fronte la capigliatura platinata modello Jayne Mansfield di Marylou Meier.

«Ho provato a telefonarle» si scusò con la sua voce cinguettante «ma non ha mai risposto.» In braccio teneva un minuscolo yorkshire, spelacchiato e avvizzito come un uccello durante la muta.

«Eravamo fuori...» rispose Larry. «Buongiorno.»

«Eravamo?»

Dave fece capolino da dietro le gambe di Larry. «L'avevo detto che era un cliente!» esclamò.

«E tu chi saresti?»

«Lui è il mio assistente» disse Larry. «Dave Winthrop.»

«E che avete fatto?» domandò la donna notando gli aloni rossastri che macchiavano le mani e le magliette dei due. «Avete sgozzato qualcuno?»

«More» rispose Larry un po' sorpreso (e contrariato) da quella battuta.

«E lamponi» aggiunse Dave. Poi allungò una mano verso il musetto del cane, che però non parve vederlo. «D-dobbiamo visitarlo?»

La donna lo guardò più attentamente. «Sei il nipote di Frank e Lauren Poletti, tu?»

Dave annuì.

La donna rivolse a Larry uno sguardo sconfortato, che con tutta probabilità, dipendeva dalla situazione di Lauren. Oppure dalla preoccupazione per la vista di Sammy. Larry non poté stabilirlo.

«Venga dentro» la invitò. «Passiamo di qui e andiamo nella serra...»

Dave li anticipò correndo.

«Sandra me l'ha detto che sta allestendo l'ambulatorio nella serra» disse Marylou. «Mi lasci dire che è una bellissima idea!»

«La ringrazio. Di qua. Mi segua.»

«Mi sono presa mezza giornata dal lavoro» continuò la donna. «Speravo proprio che lei potesse visitarlo...»

«Lo metta sul tavolo.»

Dave saltellava intorno. «C-cosa devo fare? Mi metto i guanti? P-prendo qualche attrezzo?»

«Vieni qui, davanti a Sammy» disse Larry. «E guarda attraverso questa lente.»

«Ha gli occhi b-bianchi!» gridò sconcertato il ragazzino. «È un cane alieno!»

Larry rise. «Non è un cane alieno. Ha solo una malattia degli occhi, che viene quando si ha una certa età.»

«Viene anche agli uomini?» domandò Dave visibilmente preoccupato.

«A qualcuno sì.»

«Io non voglio sembrare un a-alieno. Il nonno e zio Giovanni non hanno gli occhi bianchi. E neanche la nonna.»

«No, certo. Non succede a tutti. E comunque quella patina biancastra si può far sparire con un'operazione.»

«Pensa che si possa operare anche Sammy?» volle sapere Marylou. «Va a sbattere dappertutto, in particolare dopo il tramonto.»

«Lo operiamo?» chiese Dave. «Oggi?»

«Serve uno specialista. Un oculista. È un intervento che si fa con il laser...»

«C-come Star Wars?» Dave era al colmo dell'esaltazione.

«Non proprio. Ma prima, dovremmo verificare alcune cosette.»

Da un rapido esame del sangue, venne fuori che Sammy aveva il diabete. La sua glicemia si aggirava intorno a 300.

«È per questo che ha la cataratta» spiegò Larry. «Ed è così magro.»

Marylou era affranta. «Il diabete...» ripeté. «E chi se lo sarebbe mai aspettato? Come mia madre. Dovrò fargli l'insulina?»

«Le insegnerò a farla. Vedrà, non sarà complicato.»

«E Sammy tornerà a vedere?»

«La cataratta non può regredire. Però, controllando il diabete, l'intervento avrà maggiori probabilità di successo. Le cercherò il nome di uno specialista da cui portarlo.»

Dave era un po' deluso. Niente operazioni, né raggi laser. Solo un cane alieno.

«Mi dispiace per quel cagnolino» disse a Larry quando Marylou Meier se ne fu andata.

«Ti dispiace perché è malato?»

Dave annuì.

«Purtroppo questo mestiere è così. Vedi delle cose tristi. Ma il veterinario cerca sempre di aiutare, per quanto possibile, e in molti casi la tristezza viene sconfitta quando l'animale guarisce.»

«E se non g-guarisce?»

«Se non guarisce bisogna accettarlo. È il ciclo della vita. Tutto prima o poi ha una fine. Ma tutto ricomincia, in un'altra forma.»

Si sentì improvvisamente ridicolo. Il filosofo Lawrence Nowak da Nashua dava lezioni di vita al suo giovane discepolo.

«E se nonna Lauren non g-guarisce?»

Eccoci arrivati al dunque, pensò Larry. *Ora vediamo come te la cavi.* Ma perché non se n'era stato zitto? O non aveva semplicemente risposto «non lo so»? Che ci pensassero i genitori a spiegargli perché sua nonna stava morendo. Non era affar suo.

Ma ormai aveva le mani in pasta, per così dire.

«Non ci pensare, ora» rispose. «Le cose vanno affrontate un passo per volta, quando si presentano.» Valeva anche per lui, naturalmente. Soprattutto per lui. «Dai, andiamo a ripulirci per bene» disse invitando Dave a uscire dalla serra. «Tra poco arriva tua madre.»

Quando, un'ora più tardi, prese in mano il telefono per chiamare John Ross Randolph, gli era esplosa la pan-crania. Tentò di contrastarla con due Abstral sottolinguali e di annegarla con una lattina di Miller. Inutilmente.

Gli rispose (al nono squillo) la voce tremebonda di Eliah Fairfax. «Pronto?»

«Cerco John Randolph. È lì?»

«E lei chi sarebbe?»

«Sono il dottor Nowak.»
«Cosa vuole?»
«C'è il signor Randolph?»
«Perché lo vuole sapere?»
«Questioni private. C'è o no?»
«Non lo so.»
«Come non lo sa? Il signor Randolph mi ha lasciato un biglietto da visita con il numero di telefono del suo motel.»
«Ah. Comunque adesso non c'è.»
«E quando torna?»
«Non lo so.»
«Può dirgli che ho chiamato? Nowak. Dottor Larry Nowak.»
«Ho capito. Stia calmo però.»
«Sono calmo.»
«Non mi sembra.»
«Invece sì. La ringrazio.»
Larry riagganciò. Rimase a osservare una macchia sul muro (il colore, in quel punto, era più concentrato) per un tempo indefinito pensando a cosa avrebbe dovuto fare. Poi prese dal frigo una lattina di birra e salì al piano superiore. Aprì l'acqua della doccia e senza un motivo preciso ci si ficcò sotto.

***

Più o meno nello stesso momento, dal telefono del Sullivan Cafè (ci era tornato per pranzare), J.R. Randolph componeva il numero dell'agente speciale Price a Boston.
«Ho una pista per lei» disse quando glielo passarono. Così, diretto come un *cross*.
Maldwyn Price rimase piacevolmente colpito dalla sicurezza ostentata dal giornalista. «Sentiamo» rispose mettendosi comodo sulla sua poltroncina all'anticrimine. Dalla finestra vedeva le querce e i grandi noci del Southwest Corridor Park, con i suoi campi da tennis, da basket, i sentieri e le aree gioco per i bambini, un piccolo mondo perfetto che nulla aveva a che vedere con la realtà di una città come Boston. A Boston ci era nato e ci aveva vissuto tutta la vita. La conosceva come una vecchia compagna di scuola e, soprattutto, conosceva gli sforzi che il Dipartimento di

Polizia (il più antico di tutti gli Stati Uniti) aveva fatto nel tempo per riacquistare la credibilità e la fiducia dei cittadini, credibilità che una lunga storia di brutalità, corruzione e cattiva condotta aveva portato a livelli minimi.

«Ho fatto qualche ricerca» disse J.R.

«È quello che le ho chiesto. E allora?»

«Ho una teoria.»

«Sono tutto orecchie.»

Leggendo i resoconti degli articoli di giornale relativi all'indagine su Steve Taller (la tessera della biblioteca, in questo senso, era stata un'autentica manna), a J.R. non era sfuggita la strana sequenza di tragici fatti che sembrava aver colpito i bambini di quelle zone. Sapeva della morte nell'incendio di una segheria del figlio dello sceriffo, della sparizione di Ben Solander e dell'annegamento di Harry Woodelson, e la sua mente di narratore aveva cominciato a fantasticare.

«E qual è la sua teoria?» lo interruppe Price a un certo punto.

«Be', che forse non siamo di fronte a pure coincidenze.»

«Interessante» replicò Price con un tono che sottintendeva tutto il contrario. «E ha scoperto anche qualcosa di concreto?»

Cercando di mascherare il proprio disappunto, J.R. raccontò quanto aveva saputo sul conto di Blanchard (sua moglie soffriva di depressione e lui sperava in un trasferimento), su Felix Duvall (giocava forte e aveva dei debiti), su Herb Gilmore (faceva uso di droga), su Dana Damrosh (la proprietaria del ristorante Staunton tradiva il marito con uno dei camerieri, un tipo poco raccomandabile), su Stu Simkins (il tuttofare di Herb era stato in galera per omicidio e rapina), su Edward Shoney (era stato vittima di uno strano incidente nell'autunno dell'anno precedente: mentre camminava nel bosco era stato colpito di striscio da un proiettile vagante) e infine su Larry Nowak, colui che aveva dormito senza sogni per quasi sette anni (qui stette a parlare per una decina di minuti buoni).

Alla fine Price seguitò a mostrarsi poco sorpreso. «Ok» disse soltanto.

«E lei, cosa mi racconta?»

«Le racconterò qualcosa quando sarà lei a dire a me qualcosa che ancora non so.»

«Ma come?... E per le multe?»
«Buona giornata, Randolph» riattaccò Price.

***

Larry stava riconsiderando la possibilità di scrivere un libro. Proprio come gli aveva detto John Ross Randolph.

Ma non sulla sua inesistente esperienza premorte, quanto sulle sue presunte capacità.

Di quali capacità stai parlando? si chiese a un certo punto di quella riflessione. La capacità di assorbire alcol come una spugna, mescolarlo a farmaci di varia natura e poi vomitare tutto sotto forma di allucinazioni psichedeliche e vuoti di memoria? Complimenti, grandi capacità. Davvero.

L'altra parte di lui, che in questa dicotomia alla Jekyll e Hyde sosteneva il ruolo di avvocato del diavolo, pensava invece che certa gente aveva fatto un mucchio di quattrini vantando poteri di qualche genere. Ne era pieno il mondo. Uri Geller, per dirne uno.

Honesty, gli canticchiava nella testa la voce di Billy Joel. Solo che storpiava le parole, come fosse ubriaco.

Larry non aveva mai dato credito a certe cose come i fenomeni paranormali o la parapsicologia, ma questo non voleva dire che non esistessero, da qualche parte nel mondo. Magari proprio a Wytago, in Pembroke Road. Qualcosa di cui parlare nei convegni e alla tv, nei talk show importanti come il *David Letterman*. Perché no?

Perché tu non hai alcun potere, replicò la parte razionale (Jekyll). *Sei solo un farmacomane. Il resto sono chiacchiere, coincidenze.*

Potrei essere studiato.

Jekyll si fece una risata.

Forse, con gli strumenti appropriati, gli scienziati potrebbero scoprire che ho davvero delle facoltà.

L'unica cosa che potrebbero scoprire gli scienziati con gli strumenti appropriati è la quantità di porcherie che hai nel sangue, replicò Jekyll. *In quanto alla facoltà, la sola che ti si possa venire associata è quella di Veterinaria, quand'eri alla Northeastern University a Boston.*

Si era fatto di ketamina, prima di quella bizzarra conversazione, e ora l'alligatore, comodamente adagiato nella vasca da bagno, osservava divertito (ma anche compassato) Larry in ginocchio davanti alla tazza che vomitava.

La bizzarra conversazione tra Jekyll e Hyde avveniva tra un conato e l'altro.

***

Martha Richardson sedeva nella cucina della sua amica Josephine. Come al solito era entrata preceduta dal profumo di lacca e crostata alle pesche fatta proprio quella mattina. La sua camicetta a fiori pareva un giardino primaverile e tutto in lei, a dire il vero, sprizzava freschezza (e anche voluttà, secondo Josephine). Il lavoro nell'ufficio dello sceriffo andava a gonfie vele e, sebbene le dispiacesse per Kate Bundy, quel posto era davvero un toccasana. Josephine aveva la certezza che tutto quell'entusiasmo dipendesse dal fatto che occuparsi del centralino della stazione di polizia le permetteva di essere aggiornata su quanto di delicato o scottante accadeva a Wytago e dintorni. Non i semplici pettegolezzi che poteva ascoltare nel Salon de coiffure di Eyleen Bishop, o quelli che scivolavano fuori dai camerini di Hand Me Downs o dal reparto cosmetici del Wal-Mart, bensì veri e propri scoop, come quelli riguardanti l'indagine per la morte di Steve Taller o la questione legale tra i Trimble e Herb Gilmore per via di quel cagnaccio. Cose di cui poteva vantarsi al circolo anziani di Front Street e che avrebbero occupato intere serate di cicalecci con *Alfie-bau-bau* Kapelewski (tra una toccatina e l'altra, s'intende). Insomma, Martha, grazie a quel lavoro, era più dinamica e vibrante che mai.

E Josephine, per reazione, più maldisposta che mai nei suoi confronti.

Perciò, non appena Martha si mise a parlare di quanto accaduto al barbecue di Bundy e del fatto che Alfie aveva dovuto riportare a casa il vicino di casa di Josephine a peso morto e addirittura metterlo a letto, e che il dottor Buscema era stato costretto a visitarlo il mattino successivo per constatarne lo stato di salute e che c'erano tanti di quei medicinali in quella casa da mettere in piedi una nuova farmacia, Josephine si era sentita in dovere di difenderlo a spada tratta.

«Non sono affari tuoi» replicò risentita «né di Alfred Kapelewski quel che il dottor Nowak fa a casa sua. E in quanto ai farmaci, ti garantisco che è un miracolo che riesca ad andare avanti, con quello che ha passato.»

«Si dice che abbia avuto un incidente...» buttò lì Martha nella speranza che l'amica raccontasse il resto.

Ma Josephine non ne aveva la minima intenzione. «Senza contare che maneggiare farmaci è il suo mestiere» aggiunse invece.

Martha parve sorpresa. «Si direbbe che tu ce l'abbia davvero a cuore, Jo.»

«E non chiamarmi Jo. Il mio nome è Josephine. Questo hanno voluto mia madre e mio padre e non vedo perché tu debba storpiarlo. Ti piacerebbe se ti chiamassi Ma?»

Martha si alzò. «Vedo che oggi hai una brutta giornata» disse lisciandosi la camicetta e la gonna. «Comunque lasciati dire una cosa...»

«Non voglio sentirla.»

«E io te la dirò lo stesso. Fai attenzione con quel tipo. Alfie comincia ad avere dei dubbi.»

«Dubbi su cosa? Su quale foulard abbinare alla giacca?»

«Scherza pure. Chiediti perché ha lasciato tutto e se n'è venuto nel Vermont da solo. E se ci fosse sotto qualche magagna?»

«Che magagna?»

«Non lo so. Magari ha qualcosa da nascondere.»

«Tutti abbiamo qualcosa da nascondere, sepolto nel fondo di un vecchio armadio, che non vogliamo ricordare» sentenziò Josephine.

«Be', io no. Stammi bene, cara. Passo a trovarti nei prossimi giorni. D'accordo?»

«Come vuoi.»

***

Mentre Martha Richardson usciva dalla casa di Josephine Boulding, Bushrod Trimble girava intorno all'abitazione di Larry per raggiungere la serra. Portava Scout al guinzaglio e uno scatolone tra le braccia. Dentro non vide nessuno. Chiamò senza ricevere risposta. Provò a spingere la porta e la trovò aperta.

«Permesso?»

Avanzò oltre lo spazio che presto sarebbe stata la sala d'aspetto, appoggiò lo scatolone sopra il tavolo visite sul quale era stata ricucita Scout, superò la scrivania che avrebbe (forse) ospitato un computer ed entrò in casa.

«Dottore?»

Il salotto era in penombra. Le tende tirate, le luci spente.

Quando vide la scarna figura spettrale di Larry scendere le scale fece un balzo strattonando Scout all'indietro. Gli venne in mente Anthony Perkins vestito come sua madre in *Psycho*. «Dio Santo!» esclamò. «Dottor Nowak! Mi ha spaventato!»

«Che diavolo ci fa qui?»

«La porta era aperta...»

«E questo la autorizza a entrare in casa mia?»

Non era il solito Larry Nowak, pensò immediatamente Bushrod Trimble. E non si trattava solo dell'aspetto, più emaciato e arruffato del solito. Era l'espressione. Aveva un volto duro, dissestato, asimmetrico. Faceva paura.

«Mi scusi... non volevo...» Bushrod indietreggiò. «Mi aveva detto di passare per togliere i punti...»

«Quali punti?»

Bushrod indicò Scout. «I punti» ripeté. Ebbe il dubbio che la persona che aveva di fronte non fosse affatto il dottor Nowak, ma qualcuno che l'avesse posseduto.

Larry scese l'ultimo gradino e sembrò destarsi, quasi che fino a un istante prima fosse stato preda di un attacco di sonnambulismo. «Signor Trimble» disse attonito. «Che succede?»

Bushrod esitò.

Larry cercò l'interruttore alla base delle scale e accese la luce. «È venuto per togliere i punti a Scout?» chiese.

Ora sembrava di nuovo lui.

«Mi scusi se... sono entrato» balbettò Bushrod. «Ho chiamato, ma non ha risposto nessuno...»

«Ero di sopra. Ha fatto bene a entrare... Venga, andiamo nello studio.»

Bushrod preferì chiudere lì la questione convincendosi che

Larry Nowak soffrisse effettivamente di sonnambulismo o di un altro disturbo simile. Se solo avesse saputo che l'uomo che aveva davanti non ricordava nulla di quanto aveva fatto nell'ultima ora e mezza, si sarebbe spaventato davvero.

«L'ha portato!» esclamò Larry quando, giunto nella serra, si avvide dello scatolone sopra il tavolo.

«Gliel'avevo promesso, no?»

«Sarà davvero una bella sorpresa» disse Larry sfregandosi le mani.

***

Quando Bushrod Trimble se ne andò, un quarto d'ora dopo, Larry poté finalmente smettere di fingere.

C'erano dei vuoti paurosi nella sua mente e nella sua vita. Gran parte del pomeriggio se l'era perso da qualche parte, come fosse stato un mazzo di chiavi o il biglietto da visita di qualcuno. Aveva indossato una maschera perché aveva capito che Trimble era a disagio, ma lui lo era più di Trimble. Non ricordava neppure di aver sceso le scale, né la conversazione tra Jekyll e Hyde. Il mondo si era riacceso soltanto quando l'interruttore della luce era scattato.

Il telefono squillò rimbombando in modo sinistro nella casa.

«Pronto?»

«Sono John Randolph.»

Larry si arroccò. «Come ha avuto il mio numero?»

«È scritto sul cartello che ha piantato in giardino.»

Era vero. Larry non rispose.

«So che mi ha cercato.»

«Io?»

«Così ha detto il signor Fairfax, qui al motel.»

«Ah, sì. L'avevo chiamata per...» Non se lo ricordava.

«Ha ripensato a quella faccenda?»

«Quella del libro? Non ho esperienze premorte da raccontarle, a meno che non voglia che me le inventi.»

«Non sarebbe una cattiva idea. E funzionerebbe ugualmente. Lei è un personaggio.»

A Larry venne da ridere, ma il mal di testa era così forte che non ne fu capace. «Io un personaggio? Di un cartone animato, forse. O di un film che parla di miserandi individui.»

«Invece la sua storia farebbe vendere copie.»

«Va be', Randolph, faccia conto che non l'abbia mai cercata.»

Fu J.R. a ridere. «Larry… Posso chiamarla Larry?»

«Può. In fondo è il mio nome.»

«Grazie, Larry. Dunque, le cose stanno così. Sto svolgendo alcune ricerche per conto del Dipartimento di Polizia di Boston.» L'aveva messa giù pesante. Voleva fare impressione, dare di sé l'idea di non essere soltanto un cacciatore di storie verosimili, ma un autentico cronista.

«Davvero?»

«Ci può scommettere. L'agente Price, dell'anticrimine, l'ha conosciuto?»

«Non mi pare.»

«Non ha importanza. Tengo le orecchie aperte, se capisce cosa intendo.»

«Credo di capire. Allora la mia storia non le interessa più, giusto?»

«Non ho detto questo. Mi interessa, ma non c'è fretta. Resterò nei paraggi ancora per un po'.»

«In tal caso si goda la città. Eviti solo di andare a buttare il suo denaro da Edward G. Shoney.»

«Come dice?»

«Niente. Era una battuta non riuscita. Mi stia bene, J.R.. Posso chiamarla J.R., vero?»

Larry riagganciò. Poi sorrise e scosse la testa. Quel tipo non mollava.

Qual era, si chiese, la cosa che non ricordava e di cui voleva parlargli?

Dalla scatola che Bushrod Trimble aveva portato con sé provenne un debole mugolio.

Larry smise di pensare quel pensiero sfocato e si avvicinò. «Eccoti qui» disse alla casa vuota.

17

Mercoledì 28 giugno

Dave arrivò come ogni mattina, puntuale come lo era stato, nelle settimane precedenti, suo nonno Frankie.

Larry non stava nella pelle. Gli sembrava di essere tornato ragazzino quando aspettava di scartare i regali di Natale (anche se la maggior parte delle volte, per non dire quasi sempre, i regali che i suoi sceglievano per lui erano del tutto differenti da quelli che lui sperava di ricevere). Era curioso di vedere che faccia avrebbe fatto Dave.

«Che ne dici se andiamo di là in salotto un momento?» gli chiese quando Esther Poletti fu risalita in macchina e li ebbe lasciati soli.

«Guardiamo un cartone?»

«Un cartone? No, non guardo mai la tv di giorno. Seguimi, vedrai che sorpresa.»

Dave sprizzava curiosità dagli occhi, dalle mani, dai piedi, da ogni angolo del corpo. Saltellava intorno eccitato. «Una sorpresa? C-cos'è? Cos'è?»

Ma prima che Larry potesse mostrargliela, qualcuno bussò alla porta. Colpi secchi e decisi, robusti.

Larry e Dave dovettero deviare verso l'entrata.

«È un p-poliziotto!» avvertì Dave spiando dai vetri laterali. «Ti a-arrestano?» domandò preoccupato.

Larry sorrise. «Spero proprio di no!»

Sotto il portico, in effetti, c'era lo sceriffo Blanchard. O, almeno, poiché non si erano mai visti di persona, Larry lo identificò come lo sceriffo per via dell'uniforme, dei gradi e, soprattutto, del nome cucito sulla tasca sinistra della camicia. Con lui, ma un passo più indietro, c'era una donna, sottile e scialba. La donna teneva in braccio un Maine Coon.

«Buongiorno dottore» disse lo sceriffo. «Sono il capo Blanchard. Ci siamo parlati al telefono per la questione del cane di Herb Gilmore. Ricorda?»

«Ma certo, sceriffo.» Larry allungò la mano. «È un vero piacere.»

«Lei è mia moglie» continuò Blanchard spostandosi di lato. «Francine.»

Larry fece un cenno del capo. «Buongiorno, signora. E quel gattone bellissimo?»

«Lui è Coltrane» disse lo sceriffo. «Il nostro gatto.»

«E lui è il mio assistente, Dave» ribatté Larry mentre il bambino, come al solito, gironzolava intorno al nuovo arrivato. «Il nipote di Frankie Poletti» aggiunse per non creare equivoci. «Sua madre lo lascia da me finché è al lavoro. Dave vuole diventare un veterinario, da grande.»

«E pilota di aerei» aggiunse Dave mentre i suoi occhi non riuscivano a staccarsi dalla pistola che lo sceriffo portava alla cintura.

Thurgood Blanchard rise. Francine accennò soltanto un lieve sorriso, debole come lei. Doveva essere stata una bella donna, ma il dolore l'aveva sciupata come un fiore lasciato senz'acqua. Il volto sembrava attirato verso il basso dalla forza di gravità, così come le labbra e le palpebre. Aveva borse sotto gli occhi verde chiaro e i capelli sfibrati fermati con una pinza.

«Venite dentro,» li invitò Larry «e ditemi perché siete qui.»

Li condusse nella serra dove quel giorno c'era un caldo notevole.

«Non ho ancora comprato un ventilatore» si giustificò. «E mi sa che se aspetto ancora un po', l'estate sarà finita e il ventilatore non servirà più.»

Coltrane aveva una cistite emorragica dovuta alla presenza di renella nelle urine (una sabbia minerale che origina i calcoli) e peggiorata dalla stagione calda, una cosa piuttosto comune per un soggetto di quasi dieci anni d'età.

«Francine è molto preoccupata» spiegò Blanchard.

In effetti, oltre alla divergenza di vedute sulle teorie dell'agente speciale Maldwyn Price, la sola cosa che negli ultimi due giorni aveva spinto Francine fuori dal suo guscio di indifferenza e apatia era stato Coltrane e i suoi disperati tentativi di urinare senza riuscirci. Quando poi, quella mattina, si era accorta che nella lettiera erano presenti piccole macchie di sangue, aveva chiamato Thurgood alla centrale e aveva preteso che la portasse immediatamente dal veterinario. Una Francine reattiva che non era affatto dispiaciuta al marito, fin troppo abituato a convivere con una specie di spettro.

«Non deve preoccuparsi» rispose Larry ostentando una tranquillità che sperava di infondere anche alla sua apprensiva cliente. «Andrà a posto.»

Il suo sorriso rassicurante sbiadì all'improvviso quando, prendendo in braccio Coltrane, Larry vide il cielo sopra la serra oscurarsi a velocità assurda, farsi plumbeo, e, come se non ci fossero state le vetrate, penetrare all'interno. Lo spazio si richiuse su se stesso lasciando soltanto una massa grigia e compatta. Le voci di Dave e dello sceriffo scomparvero e Larry ebbe la sensazione di reggere tra le mani non più un gatto peloso, ma un vaso, ruvido, o un masso. Si sentì angosciato e solo e provò il desiderio di essere morto. Avvolto nel bozzolo del coma ancora una volta, e poi cremato e ridotto in cenere.

E così com'era accaduto, in un istante tutto tornò alla normalità. O quasi. L'aria nella serra era caldissima e i vetri erano fumé, come quelli di certe auto di lusso. C'era odore di bruciato e urina di gatto maschio e i colori erano accesi e fasulli.

«Tutto bene?» gli stava domandando lo sceriffo.

Larry si accorse di avere ancora (fortunatamente) Coltrane in braccio e di non averlo fatto cadere a terra. Sentì le mani bagnate. L'odore di urina di gatto maschio (ma solo quello) era reale. Coltrane gli aveva pisciato addosso.

«È riuscito a fargliela fare» disse Francine rianimandosi.

«Che schifo!» fu il commento di Dave.

Blanchard stava già prendendo della carta dal rotolo che Larry aveva appeso alla parete. «La aiuto a ripulirsi» disse. «Mi dispiace.»

Larry tornò dal mondo dei sogni. «Non si preoccupi. È un bene che l'abbia fatta. Significa che non è ostruito del tutto.»

Francine tornò ad accigliarsi. «In che senso ostruito?»

«Che a volte l'uretra si occlude ed è necessario utilizzare un catetere.»

«Allora è un bene?»

Larry annuì e una lama grossa come la scure di un boia gli si conficcò nel cranio.

«Si sente bene?» chiese ancora una volta Blanchard.

«Tutto bene. Soffro di emicrania e a volte il dolore è improvviso e lancinante...»

«Anche mia madre soffriva di emicranie» disse lo sceriffo. «Stava a letto per giorni, al buio, senza riuscire a mettere dentro nemmeno un cucchiaio di brodo...»

«Posso immaginarlo. Dave, prendimi quelle siringhe. Ora proveremo a fare star meglio Coltrane.»

Quando Larry ebbe finito con il gatto dei Blanchard, li riaccompagnò alla porta non riuscendo a smettere di pensare a quello che era (nuovamente) successo. Altro che idiozie. Un'aura coi fiocchi. E questa volta era grigia.

«Aspettami in macchina» sentì che lo sceriffo diceva alla moglie. «Arrivo subito. Sistemo il conto con il dottore.»

«Lasci stare» replicò Larry.

«Assolutamente no. Voglio pagare. Altrimenti le faccio una contravvenzione per evasione fiscale.» Rise.

Anche Larry ci provò, ma con esiti catastrofici. La bocca gli si storse in una smorfia alla Lon Chaney e la pan-crania fece fare un giro di giostra al cervello.

«Vedo che non si sente bene e quindi non la disturberò ulteriormente» tagliò corto Blanchard. «Mi dica quanto le devo.»

Larry capitolò. «D'accordo. Sono venticinque dollari.»

Lo sceriffo li tolse dal portafoglio e glieli diede.

«Le mando la ricevuta in ufficio. La intesto a lei?»

«Meglio di no. A mia moglie, Francine Rosenberg. L'indirizzo lo trova nell'elenco telefonico. Posso chiederle una cosa?»

«Sicuro.»

«Ho visto che sta risistemando la casa.»

«Sì, non io. Il signor Poletti, ma oggi non c'è...»

«E qui in casa? Ha dipinto lei?»

«Sì. Lo so che non è un granché, ma volevo risparmiare un po' e...»

«Non intendevo farle una critica. Volevo solo sapere dove ha acquistato vernici, solventi, insomma, tutto l'armamentario.»

Larry si stupì di quella domanda. La prima cosa che considerò fu che non aveva conservato le ricevute. E se gliele avesse chieste? Forse la faccenda dell'evasione fiscale non era una battuta. «Li ho acquistati da Shoney» rispose con un alone di incertezza nella voce. *Anche se Howell Grier avrebbe preferito che andassi da Wal-Mart.* Ma questo lo tenne per sé.

Thurgood Blanchard annuì. «Arrivederci, dottor Nowak. E si curi l'emicrania.»

Larry rimase sulla porta a guardarlo mentre si infilava in macchina e diceva qualcosa alla moglie.

Si sentiva confuso, e non solo per l'aura che era piombata come un falco sulla sua giornata.

«Allora?» Dave gli arrivò alle spalle facendogli cadere di mano i venticinque dollari. «Questa sorpresa? D-dov'è?»

***

La sorpresa, naturalmente, era un cagnolino, l'ultimo rimasto della cucciolata di Scout: la *cosa* nello scatolone che Trimble gli aveva portato la sera prima. Larry se n'era quasi dimenticato. Condusse Dave in salotto tenendolo per mano e assicurandosi che avesse gli occhi chiusi.

«Ora puoi aprirli» disse fermandosi di fronte alla scatola.

Dave rimase a bocca aperta per la sorpresa. «Un cane!» gridò. «Un cane t-tutto per me!»

«È un maschietto e ha due mesi» spiegò Larry.

Dave non riusciva a stare fermo per la contentezza. «È b-bellissimo!... Non so come chiamarlo...»

«Sono sicuro che qualcosa ti verrà in mente.»

«Oliver! No, T-Toby! Anzi, no, Balto, come quello del film! Posso tirarlo fuori d-dalla scatola?»

«Certamente. Mettiamolo a terra» propose Larry. «Così si sgranchirà un po' le gambe.»

«Ha fatto la cacca!» rise Dave mettendosi le dita a pinza sul naso.

«Direi che oggi tra cacca e pipì abbiamo fatto il pieno...»

«Non so se voglio f-fare il veterinario» disse Dave dubbioso.

«Ci hai messo poco a capirlo, eh?»

«Io voglio fare le operazioni.»

«Be', si fanno anche le operazioni. Ma si devono fare anche tante cose che non ci piacerebbe fare. Come pulire la cacca di questo cuccioletto. Forza, facciamolo insieme.»

«Anch'io? Perché a-anch'io?»

«Perché se vuoi che Balto o Toby o come deciderai di chiamarlo sia il tuo cane, dovrai imparare a occupartene. Portarlo a passeggiare, dargli da mangiare, spazzolarlo, pulirlo. Pensi di esserne capace? È un bell'impegno, sai? Non tutti ci riescono.»

Dave ci pensò su. «Io ci riesco» dichiarò infine convinto.

«Allora puliamo.»

Mentre Dave era occupatissimo a controllare ogni movimento di Balto (o Toby o Oliver) che gironzolava per casa, Larry, dopo aver ingerito un paio di Vicodin, focalizzò i propri pensieri su quanto era appena accaduto nella serra.

Ecco che quella cosa tornava a prendere vita, a essere reale, tangibile. Vera. Non più un sogno o un ricordo, ma una presenza ingombrante. E gli scienziati avrebbero potuto dire quello che volevano, ma non poteva trattarsi soltanto di allucinazioni. Non era come vedere un alligatore mangiare hamburger al barbecue di Jeff Bundy. Qui la faccenda era diversa. Molto diversa.

Il campanello.

«Un altro cliente?» si domandò Dave stupito.

Larry controllò l'ora. «Probabilmente è tua madre.»

«Apro io! Così le mostro il cucciolo!»

Larry rimase seduto in salotto, massaggiandosi le tempie. Aveva una gran voglia di bere, ma non voleva farsi vedere da Dave.

«Nonno!» lo sentì esclamare.

Larry si alzò e lo raggiunse. Sulla porta c'era Frankie *Spaghetti*.

«Salute, Frankie!» gli si rivolse Larry con slancio. «Mi fa piacere vederla.»

«Guarda, nonno! Un c-cagnolino!»

L'uomo aveva un'ombra scura sul volto e la fronte corrugata.

«Già» disse soltanto.

Larry lo imputò alla situazione della moglie, ricoverata in ospedale con una prognosi infausta, e si disse che era più che normale manifestare scarso entusiasmo per una cosa tanto sciocca come un cucciolo di cane. «Non si preoccupi per i lavori» disse cercando di metterlo a suo agio. «Finirà quando finirà. Non c'è nessuna fretta.»

Frankie Poletti non mostrò alcuna reazione a quelle parole. «Esther deve fermarsi al lavoro un po' di più» spiegò invece. «Così mi ha chiesto di venire a prendere Dave. Non sapevo che passasse le mattine qui da lei. Mia figlia non me l'aveva detto.» Era nervoso. Spostava il peso da una gamba all'altra.

Larry avvertì una stonatura profonda, come unghie che grattano sul piano di una lavagna. «Ci era sembrata una buona idea...» disse.

«A chi, a lei?»

«A me e a sua figlia. Dal momento che Dave è così interessato agli animali...»

«Mi lasci dire che la cosa non mi piace. Non mi piace per niente. Lei, in fondo, è un estraneo.»

Larry sorrise. Gli sembrava un'osservazione esagerata e fuori luogo. «Mi scusi, ma è sua figlia la madre di Dave e se a lei sta bene così...»

«Finché Dave stava qui insieme a me era una cosa. Con lei da solo è un'altra.»

Un'inversione di rotta strepitosa. «Mi spiace che la pensi in questo modo. Ma credo che dovrebbe parlarne con sua figlia.»

«Oh, gliene parlerò, stia sicuro. Avanti, Dave, andiamo a casa. E metti giù quel cane.»

«M-ma è mio! L-Larry me l'ha regalato!»

Frankie Poletti fece una cosa che lasciò Larry sconcertato più di quanto avessero fatto le dichiarazioni precedenti. Strappò il cane dalle braccia di Dave e lo sbatté tra quelle di Larry. «Tenga il suo cane» disse rude. «Dave non è figlio suo. Non ha il diritto di decidere una cosa come questa. Ci penso io a mio nipote. Mi sono spiegato?»

Larry era attonito. Il cucciolo si mise a leccargli la faccia ignaro di quello che stava capitando.

Dave scoppiò a piangere, mentre suo nonno lo trascinava via tirandolo per un braccio.

Larry non riuscì a dire una sola parola. Gli sembrava di vivere una delle sue innumerevoli allucinazioni. E forse era proprio così.

Tornò in casa, poggiò il cucciolo in terra, aprì il frigo e prese una lattina di Miller Lite. Poi sospirò e fece saltare la linguetta. Quella, fortunatamente, non era un'allucinazione ma una confortante realtà.

***

La prima impressione che Thurgood Blanchard ebbe di Larry Nowak, vedendo la faccia smunta e pallida e il corpo ossuto che fluttuava dentro la felpa, fu che fosse un uomo molto malato e che, forse, gli restasse poco da vivere. Nessuno poteva rimanere in coma per tutto quel tempo e poi tornare a essere normale. E le emicranie di cui gli aveva parlato non erano un buon segno. A parte questo, dava l'idea di una persona gentile e disponibile e sua moglie ne era rimasta piacevolmente colpita.

Francine, grazie all'intervento di Larry, sembrava essersi tranquillizzata. Teneva Coltrane in braccio (contrariamente a quanto prevedeva la legge, ovvero di utilizzare il trasportino, ma Thurgood non se la sentiva di obbligarla) e lo accarezzava apparentemente soprappensiero.

«Ti porto a casa e poi ritorno al lavoro» le disse Thurgood avviando l'auto.

Lei annuì.

In quell'ultima settimana era più ricettiva del solito. Certo, la velocità di crociera di un tempo era un lontano ricordo. Tuttavia suo marito era pronto ad accontentarsi anche di una navigazione a vista, con giorni buoni alternati a giorni meno buoni o decisamente pessimi. L'importante era che non fossero tutti irrimediabilmente pessimi. La bonaccia che aveva tenuto le vele flosce sembrava, almeno temporaneamente, cessata. Ed era incredibile, pensava Thurgood, che fosse, in qualche modo, merito di Price e della sua fottuta indagine. Eppure, da quando l'agente speciale di Boston aveva aperto quella breccia sul passato, Fran pareva aver fatto un passo verso il mondo dei vivi, anziché scivolare inesorabilmente nella direzione opposta.

Dopo aver sistemato Coltrane, Francine si mise a fare del giardinaggio. E quando si accorse che Thurgood, compiaciuto, la stava osservando, gli disse di andare al lavoro. E lui ci andò, ovviamente, considerando se non fosse il caso di sospendere per qualche tempo l'Anafranil, dato che non sembrava essere il farmaco il vero responsabile di quei, seppur lievi, miglioramenti.

Il resto del pomeriggio, lui e i suoi vice lo passarono a controllare registri e bolle di consegna e a interrogare tutti i negozianti di vernici, pitture, solventi e affini, dal Wal-Mart a Shoney al Wytago Service di Herb Gilmore, dai negozi di mobili (come quello di Felix Duvall), ai falegnami, alle piccole imprese di ristrutturazioni (compresa quella di Owen Kapelewski), di pulizie e di tinteggiatura sparse per la contea. Gli diedero una mano alcuni agenti della centrale di Barre, altri di Marshfield e perfino un'auto da Berlin. E quello che non riuscirono a fare quel giorno lo misero in agenda per i successivi.

Ma, soprattutto, lo sceriffo Blanchard dovette assistere alla riesumazione del corpo di Harry Woodelson. E quella fu decisamente la cosa peggiore.

Tutto si svolse secondo la legge e il corpo (i resti del corpo) furono rimossi dalla bara e infilati in un sacco nero con la chiusura lampo.

Per tutto il tempo, Thurgood non fece che pensare a Tommy. A quel che ne era rimasto una volta che l'incendio alla segheria era stato spento del tutto. Tommy bruciato. Tommy in cenere. Tommy irriconoscibile, come certi cadaveri visti alla tv, vittime di guerre o di terribili disgrazie. Tommy grigio e rattrappito, che somigliava a un alieno. Tommy che era stato sepolto in una bara piccola, perché era ridotto a un mucchietto di ossa.

Firmò quello che doveva firmare, ebbe una parola di conforto per Karl e Donna Woodelson, che erano presenti, e poi si infilò in auto e andò dritto a casa. Si sentiva distrutto, senza forze, senza parole, senza più nemmeno pensieri.

Arrivato a casa si versò un bicchiere di whisky.

Francine stava ancora abbastanza bene. Non era il caso di rovinarle la giornata parlandole della riesumazione del piccolo

Harry. Lei gli mostrò i progressi di Coltrane e lui si espresse per monosillabi.

Prima di andare a letto, le chiese se avesse preso la pastiglia. Lei rispose di sì, che era il suo salvagente.

«Magari tra un po' non ce ne sarà più bisogno» azzardò lui.

«Può darsi» rispose lei.

«Magari tra un po' nuoterai in acque sicure.»

«Lo spero davvero.»

E ce ne andremo da questo posto, pensò Thurgood prima di spegnere la luce.

***

«Ha una brutta cera» gli disse Josephine Boulding quando Larry andò a farle visita quel pomeriggio.

Non c'era bisogno che Josephine Boulding glielo facesse notare. Lo sapeva da sé. Bastava guardarsi allo specchio. Le occhiaie, anziché sbiadire, si erano scurite ancora di più ed era calato di un'altra mezza taglia. Il colorito, poi, era simile alle pareti di casa e la barba lunga non riusciva a nasconderlo più di tanto.

«Non dovrebbe farsi vedere da un medico?» insisté la donna. «Ho sentito che al barbecue ha avuto qualche problema…»

«È venuto il dottor Buscema, domenica» rispose Larry. Si chiese se avesse già parlato con il dottor Godschalk e, nel caso, che cosa si fossero raccontati.

«E cosa le ha detto?»

«Che sto bene. Piuttosto, lei come sta?»

«Io? Perché me lo chiede?»

«Quand'è che uscirà da questa casa?»

«Mi sembra di sentire Martha Richardson» replicò Josephine acida, voltandosi per andare a prendere il caffè. «Milky è tornata quasi quella di prima, sa?»

«Mi fa piacere.»

«Così ora deve mantenere la sua promessa.»

«Quale promessa?»

Josephine tornò dalla cucina con la tazza di caffè e un piatto di crostata. «Il conto, la parcella, la chiami come vuole.»

Larry fece un gesto come a significare che non aveva importanza.

«Me l'ha promesso!» lo redarguì lei.

«Facciamo così» propose Larry. «La mia parcella la pagherà uscendo di casa insieme a me per una passeggiatina. Che ne dice?»

«Che lei è un furfante! E che si è accordato con quella strega di Martha.» Sorrideva.

«Non mi sono accordato con nessuno, invece. Allora, lo farà?»

Josephine sospirò. «Non lo so. Non oggi di sicuro.»

«Perché non oggi? Guardi la porta. Eccola là. Basta aprirla, fare qualche gradino e camminare lungo il marciapiede. Non ci vuole poi molto, no?»

Josephine si sedette di fronte a lui. «Ci penserò. Ma non oggi.»

Larry annuì. «Va bene, non insisterò. Per oggi» aggiunse facendole l'occhiolino.

Si costrinse a mangiare una fetta di crostata anche se in realtà non ne aveva affatto voglia (era ricoperta di pesche cotte ridotte a una purea, una cosa disgustosa), mentre Josephine lo osservava con un'aria a metà tra il serio e il divertito.

«Che intenzioni ha con quella donna?» chiese a un tratto.

A Larry il pezzo di torta che stava deglutendo andò di traverso.

«Ah-ah!» esclamò Josephine trionfante. «Ho toccato il tasto dolente!»

«Quale tasto dolente?»

«Jobeth Allison, ecco quale tasto. Ha intenzioni serie?»

Larry si ricompose pulendosi la bocca (e la barba) con la salvietta. «Non ho nessuna intenzione, a dire la verità.»

«Si comporti bene con lei, mi sono spiegata? È una brava ragazza.»

«Non ho alcun dubbio che lo sia. Anch'io lo sono.»

«In tal caso andrete d'accordo. Ne sono sicura.»

«A proposito di relazioni e affari di cuore...»

«Allora lo ammette che c'è una relazione!»

«Non ammetto un bel niente. Sia seria e mi ascolti. Lei conosceva Elmer Ellroy, vero?»

«Gliel'ho detto, eravamo a scuola insieme. Ma non c'è mai stato niente tra di noi.» Lo disse come se fosse una cosa vergognosa, da cui sottrarsi.

Larry sorrise. «Non intendevo questo.»
«E dunque cosa vuole sapere?»
«Ho trovato della corrispondenza.»
«Che genere di corrispondenza?»
«Una donna, che si firmava M, gli scriveva delle bellissime lettere. Lo amava e lui la ricambiava. Ne sa qualcosa?»
Josephine si guardò intorno, disorientata, come se fosse alla caccia di un ricordo sepolto nella memoria. «Meredith...» mormorò.
«La conosce?» le chiese Larry.
Lei annuì, piano, socchiudendo gli occhi. «È passato tanto tempo...»
«Sì, le lettere risalgono alla fine degli anni Quaranta. Poi lei ebbe un figlio e la storia, da quel che ho capito, finì. Elmer non si è mai sposato, vero?»
«No, non si è mai sposato perché è sempre rimasto fedele a lei, a Meredith.»
«Allora lei sa chi è.»
«Era una mia cara amica. Una *nostra* cara amica, mia e di Elmer. Quando scoprirono di essere innamorati io ne fui felice. Erano una bellissima coppia. Poi arrivò la guerra, che cambiò molte cose. Elmer partì per l'Europa e Meredith, cedendo alle pressioni della sua famiglia, si sposò con Ryan Shoney, che all'epoca aveva una buona posizione, ma era più vecchio di lei.»
«Shoney? Quello del negozio di vernici?»
Josephine esitò. «Edward è il figlio di Meredith, il motivo per cui lei e Elmer ruppero la loro relazione.»
«Potrei restituirle a lei, quelle lettere...»
La donna scosse la testa, fragile, con quel collo secco e fine che sembrava sempre sul punto di spezzarsi come un rametto. «Meredith è morta, cinque, no, sei anni fa. Una brutta storia.» Aveva gli occhi lucidi, che tremolavano come deboli fiammelle. «Si suicidò. Prese un flacone intero di sonnifero e si addormentò per sempre.»
«E si sa la ragione?»
«Non lasciò nessun biglietto, niente di niente. Andò a fare la spesa, sistemò tutto nella dispensa, preparò la tavola e si sdraiò a letto dopo aver mandato giù le pillole.»
«Mi dispiace.»

«Meredith era una donna infelice. Aveva perso da tempo l'allegria che le era stata propria da ragazza. E io, a causa delle mie paure, non sono riuscita ad andare neppure al funerale. È una cosa che mi tortura.» Prese il fazzoletto che teneva nella manica del polsino e si asciugò gli occhi.

Larry strinse delicatamente la mano che la donna aveva lasciato abbandonata in grembo. «Mi rincresce, davvero.»

Josephine annuì, incapace di proseguire.

«E mi spiace aver riaperto una simile ferita. Non potevo immaginare...»

Lei lo interruppe con un gesto. «No, infatti.» Si alzò e portò il piatto vuoto di Larry nell'acquaio. «Vuole ancora del caffè?»

«Sono a posto, grazie.»

Tornò a sedersi. «Se penso a Elmer, a quanto deve aver sofferto in tutti questi anni, vedendo ogni giorno l'oggetto del suo amore e sapendo di non poterlo avere, di non poter invecchiare con lei. E poi, quando ha saputo che si era tolta la vita, be', quello deve essere stato il momento in cui per lui è finito tutto...»

«Il momento in cui ha deciso di trasferirsi.» Larry ricordava infatti che il dottor Ellroy gli aveva confessato come cercasse già da tempo di vendere la casa e lo studio. «Ma Meredith non ha mai pensato di divorziare?» chiese.

«Forse ci avrà pensato, ma, sa, le norme sociali, la religione, un figlio da crescere, una città piccola e pettegola come questa, sono tutte cose che dissuadono dal compiere certi passi.»

«Già. Mi chiedo anche perché il dottor Ellroy non se ne sia andato prima, quando ha capito che Meredith non avrebbe mai lasciato il marito.»

«Anche di questo non ho certezza. Credo che Elmer fosse legato a lei, forse solo a ricordi di un tempo felice, chi può dirlo, e che non abbia mai trovato il coraggio di abbandonarla. Forse sperava che potessero tornare insieme e quando il vecchio Shoney finì i suoi giorni, io pregai che accadesse. Ma non fu così che andò. E poi Meredith si uccise e tutte le speranze che Elmer aveva coltivato morirono con lei.»

Era esattamente l'impressione che Larry aveva ricevuto incontrando il vecchio veterinario: un uomo a fine corsa, senza più obiettivi, senza più scopi per cui valesse vivere.

«E non ha mai avuto altre relazioni?»

«Non che io sappia.»

Anche questo era curioso. Un amore così devoto e fedele da durare, seppur non corrisposto, ininterrottamente per più di sessant'anni. Non erano cose di questo mondo, pensava Larry. Non del suo mondo.

***

Prima di cena (un sacchetto di patatine al gusto di paprika e due barrette di cioccolato al riso soffiato, la sua fantasia culinaria stava precipitando inesorabilmente verso un nulla abissale), Jobeth Allison lo chiamò al telefono.

Una telefonata informale, giusto per fare un saluto, aveva detto. Salvo poi infilarci l'affondo, il vero motivo, pensò Larry, di quella chiamata.

«Mia madre dice che ieri ti ha visto in giro per la città con un bambino. Le ho detto che mi sembrava strano, che forse non eri tu...»

«Ero io.»

«E stavi con un bambino?»

«Dave Winthrop. Il nipote dell'uomo che lavora qui in casa mia.»

«Frankie Poletti?»

«Precisamente.» Il tono di Larry era freddo. Non gli piacevano quelle domande. Era come se Jobeth fosse gelosa del tempo che lui aveva trascorso con Dave anziché, forse, con Luke, più che con lei. E allo stesso tempo se la prese con se stesso per aver risposto così prontamente, come se dovesse giustificarsi. Giustificarsi di cosa? Non aveva fatto niente di male. Se i sensi di colpa affioravano anche nei confronti di perfetti sconosciuti, allora tutte le chiacchiere della dottoressa O'Connor, *Susy la Rossa*, erano spazzatura, non erano servite a nulla e lui aveva solo perso tempo.

«Ti ho chiamato in un brutto momento?» chiese lei avvertendo il gelo uscire dal ricevitore.

«Un po'. Mi ero messo a trafficare e...»

«Allora ti lascio, dai. Ci sentiamo presto, ok?»

«Certo. Buonanotte.»

Rimase a riflettere su quella telefonata. Jobeth aveva sbagliato a dirgli quella cosa e se l'aveva chiamato solo per sapere di lui e del bambino, aveva sbagliato due volte. Tutti i pensieri positivi che aveva nei suoi confronti scivolarono in un cono d'ombra. Anzi, in quel preciso momento Jobeth Allison gli stava sul cazzo. Che diritto aveva di impicciarsi della sua vita fino a quel punto? Cosa gliene fregava a lei se lui passava il tempo con Dave Winthrop piuttosto che con Kermit del *Muppet Show* o Jay Leno? Ancora quel senso di frattura che aveva avvertito in auto, sotto la pioggia. Se davvero esisteva una minima possibilità di mettere in piedi una relazione con quella donna, l'alba non era stata delle migliori.

Si sentiva nervoso e aggressivo. E gli scoppiava la testa. Buttò giù un paio di compresse a caso facendole seguire da una pista di ketamina.

Quando gli parve di essersi calmato un po', decise di occuparsi del cucciolo. Gli diede da mangiare chiedendosi cosa ne avrebbe fatto se Frankie o i genitori di Dave avessero detto di no. Infine diede da mangiare anche a se stesso. Aprì il sacchetto di patatine (le barrette erano per dopo, rappresentavano il dessert) e si mise davanti alla tv senza guardare nulla in particolare.

Dopo qualche minuto, forse attratto dal profumo della paprika, il cucciolo si arrampicò sulle sue gambe. Era carino, affettuoso. E morbido.

Gli venne da chiedersi come mai, manipolandolo, non gli capitasse di vedere un'aura, di sentire qualcosa, qualsiasi cosa. Niente. Quale poteva essere la spiegazione? Forse era un soggetto troppo giovane, così come il bulldog della signora Duvall (o era la signora Bishop?). Era una coincidenza che in entrambi i casi non fosse successo nulla? O si trattava soltanto delle sue abituali stranezze? Domande destinate, per il momento, a non avere risposta.

Rimasero insieme sul divano per un bel pezzo, almeno finché Larry non si accorse che il cane, dormendo, gli aveva pisciato sui pantaloni. O forse era stato lui.

Quello, in ogni caso, era il giorno delle pisciate.

18

Giovedì 29 giugno

Controllare il cane di Gilmore, aveva scritto la sera prima sopra un foglio attaccato con un pezzo di nastro adesivo alla porta.

Non era mai stato uno da post-it o roba simile, ma la sua memoria, ultimamente, si prendeva delle pause non autorizzate, il che suggeriva di adottare qualche provvedimento.

Il cucciolo che avrebbe dovuto essere di Dave Winthrop gli saltellò intorno affamato. Provò anche ad abbaiare e gli uscì una specie di rantolo.

«Devi fare pratica» disse Larry divertito.

Notò che lasciava piccole impronte umide. «Che hai combinato?»

Entrando in cucina lo scoprì. Il cagnolino aveva fatto i suoi bisogni un po' ovunque, tranne sopra i panni che Larry gli aveva steso appositamente.

Pulì tutto e fece colazione mentre il cucciolo (doveva trovargli un nome, almeno provvisorio) ingurgitava con rumorosa soddisfazione le sue crocchette. Quindi si vestì e sistemò il cane nel locale che era stato lavanderia con acqua e cibo a disposizione e altre traverse sparse a caso.

«Ora tu fai il bravo e mi aspetti. Capito?» lo ammonì con un dito sollevato. «E se devi fare i tuoi bisogni falli lì sopra. Io torno presto.»

Chiuse la porta di casa sentendosi piuttosto stupido. Parlava con un cane.

Salì a bordo della Mustang e girò la chiave d'avviamento. Ci vollero quattro tentativi e alla fine il motore si mise a borbottare infastidito, come se fosse stato bruscamente risvegliato da un sogno meraviglioso.

«Buongiorno» gli si rivolse Larry. Non solo parlava con il cane, ma anche con l'automobile.

Aveva comprato quella Ford di getto, dopo averla vista esposta nel piazzale di un rivenditore di macchine usate il giorno che aveva definitivamente deciso di trasferirsi. Aveva un colore di merda (nel senso letterale del termine), ma una bella linea e, soprattutto, costava meno di tutte le altre. Duecentocinquantamila chilometri sulle spalle non garantivano una perfetta efficienza, tuttavia, almeno fino a quel momento, *lei* non l'aveva mai tradito. Durante il viaggio verso Wytago, due mesi prima, con tutti gli scatoloni nel retro e i sedili pieni di cianfrusaglie, gli era venuto da pensare a due amici che affrontavano una nuova avventura. Lui e la Mustang, insieme, verso lidi sconosciuti. Aveva anche pensato di darle un nome (come quel tipo che aveva scritto *Strade blu*, aveva chiamato Ghost Dancing il vecchio furgone Ford Econoline con il quale aveva girato gli States), ma non avendone trovato nessuno che le si addicesse aveva lasciato perdere. In ogni caso, battezzare la propria macchina sarebbe stato, forse, la cosa meno bizzarra tra tutte le cose bizzarre che costellavano come una galassia la bizzarra vita di Larry Nowak.

«Ah, ecco cosa c'è stamattina» disse notando la lancetta del carburante al di sotto dello zero. «Hai fame. Ti porto a fare colazione.»

Infilò Summer Street fermandosi poco dopo sotto la pensilina della stazione di servizio Sunoco. Dal mangiacassette, Billy (Joel) era impegnato a cantare *Half a mile away*, esattamente la distanza che Larry aveva percorso fino al distributore. Ma come faceva ad azzeccarci sempre?

Ce l'aveva ancora un po' con Jobeth (Larry, non Billy Joel), ma non come la sera precedente. Quella telefonata, alla luce del giorno, non gli sembrava poi così grave. E lui non era più né nervoso né aggressivo. Al contrario. Aveva voglia di chiacchierare con Doodley, di avere dettagli sulla sua storia d'amore. Forse perché gli sembrava talmente meravigliosa da non essere vera. Quel genere di cose le vedevi in un film dalla trama scontata o per ragazzi, dove la morale, il lieto fine e tutte quelle cose lì erano preponderanti perché educative, formative, pedagogiche e via dicendo. Ma nella vita vera (e Larry ne era un esempio) le cose andavano diversamente. Aveva scoperto di possedere una vena romantica che non aveva mai sospettato di avere. Magari avrebbe fatto un salto proprio da Jobeth, in biblioteca, per prendere a prestito *Uccelli di rovo* o un altro romanzo altrettanto lacrimevole, e al Wal-Mart per una bella scorta di Kleenex.

«Salute!» disse con esagerato entusiasmo quando Doodley uscì dall'ufficio. «Come va?»

L'uomo gli dedicò un sorriso circostanziato. «Bene, grazie. E a lei?»

«A posto. Passo spesso a piedi qui davanti, dall'altra parte della strada.»

«Mi pareva di averla già vista, infatti.»

«Faccio tutta Summer Street fino all'Hope Cemetery e poi torno indietro per la Main.»

«Una bella passeggiata.»

«Già.»

Doodley annuì. Poi attese. Ma poiché Larry non sembrava intenzionato a proseguire, domandò: «È qui per fare benzina?».

«Certo, mi scusi! Il pieno, grazie.»

Larry si appoggiò all'auto incrociando le braccia sul petto e rimase a fissare il giovane mentre staccava il bocchettone con il braccio sano e riempiva il serbatoio. Tra loro, il monotono rollio della pompa che scaricava litri nella bocca affamata della Mustang senza nome.

A un certo punto, Doodley, realizzando che il tizio lo osservava con sfacciata insistenza, fu a un passo dal chiedergli se ci fosse qualcosa che non andava e se magari il problema era quel suo braccio artificiale. C'era gente che non lo faceva apposta, ma una volta inquadrato l'arto di plastica nel radar non riusciva più a smettere di puntarlo.

Larry lo precedette. «Io lo so chi sei» proruppe. Una frase che, se ne rese conto immediatamente dopo averla lasciata volare fuori dalla bocca, si prestava a varie interpretazioni. E non tutte benevole. Così si affrettò ad aggiungere: «Jobeth Allison mi ha parlato di te. Lei e Suzie, tua moglie, sono amiche.»

Doodley sorrise sollevato. «Allora tu sei il veterinario!»
«Larry Nowak.»
«Io sono Donald, ma tutti mi chiamano...»
«Doodley, lo so.»
Il sensore scattò indicando che il serbatoio era pieno e Doodley ripose il bocchettone sulla pompa. Il visore segnava trentotto dollari e novantacinque (il prezzo della benzina, da quando Larry si era addormentato, era raddoppiato). Prese quaranta dollari e glieli porse. Poi aprì la bocca per invitare lui e Suzie a quella famosa cena messicana. Ma le parole non gli uscirono.
Doodley si pulì la mano sulla salopette, dopodiché afferrò le banconote. «Serve altro?» domandò frugando nel marsupio.
«Lascia stare il resto» ribatté Larry. «No, nient'altro, grazie. Ti auguro una buona giornata, Doodley.»
«Anche a te, Larry. Ci si vede presto.»
«Ok.»
Non sapeva perché non gli aveva detto della cena. Forse perché non era sicuro di volerla fare. Tutto l'entusiasmo di pochi minuti prima si era spento all'improvviso, era svanito come i vapori del carburante ingurgitato dalla Mustang. Perché? si chiese. Forse per via di quello che era accaduto la sera prima con Jobeth? O perché temeva che un evento pubblico, per quanto "piccolo", avrebbe potuto concludersi come il barbecue? O per quegli sbalzi di umore che aveva notato ultimamente? Un istante si sentiva il re delle montagne russe, l'istante dopo il custode di Villa Depressi. In effetti, ora, l'idea di una cena messicana gli sembrava una cosa ridicola e del tutto fuori luogo quasi quanto avere una storia (d'amore?) con Jobeth Allison.

***

Arrivato in Quarry Street (che i residenti abbienti avevano soprannominato Misery Boulevard) spense il motore e restò guardingo, al posto di guida. Si aspettava di veder sbucare Rocky da un momento all'altro, saltare sopra il cofano e sfondare il parabrezza a testate. Una cosa alla *Cujo*, il libro di King. Nella sua testa, infatti, Rocky venne immediatamente rinominato Cujo.

Ma Cujo sembrava sparito. Non pattugliava come al solito lo squallido cortile di casa Gilmore, la stamberga dove il padre di Herb si divertiva a picchiarlo (e chissà che altro) con il guantone dei Mountaineers. Larry si arrischiò ad aprire la portiera. Non accadde nulla. Nessun ringhio roco, nessun minaccioso galoppo in avvicinamento, niente *jumpscare*. Mise un piede (uno solo) fuori dall'auto. E in quel momento la porta della casa si spalancò.

Apparve Herb, un sorriso tronfio incollato alla faccia, la sigaretta a fine corsa infilata tra le dita della destra. Fece un gesto. Né un saluto né un invito. Solo un gesto, per far capire che l'aveva visto.

Larry scese tenendo la borsa davanti a sé all'altezza del bacino. La borsa, in realtà, non gli serviva a nulla, ma l'idea era che se Cujo avesse caricato, Larry gli avrebbe dato in pasto la borsa anziché le proprie ciliegie. Un po' come Roy Scheider nella scena finale de *Lo squalo*. Solo che una borsa di pelle da medico non esplodeva anche se gli sparavi.

«Dov'è Rocky?» domandò Larry guardandosi nervosamente intorno.

«Ha paura?» sghignazzò Herb.

«Dov'è?» ripeté Larry.

«Non si preoccupi. L'ho chiuso nel fienile. Almeno finché questa faccenda non sarà risolta.»

Larry si sciolse un po' e raggiunse *Glove* (la borsa, però, la tenne sempre davanti a sé, come uno scudo protettivo). I suoi passi crocchiavano sul ghiaino del cortile. Sembrava l'unico suono intorno a lui.

«Che ha fatto alla gamba?» volle sapere Herb notando che Larry zoppicava vistosamente. Evidentemente non ci aveva mai fatto caso fino a quel giorno.

«Un incidente.»

«Un cane gliel'ha azzannata?» ridacchiò l'altro.

Larry ignorò la battuta. «Posso vedere Rocky?»

Herb si avviò in direzione del fienile. «Non mi chiede come sta?»

«Come sta?»

«Benissimo. Non credo abbia la rabbia.»

«Non lo credo nemmeno io» replicò Larry controllando l'istinto di dire a quell'uomo tutto quello che pensava di lui. «Ma è la legge.» Si teneva a distanza, convinto che *Glove* avrebbe aperto all'improvviso la squinternata porta del fienile liberando la sua bestia assatanata. O che Rocky l'avrebbe sfondata fiutando l'avvicinarsi di una succulenta preda da sbranare. In ogni caso, il suo padrone sarebbe rimasto a guardare, con quel ghigno insopportabile sulla faccia e la sigaretta all'angolo della bocca, mentre la belva faceva scempio dello sprovveduto veterinario.

Herb Gilmore poggiò le mani sull'asse traverso che chiudeva il logoro fabbricato.

Larry ebbe un istante di esitazione. Ma non voleva che Herb pensasse che era un cacasotto. Strinse con forza la borsa e si preparò al peggio.

Herb spalancò il portone e una lama di luce rettangolare corse sul pavimento di terra battuta e paglia fino a illuminare la sagoma infernale di Rocky, tutto proteso in avanti e trattenuto da una corda fissata a uno dei pilastri che reggevano il tetto.

Larry se ne rallegrò, ma si chiese anche se la corda (o il pilastro) avrebbe retto a un improvviso scatto. I muscoli di Rocky guizzavano nervosi e gli occhi iniettati di sangue fissavano i movimenti di Larry. L'animale cominciò ad abbaiare in maniera convulsa, scomposta, strattonando la corda che gli segnava il sottogola.

«Eccolo qui» disse Herb. «Come vede l'ho legato. Va bene così?»

Larry aveva sempre detestato vedere i cani alla catena (o alla corda, come in questo caso), ma trattandosi di Rocky gli parve una soluzione accettabile. «Sì, va bene» disse. «Anche se la cosa migliore sarebbe dotarlo di un recinto robusto, in modo che possa muoversi libero, ma all'interno.»

«Ci penserò. Senta, abbiamo finito? Io dovrei andare a lavorare.»

«Sì. È meglio che vada anch'io, prima che con quella corda si strozzi.»

Herb richiuse il portone e si grattò i testicoli. «Siamo a posto?» chiese.

«Che intende?»

«Questa cosa delle scartoffie. Dovrà venire ancora?»

«No. Il periodo di osservazione è terminato.»

«Quindi niente canile?»

«Niente canile. Ma si ricordi che se ci sarà un'altra aggressione...»

Herb protese il pacco verso Larry in un gesto volgare. «Gli verranno tolte le palle» concluse. «Me l'ha già detto.»

***

Quando Larry rientrò in casa, si tuffò subito nel frigorifero cavandone due lattine di Miller. La prima la finì in due sorsate, la seconda la portò con sé in salotto. Si lasciò cadere sul divano e si guardò intorno. La casa gli apparve vuota e silenziosa, e si scoprì a pensare che Dave gli mancava. Più di quanto avrebbe immaginato.

Era stato a un passo dal colpire Herb Gilmore con la borsa di pelle, un po' come avrebbe potuto fare una vecchia signora che sta per essere scippata (come Josephine quel giorno caldissimo d'agosto). Quel tipo aveva una innata capacità di indisporlo, con le sue risatine, le occhiate boriose, la spocchia di chi si ritiene superiore. Ma una rissa era ciò che Larry voleva evitare. Aveva già accumulato cattiva pubblicità a sufficienza grazie alla sua performance al barbecue di Jeff Bundy, pace all'anima sua. Non gliene serviva di ulteriore.

Per calmarsi prese dello Xanax e dopo un quarto d'ora le palpebre gli si fecero pesanti come macigni.

Fu svegliato dallo squillo del telefono.

Era Frankie Poletti.

«Mi dispiace per ieri» esordì. «Mi sono comportato male.»

«Non c'è problema» rispose Larry, anche se il problema c'era. Frankie *Spaghetti* era stato ingiusto con lui, ma Larry aveva la mente appannata come lo specchio del bagno dopo le sue interminabili docce bollenti e preferì essere condiscendente.

«Voglio essere sincero con lei» continuò l'uomo all'apparecchio.

Larry dubitava sempre di quelli che iniziavano un discorso con «Voglio essere sincero con lei». La maggior parte delle volte intendevano esattamente il contrario.

«La verità è che ho sentito delle voci, per quello che è successo al barbecue, che è stato male, e qualcuno diceva che aveva bevuto troppo. Così, sapendo che Dave era con lei, da solo, mi sono sentito in dovere di… capisce, no?»

«Capisco.»

«Ma poi, stamattina, parlando con il dottor Buscema, ho scoperto che lei soffre molto, che, insomma, deve prendere dei farmaci, e che in realtà era proprio stato male, che non era ubriaco.»

Larry rimase in silenzio mentre con il pensiero inviava uno speciale ringraziamento a Nat *Discrezione* Buscema.

«Pronto? Dottor Nowak, è ancora in linea?»

«Sì.»

«Ecco. E per quanto riguarda il cane… non so se possiamo occuparcene, con quello che sta succedendo a mia moglie.»

«Ho saputo e sono molto dispiaciuto. Come sta?»

«Male, e i dottori dicono che starà peggio. Sembra che non ci siano speranze. E io mi sento… impotente, capisce? Ho sempre controllato tutto nella mia vita, ma questa volta non è possibile. Così mi comporto come non vorrei… Le devo delle scuse.»

«Lasci stare. Ho già dimenticato.» Non era vero. «Se posso fare qualcosa…»

«Purtroppo non credo. Sa, non è la morte a spaventarmi, ma il dolore. L'idea che Lauren possa soffrire, che il cancro la consumi trasformandola in uno spettro, mi fa impazzire…»

Larry era un esperto mondiale di dolore, ma proprio per questo non seppe cosa dire.

«Be', la saluto, dottore» concluse bruscamente Poletti. «Per i lavori a casa sua…»

«Non ci pensi. Le faccio tanti auguri per sua moglie.»

«Grazie.»

***

Frankie Poletti riagganciò e rimase a fissare il muro bianco davanti a sé per qualche minuto. Poi si trascinò in garage, dove sonnecchiava un vecchio armadio di legno la cui porta era chiusa da un grosso lucchetto. Lo aprì e spalancò l'armadio. Dentro, in mezzo a tante altre cose, c'era un vecchio fucile da caccia calibro

20 appartenuto a suo padre. Una specie di cimelio di famiglia. Con quel fucile suo nonno aveva sparato alle alci quando ancora si poteva. Controllò la scatola di cartucce accertandosi che ce ne fossero almeno un paio. Quindi richiuse tutto e tornò in casa.

Se Lauren avesse cominciato a soffrire, a soffrire davvero, ci avrebbe pensato lui.

***

Non appena Larry abbassò il telefono, la suoneria riprese a suonare. Attese qualche secondo, pensando che si trattasse di un contatto. Ma gli squilli erano numerosi e insistenti.

Sollevò la cornetta e prima che potesse dire «Pronto», udì la voce concitata di Herb Gilmore.

«Rocky!» disse. Sembrava avesse fatto una corsa. «Rocky sta male!»

«Cosa succede?»

«Boccheggia e… e barcolla, come ubriaco! Sta male, le dico!»

«Da quanto?»

«Da quando lei se n'è andato! Deve essere stata l'agitazione, *lei* l'ha agitato!»

«Si calmi, signor Gilmore e mi stia a sentire. Ha vomitato?»

«No, non ha vomitato, fa degli sforzi a vuoto…»

«Gli tocchi la pancia, dal lato sinistro. Suona a vuoto?»

«Cosa? Ma che diavolo?...»

«Faccia quello che le dico, è importante. Gli tocchi l'addome.»

Ci fu una breve pausa. Rumori di fondo. L'ansimo di Rocky.

«Sì» disse infine Herb. «Sembra un tamburo!» Nella sua voce, oltre che angoscia, c'era anche una lieve nota di sorpresa.

«Me lo porti immediatamente» stabilì Larry.

«No, deve venire qui lei. Deve aiutarlo!»

«Non posso fare niente in un vecchio fienile. Rocky ha una torsione gastrica e va operato quanto prima.»

«Operato?»

«Sì, operato. Me lo porti subito. Io preparo tutto per l'intervento.»

«Ma perché vuole operarlo?» Ora, nel tono di *Glove* si era insinuata la diffidenza.

Larry era sicuro che stesse pensando a una truffa, a un'operazione non necessaria solo per spillargli del denaro. «Senta, il suo cane morirà se non sarà operato al più presto» ribadì cercando di mostrarsi indifferente. «Che lo operi io o qualcun altro è lo stesso, ma, mi creda, non c'è altro da fare, se vuole che Rocky viva. Se si decide, sa dove trovarmi.» E, stupendo anche se stesso, chiuse la comunicazione.

Attese di sentire la suoneria riattivarsi, ma non accadde. Il telefono restò muto. O Herb Gilmore stava arrivando di gran carriera, oppure aveva chiamato un altro veterinario.

Si sentiva ancora annebbiato a causa dello Xanax.

Considerò che, se davvero *Glove* gli avesse portato Rocky perché lui gli salvasse la vita, gli sarebbe convenuto essere sveglio. Così tirò un po' di ketamina e ci bevve dietro una lattina di Miller. Quindi predispose tutto l'occorrente per l'intervento che forse si sarebbe svolto di lì a poco.

***

Venti minuti più tardi lo scassato Chevrolet CK di Herb Gilmore si arrestò con un frastuono di freni usurati davanti alla casa di Larry. Insieme a *Glove* c'era il fido Stu Simkins. I due girarono intorno al pick-up e aprirono il cassone. Dentro c'era Rocky. Lo sollevarono non senza sforzo e lo portarono verso la casa.

Larry uscì ad accoglierli. «Portatelo dietro, nella serra» ordinò.

I due ubbidirono. Herb aveva uno sguardo stralunato e al posto del consueto imperturbabile ghigno indossava una maschera di afflizione. Stu, al contrario, sembrava trasportare una bombola di gas o altro che usciva dal Wytago Service. Aveva uno stuzzicadenti in bocca, il berretto col frontino girato al contrario, le ascelle della maglietta ingiallite e le pupille dilatate.

«Mettetelo sul tavolo» disse Larry mentre preparava l'anestetico. Gli era bastato un tocco per diagnosticare senza ombra di dubbio una torsione gastrica.

Rocky non era più in condizione di sbranare qualcuno. Era del tutto innocuo, occupato com'era a sfamarsi d'aria. Aveva lo sguardo perso, fisso nel vuoto, e la bava alla bocca.

«Ma cosa gli è capitato?» volle sapere Herb.

«Succede ai cani di grossa taglia» spiegò Larry continuando a lavorare. «Lo stomaco va in rotazione e si trasforma in un sacco chiuso da entrambi i lati. I gas prodotti dalla fermentazione lo dilatano e vanno in circolo provocando un'autointossicazione. Se non si detorce, l'animale muore nel giro di un paio d'ore.»

Herb non dava l'idea di aver capito tutto, ma sembrava convinto di una cosa: che quel casino era dipeso dalla visita di Larry al fienile. Infatti disse: «Scommetto che è colpa sua. L'ha fatto agitare e gli è venuta questa cosa».

Larry valutò che quell'affermazione gratuita non meritasse alcuna risposta, ma fu un errore, poiché Herb la considerò un'ammissione di colpa, tanto che si spinse a minacciarlo. «Se succede qualcosa a Rocky per colpa sua, giuro che...»

Larry gli puntò contro la siringa che aveva in mano. «Se succede qualcosa a Rocky sarà perché lei non è mai stato capace di controllarlo, brutto idiota del cazzo!»

Glove reagì colpendo la siringa con uno schiaffo e facendola cadere a terra. E Larry si lanciò su di lui afferrandogli la gola.

Stu rimase a guardarli divertito, finché un rantolo più forte degli altri proveniente dalla gola del cane non lo indusse a dire qualcosa. «Ehi, voi due. Mi sa che Rocky sta davvero male.»

Larry e *Glove* si staccarono.

«Il suo amico ha ragione» convenne Larry. Aveva il fiato corto e la pressione alle stelle. «Pensiamo a Rocky. Poi finiremo la nostra discussione.»

Herb non disse nulla, ma annuì.

Larry praticò la sedazione a Rocky e poi si allontanò per vestirsi.

Si guardò le mani: tremavano. Non era solo l'incazzatura che relazionarsi con *Glove* Gilmore gli procurava immancabilmente. Dovevano essere gli effetti di Miss Ketamina. Anzi, lo erano. Forse aveva ecceduto. Nonostante questo doveva operare quel cane, doveva dimostrare che era capace di farlo. Di salvarlo.

«Avrò bisogno di una mano per eseguire alcune manovre» annunciò tornando nella serra munito di camice e mascherina.

«È il mio cane» dichiarò *Glove*. «Ci sono io.»

«Non è che sverrà vedendo il sangue?»

«Non sono una mezza sega.»

«D'accordo. Allora si lavi le mani e indossi uno di quei camici. Poi i guanti.»

Herb scrollò la testa ma fece come gli era stato detto.

«Io aspetto nel pick-up» disse Stu.

Non appena Rocky fu pronto, Larry cominciò a incidere. E in quel preciso istante arrivò il buio.

***

Più o meno alla stessa ora, Nat Buscema riusciva finalmente a mettersi in contatto con il dottor Harry Godschalk al Centro neurologico del New Hampshire Hospital di Nashua. Lo cercava da tutta la settimana ma, gli era stato detto, il dottor Godschalk era a un congresso in Nevada.

Parlarono a lungo. Di Larry, naturalmente. E quando Nat Buscema riattaccò, si sentì turbato, in parte, e pervaso da un senso di amarezza, per lo più, nei confronti di qualcosa su cui né lui né nessun altro aveva potere. Intere aree del cervello di Larry Nowak erano state irrimediabilmente danneggiate dall'incidente e dal coma. Era un miracolo se riusciva a svolgere le funzioni che mantenevano Larry in vita, e Dio solo sapeva come non fosse ancora morto.

Solo una cosa era certa: Larry Nowak camminava verso un precipizio. Ed era cieco.

***

L'onda, questa volta, si presentò nera. Un nero disperato, senza fine, che gli tolse il respiro. Un nero che conteneva un terrore indefinito, che puzzava di vecchia cantina e di morte, e che nascondeva l'orrore di creature in agguato, mostri che la mente umana non voleva e non riusciva a immaginare.

Quando Larry si riebbe, incontrò i freddi occhi di Herb Gilmore che lo fissavano da sopra la mascherina. Doveva essersi *assentato* per poco, forse soltanto qualche secondo, ma l'altro se n'era accorto.

«Che cazzo le prende?» disse *Glove* gonfiando con le parole il tessuto della mascherina. «Le dà fastidio il sangue?»

Nonostante la situazione, Larry fu sicuro che il ghigno di Herb Gilmore fosse tornato al suo posto.

Per tutta risposta, incise l'addome di Rocky e, come si aspettava, lo sguardo di *Glove* perse d'un tratto tutta la sua strafottenza.

«Diamoci da fare» tagliò corto.

***

L'intervento riuscì. Lo stomaco venne detorto (con la fuoriuscita dei gas che conteneva, dal caratteristico odore di cibo marcio) e fissato alle costole con dei punti per evitare recidive.

Per tutto il tempo, però, Larry non fece che pensare alla marea nera che lo aveva investito quando aveva toccato Rocky. E che faceva il paio con il grigio del giorno prima, in occasione della visita al gatto dello sceriffo. Dunque, contrariamente a quanto credeva, i fenomeni legati ai colori, di qualsiasi natura essi fossero, non erano affatto terminati. Si ritrovava punto e a capo. E stavolta gli era rimasto addosso qualcosa, di quell'onda, un senso di vuoto devastante, privo di punti di riferimento. Cosa significava quel nero? Era riferito al cane? Al suo stato? O c'entrava Herb? E in che modo? Poteva esserci di mezzo la sua tossicodipendenza? Per un istante provò pena per quell'uomo, che rispondeva agli insulti (alle angherie) della vita con un atteggiamento di falsa superiorità. E con altrettanta aggressività.

«Si riprenderà?» domandò Herb.

«Come?»

«Ho detto se si riprenderà.»

«Rocky è forte. Dovrebbe farcela.»

Il grosso cane si stava svegliando. I suoi occhi vagavano cercando di capire dove fosse e cosa gli fosse accaduto. Il respiro era quasi normale e, sentendo tornargli le forze, cercò di rimettersi in piedi.

«Ehi!» esclamò Herb afferrandolo per le spalle. «Calma, calma, fottuto di un cane! Dove credi di andare?»

«Chiamo il suo socio» si propose Larry. Non vedeva l'ora di liberarsi di cane e padrone.

Stu arrivò con la solita flemma e insieme a Herb caricarono Rocky nel cassone del CK. Poi, mentre Stu stava di guardia, Herb tornò nella serra.

Larry stava riponendo gli strumenti. «Questo è l'antibiotico che dovrà somministrargli» disse allungando una prescrizione. «E questa la dieta da seguire per un po'» aggiunse porgendo un secondo foglio. «I punti sono riassorbibili. Non sarà necessario tóglierli.»

Herb prese tutto senza dire nulla. Nemmeno grazie.

«Lo tenga al caldo» proseguì Larry. «E fino a domani non gli dia nemmeno acqua. Poi mi telefoni e mi dica come va. Ha capito tutto?»

«Ho capito» disse Herb. La sua voglia a forma di guantone pareva pulsare.

«Per la parcella ci accorderemo» concluse Larry aprendo la porta della serra invitandolo a uscire.

«Vedremo» mormorò *Glove* dandogli le spalle.

***

Larry chiuse la porta di metallo della serra facendola sbattere. Alla maleducazione e all'ignoranza non c'era davvero limite. Se questi erano i suoi futuri clienti, c'era da stare allegri. Si disse che fortunatamente non tutti erano come Herb Gilmore. A Wytago aveva conosciuto gente simpatica e ben educata. Però bastava un solo Herb Gilmore per rovinare la media e farti passare la voglia di esercitare questo mestiere.

Comunque poteva ritenersi soddisfatto. L'intervento era andato bene e le sue mani non avevano tremato come temeva. Quando *Glove* avrebbe visto il suo cane riprendersi (e dopo aver raccolto informazioni su quel tipo di intervento, in modo da giudicare l'operato di Larry), si sarebbe ricreduto e avrebbe accettato di pagare il dovuto. O almeno questo era quanto Larry si augurava. Era stanco di fare beneficenza.

Andò in cucina e aprì il frigorifero. Le Miller Lite erano lì, sul ripiano, in attesa che lui le cogliesse, come odorosi fiori di campo. Ne prese due e si sedette al tavolo della cucina. Gli faceva male la testa. Molto male. Un male che si era tinto di nero opaco. Era la prima volta che un'aura gli lasciava addosso il suo colore. Si alzò per ingoiare del Fentora e per guardarsi allo specchio: era convinto che avrebbe visto la pelle scurita. Solo allora udì lo scalpiccio e i lamenti che provenivano da dietro la porta chiusa della lavanderia.

«Cazzo!» esclamò sentendosi un coglione. Aveva scordato il cucciolo.

Spalancò la porta e il cagnolino gli corse incontro facendogli le feste.

«Dovresti mandarmi a fanculo, invece» disse Larry contemplando il campo di battaglia che era il pavimento della lavanderia, ricoperto di crocchette, acqua, piscio e merda.

Quando ebbe finito di ripulire tutto, era distrutto. La testa ricordava la ragazza nel baule attraversata dalle spade dell'illusionista. Solo che le sue erano spade vere e incredibilmente affilate. Salì le scale seguito dal cucciolo sentendo i piedi pesanti come ferri da stiro.

Rinunciò all'idea di farsi una doccia e si buttò a letto. Il cane lo raggiunse immediatamente.

Erano appena le due del pomeriggio.

E nell'aria, che si era fatta inspiegabilmente nera, c'era odore di vecchia soffitta, cibo marcito e roba bruciata.

19

Venerdì 30 giugno

Rocky stava bene. Anzi, sembrava tornato quello di prima, nonostante i punti e tutto il resto.

Glove era di buonumore. Si era preso un giorno dal lavoro per stare accanto al suo, si fa per dire, *piccolo*.

«Mi fa piacere» disse Larry.

Durante la notte, il ricordo della marea nera era tornato a trovarlo. Forse era stato un sogno, o forse quel dormiveglia a cui ormai era abituato, non avrebbe saputo dirlo. Fatto sta che intorno a lui era tutto nero, un nero solido, dotato di curve ma anche di punte aguzze o denti. I denti di Rocky, magari. E in quel nero insondabile eppure così fisico, c'era *Glove*. Lo percepiva pur non vedendolo. Stava nascosto da qualche parte e si colpiva il volto con violenza servendosi di un guantone da baseball. Larry poteva udire il suono che faceva percuotendo la pelle. E i suoi pensieri erano neri, feroci. C'era del male, in essi.

Ora, sentendo la sua voce al telefono, si sentì quasi in dovere di ricredersi. Herb Gilmore era solo una persona sfortunata, con un passato difficile, cresciuto in un ambiente che non l'aveva di certo aiutato. Andava compatito, non condannato.

«Senta, per il conto...» disse Herb.

«Ha intenzione di pagare?» lo stuzzicò Larry.

«Se mi fa un bello sconto io potrei farle bene sugli articoli del negozio. Oppure, se le servisse qualcosa di diverso...»

Larry sentì un mano fredda accarezzargli la nuca. «Diverso in che senso?»

«Be', siamo adulti, no? Circolano voci in città.»

«Quali voci?»

«Che lei… che usi qualche aiutino, di tanto in tanto. Non c'è niente di male, amico, io pure a volte ne ho bisogno.»

Adesso erano diventati amici, dunque.

«Ho visto che faccia aveva ieri» continuò *Glove* bonario. «La conosco quella faccia lì. E quegli occhi. Io non tengo solo erba. Ho anche roba più pesante, non so se mi spiego.»

«Si spiega perfettamente» replicò Larry, infastidito dall'essere considerato un drogato (che gli piacesse o no, quella era la definizione corretta). «Ma non ho bisogno di nessun tipo di sostanza che non siano i miei farmaci. Comunque la ringrazio dell'offerta.»

«Come vuoi, amico.»

Larry notò che *Glove* era passato a dargli del tu. Era così che si faceva tra tossici. La condivisione affratellava. Sempre. «Mi tenga aggiornato» disse calcando il tono sul verbo alla terza persona. «Ho una visita da terminare.»

Questa volta non mentiva. Nella serra, in attesa, c'erano Marylou Meier, con i suoi capelli platinati, e Sammy, lo yorkshire diabetico (con un fiocchetto in cima alla testa), al quale bisognava controllare la glicemia.

Marylou Meier profumava delle creme che vendeva al reparto cosmetici del Wal-Mart e intorno a lei Larry colse un alone giallastro, debole ma innegabilmente presente. Capitò quando casualmente la borsetta della donna finì sul pavimento. Larry notò le numerose confezioni di cosmetici che ne erano fuoriuscite e gli venne da pensare che la donna le avesse rubate. Marylou Meier era una ladra? A giudicare dal rossore che si diffuse sul suo volto e dai modi sbrigativi, non da lei, con cui raccolse le confezioni e le ficcò alla rinfusa nella borsa, forse la verità non era poi tanto lontana.

Larry cominciava a essere stanco di collisioni cromatiche e sensoriali alle quali stentava a dare un senso.

Se davvero possedeva delle capacità e quelle onde ne erano la testimonianza, voleva saperne di più. Sarebbe andato in biblioteca, a consultare qualche libro (internet non lo affascinava e non ci si ritrovava, anche perché a casa non aveva il computer) e forse si sarebbe chiarito le idee. O magari avrebbe capito che erano tutte cazzate.

***

Etta Grier non aveva più avuto notizie di quello sgangherato giornalista con la giacca di lana spinata e le toppe sui gomiti. Dal loro primo incontro era trascorsa più di una settimana. L'aveva cercato al telefono del Vermonter Motel di Eliah Fairfax, ma aveva il sospetto che quel tanghero si facesse negare. Sapeva che era in città, perché lo si vedeva a passeggio o al Sullivan Cafè e una volta lei l'aveva quasi intercettato che usciva dalla biblioteca. Ma lui aveva finto di non vederla (e di non sentirla: Etta lo aveva chiamato a gran voce facendo voltare tutti i passanti tranne lui) e se n'era andato a bordo di quella sua ridicola macchina in direzione Berlin.

Se non si fosse fatto vivo presto, sarebbe andata ad aspettarlo fuori dal motel. A costo di passarci la notte. Nel frattempo poteva sempre fare qualche indagine per proprio conto. Senza dirlo nemmeno a Howell, ovviamente. Aveva notato che la porta della serra del suo vicino restava spesso aperta. In una *community watch* non c'era bisogno di chiudere a chiave o di utilizzare sistemi d'allarme. E guarda caso, "quello della casa di Elmer" stava uscendo giusto in quel momento.

***

Larry entrò nella biblioteca pubblica di Wytago e, subito dopo il distributore di bevande, trovò la reception. Dietro il bancone c'era Jobeth.

Non appena lei lo vide fece un salto sullo sgabello. «Mio Dio! Larry!»

Larry notò che era arrossita. «Sorpresa?» chiese.

Jobeth si sistemò i capelli. «Un po'. Non ti facevo tipo da improvvisate.»

«Ho pensato di venire a salutarti e siccome avevo anche bisogno di consultare alcuni testi, be', sai come si dice, due piccioni con una fava.»

In realtà non aveva nemmeno considerato il fatto che potesse esserci Jobeth, in biblioteca. Ma ora non gli dispiaceva averla incontrata. Quella mattina era particolarmente attraente.

Lei, però, non aveva gradito il paragone con i piccioni. Non si sentiva affatto un piccione. Tantomeno un piccione da prendere con una fava. «Suzie mi ha raccontato che sei passato da Doodley» disse fingendo di controllare una scheda prestiti.

«Infatti. È un tipo simpatico. Almeno mi sembra.»

«Lo è.»

Larry si guardò intorno. La biblioteca era luminosa e profumava di pulito. Nell'angolo dedicato ai più piccoli notò Luke, seduto a un tavolino giallo che sfogliava un libro.

«Mia madre è al lavoro e così oggi l'ho portato con me» spiegò Jobeth.

«Ciao Luke» lo salutò Larry.

Luke si voltò a guardarlo e mise un dito davanti alle labbra per dire di fare silenzio.

Larry pensò che aveva ragione Jobeth: Luke sapeva proprio essere stronzo.

«È arrabbiato perché voleva rimanere a casa a giocare con i suoi soldatini» lo giustificò Jobeth.

Larry annuì e si sforzò di sorridere.

«Che libri stavi cercando?» chiese lei dopo essersi schiarita la voce con un colpetto di tosse che denotava il suo disagio.

«Qualcosa sulla telepatia e sulla telestesia.»

Jobeth sollevò le sopracciglia. «Telepatia?»

«Esatto. E telestesia.»

«Cos'è la telestesia?»

«Percezione a distanza di eventi o oggetti. Una specie di chiaroveggenza.» Se era strano pensarlo, dirlo ad alta voce gli parve un po' ridicolo. «È solo per curiosità» sentì di dover aggiungere.

In effetti l'espressione di Jobeth era tutto un programma. Non sapeva se ridere o strabuzzare gli occhi. Così mantenne una via di mezzo che la fece sembrare affetta da paresi facciale. «Faccio una ricerca al computer» annunciò.

***

Etta disse a Howell che andava in città per fare alcune commissioni e quando lui le chiese di verificare se da Donnie fosse per caso arrivato quel giunto di ottone che aveva richiesto per sistemare il sifone della lavanderia, lei non gli rispose, fingendo di essere già uscita.

Anziché attraversare Wellington Road e scendere verso la Main, Etta scivolò sul retro della casa di Larry. Con fare cauto e circospetto raggiunse la serra e aprì la porta. Facile come ingannare suo marito Howell.

Passò velocemente oltre l'ambulatorio e si ritrovò nel salotto. Aria viziata e caos. Sul tavolino accanto al divano c'erano delle lattine di birra vuote. I cuscini erano schiacciati e gettati a casaccio e i libri stavano dappertutto tranne che sugli scaffali della libreria. Il colore delle pareti, poi, era semplicemente disgustoso. Si trasferì in cucina e aprì il frigo. Altre birre, pronte all'uso, e poco altro. Nel congelatore, invece, cibo precotto in quantità. Nell'acquaio c'erano piatti incrostati e sopra il tavolo circoletti e briciole. Qui e là flaconi e scatole di medicine di tutti i tipi. Strappò un foglio di carta da un blocco vicino al telefono e vi trascrisse i nomi. Quindi salì le scale diretta alla camera da letto. Ovunque regnavano il disordine e la sporcizia. Ma in fin dei conti era il minimo che si aspettava di trovare. Anche qui, accanto al letto, sopra il cassettone e perfino sulla moquette, flaconi di pillole. Il bagno era un disastro. Asciugamani gettati negli angoli, acqua sul pavimento, peli e capelli nel lavandino, la tavoletta del water sollevata e schizzata di urina. Aprì l'armadietto specchio. Altri farmaci. Scrisse i nomi anche di quelli. Poi vide una bustina con della polvere bianca.

«Ah-ah!» esclamò con aria trionfante. «Lo sapevo!»

La prese e se la mise in tasca. Era soddisfatta. Poteva andarsene prima che quell'abietto, indecente, imbroglione di un drogato tornasse sorprendendola in casa.

E fu mentre usciva dalla camera da letto che vide quella cosa. Quand'era entrata, stando di spalle non se n'era accorta. La parete principale era stata intagliata in maniera grossolana con qualcosa di appuntito che aveva sfrangiato la tappezzeria sbiadita appartenuta al vecchio Elmer, formando una figura che in un primo momento Etta non fu capace di distinguere.

Poi capì.

Era un gigantesco, assurdo, inspiegabile coccodrillo.

***

La capacità di comunicare con la mente ha radici lontanissime, stava leggendo Larry. *Perfino gli antichi Egizi credevano e praticavano questa forma di comunicazione. In un papiro scoperto a Saqqàra si legge infatti: "Quando tu pensi, il gatto ti capisce anche se le tue labbra non si muovono e se la tua bocca non pronuncia alcuna parola. Esso legge in te con lo sguardo degli Dei"*.

Il termine telepatia è stato coniato nel 1882 da Frederic William Henry Myers, fondatore della Society for Psychical Research, e deriva dal greco tele (lontano) e pàtheia (sentimento).

Un certo Wade Doak, documentarista e naturalista, affermava che i delfini erano in grado di scambiare telepaticamente informazioni tra loro. Le sue esperienze erano avvalorate dal Dolphin Centre in Florida (chissà se Elmer Ellroy era stato a visitarlo?), dove i delfini riuscivano a curare persone sordo-cieche e bambini autistici con la trasmissione di onde energetiche positive. E sempre a proposito di delfini, il medico russo Igor Tcharkovsky faceva notare come le delfine fossero attratte dalle donne in gravidanza e potessero trasmettere al feto alcune delle loro conoscenze e a non temere l'acqua.

Tutto molto interessante, ma Larry aveva a che fare con cani e gatti (e qualche alligatore, come quello che, in stato di alterazione mentale, aveva inciso con un bisturi sulla parete della sua camera da letto), non con delfini.

Gli vennero in soccorso le teorie del biologo inglese Rupert Sheldrake, il quale sosteneva che *casi di telepatia fra esseri umani e animali sono assai diffusi*. Venivano citati esempi di cani che riuscivano a tornare a casa da grandi distanze non solo grazie ai loro sensi ipersviluppati, o di altri che *attiravano* su di loro le malattie dei padroni. Un altro studioso dichiarava che gli animali si comportano come amplificatori delle emozioni forti o dei traumi che hanno colpito i loro proprietari. Questa affermazione parve a Larry particolarmente interessante perché, in qualche modo, poteva adattarsi alla sua situazione. Le onde colorate erano il riflesso di emozioni forti o traumi? Peccato che lo studioso in questione non fosse considerato attendibile da alcuna associazione scientifica. E ancora, il parapsicologo Karlis Osis sembrava aver dimostrato la capacità di trasmissione del pensiero tra l'uomo e il gatto. Osis, però, era lo stesso studioso che aveva condotto negli anni Settanta i discussi esperimenti di viaggi extracorporei con il sensitivo Alex Tanous. Il che portò Larry a Theodore Judd Serios, il sedicente uomo Polaroid, colui che impressionava la pellicola di una macchina fotografica con il pensiero grazie alle sue capacità psichiche.

Larry si chiese se per caso il coma e l'uso di sostanze farmaceutiche e stupefacenti insieme non gli avessero conferito facoltà simili a quelle di Serios.

Poi lesse che Ted, come veniva chiamato da tutti, altro non era che un alcolista con una personalità sociopatica (almeno a detta del suo psichiatra) e così le ricerche di Larry finirono lasciandogli addosso un senso sconfortante di fallimento. Lui, come Serios, non aveva alcuna facoltà eccezionale. Era solo un drogato alcolizzato e sociopatico.

Amen, avrebbe detto il *reverendo* Coughlin dopo aver sputato.

«Tutto bene?» volle sapere Jobeth quando Larry consegnò i libri ricevuti.

«Uh-uh.»

«Indovina cosa sto pensando.»

«Cioè?»

«Niente telepatia?» chiese sollevando le mani e muovendo le dita come una strega che opera un sortilegio. Poi scoppiò a ridere.

Larry si sforzò di sorridere. «Non credo di essere un fenomeno paranormale, se è questo che intendi.»

«Scusa. Non volevo prenderti in giro.»

«Meglio che prendersi troppo sul serio, non credi?»

Jobeth annuì. Luke stava disegnando qualcosa. L'impegno gli faceva guizzare la lingua tra le labbra. Larry allungò il collo per vedere. Era un dinosauro. O forse un gigantesco alligatore.

Sentì di dover dire qualcosa per distogliere la mente da quel disegno vagamente familiare. «Allora» propose «questa famosa cena messicana con Doodley e Suzie? Facciamo domani sera?»

Aveva deciso di confermare. Non sapeva nemmeno lui perché. Forse perché non c'erano validi motivi per non farlo. Tutto qui.

Gli occhi color ossidiana di Jobeth si accesero. «Sarebbe fantastico!»

«Lo sarà. Li inviti tu?»

«Sette e trenta?»

«Sette e trenta.»

Si sporse oltre il bancone e la baciò sulla guancia. «Ciao, Luke» disse voltandosi in direzione del ragazzino.

Dal tavolino giallo non ci fu risposta.

«Larry?» Jobeth gli si avvicinò. «Grazie» sussurrò sfiorandogli le labbra con un bacio.

«E di che?»

***

Thurgood Blanchard era in ufficio. Dall'atrio proveniva l'allegro cicaleccio di Martha Richardson che intratteneva Lyman Tugwell illustrandogli le caratteristiche organolettiche delle sue famose crostate (da quando lei lavorava per lo sceriffo la stazione di polizia profumava sempre di dolci appena sfornati e tutti gli agenti avevano già messo su un paio di chili). Quel pomeriggio si parlava di mirtilli.

Lo sceriffo aprì la porta e affacciò la testa in corridoio. «Lyman!»

Martha si interruppe.

«Sì capo?» disse Lyman. Si sentiva che non aveva fatto a tempo a deglutire.

«Smettila di perdere tempo ed esci di pattuglia.»

«Sì capo.»

Thurgood era di pessimo umore. Tanto per cambiare. Stava leggendo il rapporto che i suoi uomini, di concerto con gli agenti di Barre e di Marshfield, avevano redatto dopo aver battuto a tappeto tutti i posti che Price aveva suggerito. E purtroppo non ne stava ricavando nulla di utile.

Oltre a essere una ricerca estremamente estesa, c'era il problema che molti venditori non rilasciavano ricevute per le loro vendite e dunque era impossibile risalire al compratore. E comunque, già così, la lista degli acquirenti era lunga da lì a Boston.

Tutta teoria, pensò Thurgood. Come volevasi dimostrare. Un

classico dei poeti del crimine come Maldwyn Price. Un ago in un pagliaio, ecco quello che stavano cercando.

E poi c'era quel giornalista, Randolph. Stava ficcando il naso dappertutto e nessuno aveva ancora capito bene cosa stesse cercando. A dire il vero, molti si erano lamentati. Gli estranei non piacevano in posti come Wytago. Mise in agenda di fare due chiacchiere anche con lui.

In quanto a Fran, la piccola parentesi di normalità dovuta principalmente alla preoccupazione per lo stato di salute di Coltrane, sembrava resistere, sebbene Thurgood non si illudesse granché. Aveva visto altre volte, in passato, questi sprazzi di luce nel buio. Duravano sempre troppo poco e poi si tornava ai farmaci e alle interminabili giornate trascorse a letto, nel mutismo più assoluto, a struggersi di ricordi. Se solo fosse riuscito davvero a portarla via da lì.

Il telefono sulla scrivania si mise a trillare. Gli sembrò che la suoneria fosse esageratamente alta.

«Capo Blanchard» rispose.

Era Peter Moravi, l'altro vice. C'era un problema con la signora Marylou Meier, disse. Il direttore del Vermont Trading Company, Eliot Orton, l'aveva beccata mentre cercava di uscire dal negozio con un paio di ciabatte di pelle infilate nella borsa, e la situazione stava degenerando.

«Arrivo» disse laconico.

Si alzò, indossò il cinturone e uscì.

***

Larry decise di fermarsi a mangiare un boccone al Sullivan Cafè. Non aveva voglia di tornare a casa e prepararsi da mangiare, tanto più che il frigo doveva essere vuoto e lui avrebbe finito col farsi due fette di pane da toast spalmate di maionese oppure le solite patatine piccanti, un pasto da adolescenti che, aveva scoperto, gli irritava il colon. (*O magari sono tutte quelle schifezze che ingerisci sotto forma di pillole, e le birre, e la droga che spacci per rimedio farmacologico. Che ne dici, Larry?*)

Fu servito da Lucille, la madre di Jobeth.

«Salve, doc! Cosa le porto?»

La donna era frizzante come sempre, ma lo guardava con occhi nuovi, come se avesse notato in lui qualcosa di diverso, un taglio di capelli o un look particolare, e non avesse il coraggio di dirlo. Larry immaginò dipendesse da quello che Jobeth doveva averle raccontato. Cosa le aveva detto? Che stava nascendo qualcosa tra loro? Che lui le aveva preso la mano? Che stavano per mettersi insieme? *Stavano per mettersi insieme?* Oppure era quel tipo di pensiero che un genitore farebbe: chissà se lei gli ha già preso l'uccello in bocca?

Nel locale riconobbe alcuni avventori, tra cui Lou, il barbiere, Stu Simkins orfano di Herb, Edward Shoney e il tizio dell'immobiliare che al barbecue gli aveva dato dell'imprudente, Ted Deep-Qualcosa, quello che, a quanto pareva, era stato per qualche tempo con Jobeth e che probabilmente se l'era portata a letto. Lo salutarono tutti, ma nessuno andò a parlargli. Nemmeno Stu. Quell'uomo era indecifrabile, un incrocio tra un ritardato mentale e uno psicopatico.

L'attenzione di Larry si fissò in particolare su Shoney (sebbene la sua mente continuasse a tornare insistentemente a Ted e Jobeth tra le lenzuola di una camera da letto o sotto la doccia o sul tavolo della cucina che scopavano come conigli, lo stesso pensiero che probabilmente vagava per la testa di Lucille, con lui, Larry, al posto di Ted). Il proprietario dell'omonimo negozio di pitture e smalti se ne stava seduto a un tavolo in fondo al locale, da solo, di fronte a un piatto di carne proporzionato alla sua mole. Era il figlio di Meredith, la donna di cui era stato innamorato il vecchio veterinario, Elmer Ellroy. Chissà se sapeva delle lettere che la madre aveva spedito al suo amante. Forse Larry avrebbe dovuto consegnarle a lui anziché rispedirle al dottor Ellroy. Nel complesso, Edward Shoney gli dava l'idea di un bambino troppo cresciuto, un uomo immaturo che gridava al mondo la propria inadeguatezza attraverso quel piccolo difetto di balbuzie. Preferiva mangiare al Sullivan Cafè piuttosto che tornare a casa dalla moglie, una donna-spettro che Larry ricordava per averla incontrata al barbecue di Jeff Bundy la settimana prima.

C'erano realtà, in un piccolo centro come Wytago, che saltavano subito all'occhio. Vite difficili o stanche o miserabili che si trascinavano per inerzia e che venivano seppellite sotto maschere di normalità. Non che a Nashua, a Manchester e a Boston fosse molto diverso, ma in una grande città il ritmo frenetico tendeva a dissimulare, a sottrarre alla vista certi dettagli o a renderli fugaci, come una forte corrente che trascina rapidamente a valle le acque del fiume e tutto quello che vi galleggia in superficie. Larry non pensava solo a Shoney e sua moglie Alma, ma a Herb, a Stu, a Josephine, a Elmer Ellroy, a George e Sylvia Taller e perfino alla madre di Shoney, che aveva sofferto e tenuto nascosto per anni il suo vero amore. Anche l'entusiasmo sopra le righe di persone come Lucille o Martha Richardson o Alfred Kapelewski o Sandra Duvall o Scott il commesso o Marylou Meier, solo per citarne alcuni, sembrava ora fasullo, inscenato soltanto per coprire scomode verità. Mentre mandava giù tazze di caffè e fette di torta, quella gente si spettegolava addosso con una mano davanti alla bocca. E in quell'affresco gigante c'era un posticino anche per lui, Larry Nowak, che era fuggito dai suoi ricordi per ricominciare. La sua storia non era poi tanto diversa da quella degli altri.

Larry ordinò bistecca con patate e una birra. Mangiò con gli occhi nel piatto, riflettendo su un mucchio di cose, soprattutto su come certi gatti, quand'erano malati, andavano lontano da casa a morire. Si infilavano sotto un cespuglio e rimanevano lì, ad aspettare. Larry cominciava a pensare di essere come uno di quei gatti. Forse lui non era fuggito dalla sua vecchia vita per ricominciare, ma per finire.

«Sa quel tipo» stava dicendo Lucille.

Larry alzò la testa. «Prego?»

«Quel giornalista, quello che fa un sacco di domande.»

Parlava di J.R. Randolph, naturalmente.

«Sì?»

«Viene spesso qui a mangiare e ogni volta mi chiede se lei si è fatto vedere, se capita qui spesso. Insomma, l'ha puntato.»

«Puntato?»

Lucille rise. «Le sta attaccato come una zecca. Si può sapere perché ce l'ha tanto con lei?»

«Non credo ce l'abbia con me. Vuole scrivere un libro, stando a quello che so.»

«Su di lei?»

«Anche.»

«Wow! Jobeth non mi aveva detto che lei è così famoso!»

Jobeth non sa un bel po' di cose di me, avrebbe voluto rispondere Larry. «Non sono per niente famoso» disse soltanto. «Non più di lei o di chiunque altro in questo locale.»

La risposta spiazzò Lucille, che per togliersi dall'imbarazzo tolse il piatto vuoto e disse: «Una fetta di torta?».

Larry rifiutò, pagò il conto e uscì nel sole accecante del pomeriggio.

Nel negozio accanto al Sullivan Cafè, il Vermont Trading Company, che vendeva tutto quello che si poteva associare in qualche modo al Vermont (abbigliamento, articoli da bagno e da cucina, giocattoli, addobbi natalizi, pasquali e di Halloween, coperte, valigie, tappeti, spazzole, pentole e perfino cibo) c'era una certa agitazione. Dall'interno proveniva un vociare sostenuto.

Larry scrutò brevemente attraverso la vetrina riuscendo a scorgere Marylou Meier insieme allo sceriffo Blanchard e a un tizio con un grembiule, probabilmente un commesso o, dall'età, il titolare del negozio. Blanchard teneva in mano la borsa della donna (la stessa borsa che quella mattina, rovesciandosi, aveva mostrato a Larry confezioni di profumo e di creme), mentre il tizio col grembiule agitava nell'aria un paio di ciabatte. Lo sguardo di Marylou fu attratto dal passaggio di Larry al di là della vetrata. I loro occhi si incrociarono per qualche istante e in quelli della donna Larry colse vergogna e umiliazione, al punto che fu costretto ad abbassare i suoi e ad allontanarsi in fretta.

***

Imboccando Pembroke Road, Larry vide il cucciolo venirgli incontro lungo la strada.

«E tu che ci fai qui?» disse prendendolo in braccio. Si guardò intorno, ma non vide nessuno. «Come hai fatto a uscire di casa?»

Rientrò e controllò porte e finestre. Era tutto chiuso. Eppure il cane si trovava fuori. Pensò che fosse sgattaiolato dietro di lui quando quella mattina era uscito per andare in biblioteca. In tal caso era una gran fortuna che non fosse stato investito da un'auto o che non si fosse perso.

«Sei un birbante!» scherzò Larry arruffandogli il pelo. Il cucciolo rispose abbaiando in quel suo modo asfittico. «Bisogna che ti trovi un nome.»

Ci pensò mentre sistemava la casa dal disordine che vi regnava stabilmente. Se aveva davvero intenzione di invitare a cena qualcuno, doveva rendere presentabile almeno il piano terra.

«Jip!» esclamò a un certo punto.

Jip era il cane di Dora Spenlow in *David Copperfield*, un tipetto frenetico sempre intento a brontolare.

«Ti chiamerò Jip, almeno finché qualcuno non ti prenderà con sé e forse lo cambierà. Ti piace Jip?»

Jip gli saltellò intorno pensando che fosse ora di ricevere una nuova razione di crocchette. E mentre scodinzolava, per l'agitazione fece la pipì.

Larry passò il resto della giornata a riordinare e a sistemare gli ultimi dettagli dell'ambulatorio. Anche in questo caso, se voleva organizzare una inaugurazione (per quanto l'idea, dopo quanto successo al barbecue, non lo attirasse più come all'inizio), avrebbe dovuto darsi una mossa. E poi c'era da verificare gli ingredienti per la cena messicana. I *jalapeño* acquistati una decina di giorni prima erano probabilmente da buttare e così le cipolle e i pomodori per la salsa e l'avocado.

A metà pomeriggio squillò il telefono. Era Josephine Boulding.

«Potrebbe passare?» chiese la donna.

«Qualcosa non va?»

«Solo per un controllo.»

Larry se ne stupì, ma non indagò ulteriormente. «Tra un'oretta sono da lei.»

«Perfetto. Grazie.»

Verso le sei uscì di casa (assicurandosi che Jip fosse all'interno) per raggiungere Josephine.

«Di cosa si tratta?» chiese ancora sulla soglia non appena Josephine gli aprì.

«Venga dentro. C'è una fetta di crostata che la aspetta» disse strizzandogli l'occhio.

«La prego, non mi avrà chiesto di venire per mangiare la

torta di Martha Richardson che lei non vuole mangiare? Cos'ha Milky?» Si guardò intorno. Non vedeva la gatta.

«Oh, Milky sta benissimo. È sul divano, che ronfa.»

Larry si affacciò nel salottino e la vide, pacifica, raggomitolata sopra una coperta. «Perché mi ha detto che dovevo farle un controllo?»

«Ma io non ho parlato di Milky» lo corresse Josephine. «Ma di lei.»

«Di me?»

«Volevo vedere come stava.»

Larry si raddrizzò per dare di sé un'immagine migliore. «Sto bene. Al solito.»

«E poi volevo dirle una certa cosa...»

Larry si mise seduto. «La ascolto.»

«È una cosa delicata e non so se faccio bene a dirgliela, tuttavia...»

«Non mi faccia stare sulle spine.» Larry si mostrava disinvolto, ma un campanello di allarme stava trillando nella sua testa. Tutti quei preamboli non gli piacevano.

«Lei sa che io non sono una spiona, una che ficca il naso negli affari degli altri...»

«Lo so.»

«Però, quando uno vede certe cose, be', non credo sia giusto rimanersene in silenzio.»

È in arrivo un predicozzo, si disse Larry. Josephine lo considerava con ogni probabilità come un figlio o un nipote, qualcuno a cui badare, perché, evidentemente, secondo lei Larry non sapeva badare a se stesso. E forse aveva ragione.

«Quando oggi lei era fuori...»

«Sono andato in biblioteca» si difese Larry. «E poi da Sullivan.»

«Non mi interessa. Non è di lei che voglio parlare.»

«Ah, no?»

«No. Quando lei è uscito, stamattina, ho visto la nostra comune vicina, Etta... non so come dirlo...»

«Lo dica.»

«Insomma è entrata in casa sua.»

«Sta scherzando?»

«Affatto.»

«La signora Grier è entrata in casa mia?» Larry era semplicemente incredulo.

«Come le stavo dicendo, Etta è entrata dal retro. Non so come abbia fatto, forse ha trovato una finestra aperta...»

«La porta della serra. Di solito non la chiudo a chiave. Pensavo che da queste parti i ladri fossero una razza in via di estinzione. Non ci posso credere! La signora Grier!»

«È stata dentro una decina di minuti, forse qualcosa in più. E poi se n'è uscita. Non so cosa volesse fare. Non so nemmeno se le abbia rubato qualcosa o abbia semplicemente curiosato. Avrei voluto chiamarla, dal portico, e chiederle che diavolo stesse facendo. Ma poi mi sono detta che non erano affari miei e che era meglio parlarne con lei, Larry.»

Si spiegava così anche la misteriosa fuga da escapologo di Jip.

Larry scuoteva la testa (cercando di ignorare la pan-crania che inesorabilmente gli stava salendo da un'ora a quella parte). «Non riesco a capire» ripeteva. «Come si può essere tanto... tanto...»

«Tanto stronzi? Etta è una persona difficile. Credo che dipenda da tutti gli anni che ha trascorso con Howell Grier.» Sorrise. «O forse è il contrario. Per questo sono contenta di non essermi mai sposata. Io non ho cambiato nessuno e nessuno ha cambiato me.»

«Devo andare a controllare» disse Larry alzandosi.

«Vada. Ma non prenda Etta di petto, se può. Non è solo una persona difficile, è anche vendicativa.»

***

Larry attraversò la strada come in trance, senza nemmeno guardare. Un po' come aveva fatto Jip solo qualche ora prima.

Stava per entrare in casa quando la rabbia che gli ribolliva dentro gli fece cambiare idea. Tornò sul marciapiede e infilò il vialetto di casa Grier. Salì il portico (*tre gradini di legno NON scricchiolanti)*, e suonò il campanello.

Dopo qualche istante vide la sagoma squadrata di Etta al di là delle tendine.

«Chi è?» domandò la donna.

«Sono Larry Nowak, il suo vicino.» Quello della casa dove lei è impunemente entrata, si trattenne dall'aggiungere.

«Cosa vuole?»
«Parlare con lei, se non le dispiace.»
«Sono occupata.»
Larry cominciò a bussare. «Mi apra, per favore.»
«Le ho detto che non posso.» Poi si udì la voce soffocata di Howell che chiedeva chi fosse. Lei probabilmente lo liquidò con un gesto, perché non si udirono altre parole.
Larry insisté a bussare. «Mi apra, signora Grier. Voglio delle spicgazioni.»
«Non devo darle nessuna spiegazione. Buonanotte.»
«Voglio sapere perché è entrata in casa mia!»
Silenzio. Quindi Etta esplose. Spalancò la porta aggredendo Larry come un'erinni. «Come si permette? Mi accusa di una cosa gravissima! Potrei sporgere denuncia!»
Larry non si fece intimidire. «Sono io che dovrei denunciarla. Lei ha commesso un reato, violazione di domicilio.»
«Non ho commesso nessun reato e lei sta delirando! Forse sono tutte quelle droghe che assume e l'alcol che tracanna!» Aveva il viso in fiamme e le vene del collo grosse come tubi per innaffiare il giardino. «Che prove ha per accusarmi, eh? A parte le sue fantasie da degenerato? Avanti! Mi mostri le prove!» Lo fronteggiava con le mani sui fianchi e il volto proteso in avanti, sfidandolo, esattamente come, trentacinque anni prima, aveva fronteggiato il direttore della Bank of Vermont Curtis Slidell. Quel rinoceronte vagava ancora per la savana.
Larry non poteva menzionare Josephine, anche se intuiva che Etta l'avesse capito o che quantomeno lo sospettasse. La vide infatti sbirciare verso la casa dell'anziana donna per poi fissarsi nuovamente su di lui. Anche gli occhi erano due tizzoni ardenti.
«Il mio cane, Jip, era in casa e quando sono tornato vagabondava libero per il quartiere.»
«E allora? Sarà stato lei a dimenticare una porta aperta! Cosa cacchio vuole da me?» Detto questo gli sbatté la porta in faccia.
«Apra!» intimò Larry.
«Se ne vada o chiamo lo sceriffo» ribatté Etta considerando chiuso il caso.
Larry la sentì parlottare con il marito e allontanarsi dalla porta. Fu sul punto di andare in giardino, prendere un piccone

e sradicare dai cardini la porta di quella stronza. Ma alla fine desistette dall'insano proposito. Sarebbe stato sicuramente denunciato, e mentre Etta avrebbe avuto un testimone, Howell, e un corpo del reato, la porta sfasciata, Larry si sarebbe ritrovato con un pugno di mosche, a parte le dichiarazioni di una vecchia sociopatica che poteva anche essersi confusa.

Prese un paio di profondi respiri per calmarsi e, giusto per non abbandonare il campo di battaglia ignobilmente, gridò: «Non finisce qui!». Una frase del tutto inutile, di quelle che si sentivano nei film con pessime sceneggiature.

Jip lo accolse festoso. Aveva pisciato un'altra volta sul pavimento del salotto.

Larry si strinse i palmi delle mani sulle tempie. La testa gli stava scoppiando. Raggiunse la cucina, prese una confezione da sei di birra e un flaconcino di Percocet e si avviò di sopra. Senza accorgersene mise un piede esattamente al centro della pozza di urina di Jip.

Dopo tre lattine e due compresse, la pan-crania, anziché assestarsi, si era trasformata nella vecchia cava Schuyler, dove una squadra di operai cazzuti trivellava le pareti del cranio di Larry con potentissimi martelli pneumatici. Rotolò giù dal letto inciampando in Jip che dormiva sul tappeto della camera e andò in bagno. Aprì l'armadietto sopra il lavandino e cercò la ketamina.

Non c'era.

Guardò ovunque.

Non la trovò.

Diede un colpo allo sportello dell'armadietto e lo specchio andò in pezzi. Jip fece un salto e abbaiò spaventato.

«Stronza!» urlò Larry dal bagno. «Stronza! Stronza! Stronza! Fottutissima stronza!»

Disteso sul letto, l'alligatore se la rideva beato.

20

Sabato 1 luglio

All'alba di sabato, Lauren Poletti entrò in coma. E suo marito perse ogni speranza.

Il mondo che si era costruito faticosamente e sul quale aveva sempre confidato, si sgretolava, cadeva a pezzi come un muro malconcio e trascurato. Lauren era quel mondo. Era il cemento, la donna che l'aveva retto sulle spalle per oltre cinquant'anni, da tanto stavano insieme. L'idea di una vita senza Lauren lo terrorizzava.

Frankie si aggrappò agli affetti. C'erano le figlie, anche se ormai avevano le loro vite. C'era lo zio Giovanni, che presto se ne sarebbe andato lasciandolo definitivamente solo in quella grande casa vuota. E c'era Dave, l'unico, scoprì, di cui gli importava davvero, il grande amore di Lauren finché la malattia non l'aveva colpita a tradimento. Dave poteva essere la ragione per continuare, dopo che tutto intorno inevitabilmente franava. Dave, che aveva gli occhi di sua nonna.

Lauren non soffriva, avevano detto i medici, ma dal coma non si sarebbe svegliata più. Il tumore le demoliva giorno dopo giorno le poche cellule cerebrali rimaste intatte dopo l'emorragia, a una velocità impressionante. Questo per Frankie contava più di tutto, che Lauren non soffrisse.

Quella stanza, al terzo piano del reparto di Neurochirurgia al Fletcher Allen Health Care di Burlington, era diventata la sua nuova casa da quasi una settimana. Ogni due giorni circa tornava a Wytago, più che altro per cambiarsi e per portare a

Esther le cose di Lauren da lavare. E nonostante la situazione, era riuscito a promettere a Dave che il 4 luglio ci sarebbe stato, per vedere la parata e i fuochi artificiali e portarlo sulle giostre e anche al tiro a segno. L'avrebbe fatto con la morte nel cuore, ma l'avrebbe fatto. E la sera sarebbe tornato a Burlington, da Lauren, e le avrebbe raccontato quanto straordinario era il loro unico nipote e quanto bella era stata la festa per il bicentenario e come si sarebbe divertita se ci fosse potuta andare. Le avrebbe portato un fiore o una coccarda, da mettere sul comodino, per ricordo.

Frankie sedeva sulla poltrona accanto al letto di Lauren. In sottofondo, il segnale acustico della frequenza cardiaca e il sibilo del respiratore. La guardò, con quel tubo trasparente che le usciva dalla bocca e altri tubicini più piccoli infilati nelle braccia, gli occhi chiusi, i capelli un po' schiacciati dalle tante ore trascorse sul cuscino. Tutto sommato aveva un bel colorito e la pelle era vellutata, com'era sempre stata. Non fosse stato per quelle macchine collegate al suo corpo, si sarebbe detto che stesse semplicemente riposando.

Frankie si coprì il viso con le mani, perché un uomo non doveva mostrarsi debole, e pianse. Pianse a lungo. Solo.

***

J.R. Randolph quella mattina iniziò a scrivere il suo libro.

Scese al Wal-Mart per acquistare una risma di carta (la macchina da scrivere e il computer li aveva lasciati a Manchester), un paio di bottiglie e una stecca di sigarette. Poi sarebbe tornato al motel per buttare giù qualche appunto. Aveva deciso di lasciar perdere la biografia di Larry Nowak in quanto il materiale che stava raccogliendo in quella cittadina del Vermont era di gran lunga più interessante. Sognava già la classifica del «New York Times» e qualche premio tipo il National Book Award, il Pulitzer o il PEN Faulkner. Pensava in grande, vero, ma aveva un'età in cui non poteva più permettersi di sprecare tempo e occasioni.

Il libro doveva parlare di una cittadina dell'Est bianca e democratica (il nord-est era storicamente democratico), dove si trasferiva un tizio (non necessariamente un veterinario, anzi, decisamente no, magari un giornalista, uno come lui) risvegliatosi da un coma (e dunque con una forte esperienza di premorte) e soggetto a produrre fenomeni paranormali. Non aveva ancora pensato a che tipo di fenomeni paranormali, ma avrebbe attinto alle sue passate letture (Paul Perry su tutti). Ci avrebbe ficcato dentro pettegolezzi e persone incontrate in quei giorni e altre cose inventate. Con l'aggiunta di un omicidio. Ma non di un ragazzino (non voleva urtare eccessivamente la sensibilità dei lettori). Avrebbe fatto morire qualcun altro, magari la vicina psicopatica di Larry Nowak. Oppure lo stesso Larry.

Nella sua mente, il romanzo sarebbe stato un mix tra *Peyton Place*, *Pomodori verdi fritti al caffè di Whistle Stop* e *IT*. E, si augurava, con la stessa fortuna di tutti e tre.

Mentre camminava lungo la Main con mille idee e progetti in testa, fu affiancato dalla macchina dello sceriffo.

«Sceriffo Blanchard. Posso scambiare due parole con lei?»

«Se è per la questione delle multe...»

«Non so di che multe sta parlando, ma non si tratta di questo. Salga, la prego.»

J.R. si guardò intorno seccato da quell'imprevisto. Qualche passante lo osservava curioso. «Non mi sta arrestando» spiegò a loro beneficio. Poi gli venne in mente quella scena di *Rambo*, dove lo sceriffo accompagnava Sylvester Stallone fuori città perché ospite non gradito (e infine lo riempiva di botte quando questi faceva ritorno). «Sono un ospite non gradito?» domandò con fare ironico mentre saliva in auto avvertendo una punta di inquietudine afferrargli i visceri.

Lo sceriffo gli riservò un'occhiata indifferente. «Pensa di esserlo?»

J.R. sorrise badando a chiudere il sacchetto del Wal-Mart in modo che non si vedessero le due bottiglie di Chivas che aveva sul fondo.

***

Martha Richardson, con il consueto tono acceso, come se annunciasse la data di un party, avvertì lo sceriffo Blanchard che nel pomeriggio, mentre era fuori, era stato consegnato un pacchetto per lui.

Thurgood era stato a fare due chiacchiere con quel giornalista, Randolph. Diceva di voler scrivere un libro che si ambientava in una città di provincia come Wytago. La cosa, gli aveva risposto Thurgood, poteva rappresentare un problema, per due motivi. Primo che la gente del posto non amava i ficcanaso, secondo che a volte i libri sulle piccole città di provincia tendevano a parlare male degli abitanti o a farne macchiette (questo l'aveva scoperto da Fran, che, prima della depressione, era stata una grande divoratrice di romanzi) e dunque gli scrittori che volevano sfruttare la vita della gente comune per arricchirsi non erano ben visti da quelle parti. Il che equivaleva a un blando avvertimento. Randolph aveva replicato che non aveva alcuna intenzione di mettere in cattiva luce gli abitanti di Wytago, anzi, voleva sottolinearne i pregi, gente che lavorava sodo e che aveva sani principi. Forse vi avrebbe ambientato una storia gialla, perché i gialli piacevano e facevano vendere, ma il tutto con il massimo rispetto e senza mai citare nomi o riferimenti precisi. Naturalmente mentiva, ma mentire era una pratica che gli si addiceva e quello sceriffo un po' imbolsito e, a quanto gli avevano detto, con un mucchio di problemi personali, non gli sembrava lo Sherlock Holmes della situazione. In ogni caso a Thurgood era bastato. Si era raccomandato di non fare troppe domande e l'aveva lasciato andare chiudendo un occhio sulle bottiglie di whisky che nascondeva sotto le risme di carta.

Maneggiò il pacchetto per qualche minuto prima di decidersi ad aprirlo. Non c'era mittente, e Martha aveva detto che il fattorino l'aveva ritirato in un box postale pubblico, di quelli a combinazione. Non c'era modo di sapere chi l'avesse spedito.

Considerato l'omicidio di Steve Taller, Thurgood pensò che potesse essere un macabro reperto mandatogli proprio dall'assassino, una cosa alla Jack lo Squartatore. C'era un solo modo per scoprirlo. Si sedette alla scrivania e lo aprì.

Non conteneva pezzi di corpo umano, ma una busta e un messaggio composto con lettere ritagliate da un giornale. Il messaggio diceva: C'È CHI FA USO DI QUESTE SOSTANZE NELLA NOSTRA COMUNITÀ. VA FERMATO!

Nella busta c'era una polvere bianca. Thurgood la annusò. Non era sicuro che fosse veramente droga. In ogni caso un cittadino di Wytago (aveva parlato di *nostra* comunità) pensava che lo fosse e pensava anche che il responsabile fosse un maschio (*Va fermato!*). Lo sceriffo non era così ingenuo da ignorare che la droga girava ovunque, a Boston come a Wytago, ma lui era pur sempre un rappresentante di quella comunità chiamata in causa e una segnalazione andava comunque verificata. Mise la busta e il messaggio dentro una busta più grande, di quelle imbottite, per le spedizioni, e passò tutto a Pete Moravi perché lo facesse avere a quelli di Montpelier. C'era un laboratorio, lassù, che avrebbe analizzato quella sostanza e magari trovato qualcosa anche sul messaggio, impronte o altro.

«Io vado a casa» disse a Martha uscendo. «Se qualcuno mi cerca sono in Islanda.»

***

L'appuntamento per la cena messicana a casa di Larry era fissato per le sette e trenta.

Quella mattina si era svegliato frastornato. (Più che svegliato era riemerso da un dormiveglia caotico, popolato di ladri che entravano e uscivano da casa sua senza ritegno; i ladri, nel sogno, pisciavano ovunque e l'alligatore era disteso sul divano del salotto e si faceva allegramente di ketamina.) La sera prima, dopo aver spaccato lo specchio del bagno, era sceso nella serra, aveva tirato fuori due millilitri da un flacone di Ketoral (nome commerciale della ketamina) e ne aveva fatto evaporare la parte liquida scaldandoli in un cucchiaio da zuppa. La polvere ottenuta se l'era sparata mezza in una narice e mezza nell'altra. Alla faccia di Etta Grier.

Ora però si trovava nella scomoda situazione di dover affrontare una giornata impegnativa ai fornelli e una serata ancor più impegnativa di socializzazione, con i pensieri ingarbugliati come un cavo a spirale del telefono e un senso di estraneità che decresceva, ma più lentamente di quanto avrebbe desiderato.

Jip, per fortuna, aveva sporcato meno del solito.

«Forse cominci a imparare» gli disse Larry.

Dopo colazione gli mise il guinzaglio e lo portò a passeggiare su e giù per la via. Gettò più di uno sguardo in direzione della casa dei Grier sperando di incrociare Etta. Non sapeva cosa le avrebbe detto. Probabilmente nulla. Magari si sarebbe limitato a scoccarle qualche occhiataccia. Però la stronza aveva ragione: Larry non aveva prove che si fosse introdotta in casa sua. E se anche lo sceriffo Blanchard gli avesse chiesto se mancava qualcosa, cos'avrebbe potuto dire? La stronza mi ha rubato la ketamina che uso per sbarellare meglio? Questo round l'aveva vinto lei. Inutile insistere. Cosa pensava di fare, poi, sottraendogli un po' di polverina? Credeva che non sarebbe stato in grado di produrne altra? E non poteva nemmeno usarla contro di lui, perché altrimenti avrebbe dovuto ammettere di essere entrata illegalmente in casa di Larry. Quindi perché? Quella donna, oltre che un pericolo pubblico, era imperscrutabile (e vendicativa, gli aveva detto Josephine).

Rientrato in casa pensò di telefonare a Frankie Poletti per sapere come stava sua moglie. Ma non gli rispose nessuno. Probabilmente era a Burlington con lei, in ospedale.

Mise sul fuoco i pomodori per la salsa. Intanto pelò le cipolle e preparò il peperoncino. Tagliò l'avocado per la guacamole e montò con la frusta la panna acida da unire allo yogurt per ottenere la *sour cream*, fiore all'occhiello della sua ricetta. A un certo punto si tagliò. Venne via un pezzo di polpastrello e il sangue macchiò il tagliere sul quale lavorava. Non sentì nulla, nessun dolore. Si fasciò il dito considerando come fossero buffi gli effetti collaterali della ketamina. L'anestesia, l'assenza di dolore. Non era male, in fondo. Chissà perché, durante il terribile periodo della riabilitazione, non gliel'avevano data. Quanta sofferenza si sarebbe risparmiato.

Jobeth arrivò alle diciannove per aiutarlo a preparare, ma per un pezzo fu occupata ad assaggiare tutto quello che Larry stava cucinando, fagioli neri compresi.

«Dio! Questa roba è… è semplicemente squisita! E la guacamole! Da svenire! Ma dove hai imparato?»

«Ho vissuto in Messico per un po'» disse Larry assumendo un'aria da *viveur*. «A Cancun, sul mare. Gestivo un chiosco di street food e avevo i capelli lunghi raccolti in una coda.»

Jobeth era sbigottita. «Incredibile!» esclamò.

«Infatti non è vero.»

«Mi stavi prendendo in giro?»

«Solo un po'.»

Lei gli cinse la vita, di slancio, ridendo. «Ci ero cascata!» Quando Jobeth sorrideva, gli occhi diventavano due fessure e le si formavano delle infantili fossette sulle guance. Ricordava Jonie, in effetti. Forse era per questo che Larry se ne sentiva sia attratto che frenato. «E sai perché?»

«Perché?»

Lei accostò le labbra al suo orecchio. «Sei sempre così compassato...» sussurrò. Il suo alito caldo lo investì come un abbraccio, sensuale. «Così tranquillo.»

«Tranquillo io?»

«Non fai mai niente di strano? Di pazzo?»

«Tipo?»

«Tipo questo.» Lo baciò sulle labbra. Non un bacio casto come quello che gli aveva dato il giorno prima in biblioteca, ma un bacio vero, appassionato, carnoso e bagnato.

Larry non li ricordava, i baci, quelli veri. Ne aveva inevitabilmente perso il ricordo. Ma il contatto con le labbra affamate di Jobeth (e con un seducente retrogusto di guacamole e salsa al peperoncino) gli provocò un immediato déjà vu. Anche lui aveva fame di labbra. E non solo. Un'erezione prepotente gli gonfiò i pantaloni. Jobeth se ne accorse e lo strinse a sé continuando a baciarlo e a sorridere. Gli si strusciò contro e Larry pensò che l'avrebbero fatto lì, sul pavimento della cucina, come nella scena di un film, con Jip che saltellava loro intorno convinto che volessero giocare.

«Non ci posso credere che hai un cucciolo!» aveva detto Jobeth non appena lo aveva visto quella sera entrando in casa. «È dolcissimo!»

«In realtà è un tantino stronzo.» Larry aveva replicato la battuta che Jobeth aveva fatto su suo figlio Luke quella volta lungo il Winooski, ma non era stata una bella idea. Se n'era accorto un secondo dopo. Jobeth, però, non sembrava aver colto. Così Larry aveva aggiunto: «Nel senso che piscia dappertutto e brontola spesso. Per questo l'ho chiamato Jip, come il cane di Dora Spenlow in...»

«David Copperfield!»

«Esatto. Dimenticavo che tu sei una bibliotecaria.»

«Tra le mille altre cose!»

Non finirono a scopare sul pavimento della cucina per il semplice motivo che la salsa di pomodori cominciò a bollire borbottando peggio del vero Jip, quello letterario, e spargendo schizzi di sugo per tutta la cucina. Quando ebbero finito di ripulire, il campanello annunciò l'arrivo di Suzie e Doodley. Si scambiarono uno sguardo complice, che rimandava il sesso o qualunque cosa avessero avuto voglia di fare, a dopo.

***

Suzie era la figlia di Felix Duvall e di Sandra Wiley (la proprietaria di Charley, il cucciolo di bulldog), ma non somigliava a nessuno dei due.

«Doodley sostiene che mi abbiano scambiata alla nursery dell'ospedale» rise. Aveva incisivi grandi e rassicuranti contornati da labbra naturalmente piene.

«È così» ribadì suo marito prendendo un'aria seriosa. «E per fortuna.» Lui, invece, sembrava un furetto, con occhi grigi sempre in movimento e un viso affilato scurito da una barba non rasata.

Erano una coppia affiatata. Lo si capiva dagli sguardi e dalle loro frasi, codici e riferimenti noti soltanto a loro due, che racchiudevano un universo sconosciuto e impenetrabile agli estranei. Larry li invidiò. Non era sicuro di avere mai provato niente del genere con una ragazza. Neppure con Jonie. Soprattutto con Jonie. I due giovani che sedevano alla sua tavola ridendo, scherzando e magnificando l'arte culinaria del loro ospite, erano il risultato di una ricetta perfetta dove tutti gli ingredienti si amalgamavano nelle giuste dosi e proporzioni, definizione che quella sera non si addiceva alle sue delizie messicane, poco deliziose e anche poco messicane.

Li osservava (li spiava, quasi) senza riuscire a smettere. E Jobeth guardava lui, palesemente felice non solo del momento di intimità che avevano avuto, ma altresì che trovasse i suoi amici simpatici, gradevoli, interessanti e chissà che altro, non sospettando nemmeno che, invidiandoli, cominciasse a esserne irritato.

A un certo punto si ritrovarono a parlare di bambini. Larry

non era certo che fosse stata proprio Jobeth a tirare fuori il discorso, per quanto, essendo l'unica ad averne avuto esperienza, la cosa aveva una sua logica. Cominciava a sentirsi confuso e a non ricordare con precisione cronologica la successione degli eventi. Doveva essere a causa delle due compresse di Xanax che si era ripromesso di non prendere e che invece aveva assunto prima che arrivasse Jobeth e che ora inibivano ogni desiderio sessuale. L'idea di scopare con Jobeth sul pavimento della cucina o in un'altra parte qualsiasi della casa (con o senza Jip tra i piedi) era svanita come la dissolvenza nella scena finale di un film.

Sollevò il calice di vino (il vino con le *albóndigas* e il *queso relleno* ci stava come la salsa barbecue sugli spaghetti, ma non aveva avuto il coraggio di dirlo a Doodley, che ne aveva portate ben tre bottiglie) e disse: «Un bambino oggi ha più possibilità di finire in un ospedale psichiatrico che in un'università». Non ricordava dove aveva letto quella frase o se mai l'aveva letta da qualche parte. E non pensava nemmeno di saper citare a memoria qualcosa. Forse anche quella era una delle sue nuove capacità.

«Lo pensi davvero?» gli chiese Jobeth a metà tra la sorpresa e il disappunto.

«Ci puoi giurare. La sanità mentale dei bambini è rovinata dall'educazione che impartiscono loro gli adulti. Dovremmo nascere tutti orfani.»

La frase raffreddò l'ambiente, nonostante Doodley avesse sorriso mostrando di averla catalogata come una battuta infelice.

Ma Larry era serio e non accennava ad alcun sorriso. Pensava ai suoi, di genitori, soprattutto a suo padre, al quale tornava di rado. James (Jimmy) Nowak era stato un uomo riservato, moderatamente ottimista e, a suo modo, generoso. E, nei confronti della moglie, fin troppo servile. Si faceva trascinare da lei nei giudizi e nei pregiudizi e sull'educazione dei figli, che erano fuggiti entrambi pur seguendo percorsi diversi, perché anche Harper alla fine se n'era andata, e senza l'alibi di un incidente. Jimmy Nowak amava il tennis (avrebbe voluto diventare un professionista, ma non aveva determinazione sufficiente) probabilmente più della moglie, e il tennis era il solo ricordo piacevole che Larry serbava del rapporto con suo padre. L'odore della terra rossa, il suono asciutto della palla colpita con forza e quello ovattato delle smorzate, le scivolate per correre a rete, i rimbalzi prima del servizio, il sudore sul manico della racchetta. Suo padre era stato prodigo di tempo con Larry relativamente al tennis, parco per quanto riguardava tutto il resto. Lo studio di fiscalista gli aveva assorbito la maggior parte delle energie e spesso rimaneva in ufficio fino a tardi, rientrando quando i figli dormivano già. Con il tempo, Larry aveva coltivato l'opinione che suo padre restasse al lavoro il più possibile per non doversi misurare con sua moglie. E, forse, con i figli. A parte il tennis (che era la *sua* passione, non quella di Larry o Harper), James Nowak non condivideva granché con la famiglia. E questa assente presenza aveva portato Larry, crescendo, a prenderne le distanze, salvo poi ricredersi allorché, svegliatosi dal coma, aveva scoperto che suo padre era morto e che, anche se avesse voluto, ormai non aveva più alcuna possibilità di recuperare. Provava tenerezza per quell'uomo, che, in un certo qual modo, gli ricordava Edward Shoney. Quell'associazione lo stupì. Non aveva idea come gli fosse entrata in testa, ma tante cose gli entravano in testa senza una spiegazione, in quegli ultimi mesi, e così era inutile starci tanto a pensare.

A tavola, frattanto, stavano ancora parlando di figli e di genitori e di altro che a Larry non interessava. Era di pessimo umore e non sapeva perché. Tutto quell'amore, quell'intendersi tra Doodley e Suzie, all'improvviso gli dava il voltastomaco. Si riempì il bicchiere di vino e mandò giù. Poi un altro bicchiere e un altro ancora. Jobeth lo sbirciava preoccupata, mentre i due piccioncini probabilmente facevano finta di niente.

Larry si estraniò del tutto. Ora pensava a sua madre. Ce l'aveva anche con lei. Forse (anzi sicuramente) era sua la colpa del disamoramento di James. Anche nei confronti dei figli. Perché non se n'era semplicemente andato? Perché non aveva divorziato?

Tutt'a un tratto, come l'apparizione di un fantasma, Margareth Rutledge Nowak si materializzò nella stanza.

Per i primi due o tre secondi Larry la ignorò, considerandola una delle sue allucinazioni. Anzi, pensò che in fondo l'alligatore era meglio di lei. Più originale, se non altro. Poi si accorse che anche gli altri commensali la vedevano.

«Buonasera» disse Margareth. «Sono la mamma di Lawrence.»

Larry per poco non cascò dalla sedia. Si alzò goffamente

rovesciando il vino. «Che ci fai qui? Come sei entrata?» Era imbarazzato, ma anche seccato.

«Anch'io sono felice di vederti» ribatté ironicamente la donna avanzando. Posò sul divano la borsa da viaggio e il leggero soprabito che teneva in mano. Jip abbaiava piroettandole intorno alle gambe. Le unghie del cucciolo picchiettavano il pavimento in legno come se stessero mandando un messaggio in alfabeto Morse. «Hai un cane» disse lei con indifferenza.

Anche Doodley, Suzie e Jobeth si alzarono e andarono a presentarsi. Solo Larry rimase dov'era, in piedi accanto al tavolo, incapace di muoversi, come se lui e sua madre fossero poli opposti di uno stesso magnete. Si vergognò di quella stupida cena imbandita per dei perfetti sconosciuti. Agli occhi di sua madre lo rendeva ridicolo.

«Potevi avvertire» disse soltanto.

«Volevo farti una sorpresa. In effetti pensavo di arrivare prima, ma per strada c'era un incidente e così... Mi spiace di aver interrotto la vostra cena.»

«Non si preoccupi, avevamo finito» si premurò di spiegare Jobeth. «Anzi, stavamo proprio per andare. Vero, ragazzi?»

Doodley e Suzie annuirono con esagerata enfasi.

Jobeth guardò Larry, forse nella speranza che lui intervenisse, che dicesse qualcosa del tipo "Ma no, perché? Restate". Invece Larry non disse nulla. Non le rivolse nemmeno un'occhiata, come se nella stanza non ci fosse che sua madre, come se la sua snella, elegante figura si fosse dilatata e avesse occupato tutto lo spazio disponibile cancellando il resto.

Margareth si avvicinò al figlio osservandolo con quell'aria che lui aveva sempre trovato insopportabile, la stessa di quando, nella sala d'attesa di Hugo *Sondino* Batchelor, gli sistemava i capelli con le dita inzuppate di saliva. «Barba lunga, eh?» osservò poggiando la guancia sulla sua. Era chiaro che disapprovava.

***

Mezz'ora dopo Margareth aiutava Larry a sparecchiare. Andava avanti e indietro dal salotto alla cucina con un bicchiere di vino in una mano e piatti sporchi e posate nell'altra, come una cameriera svogliata e alcolizzata. «Questo vino è pessimo. L'hai comprato al supermercato?»

«L'ha portato Doodley.»

Margareth alzò le spalle. «Se non si conoscono i vini meglio portare una torta. Ti pare?»

«Sì, mamma. Ma non tutti sono raffinati come te.»

«Non stento a crederlo. Doodley, che nome sarebbe?»

«È un soprannome. Si chiama David.» O era Dennis? Al momento gli sfuggiva.

«E quella ragazza?»

«È sua moglie.»

«Non quella con i denti da cavallo. L'altra, quella che era qui per te, perché è evidente che si trattava di una cena tra coppie. Giusto?»

Larry non rispose. Stava lavando i piatti e le dava volutamente le spalle. Un trivella da perforazione gli scavava stomaco e intestino. E non era colpa del peperoncino *jalapeño*, bensì della presenza di sua madre. Se da un lato ne era urtato, dall'altro si sentiva sollevato per aver avuto una scusa con cui concludere alla svelta una cena che si era pentito di aver organizzato. E così aveva anche evitato di rendersi ridicolo sproloquiando o, peggio ancora, svenendo com'era capitato al barbecue. In effetti si sentiva malfermo sulle gambe e rallentato nei pensieri. Pensò di farsi di ketamina per contrastare gli effetti sedativi dello Xanax.

«State insieme tu e quella… Jobeth?» chiese Margareth.

«Jobeth e basta. Senza *quella*.»

«Non ti scaldare.»

«Mi spieghi perché sei entrata così, senza suonare?»

«Ero curiosa di vedere questa benedetta serra, e la porta era aperta. Non credi che dovresti chiuderla a chiave? Non ci sono ladri da queste parti?»

Larry pensò a Etta Grier che si era introdotta in casa sua proprio il giorno precedente. «No» rispose secco. «La gente di qui è onesta.»

«Buon per te. Allora, state insieme?»

«Se permetti, sono cose che non ti riguardano.»

«Accidenti, siamo permalosi. Credevo che ti facesse piacere vedere tua madre.»

Larry posò la spugnetta e si asciugò le mani sullo strofinaccio. «Potevi avvertire» disse passandole davanti.

«E adesso dove vai?»

«In bagno. Devo chiederti il permesso?»

Salì al piano di sopra, chiuse la porta della camera e aprì il cassetto del comodino. C'era un doppiofondo (in realtà era un fondo instabile che presentava una fessurazione sufficientemente ampia per nasconderci, ad esempio, delle banconote), un posto, sperava, a prova di Etta Grier. Cavò una bustina di polvere bianca (non aveva banconote da nascondere) e ne inspirò un po' dal dorso della mano. Poi si pulì le narici controllandosi allo specchio, fece due respiri profondi e tornò di sotto, da sua madre.

«Puoi dormire nella prima stanza dopo le scale» le disse raggiungendola al tavolo.

Margareth si era seduta. E aveva riempito nuovamente il bicchiere. «Posso andare in un motel. Ce ne sarà uno, da queste parti.»

«Non c'è problema. Solo che non l'ho mai usata. La stanza, intendo. Spero non ci sia troppa polvere.»

«Mi adatterò.» Si guardò intorno. «Non è male qui. Però avrei scelto un'altra tinta per le pareti.»

Anch'io, avrebbe voluto risponderle Larry. Invece alzò le spalle.

«Così farai lo studio in quella serra.»

«Esatto. Pensavo di inaugurare dopo il 4 luglio, nel fine settimana. L'8, magari. Ci sarai?»

«Una settimana intera qui da te?» Rise. «Non mi sopporteresti! No, riparto lunedì. John mi ha invitata da lui per l'Indipendenza.»

«Il tuo capo?»

Margareth annuì. «È un tipo a posto. E io sono stanca di essere sola. Sono ancora nella cinquantina.» (Cinquantotto, per l'esattezza, ma Margareth avrebbe detto a tutti di essere nella cinquantina ancora a lungo.)

«Sei giovane» disse Larry.

«E tu gentile. Perché non mi vuoi dire se tra te e quella… tra te e Jobeth c'è qualcosa?»

«Che devo dirti? Siamo amici. E poi ha un figlio.»

«E questo complica le cose» disse lei sorseggiando il vino.

«Lascia che me la sbrighi io. Ok?»

Margareth sospirò. «Come vuoi. Dico solo che dovresti farti aiutare, soprattutto dalla tua famiglia. Be', da tua madre, visto che, a parte Harper in giro per il mondo, ti resto solo io. Voglio dire…»

«Lo so cosa vuoi dire. L'abbiamo già fatto questo discorso, decine di volte.»

«Ma non abbiamo concluso niente.»

Larry alzò la voce. «Ma cosa dobbiamo concludere, scusa?» Si accorse che stava sudando.

«Questa ostilità, il fatto che rifiuti qualsiasi aiuto, questa tua lotta contro tutti e tutto e il respingere con ostinazione ogni tentativo di intrusione nella tua nuova vita. Tutto questo stride, stona, non è normale, capisci?»

«Non è normale per chi? Per te o per me?»

«Io ti voglio bene, Lawrence. Non sono io il nemico.»

Larry si alzò. «Non ho voglia di discutere. Sono stanco.»

«E con i farmaci come va? Ne prendi tanti?»

«Prendo quelli che mi servono. O ultimamente ti sei laureata in medicina?»

Margareth non replicò.

«Buonanotte» le augurò Larry quando già era sulle scale. «Se ti serve qualcosa io sto nella camera in fondo al corridoio. E chiudi la porta, se non vuoi che Jip ti venga a leccare la faccia mentre dormi.»

***

Verso le due Margareth si svegliò. E non per colpa di Jip, ma di un boato potente che le fece saltare il cuore fuori dal petto. Si levò a sedere cercando di calmarsi. In verità non ricordava dove fosse, se nel suo appartamento a Nashua o in quello di John. Accese la lampada sul comodino. Né l'uno né l'altro. Era in una squallida stanzetta mal arredata che puzzava di vecchio a casa di suo figlio, a Wytago, nel Vermont. E fuori si stava scatenando un temporale coi fiocchi. Si alzò e il freddo le artigliò le gambe nude. Un altro tuono esplose sopra la casa. S'infilò una maglia e scese al piano di sotto per bere dell'acqua cercando di non far scricchiolare i gradini. Raccolse una coperta dal divano e se la avvolse intorno al corpo. Odorava vagamente di urina, ma preferì non badarci.

Nel frigo trovò del latte scaduto e parecchie birre. Fece rotta sul vino che aveva portato Doodley. Per quanto scadente, era sempre meglio del latte acido. Poi accese la tv e abbassò il volume al minimo.

Pensò a suo figlio: la questione era estremamente complessa.

Durante le prime settimane dal risveglio di Larry, si era scoperta a riflettere sulle conseguenze che quell'evento talmente eccezionale da rasentare l'unicità avrebbe portato con sé. E non pensava solo alla vita di suo figlio, ma soprattutto alla sua. Larry avrebbe preso possesso di spazi e tempi che dopo la morte di James e la partenza di Harper appartenevano a lei e a lei soltanto. Giorni cadenzati, puntuali come il ripetersi delle stagioni, come fino a qualche anno prima lo era stato il suo ciclo mestruale. Una grande distesa pianeggiante attraversata da una larga e sicura corsia asfaltata. Un po' come le grandi praterie dell'Ovest, dove non era mai stata. A volte ascoltava se stessa lamentarsi della propria routine, ma era come ascoltare la voce di un'altra persona, una persona a cui non si presta eccessiva attenzione, perché in realtà la sua vita, nonostante tutto, le stava bene così com'era. Il ragazzo tornato dalla morte avrebbe rimescolato le cadenze, i piccoli rituali quotidiani, trincee dietro le quali si era rintanata, convinta di vivere poggiata su stabili certezze, illudendosi di essere protetta, immunizzata dal dolore. C'erano forse tanti bei modi per dirlo, ma in definitiva il significato era quello: non era stata così sicura di volere suo figlio ancora con sé. E quando Larry aveva deciso di andarsene, di ricominciare – perché in fondo di questo si trattava – si era sentita in qualche modo sollevata. Colpevolmente sollevata. E al tempo stesso le dispiaceva, perché la consapevolezza del desiderio di suo figlio di allontanarsi da lei la feriva.

Ricordava con impressionante precisione la stanza nella quale lei e James avevano dovuto attendere per diverse, lunghissime, angosciose ore che qualcuno dalla sala operatoria venisse a dire loro che Lawrence era morto, che non c'era stato niente da fare, che si era tentato tutto il possibile ma che alla fine non ce l'aveva fatta. Il reparto era quello di Traumatologia e l'ospedale il New Hampshire Hospital di Nashua. James vi era giunto con l'elicottero del servizio emergenze. Margareth ricordava perfettamente le pareti di quella saletta, arancioni come le giacche dei soccorritori, con una riga gialla orizzontale che correva tutt'intorno. Le poltroncine imbottite e nere, comode, e tavolini bassi a ogni angolo, e sopra a essi lampade con il paralume, molto discrete. C'era un attaccapanni vicino alla porta e, accanto, un distributore di bevande calde e fredde. Ricordava le persone presenti nella stanza. Una donna di mezza età, sola, e una coppia di anziani con il volto irrigidito e lo sguardo fisso alla finestra, oltre la quale non si vedeva nulla se non il buio e i loro volti riflessi. E quella notte pioveva, proprio come ora. Margareth era stata seduta tutto il tempo, la schiena diritta, le dita delle mani intrecciate e serrate fino a diventare bianche. Si era dominata respirando a fondo quando le sembrava di non farcela più, come le era stato insegnato al corso prenatale. Ricordava di aver osservato i volti delle altre persone per cercare di capire cosa stessero provando, se stessero soffrendo come lei. O più di lei. Lawrence lottava contro la morte a pochi metri di distanza, con pinze, bisturi e tubi infilati nel cranio e nel corpo. E ogni volta che Margareth udiva dei passi avvicinarsi lungo il corridoio era certa che fossero lì per lei e per James. Allora cercava di immaginare quale sarebbe stata la loro reazione alla terribile notizia. Lawrence è morto, Lawrence è morto, mio figlio è morto, non c'è più, si ripeteva mentalmente nel tentativo di abituarsi a quell'idea. Suo marito aveva consumato il linoleum del corridoio camminando ininterrottamente in su e in giù, fermando infermiere e medici, cercando di infilare la testa oltre quella porta che delimitava l'area della chirurgia. Il medico del Pronto Soccorso che li aveva accolti al loro arrivo era stato molto chiaro. Larry, oltre all'emorragia in atto, aveva il cranio ridotto in pezzi e i frammenti di osso rischiavano di danneggiare irrimediabilmente il suo cervello. Frattura comminuta, l'aveva chiamata. Le fratture alle gambe e al bacino erano a quel punto quasi insignificanti. Un quadro a dir poco devastante. Le probabilità di salvarlo, aveva detto, erano una su cento. Poi, finalmente, dopo oltre sei ore d'intervento, qualcuno si era fatto vivo. Un medico calvo con ancora indosso il camice verde, quello operatorio, e la mascherina che gli pendeva dal collo come un bavaglino usato. Margareth ricordava di averlo esaminato furtivamente, alla ricerca morbosa di tracce di sangue, del sangue di Lawrence. Il passo era lento, senza alcuna fretta e senza entusiasmo, di quelli che non promettono nulla di buono. Si era detta: eccoci, ci siamo, ora ce lo dice, non devo svenire, rimarrò seduta, mio Dio aiutami. Il medico aveva preso posto di fronte a loro, incurante dei presenti, e con un tono di voce appena percettibile li aveva informati che l'intervento tecnicamente era riuscito ma che Larry era entrato in coma. Margareth lì per lì era rimasta disorientata. Doveva sentirsi sollevata o disperata? Era forse il caso di fare i complimenti al dottore per il suo intervento *tecnicamente riuscito*? James, invece, era parso quasi confortato. Il medico calvo era stato piuttosto vago sulle possibilità di ripresa, ma il suo pessimismo era più che evidente. Lasciando la sala d'attesa quella notte, sottobraccio a suo marito, Margareth aveva avvertito gli occhi degli altri su di sé e la cosa l'aveva infastidita. Forse, pensavano, meglio a loro che a noi, forse sapevano che la maggior parte delle volte il coma è l'anticamera della morte. O forse, aveva riflettuto più tardi nel letto di un motel nei pressi dell'ospedale, erano solo disperati come lei che cercavano nel suo sguardo solidarietà e conforto al proprio dolore. Aveva pianto silenziosamente per quasi tutta la notte ed era stata anche l'ultima volta che le era accaduto.

Ora quel tempo sembrava così lontano, sembrava far parte di un'altra vita e forse di un'altra Margareth. E un po' se ne vergognava.

Schiacciò il pulsante rosso del telecomando. Lo schermo si oscurò con una specie di sibilo a cui fece seguito lo sfrigolio di una scarica elettrostatica residua. Si alzò stiracchiandosi e, mentre nel cielo i borbottii del temporale si allontanavano, tornò in camera. Sperando che nel frattempo quel ridicolo cagnolino non si fosse appropriato del suo letto.

***

Al piano di sopra, Larry non dormiva. Ascoltava i tuoni e la pioggia scrosciare sul tetto. Jip, invece, ronfava della grossa, accoccolato sul tappeto. Stava imparando a controllare i suoi giovani sfinteri, cosa che Larry aveva fatto a sua volta, ma mettendoci un tempo molto più lungo.

Sua madre aveva la stupefacente capacità di renderlo nervoso. «Hai fatto tanto per farmi incazzare» le aveva detto un giorno, poco prima di andarsene. E lei aveva mostrato un'espressione assolutamente sbalordita, come se non ne sapesse nulla. Il che l'aveva irritato ulteriormente. Lei non aveva mai colpa di nulla, era innocente come giugno.

Si alzò e andò in bagno a vomitare. Quando rialzò la testa, la stanza girava a una velocità pazzesca. Dovette sedersi sul bordo della vasca e chiudere gli occhi. Ma anche così la sensazione di trovarsi sopra una tavola da surf in pieno oceano non diminuiva. Si sdraiò per terra, tra il tappetino e le mattonelle fredde e sporche. E lì si addormentò, mentre, nell'altra stanza, l'alligatore pasteggiava a spese del piccolo Jip, innocente pure lui come giugno.

21

Domenica 2 luglio

Dei rumori di sotto.

Forse era Etta Grier tornata a fargli visita in compagnia degli ispettori della squadra narcotici.

Sollevò le palpebre. O almeno ci provò, perché una gli restò incollata a quella sottostante. Dovette aprirla a forza.

Rumori di piatti e di posate. Dalla cucina. Si mise su un gomito.

Doveva essere Jobeth. Era rimasta a dormire dopo la cena. Si chiese se avessero scopato. Guardò il letto. Era sfatto solo per metà. La *sua* metà.

Cercò Jip. Non c'era. E se l'alligatore l'aveva mangiato davvero? Perlustrò il pavimento con lo sguardo alla ricerca di sangue. Non ne trovò.

Sbarcò dal letto, si infilò i jeans (operazione più difficile del previsto a causa del suo scarso equilibrio) e scese la scala.

In cucina non c'erano né Etta né Jobeth, bensì sua madre, vestita di tutto punto, che friggeva della pancetta.

«Ben alzato. Ho preparato la colazione» disse. «Spero tu abbia fame.»

Era sempre stata una bella donna, di classe. Somigliava vagamente a Lauren Bacall, la moglie di Humprey Bogart. Alta, mascella squadrata, zigomi pronunciati, occhi chiari dal taglio allungato.

«Dove hai trovato quella roba?» Larry alludeva alla pancetta e a una confezione di uova da sei.

«Dove solitamente si compra, in un negozio.»
«Sei uscita?»
«Diciamo che se volevo fare una colazione decente dovevo per forza andare a comprare qualcosa. Per fortuna il Wal-Mart è aperto anche di domenica. Come fai a vivere di cibi precotti, birre e.... Dio solo sa che altro?»
«Faccio anch'io la spesa, ogni tanto.»
«È quell'*ogni tanto* che mi preoccupa. Dai, siediti.»
Larry si guardò intorno. «Dov'è Jip?»
«Chi?»
«Il cane.»
«Ah, l'ho mandato fuori a fare i suoi bisogni. Non vorrai mica che ti sporchi in casa.»
«L'hai mandato fuori?» Larry infilò la porta e uscì sul vialetto, a piedi scalzi. Il cielo era una coperta grigia e amorfa. E Jip non si vedeva. «Cazzo!» imprecò.
Howell Grier era in giardino a rastrellare le foglie e i rametti che il temporale notturno aveva fatto cadere.
«Dica a sua moglie che attendo ancora delle spiegazioni!» gli gridò contro Larry.
Howell sgranò gli occhi e rientrò precipitosamente in casa.
«Jip!» chiamò Larry correndo su e giù per la strada ancora umida di pioggia.
«È inutile che ti agiti tanto» disse sua madre apparendo da una finestra. «È nel cortile sul retro. Non crederai che sia così scema da metterlo in strada.»
Larry fece il giro della casa e trovò Jip in una posizione inequivocabile. La medesima espressione concentrata che molti umani hanno in simili situazioni.
«Comunque» ribatté Larry «poteva fare il giro e finire in strada.»
«È successo?»
«No, ma poteva succedere.»
«Ma non è successo. Perché preoccuparsi di una cosa che non è accaduta?»
Larry scrollò la testa. Ecco una delle assurde, inestinguibili e del tutto inutili conversazioni di Margareth Rutledge.
In ogni caso Jip, attirato dal profumo della pancetta fritta,

spinse con il musetto la porta della serra e trotterellò tutto allegro in cucina.

«Visto?» disse la madre di Larry. «Che ti avevo detto?»

***

Verso mezzogiorno il cielo si aprì del tutto e la temperatura salì vertiginosamente di una decina di gradi ma, nonostante il caldo, Larry e sua madre decisero di fare una passeggiata insieme. Lui le spiegò come camminare fosse una buona pratica messa in atto da quando era arrivato e che gli dava dei sensibili benefici. E Margareth si convinse che un po' d'aria avrebbe fatto bene anche a lei. Portarono Jip con loro.

Quando passarono davanti al distributore Sunoco, Larry fu sollevato di vederlo chiuso. Di domenica era attivo solo il self service. Tanto meglio. Non era sicuro di aver fatto una bella figura, la sera precedente. Inoltre sapeva già quale sarebbe stato il commento di sua madre scoprendo che uno degli amici di suo figlio (oltre a essere un disabile) faceva il benzinaio.

Procedettero verso Peacham Pond e l'Hope Cemetery.

«Un cimitero?» disse Margareth quando vi giunsero. «Dio Santo, Lawrence! Non hai di meglio da farmi vedere?» Aveva un velo di sudore sul labbro superiore e l'asciugò con il dorso della mano.

«A me piace» ribatté lui.

«A me mette una tristezza che non ti dico. Andiamo via, dai.»

Larry non voleva andarsene. Voleva sedere vicino al lago e lasciarsi contagiare dalla sua cupezza e dalla sua serena malinconia, una sorta di *spleen* di baudelairiana memoria. Ma sua madre riusciva a rovinare qualsiasi momento. Era una specie di re Mida al contrario: tutto quello che toccava diventava merda.

Rientrando a casa, incrociarono i fedeli che uscivano dalla chiesa metodista di St. Paul all'incrocio tra la Main e Elm Street. Tra loro Martha Richardson e Alfred Kapelewski, Sandra e Felix Duvall, Edward Shoney e signora, e il sindaco Hill, anch'egli con famiglia al seguito. Larry rispose ai saluti con trasporto. Voleva dimostrare a sua madre che era conosciuto e ben voluto in città. Era una cosa sciocca, a pensarci bene, e forse nemmeno vera, ma per lui compiacere sua madre era un riflesso condizionato. Come in quell'esperimento di Pavlov, quello con i cani, dove sua madre era Pavlov e lui, naturalmente, il cane.

«A quanto pare ti sei integrato bene» osservò Margareth quando lei e Larry imboccarono Pembroke Road.

«Ti dispiace?»

«Certo che no. Perché mai dovrebbe dispiacermi?»

«Magari perché speri che il mio progetto fallisca e che torni a Nashua con la coda tra le gambe.» Si stava agitando e le chiazze di sudore sotto le ascelle avevano raggiunto le dimensioni di due frisbee.

Lei si fermò a guardarlo negli occhi. «Pensi che io desideri questo per te? Un fallimento?»

Larry non rispose.

«Lawrence. Pensi questo di tua madre?»

«Lascia stare» rispose lui rimettendosi in moto. «Non farci caso.»

«E invece ci faccio caso. Come potrei non farlo? Sono tua madre.»

«Va bene, scusa.»

«È così che lo chiami?» volle sapere Margareth dopo una pausa. «Il tuo *progetto*?»

«Come dovrei chiamarlo?»

«Non lo so. Ma progetto suona pomposo e anche un po' artificioso.»

«Cristo, mamma! È solo una parola! Chiamalo Pinco Panco se preferisci o Fanculolarry.»

Margareth sbuffò e alzò gli occhi al cielo. «Con te è impossibile parlare.»

«Allora non farlo. Non ti ho chiesto io di venire.»

Lei annuì, mostrandosi più ferita di quello che si sentiva realmente. «Hai ragione. Ho sbagliato. Forse è meglio che me ne torni a casa subito.»

Larry detestava quel finto vittimismo, quel dimostrarsi sempre senza colpe, l'atteggiamento mortificato di chi pensa di non meritare un simile trattamento. Si morse le labbra per non rispondere e continuò a camminare guardandosi le scarpe.

Procedettero in silenzio fino alla porta di casa.

Alla fine fu Larry a parlare, quando la rabbia gli fu scesa di un paio di tacche. «Non andartene subito, per favore» disse infilando la chiave nella serratura. «Resta ancora un po'.»

«Per sentirmi un peso?»

«Non sei un peso.»

«A me sembra di sì.»

«Sono solo...»

«Solo cosa?»

«Mi ci vuole un po' di tempo, ecco tutto. Per riabituarmi a tante cose. Non è facile.»

«Lo so che non è facile, che credi? Ma non è facendo la guerra a tua madre che risolverai i tuoi problemi.»

«Non ti faccio la guerra.»

«A te non sembra, ma in realtà è così.»

«Lo vuoi un cagnolino che ti faccia compagnia a Nashua?» scherzò improvvisamente Larry spalancando la porta e liberando Jip dal guinzaglio. Ce la stava mettendo tutta, ma proprio tutta.

«Mi ci manca un cane in casa che abbaia, che sporca e che mi costringe a portarlo fuori anche quando piove!» rispose Margareth entrando. «Per carità! No, no, grazie, passo la mano.»

***

Pranzarono in casa e ancora una volta cucinò Margareth. Linguine alla Alfredo, un suo classico. Non era mai stata in Italia e non aveva mai mangiato in un ristorante che non fosse italo americano da almeno due generazioni, eppure si vantava di conoscere il segreto per la perfetta cottura degli spaghetti.

Finirono a parlare di Jobeth, o meglio, fu Margareth a portare il discorso dove più la interessava. S'informò su chi fosse, che lavoro facesse, sul figlio e perfino sulla madre che faceva la cameriera al Sullivan Cafè. E tutto quello che sentì non le piacque.

«Non deve piacere a te» replicò Larry.

«Ma non sai se piace nemmeno a te. Ci ho preso, vero?»

Sì, ci aveva preso. Larry non riusciva a capire cosa provava davvero per Jobeth. Forse solo riconoscenza perché, da dopo il risveglio, lei era stata la persona che più si era avvicinata a lui, in tutti i sensi. Ma non era certo che fosse amore. E nemmeno infatuazione. Forse timore della solitudine. Il che, a pensarci, sembrava una cosa triste.

«Non è certo com'era Jonie» sentenziò Margareth con un taglio acido che documentava tutta la sua indifferenza per la questione.

Certo, Jobeth era molto diversa da Jonie. Non serviva che sua madre glielo ricordasse. Non aveva lo stesso denaro, tanto per cominciare, e neanche la stessa cultura. Parlava abbastanza, ma non pretendeva, come Jonie, di avere un'opinione su ogni cosa e, soprattutto, non pensava di saperne più di Larry. Una donna semplice che si accontentava di poco, di una persona in grado di volerle bene e rispettarla. Una donna non eccezionale come Jonie. Ma forse era proprio quanto serviva a Larry, normalità.

Lo disse. Voleva che sua madre sapesse come la pensava e, nel caso, accettasse la sua decisione. «Jonie è sempre stata complicata, mentre Jobeth mi piace proprio perché non lo è.»

Sua madre alzò le spalle, noncurante. Un'affermazione che secondo lei valeva meno di zero.

«Voglio bene a Jonie» continuò Larry «nonostante tutto, e le auguro il meglio. Ma alla fine credo che sia stato un bene non essere rimasti insieme.»

Margareth sollevò lo sguardo, sorpresa. «Le auguri il meglio? Che stai dicendo, Lawrence?»

«Che spero si rifaccia una vita.»

«Rifarsi una vita? Lawrence, Jonie è morta.»

Larry sentì un maglio sfondargli lo stomaco e trascinarlo sotto di sé, nelle fondamenta marce della casa. «Di cosa stai parlando?»

Lei tornò a guardare il piatto dove le ultime linguine parevano vermi privi di vita. «Lo sai benissimo di cosa parlo» disse con tono spento stuzzicandole con la forchetta.

«Jonie è in Africa» replicò Larry con voce acuta, la voce di chi è preda di una paura improvvisa e incontrollata.

«Jonie è sepolta all'Edgewood Cemetery di Nashua, nella tomba di famiglia dei Foster. E sta lì dal 1993.»

«Non è vero. È in Africa, in Mozambico o in Angola, ora non ricordo...»

«*Tua sorella Harper* è in Africa. Jonie è morta sul colpo, quando siete andati a sbattere contro quel camion.»

Larry non riusciva a respirare. Sentì il cuore pompare come se cercasse di espellere qualcosa dal suo interno, un grumo coagulato di sangue nero, e la fronte farsi umida di un sudore freddo.

«Cos'è» gli si rivolse Margareth per nulla impressionata dal suo volto dissestato e bianco come un cencio. «Ti sei convinto che non le sia successo niente? È per questo che sei venuto quassù tra le montagne e i boschi? Per alimentare il tuo sogno a occhi aperti?» Si trasformò in un fiume inarrestabile. «Eri ubriaco, Lawrence, e fatto. Fatto di cocaina o di qualche altra porcheria. Correvi a centosessanta chilometri all'ora e Jonie era seduta dietro di te. Quando avete avuto l'incidente, lei è stata sbalzata a venti metri di distanza. È morta sul colpo. Questo è successo, e non una delle favole che ti sei raccontato per scaricarti la coscienza. Dio solo sa cosa abbiamo passato io e tuo padre con la causa legale che fu messa in piedi contro di te. I Foster volevano sbatterci tutti in mezzo a una strada, volevano vederti in galera a vita. Possibile che tu abbia rimosso tutto? Abbiamo fatto il diavolo a quattro per insabbiare la tua dipendenza dall'alcol.»

D'improvviso era come se Larry l'avesse sempre saputo. Tutte le volte che si era sentito un estraneo guardandosi allo specchio, tutte le volte che aveva percepito che qualcosa dentro di sé non funzionava, gli scricchiolii non dei tre gradini ma del suo cervello, una palese asimmetria con il resto del mondo, la mancanza di sincronicità, non era a causa del lungo coma e delle difficoltà incontrate al risveglio, bensì di quello che il suo subconscio seguitava a raccontargli, bugie per l'esattezza, le stesse bugie che lui propinava agli altri.

Non c'era nessuna ONG, nessun incarico in Africa. Solo una fredda tomba seguita a uno schianto terrificante. Larry aveva mescolato il desiderio di vedere Jonie ancora in vita con l'attività di sua sorella Harper. Aveva tagliato, inconsciamente o meno, interi pezzi della sua memoria per alleviare il carico di colpa e di dolore che avvertiva, esattamente come fossero fotogrammi di una pellicola cinematografica. E il montaggio era venuto mica male.

Larry, prima dell'incidente, non era affatto quel che credeva d'essere, un modello di virtù, un professionista lanciato verso una carriera di sicuro successo, promesso sposo dell'intelligente rampolla di una famiglia alto-borghese. Larry Nowak di Nashua,

New Hampshire, era un ubriacone drogato, che aveva spezzato una vita innocente e rovinato quelle di molte altre persone.

Margareth aveva intenzionalmente sezionato i presunti ricordi del figlio con fredda precisione chirurgica, meglio di quanto era riuscito a fare il dottor Godschalk con gli ematomi e le schegge d'osso. Aveva scollato l'inganno dalla realtà, lasciando scoperti nervi che ora urlavano tutta la loro sofferenza e la loro angoscia.

«E la cosa peggiore sai qual è?» Continuava a parlare ma Larry, ormai, non la ascoltava più. «La cosa peggiore è che tutto quello che è accaduto non è servito a niente. Ho visto cosa c'è in giro per casa. Pensavi fossi cieca? Alcol e farmaci, che, considerate le quantità, equivalgono a droghe. Sei anni e mezzo di coma e un morto sulla coscienza non sono bastati per farti smettere con quella merda. Hai solo preso una pausa. Non è così?»

Era così. I farmaci contro il dolore erano una scusa che il vecchio Larry, tornato dal limbo, cavalcava come una tavola da surf per giustificare il desiderio di sballarsi. La ketamina era il piatto principale e l'alcol il contorno.

Una nuova verità gli affiorò alla mente annegando senza pietà altre illusorie convinzioni: non si era fatto liquidare da Harold Brewster e Norris Whitemore, i soci della clinica. Erano stati loro a liquidarlo e ad allontanarlo perché non volevano più avere nulla a che fare con un assassino alcolizzato fuori controllo. Quanti clienti avevano perso per causa sua?

Non era venuto a Wytago per ricominciare, come si era raccontato, ma per fuggire. Da una realtà terrorizzante troppo dura da sopportare.

In una parola era un vigliacco.

***

Quello stesso pomeriggio, Margareth riempì la borsa delle poche cose che si era portata dietro e la caricò sul sedile posteriore della propria Chevy Economy. Il sole era ancora alto sul profilo delle Green Mountains e la luce era calda e pastosa.

«Mi dispiace, Lawrence» disse prima di salire. La sua visita era durata meno di ventiquattr'ore.

Larry non aveva ancora assorbito il colpo, ma era consapevole che senza sua madre sarebbe stato meglio. O peggio, probabilmente. In ogni caso, lei non lo avrebbe visto e, soprattutto, non avrebbe messo bocca sulle sue cose. E poiché aveva intenzione di ficcarsi a letto con una dose di tranquillanti da far addormentare un elefante, tanto meglio così.

«Mi dispiace» ripeté sua madre.

Larry non ci credeva. Non credeva che le dispiacesse aver scaricato un catino di acqua e ghiaccio addosso a suo figlio mentre dormiva, di avergli provocato il più brusco e feroce dei risvegli. A Margareth queste cose non erano mai importate. I figli, diceva, non andavano protetti, ma svezzati. E più duramente si svezzavano, meno difficoltà avrebbero incontrato nella vita vera. Infatti Larry ne era il risultato tangibile.

«Promettimi che ti farai aiutare» disse ancora la donna.

«C'è un medico» rispose Larry «che esercita qui e mi sta seguendo.» Era una mezza verità, sufficiente per persuadere sia lui che sua madre.

Lei appoggiò la guancia contro la sua, come era solita fare, e lo scrutò cercando in quegli occhi scavati le tracce del figlio che riteneva di aver perduto. Perché era questo che la sua mente seguitava a credere, e non dal giorno dell'incidente, ma da molto prima.

Larry non restò a guardare la macchina allontanarsi lungo Pembroke Road in quella bellissima luce estiva. Si voltò ed entrò in casa richiudendosi mestamente la porta alle spalle.

Jip parve cogliere il suo stato d'animo perché gli si avvicinò senza fare troppo rumore e senza abbaiare. Gli tenne dietro per un po', anche sulle scale, e quando vide che Larry, senza rivolgergli alcuna attenzione, si metteva a letto, lui si accoccolò sul tappetto mugolando solidale.

***

Il telefono squillava, ma Larry non aveva la forza di alzarsi a rispondere. E nemmeno la voglia.

Si sentiva sudato. Ricadde in un sonno profondo e limaccioso, senza sogni né suoni. Si alzò per andare a urinare. Inciampò su Jip che si mise a guaire e cascò a terra battendo la fronte sullo spigolo del letto. Quando si rimise in piedi una vertigine lo costrinse a rimettersi giù. E nel dormiveglia si pisciò addosso.

Si svegliò chiedendosi, in quel modo annebbiato che ha chi dorme profondamente o fa uso di sonniferi potenti, perché diavolo si trovasse sul pavimento. Sulla fronte aveva una crosta di sangue rappreso. Erano le otto di sera e sua madre, ormai, doveva essere arrivata a Nashua.

Si pulì la ferita e scese di sotto. Jip aveva fame. Lui sete. Di birra. Una sete selvaggia.

Dopo la seconda lattina, alzò il telefono con l'intenzione di chiamare Jobeth. Probabilmente era stata lei a cercarlo.

«Ciao Jonie» le disse. «Sono Larry.»

All'altro capo ci fu qualche istante di silenzio. «Larry? Sono *Jobeth*.»

«Lo so che sei Jobeth» ribatté lui sorridendo. «Ti ho chiamata io.»

«Hai detto Jonie...»

«No, ho detto Jobeth. Senti, ho litigato con mia madre, di brutto, e lei se n'è andata...»

«Mi dispiace.»

«Non c'è problema. Lei è fatta così. È fatta male, ci sono abituato. È che ormai la giornata è andata. Avevamo detto di vederci, ma, se non ti scoccia, preferisco restare solo. Penso che me ne andrò a letto presto.»

«Ma naturale. Non preoccuparti. Mi sarebbe piaciuto conoscerla.»

«Non ti sei persa nulla, credimi.» Poi, dopo una pausa, aggiunse: «Stai bene?».

«Abbastanza. E tu?»

«Anch'io, abbastanza. Ci sentiamo domani, ok?»

«A domani. E mi raccomando, riposa.»

Jonie è morta. Una frase che risuonava nella sua testa come il rintocco di una campana inceppata. Pur sforzandosi, non riusciva a pensare ad altro. Per un momento aveva considerato di andare alla biblioteca pubblica a controllare gli articoli di giornale, nella folle ipotesi che sua madre gli avesse mentito. Ma non ne avrebbe avuto motivo. Lei aveva detto la verità e il bugiardo era lui.

Aveva simulato come un attore consumato, ma che non sa di recitare una parte e confonde l'arte con la vita e la vita con l'arte. In realtà supponeva di stare diventando pazzo. Ora cominciava ad averne la certezza. E tutta la faccenda delle aure, dei colori, della telepatia, ne era la prova. Se solo Jobeth (per non dire di Josephine) avesse subodorato qualcosa non lo avrebbe nemmeno fatto entrare in casa, oppure si sarebbe attaccata al telefono per chiamare lo sceriffo, l'ambulanza e quelli del centro di salute mentale.

Altro che *Honesty*. *Lyin' eyes*, degli Eagles, gli si addiceva di più.

Finì la serata con un cocktail di farmaci di sua invenzione nella speranza di non svegliarsi più.

Sul tappeto della camera, quella sera, al posto di Jip, c'era l'alligatore. La lunga testa dentuta appoggiata su quelle ridicole zampette anteriori.

«Buonanotte» ebbe la forza di dire Larry.

«Buonanotte a te, caro» rispose quello con la voce di Margareth Rutledge.

22

Lunedì 3 luglio

Dopo il violento temporale di due giorni prima, un'ondata di caldo straordinario calò su quella parte del New England. Il sole era velato di umidità e la temperatura si assestò stabilmente sopra i trenta gradi. Sebbene immersa in un torrido torpore, la città era in fermento per i preparativi della doppia festa. Bicentenario e Indipendenza. La giunta comunale guidata dal sindaco Walter Hill si era data un gran da fare per organizzare una serie di eventi ufficiali che contemplavano l'alzabandiera al municipio (dove campeggiava sempre la scritta UNA CITTÀ SENZA OROLOGIO È UNA CITTÀ SENZA TEMPO), la deposizione di una corona di fiori sotto il monumento in ricordo dei patrioti all'Hope Cemetery, la parata di personaggi in costume appartenenti sia alla storia americana che a quella di Wytago (Washington, Jefferson e Franklin sottobraccio a Noel Graves, il cacciatore che uccise l'orso ma perse la gamba, e a Mooinei, la donna Micmac che lo soccorse), la lettura pubblica della Dichiarazione di Indipendenza, il concerto di musiche d'epoca e, infine, i fuochi d'artificio sopra le acque del Winooski. Oltre a tutto ciò, le numerose associazioni di volontari avevano predisposto spettacoli di strada, banchetti di cibo e tour degli edifici e dei luoghi storici della città. Presso la scuola elementare, i bambini avevano allestito una mostra di lavori ispirati all'Indipendenza e realizzati per l'occasione con il marmo della cava Schuyler. E, per finire, la stazione meteo prevedeva tempo bello.

A questa frenetica agitazione, faceva da contraltare l'assoluta calma che aleggiava al numero 9 di Pembroke Road. La luce del sole entrava discreta dalle finestre scivolando sulle superfici immobili, svelando la polvere depositata e il disordine che vi regnava e dissolvendo le ombre. Quegli stessi raggi salivano le scale mute e attraversavano il pianerottolo fino a incrociarne altri che giungevano dalla finestra della camera illuminando una figura stesa sul letto.

Larry giaceva supino, gli occhi spalancati, incapace di muovere un muscolo. Fissava il soffitto, ma la sua mente era vuota. O almeno sperava che lo fosse. In realtà, schiacciato in un angolo buio, sotto un telo ingiallito, come uno dei vecchi mobili di Elmer Ellroy, c'era quel pensiero, insistente, ossessivo: *Jonie è morta.* A cui se ne aggiungeva un secondo: *per colpa mia.*

Il mix assunto la sera precedente non l'aveva ucciso, ma semplicemente intossicato. Ora si sentiva malissimo. Sudava copiosamente, respirava in maniera affannosa ed era vittima di una nausea feroce. Forse aveva vomitato, perché percepiva qualcosa di crostoso sul viso e sul collo, ma non aveva la forza di alzarsi e controllare. A tutto ciò si univa uno stato confusionale, che in Larry non rappresentava una novità.

Suonavano alla porta, ma nelle sue condizioni andare ad aprire era come immaginare di arrampicarsi in cima a Mount Washington. Restò disteso, impaludato in una nebbia densa di malessere e farmaci, pensando che sarebbe morto presto, augurandoselo. Poi udì qualcuno, di sotto, che chiamava il suo nome. Sembrava la voce di Jonie. Provò a risponderle, ma il fiato che si arrampicò lungo la sua gola non produsse altro che un sibilo appena percettibile. Jonie forse non era morta. O forse era il suo fantasma. O semplici allucinazioni.

Jip abbaiò e zampettò sul pavimento. Anche lui aveva sentito qualcosa. No, non erano allucinazioni.

«Larry? Sei in casa?» La voce si fece più vicina, alla base delle scale. «Jip!» disse la voce. «Dov'è Larry?»

Passi sui (tre quattro, cinque, sei, sette, otto, nove, dieci) gradini scricchiolanti.

«Chi è?» riuscì a mormorare Larry con uno sforzo sovrumano.

Jobeth apparve sulla porta. «Mio Dio!» Corse accanto a lui,

si sedette sul bordo del letto e gli spostò i capelli appiccicati alla fronte dal sudore scoprendo la ferita. «Cos'hai, Larry? Cos'è successo?»

Lui la guardò. Non sapeva cosa dirle. La verità? *L'onestà è merce rara,* cantava il vecchio zio Billy. .

Non ce ne fu bisogno. Jobeth scandagliò con lo sguardo il comodino. Vide boccette di farmaci e residui di polvere bianca. Non disse nulla. Lo sollevò di peso e lo trascinò in bagno sostenendolo per le ascelle, i talloni che strisciavano sul pavimento. Quindi, con inaspettata perizia, gli infilò due dita in gola e lo fece vomitare. Dopodiché riuscì con fatica a metterlo dentro la vasca da bagno e aprì l'acqua fredda.

Larry cominciò a reagire.

Jobeth chiuse l'acqua, lo spogliò e lo frizionò con l'accappatoio. «Devi camminare» disse. «E bere del caffè.»

Larry lasciò che si occupasse di lui. E lentamente sentì che i muscoli riacquistavano il tono perduto.

Scese le scale sostenendosi a lei, un gradino alla volta, come faceva con Royo ai bei tempi della rieducazione, solo che Jobeth, a differenza del fisioterapista messicano, non puzzava di cumino e cipolle. Si sedette sul divano e Jip gli saltò sulle gambe. Larry riuscì a fargli una carezza e a sorridergli, mentre Jobeth trafficava in cucina.

«Si può sapere che accidenti volevi fare?» gli chiese quando tornò da lui con una tazza di caffè caldo.

Larry ebbe un déjà vu. Lui sul divano e qualcuno che gli preparava del caffè. Quella scena era già accaduta. Non ricordava quando né con chi. «Non volevo fare niente» rispose biascicando.

Jobeth gli diede il caffè, che lui mandò giù. «Volevi toglierti la vita?» Aveva gli occhi lucidi e la voce spezzata. Era in pena per lui, e spaventata.

A Larry venne da sorridere. E sorrise. *Togliersi la vita* era un'espressione superata. Uccidersi, ammazzarsi, suicidarsi, piuttosto.

«È divertente?» ribatté lei. Ora sembrava quasi arrabbiata.

Lui mosse la testa in orizzontale, destra e sinistra, lievemente. Fitte di dolore affilate come lame da bisturi. «Non volevo suicidarmi» disse. «Volevo solo... Non lo so cosa volevo.» Star bene. Ma non stava bene. Per niente.

Lei lo mise in piedi. «Devi camminare» ripeté. Si allacciò un braccio di Larry intorno al collo e cominciò a fare su e giù per la stanza mentre Jip li osservava curioso.

«Perché tutti quei farmaci?» chiese.

«I dolori…»

«E la cocaina? Anche quella la prendi per i dolori?»

«Non è cocaina.»

«Be', non credo sia farina.»

«È una sostanza che mi aiuta…»

«Infatti, vedo come ti sta aiutando. Accidenti, Larry! Ma non ti rendi conto di come sei ridotto?»

«Mi passa, non preoccuparti.»

«Invece mi preoccupo. Farmaci o droghe, dagli il nome che vuoi, ma alla fine ne sei dipendente. Questa è la verità.»

«Che ne sai tu della verità. Billy Joel dice che…»

«Billy Joel?»

«Sì, il cantante. Lui dice che…»

Il campanello interruppe il suo sproloquio. Jobeth lo depositò sul divano e gli mise in mano il caffè. Poi andò ad aprire.

Era Leo Meier, il marito di Marylou, un uomo alto e stempiato, con un viso disarmonico. Aveva Sammy con sé. «Cerco il dottore» disse pensando che Jobeth gli facesse da assistente.

«Il dottore è indisposto» rispose lei.

«Ma il mio cane, cioè, il cane di mia moglie, ha il diabete. Va controllato.»

«Mi spiace, ma non è possibile.»

«E quando sarà possibile?»

«Mi lasci il numero. La richiamerà.»

L'uomo parve scocciato. (Anche perché recentemente aveva dovuto affrontare lo scandalo legato al vizietto della moglie, di cui naturalmente era a conoscenza, ma che aveva sempre cercato di minimizzare; ora però c'era una denuncia e quel canchero di Eliot Orton non voleva saperne di ritirarla, ragion per cui Marylou non aveva più il coraggio di farsi vedere in giro e a lui, oltre che giustificarla, toccava pure sbrigarne le incombenze.) In ogni caso scrisse il numero sul foglio di carta che Jobeth gli porse e se ne andò (con l'intenzione, in realtà, di contattare il dottor Gardner a Mattawam).

«Chi era?» volle sapere Larry.
«Un cliente.»
«Se n'è andato?»
«Per forza. Non sei in grado di lavorare. Senti, Larry, vorrei aiutarti. Se tu mi dicessi come posso...»
«Non ho bisogno di aiuto, grazie» replicò lui. Non voleva essere scortese, ma lo risultò.
«Ti piace ridurti così? Come una larva? È questo che vuoi?»
«E tu cosa vuoi, Jobeth?» La guardava con le palpebre a mezz'asta e un sorrisetto beffardo sul volto letargico, il corpo inclinato sul lato destro come se da quella parte pesasse il doppio.
«Stiamo parlando di te, non di me. Sei un drogato? È questo che sei?»
Risposta esatta, pensò Larry. *Lo sono, lo ero e probabilmente lo sarò. E alcolizzato, giusto per essere precisi. Amen, direbbe Hazel Coughlin.*
Invece rispose con un'altra delle sue assurdità su Ronald Laing, la scappatoia alla quale ricorreva quando si sentiva assediato e, soprattutto, in torto. «Gli psichiatri sono i pusher dei nostri giorni, ma chi assume farmaci non viene chiamato drogato.»
Lei lo guardò sorpresa. «E questo che diavolo vorrebbe dire?»
Larry alzò una mano. «Lascia stare.» Si alzò in piedi, un po' traballante.
«Fa' attenzione...»
«No, mi sento meglio. Davvero.» Camminò per dimostrarle che stava bene. «Ti ringrazio per quello che hai fatto oggi, ma, credimi, è tutto ok. Ci sono abituato.»
«Il fatto che ci sei abituato non significa che non sia pericoloso.»
«Jobeth, ti assicuro che non corro alcun rischio. Sono un medico.»
«I medici notoriamente non si prendono cura della propria salute.»
«Io sì.»
Lei esibì una maschera di scetticismo. Poi sospirò. «Come preferisci. Ora vado. Ero preoccupata perché non rispondevi al telefono e così sono venuta a vedere se andava tutto bene.»
«E mi hai beccato in piena crisi.»

«La porta della serra era aperta e...»

«Scherzavo.»

«Ok.» Lo osservò ancora a lungo, indecisa se lasciarlo o meno.

«Vai» disse Larry interpretando la sua esitazione.

Lei annuì. «Domani c'è la celebrazione del bicentenario» disse prima di uscire. «Magari, se te la senti, potremmo fare qualcosa insieme.»

«Potrebbe essere un'idea» rispose Larry evasivo.

Jobeth non insisté. E poi le stava germogliando un dubbio, che frequentare una persona instabile (e tossica) come Larry non fosse un bene né per lei né per suo figlio Luke. Ci era già passata e l'esperienza le era bastata.

Uscì dalla porta principale, senza fare rumore, accostando con delicatezza l'uscio. Quasi stesse uscendo non dalla casa ma dalla vita di Larry Nowak.

***

Maldwyn Price non avrebbe festeggiato il 4 luglio. Non perché non gli interessasse quel genere di cose, ma per il semplice fatto che non aveva nessuno con cui festeggiare. La sua famiglia era sparsa tra Minneapolis (suo padre), Columbus (sua madre), Roanoke (sua sorella) e Charlotte (suo fratello maggiore). E lui stava a Boston. Sarebbe andato a cena con un paio di colleghi e poi avrebbero visto insieme i fuochi sul Charles River. Tutto qui. Per il resto avrebbe lavorato, come sempre. Fortunatamente per lui, gli uffici della sezione anticrimine non chiudevano mai.

In effetti era appena arrivato il referto dell'autopsia eseguita sui resti di Harry Woodelson, il ragazzino annegato a Peacham Pond l'11 aprile 1999. Prima di annegare era stato violentato.

Maldwyn Price alzò la cornetta del telefono e formulò il numero dell'ufficio dello sceriffo Blanchard a Wytago, Vermont.

23

Martedì 4 luglio

Per una misteriosa ragione, Martha Richardson e Alfred Kapelewski si ritenevano investiti di una posizione rilevante nell'ambito delle celebrazioni per il bicentenario. Mettevano bocca e mano su ogni iniziativa, sfarfallando da una parte all'altra della città ed esercitando, in qualche occasione, un potere che in realtà nessuno aveva conferito loro. Al fine di essere ovunque ma al contempo di non trascurare il suo nuovo impiego di centralinista presso la locale stazione di polizia, Martha si era fatta predisporre da Alfie un servizio di trasferimento di chiamata che deviava le telefonate in arrivo al centralino direttamente sul cellulare, un minuscolo ma maneggevole Nokia. Insieme a loro, a controllare, vagliare, suggerire, modificare, la squadra del circolo anziani di Front Street al gran completo. Mancavano Frankie Poletti e sua moglie Lauren, naturalmente, che vedevano il mondo (Frankie, Lauren, purtroppo, non vedeva più nulla) da una camera dell'ospedale di Burlington. La promessa che Frankie aveva fatto a suo nipote di essere presente il 4 luglio non sarebbe stata mantenuta: Lauren stava peggiorando di ora in ora e lui voleva esserle accanto nel momento in cui se ne fosse andata.

Esther aveva accompagnato Dave a scuola, dove avrebbe dovuto fare da guida per coloro che avessero visitato la mostra dei lavoretti realizzati con il marmo dagli studenti. Dave era incredibilmente fiero del ruolo che gli era stato assegnato. Al terzo anno delle elementari, l'idea di fare da cicerone a degli adulti o a ragazzini più piccoli di lui lo eccitava. Non aveva quasi dormito e al mattino aveva perfino saltato la colazione. Si era scelto con cura gli abiti e, per l'occasione, aveva indossato il suo cappellino preferito, quello con lo stemma della TWA, regalatogli da un pilota in occasione del volo che aveva fatto con i suoi a Orlando, in Florida, quando era stato a Disney World due anni prima.

Wytago arrostiva a fuoco lento sotto un sole feroce, ma le strade erano piene di gente e di bancarelle. La maggior parte dei negozi non aveva aperto (Trimble Camera & Video, il Wytago Service di Herb Gilmore, il Wytago Books and CD, il negozio di mobili di Felix Duvall, Shoney's Pitture & Smalti e perfino il Salon de Coiffure di Lou e Eyleen e la Bank of Vermont) e la parata aveva bloccato il traffico per quasi tutta la mattina.

Quando Esther arrivò alla Wytago Elementary School in Graniteville Terrace, verso le undici e mezzo, l'aria era soffocante e Dave non c'era. La signora Aiello, l'insegnante di Dave, disse che si era seduto all'ombra del portico con lo zainetto sulle spalle ad aspettare che arrivasse sua madre e che era in compagnia di un paio di altri bambini e dei loro genitori. Ora, però, il portico era vuoto. Esther girò intorno alla scuola e insieme alla signora Aiello e a Lester Abbott, il custode, cominciarono a cercarlo nel bosco che cingeva il retro dell'edificio.

Nel frattempo, in città, J.R. Randolph si godeva l'atmosfera festosa. Dopo aver mangiato un hot dog e un bastoncino di zucchero filato (l'ultimo risaliva alla sua infanzia), si era messo a gironzolare annotando tutto quello che gli pareva degno di essere inserito nel romanzo. Aveva idea di far accadere qualcosa proprio in un giorno come quello, dove la gente è occupata a festeggiare e ovunque regna il caos. Un'occasione perfetta per compiere un crimine, anche se non sapeva ancora quale sarebbe stato. La gente si salutava e si scambiava pacche sulle spalle e sorrisi, e J.R., immaginando di essere uno di loro, prese a salutare e a mostrarsi amichevole anche con chi non conosceva affatto, il che lasciò più di qualcuno alquanto perplesso (considerato anche il fatto che il clima gioioso aveva indotto J.R. a bere fin dal primo mattino e alle undici aveva già superato il limite orario della sobrietà).

I *ragazzi* sotto il portico del Donnie's Emporium erano vestiti a festa. Smesse le salopette e gli scarponi da lavoro color fango secco, indossavano camicie a quadri pulite. Soltanto i berretti col frontino restavano a testimoniare la loro reale natura. Stavano schierati come al solito, sulle sedie che ormai portavano virtualmente incisi i loro nomi, commentando e osservando il trambusto che agitava la città. La *loro* città. Quel giorno ce l'avevano con il sindaco Hill, colpevole di aver dato via libera al progetto di trasformazione della vecchia cava Schuyler in attrazione turistica. L'idea era quella di proporre visite guidate agli impianti di estrazione del marmo e di creare un piccolo museo che ripercorresse la storia della cava. L'avvio ufficiale dei lavori era previsto proprio per quella settimana, nell'ambito delle celebrazioni per il bicentenario della città.

«Il turismo porta estranei e gli estranei portano guai» stava dicendo Donnie masticando nervosamente il suo sigaro. «E proprio non mi va giù l'idea che la nostra cava diventi una specie di Disneyland del Vermont. Come niente ci piazzano dentro un minigolf e un supermarket del cazzo.»

«Amen» aveva sancito come sempre il *reverendo* Coughlin.

La figlia di Donnie, Annette, era al bancone. Ogni tanto faceva una capatina sotto il portico per vedere come procedeva la festa. In realtà sperava di incrociare Larry Nowak. Avrebbe voluto conoscerlo meglio e non solo a parole. La intrigava per qualche ragione che sfuggiva a lei per prima. Forse solo perché rappresentava una novità, una ventata di mistero in un posto che regalava, a suo dire, solo noia. Era una donna single dagli appetiti esagerati, appetiti che saziava bevendo, facendosi e frequentando occasionalmente uomini di passaggio o forestieri. La rigida educazione impartitale dal padre l'aveva spinta a rifiutare ogni tipo di regola. E, da quanto le era parso di capire, quel tizio, Larry, era un altro che se ne infischiava di tutto. Potevano diventare amici. Forse più che amici.

Lo sceriffo Thurgood Blanchard pattugliava le strade di downtown fermandosi a chiacchierare di tanto in tanto con i cittadini. Nonostante sorridesse, non era affatto bendisposto. La giornata gli era stata guastata fin dalla sera prima, quando l'agente speciale Maldwyn Price gli aveva telefonato comunicandogli i risultati dell'autopsia eseguita sul corpo di Harry Woodelson. Il ragazzo era stato abusato, il che significava che almeno due dei ragazzini nella lista stilata da Price (che includeva anche Tommy) erano stati vittime di maniaci. E se il presunto incidente a Peacham Pond di Harry Woodelson non era stato un incidente, allora anche l'incendio alla segheria Pitney poteva davvero non essere stato un caso. Non voleva pensarci. E non voleva parlarne a Fran, che aveva accettato di andare con lui alla lettura della Dichiarazione, alle dodici, accanto al municipio. Poi avrebbero mangiato qualcosa (lo attirava un chioschetto dove Dana Damrosh, la procace proprietaria dello Staunton Restaurant, vendeva gulasch piccante con patate, specialità ungherese, diceva il cartello, anche se dubitava che a sua moglie sarebbe piaciuto) e forse, dopo un riposino pomeridiano (per Fran, non per lui) sarebbero usciti nuovamente a vedere lo spettacolo pirotecnico. Il fatto che sua moglie si rendesse disponibile per eventi che fino a poco tempo prima non avrebbe nemmeno preso in considerazione lo rendeva cautamente fiducioso, mitigando, almeno in parte, il suo cattivo umore. C'erano poi i risultati dell'analisi sulla sostanza recapitata in forma anonima nel suo ufficio. Si trattava di ketamina, un anestetico utilizzato in veterinaria ma che poteva essere convertito in una droga, la qual cosa gli fece ricondurre immediatamente la faccenda al nuovo arrivato, il dottor Nowak. Che un veterinario disponesse di ketamina non rappresentava certo motivo di sorpresa o di indagine, tuttavia il fatto che la ketamina, solitamente liquida e iniettabile, si presentasse sotto forma di polvere faceva pensare che il suddetto dottor Nowak amasse utilizzarla per trastullarsi. Ai cittadini di Wytago (*al cittadino* che aveva fatto la segnalazione) poteva dare fastidio, ma Thurgood non aveva gli estremi per intervenire, né poteva procurarsi un mandato di perquisizione sulla base di una soffiata. E poi Nowak avrebbe sempre potuto sostenere che faceva assumere la ketamina in polvere ai suoi pazienti a quattro zampe per una qualche questione medica, al che lo sceriffo non avrebbe saputo replicare. Perciò decise che aveva già abbastanza problemi di suo senza aggiungerne altri.

Jobeth, quel mattino, aveva telefonato a Larry un paio di volte non ottenendo risposta. L'idea era di godersi la giornata di festa con Luke, Suzie e Doodley. E Larry. Sebbene non fosse sicura che sarebbe stato in condizione di unirsi a loro o che ne avesse voglia. E poiché non aveva intenzione di piombare un'altra volta in casa sua (anche se, grazie alla propria intraprendenza, riteneva di averlo decisamente aiutato se non addirittura salvato) mostrandosi apprensiva e importuna, decise di attendere, sforzandosi di non guardare troppo spesso l'orologio.

«Che hai?» le chiese Suzie vedendola agitata.

«Larry» le sussurrò Jobeth all'orecchio. Non voleva che Luke sentisse.

Suzie alzò gli occhi al cielo. «Posso essere sincera con te? Non mi piace.»

«Ti ho detto cos'ha passato...»

«Anche Doodley ne ha passate tante in guerra, ma non per questo si infila degli aghi nel braccio per stordirsi.»

«Non si infila nessun ago. Sono solo farmaci.»

«Quali aghi?» chiese Luke spaventato. Gli era capitato di fare un ciclo di iniezioni di antibiotico per guarire una forma di otite, l'anno precedente, e ne era rimasto traumatizzato. «Devo fare delle punture?»

«No, tesoro» rispose Jobeth accarezzandogli la testa. «Nessuna puntura. Perché non vai a vedere con Doodley cosa c'è in quel banchetto?» propose facendo l'occhiolino all'amico. «Mi sembra un tiro a segno.»

«Ti faccio vedere come sono bravo a sparare» disse Doodley cogliendo al volo la richiesta di aiuto di Jobeth.

«Hanno detto che al barbecue dei Bundy era fatto» continuò Suzie quando lei e Jobeth restarono sole.

«Non era fatto. Aveva esagerato con le medicine.»

«E con le birre. Anche sabato sera, a un certo punto sembrava un'altra persona. Secondo me è bipolare o schizofrenico. Starei attenta, se fossi in te. E se fosse un violento?»

«Credevo che da un'amica avrei ottenuto supporto.»

«È proprio perché ti sono amica che ti sto dicendo questo. Non è la persona giusta per te. Non sai quasi niente del suo passato. E sua madre, Dio, una statua di ghiaccio! Mi chiedo che razza di infanzia abbia avuto il tuo Larry.»

«Perché tu e Doodley vi conoscete fin da ragazzi non significa che tutti debbano seguire le vostre orme. È un uomo dolce e intelligente, che ha avuto una sfiga grande come questa città. Credo che abbia bisogno di amici, non di giudici.»

«E tu con gli amici ci vai a letto?»

«Non ci sono andata a letto. E parla piano, è pieno di gente.»

Suzie sorrise. «Però mi hai detto che sabato ci è mancato poco, che se non fossimo arrivati noi...»

«Ricordami di non dirti più niente della mia vita privata. Ok?»

«Sei grande e della tua vita puoi farne ciò che ti pare. Ma se vuoi un parere spassionato, allora ti dico che quell'uomo non mi convince. È come se dentro di sé nascondesse qualcosa e lo ricacciasse giù ogni volta che sta per uscire. Non riesco a dirtelo meglio di così. Mi dispiace.»

A Jobeth dispiaceva e molto. Ma allo stesso tempo comprendeva quello che l'amica cercava di dirle. E, in parte, lo condivideva. Larry era una persona intricata (*aggrovigliata* le veniva da dire; ultimamente, quando pensava a lui, visualizzava uno di quei glicini secolari attorcigliati su se stessi, dai rami intrecciati, inestricabili), con un passato difficile e un futuro tutto da definire. Non pensava che avesse veri lati oscuri, questo no, non credeva fosse un bipolare o uno schizofrenico. Ma sicuramente era un terreno irto e accidentato e lei si era sentita (o forse si era illusa di essere), in qualche modo e per qualche ragione, la buona samaritana che lo avrebbe assistito. E forse si era sopravvalutata.

Raggiunsero Luke e Doodley al tiro a segno. La pistola sparava freccette a ventosa contro delle sagome che raffiguravano animali feroci.

«Non mi va» stava dicendo Luke.

«Ma sono finti» replicò Doodley porgendo la pistola giocattolo al ragazzino. «Com'è finta quest'arma.»

«Non mi va lo stesso. Io amo gli animali.»

Suzie scoppiò a ridere. «Anch'io amo gli animali!» esclamò.

«E io pure» ribatté Doodley. «Ma questi non sono animali, Luke. Sono solo figure di cartone.»

«Che rappresentano animali» intervenne Jobeth. «Luke è un animalista convinto. Forse è meglio se cerchiamo un'altra attrazione.»

«Alle dodici leggeranno la Dichiarazione d'Indipendenza» disse Luke. «La maestra ci ha detto di andare a sentirla.»

«Farà bene anche a noi, un ripasso» convenne Suzie.

«Dimmi i nomi di almeno dieci padri fondatori!» la sfidò Doodley.

***

«Attenzione, prego!»

Era la voce del sindaco Hill che tuonava dall'altoparlante installato sul palco delle autorità nello spiazzo (normalmente adibito a parcheggio) antistante il municipio.

«Attenzione tutti! C'è Esther Winthrop, qui con me, la figlia di Lauren e di Frankie Poletti, che ha qualcosa di molto importante da dirvi.»

La gente, che già gremiva l'area sventolandosi con i ventagli o con fogli di giornale o con i programmi della celebrazione in attesa della lettura della Dichiarazione d'Indipendenza, si zittì. Molti pensarono che Lauren fosse morta e che la figlia volesse darne il triste annuncio a quanti l'avevano conosciuta. Non era forse il modo migliore per farlo, ma nessuno se ne sarebbe stupito. Invece Esther prese il microfono con entrambe le mani (per evitare che tremasse eccessivamente) e con voce rotta e vibrante, disse: «Mio figlio Dave non si trova più. Era a scuola, stamattina, per la mostra dei manufatti in marmo. Ma ora è sparito. Se qualcuno l'avesse visto o ne avesse notizia, è pregato di comunicarlo a me o agli agenti dello sceriffo Blanchard prima possibile. Grazie, grazie di cuore».

Riconsegnò il microfono al sindaco, che, dal pulpito della sua sedia a rotelle, aggiunse: «Sono sicuro che Dave sta bene e che tra poco salterà fuori, meravigliato e dispiaciuto di aver fatto preoccupare i suoi genitori. Forza, gente! La lettura della Dichiarazione aspetterà finché lo avremo trovato. Diamoci da fare, tutti insieme, ok?».

La piccola folla applaudì e, come rispondendo a un inudibile ma categorico richiamo, si sciolse allontanandosi in tutte le direzioni.

Jobeth e Suzie, nel frattempo, avevano deciso (in realtà l'aveva deciso Jobeth, e Suzie aveva semplicemente assecondato l'amica) di fare una capatina a casa di Larry. Alla fine non era riuscita a resistere. C'entrava il fatto che si sentiva responsabile per lui (ufficialmente) e che ne era attratta (ufficiosamente). E Suzie poteva dire quello che voleva. Alla fine non erano affari suoi.

Jobeth aveva lasciato Luke con Doodley. I due andavano molto d'accordo (Luke era affascinato dalla protesi di Doodley, diceva che gli ricordava un po' Iron Man). Nell'attesa avrebbero mangiato qualcosa scegliendo tra hamburger, hot dog e *gyros* greco.

Le due donne arrivarono in Pembroke Road scoprendola deserta. Anche Howell ed Etta Grier si erano spinti fino a downtown per partecipare ai festeggiamenti (Howell sarebbe rimasto volentieri a casa, ma Etta glielo avrebbe fatto rimpiangere per gli anni a venire). L'unica in tutta la via a non essere stata ammaliata dalle sirene della festa era probabilmente Josephine Boulding.

La macchina di Larry era parcheggiata in strada. Jobeth provò a suonare il campanello, ma, oltre al suono fesso, non ottenne alcuna risposta. Bussò e guardò attraverso le finestre. Nessuno. «Proviamo di qua» disse all'amica dirigendosi sul retro.

La porta della serra non era solo aperta, come l'ultima volta che Jobeth era stata lì, ma addirittura spalancata. Mentre stavano per entrare, un movimento alle loro spalle le spaventò. Quel che videro subito dopo, invece, le terrorizzò.

Larry Nowak, scalzo, i piedi sporchi di terra, una pala in mano, usciva dal bosco.

Le guardò, forse senza riconoscerle.

«Larry!» lo chiamò Jobeth, e fu come se effettivamente volesse svegliarlo da un sonno o da un incubo. O da un attacco di sonnambulismo.

Suzie indietreggiò atterrita.

«Larry, cosa fai?» insisté Jobeth.

«Jobeth» disse lui. «Che succede? Che ci fate qui?» La pala gli cadde dalle mani, ma lui parve non accorgersene. Era madido di sudore e la maglietta, appiccicata alla pelle, aveva cambiato colore.

La donna gli guardò i piedi, e anche gli occhi di Larry si abbassarono per osservarli. Quando lui si rese conto che era scalzo, se ne vergognò perché capì che non avrebbe saputo fornire una spiegazione. Luke, probabilmente, ne avrebbe riso. Ma Jobeth e Suzie non ci trovavano nulla di divertente.

«Siamo venute a cercarti» disse Jobeth tentando senza riuscirci di avere un tono di voce simile a quello che aveva abitualmente. «Volevamo invitarti giù in città, per le celebrazioni.»

Larry si mosse per entrare nella serra e Suzie si allontanò da lui. Jobeth, al contrario, gli andò incontro. Stava per prendergli le mani, ma Larry scansò le sue.

«Siete venute per niente» disse. «Non me la sento. Non ho voglia di festeggiare.»

«Stai bene?» volle sapere lei.

«Sì, tutto bene» replicò Larry sovrastandola. «Anzi, mai stato meglio. Vado alla grande. Non si vede?»

«Cosa facevi nel... bosco?»

Larry non ne aveva idea. «Cercavo Jip» disse. Per quanto ne sapeva poteva essere vero.

Jip abbaiò da dentro la casa.

«Deve essere rientrato» notò Larry.

«E perché la pala?»

«Quale pala?»

«Quella.»

Larry si voltò a guardare l'attrezzo. «Per spostare i cespugli» disse dopo qualche istante. Non sapeva nemmeno quello, perché diavolo se ne andava in giro con un badile. Non era normale. Decisamente.

In realtà aveva sognato (o era stata l'ennesima allucinazione?) Jip che scappava inseguito dall'alligatore, il quale voleva divorarlo. Allora lui, Larry, era uscito di casa (scalzo) e aveva afferrato la prima cosa che gli era sembrata utile per difendersi (la pala) mettendosi a rincorrere entrambi. Poi, però, non ricordava cos'era successo. Forse, nel bosco, si era messo a scavare delle buche, oppure aveva combattuto contro animali o esseri immaginari. O magari aveva avuto l'idea di usare la pala per sfondare la porta di casa Grier e picchiare i suoi occupanti. Comunque non c'era nessun alligatore da inseguire e Jip, a quanto sembrava, era tranquillo dentro casa.

Larry si sentiva disorientato, un po' come quando si era riavuto dal coma. Ma con meno dolori.

Suzie era palesemente sconcertata. Jobeth meno, o forse cercava di non darlo a vedere. E il fatto che, per quanto stranito,

Larry fosse in grado di stare in piedi, la confortò. «Sicuro che non hai voglia di farti una doccia e venire con noi?» insisté.

«No, grazie.» Aveva solo voglia di mettere la testa sotto il cuscino e addormentarsi lasciando che quella giornata cominciata male scivolasse via senza conseguenze. Riconosceva i sintomi di una forma iniziale di depressione e si disse che, in fondo, aveva tutte le ragioni per essere depresso.

«Ti chiamo dopo» disse Jobeth.

Larry annuì ed entrò in casa chiudendo la porta prima che le due donne gli avessero dato le spalle.

Suzie era tutto un tirare d'occhi all'amica. «Ma hai visto che roba?» le disse dopo aver attraversato la strada. «Non sarai ancora convinta che sia un bene frequentarlo?»

Jobeth non rispose. Era confusa. Larry stava peggiorando. Senza ombra di dubbio. Non sapeva se era una conseguenza del suo coma pregresso, dei farmaci che assumeva, di quelle teorie sulla telepatia o di altro ancora. La sola cosa certa era che il suo aspetto e lo stato mentale si stavano deteriorando settimana dopo settimana. Il ragazzo timido e riservato, ma gentile e con un senso dell'umorismo che a lei piaceva molto, conosciuto soltanto un mese prima, si stava sgretolando, facendosi sfocato e instabile come un miraggio nel deserto. E per questo irraggiungibile.

Quando il giorno precedente era stata da lui, aveva visto sopra la credenza il biglietto da visita del dottor Buscema. Se c'era qualcosa da fare per aiutare Larry, forse il medico avrebbe saputo suggerirlo.

***

Più tardi, a risalire il vialetto della casa di Larry fu Esther Winthrop, la figlia di Frankie Poletti. La donna suonò il campanello energicamente, due, tre volte, poiché Larry tardava ad aprire. Sentì un cagnolino abbaiare. Doveva essere quello che l'uomo avrebbe voluto regalare a Dave, ma che suo padre non aveva accettato. Per un breve istante si chiese se la sparizione di Dave non fosse dovuta a quel rifiuto. Lui non era quel tipo di ragazzini che scappano di casa per farla pagare ai genitori. Tuttavia...

«Prego?»

Erano quasi le due del pomeriggio, ma Larry Nowak sembrava essersi alzato dal letto trenta secondi prima, giusto il tempo di scendere le scale. Aveva i capelli arruffati, gli occhi iniettati di sangue e velati da una patina di estraneità.

«La disturbo?» chiese Esther mentre già il suo sguardo frugava l'interno.

«Cosa c'è?»

«Per caso Dave è venuto da lei, oggi?»

«Dave?»

«Mio figlio.»

«Lo so che è suo figlio.»

Il tono non piacque alla donna, che fece per ribattere, ma Larry la anticipò chiedendole: «Perché sarebbe dovuto venire qui?».

«Per quella storia del cane. Mi chiedevo se non fosse venuto per giocarci un po'...»

«Non è venuto» tagliò corto Larry grattandosi la schiena.

«Il fatto è che non lo troviamo più.»

«Non lo trovate?»

«Era a scuola, per una mostra, ma quando sono andata a prenderlo, un paio di ore fa, lui... non c'era.»

«Capisco. Ma qui non si è visto. Vedrà che salterà fuori. Sarà andato a giocare da qualche parte.»

Esther sospirò e socchiuse gli occhi. «Sì, sarà sicuramente come dice lei. Senta, mio padre... sì, per quella faccenda del cucciolo...»

«Non c'è niente da dire. Ho sbagliato io a non interpellarvi prima.»

«Magari, quando mia madre...»

«Ne parleremo. Ora vada a cercare suo figlio.»

«D'accordo. Arrivederci.»

***

Larry richiuse la porta pensando di essere stato un tantino sgarbato e sbrigativo. In ogni caso quel che Esther Poletti pensava di lui gli importava ben poco. Tutto aveva poca importanza, da un paio di giorni in qua. Anche Jobeth e la stupidissima festa del bicentenario. C'erano città, in Europa, che potevano festeggiare duemila e più anni dalla loro fondazione e qui si andava in orgasmo per una cosa tanto insignificante come un paio di secoli, uno schiocco di dita nella storia dell'umanità.

Si fece di ketamina e passò il resto del pomeriggio seduto sul divano a guardare la televisione passando da un canale all'altro senza vedere nulla in particolare.

«Buon 4 luglio» ripeteva ogni volta che faceva saltare la linguetta a una lattina di birra.

A metà pomeriggio ricevette la telefonata di sua madre. Voleva fargli gli auguri. Non parlarono di quello che era successo qualche giorno prima, limitandosi entrambi a una breve conversazione di circostanza.

«Vai a vedere i fuochi?» gli chiese Margareth. «Sempre che da quelle parti sappiano cosa sono» aggiunse sarcastica.

«No» rispose Larry. «Non li conoscono. Usano le torce, le clave e le amigdale. E si esprimono con versi gutturali. Buon 4 luglio, mamma.»

A un certo punto, quando ormai fuori la luce si era fatta crepuscolare e l'aria finalmente pareva rinfrescata, gli sembrò di udire un rumore provenire dal retro, dalla serra. Guardò Jip, che però dormiva beato. Larry non era mai completamente sicuro di quello che sentiva, né di quello che vedeva. Ma non aveva dimenticato la sortita di Etta Grier in casa sua qualche giorno prima. E quella, a detta di Josephine, non era stata un'allucinazione. Si alzò e, passando per la cucina, prese con sé il pestacarne. Quindi, silenzioso, entrò nella serra. In cuor suo sperava di beccare in flagrante la stronza vicina. L'avrebbe tramortita con il pestacarne e poi avrebbe chiamato lo sceriffo.

Ma nella serra sembrava non esserci nessuno. La porta che dava all'esterno, appena socchiusa, sbatté un paio di volte a causa della brezza serale. Larry accese la luce, controllò intorno, quindi la chiuse con un giro di chiave. La prudenza, si disse, non è mai troppa.

***

Le ricerche di David Winthrop proseguirono a lungo e man mano che la notizia si diffondeva per le strade della città, sempre più persone vi partecipavano e sempre più si spegneva l'entusiasmo per la festa tanto attesa.

Alle diciannove e trenta fu rinvenuto lo zainetto di Dave. Era lungo la 110, sul ciglio della strada, in corrispondenza del bivio per la vecchia cava.

Le ricerche si intensificarono perciò nella zona intorno alla cava Schuyler e un'ora più tardi, quando nel cielo restava ancora uno sprazzo di luce mentre la terra ormai era in ombra, qualcuno trovò il ragazzo. Era sul fondo della cava, a mollo nella sorgente di acqua dolce che vi sgorgava.

Respirava ancora.

***

La sirena dell'ambulanza tagliò in due l'aria tiepida della sera.

Larry la sentì passare e registrò l'effetto Doppler con noncuranza. Non poteva sapere che dentro l'ambulanza c'era Dave, lo stesso Dave che gli aveva fatto da assistente e che, fino a un certo momento, era stato suo amico. Si alzò dal divano e spense la tv. Il mal di testa lo torturava, l'effetto estraniante della ketamina era sfumato e il pomeriggio trascorso davanti allo schermo l'aveva inebetito più di quanto si sentisse già. Bel 4 di luglio. Jip voleva uscire a fare i suoi bisogni e Larry gli aprì la porta della serra. Poi lo seguì in cortile. Aveva bisogno di prendere aria.

Fu Howell a dirgli quello che era accaduto. Se ne stava in giardino e quando si accorse di Larry, anziché ignorarlo, stranamente gli rivolse la parola.

Larry ne fu talmente scioccato che dimenticò la propria disputa con Etta. Howell gli disse che il nipote di Frankie Poletti era caduto da un dirupo alto sei metri giù alla vecchia cava. Dicevano che avesse un trauma cranico o qualcosa del genere, ma che era vivo.

«I giovani sono forti» aveva concluso Howell. «Si riprenderà.»

Larry era rientrato in casa sentendosi rimescolato. Gli dispiaceva per Dave, naturalmente, e sperava che si rimettesse presto. Ma gli dispiaceva anche per Esther, già provata dalla malattia della madre. E per averla liquidata così velocemente.

Per una logica associazione di idee pensò a Jobeth. Si disse che avrebbe dovuto chiamarla. Ma poi considerò che forse era ancora in città con Luke e gli altri. Erano in previsione i fuochi artificiali, e loro si sarebbero di sicuro fermati a mangiare qualcosa in centro. Poteva darsi che i fuochi fossero già terminati, anche se non gli sembrava di aver udito scoppi o altro del genere mentre era sul divano.

In realtà Larry ignorava che lo spettacolo pirotecnico, come tutti gli altri eventi che avrebbero dovuto aver luogo quella sera, era stato annullato per ordine del sindaco Hill. Il motivo, ovviamente, era Dave Winthrop.

E un'altra cosa che Larry ignorava era che di lì a poco la città intera sarebbe impazzita e lui ci si sarebbe trovato in mezzo.

24

Mercoledì 5 luglio

La prima ipotesi fatta al momento della scoperta del corpo di Dave sul fondo della cava fu che fosse precipitato mentre si trovava in prossimità del ciglio. Forse stava giocando. La ragione per cui dalla scuola elementare fosse finito alla cava Schuyler, a quasi otto chilometri di distanza, restava un mistero. Tuttavia, uno dei particolari che apparve subito strano ai soccorritori (e soprattutto agli agenti di polizia) fu che Dave non portava né i pantaloni né le scarpe. I suoi jeans erano abbandonati insieme alle sneakers a circa cento metri dal dirupo, in una macchia boscosa.

Fu il medico dell'ospedale di Montpelier, il dottor Singh, a chiarire la questione: Dave (che attualmente era non risvegliabile e non responsivo, ovvero in stato di coma, qualcosa che Larry conosceva molto bene) era stato aggredito.

Nonostante si fosse deciso per il momento di non rendere pubblica la sconcertante notizia, la voce cominciò ugualmente a girare in città. La conseguenza fu che la maggior parte degli abitanti di Wytago arrivò a una logica deduzione: chi aveva ucciso Steve Taller aveva con tutta probabilità tentato di fare del male anche a Dave Winthrop. Il che portava a due possibili conclusioni: o il responsabile era tornato da quelle parti o ci viveva. Quest'ultima ipotesi era la più difficile da concepire e allo stesso tempo la più agghiacciante. Wytago nascondeva un mostro. E quel mostro poteva essere chiunque.

Quel mattino, al centralino della stazione di polizia arrivarono parecchie telefonate (raccolte come al solito da Martha Richardson). Giornalisti avidi di particolari, ma soprattutto privati cittadini che chiedevano allo sceriffo di fare qualcosa perché la loro città tornasse a essere quella che conoscevano. Com'era possibile che gente del genere calcasse le strade di Wytago impunemente? Cosa facevano Blanchard e i suoi? Molti erano genitori, preoccupati per la sicurezza dei loro figli. Qualcuno propose perfino di istituire delle ronde volontarie. Una di queste chiamate, però, fu del tutto differente. La voce, maschile e contraffatta, diceva di cercare in casa di Larry Nowak qualcosa che riguardava David Winthrop. La telefonata durò qualche secondo e non ci fu modo di rintracciarla. Fu però registrata e lo sceriffo Blanchard la ascoltò numerose volte per cercare di capire chi si nascondesse dietro quella voce e se ci fossero dei rumori di fondo tali da identificarne la fonte. Tuttavia non ne ricavò nulla di significativo. Relativamente al messaggio, una soffiata non aveva valore legale e dunque non era possibile perquisire la casa di Larry Nowak. Inoltre era la seconda volta che un anonimo puntava per qualche motivo il dito sul nuovo veterinario. Thurgood avrebbe fatto comunque due chiacchiere con lui e ne avrebbe approfittato per curiosare in casa. Giusto per farsi un'idea.

***

Frankie Poletti guidava lungo la 89 est ripensando a quella frase del Vangelo che aveva sentito molte volte: "Non affannatevi per il domani, perché il domani avrà già le sue inquietudini. A ciascun giorno basta la sua pena".

Lui ne aveva parecchie, sia di pene che di inquietudini. E i suoi giorni erano diventati incubi.

Era facile consigliare di non affannarsi. Il cancro si stava mangiando il cervello, il meraviglioso, brillante cervello di Lauren, e il piccolo Dave, l'unico nipote che avevano, era stato (non riusciva nemmeno a pensarla, quella parola), era stato... *umiliato* e il suo futuro era appeso a un filo.

Andava a Montpelier lasciando una parte di sé a Burlington, aggrappato a una speranza sottile e fragile come una ragnatela.

Forse, pensava, se lui fosse stato a Wytago quel giorno, come aveva promesso, non sarebbe accaduto nulla di brutto a Dave. Forse. Si chiedeva cosa avesse fatto nella vita di tanto sbagliato da meritare un simile castigo. Si disse che non aveva fatto nulla, che era sciocco ostinarsi a cercare una spiegazione, un perché. Le cose accadevano e basta. A volte tutte insieme. Non era una questione di colpe o peccati, come invece si era sempre ostinata a credere Lauren. La vita era un contenitore pieno di numeri che gli esseri umani estraevano. Se ti toccavano numeri buoni poteva capitare di vincere, altrimenti perdevi. Era più facile perdere che vincere. E lui stava perdendo.

***

Larry non aveva del tutto abbandonato l'idea di inaugurare ufficialmente lo studio con una piccola cerimonia. A volte, pensandoci, gli sembrava un'autentica idiozia, ma poi si diceva che se davvero voleva lavorare in quella città, aveva bisogno di farsi conoscere e di dare di sé un'impressione positiva. Un battesimo formale avrebbe contribuito a pubblicizzare la sua attività e, come avrebbe detto sua madre, se vuoi che la gente ti trovi fai in modo che ti veda.

Ultimamente, però, non ci si era dedicato granché. Non aveva acquistato quel ventilatore, non si era procurato quelle stampe per intenerire i clienti (gattini, cagnolini e compagnia bella), non aveva più parlato con la sua *arredatrice*, Sandra Duvall, la madre di Suzie. Pensare di inaugurare l'8 di luglio, cioè dopo tre giorni, era del tutto inverosimile.

Mentre girovagava per la serra elencando cose da fare che sapeva non avrebbe fatto (non in tempi brevi), notò che Jip annusava qualcosa sotto l'armadietto dei medicinali, quello in metallo e vetro ereditato dal vecchio Ellroy. Il cane vi infilò la testolina e ne uscì reggendo tra i denti un pezzo di stoffa. Larry glielo tolse di bocca. Era un berretto, di quelli col frontino. Davanti c'era il simbolo della TWA. All'interno, tracciato con pennarello nero da una mano acerba, il nome del proprietario: DAVID WINTHROP.

Lo squillo del campanello lo scosse. Ripose il berretto e andò ad aprire trovandosi di fronte la mole imponente dello sceriffo.

***

Appena giunto da Boston, l'agente speciale Maldwyn Price si era recato sul luogo del ritrovamento (questa volta si era raccomandato caldamente, e già dalla sera prima, di mantenere la scena del crimine il più possibile incontaminata nonché di mettere David Winthrop sotto sorveglianza).

Come nell'occasione precedente, Price aveva ripercorso, o quantomeno ci aveva provato, i passi della vittima, dalla scuola elementare al punto in cui era stato rinvenuto il corpo, attraverso la strada lungo la quale era stato ritrovato lo zaino. Otto chilometri in tutto. Troppi perché Dave le avesse percorse a piedi e senza una precisa ragione. Le sue osservazioni lo portarono a ipotizzare che i fatti si fossero svolti nel modo che descrisse allo staff dello sceriffo Blanchard quando, nel pomeriggio, indisse una riunione al primo piano del palazzo municipale.

«Sono certo che David Winthrop non sia arrivato alla cava da solo, ma che qualcuno ce l'abbia portato. Lo stesso uomo che l'ha quasi ucciso. È probabile che l'abbia raccolto lungo la strada, oppure che l'abbia visto da solo, sotto il portico della scuola mentre attendeva sua madre. In ogni caso la sua insegnante non è priva di responsabilità per non essersi preoccupata del fatto che fosse solo o che si allontanasse senza permesso. Forse David si era stancato di aspettare. Non dimentichiamo che erano in corso i festeggiamenti per il 4 luglio e per il centenario della città...»

«Bicentenario» lo corresse Pete Moravi.

«Bicentenario» ripeté Price con un ironico sorrisetto di gratitudine. «C'erano giochi, cibi di strada, spettacoli, e forse David aveva fretta di parteciparvi dopo essere stato a fare da cicerone tutta la mattina. Dunque è possibile che abbia accettato un passaggio ed è possibile che l'abbia fatto perché conosceva chi glielo stava offrendo. Questo ci porta a considerare i residenti come sospetti prioritari, non ultimi i genitori...»

«I genitori?» lo interruppe Thurgood. «Conosco benissimo Mike e Esther Winthrop e ti garantisco che...»

«Non possiamo escludere nessuno. Lo stesso è accaduto per il delitto Taller, ma in quel caso entrambi avevano alibi comprovati. Dove eravamo rimasti? Ah già, l'uomo dà un passaggio a David convincendolo che lo porterà a casa o in centro. Ma a un certo punto svolta in direzione della cava. È singolare che il bivio che porta alla vecchia cava Schuyler si trovi proprio nelle vicinanze del luogo dove è stato rinvenuto lo zaino. Cosa può essere successo?»

«Magari Dave è sceso perché gli scappava la pipì» suggerì Pete Moravi.

Price scrollò la testa. «Troppo rischioso per l'assassino. Qualcuno avrebbe potuto vederli.»

«E se invece Dave fosse salito sull'auto in quel punto?» disse Lyman Tugwell. «Avrebbe potuto dimenticare lo zaino sul ciglio.»

«Questa è una possibilità» concordò Price. «Potremmo pensare che si sia incamminato a piedi, che in seguito sia stato raccolto dal nostro misterioso uomo e che lo zaino sia semplicemente rimasto dove il ragazzo l'aveva appoggiato. Buona deduzione, agente…?»

«Vice capo Tugwell, signore» rispose l'altro gonfiando il petto orgoglioso.

Thurgood gli riservò un'occhiata che lo sgonfiò all'istante. «Non credi che Dave si sarebbe chiesto perché, anziché a casa o in città, l'uomo lo stesse portando alla cava?» domandò a Price.

«Può esserselo chiesto e forse l'ha chiesto anche all'uomo, che potrebbe averlo stordito con un pugno. Purtroppo le ecchimosi sul volto del ragazzo sono così numerose a causa della caduta che è impossibile per i medici distinguerle da altri colpi. Però potrebbe anche averlo convinto con qualche scusa. Fatto sta che arrivano alla cava. Lungo il viale di accesso ci sono così tanti segni lasciati dagli escavatori e dalle auto degli operai che risulta estremamente difficile isolare tracce di pneumatici. Nel cespuglio dove sono stati trovati i jeans e le scarpe ci sono parecchi rami rotti. È lì che presumibilmente è avvenuta l'aggressione.»

Qualcuno, tra i presenti, diede in un colpetto di tosse. Immaginare, anche se solo attraverso le parole di Price, quanto era accaduto in quei momenti metteva a dura prova perfino uomini abituati a misurarsi tutti i giorni con le brutture della vita. L'imbarazzo, che tuttavia sembrava non appartenere al bostoniano, era palpabile.

«Poi succede qualcosa» riprese l'agente speciale. «David prova a scappare. In qualche modo è riuscito a liberarsi, o a riprendersi se era stato stordito, e corre lontano dal suo assalitore. Rispetto ai precedenti crimini, e mi riferisco non solo al delitto Taller ma anche a quello di Harry Woodelson avvenuto poco più di un anno fa, il *modus operandi* è variabile, ma la firma resta fissa, sempre uguale a se stessa: la manipolazione e il controllo, il desiderio di dominio. Abbiamo un uomo che vive un'esistenza inadeguata o che lui ritiene tale, e che soddisfa non solo il piacere fisico ma anche quello psicologico, prima attraverso lo stupro e poi con l'omicidio delle proprie vittime. Ma questa volta la vittima gli sfugge. Perché? Qualcosa lo ferma? Come quando non è riuscito ad appiccare il fuoco al corpo di Steve Taller? Non c'erano escursionisti nella zona e nessun testimone oculare si è fatto vivo. Quindi forse è andata diversamente. Magari David gli ha detto qualcosa che l'ha fatto esitare o il killer ha avuto un ripensamento. In qualche caso, la vittima di simili aggressioni ha potuto salvarsi per un particolare o per una frase che ha impedito il meccanismo della spersonalizzazione. Forse non ne verremo mai a capo, ma di una cosa siamo certi: David approfitta di quell'esitazione e corre terrorizzato lontano dal suo aggressore precipitando dal dirupo. Non vi è stato gettato, perché il nostro uomo non agisce in questo modo. Lui ha bisogno di sentire che la vita sfugge dalle sue prede. Solitamente le soffoca o, nel caso di Harry Woodelson, le annega, che è quasi la stessa cosa. Poi si affaccia e vede il corpo immobile e sanguinante del ragazzo. E pensa che sia morto. Questo lo lascia profondamente insoddisfatto. È possibile che poi abbia sfogato questa sua insoddisfazione in altro modo, bevendo o assumendo qualche sostanza o autopunendosi. La cosa importante da sottolineare è che, contrariamente a quello che accade ai serial killer, pur continuando nelle sue azioni criminose il nostro amico sta perdendo in sicurezza. È già la seconda volta che qualcosa va storto nei suoi programmi. E questo è un segnale che non dobbiamo sottovalutare, ma che, anzi, dobbiamo assolutamente volgere a nostro favore. Lo prenderemo, quel figlio di puttana.»

«Perché sorvegliare la camera del ragazzo?» volle sapere uno degli agenti.

«Perché chi l'ha conciato così potrebbe tentare di finire il lavoro» rispose Price con sufficienza.

«Dave è in coma» obiettò Thurgood. «Il medico ha detto che non sa se si riprenderà.»

«Questo, l'uomo che cerchiamo non lo sa. E comunque David potrebbe smentire i dottori e svegliarsi in qualunque momento.»

«Già» convenne lo sceriffo. «Come quel tipo strano, Larry Nowak.»

Price lo guardò con aria interrogativa.

«Il veterinario. Si è trasferito dal New Hampshire dopo un incidente nel quale è rimasta coinvolta la sua compagna» spiegò Thurgood. «Lei è morta e lui è finito in coma per alcuni anni. Prende parecchi farmaci, a proposito di quello che dicevi poco fa, ma il farmacista della CVS dice che ha le prescrizioni e che è tutto in regola.»

«Perché dici che è strano?»

«Ci sono giunte un paio di segnalazioni che lo riguardano.»

«Che genere di segnalazioni?»

Lo sceriffo sospirò. «Anonime» ammise. In realtà aveva il forte sospetto che c'entrasse Etta Grier, considerate le numerose telefonate che aveva fatto al suo ufficio nelle settimane precedenti, e sempre per lamentarsi del nuovo vicino. Tuttavia le soffiate non avevano alcun valore se non corredate da prove.

«E tu basi le tue indagini su segnalazioni anonime?» gli chiese Price scrollando la testa incredulo.

«Una riguarda la detenzione di sostanze stupefacenti» seguitò Thurgood ignorando la provocazione. «L'altra la presenza in casa di qualcosa che ha a che fare con Dave Winthrop.»

«Spiegati.»

«Sono stato da lui stamattina, ma non potendo perquisire la casa mi sono limitato a fare due chiacchiere. E ci sono delle cose che non mi convincono.»

«Sarebbero?»

Raccontò della ketamina e della presenza di latte di vernice e solvente, facendo riferimento al tappo ritrovato proprio da Price sul luogo dell'omicidio di Steve Taller. Aggiunse anche che Larry Nowak aveva avuto numerose frequentazioni con Dave Winthrop attraverso il nonno, Frankie Poletti, e la madre del ragazzo, che, stando alle testimonianze raccolte, l'aveva lasciato da lui in più occasioni per recarsi al lavoro. Inoltre corrispondeva al profilo stilato da Price, compreso l'utilizzo di alcol e droghe.

Price restò ad ascoltare pensieroso. Infine arricciò le labbra come se stesse per baciare qualcuno. «Non dico che il tuo Nowak non sia interessante, ma se parliamo di un assassino seriale, quell'uomo è fuori dai giochi per il semplice fatto che trovandosi in coma fino a pochi mesi fa, non avrebbe potuto uccidere Harry Woodelson.»

«Ma era a Wytago quando è stato trovato Steve Taller» ribatté Thurgood. «E c'era anche ieri. E conosceva Dave Winthrop.»

«D'accordo» concluse Price. «Come detto, non possiamo escludere nessuno. Ci andrò a parlare. Per il momento voglio che quel ragazzino sia protetto, notte e giorno. Se non ce la fate con il personale che avete qui, chiamate qualcuno da Berlin o da dove vi pare. Intesi? E nessuno, ripeto, nessuno deve avvicinarsi al luogo del crimine. Voglio le deposizioni della maestra, del custode e di tutte le persone che sono state a scuola ieri mattina, che hanno avuto contatti con David Winthrop e che hanno percorso quel tratto di strada tra le dodici e le diciassette. Domani arriverà una squadra dell'Unità scientifica e vorrei che fosse messa nelle migliori condizioni per poter lavorare, il che significa che ogni loro richiesta è un ordine e che non avranno bisogno di stupidi suggerimenti o di intralci di qualsiasi tipo. Chiaro?»

Gli agenti guardarono Thurgood, che ingoiò il boccone e lo risputò sotto forma di assenso.

«Ci ritroviamo per un briefing domattina alle sette» disse Price dando una battuta di mani. «È tutto, signori. Vi auguro una buona serata.»

***

Larry stava ripensando alla conversazione avuta con Thurgood Blanchard. Non riusciva ancora a crederci. Senza tanti giri di parole, lo sceriffo gli aveva detto in faccia che lo riteneva un possibile sospetto nel caso Winthrop. Si chiese se non fosse frutto della sua immaginazione, come gli odori, le aure e l'alligatore. Ma non era una delle sue tante allucinazioni. Quell'uomo era stato lì e gli aveva detto quelle cose orribili. E lui si era sentito quasi schiacciato e, soprattutto, non aveva saputo adeguatamente difendersi. Era in collera con se stesso per questo.

Lo sceriffo aveva cominciato con l'entrare in casa senza essere stato invitato e mentre parlava sbirciava nelle stanze, come se volesse controllare qualcosa. Larry aveva subito pensato alla ketamina. Quella stronza galattica di Etta Grier doveva aver spifferato la sua scoperta nell'armadietto del bagno, ma naturalmente lo sceriffo non aveva alcuna prova, in caso contrario gli avrebbe subito sbattuto sotto il naso un mandato di perquisizione. La conversazione aveva preso ben presto una piega strana. Blanchard aveva voluto sapere ancora delle latte di vernice e dei solventi e delle date nelle quali Larry si era recato da Shoney per acquistarle.

«Non ricordo» aveva risposto lui. Avrebbe dovuto chiederlo a Scott, il commesso. Lui sicuramente se lo sarebbe ricordato. «Poteva essere metà maggio...»

«Era il 26. Anzi, c'è stato in due occasioni, il dodici e il ventisei».

Lo sceriffo aveva studiato e dal tono con cui aveva pronunciato quelle parole, Larry si chiese se il 26 e il 12 non possedessero un significato particolare che a lui evidentemente sfuggiva.

«Non l'ho rubata, quella roba» aveva scherzato sentendo tutti gli organi dell'addome scivolare due spanne più sotto. «Scott, il ragazzo del negozio, può testimoniarlo.»

«Stia tranquillo. Nessuno la sospetta di furto.»

«E di cosa allora?»

Il silenzio dello sceriffo l'aveva terrorizzato.

«Non starà pensando che io c'entri con quello che è successo a Dave?»

Aveva sperato che il suo sincero stupore fosse sufficiente a convincere l'uomo che gli stava di fronte (e che lo sovrastava coscientemente) della sua totale estraneità ai fatti. Ma si era sbagliato.

«Mi risulta che lo conoscesse piuttosto bene» aveva replicato infatti lo sceriffo fissandolo negli occhi, a dimostrazione che non teneva in alcun conto le reazioni di Larry.

«Veniva con suo nonno, il signor Poletti, quando lavorava alla casa...»

«So che siete stati insieme da soli, qualche volta.»

Larry era rimasto letteralmente senza parole. Aveva guardato lo sceriffo fantasticando che tutta quella cosa fosse uno scherzo, una specie di *candid camera*. Poi, come nei migliori (o peggiori) film polizieschi, lo sceriffo aveva sferrato l'attacco frontale.

«Dov'è stato ieri?» aveva chiesto.

«A casa...» In realtà Larry non ne era del tutto sicuro. Jobeth e Suzie l'avevano trovato all'esterno, scalzo e con un badile tra le mani.

«Ha dei testimoni?»

«Jobeth Allison e Suzie... Suzie *qualcosa*» aveva risposto precipitosamente, troppo.

«Sono state con lei tutto il giorno?»

«Be', no, ma mi hanno visto.»

«Chiederò alla signorina Allison...»

«Signora» lo aveva corretto Larry senza nemmeno rendersene conto. «È vedova.»

Prima di andarsene, lo sceriffo gli aveva chiesto (ordinato) di essere disponibile a nuovi riscontri e di non abbandonare la città, una frase d'altri tempi, da film western.

Il trillo del telefono interruppe la triste e inquietante rievocazione di quell'incontro.

«Sono il dottor Buscema» disse la voce all'altro capo della linea. «La disturbo, Larry?» Il tono era allegro, amichevole, il che indispose immediatamente Larry. Il fatto che quell'uomo gli avesse riportato l'auto non faceva di lui un amico.

«Stavo lavorando, ma... comunque no, mi dica.»

«Volevo sapere come sta.»

«Sto bene, grazie. E lei?»

«Ho parlato con il dottor Godschalk e lui suggerisce di fare un controllo presso il Centro neurologico.»

«Che genere di controllo?»

«Una visita. E forse qualche esame.»

«Non erano previsti controlli prima di settembre.»

«Me l'ha detto, ma ci terrebbe comunque a vederla prima di quella data.»

«Be', non posso. Ho molto da fare con il nuovo studio e molti clienti da seguire.»

«Capisco. Non ci vorrebbe più di un giorno. È per il suo bene.»

«Mi scusi, dottore, ma non mi pare di averla nominata mio medico personale.»

«Non se la prenda, Larry...»

«E se lei è il dottor Buscema, allora io dovrei essere il dottor Nowak e non Larry.»

«Mi scusi, non intendevo offenderla. Il dottor Godschalk dice che...»

«Dica al dottor Godschalk che se deve parlarmi sa dove trovarmi. Ora devo proprio lasciarla.»

«Aspetti, per favore...»

Larry riattaccò. Gli era montata una rabbia feroce. Che diritto aveva quell'uomo di fargli da tutor sanitario? Probabilmente agiva a fin di bene, ma in fondo che gli importava dei suoi livelli ematici di alprazolam, fentanil e ketamina? E in quanto al dottor Godschalk, perché non lo chiamava di persona? Larry non aveva bisogno di fare nessun esame. Sapeva perfettamente cosa funzionava e cosa non funzionava nel suo cervello e nel resto del suo corpo. O quantomeno ne aveva un'idea abbastanza precisa. Non voleva altri pareri. Ne aveva avuti fin troppi nel recente passato.

Il telefono squillò nuovamente.

«Che c'è ancora?» abbaiò Larry.

«Larry? Sei tu?» La voce, stavolta, apparteneva a Jobeth Allison.

«Ciao. Scusa, credevo fosse un'altra persona.»

«Una persona che ti deve stare parecchio sulle scatole.»

«Infatti. Come stai?»

«Così così. Spaventata a dire il vero. Hai saputo di Dave Winthrop, immagino.»

«Certo. È terribile.» Gli tornò in mente il berretto della TWA con il nome scritto all'interno che aveva lasciato nella serra. Come diavolo era finito sotto il suo armadietto?

«Chi può aver fatto una cosa del genere? Giuro che io e mia madre non lasceremo solo Luke nemmeno un nanosecondo.»

Un nanosecondo. Era una frase da adolescenti. «Mi sembra giusto» disse Larry, ma senza intonazione.

«Un essere così... così orrendo qui a Wytago. Com'è possibile?»

«Già. Chi l'avrebbe detto.»
«Be', senti, tu come stai?»
«Bene.»
«Perché ieri ti ho visto un po'... un po' confuso, e così mi sono detta che magari...»
«Che magari era il caso di venire a cacciarmi un'altra volta sotto la doccia.»
Jobeth rimase in silenzio.
«Scusa» disse Larry. «Sono solo stanco. E nervoso a causa di mia madre.» *E responsabile della morte della mia ex ragazza. E sospettato di essere un maniaco pedofilo.* «Ma non ti preoccupare. È tutto sotto controllo.» L'aveva detto anche a Buscema. Ma lui non ci aveva creduto per niente. E il bello era che non ci credeva nemmeno Larry. Chissà se nella telefonata del medico c'era lo zampino di Jobeth.
«D'accordo. Scusa tu. Se hai bisogno di qualcosa, chiama.»
«Grazie.» Non l'avrebbe fatto, nemmeno se fosse stato in punto di morte. «Salutami Luke.»
«Lo farò. Un bacio.»
Larry posò il ricevitore. Se Jobeth si era aspettata che anche lui rispondesse mandandole un bacio si era sbagliata di grosso. Era stanco di essere giudicato, compatito, aiutato. Era arrivato a Wytago per cavarsela da solo (e per fare i conti con la propria coscienza, ma questo lo aveva scoperto solo da pochi giorni). Dunque se la sarebbe cavata da solo. All'inferno i buoni samaritani come Jobeth Allison o il dottor Buscema. E all'inferno anche gli sceriffi invasati come Thurgood Blanchard. Scolò le ultime gocce dalla lattina di Miller che aveva appoggiato chissà quando accanto al telefono e poi la scagliò contro il muro imbrattando di birra quella stupida parete verdognola. Infine andò al frigorifero, solo per scoprire che le birre erano finite.
«Fanculo!» gridò.
Jip gli rispose abbaiando.

***

Maldwyn Price guidava lungo Main Street osservando i negozi e in generale gli edifici di quel piccolo centro fermo agli anni Cinquanta. Gli ricordava certi film girati in bianco e nero. Era quel tipo di cittadine sviluppatesi nel dopoguerra in tempi brevissimi e poi rimaste tali e quali. Come quei ragazzi che a tredici anni portano già il quarantacinque o il quarantasei di scarpe e sono alti un metro e ottanta, e poi non crescono più nemmeno di un centimetro. Lui non era cresciuto molto, né prima né dopo i tredici anni, e quello era uno dei suoi crucci più grandi, oltre all'acne. Gli sarebbero bastati quindici centimetri in più, forse meno. Non tanto, in fondo. La bassa statura gli aveva sempre procurato problemi, sia con le ragazze che con gli altri maschi, a scuola e non solo. E quando era diventato un agente speciale, aveva cercato di colmare quei quindici centimetri di distanza con l'intelligenza e, a volte, con l'arroganza. Se ne rendeva conto, non aveva bisogno che uno strizzacervelli glielo spiegasse per la modica cifra di centoventicinque dollari l'ora, eppure non faceva nulla per contrastare, allorché si presentava, quella sua animosa voglia di rivalsa.

Era ormai assolutamente convinto di trovarsi di fronte a un serial killer e la polizia locale aveva solo bisogno di essere istradata a dovere. L'avrebbe fatto, come era accaduto in molte altre occasioni. E una volta trovato il colpevole (perché era sicuro che un serial killer di provincia, di una provincia come quella, non avrebbe potuto superarlo in astuzia e in determinazione), avrebbe lasciato all'ufficio dello sceriffo della contea tutto il merito. Perché è così che andavano le cose. Gli agenti speciali come Maldwyn Price non catturavano i cattivi. Era la polizia locale a farlo. Lui e quelli come lui suggerivano la direzione corretta da dare alle indagini, le tecniche investigative, le dritte del caso. Era un lavoro nell'ombra, in un certo senso, ma la soddisfazione che comunque se ne ricavava era, per lui, impagabile. A volte pensava che quella era davvero la vita che voleva. Un pensiero non da tutti.

Quando mise la freccia e rallentò per svoltare nel parcheggio del Vermonter Motel, una Ford Mustang color senape gli tagliò la strada procedendo in senso opposto. Price strombazzò un paio di colpi di clacson e lo mandò a farsi fottere. Ma l'altro parve non accorgersene.

***

Larry aveva deciso di riportare il cappello di Dave a sua madre. Gli sembrava giusto. E poi voleva scrollarsi di dosso l'infondata sensazione di colpevolezza che il colloquio con lo sceriffo gli aveva lasciato, come la puzza di cipolla quando cucinava messicano.

Conosceva l'indirizzo perché glielo aveva detto lo stesso Dave un giorno che era da lui: 100 Vine Street, una laterale della 302 direzione ovest (il nome era buffo, perciò se lo ricordava). E così ne avrebbe approfittato per passare al Wal-Mart e rimpinguare le scorte. Non quelle alimentari, ma farmaceutiche e alcoliche. O forse era il contrario: dal momento che doveva rifornirsi ne avrebbe approfittato per riconsegnare il berretto di Dave.

Decise di andare prima a casa Winthrop (sia mai che Esther o suo marito gettassero gli occhi all'interno della sua auto scoprendo un numero imprecisato di confezioni di Miller Lite da sei). Parcheggiò lungo la strada (non vide filari di viti e il nome, per quanto buffo, era proprio quello indicato sul cartello), salì i gradini del portico (non scricchiolavano ed erano cinque), suonò il campanello e attese rigirandosi il cappello tra le dita. Nugoli di insetti sciamavano intorno alla lampada giallastra appesa sopra la porta.

Gli aprì un uomo in maniche di camicia, con capelli biondi e sottili come quelli di Dave. «Prego?»

Larry si presentò, ma l'altro, non appena si avvide di quello che lo sconosciuto teneva in mano, lo interruppe. «Dove l'ha trovato?»

«Era a casa mia...»

«Come a casa sua?»

«C'è sua moglie?» Larry preferiva avere a che fare con la madre di Dave. L'atteggiamento di quell'uomo non gli piaceva.

«Mia moglie è in ospedale, con nostro figlio» rispose seccamente l'altro strappandogli il berretto dallc mani.

«Come sta... Dave?»

«Le ho chiesto come mai questo era a casa sua» Ora lo sguardo dell'uomo si era fatto duro e diffidente e il tono inquisitorio.

«Deve averlo perso un giorno che era da me.»

«L'aveva addosso quando è scomparso. Come poteva averlo perso prima?»

Larry non ne aveva idea. E non sapeva nemmeno che Dave lo avesse addosso quel giorno. Altrimenti, forse, non l'avrebbe nemmeno consegnato. Scosse la testa senza rispondere.

«Le sto chiedendo come mai era a casa sua» insisté l'uomo sempre più minaccioso.

«Era sotto un mobile.» Larry scese i gradini del portico indietreggiando. «Mi spiace per vostro figlio» disse.

«Dove va?»

«Volevo solo che lo aveste voi.» Si voltò e si affrettò a salire in macchina. Sentì la voce del padre di Dave che diceva ancora qualcosa, ma non capì cosa. Mise in moto convincendosi che non era stata una grande idea riportare quel berretto. Se davvero Dave lo indossava il giorno in cui gli era successa quella brutta cosa, come poteva essere finito sotto l'armadietto dei medicinali nella serra?

Guidò fino al Wal-Mart come in trance, senza badare a precedenze, semafori o altro e fu per miracolo che non provocò un qualche incidente.

Parcheggiò di sghimbescio, metà in uno stallo metà in un altro. Quindi entrò puntando subito alla CVS.

Il dottor Finley, il farmacista, lo accolse tutt'altro che cordiale. Sfoggiava un grugno da bulldog e teneva le braccia incrociate sul petto, come un bambino arrabbiato.

«Buonasera» lo salutò Larry fingendo di non notare quella maschera di riprovazione. «Avrei bisogno di...»

«Non posso darle niente» lo interruppe il dottor Finley.

«Come sarebbe?»

«Che senza prescrizione non posso venderle nessun farmaco, a meno che non sia un farmaco da banco.»

«Si ricorda che sono un veterinario?»

«Certo, ma questo non mi autorizza a dispensare farmaci a uso personale senza prescrizione.»

«Ok. La prescrizione gliela porto nei prossimi giorni. È che ho finito il Vicodin e anche l'Abstral e adesso è tardi per farmene fare una dal dottor Godschalk...»

Il farmacista stava scuotendo la testa. «Prima la prescrizione e poi i farmaci.»

Larry cercò di stare calmo mentre in realtà sentiva montare dentro di sé una specie di magma vulcanico. «Mi scusi, ma proprio non capisco. Fino a qualche giorno fa non c'erano problemi.»

«Adesso ce ne sono. Diciamo che sono stato troppo... disponibile e sono stato richiamato all'ordine. Lei mi porti le prescrizioni e io le do quello che vuole.»

Larry respirò rumorosamente dilatando le narici, come un toro che si prepara a caricare. «È stato Buscema, vero?»

Il dottor Finley non rispose. Se ne stava lì, a braccia incrociate e sguardo arcigno, quasi fosse un soldato medievale di guardia a un ponte levatoio.

«È stato lui a dirle di non darmi più niente?» insisté Larry. «Me lo dica, avanti.»

«Mi porti le prescrizioni...»

«... E le darò quello che vuole. Ho capito.» Larry batté un pugno sul bancone e il farmacista sobbalzò sorpreso. Poi fece un passo indietro e Larry ebbe la certezza che di lì a poco avrebbe chiamato la sicurezza. «Va bene» disse. «Va bene.» Quindi gli diede le spalle e per tutta la lunghezza del corridoio tenne il dito medio della mano destra ben sollevato sopra la testa.

***

Eliah Fairfax abbandonò la rivista pornografica che stava sfogliando (era «Adam & Eve», poco Adam e molte Eve) e si spostò nell'ufficio. Non sapeva ancora che quella, per lui, sarebbe stata, dal punto di vista degli affari, una serata di gloria.

Maldwyn Price aspettava con i gomiti appoggiati sul bancone e l'aria annoiata. «Sono tornato» disse quando Fairfax apparve.

L'uomo non sembrò né sorpreso né altro.

«Sono undici e cinquanta più tasse» disse.

Price ebbe perfino il dubbio che non l'avesse riconosciuto. Tirò fuori una banconota da cinquanta dollari. «Facciamo quattro notti, per cominciare. E tenga pure il resto.» Sul bancone c'erano le stesse riviste e gli stessi polverosi opuscoli che aveva notato la prima volta.

«È qui per la faccenda del ragazzino?» volle sapere Fairfax

intascando la banconota, e prima che Price potesse rispondergli gli mise davanti un foglio dicendo: «Deve riempire questo modulo».

Price capì cosa significava avere un *déjà-vu*. Quell'uomo doveva avere un circuito incorporato che gli faceva fare e dire sempre le stesse cose dando l'impressione che il tempo non passasse mai.

«Non c'è l'aria condizionata» aggiunse Fairfax.

«Non ha importanza, non soffro il caldo.»

«E per cinquanta centesimi il letto si mette a vibrare.»

La stanza era la stessa della volta precedente, con lo stesso orribile copriletto. Price si chiese se anche le lenzuola non fossero le stesse di quindici giorni prima e investì un paio di minuti per verificarlo (dopo aver infilato il copriletto nell'armadio). Nel lavandino del bagno c'era un capello. Lo riconobbe come suo. Tornò in camera e infilò cinquanta centesimi nel meccanismo che faceva vibrare il letto. Dopo un paio di secondi si udì un ronzio e la vibrazione ebbe inizio. Aprì il trolley e appese con cura sulle grucce le camicie e l'abito grigio di ricambio.

«È bello tornare a casa» disse ironicamente al se stesso riflesso nello specchio.

Nel parcheggio, non gli era sfuggita la presenza della MG decappottabile verde di J.R. Randolph (anche perché era l'unica automobile presente, a parte la vecchia station wagon di Fairfax, una Mercury Colony Park con i pannelli di legno sulle fiancate), perciò, non appena ebbe finito di sistemare le sue cose (compreso il beauty case) e si fu rinfrescato, decise di fargli visita.

***

J.R. stava scrivendo. E tra una pagina e l'altra si faceva una sigaretta e un sorso o due (a volte anche tre) di whisky.

Aveva organizzato la camera in maniera personale facendola diventare una specie di studio. O di ufficio redazionale. Aveva spostato il tappeto, trascinato la scrivania sotto la finestra e posizionato uno dei comodini accanto alla sedia, così da avere a portata di mano i libri che aveva preso in prestito alla biblioteca, il beveraggio (compreso il Pepto-Bismol, confezione da

750 ml) e le noccioline, che quando lavorava sgranocchiava di continuo. Sopra la scrivania, a parte la carta e una provvista di penne e matite, c'era il registratore portatile a batterie che usava per fissare idee, impressioni e appunti che gli venivano in mente quand'era per strada. Aveva anche acquistato una lampada da tavolo *retrò*, di quelle che chiamavano "da banchieri", in ottone con il paralume verde (verde come la sua MG). Faceva molto scrittore. E lui ormai si sentiva uno scrittore.

Udì bussare alla porta. Doveva essere quello svitato sporcaccione di Eliah Fairfax che veniva a ficcare il naso. «Sto lavorando!» gridò.

I colpi alla porta non cessarono.

J.R. scattò dalla sedia spazientito. Era nel bel mezzo della descrizione di una festa paesana (un po' come quella del bicentenario) e c'era un mucchio di cose da tenere a mente.

«Si può sapere che diavolo...?»

Nel vedere sulla soglia Maldwyn Price, J.R. fu colto alla sprovvista. «Lei?»

«Io» rispose Price. «Posso entrare?»

J.R., istintivamente, socchiuse la porta. «Veramente stavo lavorando.»

«Davvero? A cosa?»

«Un libro.»

«Esperienze premorte?»

«Più o meno.»

Price spinse delicatamente la porta ed entrò. «Si è sistemato bene, qui» disse guardandosi intorno. «La mia camera è più piccola. Ma il copriletto è lo stesso.»

«Ho chiesto la stanza più grande che c'era» disse J.R..

«Ah, ecco.»

«Cosa vuole?»

Price posò gli occhi sul whisky. «Un goccio di quello, magari.»

J.R. andò in bagno e tornò con un bicchierino di plastica, di quelli per sciacquarsi dopo aver lavato i denti. «Ho solo questo» disse.

«Andrà bene.»

J.R. versò due dita di whisky nel bicchierino e lo porse a Price. Quindi versò altre due dita per sé nell'unico bicchiere di vetro della stanza e si sedette alla scrivania dove, dentro il posacenere, una sigaretta stava agonizzando. La spense e ne accese una nuova. «È venuto a dirmi che mi toglieranno le multe?» chiese facendo ondeggiare il liquido ambrato nel bicchiere.

Price sorrise e buttò giù il whisky. «Non proprio. Però sono molto curioso di sapere se ha trovato qualcosa di interessante sugli abitanti di questa città.»

«Scommetto che si è fatto l'idea che il killer sia uno di queste parti. Ho ragione?»

«L'ho detto da subito che sei perspicace. Ti secca se ci diamo del tu?»

J.R. sollevò le spalle e provò a produrre un anello di fumo, che non gli riuscì.

«Tracciare profili psicologici di criminali è come scrivere un libro» disse Price indicando con il bicchierino la scrivania. «Si possono conoscere le regole grammaticali e sintattiche, saperle alla perfezione, ma non per questo si diventa scrittori. Dico bene?»

J.R. annuì chiedendosi dove volesse andare a parare.

«Allo stesso modo, un computer elabora dati e li compara a velocità inaudite e inavvicinabili per un cervello umano, ma non può trovare un assassino solamente con i suoi calcoli. Quello che serve, in entrambi i casi, è il talento.»

J.R. attese il resto. Ma il resto non venne. «Un altro goccetto?» chiese.

Price accettò.

Restarono a parlare a lungo di quel luogo, che li vedeva stranieri, e delle persone che J.R. aveva incontrato e di cui si stava facendo un'idea. Price promise che, in cambio di quelle informazioni, avrebbe reso partecipe J.R. di ogni suo avanzamento nell'indagine, una storia già sentita ma che stavolta sembrava più vera e sincera.

«Ti dico la verità, John» se ne uscì a un certo punto (e al quarto bicchierino odontoiatrico di whisky). «Per quelle multe non posso fare proprio niente. Però, quando beccherò quel fottuto bastardo, perché lo beccherò, stanne certo, avrai l'esclusiva. E sarà un pezzo da prima pagina.»

Un lancio eccezionale per il libro, pensò J.R..

Era quasi l'ora di cena e i due discutevano di andare a farsi una bistecca al sangue da Staunton o un salmone alla griglia in un posticino che J.R. aveva scovato dalle parti di Barre (Gordie's), quando un'auto entrò nel parcheggio del motel. Si trattava in realtà di un furgoncino della WVNY, una televisione locale affiliata alla ABC.

«Arriva la concorrenza» annunciò divertito Price osservando da dietro le tende il cameraman e la cronista che scendevano dal furgone.

«Tanto io ho l'esclusiva» ribatté J.R. facendogli l'occhiolino. «Giusto?»

Pochi istanti dopo arrivò un'altra vettura, una berlina, con l'etichetta STAMPA in bella vista sul parabrezza. Ne scese un tizio che stiracchiandosi si guardò intorno con evidente disgusto.

«Meglio che ce ne andiamo» disse J.R. infilandosi la giacca. «Prima che i tavoli da Staunton finiscano.»

***

Larry si era sciroppato in tutto trentotto chilometri per trovare un farmacista disposto a dargli i medicinali di cui aveva bisogno senza prescrizione (sì, ormai era un *bisogno*, inutile che ci girasse intorno). Era finito a Montpelier e aveva dovuto farsi ben quattro dispensari prima di trovare quello giusto, un farmacista che, in quanto a dipendenza, non stava meglio di lui. Si chiamava Floyd, un nome buffo, da sceriffo del West, ma che Larry aveva subito dimenticato non appena, sceso dalla Mustang in Pembroke Road, si era ritrovato di fronte l'insegna del proprio ambulatorio.

Qualcuno, in sua assenza, l'aveva imbrattato con della vernice.

Sopra il suo nome, di traverso, come la fascetta della locandina di uno spettacolo teatrale in replica, era stata scritta una parola inequivocabile: ASSASSINO.

Incorniciata dalla finestra del soggiorno, la sagoma dell'alligatore rideva di lui.

25

Giovedì 6 luglio

Price si presentò in municipio per il briefing prima di tutti, talmente in anticipo che fu costretto ad aspettare all'esterno. Thurgood Blanchard arrivò insieme a Lyman Tugwell e dopo di loro Pete Moravi, più, alla spicciolata, altri cinque agenti che il dipartimento di Berlin aveva trasferito per l'occasione a Wytago.

«Dicono che oggi farà piuttosto caldo» disse Pete Moravi.

Nessuno gli rispose. Tutti gli occhi erano puntati su Maldwyn Price, impeccabile con il suo volto rasato (e unto di pomata antirughe, pensava Thurgood guardandolo), i capelli pettinati con la riga, l'abito grigio perfettamente stirato, i calzini bianchi sotto le scarpe di cuoio nere. Sedeva sopra il tavolo riunioni con le gambe accavallate, facendo volteggiare una matita tra le dita e succhiando una caramella sottratta dal vassoio che abitava stabilmente la scrivania di Martha Richardson.

«Ieri sera abbiamo avuto l'invasione dei media» cominciò zittendo il brusio che galleggiava nell'aria umida di caffè della sala. «Nel parcheggio del Vermonter Motel, dove alloggio, ho contato non meno di una dozzina tra auto e furgoni. WCAX, WVER e WVNY per quanto riguarda le televisioni. Una radio di Burlington e una di Waterbury. E infine le testate, "Time Argus", "Enquirer" e soprattutto "Boston Globe". Quindi, rifatevi il trucco se volete apparire belli sui teleschermi.»

Si levarono risatine di assenso.

«Non c'è niente da ridere» li interruppe Price, serio. «I media possono esserci molto utili.»

«Pensavo fossi uno di quei tipi allergici ai giornalisti» buttò lì Thurgood, più che altro per dimostrare che il suo grado gli dava l'autorità per tenergli testa.

Price sorrise, un sorriso glaciale, come i suoi occhi pallidi. «Possiamo veicolare false informazioni o celarne altre» disse. «Possiamo servircene per cercare di attirare in trappola il colpevole.»

«Come?»

«Accennando, ad esempio, all'esistenza di un testimone oculare.»

«C'è un testimone?» domandò uno degli agenti di Berlin.

«No che non c'è» rispose Price infastidito. «È solo un trucco per far uscire allo scoperto il colpevole, preoccupato di spiegare la propria, a suo dire, *innocente* presenza sul luogo del delitto. Infine potremmo... *potreste* organizzare una serie di incontri pubblici per parlare con la cittadinanza. È capitato che gli autori dei crimini desiderino parteciparvi, per vedere le reazioni della gente alle loro azioni. In questi casi è utile nascondere delle videocamere e riprendere gli incontri. Esistono casi, seppur rari, in cui gli omicidi seriali sono compiuti da più di una persona, due o addirittura tre complici, subordinati a una personalità più forte della loro o legati da vincoli di parentela o costretti da altre situazioni, favori o semplice paura.»

Qualcuno annuiva, ma senza grande convinzione. Blanchard se ne avvide e ne fu contento. Che i suoi sermoni, padre Price li andasse a propinare altrove.

«Cosa suggerisci di fare, allora?» chiese.

«Quello che ho appena detto. Più quello di cui abbiamo parlato ieri sera. Spero abbiate preso nota. Io sarò tutto il giorno alla cava con quelli della Scientifica, se aveste bisogno di parlarmi.»

Gli uomini appoggiarono le tazze di caffè e infilarono i cappelli di ordinanza. Price saltò giù dal tavolo con un balzo degno di un ballerino e si spazzolò i pantaloni.

Fu in quel momento che Martha Richardson fece il suo ingresso nella stanza. Aveva perso la sua solita aria eternamente giubilante e perfino i suoi capelli parevano essersi afflosciati.

«C'è Mike Winthrop di là» disse soltanto.

***

Quella stessa mattina, Thurgood Blanchard decise di arrestare Larry Nowak. E contro il parere di Maldwyn Price.

«Dave Winthrop passava le giornate a casa di quel tizio. Io stesso l'ho visto da lui un giorno che sono andato a portargli il mio gatto.»

«Il tuo gatto?»

Era un sorriso quello che Thurgood scorgeva sul volto butterato del bostoniano? «Sì, il mio gatto» replicò irritato.

«E cos'aveva?»

«Non ha importanza cos'aveva. Ha importanza che il ragazzo stava da Nowak mentre suo nonno lavorava alla casa oppure quando la madre era in ufficio. Passavano un mucchio di tempo insieme. Capisci? Si fidava di quell'uomo. Dave ha raccontato in famiglia che in un paio di occasioni Nowak sembrava strano, come assente, che si perdeva a fissare qualcosa e che poi si risvegliava, proprio come se avesse dormito.»

«Questo non prova nulla» ribatté Price.

«Il cappello in casa sua prova qualcosa, però.»

«Allora, se fosse colpevole, perché riconsegnarlo alla famiglia anziché bruciarlo o seppellirlo?»

Thurgood non lo sapeva. «Perché è un pazzo, probabilmente.»

Price scosse la testa. «I serial killer non sono mai pazzi, non come li intendi tu. Compiono azioni molto razionali e con una ragione precisa. Ascoltami, negli ultimi quindici anni in Vermont sono scomparsi undici bambini di età compresa tra i sette e i tredici anni. Senza contare il New Hampshire. Ho chiesto alla direzione centrale di riaprire tutti i casi.»

«E tu pensi che siano tutti opera del nostro killer?»

«È possibile che all'inizio cercasse le sue vittime lontano da casa, ma che poi abbia acquisito sicurezza pensando di poterla fare sempre franca. In ogni caso Nowak non avrebbe niente a che vedere non solo con quei casi, ma neppure con quelli di Harry Woodelson e Ben Solander, dal momento che negli ultimi sette anni si trovava in ospedale.»

«Di Ben non sappiamo nulla, solo che è scomparso.»

«Non mi stupirebbe se il suo corpo saltasse fuori da qualche parte qui intorno.»

«Comunque non è tutto. Oltre al fatto che si adatta al profilo che ci hai indicato, c'è un'altra testimonianza che punta il dito contro di lui e le sue particolari *tendenze*.»

«Sarebbe?»

«Donnie Licois, un cittadino benemerito della nostra comunità, proprietario di alcuni stabili in centro, dichiara di aver incontrato una mattina Nowak e Dave che andavano a fare colazione da LaBrioche e che l'uomo aveva uno strano modo di accarezzare il ragazzino. Ha detto che quella scena, a ripensarci ora, gli fa ancora venire il voltastomaco.»

Price scrollò la testa, scettico. «E quando l'ha detta, questa cosa?»

«Oggi. È venuto spontaneamente a deporre.»

«Dopo che ha cominciato a circolare la voce che Nowak aveva trovato il cappello di Dave, suppongo.»

«Non l'ha trovato. L'aveva in casa.»

«E perché l'emerito cittadino Donnie Licois non si è fatto avanti subito, quando ha visto quella scena così *stomachevole*?»

«Non lo so. Magari non gli sembrava importante.»

«Ma adesso, per te, è estremamente importante. Vero?»

«Ascolta, Larry Nowak non ha un alibi per martedì. Jobeth Allison e Suzie Duvall sono andate da lui tra le dodici e quindici e le dodici e trenta. L'hanno trovato dietro la casa, a piedi scalzi, con una pala tra le mani e in stato confusionale. Sono rimaste con lui qualche minuto e poi se ne sono andate. Avrebbe potuto fare qualunque cosa sia prima che dopo.»

Price rimase in silenzio riflettendo su quell'ultima affermazione.

«E i registri di vendita di Shoney, il negozio di pitture e smalti» seguitò lo sceriffo come un puglie che fa il massimo sforzo per mettere k.o. il proprio avversario «indicano che Nowak andò a rifornirsi di vernici e solventi sia il 12 maggio che il 26.»

«Come molti altri clienti, immagino.»

«Il ventisei fu ucciso Steve Taller e Nowak non solo era in città, ma aveva appena comprato del diluente. Perché non vuoi ammettere la possibilità che le sparizioni e gli incidenti precedenti possano non avere nulla a che vedere con i casi di Steve Taller e Dave Winthrop? Nowak potrebbe essere responsabile solo di questi due ultimi crimini.»

«E invece non è così. E ti dirò il perché. Harry Woodelson è stato violentato e ucciso, non è affogato accidentalmente, mettitelo bene in testa. E Larry Nowak nell'aprile del '99 era relegato in un letto. La mano è la stessa, te l'ho già spiegato. E, come sai, non escludo che in quella lista rientri anche tuo figlio.»

Thurgood ebbe uno scatto e se non avesse indossato la divisa forse lo avrebbe colpito.

«So che l'idea non ti piace» gli disse Price per nulla intimorito dalla sua reazione. «Ma la verità non deve necessariamente piacerci. Nulla mi toglie dalla testa che Tommy sia stato una delle vittime del nostro assassino seriale.»

«Pensala come vuoi» ribatté Thurgood. «Io vado dal procuratore e chiedo un mandato di arresto. Se non ti sta bene, problemi tuoi.»

«Cerca solo di non darlo in pasto alla stampa. Non ancora. Se ti sbagliassi avresti fatto un danno irreparabile.»

«Benché tu pensi il contrario, conosco il mio lavoro» ringhiò lo sceriffo lasciando la stanza.

Price annuì senza scomporsi. Lo attendeva una giornata faticosa alla cava. Quelli della scientifica erano incredibilmente scrupolosi e pignoli. Avrebbero esaminato ogni centimetro quadrato finché non fosse saltato fuori qualcosa. Dopodiché, lui sarebbe tornato in città per andare a fare quattro chiacchiere con Larry Nowak. Era sicuro che le accuse contro il veterinario potevano essere smontate con facilità. Tuttavia l'avrebbe fatto a tempo debito. Voleva prima lasciare allo sceriffo il gusto di pensare di avere in mano il caso.

***

Come gli sembravano lontani ora i tempi in cui camminava ogni mattino (*quasi* ogni mattino) fino a Peacham Pond. Un tempo lontano in cui era davvero convinto di poter rimettere in piedi quel che restava della sua esistenza. Ma le cose avevano preso una direzione differente e non prevista. Il suo cervello stava peggiorando. Allucinazioni, vuoti di memoria, sbalzi di umore, insonnia, ansia, insicurezza, un ventaglio di situazioni sgradevoli e tutte ugualmente indesiderabili. Forse la colpa era dei farmaci (e dell'alcol), ma Larry non ne era del tutto sicuro. Forse i suoi neuroni, le sinapsi e tutto il resto risentivano del lungo letargo forzato e dopo un iniziale periodo di ripresa, ora accusavano la stanchezza e si rattrappivano come frutta disidratata. Immaginò il suo cervello proprio come una prugna rinsecchita e dello stesso colore, violaceo come un vecchio ematoma. Come il volto congestionato di Steve Taller. Come un dolore cronico, inguaribile, irreversibile. Il suo.

Steso sul divano, era incapace di connettere. Non ricordava cosa aveva fatto dopo essere rientrato in casa la sera precedente. Un buco nero che iniziava lungo la 302 da Montpelier a Wytago e che si schiariva appena pochi minuti prima.

Jip, forse per lo stress di essere stato lasciato solo, aveva masticato il telecomando della televisione sbriciolandolo. Forse ne aveva ingoiati dei pezzi.

Erano le dieci e mezzo di mattina. Sul tavolino davanti al divano c'erano le scatole di farmaci acquistati di recente. Tutte aperte. Mancavano varie compresse. E, accanto a esse, polvere di ketamina, come se si trattasse del dopo-party di star del cinema.

Indossava le scarpe. Se le guardò. Erano sporche di terra. E la terra aveva inzaccherato il tessuto del divano. Voltò la testa e avvertì una fitta lancinante al collo. Doveva aver dormito in una posizione scomoda. Le impronte di terra entravano dalla serra, ma erano indiscutibilmente le sue.

Si alzò ed ebbe una vertigine improvvisa. Nello stesso momento sentì la voce di Etta Grier urlare qualcosa dal giardino e, in sottofondo, quella di suo marito Howell.

Uscì dalla porta principale e la luce lo accecò. Etta stava inveendo contro qualcuno o qualcosa. Contro di lui, probabilmente, considerato che, non appena ne percepì la presenza, la donna si voltò nella sua direzione e alzò un pugno minaccioso contro il cielo. Suo marito era inginocchiato davanti alla parete posteriore della casa. Sembrava pregasse.

«Lo so che sei stato tu!» stava dicendo (anzi *urlando*) Etta. «Sei un pericolo per questa comunità!» Sì, lo stava dicendo a lui, a Larry. La situazione, tuttavia, gli sfuggiva.

Guardò Howell. Non stava affatto pregando, bensì pulendo con stracci e detersivo il muro di casa, imbrattato di una sostanza color nocciola a fasce più scure. Larry pensò che fossero feci, una gran quantità di feci a dire il vero. E lo trovò divertente.

Il sorriso che spontaneamente gli fiorì in faccia fece imbestialire Etta più di quanto già lo fosse.

«Che hai da ridere, depravato farabutto imbroglione e drogato?» gridò attraversando il prato con la sua rinocerontesca falcata.

Larry fu tentato di rientrare ed evitare lo scontro. Non capiva perché Etta ce l'avesse con lui. Poi realizzò. Non erano feci, quelle strisce sul muro, ma fango e terra, zolle di terra che qualcuno (lui) aveva spalato contro il muro dei Grier, con ogni probabilità durante la notte. Un atto vandalico piuttosto stupido, ma sufficiente a macchiare la candida parete che Howell aveva ridipinto con tanta cura e passione.

«Sei un fottuto bastardo!» stava dicendo Etta indicando le scarpe di Larry. «L'ho detto che sei stato tu! Ecco la prova!»

Larry rientrò in casa precipitosamente e per poco non inciampò.

«Non ti nascondere!» Etta era quasi arrivata al portico. «Vieni fuori!»

Dal fondo della strada spuntò la macchina con le insegne della polizia di Wytago. Al volante c'era lo sceriffo Blanchard e accanto a lui Lyman Tugwell.

***

Appena arrivato in ospedale, Frankie aveva chiesto perché diavolo un poliziotto stazionasse davanti alla stanza di suo nipote. «Non è un criminale!» aveva gridato richiamando l'attenzione di medici e infermiere.

Esther, sua figlia, era dovuta uscire a calmarlo. «È per la sua sicurezza» gli aveva spiegato.

«Che vuol dire?»

«Che quell'uomo, chiunque sia, potrebbe farsi vivo. Dave potrebbe testimoniare contro di lui, capisci?»

«Ma Dave non è in coma?»

«Sì, ma... si sveglierà. Ne sono certa.»

Poi l'aveva portato a vedere suo nipote. E Frankie, lì in piedi davanti al letto, si era sentito impotente e furioso contro chi aveva fatto quella cosa a Dave. «Cristo» aveva mormorato stringendo i pugni e la mascella. «È solo un bambino. Come si può...»

Esther aveva ripreso il suo posto, sulla poltrona accanto al figlio, da dove poteva tenergli una mano, che era bianca e piccola come una conchiglia. Dave aveva il viso parzialmente fasciato, che si indovinava gonfio sotto le bende, e il gesso sul polso sinistro e sulla gamba destra. Fratture multiple e trauma cranico. I medici erano fiduciosi, ma Esther aveva ugualmente paura. Paura che il suo unico bambino non tornasse più da lei. Aveva ragione suo padre, come si poteva far del male a un essere indifeso come quello? I suoi occhi si erano poi spostati su di lui, Frankie, sempre in piedi, rigido come un tronco, lo sguardo fisso sul nipote. La malattia di Lauren l'aveva trasformato e la faccenda di Dave era stato il colpo di grazia. Era dimagrito e il suo volto aveva assunto ormai una espressione stabile di disgusto e di rancore. Esther aveva pensato di dirgli del cappellino e del fatto che ce l'aveva Larry Nowak. Ma poi aveva preferito di no. Ci stava già pensando suo marito. Lei e Mike ne avevano discusso a lungo e alla fine avevano deciso che andava portato alla polizia. Avrebbero chiarito loro il coinvolgimento del veterinario in quella storia. Meglio lasciar fuori Frankie, già provato a sufficienza.

Fu mentre erano insieme nella camera di Dave che arrivò la notizia. Un infermiere entrò dicendo che uno dei medici desiderava parlare con il signor Poletti. Frankie, piuttosto sorpreso, seguì l'infermiere lungo il corridoio, passando davanti all'agente che sorvegliava suo nipote, fino a uno studiolo dove un medico lo attendeva con espressione contrita. E prima che quell'uomo schiudesse le labbra per dire quello che doveva dire, Frankie già aveva capito.

A sessanta chilometri di distanza, in una stanza uguale a quella di Dave, sua moglie Lauren aveva smesso di respirare.

***

Larry si disse che chiamare lo sceriffo per uno scherzo, per quanto di cattivo gusto, fosse un tantino esagerato. Sì, forse era stato lui (perché altrimenti aveva le scarpe *così* sporche di terra? e il precedente con il badile in mano quando Jobeth e Suzie l'avevano incontrato dietro la casa scalzo e parzialmente svalvolato stava a dimostrarlo), ma scomodare addirittura le forze dell'ordine era davvero una cosa priva di senso. E poi occhio per occhio, come diceva il Vecchio Testamento. Etta si era introdotta in casa sua per rubargli la ketamina e lui si era divertito (anche se non riusciva proprio a ricordarlo) sporcandogli di terra l'intonso muro di casa. Scherzi tra vicini. Goliardate o poco più.

Quindi, nel momento in cui sentì la voce baritonale di Thurgood Blanchard pronunciare le parole: «Larry Nowak, in forza delle informazioni in possesso della polizia di questa contea, lei è in arresto» Larry quasi scoppiò a ridere.

«Sta scherzando?» ribatté per nulla preoccupato.

«No» rispose lo sceriffo con espressione grave. «Non sto affatto scherzando.»

Etta era abbastanza vicina da sentire il loro dialogo e il suo volto rubizzo per la collera esprimeva tutta la soddisfazione per la solerzia che le forze dell'ordine di Wytago, nella persona dello sceriffo Blanchard, dimostravano in quell'occasione. Le tasse pagate avevano un perché, riuscì a pensare. Ma quando udì quello che lo sceriffo aveva ancora da dire, lei stessa restò attonita e, cosa difficile a credere, senza parole.

Lo sceriffo tirò fuori un cartoncino dalla tasca posteriore dei pantaloni d'ordinanza e cominciò a leggere. «Signor Nowak, è accusato di aver sequestrato David Winthrop, di aver cercato di abusare di lui e di averne provocato la caduta. Ha il diritto di non parlare. Ha il diritto di procurarsi un'assistenza legale. Se le sue condizioni non glielo permettono, le verrà messo a disposizione un avvocato d'ufficio. Tutto quello che dirà potrebbe essere usato in un'eventuale causa contro di lei. La prego di girarsi e di mettere le mani dietro la schiena.» Comparvero un paio di scintillanti manette.

Larry non poteva crederci. «Cosa?» riuscì a mormorare senza smettere di sorridere a quella che gli sembrava un'assurdità.

Blanchard non perse tempo a ripetere. Gli mise una mano sulla spalla obbligandolo a voltarsi. Quindi gli unì le braccia dietro la schiena e fece scattare le manette ai polsi.

Etta aveva gli occhi a palla fuori dalle orbite. Howell osservava con la consueta apatia la scena.

E Larry, mentre saliva a bordo della Ford Crown Victoria con la scritta in oro sulle portiere SCERIFFO – CONTEA DI CHITTENDEN, sorrideva ancora, del tutto incredulo.

***

Cale Zimmerman, procuratore distrettuale della contea, era un giovane avvocato con ambizioni politiche. Vantava amicizie ponderose nell'ala più moderata del partito e si considerava un vincente. Quando quella mattina, non appena giunto in ufficio, aveva ricevuto la chiamata dello sceriffo Blanchard il quale gli esponeva le sue conclusioni riguardo il caso David Winthrop, Cale Zimmerman le aveva subito accolte con entusiasmo. Il senatore Patrick Leahy, al suo quinto mandato, gli stava col fiato sul collo ed era stato lui stesso a suggerire al centro coordinamento di Montpelier l'intervento di un agente speciale dal dipartimento di Boston. C'era fretta di assicurare alla giustizia il colpevole. O *un* colpevole, se necessario. Il fatto che lo sceriffo di contea ci fosse arrivato prima dell'esperto venuto da Boston ridimensionava la scarsa considerazione di cui godeva la polizia locale soprattutto presso la stampa, che troppo spesso la tacciava di incompetenza.

«La gente, i genitori dei nostri ragazzi» aveva detto Blanchard avvertendo un sottile dolore pronunciando le parole "nostri ragazzi" «sono terrorizzati e arrabbiati. E non si può dar loro torto. Le prove sono indiziarie, ma sono convinto che con la perquisizione troveremo qualcosa di ancor più risolutivo che il semplice cappellino. E infine, dobbiamo arrestarlo, toglierlo dalla circolazione, perché, nel caso risulti essere il colpevole, potrebbe rifarlo o cercare di zittire quel povero ragazzino in coma.»

Al procuratore non era servito altro. Aveva interpellato un giudice di sua conoscenza (l'anziano Brett Vinson, che contava i giorni che mancavano alla pensione come un detenuto quelli alla scarcerazione), il quale aveva firmato senza discutere i mandati di arresto e di perquisizione. Dopodiché, Zimmerman li aveva inviati via fax all'ufficio dello sceriffo.

A quel punto Thurgood era salito in auto e insieme al vice Tugwell aveva raggiunto senza esitazioni Pembroke Road.

Alla faccia di Maldwyn Price.

***

Solo quando lo sceriffo Blanchard aprì lo sportello posteriore della berlina e gli posò una mano sul capo costringendolo (gentilmente) ad abbassarsi e a entrare nell'abitacolo, Larry cominciò a realizzare quanto gli stava accadendo. Non era la scena di un film e nemmeno uno scherzo. Blanchard e il suo scagnozzo non erano venuti a prenderlo per fargli delle domande a proposito di qualcosa che era accaduto, ma perché pensavano che lui fosse *responsabile* di quel qualcosa. E non aveva nulla a che vedere con quella pazza isterica di Etta Grier e col suo muro sporco di terra e fango. No. Qui si parlava di tentato omicidio. E ai danni di un bambino. Roba pesante. Roba seria. Roba da avvocati. Il sorriso gli sbiadì rapidamente e attraverso la grata di sicurezza si scoprì a fissare un neo peloso che cresceva sulla nuca del vice sceriffo. Era in stato di choc.

L'auto percorse Main Street a bassa velocità, quel tanto che bastò perché la gente in strada la notasse. Non c'erano le sirene in azione, ma il lampeggiante ruotava, simile a un piccolo faro impazzito. Larry non guardava fuori dal finestrino, anche se gli altri guardavano lui riconoscendolo. La sua mente era focalizzata solo sulle accuse mossegli.

E se davvero aveva compiuto le azioni orribili di cui lo accusavano? Se lo sceriffo era così sicuro, allora poteva avere ragione. Larry non aveva memoria di parti intere delle sue giornate. Lui voleva bene a Dave Winthrop, ma se gli avesse fatto del male sotto l'effetto della ketamina? Se quella sostanza, mescolata a tutto il resto, l'avesse reso davvero una specie di Mr. Hyde? Si guardò le mani, abbandonate in grembo e vicine, strette da anelli di ferro. Potevano quelle mani aver compiuto qualcosa di così aberrante? Le stesse mani che stringevano il manubrio della moto con cui lui e Jonie si erano schiantati. Ma quella era un'altra situazione. *Veramente?*, sussurrò una voce nella sua testa. *Non era forse simile lo stato di dipendenza in cui ti trovavi? Non era forse simile il fatto che anche in quella circostanza non rammentassi con precisione gli avvenimenti? E se avessi scordato di aver fatto del male a Dave così come hai scordato di aver ucciso la tua ragazza?* (La voce somigliava incredibilmente a quella di Margareth.)

Larry ricordò all'improvviso qualcosa che lui stesso aveva detto un giorno alla madre di Dave. Le aveva detto che suo figlio, per lui, era un piacevole diversivo. Era stato quella volta davanti alla Bank of Vermont. Ora quelle parole suonavano sinistre. E decisamente accusatorie. Come aveva potuto definire un ragazzino un "piacevole diversivo"?

Alzò lo sguardo incrociando per un breve istante gli occhi dello sceriffo che lo sbirciavano dallo specchietto retrovisore, aspettandosi forse che gli dicesse qualcosa, qualunque cosa. Ma né lui né il vice Tugwell parlarono. Rimasero in silenzio per tutto il tragitto. Tugwell tamburellava le dita sul cruscotto, mentre Blanchard fissava la strada, praticamente immobile a parte i movimenti che imprimeva al volante. Pensava a Francine, sua moglie, e alla possibilità che la risoluzione di quel caso gli facesse ottenere il trasferimento. Larry Nowak, suo malgrado, era un biglietto di sola andata per fuggire finalmente da Wytago.

***

«Te l'avevo detto».

Etta aveva avuto la sua rivincita agli occhi di Howell, che l'aveva sempre ascoltata con sufficienza fingendo di darle ragione, e agli occhi di Blanchard e di tutto il suo fottuto ufficio del cacchio. Ci aveva visto giusto, lei. Ci aveva preso. Oh, se ci aveva preso!

«Lo sapevo che sotto c'era qualcosa di grosso. Te l'ho detto fin dal primo giorno che "quello della casa di Elmer" non mi convinceva. Non mi convinceva per niente. Eh, ma chi la dura la vince.»

«E tanto hai fatto finché non l'hanno preso» concluse Howell, arcistufo di quella tiritera che andava avanti da tutto il giorno.

«Inutile che lo dici con quel tono.»

«Quale tono?»

«Il tono di chi asseconda un pazzo o un bambino capriccioso. Ma io non sono pazza, caro il mio maritino. E nemmeno capricciosa. Io vedo tutto e sento tutto. E se quel babbeo di Thurgood ha arrestato un assassino è solo merito mio. Spero che i giornali mi citino. A proposito, chissà che ne dirà quel reporter sgangherato con la giacca spinata. Aveva il colpevole davanti agli occhi e non se ne rendeva nemmeno conto! Il mondo è pieno di babbei.»

«Pieno» ripeté Howell intento a consultare internet alla ricerca della migliore idropulitrice sul mercato.

«Può darsi che ci sia perfino una taglia. Che ne dici? Potrebbe esserci una taglia?»

«Quale taglia?»

«Taglia forte. Ma di che taglia vuoi che parli? Soldi, dollari, denaro sonante. Con quello che ci costerà ridipingere la casa...»

«Forse non servirà. Sto cercando un'idropulitrice che coniughi qualità e prezzo e che ci costerà in ogni caso meno della vernice.»

«Ma cosa vuoi che m'importi della tua stupida idropulitrice. Potrei anche candidarmi alle prossime elezioni al posto di Walter Hill.»

«Ah!» esclamò Howell.

«Cosa vuol dire *ah*?»

«Niente.»

«Non pensi che potrei essere il sindaco di questa città? La donna che ha incastrato l'assassino di Chittenden. Come ti suona?»

«Mi suona. Ma tu che ne sai di politica?»

«Sei proprio un ingenuo, Howell. Pensi davvero che la politica c'entri con il fatto di diventare sindaco? Walter l'hanno eletto perché sta su una sedia a rotelle. Tutto qua. Altro che politica!»

«Se lo dici tu.»

«Certo che lo dico io. Ci puoi scommettere il tuo culo secco!»

***

Frankie Poletti era distrutto. Tornando a casa qualcuno, per strada, gli disse che Larry Nowak era stato arrestato dallo sceriffo Blanchard per quello che era successo a suo nipote Dave. Non era chiaro se avesse a che fare anche con l'omicidio di Steve Taller, ma a quel punto tutto era possibile.

Frankie rimase sorpreso, ma nemmeno tanto. Era da un po' che ci pensava. Pensava a come quell'uomo ci avesse sempre tenuto ad avere Dave intorno. «Non mi dà alcun fastidio, mi farà da assistente, diventerà un veterinario». Belle frasi, di chi è gentile e disponibile. E lui, Frankie, ci era cascato come un allocco. Di più, era stato proprio lui a portargli Dave, a offrirglielo sopra un piatto d'argento, senza nemmeno la fatica di adescarlo. Dio, che coglione era stato! Anzi, Dio non c'entrava per nulla. La colpa era solo sua. Si era fidato dell'uomo sbagliato. E ora un innocente ne pagava il prezzo. Se solo l'avesse avuto tra le mani.

L'unico pensiero che lo confortava era che Lauren, la sua Lauren, non aveva dovuto assistere a quello schifo.

Si chiedeva che ne sarebbe stato del futuro di Dave. Da certe brutte situazioni non se ne usciva mai. Il trauma psicologico di quei momenti lo avrebbe perseguitato tutta la vita, nei sogni e durante il giorno, nelle occasioni più impensate. Sempre che si fosse svegliato, naturalmente. E nessun dottore assicurava che, se ciò fosse realmente accaduto, sarebbe stato lo stesso Dave di prima. Il cervello era un oggetto misterioso e imprevedibile.

Sopraffatto dalla rabbia, Frankie si augurò che Larry Nowak soffrisse almeno quanto avevano sofferto lui, Esther e Mike in quei giorni e che poi, in qualche modo, finisse all'inferno. La pena di morte era stata abolita nel Vermont fin dal 1965 e l'ultima esecuzione risaliva al 1954. Eppure, se ve ne fosse stata la possibilità, Frankie avrebbe firmato una petizione per reintrodurla. Donnie Licois e gli amici del portico erano favorevoli quanto lui e se la prendevano con i politici come Al Gore che appoggiavano il Papa e le sue richieste, e sbandieravano diritti civili come se piovesse pur di accaparrarsi voti. Durante l'ultima campagna elettorale i giornali avevano sottolineato come molti condannati a morte nelle prigioni americane fossero presumibilmente innocenti e come, di conseguenza, molte delle esecuzioni si sarebbero trasformate in clamorosi errori giudiziari.

Donnie, che sembrava particolarmente ferrato sull'argomento, aveva sostenuto che quella dei giornali era tutta propaganda, che in realtà i voti si prendevano dimostrando di avere il pugno di ferro contro i criminali. «Dukakis perse le elezioni quando commise l'errore di dichiararsi contro la pena di morte» aveva arringato il suo piccolo pubblico un giorno. «E Clinton, nel '93, invertì i sondaggi che lo davano perdente dicendosi favorevole. La gente vuole giustizia. Questo è il punto.»

E Frankie era d'accordo. La gente (lui) voleva giustizia. Uomini come Larry Nowak non meritavano di respirare la stessa aria delle persone per bene. Questo era il punto.

***

Josephine Boulding osservò la scena da dietro i vetri della finestra del salotto. E rimase lì a lungo, con la mano che scostava la tendina di pizzo, fissando la strada ormai vuota e la casa, altrettanto vuota, di Larry. Non sapeva perché Thurgood l'avesse portato via, e in manette per giunta. Tuttavia presumeva che Martha Richardson glielo avrebbe detto molto presto.

Cosa poteva essere successo?

Milky le si strofinò contro le gambe miagolando. Josephine sospirò. Aveva avuto l'impulso di uscire e di attraversare la strada per chiedere a Thurgood che diavolo stesse facendo. Ma poi non ce l'aveva fatta. Lo sceriffo era stato un suo studente alla Middle School, non particolarmente brillante ma volenteroso, leale e corretto, e aveva sempre pensato che la strada che aveva intrapreso, quella del poliziotto, fosse giusta per lui. Negli anni si era dimostrato un agente solerte e capace e quando era diventato sceriffo, Josephine ne era stata felice. Ora, però, a suo avviso, stava prendendo un abbaglio. Lei aveva guardato in fondo all'anima di Larry Nowak e quel che vi aveva scorto l'aveva confortata. In mezzo a tanta sofferenza c'era un nocciolo di sana integrità in lui e un senso morale d'altri tempi. Qualunque fosse l'accusa di Thurgood nei suoi confronti, doveva esserci una spiegazione.

In quel momento il telefono prese a squillare. Josephine sollevò la cornetta sapendo già chi le avrebbe risposto dall'altra parte. Martha Richardson.

***

La cella del seminterrato al municipio era a dir poco austera. Un letto in metallo agganciato alla parete, una tazza anch'essa in metallo, un tavolino in legno e una sedia che sembrava essere stata sottratta a uno degli uffici del piano superiore. Lo scatto secco della serratura che si richiudeva alle sue spalle, sembrò a

Larry la voce ferrosa di un giudice che lo condannava all'ergastolo. C'era odore di muffa e quella non era un'allucinazione olfattiva.

In prigione, pensò. *Io in prigione.* Era un'esperienza che gli mancava e di cui avrebbe fatto volentieri a meno. Anche se, *tecnicamente*, quella non era una prigione ma semplicemente una cella di contenzione, il posto dove far smaltire la sbornia a un ubriaco.

Si sedette sulla sedia e poggiò le mani sul tavolo. Le dita erano scure dell'inchiostro usato per prendergli le impronte e i polsi mostravano i segni delle manette. Gli avevano detto che aveva diritto a una telefonata, ma lui non aveva saputo chi chiamare. Non voleva affrontare sua madre con una notizia del genere, almeno finché non si fossero chiarite le cose (sebbene avesse il sospetto che, a quel punto, sarebbe stato troppo tardi). Avrebbe potuto chiamare un avvocato, ma scoprì che non ne conosceva. Forse qualche amico di suo padre. In tal caso avrebbe dovuto comunque passare attraverso Margareth, il che era escluso. E poi non aveva bisogno di nessun avvocato. Era innocente. Pensava di esserlo. Nel caso contrario, avrebbe avuto più senso chiamare uno psichiatra, dal momento che, se davvero era stato lui a fare quelle cose a Dave, allora meritava di finire per il resto dei suoi giorni rinchiuso in qualche istituto per malattie mentali.

Il muro era scrostato. Forse qualcuno l'aveva inciso con le unghie o con un cucchiaino nel tentativo di evadere. Come in quel film con Clint Eastwood. Durante il tragitto in auto, lo sceriffo non gli aveva rivolto la parola. E quando erano arrivati nel parcheggio del municipio avevano trovato ad accoglierli un paio di giornalisti, l'avanscoperta di quello che sarebbe seguito di lì a poco. Gli avevano scattato delle foto, mentre scendeva dall'auto ammanettato. Quanto ci avrebbe messo sua madre a scoprirlo?

Gli venne in mente Jip. Senza una ragione precisa. L'aveva lasciato da solo e le crocchette, con l'appetito vorace che si ritrovava quel cucciolo di alligatore, sarebbero finite presto. Aveva davvero pensato a un *alligatore*? La mente gli faceva degli strani scherzi. Più strani del solito.

Si alzò dalla sedia deciso a fare quella famosa telefonata.

Un agente lo scortò al telefono che si trovava nel corridoio del seminterrato. «Una sola» si raccomandò. «E io resto qui vicino.»

Larry annuì. «Avete una guida?»
«Che genere di guida?»
«Telefonica.»
L'agente lo osservò per qualche secondo, pensando che lo stesse prendendo in giro. Alla fine si decise. Lo riportò in cella, andò di sopra, tornò con la guida, recuperò Larry dalla cella e finalmente si ritrovarono entrambi davanti al tavolo sopra il quale era posizionato, in primo piano come in un film di Alfred Hitchcock, l'apparecchio telefonico. «Non sembra un mostro» aveva detto l'agente allo sceriffo Blanchard, quando aveva visto per la prima volta il prigioniero.
«Nessuno di loro lo sembra» gli aveva risposto Thurgood. «È questo che ti frega.»
Larry sfogliò la guida, quindi fece il numero.
«Pronto, Jobeth?»
«Larry?»
«Sono in una situazione delicata. Potresti farmi un favore?»
«Se posso, volentieri.»
«Potresti occuparti di Jip per un po'?»

***

Dopo aver depositato Larry Nowak in cella, Thurgood Blanchard e Lyman Tugwell erano tornati a Pembroke Road armati di mandato di perquisizione.
Etta era ancora in giardino (o forse era entrata e uscita nuovamente). «L'hai messo in cella?» chiese a Thurgood quando fu a portata di voce.
«Vai dentro, Etta» le rispose lo sceriffo sbrigativamente.
«Ricordati che sono stata io a denunciare quell'assassino.»
«E anche a scrivere quella frase sull'insegna, scommetto.»
«Non è vero!»
«Dammi retta. Vai in casa, Etta, e occupati dei fatti tuoi.»
«Potrei essere il tuo sindaco, un giorno.»
Thurgood sorrise ed entrò in casa. Etta era davvero fuori di testa. Povero Howell. Non c'era probabilmente cittadino di Wytago che non provasse compassione per lui.
La prima cosa che i due agenti videro non appena misero

piede nella casa che era stata di Elmer Ellroy fu un cucciolo di cane di colore grigio che corse loro incontro abbaiando.

Lyman mise la suola sopra un laghetto di pipì. «Cazzo! E questo da dove salta fuori?»

«Dalla vescica del cane» gli rispose Thurgood. «Si chiama urina e la fai anche tu.»

«Spiritoso, capo. Intendevo il cane. Non sapevo che questo tizio avesse un cane.»

«Probabilmente non è l'unica cosa che non sai di lui. Forza, iniziamo dal piano inferiore.»

Trovarono naturalmente farmaci a non finire e la famosa polvere di ketamina. A parte questo e un discreto disordine, nient'altro che indicasse il coinvolgimento di Larry nei casi Taller e Winthrop. Spalancarono cassetti e dispense, scatole e scatoloni (quelli del trasloco ancora chiusi). Aprirono perfino le latte di vernice rimaste accatastate nella lavanderia, rimestando sul fondo per scovare oggetti nascosti e appartenuti alle vittime (i tappi vennero tutti requisiti per confrontarli con quello ritrovato sul luogo dell'omicidio di Steve Taller). Catalogarono anche i farmaci a uso veterinario e tutto lo strumentario, comprese forbici e bisturi che ritennero possibili armi. Ma alla fine non scoprirono nulla che corroborasse l'accusa contestata a Larry.

Mentre vagavano al secondo piano alla ricerca di un nascondiglio segreto (un'asse del pavimento che suonasse a vuoto, un battiscopa mobile, una porta mimetizzata nella carta da parati – quando Lyman vide l'alligatore intagliato fece un salto e poi si portò un dito all'altezza della tempia facendolo roteare nel classico segno della follia), sentirono qualcuno che entrava in casa.

«È permesso? Sceriffo Blanchard?»

Thurgood si affacciò dalle scale. «Chi è?»

«Sono Jobeth, sceriffo. Jobeth Allison.»

«Non può stare qui. La casa è sotto sequestro.»

Con lei c'era Doodley. «Salve, sceriffo» disse sollevando il braccio buono.

«Uscite tutti e due e subito» ordinò Thurgood infilando le scale. «Si può sapere cosa volete?» chiese quando li raggiunse sotto il portico.

«Siamo venuti per Jip.»

«Chi è Jip?»

«Il cane di Larry, il dottor Nowak. Mi ha telefonato» spiegò Jobeth «chiedendomi di prendermi cura di lui. Deve bere e mangiare...»

«... E fare i suoi bisogni» concluse lo sceriffo. «Ha sporcato in casa.»

«Se non le dispiace lo prende Doodley. Lo terrà lui per un po'.»

Thurgood annuì. «D'accordo. Non credo ci siano problemi. Ma ha detto che Nowak le ha telefonato?» Era sorpreso.

«Mi ha chiamato dalla... sì, insomma, da dove l'avete portato.»

«E l'unica telefonata che poteva fare l'ha fatta a lei?»

«Non saprei. So solo che mi ha chiamata.»

Lo sceriffo Blanchard scrollò la testa. Strano comportamento, per un possibile assassino, considerò. Ma del tutto normale per un pazzo.

***

J.R. Randolph non scoprì dal suo *socio* in affari Maldwyn Price che Larry Nowak era stato arrestato, bensì da un collega dell'«Enquirer» appostato fuori dal municipio. A quel punto cercò l'agente speciale Price al Vermonter, ma Price non c'era. Così tornò al municipio e quando vide arrivare l'auto dello sceriffo Blanchard, di ritorno dalla perquisizione, chiese di parlargli.

«Non rilascio interviste» disse lo sceriffo salendo i gradini dell'edificio.

«Non voglio un'intervista» replicò J.R. standogli dietro. «Voglio solo dirle che sta sbagliando.»

Thurgood sorrise e si fermò a guardarlo. «Sì, come no.»

«Non può essere stato Nowak a prendere quel ragazzino e nemmeno gli altri.»

«Per il momento è accusato solo di aver sequestrato Dave Winthrop. Non abbiamo ancora elementi per collegarlo ad altri crimini.»

«E non ne avrete. Quell'uomo non c'entra niente.»

«E lei come fa a saperlo?»

«Ho scandagliato la sua vita negli ultimi sette anni e le dico che, a parte qualche discutibile vizio, non ci sono mai stati atteggiamenti psicotici o altro nella sua storia.»

«È il suo analista?»

«Non sono il suo niente. Le dico che non è quel genere di persona. Ed è già fin troppo in lotta con se stesso a causa di quello che è successo anni fa senza bisogno di aggiungere altra carne al fuoco.»

«Se si riferisce all'incidente in cui perse la vita la sua ragazza, la so io una cosa, era drogato e ubriaco anche allora. Non si rese nemmeno conto di quello che stava facendo. Esattamente come adesso.»

«Ma quello è stato un incidente! Qui si tratta di tutt'altro. Possibile che non riesca a vederlo?»

«Io vedo un ragazzino in coma, che forse non si riprenderà mai più. E un uomo che non sa spiegare né dove fosse né perché aveva con sé il cappello di quel ragazzino. Ecco cosa vedo. Buona giornata, signore.»

«Aspetti. Posso incontrarlo?»

«Nowak? Non se ne parla, a meno che lei non sia anche il suo avvocato.»

Quando lo sceriffo fu inghiottito dalle doppie porte del municipio, il cronista dell'«Enquirer» si accostò a J.R.. Era in compagnia di altri due colleghi, uno del «Times Argus» di Montpelier e uno della televisione.

«Conosci il tipo che è stato arrestato?» volle sapere.

«Piuttosto bene» rispose J.R.

«Puoi dirci qualcosa?»

«Posso dirvi che secondo me non c'entra. Non è un assassino seriale, né un pedofilo. Anzi, vi chiedo un favore, ragazzi. In nome della categoria.»

I colleghi si fecero attenti.

«Aspettate a fare i vostri servizi...»

«Sei matto? Ho le foto del suo arresto con tanto di manette e finiranno nell'edizione serale!»

«In tal caso vi toccherà smentire.»

«Per smentire e morire c'è sempre tempo» ghignò il reporter.

J.R. avrebbe potuto obiettare che *deontologia* non era solo una parola inclusa nello statuto internazionale dell'ordine dei giornalisti, bensì un concetto etico di assoluta rilevanza. Invece non lo fece perché si sarebbe sentito un ipocrita, considerato che lui stesso, nel recentissimo passato, non aveva dato grande prova di edificante professionalità.

«Perché dovremmo farlo?» volle sapere uno degli altri giornalisti.

«Perché rovinereste un innocente, che sta cercando di ricominciare.»

«Ricominciare cosa? Insomma, chi cazzo è questo Nowak?»

J.R. li guardò con bonaria commiserazione. «Fatevele da voi le ricerche» concluse allontanandosi.

Attraversò la città cogliendo frasi e commenti. A quanto pareva, tutti ormai sapevano dell'arresto di Larry. Senza poterne spiegare la ragione, J.R. era intimamente convinto della sua innocenza. Quando ti capitava di stare tanto appresso a una persona, anche se a distanza, quando conoscevi nei dettagli quello che aveva vissuto, la sua famiglia, la sua storia, ti capitava di vedere le cose con i suoi occhi. Non si trattava di poteri paranormali, ma di semplice empatia. Un po' come faceva Price quando si sforzava di entrare nella mente dei criminali. Certo, chiunque poteva impazzire, ma l'omicidio di Steve Taller e il tentato omicidio di David Winthrop (senza considerare quello di Harry Woodelson e forse di Ben Solander e Tommy Blanchard, almeno stando alle teorie di Price) non erano opera di un pazzo, ma di un freddo serial killer che operava in quella zona e forse nel Vermont da parecchi anni. E a proposito di Price, J.R. proprio non riusciva a spiegarsi come avesse potuto prendere una simile cantonata. Glielo avrebbe chiesto non appena avesse fatto ritorno al motel.

Al motel, però, non vi era traccia di Price. Doveva essere in giro a vantarsi dell'arresto, magari proprio con i colleghi di J.R., anch'essi al momento non pervenuti al Vermonter.

Andò in camera sua cercando di procedere con il libro, ma non riuscì a scrivere più di una decina di righe e senza convinzione. Buttò giù qualche sorsata di Chivas pentendosi di non averne comprato un'altra bottiglia quando era in città e fumò un paio di Marlboro. Dalla sua postazione davanti alla finestra, tra un goccio e una manciata di parole gettate quasi a caso sulla pagina, controllava il parcheggio. Vide andare e venire le auto dei colleghi della carta stampata e un paio di furgoni della tv, però niente Price.

Quando finalmente, all'incirca verso le venti, la Chrysler Cirrus polvere di luna di Price entrò nel parcheggio, J.R. si precipitò all'esterno. Non gli lasciò nemmeno il tempo di uscire dall'auto.

«Perché hai fatto arrestare Nowak?» domandò battendo il palmo sul finestrino.

«Ehi, datti una calmata, scribacchino!» lo redarguì Price. «Che cazzo ti prende?»

J.R. in effetti sembrava piuttosto su di giri. L'aveva presa a cuore, quella faccenda. D'un tratto aveva scoperto che gli importava di Larry Nowak. Era una sorpresa anche per lui, ma così stavano le cose. Si sentiva pervaso da un senso di ingiustizia che lo agitava (probabilmente si trattava solo di pressione alta) e che lo rendeva inquieto.

«Mi prende che avete arrestato l'uomo sbagliato!» gridò senza rendersene conto.

Price sorrise e J.R. riconobbe in quel sorriso l'uomo che non provava nulla nei confronti di coloro che perseguiva, nemmeno quando esisteva il dubbio che fossero innocenti, e che si riteneva sempre superiore a chi gli stava davanti.

«Togliti quel sorriso dalla faccia e dammi una spiegazione logica» insisté, ormai fuori controllo.

Price ridiventò serio. «Potrei arrestare te per quello che hai detto. Oltraggio a pubblico ufficiale...»

«Vorrei vedere.»

Il poliziotto lo prese per un braccio sospingendolo verso le camere. «Smettila di dare in smanie e vieni dentro. Altrimenti penseranno che siamo due fidanzatini al loro primo litigio.»

«E non toccarmi!»

«Sei calmo?» chiese Price quando furono nella stanza di J.R..

J.R. inspirò profondamente. «Sono calmo» disse aprendo un nuovo pacchetto di sigarette e accendendosene una.

«Bene. Apri le orecchie. Per prima cosa non sono io che ho deciso l'arresto di Nowak, ma quel coglione di Blanchard.»

«E tu glielo hai lasciato fare?»

«Seconda cosa sono convinto quanto te che non c'entri con

questa storia, per quanto non abbia ancora capito perché lo difendi tanto.»

«Allora, se non lo consideri colpevole perché è in galera?»

«Non è in galera. È trattenuto presso la stazione di polizia finché non verrà convalidato il fermo, cosa che non credo avverrà perché ho un paio di validi argomenti che domani presenterò al procuratore o chi per lui.»

«Perché non stasera?»

Price guardò J.R. con maliziosa curiosità. «Forse i fidanzatini siete voi. Eh, John Ross? Tu e il dottor Nowak.»

«Vai a farti fottere, Price.»

***

Larry cominciò a sentirsi strano, ma non come gli capitava di solito. Era una stranezza che sapeva di vecchi tempi, il ricordo di qualcosa che si era perduto. Non necessariamente positivo. Un senso di agitazione che provocava ondate di caldo a cui si alternavano brividi di freddo. E tremori.

Non aveva assunto alcun farmaco dalla mattina e questa fu la sua rapida diagnosi: astinenza.

Quando Pete Moravi, che aveva dato il cambio a Lyman Tugwell, verso mezzanotte andò a controllarlo e lo vide pallido, sudato e tremante, chiamò immediatamente il dottor Buscema.

Il medico arrivò con un ciuffo di capelli ribelli sulla testa e il segno del cuscino sul viso. Aveva gli occhi arrossati e scendendo i gradini del seminterrato sbadigliava.

«Le do qualcosa» disse a Larry dopo averlo visitato. Tirò fuori dalla borsa un flacone da cui fece scivolare sul palmo due compresse.

«Cos'è?»

«Un sonnifero. La farà dormire.»

«Io non ho bisogno di un sonnifero» replicò Larry aggressivo. Mise le mani in tasca per riuscire a controllarne il tremore.

«Lo so. Ma è tutto quello che posso darle. Ne approfitti o sarà una lunga notte.»

Larry le prese e le ingoiò a secco. «So cosa sta pensando» sibilò fissando il dottor Buscema con disprezzo.

«Davvero? Allora saprà che mi spiace vederla così e che vorrei aiutarla. A questo sto pensando.»

Ma Larry non lo ascoltava. «Sta dicendo a se stesso che le faccio pena, che sono un drogato di merda...»

Buscema scrollò la testa e si voltò. «Buonanotte, dottor Nowak. Tornerò a vederla domattina.»

«Torni con un po' di *roba*» ridacchiò Larry come un demente. «E qualche birra!» aggiunse quando l'uomo stava già risalendo le scale. Quindi si aggrappò alle sbarre della cella e scuotendole gridò con tutto il fiato che aveva nei polmoni: «Hai capitooo? Cazzooo!».

26

Venerdì 7 luglio

«Un interrogatorio è un processo di seduzione», aveva sentito dire da uno dei docenti del corso all'Accademia Nazionale dell'FBI, a Quantico. «Ciascuna parte tenta di sedurre l'altra e di convincerla a darle ciò che vuole. Insulti o giudizi non servono a nulla. Basta solo individuare la corda giusta.» E di interrogatori, Maldwyn Price ne aveva condotti parecchi.

Tuttavia, quando quella mattina si presentò al municipio per parlare con Larry, non aveva in mente di interrogarlo, non nel senso che comunemente gli agenti come lui davano a quella parola. E nemmeno di individuare la corda giusta.

La conferma al suo proposito l'ebbe allorché, al posto di un sospetto deciso a convincere gli altri della propria innocenza, si trovò di fronte un uomo a pezzi, che nulla aveva da dire.

La notte, nonostante il tranquillante somministrato dal dottor Buscema, era stata per Larry un autentico inferno di insonnia e allucinazioni. Il suo fisico assuefatto aveva ritenuto la dose semplicemente ridicola, con la conseguenza che l'effetto era stato nullo. All'arrivo di Price e del vice Tugwell che lo accompagnava, Larry era steso sul lettino a pancia in giù, la bocca semiaperta e due mezzelune nerastre sotto gli occhi accesi di febbre. Indossava i jeans e la maglietta che portava al momento dell'arresto, solo che, sul davanti, aveva delle chiazze di vomito secco. Ed era scalzo.

«L'ha mandata mia madre?» chiese.

«Prego?»

«Mia madre. È stata lei a mandarla?»

«Non mi ha mandato nessuno e non conosco sua madre.»

Larry sollevò la testa per guardarlo meglio. «Non è un avvocato?»

«Un avvocato? Per mia fortuna no. Cosa glielo fa pensare?»

«Non lo so» rispose Larry ripiombando sulla branda.

Price spiegò chi era e gli fece qualche domanda, niente che avesse a che vedere con un vero interrogatorio. Anzi, fu Price a parlare, molto più di Larry. Le reazioni che i sospetti avevano di fronte a certi argomenti o ipotesi, valevano più di qualunque loro dichiarazione. In breve tempo, Price si fece un'opinione abbastanza precisa su chi gli stava di fronte, confermando alcune supposizioni che aveva fatto in precedenza.

Alla fine, quando già stava per uscire dalla cella, chiese: «Dove sono le sue scarpe?».

Larry si guardò i piedi e parve accorgersi soltanto in quell'istante che erano scalzi. Scrollò la testa, confuso. «Non ne ho idea» disse, e si girò verso la parete.

***

Nowak gli faceva pena. E di sicuro non era un serial killer di ragazzini.

Questo pensava Maldwyn Price mentre scendeva i gradini del municipio. Un uomo che aveva bisogno di aiuto, ma non del braccio della morte in un carcere di massima sicurezza. Nel suo sangue circolavano sostanze di tutti i tipi e probabilmente il suo fegato stava per scoppiare. Price non sapeva perché si era ridotto così. O meglio, ne aveva un'idea, tuttavia non gli importava. Ciò che davvero contava era che non corrispondeva al profilo che lui stesso aveva concepito. Si era documentato a fondo su di lui prima di andare a parlargli, soprattutto grazie alla sua fonte privilegiata, J.R. Randolph, che su Nowak avrebbe potuto scrivere un compendio. Ma non solo. Il giorno precedente, mentre era alla cava con l'Unità scientifica, il dipartimento di Boston aveva lavorato per lui scovando tutto quello che si poteva su Larry. Ne era venuto fuori un quadro abbastanza chiaro, che mostrava parecchie sbavature nella sua vita ma lo escludeva dalla lista dei sospettati per l'incidente di Tommy Blanchard, la scomparsa di

Ben Solander e l'uccisione di Harry Woodelson. Per quanto riguardava Steve Taller e Dave Winthrop, c'erano due o tre cosette che Price voleva controllare e che, se confermate, sarebbero finite sulla scrivania del procuratore, il quale avrebbe dovuto decidere se convalidare o meno l'arresto. Quel che in seguito sarebbe stato di Larry Nowak non erano affari suoi.

Sull'ultimo gradino della scalinata, incrociò un tizio che indossava un abito da mille dollari, borsa di pelle nera e scarpe artigianali. Fu proprio la sua eleganza ad attrarre l'attenzione di Price.

«Il suo cliente è al piano di sotto» lo informò senza fermarsi.

«Come, prego?» disse l'altro. Aveva un viso allungato e baffetti brizzolati.

«Ed è conciato piuttosto male. Comunque non si preoccupi, non starà dentro a lungo. Un giorno o due al massimo.»

L'uomo si voltò a guardarlo. «Scusi, lei chi è?»

«Agente speciale Price» rispose allontanandosi. «Dipartimento di Boston.»

***

L'avvocato si chiamava Valentine ed era il legale della JED, la casa editrice per cui lavorava la madre di Larry.

«Non mi occupo di accuse come queste» specificò una volta che fu davanti a Larry, nella cella. «Ma sua madre e il signor Dee mi hanno chiesto di assicurarmi che i suoi diritti vengano tutelati. Nei prossimi giorni verrà contattato da un collega penalista.» Sistemò alcuni moduli sul tavolino. «Questi sono da firmare.»

Larry li guardò distrattamente. «Cos'è, una confessione?» ironizzò.

«La procura per assumere la sua difesa. Spero che non abbia detto niente dal momento del suo fermo.»

«Niente in che senso?»

«Niente che potrebbe avere valore legale.»

«Non so. Non credo.»

«Chiederò che l'interrogatorio venga posticipato fino a che l'avvocato che la difenderà non sarà presente e non sarà avvenuta la trasmissione.»

«Quale trasmissione?»

«La trasmissione delle prove che l'accusa ha a suo carico e che è obbligata legalmente a produrre alla difesa. Fino a quel momento, purtroppo, dovrà rimanere qui.»

«Ma non c'è una cauzione da pagare, una cosa del genere?»

«Non per la gravità del reato ascrittole. Mi spiace.»

«Spiace a lei? Pensi quanto spiace a me.»

«Comprendo, ma questa è la legge.»

«Dove devo firmare?»

Mentre apponeva la firma (lo svolazzo che era solito scarabocchiare in fondo alle prescrizioni) gli tremava la mano.

Valentine lo notò. «Sua madre è molto preoccupata per le sue condizioni di salute» disse.

Larry non rispose.

«Suggerisce, quando questa brutta faccenda sarà terminata, di ricorrere a un centro di… disintossicazione.»

Larry alzò su di lui uno sguardo feroce, reso ancor più terribile, quasi animalesco, dalle venuzze che gli iniettavano le sclere.

«Le sto solo riferendo quanto mi è stato detto» si difese l'avvocato.

«Allora riferisca a mia madre che non ho bisogno di suggerimenti. E adesso, se non ha altro da farmi firmare, la prego di tornarsene a Nashua.»

L'uomo annuì e tese la mano per congedarsi, ma Larry la ignorò tornando a stendersi sulla branda.

Quando fu al piano superiore, Valentine si mise in contatto telefonico con il procuratore Zimmerman, spiegando la situazione. Zimmerman fu piuttosto contrariato di dover prolungare il momento in cui Nowak sarebbe stato formalmente interrogato e ordinò che il difensore si presentasse non oltre le successive quarantotto ore. In caso contrario l'inchiesta avrebbe seguito il suo corso. Valentine ne prese atto. Dopodiché se ne tornò a Nashua. Preferiva di gran lunga le cause editoriali.

***

Price arrivò in Pembroke Road e parcheggiò la sua Chrysler Cirrus di fronte alla casa di Larry, la cui porta era sigillata con del nastro plastificato giallo e nero. Price usava l'auto anche per piccoli spostamenti. Un po' come un cavaliere d'altri tempi in sella al suo cavallo, dal quale scendeva raramente. Era uno degli elementi del complesso d'inferiorità che la sua altezza gli aveva provocato da ragazzo, ma benché ne fosse consapevole non se ne dava pena.

Anziché risalire il vialetto del numero 9, procedette verso sinistra, in direzione di casa Grier. Non era lì per perquisire l'abitazione di Larry Nowak, infatti, ma per parlare con i suoi vicini.

Più tardi, quando ebbe terminato di raccogliere testimonianze (comprese quelle di Jobeth Allison e di Suzie Duvall), ricevette una telefonata sul suo cellulare. Era uno degli agenti dell'Unità scientifica che gli chiedeva di raggiungerlo alla cava Schuyler. Avevano trovato il corpo di un ragazzino. E uno strano oggetto metallico.

27

Sabato 8 luglio

Milky leccava il latte dal piattino mentre Josephine la osservava sovrappensiero. Era venuto quel poliziotto, quello di Boston (lo aveva capito dall'accento, senza bisogno che lui lo specificasse), e le aveva fatto delle domande sul dottor Nowak, Larry come ormai lo chiamava lei. Voleva sapere in particolare dei suoi spostamenti il martedì precedente, se lei gli aveva parlato, se lo aveva visto durante il giorno (il primo pomeriggio, soprattutto). E poi che tipo era, se lo conosceva bene, se le aveva fatto qualche confidenza sul suo stato di salute, e via dicendo.

Josephine aveva premesso che lei non era abituata a spiare i vicini, come invece faceva...

«La signora Grier» aveva concluso Price al posto suo. E aveva riso, con quella faccia stretta e butterata che lo faceva somigliare al Joker di Nicholson. «Ci ho già parlato. Quella donna è piena di pregiudizi e false convinzioni e, come se non bastasse, ce l'ha a morte con il vostro vicino.»

Josephine si era ammorbidita. Come si usava dire, i nemici dei miei nemici sono miei amici. Dopo avergli offerto una tazza di caffè e una fetta di crostata (*home made by* Martha Richardson, naturalmente), aveva preso a elencare le qualità di quel veterinario così solerte, sensibile, gentile, disponibile e generoso, che tanto aveva sofferto e ancora continuava a soffrire. Non meritava l'accusa che gli era stata mossa, perché non era possibile che la sua mente concepisse azioni tanto abominevoli.

Price avrebbe potuto replicare che molti serial killer (la maggior parte in effetti) si erano dimostrati solerti, sensibili, generosi e disponibili proprio per ingannare le vittime e gli investigatori, ma aveva preferito tacere. «In verità nemmeno io credo abbia a che fare con questa vicenda» le aveva confessato. E quando le aveva chiesto del ragazzino che frequentava la sua casa, David Winthrop, Josephine aveva ribattuto che quel ragazzino era stato una manna per il dottor Nowak, perché lo aveva aiutato a uscire dal suo stato di crisalide.

«Crisalide?» aveva ripetuto Price sorpreso.

«Sì, crisalide. Il dottor Nowak sta diventando una farfalla e questa ridicola accusa gli spezzerà le ali pronte a spiccare il volo. Perché avrebbe dovuto far del male al piccolo Dave?»

A conti fatti, tuttavia, il dato che ai fini dell'indagine aveva maggiore rilevanza era che la Ford Mustang di Larry non si era mai mossa da Pembroke Road. Era rimasta parcheggiata bene in vista davanti alla casa per tutto il giorno di martedì 4 luglio e per gran parte di quello successivo.

«Pensa che le accuse cadranno?» aveva chiesto Josephine prima che Price se ne andasse. Non nascondeva il fatto di essere angosciata per la sorte di Larry.

«Ho buoni motivi per ritenerlo possibile» le aveva risposto Price. «Grazie per il caffè.»

Ora, ripensando a quelle parole, Josephine si sentiva confortata. Larry poteva contare almeno su un alleato. La città si stava comportando male. Dopo avergli fatto credere che l'avrebbe accolto (impossibile, a giudizio di Josephine, Wytago era una comunità più chiusa delle gambe di una suora), ora gli si rivoltava contro. Martha era stata da lei il pomeriggio precedente riportandole lo stato d'animo di downtown. Quasi tutti pensavano che Thurgood Blanchard avesse fatto bene ad arrestare Nowak. E chi ancora non era convinto, propendeva più per la colpevolezza che per l'innocenza. Era bastato sapere che abusava di farmaci e alcol e l'etichetta era stata appiccicata. Certo, c'era la questione del cappellino, ma, pensava Josephine, chi poteva essere così babbeo da restituirlo se aveva qualcosa di grave da nascondere? Ne aveva parlato con Martha, ma lei, per il solo fatto di essere al centro del pettegolezzo della città e, soprattutto, l'addetta al centralino dell'ufficio dello sceriffo, aveva respinto ogni argomentazione dell'amica liquidandola come vaniloquio senza fondamento. «Dovresti davvero cominciare a uscire da questa tana, Jo» le aveva detto. «Allora capiresti come vanno le cose nel mondo.»

Ma Josephine pensava di capire certe cose del mondo molto meglio di Martha Richardson.

***

Larry aveva trascorso un altro giorno e un'altra notte nella cella del seminterrato al municipio. Gli avevano servito bistecca e patate per cena e caffè con pane tostato a colazione. La mancanza di farmaci (e di ketamina) era stata surrogata dai tranquillanti, che l'avevano gettato in uno stato torporoso utile, quantomeno, a calmare i tremori e la sensazione di panico. L'alligatore era stato a trovarlo più volte, durante quelle ore. Riusciva chissà come a infilarsi tra le sbarre e, una volta dentro, faceva le cose più strane. In un'occasione si sedette alla scrivania e si mise a scrivere un libro. Un'altra volta si stese sulla branda accanto a Larry, che dovette farsi piccolo piccolo contro il muro. Un'altra volta ancora prese a camminare sui muri, come un gigantesco insetto. Poi, così com'era arrivato, l'alligatore spariva. Larry cominciò a disegnarlo sulla parete, come aveva fatto in camera da letto, utilizzando la scheggia staccatasi da una delle piastrelle che rivestivano il pavimento sotto la tazza. Quando tornava in sé, contemplava quell'immagine pensando che fosse irreale, in un alternarsi confuso di sonno e veglia.

Il dottor Buscema era stato nuovamente a visitarlo. Aveva reiterato il suo invito a considerare la possibilità di una disintossicazione ottenendo la medesima risposta della volta precedente. Larry credeva di aver dato abbastanza in termini di ospedali e centri di riabilitazione, vi aveva trascorso il venti per cento della sua intera esistenza. In questo era diventato fatalista, sarebbe accaduto quel che sarebbe accaduto. Non voleva saperne di altri medici, specialisti e ulteriori cure.

Da quando la verità sul proprio incidente (e sulla morte di Jonie) l'aveva raggiunto invadendogli i pensieri, il futuro gli appariva molto meno interessante che in precedenza. Tutta la fatica fatta per allontanarsi (fuggire) da Nashua, ristrutturare la casa del dottor Ellroy, organizzare l'ambulatorio, farsi benvolere dai nuovi concittadini, perfino l'amicizia o quel che era con Jobeth Allison, tutto gli sembrava ora piccolo e inutile, privo di senso. E anche un po' presuntuoso. L'idea di inaugurare lo studio si era allontanata a distanza siderale, così come quella di rifarsi davvero una vita. A trentasei anni si sentiva sulle spalle tutta la stanchezza di un novantenne. E di fronte aveva la prospettiva di trascorrere il tempo che gli restava da vivere in una cella o in un istituto psichiatrico.

Quel pomeriggio, nell'ora più buia di Larry, lo sceriffo Blanchard scese nel seminterrato. Aveva una faccia tempestosa. Infilò la chiave nella serratura e spalancò la porta della cella. «È libero» mugugnò a denti stretti. «Può tornare a casa.»

Larry era steso sulla branda. Fissava il soffitto, le mani incrociate sulla fronte nel vano tentativo di lenire la pan-crania che lo torturava. Pensò di sognare. Fu certo che se si fosse voltato avrebbe visto l'alligatore che gli parlava con la voce del capo Blanchard.

Invece era proprio lo sceriffo. «Ha capito?» si accertò.

Larry si levò su un gomito e rimase a fissarlo, stranito.

«Per me non cambia nulla» continuò Blanchard. «Ma qui ho un'ordinanza del giudice che mi obbliga a farla uscire. Quindi raccatti la sua roba e se ne vada, prima che mi venga in mente di fingere di non aver mai ricevuto questo documento.»

Larry scese dal letto e si guardò intorno. Non aveva niente di suo in quella cella. «Posso riavere le scarpe?» chiese.

***

Quel sabato mattina, il procuratore Cale Zimmerman aveva ricevuto la visita dell'agente speciale Maldwyn Price.

«Vorrei discutere con lei alcuni passaggi dell'accusa nei confronti di Lawrence Nowak» gli aveva annunciato Price la sera prima al telefono. E Zimmerman, per quanto sorpreso e benché il giorno seguente fosse sabato e lui di sabato solitamente andasse a pesca, aveva acconsentito.

Price era arrivato con un plico di documenti, analisi e testimonianze raccolte da lui stesso e dai colleghi dell'Unità scientifica che stavano ancora lavorando alla cava Schuyler (il DNA recuperato dal corpo sarebbe stato confrontato con quello dei familiari di Ben Solander, il ragazzino scomparso due anni e mezzo prima). Le osservazioni di Price sul caso riguardavano numerosi punti, tutti a sostegno dell'estraneità di Larry nella vicenda Winthrop.

Il primo punto riguardava il fatto che la Ford Mustang, quel martedì 4 luglio, non si era mai allontanata da Pembroke Road, ovvero dall'abitazione dell'imputato. La distanza tra la casa, la Wytago Elementary School in Graniteville Terrace e la vecchia cava ammontava a oltre undici chilometri, un tragitto che Larry, a piedi, non avrebbe potuto colmare facilmente, considerando che avrebbe dovuto percorrere altri undici chilometri per tornare indietro, per un totale di ventidue. Ma anche ammesso che Larry Nowak fosse dotato di insospettabili doti atletiche (assai improbabile considerato lo stato di debilitazione in cui versava), c'erano testimoni oculari che scandivano i tempi e le occasioni potenziali dell'accusato.

La maestra di David, la signora Aiello, aveva dichiarato di aver visto il ragazzino sotto il portico della scuola in compagnia di alcuni compagni e dei genitori almeno fino alle undici e venti. Quindi, volendo ipotizzare *quando* Larry Nowak avrebbe potuto avvicinare David Winthrop, si poteva escludere che fosse con lui subito dopo che il ragazzino era rimasto solo, tra le undici e venti e le undici e trenta – ora in cui la madre era giunta a scuola non trovandolo –, poiché, a piedi, Larry non avrebbe potuto compiere il tragitto fino alla cava, aggredire David e fare ritorno a Pembroke Road per le dodici e quindici, ora in cui Jobeth Allison e Suzie Duvall lo avevano incontrato (sebbene scalzo e proveniente dal bosco di betulle dietro casa). All'incirca un'ora più tardi, quindi intorno alle tredici e trenta, forse quarantacinque, la stessa madre del ragazzino scomparso, Esther Poletti, si era recata da Nowak per sapere se suo figlio fosse andato a trovarlo. Un altro alibi comprovato, che non avrebbe consentito al sospettato di raggiungere David, ovunque fosse, condurlo alla cava e tornare a casa in tempo.

Alle sedici e diciassette, i tabulati telefonici della VT&C riportavano una chiamata da Nashua, New Hampshire, verso la casa di Nowak. Era sua madre. I due avevano parlato, sempre secondo i tabulati, per circa quattro minuti. Ecco un altro alibi che confermava come, almeno fino alle sedici e trenta, Larry Nowak non si fosse allontanato da casa (due ore non sarebbero bastate per coprire ventidue chilometri). Nessuno, inoltre, l'aveva visto per strada o in qualsiasi altro posto per tutta la giornata, a parte che a casa sua. La signorina Boulding aveva dichiarato che il veterinario aveva tenuto la televisione accesa tutto il pomeriggio (vedeva i riflessi bluastri contro la parete) e che l'aveva notato passare un paio di volte davanti alla finestra del salotto. La stessa cosa era stata riferita da Howell Grier per quel che riguardava la seconda parte del pomeriggio. Il vicino, dopo aver fatto ritorno dal centro per le celebrazioni, si era messo a lavorare in giardino, ragione per cui aveva seppur involontariamente (su questo Price nutriva parecchi dubbi) tenuto d'occhio la casa.

Un'ultima possibilità per coinvolgere Nowak nella vicenda, era ipotizzare che David fosse andato a casa del veterinario di sua iniziativa, che l'uomo l'avesse sequestrato chiudendolo in una stanza o nel sottoscala e che poi, nel pomeriggio, l'avesse condotto in qualche modo alla cava e lì avesse cercato, peraltro senza riuscirci, di abusarne. Una ricostruzione pretestuosa, che non stava in piedi e che faceva acqua da tutte le parti, anche perché, dalla perquisizione effettuata dallo sceriffo Blanchard e dal vice Tugwell, non era emerso nulla in tal senso.

Inoltre, grazie alla pioggia di domenica che aveva ammorbidito il terreno, la scientifica era riuscita a individuare un tipo di pneumatici differenti da quelli che abitualmente frequentavano la cava per lavoro, escavatori o auto di servizio. Erano dei Cooper Tire modello MT 660 ancora in produzione. Dalla larghezza del battistrada e dalla profondità dei rilievi si poteva dedurre che fossero montati su un mezzo come un furgone o un pick-up, non una berlina e tanto meno una Ford Mustang. Sarebbero potuti appartenere a qualcuno che era semplicemente andato a fare un giro, magari una coppietta in cerca di privacy (per quanto, da quelle parti, trovare un posto isolato per appartarsi era più facile che soffiarsi il naso). In ogni caso non erano in dotazione alla Mustang di Nowak, che montava Falken 453, dei quali non vi era traccia alcuna alla cava.

Relativamente all'oggetto metallico ritrovato non distante dai cespugli dove era stato aggredito David Winthrop, si era scoperto trattarsi di un cucchiaino da pesca, più piccolo di un centimetro. Un oggetto utilizzato normalmente dai pescatori di trote e talmente comune da risultare impossibile risalire alla vendita (il procuratore era un esperto in questo campo). La perquisizione a casa di Larry Nowak aveva verificato la presenza di alcune canne da pesca (quelle appartenute a Elmer Ellroy), infagottate nelle loro custodie, ma prive di accessori quali esche o cucchiai.

In ultimo, Price aveva fatto analizzare il fango sulle scarpe indossate da Nowak al momento dell'arresto. Ebbene, la terra non proveniva dalla cava bensì dal giardino dei Grier. «Può incolparlo di aver imbrattato il muro di quella casa, ma non di tentato omicidio ai danni di Dave Winthrop» aveva detto in conclusione. «Qui abbiamo a che fare con un assassino seriale, che ha già colpito in precedenza e numerose volte. Il dottor Nowak era in coma soltanto fino a dieci mesi fa e non corrisponde al profilo che ho tratto del killer. Mi dia retta, è l'uomo sbagliato. Avete basato l'intera accusa su maldicenze e su un cappellino.»

«Come spiega, allora, la presenza di quel cappello?» gli aveva chiesto il procuratore. «Ci sono le impronte di Nowak, sopra.»

«Oltre a quelle di David e dei genitori, più altre che non abbiamo identificato e che probabilmente appartengono a sconosciuti che nel tempo lo hanno maneggiato. E comunque non è una prova sufficiente. Posso essere d'accordo sul fatto che Lawrence Nowak abbia bisogno di supporto medico e psichiatrico e forse di un istituto che se ne prenda cura, ma non che debba stare in prigione.»

Dopo un lungo ripensamento, Cale Zimmerman aveva dovuto concordare su tutta la linea (anche perché, in mancanza di prove certe, non avrebbe potuto trattenere Larry per più di quarantotto ore) e produrre al giudice Brett Vinson un documento di scarcerazione. Per il procuratore fu un brutto colpo, che non aiutava la sua carriera politica. Tuttavia si premurò di suggerire a Blanchard di darsi da fare, perché lui non aveva alcuna intenzione di fare la figura dello sprovveduto che prendeva lucciole per lanterne, e che se lo sceriffo desiderava davvero essere trasferito era meglio che risolvesse il caso, magari stando appresso a un segugio capace come quel Price. Un suggerimento che per Thurgood era suonato come un autentico affronto.

***

La macchina della polizia entrò in Pembroke Road nella calda luce del tardo pomeriggio. Lentamente. Alla guida c'era Peter Moravi. Sul sedile posteriore, Larry. Senza manette, questa volta. Di fronte al civico 9, confuso con le ombre proiettate dagli aceri, c'era un drappello di persone. Giornalisti.

Il vice sceriffo, che per tutto il tragitto era rimasto sulle sue e non aveva aperto bocca mostrando tutto il proprio disappunto per quel rilascio (e la solidarietà con il capo Blanchard), si fermò esattamente davanti al gruppetto di cronisti affamati di particolari. Un gesto provocatorio, che denotava la sua totale mancanza di rispetto nei confronti dell'uomo che accompagnava.

Larry avrebbe voluto chiedergli di portarlo sul retro, ma capì che l'agente non l'avrebbe accontentato. Così scese, ringraziandolo educatamente e dandosi in pasto agli alligatori.

«Signor Nowak! Signor Nowak! Ha qualche dichiarazione da fare?»

«Signor Nowak, cosa si sente di dire ai genitori di David Winthrop?»

«Pensa di essere vittima di un errore?»

«Perché la decisione di trasferirsi a Wytago?»

«Come si aspetta che la accoglieranno ora i cittadini?»

«Larry, dicci qualcosa!»

C'erano macchine fotografiche e un paio di telecamere.

Larry si schermò con una mano e si diresse rapidamente sul retro, dove indugiò qualche istante a contemplare i vetri della serra sfondati e la scritta ASSASSINO.

«Larry!» I giornalisti lo stavano inseguendo. «Larry, cosa farai adesso?»

Larry non rispose. Infilò la porta camminando sui cocci e sparì all'interno.

La prima cosa che fece, una volta in casa, fu di tirare tutte le tende. Poi respirò a fondo e si abbandonò sul divano osservando il disordine che gli agenti avevano prodotto durante la perquisizione. Erano riusciti a far peggio di lui. Cassetti e sportelli aperti, tappeti arrotolati, mobili spostati, libri accatastati alla rinfusa. La tavola era ingombra di oggetti, piatti, pentole e cibo spodestati dai loro dock abituali, gli scatoloni tutti aperti e il loro contenuto sparpagliato sul pavimento.

Il mal di testa, latente quella mattina, ora era esploso in tutta la sua gloriosa potenza.

Che cazzo di situazione, pensò chiudendo gli occhi.

***

«È incredibile!» stava dicendo Etta a suo marito. «L'hanno rilasciato! Io dico che a Thurgood gli si è inacidito il cervello. Doveva avere una data di scadenza e probabilmente è ora di sostituirlo.»

«Non lo so, Etta. Se l'hanno rilasciato significa che avevano delle prove...»

«L'hai detto, Howell. Non lo sai. E allora, se non lo sai, fammi il santo piacere di tacere. D'accordo?»

Howell annuì e scese di sotto, a trafficare con qualunque cosa pur di allontanarsi da sua moglie.

Etta, invece, prese il telefono e cominciò a chiamare tutti gli abitanti di Wytago che sapeva pensarla come lei. C'era da fare qualcosa. Quell'uomo era un pericolo per la comunità. Se proprio non poteva stare in carcere, doveva andarsene dalla loro cittadina. E se non avesse acconsentito, *loro* l'avrebbero cacciato. Con le cattive, se necessario.

***

Larry andò al telefono camminando attraverso una specie di percorso di guerra e, controvoglia, compose il numero di sua madre.

«Grazie a Dio sei libero!» esclamò la donna.

«Non grazie a Dio» chiarì Larry. «Grazie a un poliziotto, un agente speciale.»

«Be', in ogni caso sei libero. Si può sapere perché hanno pensato di arrestare *proprio* te? Quei montanari zotici e ignoranti, se la sono presa con l'ultimo arrivato, il capro espiatorio, manica di consanguinei depravati. *La congiura degli innocenti*, te lo ricordi quel film? Non era ambientato proprio in Vermont?»

«Non me lo ricordo. Comunque è una storia lunga.» E non aveva voglia di parlarne in quel momento.

«Ma lo conoscevi davvero quel bambino?»

«Sì.»

«E...?»

«E niente. Veniva qui con suo nonno, che mi ristrutturava la casa. Te l'ho detto, niente di che.»

«Allora perché ti hanno coinvolto?»

«Possiamo parlarne un'altra volta?»

«Mi nascondi qualcosa?»

«Mamma, ti prego. Ho passato due notti in cella e sono sfinito. Vorrei recuperare un po' di energie. Ne parleremo in un'altra occasione.»

«Se sei stanco, perché non torni a casa?»

«*Sono* a casa, mamma.»

«Intendo qui a Nashua. Vuoi che ti raggiunga? Chiedo un po' di giorni di ferie e vengo su da te.»

Larry conosceva bene sua madre, più di quanto lei pensasse. Il tono era quello di chi spera di sentirsi rifiutare la propria offerta. Se Margareth *davvero* avesse voluto stare con suo figlio, l'avrebbe semplicemente fatto, senza chiederlo. Lui l'avrebbe trovata fuori di casa (o dentro casa) quello stesso pomeriggio, subito dopo il rilascio, o al massimo il giorno seguente. Invece era lì a chiedergli se *voleva* che lei lo raggiungesse.

«Non è necessario, grazie.»

«Sei sicuro?» Cauta insistenza.

«Sono sicuro.»

«Come preferisci».

Larry percepì il suo sollievo. *Come preferisci tu*, pensò.

«Senti» riprese Margareth «lo so che è un argomento spinoso per te...»

«Se è spinoso perché vuoi che lo affronti proprio ora?»

«Lasciami finire, Lawrence. Quando ti sentirai pronto, senza forzature, che ne diresti di entrare in riabilitazione? C'è un centro a Manchester...»

«Ci sto già provando» la interruppe lui.

In cella era stato due giorni senza assumere una sola pillola (a parte i tranquillanti gentilmente forniti dalla ditta Fatti-i-cazzi-tuoi-Buscema), senza alcol e soprattutto senza ketamina. Due giorni erano pochi, erano niente o quasi. Ma era sopravvissuto. Poteva farcela. Lo pensava davvero.

Vide, attraverso la cornetta, il sorriso ironico di sua madre. «Immagino» disse la donna.

«Fidati di me. Vuoi?»

Dall'altro lato ci fu silenzio. «Non è un vero centro di riabilitazione, di quelli dove...»

«Non mi interessa. Non adesso. Voglio provare con le mie forze.»

Ora lei stava scuotendo la testa, Larry ne era sicuro. Poi sbuffò. «Parlare con te è come parlare con un muro. Sei testardo più di quanto lo era tuo padre.»

«Si chiama genetica» la prese in giro Larry.

«Sì, genetica. Cosa faccio con quell'avvocato che stavo ingaggiando? È uno bravo e costa un occhio della testa. Pensi che possa servire? Lo mando a Wy... in quel posto dove abiti?»

«Non credo servirà. Non c'è alcun procedimento a mio carico. Casomai ti faccio sapere, grazie. E ringrazia anche Jed.»

«Si chiama John.»

«Sì, scusa. Ringrazialo per l'interessamento. Hai notizie di Harper?»

«Nessuna, ma dovrebbe tornare presto. Sarebbe bello se tu venissi a Nashua per l'occasione. Ti farebbe bene stare un po' a casa, con noi.»

«Vedremo. Ti devo salutare, mamma. Sono appena rientrato e ho un mucchio di cose da fare.» Come raccogliere i vetri della serra, cancellare la scritta ASSASSINO e risistemare un'intera casa grazie a quei fottuti poliziotti.

Invece andò di sopra e si cacciò sotto la doccia. Si sentiva sporco a causa della prigione. Era solo una cella nel seminterrato del municipio, utile a togliere dalla strada ubriachi o fuori di testa per qualche ora. Eppure, in quella cella, Larry si era sentito nudo e privato della propria dignità. Aveva pisciato e cagato protetto soltanto da una fila di sbarre metalliche.

Chiunque, passando lì sotto, avrebbe potuto vederlo. E non importava se nessuno, di fatto, fosse stato lì mentre pisciava o cagava. L'impressione era comunque quella di stare in un acquario, alla mercé dei visitatori, sentendosi impotente e accessorio.

Lasciò che la doccia sciogliesse i nodi che sentiva dentro il corpo, che lavasse via il sudiciume e l'umiliazione. Quando ne uscì, parecchio tempo dopo, il sole stava tramontando e le ombre erano incredibilmente lunghe. Guardò giù in strada. I giornalisti, non tutti, erano ancora lì. Campeggiavano sul marciapiede chiacchierando o mangiando un sandwich. Chissà dov'era Randolph. Larry ne sentì quasi la mancanza. Era l'unico che conosceva abbastanza bene la sua storia e ora, in confronto a quella massa di estranei curiosi, J.R. gli appariva come un volto amico. Ci avrebbe parlato, se fosse stato da quelle parti. E poi doveva incontrare quel Price. Maldwyn, gli pareva si chiamasse. Era stato grazie a lui che il procuratore aveva ritrattato il mandato di carcerazione. Una delle poche cose che gli risultavano chiare.

Le luci nella stanza erano spente e i giornalisti non si avvidero della sua scarna figura stagliata contro la finestra. Se ne accorse però Josephine, anch'essa alla finestra del piano di sopra. Lo vide e lo salutò agitando una mano. Larry le sorrise (un sorriso faticosissimo, tirato come un filo da bucato) e rispose al saluto. Lei gli fece il gesto del telefono con il pollice e il mignolo appoggiati al viso e lui fece sì con la testa.

Quando scese di sotto per mangiare qualcosa, si accorse per la prima volta dell'assenza di Jip. Dov'era? Il suo primo pensiero fu che l'alligatore l'avesse ingoiato senza neppure masticarlo. Poi considerò più probabile l'ipotesi che fosse uscito dalle vetrate sfondate della serra o che la polizia l'avesse messo in un canile.

Il telefono trillò. La voce frangibile di Josephine Boulding fu come un sottile e caldo abbraccio. Larry immaginò l'odore del caffè e delle crostate che gli offriva e pensò che sarebbe stato bello attraversare la strada e andare a trovarla e accarezzare Milky. Ma avrebbe dovuto guadare il fiume affollato di alligatori e non era sicuro di farcela.

Parlarono un po' e Josephine gli disse di tenere duro, che era una persona per bene e che lei non aveva creduto nemmeno per un secondo alla sua colpevolezza. Poi aggiunse che non doveva avercela troppo con Thurgood o Etta o con chi l'aveva subito additato come sospetto.

«La gente conosce il prezzo di tutto ma il valore di niente» disse.

Era una frase maledettamente vera. E faceva male.

Mentre parlava al telefono con Josephine, Larry ricordò di aver chiesto a Jobeth di occuparsi di Jip. Quindi, non appena riattaccò, compose il numero della donna.

Gli rispose Lucille, la madre, al quarto squillo. Sembrava un'altra persona. Tanto era sempre stata esuberante ed espansiva, tanto ora si mostrava distaccata e sfuggente.

«Mia figlia è al lavoro» disse lapidaria.

Gli sembrò di sentire la televisione accesa in sottofondo. «Volevo chiederle di Jip, il mio cane.»

«Non è qui.»

«È con Jobeth?»

«Non ne so nulla. La farò chiamare quando torna.»

«E Luke sta bene?»

«Come sta mio nipote non credo debba interessarle. Le auguro una buona serata.»

Larry era attonito. Quella donna, la stessa donna che per settimane gli aveva servito la colazione al Sullivan Cafè condita da sorrisi, battute e strizzate d'occhio, la stessa donna che lo aveva guardato con ammirazione quando aveva scoperto che lui e la figlia flirtavano, ora lo trattava come una merda di cane. Si rese conto con lucida spietatezza che molte persone da quelle parti avrebbero avuto gli stessi pensieri di Lucille Sparks o Etta Grier: e se avessero sbagliato a scarcerarlo?

Quel pensiero gli si insinuò nella mente con l'aggressività di un virus, contaminando quel che di sano restava del suo cervello. E se avessero avuto ragione loro? Se lui avesse davvero compiuto qualcosa di irreparabile senza saperlo? Cercò di ricostruire i suoi spostamenti in quel martedì 4 luglio. Prese carta e penna e ci provò. Senza riuscirci. Nella sua memoria c'erano buchi mostruosi, voragini nere di ore intere durante le quali non aveva certezza di quel che aveva fatto né di dove si trovava. Se riguardava ai giorni precedenti, tutti, non soltanto il 4 luglio, non era capace di mettervi ordine. Un ammasso confuso di momenti in cui non era possibile distinguere neppure il giorno dalla notte.

Si sentì perduto. Aveva bisogno di qualcosa. Di farsi, probabilmente. Si mise a girare per casa, alla disperata ricerca di ketamina o altro, fregandosene dei buoni propositi espressi soltanto poco prima a sua madre. (*D'altronde non è questo che fanno i drogati?* chiese la voce di Margareth. *Mentono a tutti, anche a se stessi.*) Ma non trovò nulla. La polizia aveva sequestrato le sue riserve, compresi i farmaci veterinari. Facendone richiesta gli avrebbero probabilmente riconsegnato tutto (forse non la ketamina), ma non era sicuro di volerlo davvero. Aprì il frigo. C'erano solo due lattine di Miller. Decise di scendere a patti con se stesso. Alcol sì, farmaci no. Almeno per il momento. Avrebbe visto come andava.

Intanto, però, il pensiero della sua possibile colpa lo devastava.

Buttò giù una lattina in tre sorsi.

Ancora lo squillo del telefono. Larry considerò se rispondere o meno. Con sua madre e con la signorina Boulding aveva già parlato. Con Jobeth non era stato possibile. Chi poteva essere? I giornalisti, con ogni probabilità, smaniosi di avere dettagli sulla sua vita di merda. O la polizia, per qualche cavillo che lo riportava dentro. No, la polizia si sarebbe presentata alla porta o l'avrebbe direttamente sfondata. Un avvocato, forse. O J.R. Randolph. O Babbo Natale.

Alzò il ricevitore. Doodley.

«Salve» rispose Larry stupito. Il benzinaio con un braccio solo faceva parte del partito *Free-Larry*?

«Volevo rassicurarti su Jip. È da me e sta benissimo.»

«Da te?»

«Alla fine l'ho tenuto io perché Jobeth aveva qualche problema a casa.»

Un problema di nome Lucille, pensò Larry. «Ti ringrazio, Doodley. Posso venire a riprenderlo?»

Pausa. «Pensavo che cercassi di sistemarlo da qualche parte.»

«Sì, ma temporaneamente.»

«Capisco. Ma se non puoi occupartene, credimi, a me... a noi farebbe piacere tenerlo.»

«No, grazie. È la mia sola compagnia.»

«Come vuoi. Allora te lo porto, magari domani.»

«Perché non stasera?»

«Perché stiamo per metterci a cena e...»

«Passo io dopo cena. Basta che mi dici dove abiti.» Sperava di non risultare troppo insistente, ma era esattamente quello che si sentiva di essere, insistente.

«Facciamo così... Come?...»

Larry sentì che parlottava con qualcuno. Suzie, sicuramente.

«Va bene» disse Doodley alla fine. «Te lo porto io tra un'ora. Può andare bene per te?»

«Va bene. Ti aspetto.»

Cominciò a riordinare, per quanto gli apparisse un'impresa titanica. Si accorse anche che non c'era quasi nulla da mettere sotto i denti, a parte cereali e poco altro. Sorrise al pensiero di come avesse mangiato meglio in cella che non in quegli ultimi due mesi in casa sua.

Prese la guida telefonica e cercò il numero di Domino's Pizza. Avevano una filiale a Berlin.

«Fate consegne a domicilio?» chiese. «Sì? Anche a Wytago? Bene. Allora vorrei una *large* mezza formaggio e mezza salame. Grazie.»

Riattaccò. Si passò una mano sulla fronte dietro la quale un essere alieno premeva per uscire e riaprì la guida telefonica. Voleva chiamare Doodley, chiedergli se, visto che sarebbe passato, aveva un antidolorifico qualsiasi, anche un'aspirina, nel caso. Ma non ricordava il suo cognome, né il suo vero nome. Quindi fu costretto a rinunciare. Decise che sarebbe andato lui stesso al Wal-Mart, con il favore delle tenebre, quando anche i giornalisti d'assalto fossero rientrati nelle loro tane.

***

Doodley arrivò puntuale, un quarto d'ora dopo il garzone di Domino's Pizza.

Alcuni giornalisti lo seguirono fin sotto il portico, pronti al solito fuoco di domande non appena Larry fosse apparso. Ma Larry, uno sbaffo di salsa di pomodoro sulla barba, socchiuse la porta, tirò dentro Doodley che teneva Jip in braccio e richiuse immediatamente.

Il cucciolo, vedendolo, gli fece un sacco di feste e si riappropriò della casa abbaiando e fiutando tutto quello che gli agenti avevano disseminato in giro (nonché il cartone con i triangoli di pizza che Larry stava consumando davanti alla televisione). Poi prese le scale e sparì di sopra.

«Come va?» chiese Doodley.

«Così così. Vuoi accomodarti?»

«No, grazie. Suzie mi aspetta in macchina. Siamo contenti che tutto si sia risolto.»

Larry capì che non era sincero e che restava loro un dubbio. Come biasimarli? Lo stesso dubbio che nutriva Larry. «Già. Allora grazie per Jip.»

«È stato un piacere. Se ci ripensi, noi siamo disponibilissimi ad adottarlo.»

«Lo terrò presente. Avete visto Jobeth negli ultimi giorni?»

Doodley si irrigidì. Guardò dietro di sé, in direzione dell'auto dove attendeva sua moglie. Solo che incocciò nella porta chiusa. «Jobeth non l'ha presa bene questa cosa» ammise.

Partito *Locked-up-Larry*.

«Mi spiace.»

«Forse ha solo bisogno di tempo» disse Doodley. Anche questo suonava poco convincente.

Larry annuì. «Ok. Grazie ancora.»

Doodley aprì la porta che Larry provvide a richiudere prima che qualcuno dei cronisti riuscisse a infilarci il naso.

Jip era tornato di sotto e leccava un trancio di pizza.

«Ehi, tu!» esclamò Larry. «Bentornato!»

28

Domenica 9 luglio

A metà di quella domenica mattina, Larry osservò uno strano fenomeno: la migrazione dei giornalisti.

Mentre era intento a riordinare il casino lasciato dallo sceriffo Blanchard e i suoi uomini, vide, attraverso le tende tirate, che le auto e i furgoni che stazionavano davanti a casa sua si muovevano tutti insieme. Non scendevano per Elm Street, verso il centro città, ma prendevano a sinistra, in direzione della 302. Che avessero deciso di andarsene definitivamente? Mollò quello che aveva in mano (la pagina sportiva di una copia dell'«Union Leader» risalente a una ventina di giorni prima) e uscì sotto il portico a osservarli.

Il cielo era screziato di nuvole che parevano tratteggiate da un enorme pennello a opera di un vento d'alta quota che a livello del terreno non si percepiva. Larry si stiracchiò guardandosi intorno. Gli giunse il rumore di un tosaerba, da qualche parte in lontananza. Né Etta né Howell erano di vedetta in giardino. Tanto meglio. Si sedette sui gradini sentendosi tutto l'opposto di Burl Ives in quel famoso film della sua infanzia.

La notte era trascorsa in qualche modo, tra mal di testa (parecchio), qualche ora di sonno (poco) e pensieri (tanti) stravaganti quanto allucinazioni. La birra, già in riserva, aveva raggiunto la tacca più bassa del serbatoio, esattamente come avevano fatto i farmaci il giorno precedente. In casa non c'era lo straccio di una qualche sostanza che potesse essergli utile anche in minima parte, eccetto forse la caffeina contenuta nel caffè.

A un certo punto, verso le due del mattino, Larry aveva pensato di sgattaiolare di casa per fare acquisti e magari un salto da Floyd, quel farmacista gentile, riservato e un tantino tossico, su dalle parti di Montpelier. Ma poi aveva rinunciato, perché, per quanto incredibile, davvero pensava che avrebbe potuto farne a meno. Il risultato era uno stato di inquietudine latente, la sensazione che dovesse accadere qualcosa di tremendo da un istante all'altro, mescolata a un rallentamento fisico e mentale. Lo stesso sentore di fatale inevitabilità provata subito dopo il risveglio, quando, incapace di controllare il proprio corpo e i propri pensieri, aveva creduto che sarebbe stato meglio passare dal coma alla morte.

Faceva caldo, un caldo umido, eppure sentiva freddo. Rientrò in casa proprio mentre Etta usciva, attirata anche lei dalla migrazione dei giornalisti. I loro sguardi si incrociarono brevemente, quel tanto che bastò perché Larry leggesse in quello della donna una cieca ostilità. Si convinse una volta di più che non esisteva in tutto il creato azione che potesse riabilitarlo agli occhi di Etta Grier. Forse nemmeno salvarle la vita. Non che poi gli importasse. Il mondo era pieno di persone che si sbagliavano a torto o a ragione su altre persone. Sempre che Etta si sbagliasse e, invece, non avesse visto giusto. Quel senso di inquietudine perenne che Larry provava, poteva dipendere dal fatto che lui stesso dubitava di sé? Dal fatto che non riusciva a illuminare interi quartieri bui della propria esistenza? Come aveva potuto dimenticare che in quell'incidente era morta Jonie? Com'era possibile che avesse sovrapposto a quel tragico ricordo una verità tanto alternativa quanto fittizia? Cosa diavolo aveva il suo cervello?

Una macchina stava accostando al marciapiede di fronte al vialetto. Larry scrollò la mente da quei pensieri e andò a vedere. Si trattava di una MG decappottabile verde scuro.

«È venuto per propormi un altro libro?» chiese Larry accogliendo sulla porta J.R. Randolph.

J.R. sorrise. «Veramente, l'ultima volta che ci siamo parlati, è stato lei che timidamente voleva proporre qualcosa a me.»

Larry ricordava. Era la balorda e presuntuosa idea di raccontare le proprie esperienze di telestesia, chiaroveggenza e balle varie.

«E comunque sto scrivendo un romanzo» continuò J.R. «che

si ambienta in una cittadina come questa. Ha già rilasciato dichiarazioni ai colleghi?»

«Quelli che bivaccavano qui davanti? Se ne sono andati tutti insieme, misteriosamente. Come se qualcuno li avesse richiamati con un fischietto a ultrasuoni.»

«Questa me la segno. Vuole sapere dove sono andati?»

Larry sollevò le spalle.

«Alla cava Schuyler» disse J.R.. «Hanno trovato un altro corpo.»

***

Randolph non era andato da Larry per raccontargli del cadavere ritrovato nella cava. Quello era stato accidentale. Voleva avvertirlo di non rilasciare dichiarazioni agli sciacalli che si erano gettati sul suo arresto senza scrupoli. Se si guardava da fuori, se si sentiva dire o solo pensare certe cose, J.R., il buon vecchio cinico J.R., quasi non si riconosceva. Cosa gli era successo da quando viveva a Wytago? Si stava trasformando, stava diventando un cronista coscienzioso e responsabile, con un senso morale che non aveva mai nemmeno subodorato. E gli sembrava anche di bere meno (ma non ci avrebbe giurato). L'aria di provincia gli faceva bene. Ma non era soltanto una questione di aria o del fatto che ora si era messo in testa di diventare un romanziere (come se i romanzieri possedessero un'etica superiore a quella di un reporter). Dipendeva da Larry Nowak. *Doveva* dipendere da Larry Nowak. Il *bel resuscitato*. A parte che non si poteva certo definire bello (con quel viso scabro, le occhiaie e qualche cicatrice che alla luce del sole risaltava sulla pelle giallastra), non era nemmeno giusto dargli del *resuscitato*. Non era risorto da un sepolcro. Era affiorato da un mare di sofferenza annaspando, galleggiando goffamente, con disperazione. E nel suo passato non c'erano azioni grandiose o lodevoli, non era un santo, né un uomo probo. Nel suo passato vivevano e si agitavano demoni e incubi terrificanti che lo inseguivano di notte e di giorno e che sicuramente gli avevano più volte suggerito di liberarsi di loro, di farla finita, di smettere semplicemente di soffrire. Ma lui aveva resistito. Era ancora lì, caparbio. Era encomiabile. Era commovente. Era epico. No, Larry Nowak non sarebbe stato la vittima di un killer nel suo prossimo romanzo, ma il protagonista. L'eroe. E il suo viaggio avrebbe avuto la giusta conclusione, quella che forse la vita continuava a negargli.

«Perché è venuto?» gli chiese Larry mentre in cucina preparava del caffè.

«Perché in fondo sento di conoscerla e vorrei pensare di essere suo amico.»

«Gli amici non sfruttano gli amici.»

«E infatti io, se ho mai pensato di sfruttare la sua storia, ora mi sono ricreduto.»

«Sono delle scuse, queste?»

«Scuse?»

«Per aver perseguitato me e la mia famiglia.»

J.R. non rispose. Buttò giù un sorso di caffè. Quindi disse: «Non ce l'ha qualcosa di alcolico per aggiustare questa brodaglia?».

Larry sorrise. «Dell'aranciata potrebbe andare? Non ho altro in casa.»

J.R. Randolph scoppiò a ridere. «Se l'avessi saputo avrei portato i rifornimenti!»

***

Thurgood Blanchard giunse alla vecchia cava Schuyler scoprendo che Maldwyn Price era già lì. E che c'erano anche i cronisti. Radio, giornali e tv. Non era una bella cosa che lo sceriffo della contea arrivasse per ultimo al ritrovamento di un corpo, ma si trovava al funerale di Lauren Poletti, come mezza città, del resto, e quando era stato avvertito aveva dovuto allontanarsi proprio nel bel mezzo dell'omelia funebre, il che gli aveva attirato più di qualche occhiata di biasimo. Questo, sommato al fatto che Larry Nowak, il cavallo sul quale aveva puntato, era stato rimesso in libertà e, poco ci mancava, con scuse ufficiali, lo rendeva ancora una volta di cattivo umore. Senza contare che l'agognato trasferimento si stava nuovamente allontanando.

Il corpo, ridotto al solo scheletro e sepolto sotto uno spesso strato di fanghiglia, poteva essere quello di Ben Solander, nell'eventualità non lo fosse il precedente. Era già stato predisposto un nuovo esame del DNA per stabilirlo. In ogni caso si trattava di un altro ragazzino di cui era stata sicuramente denunciata la scomparsa. L'aspirazione dell'acqua nel fondo della cava stava restituendo cadaveri, tanto che qualcuno, tra i giornalisti, cominciava già a chiamare quel luogo la "cava della morte".

Thurgood andava avanti e indietro cercando di interpretare la parte del tutore dell'ordine che regge le redini dell'indagine, ma in realtà era confuso. Qualcuno aveva compiuto crimini orrendi sotto il suo naso, nella sua contea, e lui non aveva fatto nulla per impedirlo. Di più, non l'aveva mai neppure sospettato. E forse c'era andato di mezzo perfino Tommy. A questo punto tutto era possibile. Era dura da digerire. Un paio di volte i suoi vice lo richiamarono, perché fissava il vuoto e sembrava non sentire quello che gli veniva detto. Lui allora si scuoteva e rispondeva sgarbatamente, prendendosela con i suoi sottoposti quando invece ce l'aveva solo con se stesso. E intanto non riusciva a smettere di pensare a suo figlio.

***

Larry guardava il canale 27. Le telecamere della WVER stavano riprendendo il fondo della cava, dove un idrovora simile a una anaconda preistorica inghiottiva litri su litri di torbida acqua stagnante.

«Esattamente in quel punto» stava dicendo il telecronista «poco più di due ore fa, gli uomini dell'Unità scientifica della polizia di Boston, in collaborazione con le forze di polizia locali guidate dallo sceriffo Thurgood Blanchard, hanno individuato dei resti umani. Lo scheletro potrebbe appartenere a un ragazzino scomparso in queste zone più di un anno fa. Le ipotesi che ormai circolano tra gli investigatori fanno riferimento alla possibilità che si tratti dell'opera di un serial killer...»

Si alzò per cambiare canale (il telecomando masticato da Jip era inutilizzabile), quando il campanello di casa suonò. Jip si svegliò di soprassalto prendendo ad abbaiare. Larry spense la tv e andò a vedere chi fosse.

Si aspettava qualche giornalista, oppure un cliente con un'emergenza. O magari Jobeth. Invece si trovò davanti una donna che in un primo momento non riconobbe. Aveva un seno importante e tra le braccia reggeva un sacchetto marrone, di quello con cui si incartano le bottiglie.

«Buonasera, doc» lo salutò la donna sorridendogli. Poi si abbassò e fece un paio di carezze a Jip.

«Buonasera. So che ci conosciamo» rispose Larry in imbarazzo «ma non riesco a ricordare...» Si batté una mano sulla fronte.

«Donnie's Emporium» disse lei. «Sono Annette. Annette Licois.»

«Ma certo, la figlia del signor Licois. Mi perdoni, è che...»

«Scusi lei, piuttosto, se la importuno di domenica sera, soprattutto dopo quello che ha dovuto passare. È che da tanto volevo chiederle un consiglio e così ho pensato che magari... ma forse ho sbagliato momento.» Accennò a voltarsi per andarsene.

«Aspetti. Ormai che è qui, dica pure.»

«Sì, insomma, non è una cosa urgente, però volevo saperne di più.»

«A proposito di cosa?»

«Un cane. Cioè, il cane che vorrei acquistare. Per mio padre. Un regalo.»

Larry pensò che Donnie Licois non gli sembrava un tipo da avere un cane, a meno che il cane in questione non si adattasse a vivere gran parte della sua vita da cane accoccolato ai piedi del padrone sotto il portico dell'emporio o accanto alla stufa nelle giornate invernali, ascoltando le inconcludenti chiacchiere dei cavalieri dell'apocalisse e cibandosi di avanzi.

«Vuole accomodarsi? Troverà un po' di disordine, ma...»

«Dovrebbe vedere casa mia.»

Annette seguì Larry in salotto mentre Jip le trotterellava intorno curioso.

«E questo cucciolotto è suo?» chiese.

«Per il momento sì. Lui è Jip.»

«Un nome corto, facile da ricordare. Ciao, Jip! Sa che non ero mai venuta qui?» aggiunse guardandosi intorno. «Avevo dei gatti, una volta, ma non hanno mai avuto bisogno del dottore che c'era prima. Ellroy. Giusto?»

«Esatto. Il dottor Ellroy. Che cane intendeva prendere per suo padre? Da caccia?» In effetti, questo poteva avere un senso. Donnie Licois gli sembrava il tipo che girava per i boschi sparando a tutto quello che osava muoversi.

«No, mio padre non va a caccia, non più.» Prese a gironzolare per la stanza, incuriosita da tutto quello su cui posava gli occhi.

«Da compagnia, allora.»

«Ma ho intenzione di pagarla per il suo tempo, sa? Il prezzo di una consulenza. Quanto mi verrà a costare?»

Aveva un modo di fare che lo affascinava. Sembrava in punta di piedi, ma in realtà occupava lo spazio con spavalda invadenza. Era indubbiamente una donna forte, una tipologia che Larry aveva conosciuto attraverso l'esperienza con Jonie, e alla quale non era insensibile. Una dominatrice, avrebbe detto qualcuno. Una manipolatrice, avrebbe detto qualcun altro.

Come a conferma di quel pensiero, Annette scartò l'involucro che aveva con sé. «Ho pensato anche che, come anticipo, avrei potuto portarle una bottiglia di quel whisky che comprò quel giorno.» Girò l'etichetta verso di sé. «Crummel, Kentucky» lesse. «Invecchiato cinque anni. Che ne dice?»

Dico che casca a fagiolo, pensò Larry. «È stata gentile, ma non doveva disturbarsi.» Ancora una volta gli vennero in mente i cani dell'esperimento di Pavlov. La bocca gli si era riempita di saliva.

«Pensavo che avremmo potuto brindare alla sua liberazione.»

Larry la guardò perplesso.

«Viva la libertà!» esclamò lei stappando la bottiglia.

Pochi minuti dopo sedevano sul divano con in mano un bicchiere di whisky ciascuno. Parlavano di razze di cani, ma Larry aveva la netta impressione che alla donna non interessassero affatto e che tutta quella storia del regalo a suo padre fosse una scusa. Indossava un maglioncino di cotone nero scollato a V, da cui, ogni tanto, faceva capolino il bordo di pizzo (nero) del reggiseno. Jeans attillati e ballerine completavano il quadro. Gli occhi, azzurro acqua di baia, sembravano liquidi e le pupille un tantino dilatate. Larry riconobbe immediatamente la causa. Annette Licois si faceva. E quella sera era fatta.

E infatti, nel bel mezzo di una dissertazione sulle razze predisposte alla displasia dell'anca, Annette, con la massima naturalezza, tirò fuori dalla borsa una canna. «Dispiace se fumo?» domandò come se si trattasse di una normale sigaretta.

«No, prego.»

L'accese, mentre il discorso di Larry perdeva ritmo e coerenza (e i suoi occhi scivolavano sempre più frequentemente su quel bordo di pizzo immaginando quale fosse la misura), finché lei lo zittì del tutto passandogli semplicemente il joint. «Tieni» disse.

Larry lo prese senza bisogno che lei insistesse e fece due tiri profondi sentendosi subito leggero. Alcol sì, farmaci no, aveva stabilito. Ma l'erba non era un farmaco.

«Non male» disse. «Vendi anche questa, in negozio?»

Lei sorrise. Aveva denti bianchissimi. «Questa me la procura un mio ex compagno di scuola, *Glove*.»

«Gilmore? Chissà perché non mi stupisce» ribatté Larry.

29

Lunedì 10 luglio

Sognò di fare l'amore con l'alligatore. Una cosa orribile, che lo buttò fuori dal sonno a calci con un senso di nausea e l'impressione di avere un orso seduto sullo sterno.

Il sole era già spuntato e illuminava impietosamente il disordine della stanza.

Quando Larry si riprese, notò che il letto somigliava alla cuccia di un cane idrofobo. O aveva lottato nel sonno (probabile, forse per liberarsi dell'alligatore) oppure aveva dormito con qualcuno che non era Jip. Scoprì delle macchie chiare sulle lenzuola. Sperma, probabilmente. E a meno che non fosse andato a letto con un uomo, doveva essere suo. Cercò di ricordare cosa fosse accaduto la sera precedente. Poi vide la bottiglia di Crummel, vuota, sul pavimento, e sentì l'odore della marijuana (non era un'allucinazione). Annette.

«Annette?» chiamò.

Gli rispose il suono delle unghie di Jip che salivano i gradini.

Si alzò e scese di sotto. Annette non c'era. Guardò in giro. Non aveva lasciato nemmeno un biglietto. L'aveva scopato e se n'era andata. Come un uomo. La cosa, però, non lo ferì, al contrario, rendeva il tutto stuzzicante. Com'era andato quella notte? Purtroppo (o per fortuna) non ne serbava ricordo. Sperava che Annette non fosse rimasta delusa. In fondo erano solo sette anni che non faceva l'amore con una donna.

Per un po' si sentì galvanizzato, un effetto benefico che ricordava quello della ketamina (con le dovute distanze, ovviamente).

Cercò sopra il tavolo e nella stanza mozziconi delle canne che si erano fumati, ma non trovò che sporcizia varia e una macchia sul divano di cui non si era accorto, un alone scuro, probabilmente di urina. «Grazie, Jip» disse rivolto al cane. Fu sfiorato dal pensiero che quella pisciata non fosse di Jip, ma sua.

Dopo colazione (caffè e il fondo di una busta di cereali, doveva decidersi a fare la spesa), provò a mettere ordine nella sua giornata. E in quelle che sarebbero seguite.

Nella sua nuova lista delle priorità la prima voce era "ripartire". A pari merito con "scoprire la verità".

"Ripartire" era riferito alla sua attività (doveva pur vivere di qualcosa). La "verità" riguardava invece il suo rapporto con la vicenda di Dave Winthrop. Anche se il rinvenimento dei corpi alla cava faceva ormai pensare a omicidi seriali, poteva sempre darsi che lui avesse fatto del male, anche accidentalmente, a Dave. In quel caso non se lo sarebbe mai perdonato.

Andò nella serra. Si era dimenticato dei vetri rotti e della scritta. Cominciò a raccogliere i pezzi gettandoli in un secchio e tenendo alla larga Jip per evitare che si ferisse le zampe. Poi, con acqua calda e candeggina, pulì la scritta. Infine ritagliò dei quadrati di cartone dagli scatoloni e li sostituì ai vetri mancanti. Cercò di ricordare se aveva visto una vetreria in città. Non gli pareva.

Tornò in casa e stilò una breve lista della spesa.

Non stava male. A parte la pan-crania e un'ansia costante e sottile a cui si stava abituando. Tese le mani. Non tremavano. Non troppo, perlomeno. Forse era merito dell'erba di *Glove*. Gliene avrebbe chiesta un po'. Magari avrebbe sostituito i farmaci. In ogni caso la ketamina andava riordinata, se non altro per l'utilizzo per cui era stata sintetizzata, l'anestesia degli animali. Tutto stava a vedere se Larry avrebbe saputo resistere alla tentazione di ridurla in polvere per i suoi scopi personali. Impiegare altri tipi di anestetico poteva essere una soluzione.

Prese la Mustang e andò al Wal-Mart.

La cassiera non era più la ragazza che ricordava, quella con il neo sul labbro che somigliava alla lontana a Cindy Crawford, ma un giovane tatuato che non aveva mai visto. Comprò una gran quantità di surgelati, tutta roba pronta in pochi minuti, birre, due flaconi di Excedrin Strength e delle crocchette per Jip, al pollo. Uscì passando alla larga dalla farmacia del dottor Finley (quello stronzo), caricò i sacchetti in auto e tornò in Main Street. Aveva deciso di passare al Donnie's Emporium con la scusa dei vetri rotti per vedere Annette. Voleva capire dalla sua espressione cos'era accaduto la notte precedente.

I *ragazzi* erano sotto il portico. Come il solito. Larry li vide parlare animatamente, anche se, dal punto in cui si trovava, sul lato opposto della strada, dove aveva parcheggiato, non riusciva a distinguere le parole. Attraversò la Main e si avvicinò.

Quando Donnie Licois lo vide, si zittì immediatamente imitato subito da tutti gli altri. Larry salì i gradini e mise sul piatto un saluto senza eccessivo trasporto. Nessuno rilanciò. Si limitarono a osservarlo come se non l'avessero mai visto in precedenza. Larry incassò e fece per dirigersi verso l'entrata dell'emporio, al che gli si parò di fronte la magra figura del *reverendo* Coughlin. Teneva in bocca qualcosa che gli gonfiava una guancia. Ghiaccio. Se ne rimase lì, a masticare il suo cubetto senza dire nulla, fissando Larry negli occhi (era più alto di lui di una buona spanna) e aspettando che facesse dietrofront. Ma Larry non si lasciò intimorire. Senza toccarlo, senza nemmeno sfiorarlo, dicendo solo «Permesso», gli girò intorno e guadagnò la porta. Sembrava una scena da sfida all'O.K. Corral. Mancavano solo le pistole e il tintinnio degli speroni. Coughlin lo lasciò passare nel silenzio generale, ma non smise la propria maschera di irritazione. Anzi, a Larry sembrò puro disgusto.

Entrò nell'emporio accolto dal fresco e dall'odore di legno verniciato. Annette era dietro il bancone e stava servendo un cliente. Sbirciò in direzione della porta lasciando che le labbra le si incurvassero in un impercettibile sorriso. «Salve» disse.

Larry attese che il cliente pagasse e gli passasse davanti per uscire, dopodiché si avvicinò al banco.

«Come va?» chiese.

«Bene. E a te?» replicò lei continuando a sorridere.

«Bene. Un po' scombussolato» ammise Larry.

«Per colpa mia?»

«Anche.»

«Allora sono stata cattiva.»
«Molto cattiva.»
Annette scoppiò a ridere. «Mi sono divertita ieri sera.»
«Sì. Io… era da tanto… cioè…»
«Che non fumavi erba?»
Lo stava prendendo in giro. «No, volevo dire che…»
Lei si sporse oltre il banco e gli appoggiò due dita sulle labbra. «Stai zitto.»
Era un buon suggerimento, anche se Larry non riusciva a smettere di chiedersi se l'avrebbero rifatto o se invece era stata la scopata di una notte. Annette era un tipo tosto che, per quanto vivesse in un buco di città, sembrava non farne parte. Era spigliata, disinibita e forse abituata a portarsi a letto chi le piaceva, senza tanti se e tanti ma.
Larry si guardò intorno. «Vendi anche vetri?»
«Vetri? Di che genere?»
«Quadrati. Devo sostituire quelli rotti, nella serra.»
«Li posso far preparare. Hai delle misure?» Annette prese carta e matita e attese.
«Veramente no.»
«Ok. Farò un salto da te e me ne occuperò io. Oggi pomeriggio, dopo la chiusura, potrebbe andare bene?»
La porta dell'emporio si aprì e un paio di scarponi pesanti fecero gemere il vecchio pavimento a listoni. Larry si voltò istintivamente. Era Donnie Licois.
«Ha finito?» chiese.
«Prego?»
«Papà…»
«Se ha finito vorrei che uscisse dal mio negozio.» Alle sue spalle comparve Hazel Coughlin.
Larry era attonito. «Mi sta dicendo di andarmene?»
«Papà…»
«Le sto dicendo che qui non è gradito.»
«Mi scusi, ma è una cosa assurda. Per quale motivo?»
«Il motivo è che il negozio è mio e ci faccio entrare chi mi pare. Le è sufficiente?»
Annette uscì dal bancone. «Papà, adesso smettila. Ti stai rendendo ridicolo.»

«Tu fai silenzio» replicò Donnie.
«Col cazzo che faccio silenzio. Questo emporio è anche mio, è intestato a me.»
Donnie non le badò. Continuava a fissare Larry con quei suoi occhi di ghiaccio, spalleggiato dai compari di sempre, spostando il sigaro da un angolo all'altro della bocca.
Era davvero una situazione paradossale e Larry non sapeva come uscirne. Non aveva alcuna intenzione di insistere, ma gli seccava essere sbattuto fuori senza nessuna apparente ragione.
Fu Annette a venirgli in aiuto. «Allora, dottor Nowak, per quell'ordine, ho preso nota e non appena la merce sarà pronta gliela farò consegnare. Aveva bisogno di altro?»
«Non ha bisogno di altro» le fece eco suo padre.
«Sono a posto, grazie» disse Larry. «È stata molto gentile.»
Si diresse verso l'uscita ma Donnie Licois, come aveva fatto Hazel Coughlin in precedenza, non accennò a spostarsi. Larry gli arrivò di fronte. Questa volta non l'avrebbe aggirato. Se voleva che se ne andasse dal suo negozio doveva cedergli il passo. Sfida all'O.K. Corral.
Donnie Licois indugiò qualche secondo, senza staccare i suoi occhi da quelli di Larry. Infine si mosse. E lo stesso fecero i ragazzi sotto il portico. Larry passò tra due piccole ali ostili e scese i gradini ma, anziché raggiungere l'auto dall'altra parte di Main Street, prese a sinistra. Andava al Wytago Service, da Herb Gilmore. Gli era venuta una gran voglia di comprare dell'erba.

***

In Pembroke Road c'era un uomo ad attendere Larry. Un cronista. L'ultimo che probabilmente lo reputava ancora e in qualche modo interessante dopo i ritrovamenti alla cava Schuyler. E non era J.R. Randolph.
Quando Larry risalì il vialetto con le borse della spesa, gli andò incontro presentandosi. Scriveva per il «Times Argus» di Montpelier e voleva sapere se Larry aveva intenzione di citare lo Stato del Vermont per danni morali. Era uno dei giornalisti con cui aveva parlato J.R. quel giorno fuori dal municipio, convintosi

che la ritrattazione dovesse avere lo stesso peso di un'accusa, se infondata.

«Mi lasci in pace» rispose Larry senza rallentare.

Howell li osservava da dietro la siepe di calicantus.

«Ma non pensa che sia stata perpetrata un'ingiustizia?» insisté il giornalista inseguendolo. «Non si sente arrabbiato?»

«Non ha altro di più importante da scrivere?»

«Accusare un cittadino innocente è un fatto importante, non crede?»

Innocente. Questa era la parola chiave. «Glielo chiedo per favore, se ne vada.»

Prima di entrare, Larry notò che l'aletta della cassetta delle lettere era alzata. C'era posta. Avrebbe controllato più tardi, quando il giornalista avesse desistito.

Riponendo la spesa, scoprì che molti dei surgelati che aveva acquistato al Wal-Mart si erano scongelati. Li mise ugualmente nel freezer pensando che non gli avrebbero arrecato maggior danno di quanto già aveva fatto tutta la merda che si era sparato in quei mesi e negli anni precedenti il coma. Mise le nuove crocchette nella ciotola di Jip (il cucciolo vi si tuffò come se non mangiasse da una settimana) e una zuppa pronta di quinoa, fagioli e patate sul fuoco per sé. Innaffiò il tutto con una birra pensando alla scena vissuta al Donnie's Emporium. Gli era sembrato davvero di rivedere certi film del passato, dove gli abitanti di un villaggio si rivoltavano contro il nuovo arrivato oppure contro il *diverso* della situazione, meglio se nero. Lui era bianco quanto loro, ma restava pur sempre *the new kid in town*.

Quando uscì per ritirare la posta capì che quell'episodio non era stato una singolarità. Nella cassetta c'era una busta che conteneva qualcosa di solido al suo interno. La aprì e ne fuoriuscì un bossolo. Insieme al bossolo c'era un biglietto, scritto a mano. VATTENE diceva il messaggio. Solo quello. VATTENE. Larry alzò la testa e si guardò intorno, come se l'autore di quella missiva potesse essere ancora da quelle parti, magari dietro un albero per spiare la sua reazione. Si accorse che Howell Grier lo stava fissando.

«Tutto a posto?» chiese Howell.

Quell'interessamento inusuale sembrò a Larry quasi più sorprendente del messaggio intimidatorio trovato in cassetta. A meno che Howell non ne fosse l'autore. Scacciò subito l'idea. Era più una cosa in stile Etta. O in stile Donnie Licois e i suoi bravi ragazzi. Ne avrebbe informato lo sceriffo.

Alzò un braccio per tranquillizzare Howell Grier e tornò in casa.

Una volta rientrato controllò che tutte le finestre fossero chiuse. Poi bloccò con un lucchetto la porta della serra. Cercava di non pensarci, ma non era una cosa facile. Un bossolo recapitato a casa non era come un semplice e banale vaffanculo. Era qualcosa di veramente minaccioso, qualcosa che ti faceva pensare che c'era qualcuno, là fuori, che forse ti voleva *ammazzare*.

***

Passò il resto della giornata a pensare a quel bossolo, se fosse il caso di denunciare la cosa oppure no. E se si fosse trattato di uno scherzo? Avrebbe fatto la figura del pusillanime, che si spaventava per uno stupido gioco. Per quanto lasciare bossoli nelle cassette delle lettere non potesse affatto essere considerato un gioco. Forse a Wytago, Vermont, non certo a Nashua, New Hampshire.

Glove era stato felice di vendergli dell'erba. «Così sei meno doc e più dei nostri» gli aveva detto ammiccando a Stu. «Questa la scaliamo dalla parcella, ok?» Rocky fortunatamente stava bene, i punti si stavano riassorbendo e nessuno era stato ancora divorato. «Gli sto anche costruendo un recinto» aveva aggiunto.

Ora, però, a Larry la voglia di farsi una canna era passata. La testa (dolorante) continuava ad andare a quella busta, così pesante, che già al tatto avrebbe dovuto metterlo in allarme. Era una cosa da mafiosi, quasi come quella famosa testa di cavallo tra le lenzuola. A pensarci bene, la cosa più che spaventarlo lo stava facendo incazzare. Chiunque fosse stato, come si permetteva di minacciarlo? Donnie Licois gli impediva di fare acquisti nel suo negozio. Quale sarebbe stato il prossimo passo dei lodevoli cittadini di Wytago? Tagliargli i fili del telefono? Uccidergli il cane?

Prese la guida telefonica spinto da un moto di rabbia e compose il numero del centralino dello sceriffo.

«Sono Larry Nowak» disse a Martha Richardson. «Vorrei denunciare un reato.»

Fortunatamente fu il vice Tugwell e non Moravi a raccogliere la sua deposizione. Gli fu chiesto di produrre la prova dell'intimidazione subita consegnandola alla stazione di polizia. Larry riagganciò, mise la busta con il bossolo e il messaggio dentro un sacchetto trasparente per alimenti e risalì in auto.

Lyman Tugwell, sotto lo sguardo attento di Martha Richardson, gli fece firmare la deposizione e gli disse che l'ufficio dello sceriffo avrebbe indagato. La cosa buffa (ma nemmeno tanto) era che Larry, nel volgere di quarantotto ore, si era trasformato da sospettato numero uno nell'inchiesta numero uno della contea di Chittenden a querelante per un caso di minacce anonime. Si trovava, per così dire, dall'altra parte del banco.

***

Stava pensando di chiamare Jobeth. Doodley gli aveva detto che non aveva preso bene la faccenda del suo arresto. Ma che significava? Che lo credeva colpevole come Licois e gli altri o che non lo credeva colpevole ma, siccome non si sa mai, non le andava che lui gironzolasse intorno a suo figlio? A quello stronzo di suo figlio, si disse Larry. Chi lo voleva tra i piedi un ragazzino strafottente e arrogante come quello? Da quando Larry era stato rimesso in libertà, lei non lo aveva mai cercato. Nemmeno per chiedergli come stava. Stronzo il figlio e stronza la madre. Meno male che le cose non erano andate troppo avanti, tra loro due. Meglio così. Assolutamente meglio così.

No, non avrebbe chiamato Jobeth. Se lei voleva parlargli sapeva dove e come trovarlo. Altrimenti che si fottesse. Lanciò la lattina contro il televisore acceso spaventando a morte Jip, che corse a nascondersi sotto il tavolo.

«Scusa, amico» disse Larry chinandosi e allungando una mano verso il suo musetto per calmarlo. «Scusa. Non so che mi prende. Sbalzi di umore, presumo. Ma tu forse non sai nemmeno di cosa sto parlando. Sei solo un cagnolino simpatico che si è ritrovato nella casa di un matto. Giusto?»

Ripulì la birra dal pavimento. Dopodiché stabilì che una canna avrebbe fatto al caso suo. Aveva bisogno di rilassarsi un po' e di svuotare, per quanto possibile, la mente. Aprì il flacone di Excedrin Strength (era quello "*Strength*" che gli faceva ben sperare) e ne tirò fuori due compresse. Qualcuno, una volta, gli aveva detto che era meglio masticarle. Erano amare, ma facevano effetto più velocemente (anche se aveva il sospetto che, per uno come lui, le aspirine sarebbero state acqua fresca). Ingoiò con una smorfia, ci bevve dietro mezza Miller e finalmente fumò sana erba pakistana.

Pochi minuti dopo qualcuno suonava il campanello. Annette Licois.

«Sbaglio o il mio olfatto percepisce profumo di marijuana?» chiese arricciando il naso come un coniglio. «Scommetto che sei stato da Herb.»

«Hai vinto.» Recuperò dal posacenere il joint e lo offrì alla donna.

«Con molto piacere. Controlliamo prima i vetri della serra o prima scopiamo?» disse prendendogli il viso tra le mani.

Larry scoppiò a ridere. «Stai dicendo sul serio?»

«No. A proposito dei vetri sto scherzando. Quindi, se non hai nulla in contrario, andiamo di sopra a scopare.»

***

Questa volta Larry fissò nella mente ogni momento e ogni dettaglio, tanto che la sua performance ne risentì, concentrato com'era a memorizzare. Neanche fosse stata una lezione universitaria. Fu comunque appagante, per entrambi.

«Ma tu da dove sei saltata fuori?» le chiese mentre si passavano il fumo stesi a letto, ricoperti solo dalle lenzuola umide del loro sudore.

Annette si girò verso di lui stupita. Quindi rise. «Che cavolo vuol dire?» La frangetta che le cascava sugli occhi la faceva sembrare più giovane di quel che era. Aveva un corpo armonioso e incredibilmente sodo.

«Vuol dire che non sembri una di Wytago, Vermont. Sei più stile Boston o New York.»

«Perché mi piace scopare?»

«No, perché non ti fai problemi.»

«Anche a Wytago, Vermont, esistono persone che non si

fanno problemi. Esattamente come a Boston, a New York o in qualunque posto del cazzo da dove vieni tu.»

«Nashua.»

«Cosa?»

«Nashua, New Hampshire. È la mia città.»

Annette sollevò le spalle. «Tutte le città sono uguali. È la gente che è diversa.»

«Questo è vero. E qui la gente, a differenza dei primi tempi, comincia a essere poco amichevole nei miei confronti.»

«Ti riferisci a mio padre e a quei coglioni sfigati dei suoi amici? Non ti devi preoccupare di loro.»

Larry le raccontò della busta con il bossolo.

Annette rise di nuovo.

«Ti fa ridere?»

«Ma dai! È una cazzata! Ti stanno prendendo per il culo. Queste cose le vedi solo nei film.»

Larry si alzò e andò in bagno. «Film o non film io ho denunciato la cosa allo sceriffo» disse mentre urinava.

Anche Annette si alzò e lo raggiunse. «Posso farmi un bidet?»

«Accomodati.»

«Senti, se sono stati gli amici di mio padre, devi capire che vivono ancora ai tempi del Far West, nell'Ottocento.»

«A parte che qui il Far West non c'è mai stato» obiettò Larry tirando la sciacquone e tornando in camera a vestirsi «bisognerebbe che qualcuno dicesse loro che esiste una cosa chiamata legge e che va rispettata.»

«Hai ragione. In un mondo perfetto, però. Qui a Wytago, mio padre pensa di essere la legge. È questo il problema. Capisci?»

«Francamente non lo so.»

«Ma sì che capisci» disse Annette raggiungendolo e schiacciandogli i seni nudi contro il torace. «Sei un omino intelligente. Vero che capisci?»

Larry rise e sentì che stava avendo una nuova erezione. «Ok, capisco. Che ne dici se andiamo a controllare i benedetti vetri della serra?»

Lei si staccò da lui facendo una faccia sorpresa. «Quali vetri?»

«Sei mai seria?»

«Certo. Quando faccio l'amore sono moooolto seria!»

Larry ricordava come, mentre veniva, Annette l'aveva guardato fisso negli occhi muovendosi piano, e in quegli occhi chiarissimi lui era riuscito a scorgere la contrazione delle pupille nel momento esatto in cui lei aveva raggiunto l'orgasmo. Subito dopo, quando si erano stesi, lei aveva indugiato sulle cicatrici delle sue gambe con un dito. Non gli aveva fatto domande e nel momento in cui lui aveva schiuso le labbra per spiegare, lei lo aveva baciato dolcemente, zittendolo. Sì, Annette Licois era una donna che dietro una maschera di sconsideratezza sapeva essere non solo seria ma vera.

Scesero al piano di sotto.

«Non hai un uomo, una relazione?» volle sapere Larry.

«Fai un sacco di domande, tu.»

«Scusa...»

«L'ho avuta. Più di una. E sono anche stata sposata. Un disastro. Divorziammo dopo otto mesi. Urla e botte.»

«Ti picchiava?»

«Io picchiavo lui! E comunque un po' ci avevi preso. Vivevo a Boston, al tempo. Hai una birra?»

Larry aprì il frigo invitandola a servirsi. «E poi sei tornata a Wytago?»

«No. Ho girovagato per il New England. Volevo starmene fuori dai piedi. Quando è morta mia madre e Donnie è rimasto solo, sono tornata per dargli una mano. E da allora sono passati cinque anni.»

«E hai intenzione di rimanere qui per sempre?»

«Chi può dirlo? Quizas, quizas, quizas...» canticchiò. Buttò giù un lungo sorso. «Allora, dov'è la serra?»

«Di là.»

Annette prese diligentemente tutte le misure, come un esperto carpentiere. «Spero davvero che non siano stati mio padre e i suoi amici a farti questo. Sarebbero davvero degli stronzi. Mi scuso a nome loro.»

Larry fece un gesto, a significare che non aveva importanza.

«Ci vorranno un centinaio di dollari. Forse qualcosa in più.»

«Andrà benissimo. Grazie. Posso chiederti una cosa?»

«Spara.»

«Cosa ci trovi in un relitto come me?»

«Siamo in vena di farci compatire?»

«Dai, dico sul serio. Cioè, fisicamente sono ridotto un colabrodo, assumo farmaci e alcol come se non ci fosse un domani e mi hanno perfino accusato di tentato omicidio ai danni di un ragazzino. Cosa ci fai qui?»

«Prendo le misure per i vetri, no? Allora, primo, fisicamente sarai anche ridotto un colabrodo per tutto quello che hai passato, ma a letto funzioni eccome. Hai un bel visino e con quella barba sei affascinante. Secondo, droghe e alcol come se non ci fosse un domani è la mia specialità. Quindi non credere di avere l'esclusiva. Terzo, sei stato rilasciato. E poi, vuoi mettere il brivido di andare a letto con un potenziale serial killer? Potresti strangolarmi durante l'amplesso.»

«Con te è impossibile parlare seriamente. Ci rinuncio.»

Lei cambiò espressione. «Una cosa seria te la voglio dire.»

«Davvero?»

«Davvero, e riguarda *Glove*. Lo conosco da quando andavamo a scuola insieme e se devi comprare un po' d'erba, di tanto in tanto, va bene. Ma fai attenzione a non dargli confidenza. È una persona pericolosa.»

Larry ricordò il pozzo nero e senza fondo in cui era precipitato quando aveva iniziato a operare Rocky. «Pericoloso in che senso?»

«È un violento, un fuori di testa. E Stu Simkins è peggio di lui. Stu è stato in prigione per aver ucciso un uomo. Si proteggono uno con l'altro, tanto che qualcuno ha pensato anche che andassero a letto insieme, che fossero una coppia, insomma.»

«E lo sono?»

«Non ne ho idea e francamente non me ne frega un cazzo. Ti sto solo dicendo di fare attenzione a quel tipo. Ok?»

Se Annette aveva intenzione di spaventarlo, ci era riuscita in pieno. «Ok» ripeté Larry.

«Ti faccio sapere qualcosa per i vetri» disse lei avviandosi verso la porta e mutando ancora una volta repentinamente il proprio atteggiamento. «Adesso vado, prima che mio padre scopra che sono da te e venga a bruciarti la casa!»

Stava ridendo, ma Larry pensò che la sua non era un'ipotesi campata per aria. Magari Donnie Licois si sarebbe fatto dare una mano proprio da *Glove* Gilmore e dal suo socio Stu.

***

Jobeth Allison era confusa. Quello che era successo a Dave Winthrop e poi l'arresto di Larry l'avevano convinta di avere scampato un pericolo. E se quella cosa fosse capitata a Luke, il suo Luke? Ora Larry sembrava innocente, era tornato a casa, ma lei non si sentiva ancora così sicura di lui da riprendere la loro relazione o quel che era. E comunque niente sarebbe stato più come prima. Di questo era più che certa. Suzie le aveva detto di starsene alla larga mentre Doodley, che era stato da Larry per restituire Jip, suggeriva di prendere tempo.

Quella sera pedalava in sella alla sua Trek in alluminio. Era un po' che non la usava. Le recenti vicende le avevano occupato la mente a tal punto da dimenticarsene. Lei e sua madre dovevano organizzarsi per non lasciare mai Luke da solo. Ormai, almeno per Jobeth, quella era diventata un'ossessione. C'era un maniaco in giro per la contea e Dio solo sapeva se e quando avrebbe colpito ancora. La bicicletta, però, era anche la sola valvola di sfogo che Jobeth aveva, e non era disposta a rinunciarvi.

Le gambe la portarono oltre il Winooski, lungo la 302, e a un certo punto decise di svoltare per Pembroke Road. Non aveva intenzione di fermarsi. Voleva solo passare davanti alla casa di Larry per vedere com'era. Sapeva che c'era stata una certa attenzione mediatica, ma ora i giornalisti si erano spostati altrove. Voleva vedere se c'erano luci accese, se le tende erano tirate o no. In realtà non sapeva nemmeno lei esattamente cosa voleva. Forse cercava una scusa per incrociare Larry, come aveva fatto un mese prima (Dio, era passato davvero solo un mese?), quando lo aveva quasi investito proprio con quella bicicletta. Sperava di incontrarlo in mezzo alla strada, mentre usciva da casa della signorina Boulding, oppure in giardino, a tirare un frisbee a Jip. Cosa avrebbe fatto in quel caso? Non sapeva nemmeno questo. Avrebbe lasciato fare al destino, il che non era un gran piano.

Invece, mentre pedalava lentamente guardandosi intorno, in una luce crepuscolare che tingeva di rosa le facciate delle case, scorse una donna svicolare dal civico 9 in tutta fretta. La donna le passò davanti senza guardarla e sparì trotterellando attraverso il boschetto che confinava con la chiesa di St. Paul. Come una ladra.

Quella donna era Annette Licois, da molti considerata la puttana del paese.

Jobeth scalò la marcia e pigiò sui pedali con tutta la forza che aveva.

Fanculo Larry Nowak, pensò. *Ha fatto presto a consolarsi.*

***

La serata, iniziata in maniera così dolce per Larry, finì in modo imprevisto.

Dall'ora di cena il telefono cominciò a squillare, in più occasioni, e ogni volta che Larry sollevava il ricevitore, dall'altra parte c'era silenzio.

Alla quinta o sesta chiamata, una voce disse: «Te ne devi andare. Hai capito? Altrimenti sono cazzi».

«Andate a fanculo!» aveva risposto Larry. Dopodiché aveva riagganciato e staccato la spina.

Dopo le scritte, le vetrate infrante e la lettera con il bossolo, ora le telefonate anonime.

Andarsene. Certo che poteva andarsene. Ma non così su due piedi. Non dopo che aveva scommesso su di sé e in maniera così pesante. Non aveva alcuna intenzione di perdere l'intera posta in gioco. Quindi, calma e sangue freddo. Non si sarebbe lasciato intimidire, non da un branco di bifolchi capitanati, con ogni probabilità, da un vecchio che credeva di essere Wyatt Earp. Cazzo, lui era Lawrence Nowak, medico veterinario laureato con lode alla Northeastern University di Boston. Doveva pur significare qualcosa, no?

Riattaccò la spina del telefono e fece il numero della stazione di polizia.

«Sono il dottor Nowak» disse. «Vorrei parlare con lo sceriffo Blanchard.»

«Lo sceriffo Blanchard è già andato a casa» rispose una voce che non era quella di Martha Richardson. «Posso aiutarla in qualche modo?»

«No. Ho bisogno di parlare direttamente con lo sceriffo.»

«In tal caso dovrà aspettare domattina.»

«Non posso aspettare.»

«Allora dica a me.»
«Posso avere il numero di casa dello sceriffo?»
«Non sono autorizzato a darglielo, signore.»
Larry gli sbatté il telefono in faccia. «Pezzo di merda» ringhiò. Poi prese la guida e cercò Blanchard. Non c'era nessun Blanchard, né Thurgood né altro. Cercò di farsi venire in mente il nome della moglie. Francine… Francine… Andò alla ricerca della ricevuta che aveva fatto il giorno della visita a Coltrane, il loro gatto.
«Francine Rosenberg!» esclamò quando l'ebbe trovata.
Tornò alla guida e trovò il numero.
«Pronto? Buonasera, sono il dottor Nowak. Posso parlare con lo sceriffo Blanchard?»
«Sono io» rispose la voce stanca di Thurgood. «Perché mi chiama a casa?»
«Perché in ufficio non l'ho trovata. Senta…»
«No, stia a sentire lei. Non può chiamarmi qui, quando sono insieme alla mia famiglia. Lo capisce?»
«Si tratta di un'emergenza.»
«Non mi interessa. Chiami il centralino dell'ufficio.»
«Non voglio parlare con un agente qualsiasi. Voglio parlare con lei.»
«Si rende conto che potrei denunciarla come stalker?»
«Non è lei vittima di persecuzioni, sceriffo, ma io. Per questo le chiedo di fare il suo dovere e proteggere i cittadini.»
«Io li proteggo i cittadini.»
«Allora lo dimostri. Ho motivo di ritenere che qualcuno voglia farmi del male. Questa sera ho ricevuto numerose telefonate in cui chiaramente mi si minacciava.»
Blanchard si fece più interessato. «Cosa le dicevano?»
«Di andarmene, altrimenti saranno cazzi.»
«Letteralmente?»
«Letteralmente.»
«Ha riconosciuto la voce?»
«No, era contraffatta.»
«E non ha registrato la telefonata?»
«Certo che no. Come avrei potuto?»
«Quindi non ha prove.»
«Sta scherzando? Pensa che inventi minacce contro di me?

L'avete visto il bossolo e il messaggio che c'era nella busta, o no? Li avete visti i vetri rotti della serra e le scritte ASSASSINO? Le pare possibile che io mi stia inventando tutto? Cristo!»

«Stia calmo.»

«La fa facile. Non è lei al centro del mirino.»

«Non esageri. Probabilmente si tratta di minacce senza seguito, solo per spaventarla un po'. E a quanto vedo ci stanno riuscendo egregiamente.»

A Larry parve che lo sceriffo trovasse la situazione addirittura divertente.

«D'altra parte c'era da aspettarselo» continuò Blanchard «dopo quello che è successo...»

«È successo che lei mi ha sbattuto dentro senza uno straccio di prova. Questo è successo. Ed è stata la scintilla che ha scaldato gli animi. Se siamo arrivati a questo punto la colpa è prevalentemente sua.»

Thurgood abbozzò. L'ultima cosa di cui aveva bisogno la polizia della contea di Chittenden era un cittadino ingiustamente accusato che faceva causa al dipartimento. Ne sarebbe andato di mezzo il procuratore Zimmerman. E lui, naturalmente.

«Le ripeto di stare tranquillo» disse cercando lui stesso di mantenersi calmo. «Conosco i cittadini di Wytago e le assicuro che sono minacce infondate. È che la gente di qui non tollera di essere tradita.»

«Chi avrei tradito, scusi?»

«Lei ha tradito la loro fiducia.»

«Ma di che diavolo parla? Non ho fatto niente di male.» Sperò che fosse vero. C'erano sempre quei buchi nella sua memoria che lo spaventavano a morte. Poteva giurare davvero di non aver fatto niente di male?

«Be', non proprio. La faccenda dell'alcol e dei farmaci e la droga che abbiamo trovato in casa sua...»

«La ketamina è un anestetico veterinario...»

«Lo so. Come so che può diventare una droga. Non faccia il santarellino con me, dottor Nowak. Sappiamo bene quanto la sua dipendenza dai farmaci si sia trasformata in una autentica tossicodipendenza. Non giochiamo a nasconderci, ok? Lei si è presentato agli abitanti di questa città come un professionista serio, che veniva per lavorare, per portare un contributo alla comunità. Ma settimana dopo settimana si è trasformato in un dissoluto tossicomane. E nonostante questo, si è assunto la responsabilità di un ragazzino. Anche lei non è indenne da colpe, se la mettiamo su questo piano.»

Larry si sentì ferito e umiliato. Ma lo sceriffo aveva ragione. Almeno in parte. Larry era arrivato a Wytago con buone intenzioni, ma poi si era servito di quelle buone intenzioni per mascherare la sua vera natura, che, rispetto a sette anni prima, non era cambiata. Fuggire da Nashua, dove tutti lo conoscevano, per poter fare i propri comodi in un altro posto, dove ancora nessuno sapeva chi era. Non ci avevano messo molto a scoprirlo.

«Cosa conta di fare?» chiese.

«Quello per cui sono pagato, disinnescare pericoli. Le prometto che vedrò di capire chi si sta divertendo alle sue spalle.»

«D'accordo. E per quel bossolo?»

«È un calibro 20, cartucce diffusissime e usate per la caccia. Si adattano a fucili di ogni tipo, doppiette, automatici, a pompa. È praticamente impossibile risalire al proprietario. Senza contare che chi le ha spedito quella busta potrebbe averlo semplicemente raccolto da terra.»

Un'altra pista cieca, avrebbe detto Maldwyn Price.

«Per i farmaci sequestrati, che si fa?»

«Quelli veterinari le saranno restituiti. Tutti gli altri, acquistati senza prescrizione, così come la ketamina a uso personale, resteranno dove sono, in un armadietto chiuso a chiave alla stazione di polizia.»

«Capisco.» Fece una pausa. «Come sta il suo gatto?» chiese stupendo se stesso.

Lo sceriffo parve piacevolmente sorpreso da quella domanda, poiché la sua voce si fece più morbida. «Meglio, grazie. Ha quasi finito l'antibiotico e urina normalmente.»

«Bene.»

«Bene. Se è tutto...»

«Buonanotte, sceriffo.»

«Buonanotte, dottor Nowak.»

Larry riagganciò e staccò la spina. Non aveva alcuna voglia di passare la notte ad ascoltare la suoneria del telefono.

30

Martedì 11 luglio

C'era una domanda che più di ogni altra gli girava per la mente: come diavolo era finito in casa sua quel cappellino? La prima spiegazione che si era dato era che Dave l'avesse dimenticato. Ma poi aveva scoperto che lo indossava al momento della sparizione e dunque non era possibile che l'avesse lasciato da lui prima di quel giorno. E se Dave, quella mattina, fosse passato da casa sua? Se fosse entrato nella serra mentre Larry dormiva o vomitava o era fatto o vagava scalzo per il bosco con un badile tra le mani? Poteva averlo perso mentre girava per le stanze cercando Larry e poi, non avendolo trovato, se n'era andato altrove (e *altrove* aveva incontrato il lupo cattivo).

Poi gli venne in mente un'altra possibilità, ovvero che qualcuno l'avesse messo appositamente in casa sua per far ricadere i sospetti su di lui. Questa nuova possibilità si sposava perfettamente con le minacce di cui era oggetto. Ma la domanda successiva era: chi? Chi era riuscito a entrare in possesso di quel cappellino e metterlo senza essere visto in casa di Larry? Chi, se non l'uomo che aveva tentato di uccidere Dave? Si chiese se avessero analizzato le impronte sul cappellino. Chissà se oltre le sue ne avevano trovate altre.

La terza e ultima ipotesi lo riguardava molto da vicino, ed era quella che prendeva in considerazione un suo coinvolgimento diretto nella vicenda. Il lavoro di Maldwyn Price sugli alibi di Larry era stato straordinario, ma era pur vero che restava un buco lungo un intero pomeriggio. Magari Larry aveva solo sognato di essere sul divano, era stata un'allucinazione, una delle tante, mentre in realtà si trovava alla cava con Dave. Non voleva nemmeno pensarci. Jekyll e Hyde. Uno schizofrenico con sdoppiamento della personalità, veterinario di giorno, maniaco di notte.

Decise che doveva uscire, farsi vedere in giro. Starsene rintanato in casa lo faceva sembrare spaventato, cosa che non voleva che pensassero. Scese a piedi in Main Street senza una meta precisa. Si sentiva abbastanza bene e non capiva se dipendesse proprio dalla mancanza di farmaci. Forse vi aveva fatto eccessivo affidamento. Poi gli venne da pensare a tutti quei malati terminali che negli ultimi giorni o nelle ultime ore di vita avevano mostrato degli insperati progressi. Stavano bene e poco dopo crepavano. E se fosse stato lo stesso per lui? Forse quello era il colpo di coda prima della mazzata finale.

Basta pensieri negativi, si disse. Devi smetterla.

Aveva portato Jip con sé, con il guinzaglio, per dare agli altri un'immagine tranquilla, di uno che, anziché fare la guerra al mondo, se ne va a spasso con il suo cane. Il messaggio per chi cercava di intimidirlo era chiaro: non ho paura di voi.

Incontrò Sandra Duvall (la madre di Suzie), anche lei a passeggio con Charley, il cucciolo di bulldog. Larry cercò di mostrarsi affabile e le chiese se, secondo il tabellino che avevano stilato insieme, era già tempo di vaccinazioni. Lei gli rispose (piuttosto freddamente) che aveva deciso di non farlo vaccinare, che aveva letto alcuni articoli e preferiva pensarci un po'. C'erano animali, disse, che erano morti a causa della vaccinazione. Larry replicò che non erano studi scientifici, bensì opinioni di persone che non avevano alcun titolo per affermare certe cose, ma la signora Duvall fu irremovibile. A quel punto Larry tentò un'altra strada. Parlò dello studio nella serra e della possibilità di inaugurarlo entro qualche giorno, ricordandole come, in qualità di arredatrice, si fosse offerta di aiutarlo. Anche in questo caso si trovò di fronte un muro. Sandra Duvall si scusò affermando di avere molto da fare in quel periodo e se ne andò.

Quindi fu la volta di Lou, il barbiere. Larry (in maniera un po' provocatoria) aveva pensato di farsi regolare barba e capelli. Il suo ingresso nel salone provocò un silenzio immediato, com'era già successo il giorno prima sotto il portico del Donnie's Emporium. Lou Touissant stava tagliando i capelli a un ragazzino accompagnato dalla madre, una signora secca che sedeva sfogliando una rivista. I due si confrontavano sul taglio da fare al ragazzino, ignorando le suppliche di quest'ultimo, il quale cercava inutilmente di dire la sua.

Quando Larry entrò, la donna mise giù il giornale e si zittì mettendosi a fissarlo. Lou interruppe il suo lavoro e fece altrettanto, le forbici sospese a mezz'aria.

«Buongiorno» li salutò Larry. «Pensavo di fermarmi per una regolatina.»

«Buongiorno» rispose Lou formale. «Ci sarà da aspettare.»

«Non c'è problema» disse Larry. «Ho tempo.»

Il barbiere si mosse di un paio di passi, giusto quello che serviva a mettersi tra Larry e il ragazzo sulla poltrona. In questo modo lo coprì alla vista con il suo stesso corpo. «È che qui ci vorrà parecchio» replicò. «Dobbiamo scegliere il taglio...»

«Io non voglio tagliarli» protestò il ragazzino da dietro l'uomo. Larry ne vedeva solo le gambe e i piedi, che scalciavano l'aria. «Mi piacciono lunghi!»

«Tu fai silenzio» disse la donna. Poi, rivolta a Larry, aggiunse: «Sì, ci vorrà parecchio tempo».

«Forse le conviene tornare un altro giorno» suggerì Lou Touissant.

La divisa rosa confetto di Eyleen Bishop sbucò in quell'istante dall'ala dedicata alle signore, il Salon de Coiffure. «Joanna, quando vuoi qui è pronto. Ti ho preparato uno shampoo a base di...» Anche lei si fermò vedendo Larry. «Buongiorno» disse soltanto.

«Buongiorno a lei.» Larry sperò di aver trovato un'alleata. Ma si sbagliava. «Come sta il suo... cagnolino?» Non ricordava quale fosse, se il beagle, lo york o altro ancora. Tantomeno ne rammentava il nome.

«Scott sta benissimo, grazie.»

«Scott, già.» Larry si sforzò di ricordare che problemi avesse Scott. Gli venne in mente la famosa faccenda della diarrea. Niente di più. «Quando ha bisogno, basta che mi telefoni.»

Lei gli fece un sorriso cortese, educato, ma poco sentito. E non disse nulla.

«Come le dicevo» riprese Lou «sarà meglio che torni un altro giorno.»

Larry guardò i presenti, uno per uno (eccetto il ragazzino, che restava sempre parzialmente celato). Infine disse: «D'accordo. Ho capito. Magari la prossima volta telefono prima».

Lou annuì. «Meglio. Buona giornata.»

Sembrava passato un secolo da quando quello stesso uomo aveva riempito Larry di domande e gli aveva svelato il significato del detto sul campo di John Jay. L'intera città o quasi gli si rivoltava contro, come un cane che morde la mano desiderosa di accarezzarlo. Si era sbagliato a valutare quella gente. O forse loro avevano sbagliato a valutare lui. Le colpe, aveva imparato a proprie spese, non stavano mai da una parte soltanto.

Passò davanti al Donnie's Emporium. Tanto valeva fare tombola. I ragazzi erano sotto il portico, schierati come soldati. Lo guardarono passare senza salutarlo, senza dire nulla. Le loro espressioni equivalevano a mille parole. Larry fu tentato di chiedere se sapevano qualcosa di un bossolo calibro 20 e di telefonate anonime al suo numero di casa. Ma poi risolse che non era il caso di esagerare. Non entrò per vedere Annette, non voleva provocarli più di quello che già stava facendo.

***

Rientrato a casa (dopo aver controllato la cassetta delle lettere e, con sollievo, non avervi trovato nulla, né bossoli, né lettere minatorie, né il corpo straziato di un uccello), riattaccò la spina del telefono. Aveva intenzione di chiamare sua madre per dirle di non preoccuparsi se la linea risultava sempre staccata. Ma prima che potesse alzare la cornetta, ci fu un trillo.

Larry rispose immediatamente, con un «Pronto» carico di aggressività.

«Finalmente» gli rispose la voce di Margareth. «Stavo per mandare qualcuno.»

«Ciao mamma.»

«Ho anche pensato che non avessi pagato le bollette. Si può sapere perché diavolo il tuo telefono è sempre muto?»

Larry valutò se fosse effettivamente il caso di dirle delle

minacce. Optò per una mezza bugia. «Non voglio essere disturbato» disse.

«Lo capisco. I giornalisti, vero?»

«Sì.»

«Però potevi almeno avvertirmi.»

«Stavo per farlo.»

«D'accordo. Senti, c'è una bella notizia. Il 20 arriva Harper. Pensavo che saresti potuto scendere per qualche giorno.»

«Sicuramente verrò a salutarla.» L'idea di rivedere sua sorella dopotutto quel tempo lo eccitava, ma insieme lo intimoriva. Conoscendo la verità sull'incidente in cui aveva perso la vita Jonie, cosa pensava realmente Harper di lui? Quando si erano sentiti al telefono, dopo il risveglio di Larry, l'entusiasmo per quel miracolo aveva sopravanzato ogni altra considerazione. Avevano parlato di molte cose, ma non della sconsiderata vita che Larry aveva condotto prima del coma. Ora, inevitabilmente, l'argomento sarebbe venuto fuori e Larry non era sicuro di volerlo affrontare con lei. «Poi vedremo» aggiunse.

«Vedremo cosa?»

«Quanto mi fermerò.»

«Harper resterà per almeno due settimane. Ho pensato che saresti rimasto con noi durante quel periodo.»

«Non lo so, mamma. Ti ho detto che vedremo.»

«Non capisco cosa dovremmo vedere. Non mi dirai che preferisci restare con quella manica di buzzurri cavernicoli a farti insultare o, peggio ancora, ignorare?»

Larry non rispose.

«Com'è stato?» chiese Margareth cambiando discorso. «In prigione, intendo.»

«Non bello.»

«Lo immagino.»

Come poteva immaginarlo?, si chiese Larry. Nessuno poteva immaginarlo finché non lo provava.

«Però è finita» continuò lei. «Ora devi solo dimenticare.»

«Già.»

«Potremmo fargli causa, lo sai? Potremmo chiedere un mucchio di soldi come risarcimento.»

«Non credo che...»

«Come non credi? Valentine ha detto che...»

«Mamma, non mi interessa quello che ha detto il tuo avvocato.»

«Non è il *mio* avvocato. È l'avvocato della JED.»

«Non ha importanza. Non farò causa allo Stato del Vermont. Non è successo nulla.»

Non era questo che pensava. Era successo qualcosa, eccome, ma non voleva che sua madre si mettesse in testa strane idee di rivincita, che poi avrebbero finito per sconvolgere la *sua* vita, non quella di lei.

«Questo lo dici tu» replicò Margareth.

«Sì, lo dico io. E per favore attieniti, almeno per una volta, a quello che io desidero.»

«Cosa vorresti dire?»

«Hai capito perfettamente.»

«Quindi io ti farei fare sempre quello che voglio? È questo che pensi di tua madre?»

«Devo andare, mamma. Ci sentiamo presto.»

«Lawrence, aspetta...»

«Buona giornata, mamma.» Larry riattaccò e, prima che sua madre o qualcun altro lo richiamasse, staccò nuovamente la spina.

***

Il gruppetto risaliva Pembroke Road proveniente dalla Main. Larry ne udì il brusio, un parlottare confuso ed eccitato. Era in cucina, a preparare qualcosa da mangiare, e aveva lasciato la finestra spalancata, con le tende che facevano da filtro alla sua privacy e che ondeggiavano mosse da una brezza leggera al profumo di erba appena tagliata.

Si affacciò per vedere cosa stesse accadendo e riconobbe Donnie Licois, alla testa di un piccolo drappello di persone. Avanzavano verso casa sua. Erano una dozzina.

Vide il *reverendo* Coughlin, Graham Moravi e il cugino di Licois, Milton Swayne. E poi Frankie Poletti e Mike Winthrop, Ted Deepneu, Edward Shoney e altri che non conosceva. Avevano facce scure, torve. Etta Grier uscì di casa per unirsi a loro. Larry la vide parlottare con Donnie Licois e poi annuire e procedere decisa e con un sorriso soddisfatto sul viso rotondo. Sentì suo marito, Howell, chiamarla dalla porta di casa, ma lei lo ignorò.

Stavano venendo da lui. Non avevano torce in mano, come si usava negli anni Cinquanta («prima che mio padre venga a bruciarti la casa» aveva scherzato Annette) e, fortunatamente, neppure armi. O almeno, così sembrava. Ma il loro incedere e il fatto che fossero così numerosi suggeriva che non si trattasse di una visita di cortesia.

Larry pensò se fosse il caso di fingere di non essere in casa, di restare chiuso all'interno e non rispondere ad alcuna provocazione. Forse se ne sarebbero andati. Ma, quasi sicuramente, presto o tardi sarebbero tornati. Meglio uscire sotto il portico e affrontarli. Cosa potevano fare? Ucciderlo? Pestarlo a sangue? Probabilmente erano lì solo per reiterare il loro invito ad andarsene, a lasciare la città. Ma lui voleva che capissero che non c'entrava (e ancora la voce grossolana di Hyde chiese *Sei sicuro*?). L'avevano educato ad argomentare, a sostenere e propugnare le proprie convinzioni. Aveva il diritto di difendersi. Prima, però, meglio cautelarsi. Prese il telefono e compose il numero dello sceriffo. Nessun segnale. Pensò che gli avessero tagliato i fili. Ma poi ricordò che lui stesso l'aveva staccato. Le mani, inaspettatamente tremanti, impiegarono tre tentativi per inserire correttamente la spina e due volte sbagliarono il numero da comporre. Finalmente, dopo un'attesa che parve eterna, la voce di Martha Richardson annunciò: «Centralino dell'ufficio dello sceriffo. Posso aiutarla?».

Quando Larry spiegò che temeva un'aggressione imminente ai suoi danni, la donna rimase per qualche istante perplessa. «È stato aggredito?» chiese per sincerarsi di aver capito.

«Non ancora» rispose Larry. Si rendeva conto che la conversazione suonava un po' strana.

«Allora prevede di essere aggredito?» volle sapere Martha Richardson.

«Ci sono delle persone, fuori da casa mia, e non credo siano qui per aiutarmi a tosare il prato. Per favore, chieda di mandare un'auto a controllare. Pembroke Road, civico 9.»

«Va bene, signor Nowak. Riferirò al vice capo Moravi, che è di turno ora.»

Larry ricordava come il vice capo Moravi lo avesse volutamente lasciato alla mercé dei giornalisti che stazionavano davanti a casa dopo il suo rilascio e come si fosse mostrato sempre ostile nei suoi confronti. Si disse che probabilmente il vice capo Moravi avrebbe fatto finta di prendere la chiamata e anziché recarsi in Pembroke Road sarebbe andato a farsi un giro dalla parte opposta della città, sperando che i suoi concittadini dessero a quel fottuto veterinario la lezione che meritava. In ogni caso, concluse, le chiamate alla polizia venivano sempre registrate e dunque, nell'eventualità che gli avessero fatto del male, la sua richiesta preventiva di aiuto sarebbe stata una prova a carico dell'autorità locale, vice Moravi incluso.

Prese un respiro profondo, simile a un rantolo, e uscì.

«Buonasera» disse cercando di essere cordiale. «Cosa succede?»

Fu Donnie Licois a parlare, com'era prevedibile. «Non mi pare che stia preparando le valigie» disse. Teneva il sigaro (spento) tra le dita.

Larry si chiese se l'avesse mai acceso.

«Perché dovrei preparare le valigie?»

«Perché qui nessuno la vuole. Non ci piacciono i degenerati.»

Larry abbozzò un sorriso. «Degenerati? Io sarei un degenerato?» Il tono, nonostante gli sforzi, conteneva una nota di allarme.

«Non ci piacciono le cose che fai» intervenne il *reverendo*.

«E vogliamo che tu te ne vada» rincarò la dose Milton Swayne. Dopodiché sputò davanti a sé.

Gli altri annuivano, compreso Shoney, che Larry aveva giudicato una spanna sopra gli altri, almeno dal punto di vista intellettuale.

«Sentite» iniziò Larry «capisco che quanto è successo abbia suscitato rabbia, paura e diffidenza in tutti voi, ma, credete, state facendo un errore. Non sono io il responsabile.»

«Poche chiacchiere» si fece avanti Frankie Poletti. «Non sarà lei il porco che ha assassinato quei poveri bambini, ma, approfittando di questa situazione, si è divertito con mio nipote, che ora è in coma per colpa sua!»

Ci furono mugugni di assenso.

«Ero a casa, quel giorno» si difese Larry sperando di sembrare convincente. «Sono stato scarcerato.»

«Non mi interessa quel che fa o dice Blanchard. Lei aveva il cappello di Dave! E non sa spiegare il perché!»

Il gruppo avanzò fino ai primi gradini del portico e Larry, istintivamente, si fece indietro.

«Non mi sei mai piaciuto» si intromise Etta Grier. «Le droghe e tutto quell'alcol. A chi credevi di darla a bere? Sei arrivato in città e sono cominciati i problemi!»

Larry era stupefatto (e spaventato). «Ma quali problemi? Voi... voi state delirando!»

«Te ne devi andare» intimò Donnie Licois salendo sul portico con aria minacciosa. Portava una giacca piena di tasche, come quelle da pesca, inutile in una giornata calda come quella. Larry immaginò che potesse nascondere una pistola o un coltello. O addirittura un piccolo fucile calibro 20, lo stesso a cui apparteneva quel simpatico bossolo trovato nella cassetta delle lettere. «Te ne devi andare, altrimenti ti può capitare qualcosa di brutto. Hai capito?»

«Mi sta minacciando?» chiese Larry. La voce si era fatta acuta. Sperò che Peter Moravi o chi per lui apparisse in fondo alla strada, ma Pembroke Road sembrava deserta.

«Ti sto dicendo che sei stato fortunato, finora. Non approfittarne.»

«Donnie Licois» chiamò una voce.

Tutti si girarono a guardare. Compreso Larry.

Una figura sottile e scura, eterea come un'ombra, stava attraversando la strada.

Era Josephine Boulding.

***

«Donnie Licois!» ripeté la voce di Josephine Boulding.

Larry la vide avvicinarsi muovendo passi che non le aveva mai visto muovere. Anche la sua voce sembrava diversa, più profonda, più ferma. Più autoritaria. L'eco dell'insegnante che era stata.

«Cosa fai al di fuori del tuo portico sicuro?» chiese Josephine. I suoi piccoli occhi neri scrutavano i presenti come un tempo dovevano aver fatto dalla cattedra. «Ti sei portato gli amichetti per sentirti forte come facevi quand'eri un insignificante ragazzino?»

«Josephine, ascolta...»

«Sei sempre stato un codardo, forte con i deboli e vigliacco coi forti» proseguì la donna ignorando il suo tentativo di replica. Poi sorrise beffarda inseguendo un ricordo. «Le senti ancora le mie cinque dita sulla faccia, Donnie? Ti bruciano ancora? Scommetto di sì.» Salì faticosamente i tre gradini del portico posizionandosi accanto a Larry. «William Copson, James Worley, Ted Deepneu» riprese dedicandosi agli altri. «Ho insegnato a tutti voi zucconi per anni. Vi mettevate a frignare se vi davo un brutto voto perché avevate paura che i vostri genitori ve le suonassero. E adesso siete qui a fare i duri. Dovreste vergognarvi. Tutti quanti. Da quando rappresentate la legge, a Wytago?»

«Non sono cose che ti riguardano, Josephine» ci riprovò Donnie Licois.

Ma Josephine Boulding aveva rotto gli argini. Era inarrestabile. «E tu, Edward?» disse rivolta a Shoney, che se ne stava dietro a tutti con la sua aria da bambino infelice. «Eri un musone scontroso sempre sulle sue. Adesso cosa sei? Il poliziotto della città, il nuovo sceriffo? O stai rivivendo il tuo vecchio sogno di entrare in polizia? Cosa direbbe Meredith, tua madre, se potesse vederti qui a fare il gradasso? Pensi che sarebbe fiera di te? Non ha sofferto abbastanza in vita? E voi due, Frankie e Mike, non mi sarei mai aspettata di vedervi in mezzo a questa gentaglia. Amavo Lauren e la sua perdita mi addolora enormemente e mi dispiace che le mie condoglianze vi giungano in un momento tanto indegno quanto inopportuno, ma credete davvero di onorare la sua memoria in questo modo? Pensate che tutto ciò sia utile al piccolo David, che sta lottando in ospedale per la propria vita?»

Mike Winthrop abbassò la testa mentre Frankie Poletti sostenne lo sguardo di biasimo della donna, benché la sua mascella tesa si serrasse ritmicamente e i suoi occhi fossero lucidi.

«La sola colpa del dottor Nowak» continuò Josephine «è di aver creduto che Wytago potesse essere la sua nuova casa. Si è fidato di noi, si è aperto, si è mostrato disponibile, forse più di quanto avrebbe dovuto. Il suo passato e le sue pene attuali non ci riguardano Solo lui ha diritto a farci i conti. Non ha fatto del male a nessuno, non in questa comunità. Ma per noi è più facile individuare un colpevole che non sia dei nostri, un estraneo, perché Dio non voglia che un mostro come quello che sta seminando morte e terrore sia uno di noi. Giusto? Meglio prendersela con uno sconosciuto, un forestiero, che non ci mancherà quando verrà sbattuto in prigione o se ne andrà perché l'avremo cacciato, con le buone o con le cattive, e noi torneremo finalmente a credere che Wytago o Berlin o Barre o Graniteville siano il paradiso in Terra. Ho ragione?»

Nessuno le rispose tranne Etta, che, accesa in viso come se fosse stata accanto alla stufa fino a un attimo prima, indicò Larry dicendo: «Quello che stai difendendo, Josephine, è un uomo corrotto, un cattivo cristiano, un pessimo esempio per tutti!».

«E tu, naturalmente, sei la santa donna che si arroga il diritto di scagliare la prima pietra. Ma non capite che state combattendo i vostri stessi fantasmi? Viviamo in un tempo così veloce che ci rendiamo conto del presente solo quando è già passato. E dopo è troppo tardi. Io vi dico fermatevi, ora che siete in tempo. Date retta alla vostra vecchia insegnante di scienze. Tornate a casa.»

Larry era senza parole. E non solo per quello che Josephine aveva detto e per *come* lo aveva detto, ma perché si trovava lì fuori, sotto il portico accanto a lui, perché aveva sfidato e vinto la sua paura. La grigia crisalide si era trasformata in una regale farfalla multicolore.

Un'onda di incertezza serpeggiò nel gruppetto di contestatori. Qualcuno guardò il proprio vicino, qualcun altro sospirò dondolandosi sulle gambe. Milton Swayne sputò, ma girandosi di lato.

Etta aprì la bocca per dire qualcosa, quando Howell sbucò all'improvviso dal nulla.

«Etta! Adesso basta!»

«Vattene a casa» rispose lei senza nemmeno voltarsi.

«Invece sei tu che te ne torni a casa» ribatté Howell afferrandole un braccio (talmente grosso che la mano di lui non riusciva a stringerne nemmeno metà).

«Lasciami stare! Che ti prende?»

«Che prende a me? Che prende a te! Stammi bene a sentire, Etta Furman Grier. Tu ora vieni a casa con me o giuro che da stanotte dovrai prenderti una camera al Vermonter. Mi sono spiegato?»

Etta guardò il marito come se non l'avesse mai visto prima. «Howell?»

«Mi hai sentito, Etta. Non lo ripeterò.» Detto questo si avviò a grandi passi verso casa.

Larry notò che Josephine soffocava a fatica un sorriso compiaciuto. Etta, invece, guardava ora la schiena del marito che si allontanava, ora Donnie e i suoi, ora Larry Nowak con la stessa espressione smarrita.

«Il vecchio Howie ha tirato fuori le palle» commentò divertito il *reverendo* Coughlin.

Donnie Licois, però, non si divertiva affatto. Josephine aveva messo in discussione la sua autorità incrinando il rispetto che tutti gli altri avevano per lui. La questione non era più se Larry Nowak fosse o meno colpevole di qualcosa, qualsiasi cosa, ma come uscire da quella situazione con la propria reputazione ancora in tasca. Cominciò ad applaudire. Dapprima in modo sommesso, poi sempre più platealmente.

«Bellissimo discorso» disse rivolto a Josephine. «Davvero brava. Come quando facevi la maestra...»

«Ero una professoressa» precisò la donna. «E se tu avessi studiato un pochino anziché perdere tempo con quei babbei dei tuoi amici, sapresti la differenza.»

«Bene, *professoressa*. Hai detto la tua. Ora togliti dai piedi e lascia che facciamo due chiacchiere con questo *signore*...»

Il *wap* bitonale di una sirena congelò il momento. La Crown Victoria dello sceriffo Blanchard stava accostando al marciapiede, i lampeggianti spenti.

Thurgood scese dall'auto sistemandosi il cinturone. «Salute a tutti» disse cordiale. «Non sapevo che ci fosse una festa da queste parti.»

«Thurgood...» iniziò Graham Moravi, il quale, in qualità di ex poliziotto e padre del vice di Blanchard, reputava di poter far valere la propria voce.

Ma lo sceriffo non era dello stesso avviso. «Non voglio sentire niente, Graham. Non una parola. Né da te né da nessun altro. Anzi, soprattutto da te, che hai indossato la divisa. Ho già fin troppi casini in questa contea senza che vi ci mettiate anche voi. Quindi» concluse ostentando una pazienza che non aveva «qualunque cosa siate venuti a fare, prendete e tornatevene a casa vostra e la chiudiamo qui. Mi sono spiegato?»

«Ma Frankie e Mike...»

«Frankie e Mike dovrebbero essere all'ospedale, da Dave, e non sul prato di un privato cittadino.»

Dallo sportello lasciato aperto, la voce di Lyman Tugwell gracchiò attraverso la radio di servizio. «Vice Tugwell a sceriffo. Vice Tugwell a sceriffo. Risponda sceriffo. Passo.»

Thurgood gettò un'occhiata intimidatoria ai presenti e si allontanò raggiungendo l'auto. Sganciò il microfono e, senza perdere di vista il gruppetto radunato intorno al portico di Larry, pigiò il pulsante di risposta. «Qui Blanchard. Dimmi, Lyman.»

«Dovrebbe recarsi subito all'ospedale di Montpelier.»

«Che è successo?»

«C'è stato un... incidente.»

«Che genere di incidente?» chiese Thurgood scrutando le facce che aveva di fronte.

«Herb Gilmore...» disse Tugwell. «È morto.»

***

Herb *Glove* Gilmore aveva finito i suoi giorni terreni precipitando dal cornicione del tetto del Central Vermont Medical Center di Montpelier. Gli agenti della sorveglianza lo stavano inseguendo dopo che aveva tentato di penetrare attraverso una finestra nella stanza di Dave Winthrop.

A tutti parve subito evidente che Herb Gilmore fosse coinvolto nel caso e il suo nome, da quel momento, risalì a gran velocità le posizioni nella classifica dei sospettati. I trascorsi familiari e la sua dipendenza dalla droga erano i contorni ideali con cui accompagnare la portata principale: la flagranza di reato. L'ipotesi formulata immediatamente fu che Gilmore, preoccupato dal possibile recupero di Dave, avesse cercato di chiudergli la bocca per sempre.

Blanchard ne era convinto. Se non era la prova della sua colpevolezza, questa...

Dopo aver sbrigato alcune formalità, Thurgood guidò verso casa, quella sera, pensando sì di aver sbagliato con Larry Nowak, ma di aver avuto finalmente quel colpo di fortuna che aspettava da tempo e che, in fin dei conti, credeva di meritare. Ecco il serial killer di Price, uno spostato. Il caso era praticamente chiuso. E lui avrebbe insistito per quel famoso trasferimento. L'avrebbe accennato a Francine a cena e magari avrebbe stappato una bottiglia, una di quelle che teneva da parte per qualche occasione speciale, ma che poi non venivano mai aperte perché di occasioni speciali, nelle loro vite, non ce n'erano.

***

Una volta che il sedizioso gruppetto si era disperso, Larry aveva riaccompagnato Josephine a casa sentendosi felice per lei. E anche un po' per se stesso, a dire il vero, dal momento che la donna lo aveva in qualche modo *salvato*. Forse la situazione non sarebbe degenerata fino a una violenza fisica, ma non si poteva mai dire. Certo le intenzioni di Donnie & Co. non erano amichevoli. E salvandolo, Josephine aveva salvato anche se stessa.

«Ci voleva una cosa così per tirarmi fuori di casa» aveva detto prima di salutarlo.

«Le confesso che ho architettato tutto appositamente» aveva scherzato Larry. «E lei ci è cascata in pieno!»

Avevano sorriso, quasi a scacciare l'angoscia che entrambi avevano vissuto.

«Le va di prendere un caffè?» aveva chiesto Josephine.

«Ho bisogno di riordinare le idee» aveva risposto Larry. «E poi, sa che le dico? Che potrebbe venirci lei, da me, a bere una tazza di caffè, uno dei prossimi giorni. Ormai conosce la strada. È una bella idea?»

Lei aveva annuito senza rispondere. «Ora tocca a lei» aveva concluso seria.

«Tocca a me cosa?»

«Uscire dal bozzolo.»

Era rientrato in casa guardandosi intorno, come se temesse di scorgere ancora qualcuno di quei fanatici nascosto dietro un albero, in attesa di poterlo impunemente aggredire. Ma

Pembroke Road era vuota e perfino Howell Grier non si vedeva. Lui e Etta, forse, stavano chiarendo un paio di punti della loro lunga e tormentata relazione. Ma nonostante questo, Larry non riusciva a dimenticare il livore che aveva letto nell'espressione della donna quando l'aveva accusato davanti a tutti. Ce l'aveva avuta con lui fin dal primo giorno e aveva cercato in tutti i modi di metterlo in cattiva luce, di trovare il suo punto debole. Ci era quasi riuscita. La stronza.

E poi la morte di *Glove*. Continuava a pensarci. Aveva avuto il colpevole sotto il naso per tutto quel tempo e non ne aveva mai avuto sentore. E l'onda nera che era scaturita da Rocky? Era riferita a quello che Herb aveva commesso? Agli omicidi? Poteva Rocky essersi comportato da antenna, da amplificatore di emozioni? In tal caso quella storia delle aure aveva un fondamento. Se quel nero rappresentava in qualche modo tutto il male che albergava nell'animo di *Glove*, allora le percezioni di Larry erano reali e corrispondevano alla verità. L'attacco cardiaco di Jeff Bundy, il dolore dei genitori di Steve Taller, il panico di Josephine, la vergogna di Marylou Meier, perfino i dubbi terribili di Thurgood e Francine Blanchard relativi alla morte del loro unico figlio. Tutti i colori da cui Larry era stato investito avevano un significato preciso. E una cosa così grande non poteva essere una coincidenza o il semplice effetto di un farmaco o di una droga. Si sentì galvanizzato. Per come aveva messo in ordine le cose, tutto sembrava avere una spiegazione coerente. O quasi. Il dubbio che stesse vedendo la questione per come *voleva* vederla, che si trattasse solo di una correlazione illusoria o, per quanto spettacolare, di una mera coincidenza o dell'effetto dei suoi esperimenti farmacologici, non lo sfiorò neppure. Poi, però, si ritrovò a pensare se avrebbe potuto impedirlo, se, interpretando correttamente quegli episodi, avrebbe potuto fermare Herb. In quel caso, probabilmente, ora Dave non si sarebbe trovato in un letto d'ospedale.

Il solo lato positivo in tutta quella sporca faccenda era che, nonostante le falle della sua memoria, la colpevolezza di Gilmore sanciva l'innocenza di Larry. Lo avrebbero lasciato in pace e forse, anche con l'aiuto delle proprie forze *(alcol sì, farmaci no, ma magari proviamo a calare anche l'alcol, che ne dici Larry?)*, la nuova vita che auspicava sarebbe stata meno teorica e più realistica. Quando gli dicevano che andava alla grande, che andava bene, che sarebbe tornato quello di prima, gli stavano propinando un mucchio di frottole per convincerlo che la pallida imitazione di vita che stava conducendo valeva quanto quella vera. Ma non era così. Se davvero esisteva una possibilità anche minima di cambiare direzione, Larry doveva convincersi che i suoi orizzonti sarebbero stati orizzonti alieni. Ora ne era persuaso.

Più tardi, mentre nella penombra del salotto dava fondo alla sua riserva di birre (non riusciva a calmarsi per quanto era accaduto e, non avendo a disposizione dello Xanax, era ricorso a ciò che di più simile il suo corpo riconosceva, l'alcol), squillò il telefono.

Saltò sul divano come se gli avessero fatto esplodere un petardo sotto le natiche ossute.

Si accostò all'apparecchio maledicendo il suo cuore che si era messo a battere più velocemente del solito. Di cosa aveva paura?

«Sì?»

«Sceriffo Blanchard. Tutto a posto?»

«Tutto a posto, grazie.»

«Ok. Senta, ci sarebbe una cosa con il cane di Gilmore.»

«Rocky.»

«Come?»

«Si chiama Rocky.»

«Ecco, sì. Il canile mi comunica che lo prenderà in carico solo dopo un periodo di quarantena e con la necessaria documentazione veterinaria...» Larry udì il rumore di pagine sfogliate. «... Vaccinazione e trattamenti antiparassitari.»

«Esatto» confermò Larry. Immaginò Rocky/Cujo nel buio del fienile, gli occhi gialli e le labbra ritirate a scoprire i denti bianchi e aguzzi, mentre dalla gola saliva un ringhio sommesso. Più facile che fosse legato alla corda, spaventato, solo e affamato. Il suo padrone non sarebbe più tornato per aizzarlo contro qualcuno.

«Mi chiedevo se potesse occuparsene lei. So che recentemente l'ha operato.»

«Infatti.»

Larry era certo che i soldi che *Glove* gli doveva per la parcella erano ormai scritti sul ghiaccio, come si usava dire, ovvero non li avrebbe mai visti (a parte i trenta dollari scalati dall'acquisto della marijuana).

«Le spese sarebbero sostenute per intero dall'amministrazione comunale» tenne a precisare lo sceriffo.

«Non è un problema di soldi.»

«Bene. Allora c'è qualche altro problema?»

Non ce n'erano. Larry si chiese soltanto perché lo sceriffo non avesse interpellato il dottor Gardner, a Mattawam. Poi si rispose che forse era un modo per chiedere scusa.

«Dovrei riavere i miei farmaci» disse. «Quelli veterinari, intendo.»

«Assolutamente. Glieli farò consegnare domattina presto. E poi potrebbe raggiungerci. Noi saremo impegnati con la perquisizione.»

«D'accordo, allora. Ci penserò io.»

«Grazie.» Ci fu una pausa, come se Blanchard volesse aggiungere qualcosa.

Larry attese, ma non ci fu altro. «Prego» disse. «A domani.»

«A domani. Buonanotte.»

***

Non fu affatto una buonanotte. Non per Larry.

Dormì a tratti, mai più di un'ora consecutiva. Si alzò per bere, per urinare, per guardare dalla finestra (l'alligatore fortunatamente con c'era), per prendere una boccata d'aria, per controllare che ora fosse. Avvertiva un fremito lungo tutto il corpo, come se avesse la pressione troppo alta, e un formicolio diffuso alle estremità. E forse si trattava proprio di pressione. Oppure del lascito degli avvenimenti di quel pomeriggio. O ancora di astinenza da ketamina. O tutte e tre le cose insieme.

A un certo punto, stufo di offrire il fianco a quella indecifrabile smania, s'infilò jeans e maglietta, prese un sacco di mangime dalla serra e uscì di casa senza svegliare Jip.

Poi tornò indietro e recuperò dal mobile dell'ingresso (sopra c'era sempre il biglietto da visita del dottor Buscema, l'avrebbe gettato alla prima occasione) la torcia elettrica. Jip gli corse incontro ancora assonnato.

«Tu resti» disse Larry mentre il cucciolo fiutava curioso il sacco di crocchette. «E queste non sono per te.»

Avviò la Mustang e partì, fermandosi soltanto quando giunse in Quarry Street.

Le vecchia e cadente casa dei Gilmore (Misery Boulevard) sembrava l'edificio infestato di un film dell'orrore. La sola luce, del tutto insufficiente a rischiarare il cortile antistante, proveniva da un lampione stradale che chiedeva a gran voce di essere potenziato o mandato in pensione.

Larry spense il motore e uscì nel silenzio della notte. Tutt'intorno il canto nuziale dei grilli. Fece scattare il pulsante di accensione della torcia, che balenò nel buio per spegnersi subito dopo. Larry gli assestò un paio di colpetti e riprovò. Un altro breve flash e nient'altro.

Alle sue spalle ci fu un rumore improvviso, fuggevole, passi che superavano il cortile di corsa. Larry si voltò ma intravide solo una sagoma che attraversava l'oscurità. Era sbucata dalla casa. O da dietro la casa. Rimase dove si trovava, spaventato. Se era un ladro, la cosa non lo riguardava. *Glove* vendeva erba e non solo erba. Magari era qualcuno che cercava una dose. I passi si spensero velocemente. Poi il rumore di una portiera che si chiudeva e un motore che veniva acceso. Un'auto si allontanò a fari spenti.

La torcia riprese vita tutt'a un tratto illuminando il retro di quella che a Larry parve una Plymouth Voyager o una Dodge Caravan di colore scuro. Una monovolume, com'erano chiamate quelle orrende vetture che lui stesso aveva ribattezzato "furgoni carica famiglie". Pensò che potesse essere Stu Simkins, il socio-tuttofare-forse-amante di Gilmore, venuto a cancellare le prove del loro amore segreto. Che c'era di male se stavano insieme? Domanda pleonastica, trattandosi di Wytago, Vermont, cittadina sospesa nei favolosi "Fifties".

Il fienile, alla sua destra, era buio e poco invitante e la sagoma ovoidale della cisterna pareva un essere mostruoso in attesa, un malvagio Humpty Dumpty. Larry restò in ascolto, nel caso Rocky si annunciasse in qualche modo (sperava ardentemente che non si fosse liberato e che ora non gli stesse per saltare alla gola proprio come il protagonista del libro di King). Ma, a parte il monotono frinire dei grilli e lo scalpiccio delle proprie suole sui sassi, non colse nulla di strano.

Puntò la torcia verso la porta del fienile. «Rocky?» chiamò.

Gli rispose l'abbaio del cane, profondo, roco, quasi gutturale.

Larry prese dalla macchina il sacco con il cibo. «Ti ho portato la pappa, Rocky! Devi mangiare questa, non me!»

Sparava stronzate, battute che non facevano ridere, frasi inutili dettate dal nervosismo della situazione. Cose che aveva visto fare e sentito dire migliaia di volte dai suoi clienti tesi e agitati. E lui si comportava allo stesso modo.

Fece scorrere l'asse traverso e tirò il pesante portone verso di sé. Rocky, da qualche parte nel buio, abbaiò ancora. Stavolta tre, quattro, cinque volte di seguito. Il cono di luce illuminò il pavimento di terra e paglia e risalì verso il fondo del fabbricato fermandosi sulla creatura che ospitava.

Rocky era legato (per buona sorte di Larry), ma non aveva più l'aspetto demoniaco che Larry ricordava. Era dimagrito (e questo a causa dell'intervento), però non si trattava nemmeno di quello. Era come... spento. Abbaiava, sì, ma senza la consueta ferocia.

«Rocky?» chiamò Larry avvicinandosi cauto.

Gli parve addirittura che la coda desse in un breve scodinzolio.

Larry spalancò il sacco di mangime in modo che il fiuto del cane ne cogliesse l'odore.

Rocky, incredibilmente, si mise seduto, in attesa.

«Bravo, ragazzo. Bravo...» Larry si avvicinò ancora. Ora era a meno di un paio di passi. Se Rocky avesse deciso di scattare e la corda si fosse lacerata, Larry non avrebbe avuto scampo. Eppure, il suo istinto da veterinario (che gli aveva fatto schivare morsi a non finire) gli suggeriva di osare. Prese una manciata di crocchette e gliele offrì. Rocky spinse il muso in avanti leccandosi i baffi e guaì. Un verso così paradossale per un cane come quello. Aveva fame.

Larry fece un altro passo e appoggiò le crocchette a terra. Rocky ci si tuffò facendole sparire nella sua bocca dentuta in pochissimi secondi. Poi leccò il terreno cercandone altre. Non sembrava interessato agli arti o alla giugulare di Larry, il quale, nonostante il cuore gli arrivasse in gola, decise di mostrare a Rocky che si fidava di lui. A volte era così che funzionavano le cose: la fiducia si conquistava dimostrando di saperla anche concedere. Uno scambio reciproco.

Rocky mugolò impaziente e Larry gli diede altre crocchette.

Mentre il molosso masticava, Larry si chiese a cosa potesse essere dovuto un simile cambiamento. Forse al fatto di essersi sentito messo in punizione. Anche questo in alcune occasioni funzionava: un soggetto abituato a comandare, se capiva di essere stato sottomesso, lo accettava. Tuttavia, un'altra ipotesi né più né meno bizzarra di tante altre che aveva avuto in quell'ultimo periodo, si affacciò all'improvviso alla sua mente. L'idea che il Male che aveva albergato nello spirito e nel corpo del padrone di Rocky, *Glove* Gilmore, se ne fosse andato con la sua fine. Che fosse svanito, evaporato, come un demone dall'anima del posseduto. La morte, in questo caso, era stata l'esorcismo necessario.

C'era un solo modo per provarlo.

Larry offrì la propria mano a Rocky perché la fiutasse, e allo stesso tempo per toccarlo, per verificare se quella nera marea gli aleggiava ancora intorno oppure davvero si era dispersa. Si preparò al morso o a essere investito dall'onda oscura (meglio la seconda, decisamente meglio). Invece non accadde nulla. L'onda nera, se mai c'era stata, era perduta nello spazio e nel tempo. Ma la cosa più straordinaria era che Rocky, il demoniaco Rocky, il malvagio, brutale, sanguinario Rocky, gli stava docilmente e amichevolmente leccando la mano.

31

Mercoledì 12 luglio

Gli uomini dello sceriffo, coadiuvati dalla supervisione di Maldwyn Price, passarono al setaccio la vita di Herb Gilmore. Dal Wytago Service alla casa in Quarry Street, ogni cosa venne messa sotto i raggi X. Documenti, registri, conti bancari, spostamenti. Ma soprattutto la sua vita privata.

Ne venne fuori un quadro complesso.

Herb Gilmore era figlio di un padre violento e alcolizzato (con probabili episodi di abusi sui figli) e di una madre sordomuta dalla nascita. Aveva tre sorelle e un fratello maggiore. Il fratello era morto durante la guerra del Golfo (era stato meno fortunato del compaesano Donald Doodley Bradley), mentre delle sorelle, una viveva ancora nei dintorni di Wytago (sposata e con due figli gemelli, fu lei la fonte principale delle informazioni raccolte da J.R.), una era morta quando ancora era una ragazzina (un misterioso incidente domestico: era caduta dalle scale fratturandosi tutti e quattro gli arti e il cranio; lo sceriffo di allora, il vecchio Isaac Dempsey, era convinto che c'entrasse il padre della ragazza, ma non era mai riuscito a provarlo), e l'ultima viveva nel Maine. Herb era cresciuto presto, districandosi tra le difficoltà economiche e la brutalità del padre (anche se la storia del guantone dei Mountaineers si rivelò una leggenda). Non aveva studiato ma aveva conosciuto molto presto le droghe. Quando il padre era morto (un altro misterioso incidente domestico: era annegato – ubriaco – nella tinozza nella quale stava facendo il bagno), Herb era rimasto con la madre, che nel frattempo aveva mostrato segni evidenti di psicopatia. Un giorno lei aveva cercato di accoltellarlo e da allora era finita al Dillard, il manicomio di Burlington, dove era morta dopo qualche anno.

Stu Simkins era il fratello di sangue di Herb Gilmore. Cresciuti insieme, avevano condiviso le esperienze e i dolori delle rispettive vite. Stu veniva da una famiglia travagliata, con problematiche analoghe a quella dell'amico, e abitava ancora con la madre, una donna paralitica bloccata su una sedia a rotelle. Stu era finito in prigione più volte, a Montpelier, a Waterbury e perfino al penitenziario statale di Concord, nel New Hampshire, per aver investito un tizio con cui aveva litigato in un bar. Particolare curioso, da quando Herb era morto, Stu risultava introvabile. Sua madre aveva detto agli agenti di averlo sentito rientrare a notte fonda e di averlo chiamato senza ottenere risposta. Aveva trafficato un po' e poi era uscito di nuovo. Dalla camera mancavano alcuni vestiti e una sacca. Blanchard ne dedusse che i due dovevano essere stati soci e complici, oltre che nel lavoro, anche nei crimini, e diramò immediatamente un mandato di cattura a suo nome. La cosa strana era che il pick-up di Simkins si trovava parcheggiato davanti casa. Dunque Stu doveva essersi allontanato usando mezzi pubblici o facendo l'autostop. Furono controllate le stazioni dei treni e degli autobus e pattugliate le strade principali che partivano da Wytago, nonché i boschi: una delle possibilità era che Simkins si nascondesse in qualche capanno per cacciatori in attesa che si calmassero le acque.

Nel frattempo, l'Unità scientifica analizzò gli pneumatici del CK di Gilmore recuperato nel retro dell'ospedale di Montpelier scoprendo che corrispondevano alle tracce lasciate sul terreno della cava Schuyler. Non era una prova certa, ma indicava comunque che *quel* pick-up era stato condotto alla cava almeno una volta durante i giorni precedenti l'aggressione subita da Dave Winthrop, se non addirittura lo stesso giorno.

***

Gli sembrò di aver appena appoggiato la testa sul cuscino. In verità aveva dormito oltre sei ore ore, da quando era rientrato (quasi all'una), a quando Jip l'aveva svegliato abbaiando come un forsennato. Qualcuno stava suonando alla porta.

Larry si affacciò alla finestra della camera reprimendo una fitta terrificante alla testa e reggendosi all'intelaiatura per evitare di precipitare di sotto a causa delle vertigini. «Arrivo!» riuscì a gridare con voce impastata.

Il vice Tugwell sbucò da sotto il portico. «Buongiorno. Le ho portato i farmaci» disse mostrando un sacchetto trasparente pieno di scatole.

Larry ne fu oltremodo sorpreso. «Farmaci?»

«Quelli veterinari.»

«Ah, ok. Mi dia un minuto e scendo.»

Il minuto durò dieci volte tanto, il tempo necessario a liberare la vescica che stava per esplodere, ritrovare un equilibrio decente per affrontare le scale, ingoiare tre aspirine e fare lo slalom evitando le corse di Jip tra le sue gambe.

«Lo sceriffo Blanchard la aspetta a casa di Herb Gilmore in Quarry Street appena le sarà possibile. Dobbiamo perquisire il fienile e quel cane...»

Larry ripensò a quanto avvenuto quella notte tra lui e Rocky. Era stato un sogno o era accaduto davvero? L'avrebbe scoperto presto. «Vuole un caffè?»

Tugwell sorrise. «No, ma la ringrazio. Devo andare.»

«Ok. Verrò tra poco.»

Restò sulla porta, in maglietta e boxer, a guardare l'agente che risaliva in macchina e si allontanava, avvertendo un lieve senso di nausea. Howell era in giardino. Fece un cenno del capo e Larry rispose allo stesso modo. Etta non si vedeva. Doveva essere dentro, a leccarsi le ferite. Larry ripensò al modo in cui, il giorno prima, Howell, il vecchio Howie, aveva costretto sua moglie a seguirlo in casa. Sarebbe rimasto negli annali della storia di Wytago, c'era da scommetterci. E Josephine? Chissà come si sentiva oggi, se diversa da ieri. Chissà se avrebbe ricominciato a uscire, a vivere, o se tutto sarebbe tornato come in precedenza. No, si disse Larry, un atto tanto eroico, tanto coraggioso non poteva andare sprecato. E in ogni caso, ora, ci avrebbe pensato lui a punzecchiarla, a stimolarla affinché muovesse quelle sue gambette secche e artrosiche su e giù per la via e per la città.

Sarebbero andati a fare la spesa insieme e insieme sarebbero andati a Peacham Pond e all'Hope Cemetery o in qualunque altro posto. Pensò perfino di invitarla a Nashua, quando sarebbe sceso per l'arrivo di Harper.

Jip abbaiava ai suoi piedi.

«Hai ragione. Andiamo a fare colazione.»

Giunto in cucina, mise delle crocchette nella ciotola di Jip e aprì il frigo. Vide un avanzo di pizza surgelata che aveva scaldato un paio di sere prima. Lo tirò fuori e ne ingoiò un pezzo gelido bevendoci dietro una tazza di caffè. Un minuto più tardi vomitò pizza e caffè nel lavandino.

***

Maldwyn Price non era convinto. Non del tutto, almeno.

Se era vero che il pick-up di Gilmore era stato alla vecchia cava (gli pneumatici erano probanti quanto le impronte digitali), era altrettanto vero che Herb era stato visto in città, quel martedì, e da diverse persone. Poteva esserci stato Simkins alla guida? C'erano le sue impronte sul volante, sul cambio e sulla portiera, ma questo provava soltanto che l'aveva guidato, non che fosse stato lui a rapire David Winthrop. In quanto alle testimonianze, quel giorno Stu era stato visto intorno alle undici dalle parti del Sullivan Cafè. Poi di nuovo verso le tredici, quando aveva mangiato un hot dog al chiosco di fronte il municipio. Avrebbe avuto il tempo di raggiungere David, portarlo alla cava e tornare indietro.

Price aveva controllato i movimenti di Herb Gilmore anche in occasione dell'omicidio di Steve Taller e risultava essere stato in negozio tutto il giorno (c'era stato un guaio con un carico e Herb aveva avuto il suo bel da fare per controllare che tutto fosse in ordine). Stu Simkins, invece, non aveva alibi per quel 26 maggio. Possibile che i due operassero insieme? Non sarebbe stato il primo caso di cui Price era a conoscenza. Tuttavia, sebbene la modalità di un killer seriale fosse variabile, fluttuasse e potesse modificarsi, l'agente speciale si domandava perché l'assassino avesse ravvicinato così i suoi omicidi. Era rischioso. Molto rischioso. Forse voleva smettere, essere preso. Anche questo era già accaduto con altri casi in passato. Inoltre Herb Gilmore, per quanto avesse vissuto un'infanzia disagiata, non corrispondeva completamente al profilo. Aveva una personalità piuttosto passiva e nei suoi trascorsi mancava la crudeltà verso gli animali, una delle componenti della triade omicida di Macdonald insieme a piromania ed enuresi (non che fosse un dogma, una condizione assoluta indice di devianze psicopatiche o sociopatiche, ma in percentuale risultava un dato sorprendentemente rilevante nell'analisi dell'infanzia e dell'adolescenza dei serial killer). Gilmore, infatti, aveva un cane e, a quanto Price aveva appreso, ci teneva molto.

Infine, se si voleva dar peso al cucchiaino da pesca ritrovato alla cava (nell'ipotesi che fosse un reperto attribuibile in qualche modo al colpevole), né Gilmore né Simkins erano pescatori e nelle rispettive abitazioni non era stata trovata alcuna attrezzatura.

***

Lo squallido cortile della casa che era stata di Herb Gilmore era ingombro di auto della polizia e mezzi appartenenti ai media. Gli agenti faticavano a tenere a distanza giornalisti, fotografi e cameraman, mentre gli uomini dell'Unità scientifica, vestiti di bianco con tanto di caschi e soprascarpe, andavano dentro e fuori dall'abitazione.

Larry parcheggiò lontano, lungo Quarry Street, e poi camminò fino al cordone di agenti che contenevano i curiosi. «Lo sceriffo Blanchard mi ha chiesto di venire» disse a un poliziotto.

«È tutto a posto, John» intervenne il vice Tugwell udendo la sua voce. «È con noi.»

L'agente annuì e lo fece passare. Lyman Tugwell scortò Larry fino al fienile, dove si trovava Blanchard. La porta era chiusa.

«Non siete ancora entrati?» domandò Larry. Gli sembrava infatti che l'asse che bloccava la porta fosse esattamente come l'aveva lasciata lui.

«Aspettavamo che arrivassero i rinforzi, cioè lei. Il cane lì dentro non sembra per niente amichevole.»

Dall'interno provenivano i ringhi sordi di Rocky.

«Non è così terribile come sembra» si sentì di precisare Larry.

«Lo dica al figlio dei Trimble.»

«È molto diffidente. E territoriale. Ma non è cattivo. Nessun animale lo è.»

«A differenza degli uomini. Come pensa di fare?»

«Fare cosa?»

«Tenerlo tranquillo mentre noi entriamo. Anestetico in polpette? Dardi a distanza? Come?»

«Niente di tutto ciò. Soltanto un po' della cara vecchia fiducia reciproca.»

«Sta scherzando? Quello la sbrana.»

«Non mi sbrana. Sono già stato qui ieri notte...»

«Ieri notte? E perché?»

«Non riuscivo a dormire e ho pensato a questo cane qui da solo. Temevo si strozzasse con la corda.»

«È legato?»

«Fino a ieri sì.»

Blanchard parve riflettere. «Era meglio se mi chiamava e venivamo insieme. Tutta l'area, fienile compreso, è sotto sequestro.»

«Be', non ero l'unico a non saperlo.»

«Che intende?»

«Ho visto una persona. È sbucato dalla casa ma non l'ho visto bene perché era buio e la torcia non funzionava...»

«C'era qualcun altro qui?»

«È quello che sto dicendo. Aveva parcheggiato l'auto poco distante, ma è partito a fari spenti e non ho visto la targa.»

«Che auto era?»

«Un minivan. Somigliava a un Voyager. O a un Caravan.»

Blanchard chiamò a sé Tugwell e gli passò l'informazione. «Ok. Ora apriamo questo benedetto fienile.»

«Faccia portare dell'acqua.»

«Ha sete?»

«Non è per me, ma per lui» disse Larry indicando il portone dietro cui latrava Rocky. «Ieri sera gli ho dato da mangiare, ma ero un po' scosso e mi sono dimenticato di farlo bere.»

Blanchard sospirò. «Ha preferenze? Liscia, gassata? Ci vuole un po' di limone, dentro?»

«Un secchio di acqua di rubinetto andrà benissimo.»

Lo sceriffo si allontanò caracollando infastidito, mentre Larry se la godeva. Una piccola, minuscola rivincita per quello che aveva dovuto sopportare.

Blanchard tornò un paio di minuti più tardi. «L'acqua arriva. Possiamo entrare, *adesso*?»

La porta cigolò e il sole inondò lo spazio interno.

Larry infilò la testa. «Rocky?»

Il cane smise di abbaiare.

«Rocky, ti ricordi di me?»

Il sacco con le crocchette era accanto all'entrata. Larry ne prese una manciata e si avvicinò.

Lo sceriffo rimase dietro di lui. «Stia attento...» sussurrò.

Rocky guaì e si mise seduto.

«Ora proviamo a liberarti da questa brutta corda» disse Larry dopo che Rocky gli ebbe fiutato la mano e iniziato a mangiare.

«È impazzito?» chiese Blanchard seriamente preoccupato.

«Userò la corda come guinzaglio e lo porterò a fare una passeggiata. Così voi sarete liberi di guardare dappertutto e lui non si innervosirà a vedervi gironzolare nei *suoi* paraggi.»

«Senta, se questo cane dovesse mordere qualcuno, la riterrò responsabile.»

Larry non rispose. Sciolse i nodi che serravano la fune e, arrotolatala due volte intorno alla mano, piantò le gambe in modo da non essere sbilanciato se Rocky fosse partito in quarta. «Non gli stia di fronte» disse allo sceriffo.

«Non ci pensavo minimamente» disse lui allontanandosi in fretta.

Larry guidò Rocky verso la porta tenendo teso l'improvvisato guinzaglio, così da fargli capire chi è che comandava in quella situazione. Ogni tanto dava un leggero strattone e Rocky rallentava, senza smettere tuttavia di brontolare all'indirizzo dei poliziotti, che si muovevano frenetici come formiche su tutta la proprietà.

L'agente incaricato di portare il secchio d'acqua arrivò in quel momento. Quando vide il cane si fermò preoccupato.

«Lasci pure il secchio lì per terra» disse Larry.

L'agente ubbidì e si dileguò alla svelta.

Larry condusse Rocky all'acqua e lui vi tuffò la testa all'interno lappando convulsamente. Quando ne ebbe abbastanza, si tirò su e diede in un'energica scrollata scagliando gocce d'acqua in ogni direzione. Poi guardò Larry ed emise un abbaio di circostanza.

Larry sorrise. «Non sei affatto un demonio» disse compiaciuto uscendo dal cortile e prendendo per Quarry Street. «Però, francamente, non ti metterei in una stanza da solo con Jip.»

***

J.R. Randolph, il giornalista che aveva deciso di diventare scrittore, cominciò a pensare che l'idea di scrivere un romanzo che fosse un mix tra *Peyton Place*, *Pomodori verdi fritti al caffè di Whistle Stop* e *IT* fosse un'emerita stronzata. Ci stava provando, ma non ne usciva granché. D'altronde non se la sentiva nemmeno di tornare su Larry Nowak, non lo riteneva corretto anche cambiandogli nome e ambientazione. Forse la cosa migliore era abbandonare il progetto del romanzo e tornare a fare il giornalista di seconda fascia. Una prospettiva che gli aveva fatto venir voglia di ubriacarsi seduta stante.

Poi era giunta la notizia che Herb Gilmore, l'oscuro, inquietante Herb Gilmore, era precipitato dal tetto di un ospedale nel tentativo di uccidere il ragazzino che aveva cercato di violentare. Una storia bell'e pronta, un romanzo thriller che aveva già il suo colpevole, senza doversi nemmeno scervellare alla ricerca di arzigogolate architetture poliziesche.

Ecco la strada giusta, si disse quella mattina.

Cercò subito l'agente speciale Price, per avere gli ultimi aggiornamenti (tra loro era sempre valido il patto di collaborazione). Davanti a una tazza di caffè da Sullivan, J.R. venne a sapere che Herb Gilmore agiva forse con un complice, dal momento che Stu Simkins si era reso irreperibile proprio dalla notte precedente.

«Questa le versione dello sceriffo Blanchard» aggiunse Price con un'espressione pensierosa.

«Che significa?»

«Che non sono sicuro che Herb sia l'uomo che cerchiamo.»

«Magari è il contrario. È Simkins la mente e Gilmore il suo complice. Anzi, sarebbe perfetto. Simkins manda Gilmore a uccidere il ragazzo per evitare che svegliandosi possa parlare, ma

Gilmore mette un piede in fallo e ci resta secco. A questo punto il vero killer, Simkins, non può che fuggire.»

Price deglutì il caffè e scrollò il capo. «In un romanzo, forse. Non nella realtà.»

«Perché?»

«Perché se già Gilmore corrisponde poco al profilo che abbiamo, Simkins ne è ancora più lontano. Stu Simkins è una persona di scarsa intelligenza, un drogato violento e istintivo. Ha ucciso un uomo durante una rissa e si è fatto beccare subito. È prevedibile. Non può essere l'assassino che cerchiamo.»

«E se il tuo profilo fosse sbagliato?»

Price sollevò su di lui uno sguardo di ghiaccio. «Sbagliato?»

«Tutti possono sbagliare, no?»

«Sai perché l'Unità di scienze comportamentali dell'FBI si chiama così?»

«Perché?»

«Perché lo studio del comportamento criminale è una scienza.»

J.R. fece spallucce. «Oh, be', se c'è una cosa che ho imparato bazzicando scienziati e millantatori è che la scienza si mette sempre alla prova e quello che è vero oggi potrebbe non esserlo domani.»

Price sorrise con sufficienza. «Lo vedremo» disse pagando i caffè.

Uscito da Sullivan, ricordando quello che Price gli aveva detto a proposito della convinzione di Blanchard («Stu Simkins senza Gilmore è perso, lo ritroveremo presto, ubriaco in qualche bar»), J.R. pensò che avrebbe potuto mettersi proprio sulle tracce di Simkins se, come riferito da Price, era una persona poco intelligente e prevedibile.

Cosa fa il romanziere? si chiese sotto il sole che inondava Main Street. Si immedesima nei suoi personaggi. Se tu fossi Stu Simkins, cosa faresti sapendo che il tuo socio è morto e che presto avrai la polizia alle calcagna? Fuggirei. Infatti. Ma come?

Il pick-up di Simkins era ancora fuori della stamberga che abitava con la madre, la quale aveva testimoniato di averlo sentito rientrare frettolosamente durante la notte per poi uscire di nuovo (dettagli che aveva ottenuto dalla conversazione con Price). Poteva aver preso un treno? Possibile, ma l'addetto alla biglietteria e gli altri viaggiatori avrebbero potuto riconoscerlo. Inoltre, da una breve indagine, J.R. constatò che non c'erano treni notturni. Il primo passava per Wytago alle sei e ventitré del mattino. Idem per le corriere. L'idea di J.R. era che Simkins si fosse allontanato dalla città a piedi, di notte, nascondendosi alla vista delle auto, per raggiungere un'altra città da cui prendere il volo, magari con un mezzo pubblico. Un'ipotesi non dimostrabile ma comunque sensata e, soprattutto, diversa da quelle concepite dalla polizia.

Se tu fossi spaventato, preoccupato, e non avessi o non potessi assumere una qualche droga per rilassarti, cosa faresti? si chiese nuovamente. Berrei, fu l'ovvia risposta.

Così, quella mattina J.R. decise di prendere la strada per Montpelier, l'unica città raggiungibile a piedi e sufficientemente grande per non dare nell'occhio, e controllare i locali che avrebbe incontrato lungo la strada.

In mente aveva ora un altro best seller: *A sangue freddo*, di Truman Capote.

***

Mentre il coroner stabiliva le cause della morte di Herb Gilmore (si era spappolato il cranio cadendo da un'altezza di quindici metri, non c'era molto da capire, in verità) e gli uomini di Blanchard setacciavano i boschi alla ricerca di Stu Simkins e i registri del DMV (il Dipartimento dei Veicoli a Motore) per scoprire il proprietario del misterioso minivan, Maldwyn Price metteva sotto la lente d'ingrandimento gli spostamenti dei due uomini in relazione ai loro presunti crimini, così come aveva fatto per il giorno in cui David Winthrop era scomparso. Non solo. Cercava di ricostruire, per quanto possibile, i loro movimenti anche nei giorni precedenti e successivi. Talvolta i serial killer studiavano le loro vittime o preparavano il terreno per l'aggressione che sapevano voler compiere, oppure, dopo aver commesso il crimine, partecipavano ai funerali o tornavano sui luoghi dei delitti. Era un'impresa a dir poco titanica, ma Price non aveva mai avuto paura di lavorare troppo. E, più di tutto, il suo lavoro gli piaceva immensamente.

Pagamenti, bolle, fatture, registri, tabulati telefonici, ricevute di distributori, giorni in cui il Wytago Service era rimasto aperto o chiuso. Price incrociò tutti i dati in suo possesso per tentare di ottenere un filo da cui cominciare a sbrogliare la matassa.

Il gomitolo, però, si dimostrò pieno di buchi. In un territorio privo di telecamere, dove le carte di credito erano ancora guardate con sospetto rispetto alle care vecchie banconote e la gente tendeva sempre e comunque a farsi i fatti propri, era quasi impossibile ricomporre un puzzle complesso come quello. Tuttavia, sebbene non risultassero elementi concreti per stabilire se effettivamente i due uomini si trovassero nelle vicinanze degli omicidi prima, durante o dopo gli omicidi stessi, l'occhio allenato di Price si soffermò su alcuni fatti singolari. Ad esempio, il 16 gennaio 1997, due settimane dopo la sparizione di Ben Solander, Simkins era stato al deposito dei camion della ditta che operava alla cava Schuyler. Il motivo era una fornitura di lampade alogene da cantiere che però risultava non essere mai stata ordinata. Il giorno seguente, il camion di Ron Allison (il marito di Jobeth), dopo essere uscito dal deposito con un carico di granito, finiva nel Winooski provocando la morte del conducente. Un'analisi frettolosa del mezzo aveva stabilito che i danni provocati dall'incidente non permettevano di stabilire se si fosse trattato di un guasto meccanico o di un errore dell'autista, e dunque, considerando la pessima fama che circondava Ron Allison, si preferì attribuire la responsabilità dell'accaduto alla sua passione per l'alcol e per la marijuana. Ron Allison morì lasciando una montagna di debiti a causa dei suoi molti vizi, che comprendevano anche il gioco d'azzardo, e la società per cui lavorava se la cavò liquidando la vedova con un assegno che bastò a malapena per coprire la metà del passivo.

Price si chiedeva se ci fosse un legame tra la sortita non giustificata di Stu Simkins al deposito, e la morte, meno di ventiquattrore dopo, di Ron Allison. E comunque, ancora una volta, c'entrava la cava Schuyler, un buco nero che attirava molte delle disgrazie accadute a Wytago.

Un altro particolare curioso era che, controllando i conti bancari di Herb Gilmore, risultò che il 23 maggio, il 30 maggio e il 7 giugno 1994 *Glove* aveva versato sul proprio conto un totale di diecimila dollari in contanti e in tre differenti rate. E ancora, nel febbraio e marzo del 1997, altri dodicimila. Eredità, riscossione di un debito, prestiti, regali, nulla di tutto ciò costituiva reato, senonché il dettaglio che Price notò fu che i versamenti del '94 seguivano di poche settimane (il primo di cinque giorni soltanto) il ritrovamento del cadavere carbonizzato di Tommy Blanchard, mentre quelli del '97 di un mese la sparizione di Ben Solander. Poco per istituire un'indagine (Gilmore era stato pagato per il suo silenzio? O per aver fatto *qualcosa* in cambio di quel denaro? Il figlio dello sceriffo aveva espiato una colpa del padre, era stato vittima dello stesso killer che aveva ucciso Steve Taller, Harry Woodelson e probabilmente Ben Solander, oppure si era trattato davvero di un tragico incidente?), ma abbastanza per stuzzicare la sua indole di cacciatore.

***

Quando Larry tornò a casa di Herb Gilmore, i poliziotti avevano terminato la perquisizione e anche i cronisti avevano lasciato il campo. Lo sceriffo Blanchard se n'era andato, ma aveva lasciato detto che ringraziava Larry per la collaborazione e lo pregava di passare in centrale appena possibile per firmare la testimonianza riguardante l'auto misteriosa. In ultimo, gli ricordava di prendersi cura del cane finché il periodo di quarantena non si fosse concluso.

«C'è altro?» chiese Larry ironicamente.

Il vice Tugwell ci pensò per qualche secondo. «No, non mi pare» disse infine e dopo aver sollevato due dita all'altezza del cappello risalì in macchina allontanandosi.

Restavano solo Larry e Rocky. E il fantasma arrabbiato di *Glove*.

«Che ne faccio ora di te?» si chiese Larry.

Durante la notte precedente e quella lunga passeggiata mattutina, Rocky aveva dimostrato che, se qualcuno si imponeva con lui, poteva essere un cane ubbidiente, né più né meno aggressivo di qualunque altro. Herb non aveva avuto polso, si disse Larry. Aveva lasciato che Rocky prendesse il sopravvento e che tra i due si considerasse il capo. Ora, però, sembrava aver accettato di essere guidato da qualcun altro. Certo, Larry non l'avrebbe mai lasciato libero di scorrazzare per Quarry Street (e non era neppure legale), ma non aveva più paura di lui, pensava di potersi fidare.

Si accorse che, da un punto della strada distante una cinquantina di metri, una donna lo fissava. Teneva un cagnolino in braccio. Larry riconobbe Scout, la meticcia che aveva suturato il mese precedente. La donna doveva essere la moglie di Bushrod Trimble.

«Buongiorno» la salutò Larry. «Come sta Scout?»

«Che ci fa con quella bestia?» ribatté Jenny Trimble, lo sguardo imbronciato. «Ha morso anche mio figlio. Non dovrebbe stare in un canile?»

«Ci andrà, probabilmente. Intanto me ne occupo io.»

«Se lo porta a casa?»

«No, non posso. Lo terrò qui, nel fienile o in un recinto.»

«Non lo voglio quel cagnaccio intorno a casa mia» strillò la donna. «Ha capito?»

«Ma non girerà intorno a casa sua, signora. Sarà rinchiuso e io verrò a controllarlo.»

«Non mi fido lo stesso. Quello scapestrato di Gilmore non aveva idea di che animale si era messo in casa.»

Larry sentì la tensione della corda aumentare. Rocky aveva puntato Scout.

«Le assicuro che non accadrà nulla di male» disse Larry avviandosi. Sperò che proprio in quel momento Rocky non partisse come un treno verso la signora Trimble e la sua cagnolina trascinandolo a peso morto. Rinforzò la presa sulla fune con entrambe le mani.

«Lo vedremo» fu il commento della donna prima che Larry venisse fagocitato dalla penombra del fienile.

Dopo aver chiuso la porta dall'interno, liberò Rocky, che, come se Larry fosse lì da sempre, andò a finire le crocchette sparse sul terreno senza più curarsi di lui.

Larry valutò l'interno del fabbricato. Era areato, ampio (decisamente ampio), riparato e sicuro. Le assi del tetto lasciavano passare la luce del sole che faceva brillare minuscole, galleggianti particelle di pulviscolo, e si udivano colombi tubare da qualche parte sopra le travi portanti. Nel complesso era un'ottima soluzione per Rocky (forse pioveva all'interno, ma non sarebbe stato un problema, e poi non era prevista pioggia per tutta la settimana seguente) e lui l'avrebbe attrezzato finché fosse stato necessario, una decina di giorni al massimo. Poi la patata bollente sarebbe passata al canile, dove, con ogni probabilità, Rocky avrebbe finito i suoi giorni, perché nessuno avrebbe rischiato di prendere in affido un cane di quella taglia e con precedenti morsicatori. Per fortuna nei canili l'eutanasia non era più praticata (se non per ragioni "umanitarie"), ma comunque la stabulazione continuativa equivaleva a una pensione anticipata, una specie di casa di riposo per cani, indipendentemente dall'età. Una cosa che metteva tristezza.

Larry controllò che le pareti non avessero buchi o assi allentate, che acqua e cibo fossero disponibili e accessibili, predispose una cuccia accogliente con paglia e vecchi sacchi di iuta, il tutto sotto lo sguardo attento di Rocky. Alla fine, servendosi di un wurstel confezionato che aveva portato da casa, Larry gli somministrò un antiparassitario. E mentre Rocky era intento a ingoiarlo, gli fece la vaccinazione sottocutanea.

«Torno domani» disse quando fu sulla porta. «Tu fai il bravo, mi raccomando.»

***

Il Wayside Bar si trovava sulla 302, sei chilometri appena da Wytago in direzione Montpelier. J.R. ne aveva visitati altri tre prima di imbattersi in quello giusto.

Il Wayside era uno di quei locali anonimi, uguali a mille altri disseminati lungo le strade degli States, con le insegne al neon accese anche di giorno, perennemente bui all'interno, arredati semplicemente (legno, legno e legno), dotati di un jukebox, un tavolo da biliardo e un lungo bancone consumato dalle milionate di bicchieri che ci erano scivolate sopra. Il barman (un tizio che poteva avere quarant'anni come sessanta, palpebre a mezz'asta, grembiule con pubblicità della Bud, due espressioni in tutto, quella indifferente da clientela tranquilla e quella incazzuta da clientela molesta), lubrificato da un biglietto da venti, aveva raccontato a J.R. che effettivamente, la sera prima, un tizio che corrispondeva alla descrizione di Stu Simkins si era fatto qualche birra accompagnata da altrettanti shot di tequila proprio sopra quel bancone, seduto sull'ultimo sgabello, quello vicino alla parete con il poster di una donna a seno nudo che teneva in mano una stecca da biliardo. Aveva parlato in maniera concitata al telefono pubblico per diversi minuti prima di uscire reggendosi a stento sulle gambe. Il barman gli aveva chiesto se se la sentiva di andare a casa in quello stato e il tizio aveva risposto che non guidava lui, ma poiché era entrato e aveva bevuto da solo, il barman aveva dedotto che probabilmente qualcuno lo sarebbe venuto a prendere o lo aspettava già nel parcheggio.

Considerando che Herb Gilmore era morto da almeno sei ore, J.R. si chiese chi potesse essere.

«Non ha visto se è salito in una macchina?» aveva chiesto al barista, e per rinfrescargli la memoria gli aveva allungato un altro ritratto di Andrew Jackson.

L'uomo se l'era infilato nella tasca del grembiule e aveva risposto «No.»

Con chi parlava Stu? Era la stessa persona che lo aveva aspettato fuori?

J.R. cercò di risalire a tutti gli altri clienti presenti nel locale la sera precedente, per stabilire se qualcuno avesse visto Stu Simkins salire a bordo di un'auto o un furgone o altro e magari potesse descriverlo, ma il barman rispose che c'erano pochi avventori a quell'ora tarda (erano le undici passate) e di quei pochi lui ne conosceva solo un paio e che entrambi erano usciti *dopo* il tizio. Un bel po' dopo il tizio, aveva detto. Tanto valeva provare. J.R. chiese i nomi, ma il barman replicò esigendo un altro ventino. A quel punto J.R. disse che i quaranta dollari che aveva scucito fino a quel momento erano un bell'investimento e che, se preferiva, avrebbe chiamato un suo amico, agente speciale della polizia di Boston, che investigava proprio su quel tizio e che non avrebbe tirato fuori biglietti da venti dollari ma manette per ostacolo alle indagini e occultamento di prove. Al che il barman si convinse e, dopo avergli offerto da bere, fornì nomi e posti di lavoro dove avrebbe potuto incontrarli.

Erano entrambi operai, uno impiegato in un birrificio dalle parti di Barre, l'altro in una falegnameria a sud di Plainfield. Il primo era un tipo arcigno e diffidente. Non sapeva nulla di un tizio che beveva da solo sullo sgabello vicino alla parete con il poster di una donna a seno nudo e stecca da biliardo, e quando J.R. cominciò a insistere quello gli ficcò un dito rigido come un cacciavite dritto sullo sterno dicendogli che era meglio se lo lasciava lavorare perché se il capo, vedendolo perdere tempo, gli avesse appioppato una multa, lui sarebbe andato a cercarlo e gli avrebbe fatto male. Con il falegname andò meglio. Gli mancava un dito della mano destra ed era, al contrario del suo compagno di bevute, abbastanza affabile. Disse che quella sera, quand'era uscito nel parcheggio per pisciare (J.R. si chiese perché, nei bar fuori città, spesso si uscisse per pisciare anziché utilizzare il bagno), aveva visto un'auto ferma sotto gli alberi oltre il parcheggio. L'aveva notata perché aveva il motore acceso e le luci spente.

«Che macchina era?» domandò J.R.. «Un pick-up?»

«No» rispose l'uomo. «Non direi. Somigliava a una monovolume, una di quelle auto spaziose, ma non saprei dire di che colore perché era molto buio. Scura, sicuramente.»

«La targa?»

L'altro scrollò la grossa testa. «Non ci ho fatto caso. Era buio.»

J.R. chiese se ricordava di un tizio seduto vicino alla parete, sotto il poster di una donna a seno nudo che teneva in mano una stecca da biliardo e quello disse che lo ricordava perché beveva shot e birra, uno dietro l'altra. J.R. lo ringraziò e tirò fuori un altro Jackson, ma l'uomo gli posò la mano con quattro dita sul braccio. «Non serve» disse sorridendo. «Non ho fatto niente di che.»

J.R. tornò a Wytago battendo le dita a tempo di musica sul volante della sua MG decappottabile. Si sentiva euforico. Aveva individuato una pista, qualcosa che forse Price e Blanchard ancora ignoravano.

Bingo! pensava. Un minivan aspettava Stu Simkins per portarlo al sicuro.

Chi era il terzo uomo, quello alla guida?

***

Purtroppo per J.R., Price sapeva già della presenza di un misterioso minivan la sera della scomparsa di Simkins. Lo sceriffo Blanchard glielo aveva riferito dopo che Larry Nowak ne aveva parlato quella mattina, durante la perquisizione della proprietà di Herb Gilmore (perquisizione che non aveva portato a nulla, nessun reperto riconducibile alle vittime né in casa, né nel fienile e neppure all'interno della cisterna dell'acqua in disuso). Tuttavia Price apprezzò l'indagine collaterale che J.R. aveva portato avanti di sua iniziativa e che arrivava a confermare una pista fino a quel momento solo sospetta. Ora era chiaro che qualcuno aveva aiutato Stu Simkins a prendere il largo, qualcuno che viaggiava a bordo di un minivan di colore scuro e che si era preoccupato di passare da casa di Herb Gilmore prima di allontanarsi da Wytago.

Il minivan, però, era un veicolo molto diffuso (dalle ricerche effettuate presso il DMV, risultò che, solo nella contea di Chittenden, la più popolosa del Vermont con oltre centotrentamila abitanti, erano registrate novecentododici monovolume). Inoltre, senza targa la cosa si faceva complicata. In ogni caso fu stilato un elenco dei possessori, limitatamente, almeno per il momento, ai residenti nella contea. Controllare i nominativi e verificarne i movimenti nella notte tra martedì 11 e mercoledì 12 luglio rappresentava un compito più che arduo. Ma, come detto, il lavoro non aveva mai spaventato Maldwyn Price, che si offrì di occuparsene.

Quella notte, la lampada all'interno della stanza numero 3 del Vermonter Motel rimase accesa fino a quando la luce dell'alba non la rese inutile.

32

Giovedì 13 luglio

La mattinata cominciò con la visita inaspettata del dottor Buscema.

Larry stava cercando, tra la marea di moduli prestampati che possedeva, quelli necessari al trasferimento di Rocky al canile. Poi sarebbe uscito per una passeggiata con Jip. Infine sperava di ricevere qualche telefonata per una visita o una consulenza. Da quando le chiamate anonime erano finite, il telefono si era tristemente ammutolito. I cittadini di Wytago sembravano aver perso quel po' di fiducia che Larry credeva di essersi conquistato. E tutto per un equivoco. Se aveva pensato di avere qualche responsabilità per quanto accaduto a Dave, la tragica morte di *Glove* e la scomparsa del suo socio lo avevano liberato di un peso. Qualunque cosa avesse fatto mentre non era presente a se stesso, non aveva a che fare con Dave Winthrop. Questo, però, non sembrava bastare agli abitanti di Wytago, i quali, a detta dello sceriffo Blanchard, continuavano a sentirsi in qualche modo *traditi*. Traditi dal fatto che Larry fosse dedito all'alcol e ai farmaci (e alle droghe), traditi dal suo silenzio relativamente all'incidente in cui era morta la sua ragazza. Un tradimento che lui non era disposto a riconoscere. Non aveva fatto del male a nessuno e gli unici pazienti di cui si era occupato, erano guariti.

«Come sta?» chiese il medico con il sorriso amichevole e rassicurante (e preconfezionato) che tutti gli infermieri e gli operatori avevano mostrato a Larry dopo il suo risveglio.

«Bene, grazie. E lei?» rispose dopo una pausa che dovette sembrare a Buscema il risultato di una mente rallentata dai farmaci.

«Non mi ha chiamato» disse lui con un tono di sottile rimprovero.

«Avrei dovuto?»

«L'ultima volta che ci siamo visti non era proprio in forma.»

«Ora sto meglio, grazie. Molto meglio.»

Buscema lo osservò dubbioso. «E si è curato da solo?»

Larry cominciava a innervosirsi. «È venuto in visita o deve chiedermi qualcosa?»

«Non mi offre una tazza di caffè?»

«Mi scusi, ma ho parecchio da fare» replicò Larry. Una risposta un po' brusca, ma di cui non si pentì.

«Capisco. Allora vengo al dunque.»

Finalmente, pensò Larry.

«Ho parlato con sua madre...»

Tradimento? *Questo* era un tradimento, altro che il suo presunto ai danni dei cittadini di Wytago. Un tradimento bello e buono. «Aspetti...»

«Aspetti lei. Sua madre mi ha confessato che è in pena per la sua salute fisica e mentale...»

«Mentale?» Larry avanzò verso il medico con aria minacciosa.

«Si calmi! È per il suo bene. Sua madre sarebbe favorevole a un ricovero riabilitativo...»

«Esca da casa mia» ordinò Larry cercando di mantenersi tranquillo. Sentiva il sangue pulsargli nelle vene del collo e delle tempie e un tremore incontrollabile alle mani. «Glielo chiedo per favore.»

«Se lei volesse collaborare, capirebbe che si tratta di un atto d'amore nei suoi confronti. Sua madre...»

«Mia madre è una vigliacca!» sbottò Larry. «E ha mandato lei a fare il lavoro sporco!»

Jip prese ad abbaiare, spaventato dai toni che aveva assunto la conversazione.

«Lei ha bisogno di aiuto...»

«Anche lei ne avrà, se non esce immediatamente da questa casa.»

«Mi sta minacciando?»

«Le sto gentilmente chiedendo di andarsene.»

Jip era fuori di sé. Girava in tondo saltellando e sgolandosi.

«Sa che la sua famiglia potrebbe dare l'avvio alle procedure per un ricovero coatto?»

Larry andò alla porta e la spalancò. «Io non ho famiglia, dottore. E adesso, per l'ultima volta, mi lasci in pace.»

Fatti i fatti tuoi e lasciami in pace, avrebbe cantato Billy Joel.

Buscema annuì, si diede un'ultima occhiata intorno e alla fine infilò la porta.

Larry si aspettava una frase di chiusura, qualcosa a effetto. Invece il medico non aggiunse altro. E questo fu peggio perché fece pensare a Larry che lui e sua madre dovevano avere davvero qualcosa in serbo. Qualcosa di poco piacevole.

Sbatté la porta con violenza e prese un profondo respiro per calmarsi. Quindi si dedicò a Jip, che lo guardava con la testa inclinata e la lingua penzoloni come a chiedere "Che diavolo succede qui?"

«Tranquillo, piccolo mio» sussurrò prendendolo in braccio e carezzandolo. «Tranquillo. L'uomo nero se n'è andato.»

Quando si rimise a caccia dei moduli, la testa gli si stava sfasciando come lo scafo di una nave sotto una tempesta, le mani non smettevano di tremare e il suo corpo chiedeva a gran voce *Miss Ketamina, Miss Ketamina...*

***

I risultati dell'esame del DNA confermarono che il primo cadavere ritrovato nella cava, venerdì, apparteneva a Ben Solander, scomparso il primo gennaio 1997. Dell'altro corpo non si avevano ancora riscontri.

Per i genitori di Ben (ai quali lo sceriffo Blanchard portò la notizia) fu un dolore rinnovato, ma, allo stesso tempo, l'opportunità di dare degna sepoltura al figlio, e il sapere finalmente che non era svanito nel nulla come se non fosse mai esistito, risultò in qualche modo consolante. Venne organizzato il funerale e nella bara, più piccola di quelle abituali, furono ricomposti pietosamente i suoi resti.

Nel frattempo, la cava Schuyler restituiva un altro corpo, anche questo reso irriconoscibile dalla decomposizione. Era come aver spalancato la porta di un universo parallelo e orribile, dal quale i bambini scomparsi si affacciavano rivendicando il loro posto nel mondo e nella memoria collettiva.

Siamo sempre stati qua, sembrava dicessero con le loro voci straziate dal disfacimento della morte. *Ma ci avete dimenticati.*

Ora tornavano, prepotentemente, come un piccolo esercito di morti viventi, a popolare i sogni di chi li aveva attesi invano.

***

Price era occupatissimo con la ricerca del proprietario del minivan e per rendere più efficace il suo lavoro, oltre ad appoggiarsi ai colleghi della sezione informatica di Boston, decise di utilizzare uno dei computer della stazione di polizia di Wytago collegati alla rete. Si fece assegnare una scrivania in una stanza adibita solitamente ad area ricreativa (caffè, frigorifero, microonde e le torte di Martha Richardson) e prese a scartabellare tabulati confrontando nomi e trascrivendo appunti che poi sarebbero stati verificati.

Tra i numerosi nomi che il DMV fu in grado di fornire, alcuni risultavano residenti a Wytago o negli immediati dintorni. E per quanto il presunto complice di Herb Gilmore e Stu Simkins potesse vivere ovunque, non era da escludere che fosse di quelle parti e che, per questa ragione, conoscesse bene i due uomini.

Ben sessantuno cittadini di Wytago e dintorni (su un totale di duemiladuecentosettantotto) possedevano un minivan di colore grigio o blu scuro. Tra essi: Bushrod Trimble (vicino di casa di Herb), Owen Kapelewsi (concorrente), Milton Swayne (cugino di Donnie Licois, amico del padre di Herb), Alma Shoney (moglie di Edward Shoney), John Sullivan (proprietario dell'omonimo locale frequentato da Herb e Stu), Dana Damrosh (titolare dello Staunton, dove Stu aveva lavorato anni prima come lavapiatti e da cui era stato licenziato dopo essere stato scoperto a fumare canne durante le ore di lavoro), Chris Hooper (un tuttofare che ogni tanto dava una mano al Wytago Service) e un certo Colin Muggs (compagno di giocate di entrambi). E poi (ma senza evidenti legami con i due sospetti): Kate Bundy, George Taller, Doodley, suo suocero Felix Duvall, il dottor Gardner e perfino il vice sceriffo Peter Moravi.

Le indagini si sarebbero concentrate soprattutto su Muggs

e Hooper. Price avrebbe controllato i loro alibi per la notte precedente. Ma non solo. Aveva bisogno di altre testimonianze, informazioni per ricostruire i caratteri e le personalità di Gilmore e Simkins. Avrebbe chiesto a Blanchard di sguinzagliare i suoi uomini. Ogni particolare poteva nascondere quel famoso filo in grado di sbrogliare l'intero gomitolo.

***

Larry prese Jip con sé e andò in Quarry Street a controllare Rocky. Mentre il cucciolo attendeva nella Mustang, Larry si intrattenne con il cane che era stato di *Glove*, assicurandosi che avesse il necessario e passando un po' di tempo con lui per approfondire la loro recente conoscenza. Rocky aveva voglia di uscire, si sentiva intrappolato all'interno del fienile, ma Larry non poteva portarlo a passeggiare, non senza trascurare Jip, che, il naso spiaccicato sul vetro del finestrino, attendeva abbaiando che il suo padrone tornasse.

«Domani andiamo a fare una camminata» promise uscendo.

Ci mancava anche questa, pensò poi, mentre risaliva in auto e Jip gli si lanciava addosso festoso.

Camminando intorno a Peacham Pond (Jip era letteralmente *estasiato* dagli effluvi che si libravano tutt'intorno al suo naso e manifestava il suo eccitamento scaricando l'intestino e la vescica alternativamente ogni dieci minuti), Larry cominciò a riflettere se non fosse davvero il caso di andarsene da Wytago. La sua avventura era davvero arrivata al capolinea? Oppure c'era ancora qualche possibilità di rimettere il treno sui binari? E dove poteva andare? Non a Nashua, da sua madre, naturalmente, che l'avrebbe fatto rinchiudere in qualche istituto per drogati, e di ricominciare da un'altra parte proprio non se la sentiva. Sarebbe potuto andare in Africa, con Harper, a fare qualcosa di buono per una volta in vita sua. L'idea gli sembrò migliore di tutte le altre, considerando che *tutte le altre* si riducevano a tornare a casa o a rimanere a Wytago. Quando sua sorella sarebbe tornata e si fossero visti, gliene avrebbe parlato. Lei non l'aveva mai giudicato (e forse aveva fatto male) e non gli avrebbe fatto alcuna morale. Gli avrebbe detto se quella vita spesa per gli altri poteva essere adatta a lui o meno, se *fisicamente* sarebbe stata sopportabile e quali sarebbero stati i passi necessari per indirizzarlo in quella direzione.

Decise che l'avrebbe fatto. Il 20 luglio. Mancava solo una settimana.

Tornato a casa, trovò una sorpresa ad attenderlo sotto il portico. Un pacchetto con l'etichetta della Medical-Farm, la farmacia di Nashua a cui aveva inviato la prescrizione per rifornire la scorta dello studio. Lo raccolse come se fosse un regalo depositato sotto l'albero di Natale e lo portò in casa. All'interno, oltre a qualche farmaco paravento ordinato solo per non destare sospetti (come quegli uomini che acquistano riviste pornografiche e le mimetizzano con altre del tutto inutili che finiscono subito nel bidone delle immondizie), due flaconi da 10 ml di Sedatorin, uno dei tanti nomi commerciali di Santa-Miss Ketamina.

***

Dopo aver ottenuto la familiare polverina e averne inalata una dose generosa, Larry si sentì subito meglio. L'astinenza era dura, ma possedeva un grandissimo pregio: quando si ricominciava, le prime dosi avevano un effetto bomba, dieci volte più forte del normale.

Vagabondò per casa senza fare nulla, godendosi soltanto il generale benessere che la droga riuscì a regalargli, finché non crollò sul divano addormentandosi o forse sperimentando uno dei suoi cari vecchi viaggi siderali. Fatto sta che riprese contatto con il pianeta Terra quasi quattro ore più tardi.

Quando aprì gli occhi (forse non li aveva mai chiusi) vide l'alligatore seduto al tavolo del salotto che compilava i moduli per il canile. Era molto impegnato (l'alligatore, non Larry) a reggere la penna con quelle sue zampette tozze e un po' ridicole (ma guai a farglielo notare). Larry si avvide che portava anche un paio di occhiali, sopra il lunghissimo muso, e che, come Luke quella volta in biblioteca, faceva serpeggiare la lingua tra i denti per lo sforzo di scrivere. Era felice di rivederlo. Gli era mancato. Era come ritrovare un vecchio amico, una presenza confortante, una spalla su cui piangere. La coperta di Linus.

Quando raggiunse il tavolo, l'alligatore se n'era già andato. Aveva lasciato la penna (gli occhiali se li era portati via). Larry si sedette notando che i fogli a cui l'alligatore si era dedicato non erano i documenti per il canile, come credeva, ma i disegni che Dave aveva fatto un giorno che si trovava lì: aerei in volo. Sopra e centrato, come il titolo di un romanzo, c'era scritto SHO (SHOW, probabilmente) uno show di acrobazie aeree.

Senza alcuna apparente ragione, la mente di Larry si snebbiò visualizzando un'immagine ben definita. Non un'allucinazione, né un oggetto concreto. Solo un pensiero, che però occupò in quell'istante tutto lo spazio disponibile del suo cervello magazzino: il cappellino di Dave.

Non ci aveva più pensato dopo gli eventi che erano seguiti al tentativo di linciaggio da parte di Donnie Licois e soci (*linciaggio* era un termine decisamente esagerato, però non riusciva a trovarne un altro che rendesse altrettanto bene la situazione e il pericolo corso). Il cappellino che misteriosamente si era materializzato in casa sua e che era stato la causa del suo arresto. Una delle ipotesi che Larry aveva formulato nei giorni precedenti era stata che qualcuno ce l'avesse messo di proposito. Chi? Ora sembrava più che evidente: Herb Gilmore o Stu Simkins.

Quella sera, la sera in cui Dave era stato ritrovato alla cava, Larry aveva sentito dei rumori provenire dalla serra (quantomeno gli *pareva* di averli sentiti, dal momento che non poteva fidarsi al cento per cento dei propri sensi, perennemente annebbiati dai farmaci). Era andato a vedere, ma non aveva trovato nulla di strano. Poteva essere stato Herb? O Stu? E perché avrebbero dovuto incastrare proprio lui? Capro espiatorio? Solo perché era l'ultimo arrivato, *the new kid in town*? Era stata sua madre a pensarlo per prima e non poteva accettare che sua madre avesse avuto ragione su qualcosa. Eppure... E se qualcuno si fosse servito di Herb o di Stu per far convergere i sospetti su di lui? Magari Frankie *Spaghetti*, che l'aveva aggredito in quel modo quando aveva scoperto che il nipote stava da solo in casa con lui. Oppure Etta Grier, che non l'aveva mai digerito, fin dal suo arrivo in città. O ancora qualcuno che non aveva gradito il flirt tra lui e Jobeth, forse un suo vecchio spasimante. O Donnie Licois, a cui non piacevano i forestieri.

A proposito di Licois, mentre era intento in simili pensieri e la luce di là dai vetri cominciava a tingersi di rosa, Annette si presentò alla porta.

«Non ti piace molto usare il telefono, vero?» gli disse entrando.

Era attraente come sempre, con una t-shirt aderente e un paio di pantaloni mimetici. Aveva un filo di mascara intorno agli occhi e sulle labbra un rossetto molto scuro che faceva risaltare il candore dei denti. Portava un involucro da cui spuntava il collo di una bottiglia di vino e una scatola con il simbolo della panetteria LaBrioche.

Larry la guardò con aria interrogativa. «Che intendi?»

«Be', non telefoni mai. Eppure il mio numero ce l'hai.»

«Scusa. È che sono stato occupato con... con alcune cose.»

«Già, immagino.» Un'ombra le attraversò il viso. «Ti spiace se sono passata?»

«Tutt'altro.»

«Non ci siamo più sentiti da quando, l'altro giorno, è successa quella cosa... Dio, se penso che Herb era uno stupratore di bambini... mi vengono i brividi. Certo, non era un soggetto raccomandabile, ma da qui a diventare un serial killer... E poi mi dispiace veramente tanto per quella cazzata messa in piedi da mio padre e dai suoi... non so nemmeno come chiamarli. Coglioni, forse. Scusa, sono davvero degli idioti retrogradi e mentalmente limitati.»

Larry fece cenno che non aveva importanza. Invece ne aveva, eccome.

«Vorrei che tu capissi che non siamo tutti così, da queste parti. C'è anche gente buona, comprensiva...» Gli si avvicinò con sguardo malizioso. «... E dolce e disponibile...» Prese a strusciarglisi addosso. «... E pronta a fare ammenda, a chiedere umilmente perdono e a esaudire ogni desiderio.»

Larry sorrise. «Ogni desiderio?»

«È esattamente quello che ho detto. Ogni desiderio.»

***

Naturalmente finirono a letto, con Jip che li osservava curioso dalla porta della camera. Poi si sballarono e bevvero il vino. Tutto come da copione. Larry si detestava per questo, per la sua forza di volontà uguale a quella di gravità espressa da un chicco di riso. Sesso, droga e alcol. Tutto in un pomeriggio. Mancava il rock n' roll.

Annette si fermò a cena. Cucinò lei, nel senso che tirò fuori dal congelatore una confezione di pasticcio di zucca e la scaldò nel microonde.

«Complimenti alla chef» disse Larry quando ebbe spazzolato la sua porzione (il sesso, aveva scoperto, gli metteva più appetito della ketamina).

«Credo si dica *lo* chef» lo corresse lei.

«Al maschile?»

«Maschile indeclinabile. E comunque io non sono uno chef. Gli unici piatti decenti che cucino sono pancakes, uova fritte e hamburger. Però, per far colpo su di te, ho portato il dolce di Stato» disse aprendo la confezione che aveva acquistato in panetteria.

«Mi chiedevo appunto cosa fosse quella cosa.»

«Il simbolo del Vermont!» annunciò Annette esibendo una splendida e dorata torta di mele.

«Ma non è il pino, il simbolo del Vermont?»

«Sulle targhe. In cucina è la apple pie. *Per la mamma e per l'apple pie*!» gridò all'improvviso levando in alto la forchetta come fosse una sciabola.

Jip le abbaiò contro, sorpreso da quel gesto repentino.

Larry rise. «Questa me la devi proprio spiegare.»

«Dicono che fosse il grido dei soldati in battaglia durante la Seconda guerra mondiale o qualcosa del genere.»

«Non credo proprio.»

«Nemmeno io, però mi piace pensarlo.»

Dopo aver mangiato la torta (un pezzettino fu destinato anche al piccolo Jip, che si leccò i baffi e non li lasciò in pace finché non gli diedero altri due pezzi) e dato fondo alla bottiglia, si misero a guardare un film in tv. *A letto con il nemico*. Julia Roberts si fingeva morta per scappare dal marito violento e possessivo rifacendosi una vita in incognito in una cittadina dell'Iowa. Per un po' le cose funzionavano (si trovava anche un insegnante di recitazione belloccio con cui flirtare), finché il marito non riusciva a ritrovarla. E allora erano guai.

Mentre le scene scorrevano (e in qualche modo la vicenda di Laura Burney, alias Julia Roberts, ricordava quella di Larry), lui si vide da fuori, come se stesse facendo un'esperienza extra corporea. Era seduto sul divano, con le gambe sopra il tavolino e un braccio intorno alle spalle di Annette, che gli poggiava la testa sul petto. Una scena da fidanzati consumati, una normalissima serata di coppia: cena, vino, dolce e televisione. E poi, magari, un'altra scopata. Pensò se al posto di Annette avrebbe potuto esserci Jobeth. Forse. O Jonie. Se lui non l'avesse ammazzata. Non sapeva se quel che vedeva gli piaceva oppure no. Nel viaggio extra corporeo il Larry del divano gli appariva molto diverso da come lui pensava di essere. Quel Larry era un estraneo, uno sconosciuto, che abbracciava una sconosciuta, che viveva un'esistenza che non era la sua, come un organismo alieno appropriatosi di un corpo e di una vita.

«Larry?»

«Eh?» Annette lo stava chiamando.

«Ti sei addormentato?»

«Come? Sì, un po'...»

Non si era addormentato. Il termine tecnico era *assenza.* Si guardò intorno, alla ricerca dell'alligatore. Ma non lo vide. Forse era in giardino, oppure al piano di sopra, magari nella doccia.

«Che hai?» chiese Annette. Larry stava sorridendo.

«No, niente. Stavo pensando a...»

«A cosa?»

«Lo sai che ho fatto amicizia con il cane del tuo amico *Glove*?» A proposito di denti aguzzi.

Annette si staccò da lui e lo fissò dritto negli occhi. «Primo, Herb Gilmore non era amico mio. Non era tipo da avere amici, se non forse quello schizzato di Stu Simkins, che chissà dov'è finito. Secondo, stai lontano dal suo cane psicopatico. Tutto il padrone.»

Larry sorrise. «Non è psicopatico. Si chiama Rocky...»

«Lo so come si chiama e ci sono sempre stata alla larga.»

«Ha cominciato a fidarsi di me.»

«Se lui si fida di te, bene. Ma tu non di fidare di lui. Dico davvero.»

«Senti, tu sarai esperta di apple pie, di whisky, di bistecche alla griglia e... di seduzione, ma qui l'esperto di animali sono io.»

«Finché non ci rimetterai una mano o un intero braccio e diventerai come Doodley, il tizio della stazione di rifornimento. Comunque fai pure, accomodati. Jip, tu che ne dici?»

Jip, nel sentire il suo nome, sollevò un orecchio, uno soltanto. Poi, dal momento che nessuno lo ripeté, tornò a sonnecchiare sul tappeto ai loro piedi.

«Credo sia dipeso dall'intervento» continuò Larry seguendo un ragionamento che sembrava appartenere solo a lui.

«Quale intervento?»

Larry raccontò di come aveva salvato Rocky da una torsione gastrica che avrebbe potuto essergli fatale.

Lei lo guardò ammirata. «Ma allora è vero che sei un veterinario! E Herb ti ha pagato?»

«In verità no» ammise Larry. «Non ha fatto in tempo.»

«Credimi, non ti avrebbe pagato lo stesso. Ho sentito che aveva un mucchio di soldi in casa. Contanti.»

Larry annuì. «Secondo te li faceva con la droga?» La vita di provincia offriva ragioni valide per farsi, di tanto in tanto, ma Wytago non era Boston o New York. Si potevano fare soldi spacciando in una cittadina piccola come quella?

«Sai cosa mi ha detto una volta?» rispose Annette guardando Julia Roberts che indossava una parrucca per non farsi riconoscere. «Premetto che era fatto come una mela lasciata al sole, ma veramente fatto. Mi disse che teneva qualcuno stretto per le palle, qualcuno di questa città. E ne andava fiero.»

«Che significa?»

«Che ricattava qualcuno.»

«Chi?»

Lei sollevò le spalle e il seno sussultò in maniera provocante. «Non ne ho idea. Magari un finocchio come lui e quello sgorbio di Stu. Magari facevano qualcosa a tre. Te lo immagini? Un cittadino rispettabile, con moglie e figli! Chi può dirlo?»

Finirono di vedere il film e poi si concessero un po' di sesso orale (Larry trovava Annette davvero irresistibile da quel punto di vista). Quando lei fu pronta per tornare a casa sua, l'orologio del salotto segnava l'una passata.

«A proposito di orologi» chiese Larry mentre la accompagnava alla porta. «Sai dirmi che fine hanno fatto le lancette di quello del municipio?»

«Non lo sai?» disse lei. «Un ventoso giorno d'inverno sono volate via!»

***

Quella notte, Larry sentì dei rumori provenire dal piano inferiore. Si alzò e senza fare rumore scese di sotto. Anche se il colpevole (o i colpevoli) era stato individuato e le intimidazioni nei suoi confronti erano cessate, c'era sempre la possibilità che qualche fuori di testa non fosse soddisfatto. Una come Etta Grier, ad esempio. Il fatto che Larry non ne avesse più saputo nulla poteva rappresentare il preludio di una prossima tragedia.

Dalle scale intravide la luce tremula di una candela accesa. Qualcuno era seduto al tavolo, di spalle, e scriveva con foga facendo un rumore di unghie che grattano una superficie di legno.

Larry si fermò attonito quando capì che si trattava di Dave. Il piccolo Dave. Ma non poteva essere lui. David Winthrop era in un letto dell'ospedale di Montpelier. In coma. Eppure era lui. Non c'erano dubbi.

Larry si avvicinò circospetto. Qualcosa gli diceva che non doveva disturbarlo, che non doveva spaventarlo (anche se era Larry, in realtà, a essere molto spaventato).

Dave era pallido come un morto e le sue mani rattrappite e secche. Stava disegnando, aerei che si scontravano tra loro in un cielo rosso sangue. I piloti, omini stilizzati, si catapultavano fuori dai loro velivoli in fiamme ma erano già morti perché Dave gli aveva fatto gli occhi a croce. In alto, al centro del foglio, c'era scritto SHO. La matita, impugnata come un coltello, sfregava il foglio fin quasi a strapparlo.

A un certo punto, Dave smise e si voltò improvvisamente verso Larry.

«Ti piace?» chiese. Aveva i denti piccoli e a punta, come quelli dell'alligatore, ma Larry preferì non farglielo notare.

«È molto bello» disse Larry. «Ma perché si scontrano?»

«Perché i piloti sono scarsi» rispose Dave con sufficienza. «Non sanno volare.»

Larry allungò la mano per prendere il foglio, ma la manina secca di Dave gli artigliò il braccio, forte come una morsa.

«No!» urlò il ragazzino.

Larry guardò la mano che lo aveva fermato. Ora era diventata la zampa dell'alligatore.

In quel momento si svegliò nel suo letto, sudato e tachicardico e con la sensazione di aver urlato. Fuori era ancora buio. Guardò il tappeto scendiletto: Jip dormiva beato con la testa appoggiata sulle zampe anteriori. Aveva sognato.

Quando il respiro e il battito cardiaco si furono normalizzati, Larry scese comunque a vedere.

In salotto non c'era nessuno, così come in cucina. La porta della serra era chiusa e non c'erano segni di effrazione. Non c'era nessuno in casa, eccetto lui e Jip. I fogli di Dave, però, erano sopra il tavolo, esattamente dove li aveva sognati. Gli aerei non si scontravano e i piloti non morivano.

Andò in cucina e aprì il frigo per farsi una birra. Cambiò idea e bevve dell'acqua, fredda. E mentre beveva gli venne in mente che Dave poteva essersi svegliato dal coma e che quel sogno fosse il tentativo del ragazzo di mettersi in contatto telepatico con lui. In fondo le aure avevano dimostrato che possedeva una qualche capacità. Fu preso dalla irresistibile tentazione di correre in ospedale a verificare. Successivamente considerò che se si fosse presentato in ospedale alle quattro del mattino con lo sguardo stralunato chiedendo notizie di Dave Winthrop l'avrebbero probabilmente rispedito a casa con una o più pillole di sonnifero o anche peggio. Meglio di no. Avrebbe atteso qualche ora. Poi avrebbe sentito lo sceriffo.

Tornò a letto, ma quando giunse l'alba era ancora sveglio, gli occhi che scrutavano le dense ombre negli angoli, le orecchie tese a percepire possibili rumori dal piano inferiore.

33

Venerdì 14 luglio

Al mattino, per prima cosa, chiamò l'ufficio dello sceriffo. Gli rispose come sempre Martha Richardson (Kate Bundy non aveva ancora deciso se riprendere il suo vecchio posto oppure rinunciarvi per sempre). Lo sceriffo non era ancora arrivato, ma Martha gli avrebbe riferito il messaggio e Larry sarebbe stato richiamato appena possibile.

Larry notò una certa freddezza nei suoi confronti (con poche eccezioni – Josephine Boulding e Annette Licois – nota ormai distintiva di ogni abitante di Wytago), tuttavia la donna lo trattenne più di quello che il loro breve scambio di battute avrebbe previsto.

«Ho parlato con Jo» disse lei. Poi aggiunse: «Josephine».

Larry attese il seguito.

«So che ha attraversato la strada.»

«È stata brava.»

«L'ha fatto per lei.»

«Presumo sia così. Ma è stata brava» ripeté Larry.

Aveva la vaga sensazione che Martha Richardson fosse gelosa di quanto lui, seppur involontariamente, aveva ottenuto. L'affetto (o la riconoscenza) per uno sconosciuto aveva compiuto il piccolo miracolo che anni di parole non erano riusciti a fare. Avrebbe dovuto sentirsi fiero, perché in realtà era merito suo, della situazione incresciosa (per non dire *pericolosa*) in cui si era venuto a trovare, con i membri del Nowak-Klux-Klan radunati davanti al portico di casa, se lei aveva finalmente vinto la sua paura di uscire di casa. E invece provava qualcosa che somigliava molto alla colpa, perché Josephine, affrontando i *nemici* di Larry, aveva messo a repentaglio la propria incolumità e perché Martha Richardson lo considerava un rivale nella sua più che cinquantennale amicizia con Josephine.

Avrebbe desiderato accorciare le distanze, approfittare di quel casuale incontro telefonico per tastare il polso allo zoccolo duro della comunità (perché Martha e il gruppo anziani di Front Street *erano* lo zoccolo duro della città, quelli in grado di far cambiare il vento). Chiedere ad esempio del signor Kapelewski o della signora Bishop, la parrucchiera, di Lou il barbiere, della signora grassa sempre in tuta da ginnastica di cui non riusciva a ricordare il nome, o della cleptomane che forse aveva addirittura cambiato città oltre che lavoro, della raccolta fondi per la torre del municipio, delle serate al cineforum, della ricandidatura del sindaco Hill, del progetto di riqualificazione della vecchia cava (dubitava che avrebbe avuto un prosieguo, non finché continuava a sputare resti umani). Mostrarsi, insomma, coinvolto e pentito del suo supposto *tradimento*. Ma in verità non gliene importava nulla. Non gli interessava sapere se dopo la morte di Herb Gilmore la sua posizione in seno alla collettività fosse stata rivalutata o meno. Non gli sembrava, a giudicare dalla casella zero sulla colonna degli appuntamenti veterinari, né dal successo che avevano avuto nei giorni precedenti le sue sortite in centro. La storia di Larry Nowak a Wytago era finita prima ancora di iniziare.

Così non disse nulla, a parte: «Grazie, signora Richardson». E riattaccò.

Mezz'ora più tardi, lo sceriffo Blanchard lo chiamò.

«Voleva parlarmi?» chiese. «Si tratta di quel cane?»

«No, sceriffo. Volevo sapere come sta Dave Winthrop.»

Lo sceriffo fece una pausa. «Come sta?» ripeté.

«Sì. Si è ripreso?»

«Non mi risulta. Perché lo chiede?»

Come faceva a spiegargli quel che aveva visto o creduto di aver visto o sognato? «Speravo ci fossero novità.»

«Nessuna.» Un'altra pausa, stavolta non più sospettosa, ma quasi condiscendente. «È affezionato a quel ragazzino, vero?»

«Sì, ma non come pensa lei o le altre persone di questa città.»

«Tutti possono sbagliare.»
«Esatto. Tutti. Le auguro una buona giornata, sceriffo.»
«Aspetti. Il minivan che ha visto...»
«Sì?»
«Sembra che abbia raccolto Stu Simkins in un bar, quella notte.»
«L'avete trovato?»
«Simkins? Non ancora, ma manca poco. Lo troveremo. E a questo punto anche grazie a lei.»
Larry sorrise. Una piccola bugia per accorciare le distanze.

***

Thurgood riagganciò. La faccenda con quel Nowak era stata un vero casino. Prima i sospetti, poi le accuse, poi ancora la certezza che fosse invischiato, il fermo e infine la scarcerazione. Ora non sapeva più come comportarsi con lui. Non meritava di essere trattato come un criminale (sebbene Etta Grier e forse qualcun altro non avessero smesso di considerarlo tale), ma non poteva neppure fingere che nulla fosse accaduto.

Sbuffò. Si sentiva stanco, esausto. E nauseato di tutto e di tutti. Davanti a sé aveva una brochure che si era fatto spedire da un'agenzia immobiliare di Boston, la Great Dream Real Estate. Prima che Martha Richardson gli dicesse che Larry Nowak lo aveva cercato, stava cerchiando con una matita le case in vendita che avrebbero potuto fare per lui e Francine. Possibilmente dalle parti di Salem o Marblehead, fino a Beverly o Manchester-by-the-Sea. L'importante era andarsene da Wytago. Era sicuro che lontano da lì, ritrovando i posti dove Fran era stata felice, le cose sarebbero migliorate. Per entrambi. Cercare casa prima di avere ottenuto il trasferimento era a dir poco precipitoso (e forse imprudente), ma così com'era certo che andarsene avrebbe giovato a entrambi, allo stesso modo sapeva che la sua richiesta sarebbe stata accettata. Lo sentiva. Stu Simkins era troppo stupido per riuscire a evitare la cattura e non appena il caso fosse stato risolto (Price gli aveva assicurato che lui non aveva alcun interesse a rivelarsi pubblicamente, il merito, gli aveva detto, sarebbe stato tutto dell'ufficio dello sceriffo di contea, dichiarazione che era servita a riconciliare per quanto possibile i due uomini) il trasferimento sarebbe stato il premio che Thurgood avrebbe riscosso.

Le case in prossimità della costa (o sulla costa, non aveva ancora capito se conveniva stare un po' più all'interno per via delle burrasche e di tutte quelle faccende marinare per lui nuove) avevano uno stile diverso da quelle a cui era abituato lassù tra le foreste. Erano eleganti, spesso rivestite di scandole, con infissi bianchi o azzurri, tetti meno spioventi e ampi porticati dove dondolavano campane a vento o composizioni fatte con legni secchi raccolti sulla spiaggia e conchiglie. La gente non girava con camicie di flanella o salopette da lavoro tutto l'anno e c'erano turisti, che vivacizzavano le città e facevano girare l'economia. Gli balenò perfino l'idea di lasciare la polizia e trovarsi un lavoro nel settore turistico. Avrebbe potuto aprire un chiosco o un negozio di souvenir, qualcosa da gestire insieme a Fran, per coinvolgerla e per stare insieme davvero. Great Dream Real Estate. Il loro "Grande Sogno". Non ne aveva ancora parlato a Francine. La brochure era arrivata in ufficio (non a casa, voleva che fosse una sorpresa) il pomeriggio precedente, ma Thurgood aveva avuto solo il tempo di sfogliarla velocemente, riproponendosi di studiare attentamente le proposte l'indomani. Non sempre i prezzi erano indicati e la cosa lo infastidiva perché, immancabilmente, le case che gli sembravano adatte a loro recavano la dicitura "trattativa riservata". Il che, generalmente, non era un buon segno. Ne avrebbe individuate quattro o cinque, sei al massimo, e solo allora le avrebbe sottoposte a sua moglie, lasciando che fosse lei a decidere. Non riusciva a immaginare la faccia che avrebbe fatto realizzando che sarebbe finalmente tornata a casa. Thurgood non era mai andato granché d'accordo con i suoceri (che vivevano ancora a Salem), eppure, pur di veder rifiorire Francine, era disposto anche a sopportarli o averli addirittura come vicini di casa, qualcosa che mai avrebbe creduto possibile in passato. Ma nella vita si cambiava, le cose cambiavano. Si invecchiava e a volte i genitori sopravvivevano ai figli (altra cosa che mai avrebbe creduto possibile) e dunque si doveva andare avanti, in qualche modo.

«Sceriffo?» Martha Richardson era alla porta.

Thurgood chiuse di scatto la brochure e la coprì con le braccia. «Che c'è?» chiese come se fosse stato sorpreso a fare qualcosa di sporco.

«Sua moglie.»
«Passamela sulla due.»
«È qui fuori. E ha un gatto in braccio.»

***

Il gatto, naturalmente, era Coltrane e il motivo per cui Francine aveva deciso di uscire di casa e di portarlo in ufficio dal marito era che l'uretra di Coltrane si era ostruita nuovamente. E stavolta non c'era verso che facesse pipì.

«Ha la pancia gonfia» disse Francine quando suo marito la raggiunse alla reception. «E non fa che miagolare. Dobbiamo riportarlo da quel dottore.»

«Non sarebbe meglio andare da Gardner, a Mattawam?...»

Francine lo guardò sbigottita. «Mattawam? E se morisse per strada? Non se ne parla neanche.» Aveva gli occhi ingigantiti dall'ansia e un incarnato giallastro, malaticcio. Thurgood si chiese se non fosse a causa dei farmaci.

«Va bene. Ora lo cerchiamo. Martha, mi faresti il piacere di chiamare il dottor Nowak?»

Martha ubbidì. «Non risponde» disse dopo aver atteso un po'.

«Ci ho parlato meno di dieci minuti fa» replicò lo sceriffo.

Martha riprovò. «Non risponde» disse scrollando la testa e la sua capigliatura mummificata a causa della lacca traballò.

«Andiamoci» propose Francine.

Thurgood pensò alla brochure abbandonata sulla scrivania, sopra l'interminabile lista che Price gli aveva fatto trovare in ufficio quella stessa mattina, una serie di nomi di proprietari di minivan residenti nella zona e per questa ragione potenziali complici della precipitosa fuga di Stu Simkins. Sospirò, poi incrociò gli occhi supplichevoli di sua moglie e disse: «D'accordo». Infine, rivolto a Martha Richardson: «Se qualcuno mi cerca, usa la radio».

***

Larry stava attraversando la strada per andare da Josephine. Avrebbe preferito che fosse lei a uscire di casa, ma era certo che d'ora in avanti le cose sarebbero cambiate. Ci sarebbe voluto solo un po' di pazienza.

Armeggiando nel sottoscala (stava cercando quei famosi moduli per il trasferimento di Rocky al canile) si era ritrovato tra le mani la scatola di cartone su cui aveva scritto in pennarello nero ELLROY ELMER-PRIVATO. La cosa strana era che il nastro adesivo che lui stesso aveva applicato quando lo aveva riposto era strappato. Aveva controllato all'interno ma gli sembrava che ci fosse tutto. Tranne la pistola. Era convinto di averla messa insieme alle lettere e ai documenti di Ellroy. Poteva averla consegnata allo sceriffo? O era più probabile che gli *sembrasse* di averla messa nella scatola e invece si trovava in qualche cassetto, avvolta nel suo panno ingiallito e unto d'olio? Aveva ritrovato anche le fotografie, tra cui quella che ritraeva Ellroy da giovane, e d'un tratto la sua mente aveva fatto un bizzarro collegamento.

Era a causa di questo che stava andando da Josephine.

***

Etta lo vide uscire di casa.

«Smetti di spiarlo» disse alle sue spalle la voce monocorde di Howell. «Non tirare troppo la corda. Lo sai che avrebbe potuto denunciarti per quella volta in cui sei entrata in casa sua? Senza contare i vetri della serra e le scritte.»

«È lui che tira la corda» replicò Etta grattando il fondo del barile di quella tracotanza che fino a un paio di giorni prima era stata la sua caratteristica distintiva. La calata di Howell al raduno degli *amici* di Larry Nowak aveva lasciato il segno. Etta non si sentiva più quella di prima. Una crepa di insicurezza si era insinuata in quelle che lei aveva creduto solide e incrollabili mura. Lo spettro della solitudine le si era spalancato davanti ai piedi in un tardo pomeriggio di luglio. L'idea di restare sola, di invecchiare senza Howell al fianco le era parsa all'improvviso spaventosa. Certo, Howell era soporifero e barboso, sempre con la testa nei suoi lavoretti manuali da bambino sfigato o in quei cavolo di manuali incomprensibili, ma era pur sempre l'uomo con cui aveva condiviso il tetto (il letto no, avevano sempre dormito separati perché Howell russava come un elefante raffreddato) e ogni singola giornata per quasi cinquant'anni, e non era facile né allettante pensare di ritrovarsi di punto in bianco soli. E poi Howell si occupava di un mucchio di cose pratiche di cui lei detestava occuparsi, come i pagamenti delle bollette, l'assicurazione, quel piccolo fondo in cui avevano investito i risparmi per la loro vecchiaia, il mantenimento della casa e del giardino. E per finire, che avrebbe detto la gente se Howell davvero avesse deciso di piantarla in asso? Non era una mossa da Howell Grier, ma non si poteva mai dire. La determinazione (e la collera) che Etta gli aveva letto negli occhi il giorno in cui era venuto a riprenderla e a riportarla a casa era qualcosa che l'aveva davvero stupita. C'era un altro Howell dentro il solito vecchio noioso Howell. E lei, da quell'altro, non sapeva più cosa aspettarsi.

Tirò le tende stizzita e andò in cucina. Si preparò una tazza di tè, quindi salì al piano superiore. Per calmarsi avrebbe passato un po' di tempo nella stanza delle bambole. E intanto avrebbe meditato.

***

«Buongiorno, dottore. Qual buon vento la sospinge fin qui?» Josephine Boulding sembrava essere ringiovanita di una decina d'anni. Perfino le sue giunture, quel giorno, parevano più flessibili e agili. Si era messa un abito a fiori, qualcosa che doveva aver tirato fuori dal fondo di un armadio e pulito dalla naftalina che lo ricopriva, in ogni caso molto diverso dal nero che indossava solitamente, e i capelli erano più soffici e luminosi.

«Mi fa piacere trovarla di buon umore» disse Larry. «È permesso?»

«Venga, venga. Del caffè? Un *croissant*?» chiese sorridente e fingendo un esagerato accento francese. Mostrò un vassoio con un paio di brioche.

Larry era piacevolmente colpito. «Non mi dica che è scesa in città?»

«Non glielo dico. È stata Martha, stamattina, prima di andare al lavoro. Si è scusata dicendo che le torte è costretta a portarle alla stazione di polizia, che tutti sono letteralmente impazziti per le sue crostate, e così ha pensato di portarmi dei *croissant*.» Rise. «Non sa che mi ha tolto un peso!»

«Ne assaggerò uno, grazie. Però avrei preferito sapere che era uscita.»

«Uscirò, stia certo. Non so se avrò la forza di arrivare in centro, ma sicuramente girerò intorno all'isolato. Nel frattempo mi sono fatta bella!» Si sistemò lo chignon. «Che ne dice?»

«Che è diventata un bel bocconcino.»

Larry si pentì immediatamente della infelice battuta. L'idea che una donna (e di quella età) potesse essere un *bocconcino* appetitoso per qualcuno, suonava decisamente maschilista, fallocrate nonché irrispettosa.

La signorina Boulding, però, parve prenderla bene perché scoppiò a ridere come mai Larry ricordava.

«Più che a un bocconcino direi che somiglio a un osso da brodo! Ma la ringrazio del complimento. Allora, che mi racconta? Se è ancora scioccato per quello che è successo l'altro giorno, si rasserení, Donnie Licois abbaia ma non morde. Lo conosco bene.»

Larry pensò che se le cose stavano davvero a quel modo, Josephine non avrebbe dovuto affrontare il mondo esterno per accorrere in sua difesa. Probabilmente voleva soltanto sdrammatizzare. Ma Donnie Licois (Larry era pronto a scommetterci) non solo abbaiava ma mordeva pure. E così i suoi camerati.

«In quanto a Etta Grier» proseguì Josephine «è completamente pazza. Credo che dovrebbero rinchiuderla da qualche parte e gettare la chiave. Chissà che lo faccia Howell, un giorno. Gli darei volentieri una mano.»

Larry annuì. «A proposito del tentativo di convincermi a cambiare aria» disse «mi sono stupito di vedere tra quelle persone il signor Shoney. Pensavo che fosse superiore a certi pregiudizi.»

Josephine si fece seria. «Ho esagerato con lui, ma la situazione lo imponeva.»

«Esagerato? In che senso?»

«Sono stata dura ricordandogli il suo desiderio di entrare in polizia. Non riuscì a passare l'esame di ammissione, poveretto. Edward era giovane e la prese male. Sua madre ne soffrì molto, come fece per tutta la sua vita.» L'argomento era delicato e Larry se ne rese conto notando che l'alone di luce che aveva circondato la donna fino a quel momento si era spento. Come se una grossa nuvola avesse oscurato il sole.

«Sono proprio stupido. Mi perdoni. Non desideravo in alcun modo rovinarle la giornata...»

«Lei non è stupido, dottore, e non mi ha rovinato la giornata. Meredith è spesso nei miei pensieri e ogni volta non posso che rattristarmi sapendo come sia stata tormentata la sua vita e come si sia penosamente conclusa. Tuttavia mi fa piacere parlarne, perché è il solo modo che ho per ricordarla.»

Larry tirò fuori una delle fotografie che aveva portato con sé, quella che ritraeva la donna sorridente. «È lei?»

Josephine la guardò a lungo e poi le sorrise, sorrise alla donna nella fotografia. «È lei.»

«E qui?» Larry mostrò un'altra foto, quella della classe.

«Qui siamo tutti. Ecco Meredith... Elmer... e questa sono io.» Indicò con un dito uncinato una ragazza con gli occhiali e i capelli lunghi raccolti in una treccia. «Qui sì che ero un bel bocconcino!» rise.

«E questo è il dottor Ellroy» concluse Larry esibendo la terza foto.

Josephine annuì.

«Non nota niente di strano?» volle sapere Larry.

La donna non rispose. Si limitò a guardare l'immagine senza far trapelare alcuna emozione. Eppure, nei suoi occhi, tremolava una fiammella dove invece, fino a poco prima, aveva brillato una fulgida stella.

«Non le pare che somigli a qualcuno?» insisté Larry.

«A chi?» domandò lei senza guardarlo.

«Edward Shoney.»

***

«Come l'ha scoperto?» domandò Josephine.

«Ricorda le lettere di cui le ho parlato? Quelle che Meredith scriveva al dottor Ellroy? La loro relazione clandestina si interruppe quando nacque Edward o quando Meredith si accorse di essere incinta. Poi c'era il fatto che il dottor Ellroy, nonostante tutto, fosse sempre rimasto a Wytago, sopportando di vedere l'amore della sua vita insieme a un altro uomo. Perché? Cosa lo tratteneva? Lei stessa un giorno mi disse che Elmer era legato a Meredith e a questo posto da qualcosa e che non aveva mai trovato il coraggio di lasciarla veramente. Infine mi è capitato di vedere queste foto, ho notato la somiglianza e ho fatto due più due. Edward non è figlio del signor Shoney, il marito di Meredith, ma del suo amante, Elmer Ellroy.»

«È così» disse Josephine quando Larry ebbe terminato. «In pochi conoscevamo la verità. Io, Meredith e Elmer, naturalmente. Anche se penso che Ryan, il marito di Meredith l'abbia sempre sospettato. Lui non ha mai trattato Edward come un figlio, non l'ha mai amato. Era un uomo feroce nella sua inflessibile austerità. Meredith fece una vita d'inferno con lui, che la considerava una proprietà, con pochi diritti e doveri a non finire. E il piccolo Edward crebbe vessato dalle violenze fisiche e psicologiche di suo padre, o dovrei dire patrigno a questo punto. Meredith è sempre stata una ragazza debole e non riuscì mai a opporsi veramente. Il ragazzo, che fu mio alunno, divenne chiuso, introverso. Quando faceva qualcosa che non andava bene, Ryan lo puniva duramente rinchiudendolo per ore nel seminterrato, al buio, e Edward si sentiva colpevole anche se non aveva fatto nulla di male.»

«Perché nessuno interveniva?»

«Erano altri anni» disse Josephine sollevando una mano sottile come una piuma. «Difficile mettere bocca nelle cose delle famiglie altrui. E poi Meredith non raccontava molto. La verità è venuta fuori col tempo, quando Edward era già un uomo.»

«Lui lo sapeva?»

«Di essere figlio di Elmer? Penso che l'avesse scoperto con il tempo.»

«E la storia dell'esame per entrare in polizia?»

«Forse come reazione ai soprusi subiti, Edward aveva coltivato a lungo il desiderio di diventare un tutore dell'ordine. Ma le cose non sempre vanno come noi desideriamo e Edward non fa eccezioni. Fu considerato non idoneo, anche a causa della sua balbuzie, credo. Ci provò tre volte e tre volte fu bocciato. A quel punto ripiegò sull'attività del padre, che aveva un negozio di vernici ben avviato. Ryan Shoney morì qualche anno dopo, nel sonno. Era molto vecchio.»

«E Meredith? Non si è mai scoperto il motivo del suo suicidio?»

Josephine scosse la testa, ma qualcosa, nel suo sguardo vago, disgiunto dall'espressione del viso che affermava di non sapere, suggeriva che, viceversa, nutrisse al riguardo almeno un sospetto. «Nessuno sa cosa passa nella testa delle persone in certi momenti della loro vita» disse. «Nemmeno gli amici. Meredith è sempre stata fragile. Credo solo che fosse arrivata al suo punto di rottura, come una corda vecchia e lisa.»

C'è sempre un evento da cui scaturisce il punto di rottura, pensava Larry. La goccia che faceva traboccare il vaso.

«Quando seppi della sua morte» ricordò Josephine «mi dissi che se n'era andata in silenzio, senza disturbare, così come aveva vissuto. Pensai che era calato il sipario sopra una vita trascorsa tristemente dietro le quinte.»

Larry le strinse le mani, che erano gelate. Le diede un bacio sulla guancia e uscì, lasciandole le fotografie, sparse sopra il tavolo come foglie cadute da un albero.

***

Quando fu in strada, sotto l'ombra degli aceri che di lì a un paio di mesi si sarebbero accesi, Larry notò l'auto dello sceriffo ferma davanti a casa sua. Thurgood Blanchard stava diventando importuno. Forse la sua voglia di farsi perdonare lo portava a strafare. Ma poi Larry scorse la moglie, Francine, che svoltava l'angolo della serra con in braccio un gatto.

Gli venne da sorridere: un paziente. In quel momento, sebbene si trattasse del gatto dello sceriffo, valeva tanto oro quanto pesava.

«Dottore» lo chiamò la donna.

Alle sue spalle apparve Thurgood, che si toccò la tesa del cappello in segno di saluto.

«Coltrane non fa la pipì» spiegò Francine.

Larry gli toccò l'addome.

Un'aura grigia lo avvolse. Le ombre della strada invasero il suo campo visivo e un odore di cose bruciate gli salì alle narici. Quel grigio era il colore della cenere, il colore del corpo di Tommy Blanchard quando era stato recuperato. Larry lo sapeva, senza sapere come. Veniva da Coltrane, e veniva da Francine, la madre di Tommy.

«È ostruito» disse Larry sforzandosi di dissimulare il suo stato. «Andiamo dentro.»

***

Larry operò Coltrane immediatamente. Dopo aver provato a eseguire senza esito un cateterismo, aveva deciso di intervenire chirurgicamente. E aveva avuto ragione: nella vescica di Coltrane albergava un calcolo grosso come un seme di zucca, più una serie di sassolini più piccoli. Ci impiegò un'ora, quasi come ai vecchi tempi. E meno male che aveva ordinato la ketamina, altrimenti non avrebbe potuto anestetizzare il paziente. Ma questo a Blanchard non lo disse. Lui e la moglie attesero passeggiando in strada. Howell uscì a chiedere cosa stesse succedendo e Thurgood glielo spiegò. Quando finalmente Coltrane cominciò a riappropriarsi dei suoi movimenti volontari, Larry chiamò Francine perché lo assistesse durante il risveglio (era stata una precisa richiesta della donna), mentre lui andò a preparare del caffè.

«Le do una mano» si offrì lo sceriffo seguendolo in casa.

Larry si avvide di aver lasciato la scatola con i documenti e le lettere di Elmer Ellroy sopra il tavolo, in bella vista. Sperò che la pistola non saltasse fuori nel momento meno opportuno.

«Vecchie scartoffie di Elmer?» chiese Thurgood indicando la scatola.

«Già. Mi sono ripromesso di spedirgliele, prima o poi.»

«Saranno ricordi.»

«Fatture e altre cose noiose» disse Larry. «Zucchero? Latte?»

«Niente, grazie. Lo prendo nero.»

«Vuole portarne una tazza a sua moglie?»

«Lei non ne beve… E questi disegni?» Stava osservando i fogli su cui Dave aveva riprodotto i suoi aerei.

«Quello sì è un ricordo» mormorò Larry porgendogli la tazza. Pensò che avrebbe dovuto riporli. Ma non immaginava certo che lo sceriffo gironzolasse per casa sua proprio quel giorno.

Thurgood annuì. «C'è scritto *sho*» osservò.

«Credo significhi *show*. Ma non l'ho scritto io.»

«Ah, no? Non sembra la calligrafia di un bambino, però.»

Larry ci fece caso. In effetti non sembrava la stessa mano esitante che aveva disegnato gli aerei. E a guardare bene somigliava proprio al modo che aveva lui, Larry, di scrivere in stampatello.

Alzò le spalle. «Oh, be'» bofonchiò. «Qualcuno l'ha scritto.»

«Questo è evidente. Senta, dottor Nowak, è la seconda volta che mi cura il gatto. E io, in cambio, l'ho messa dentro.»

Larry non replicò.

«Così, vorrei dirle che... mi dispiace, insomma, ma mi creda, stavo solo facendo il mio lavoro.»

Larry non ne era del tutto convinto, tuttavia finse di essere comprensivo.

«Però non ho ancora capito come quel cappello sia finito tra le sue mani.»

Sembrava il tenente Colombo che tirava fuori l'ultima domanda (di solito quella che inchiodava il colpevole) quando ormai dava l'impressione di avere terminato ed era già sulla porta. Solo che Thurgood Blanchard non era il tenente Colombo e la sua non era una domanda per incastrare Larry, ma soltanto una curiosità.

«Me lo sono chiesto molte volte» rispose Larry sincero. «E l'unica spiegazione che mi sono dato, tolta la possibilità che Dave sia venuto a cercarmi e poi se ne sia andato dimenticandolo, è che qualcuno l'abbia volutamente messo in casa mia.»

«Sta pensando a Gilmore o a Simkins?»

«Non vedo chi altri avrebbe potuto farlo.»

Lo sceriffo si massaggiò il mento ispido, un modo come un altro per riflettere. «Ma perché lei?» chiese infine.

«Perché Dave stava da me durante il giorno, perché sono un forestiero, per sviare le indagini. Per un mucchio di ragioni. Fatto sta che lei e il procuratore ci siete...» Larry si interruppe.

«Cascati? Voleva dire questo?»

Larry sospirò.

«Lo dica» lo esortò Blanchard. «È la verità. Ci siamo cascati e abbiamo fatto la figura dei fessi. Price l'aveva detto che non era lei.»

«È ancora da queste parti?»

«Chi, Sherlock Holmes? Ci può scommettere. Con la sua lente

d'ingrandimento e la pipa. Ma, nonostante tutte le sue arie, non è ancora riuscito a capirci granché...»

«Dottore!» chiamò Francine dalla serra.

Larry accorse.

«Coltrane ha vomitato» disse la donna.

«È normale» la rassicurò Larry. «È l'effetto dell'anestesia. Non si preoccupi.» Coltrane si leccò i baffi e mandò un miagolio imbarazzato. «Tra poco potrà tornare a casa.»

«Di già?» obiettò Francine. «Non deve ricoverarlo o altro del genere?»

«Da sveglio starà meglio a casa sua, mi creda. Fissiamo un controllo tra un paio di giorni.»

La donna gli sorrise. «Grazie.»

«Per un po' perderà l'urina a gocce, ma dopo qualche settimana sarà a posto.»

«Grazie» ripeté Francine.

«Sì, grazie» le fece eco Thurgood da sopra la sua spalla. Sembrava un bambino obbligato a ringraziare la vecchia zia per il regalo ricevuto al compleanno.

***

Fu una buona giornata, tutto sommato. Nessun tentativo di linciaggio, un intervento andato a buon fine, le scuse dello sceriffo, i dolori tenuti a bada dalle aspirine e ancora una volta aveva evitato di essere sbranato da Rocky (in realtà gli pareva che il cane di Herb Gilmore gli si stesse affezionando o quantomeno considerasse Larry, al momento, il suo unico legame con il mondo e dunque la sua sola possibilità di sopravvivenza). Forse ci sarebbe stata bene un'altra notte di fuoco con Annette Licois, ma anche senza il sesso restava comunque una di quelle poche giornate da segnare sul calendario.

Prima di cena si concesse una lunga passeggiata in compagnia di Jip fino a Peacham Pond e per tutto il tempo non fece che pensare a Edward Shoney, il figlio segreto di Elmer Ellroy, che aveva trascorso l'infanzia con un uomo che lo detestava e una madre troppo debole per poterlo difendere. Ripensandoci ora, il suo aspetto da bambino asociale cresciuto gli si adattava perfettamente, come un vestito cucito su misura. Che ci faceva in mezzo a quelli che erano venuti a dare il benservito a Larry? Non aveva mai mostrato particolare ostilità nei suoi confronti, in passato. Che aveva da spartire con Donnie Licois, Frankie Poletti e gli altri, o con Etta Grier? La sua presenza quel giorno stonava quasi come il cappello di Dave in casa sua. Larry cercava di ricordare se avessero mai avuto motivo di scontrarsi, ma non gli sembrava. Perché Edward Shoney ce l'aveva con lui? Perché viveva nella casa che era stata di suo padre (sempre ammesso che lo sapesse)? Troppo poco per arrivare a desiderare che una persona lasciasse la città. Shoney, da quel che ne sapeva Larry, non aveva figli, perciò era da escludere che si sentisse coinvolto in prima persona. Certo, non serviva essere genitori per condannare crimini tanto orrendi, tuttavia la sua partecipazione al comitato di congedo (o avrebbe dovuto dire dis-accoglienza) era ugualmente eccessiva.

Quella notte si destò di soprassalto. Jip abbaiava al piano di sotto.

Larry scese a vedere. Mentre era sulle scale, gli parve di percepire, sotto i versi convulsi di Jip, il rumore di una penna o una matita sfregata freneticamente, con rabbia, sopra un foglio di carta. Guardò subito verso il tavolo, aspettandosi di vedere Dave o l'alligatore. Ma non c'era nessuno, a parte Jip che aveva smesso di abbaiare e che gli faceva le feste.

Larry si accostò al tavolo. I fogli con i disegni di Dave erano sparsi un po' ovunque e ridotti a brandelli. Larry si sedette e li riordinò. Anche la superficie del tavolo era segnata, incisa dalla stessa penna o matita che aveva lacerato la carta.

La scritta SHO era stata completata, ma anziché SHOW vi si leggeva qualcosa che lasciò Larry frastornato come se ne fosse stato fisicamente colpito. Sotto a essa e negli altri fogli, gli aerei erano stati cancellati o strappati via. Restavano solo i piloti, con i loro occhietti a croce. Piloti morti. Solo che sembravano più dei bambini che degli aviatori adulti. Bambini morti.

Stava sognando. Senza dubbio stava sognando.

Jip gli saltò sulle gambe facendolo trasalire. Si rese conto di essere seduto al tavolo. In mano, con la sensibilità di un pezzo di legno, stringeva una matita. Non stava sognando. Era reale. E quella scritta, l'aveva fatta lui.

34

Sabato 15 luglio

I controlli effettuati su Muggs e Hooper (due proprietari di minivan che avevano avuto a che fare con Herb e il suo socio in passato) in relazione alla fuga di Stu Simkins non portarono a nulla. Colin Muggs era in sedia a rotelle a seguito di un incidente avvenuto con il camion il 19 giugno (era stato proprio lo sceriffo Blanchard a occuparsene, lo stesso giorno in cui aveva conosciuto Maldwyn Price) e Chris Hooper si era trasferito da un paio di mesi a Morrisville, dove lavorava in un cantiere edile e dormiva ogni notte in un box insieme ad altre dodici persone pronte a testimoniarlo.

Non era stato nessuno dei due ad aiutare Simkins.

Price seguitava a spedire agenti di qua e di là, per interrogare tutti coloro che possedevano un minivan o un mezzo che anche solo gli somigliasse (lui preferiva restare nell'ombra poiché era convinto, e a ragione, che la gente del posto parlasse più facilmente con i propri concittadini piuttosto che con degli estranei spocchiosi). In particolare, furono sentiti: Bushrod Trimble (aveva un Dodge Caravan azzurro metallizzato; la notte in questione era a casa con moglie e figli), Owen Kapelewsi (Plymouth Voyager grigio; era a Montpelier a una festa), Milton Swayne (Dodge Caravan blu navy; era a casa con un attacco di colite, il dottor Buscema era stato chiamato d'urgenza e aveva confermato), Alma Shoney (Toyota Sienna verde oliva; il marito era rimasto con lei tutta la sera), John Sullivan (Chrysler grigio scuro; aveva chiuso il locale alle due), Dana Damrosh (Mitsubishi Space Wagon blu; aveva lasciato lo Staunton Restaurant all'una e trentacinque). In quanto a Kate Bundy, George Taller, Donald Doodley Bradley, Felix Duvall e il dottor Gardner, oltre a non aver mai avuto rapporti diretti con Stu Simkins, avevano anch'essi alibi inattaccabili. Peter Moravi, infine, quella notte era di turno alla stazione di polizia.

La pista del minivan sembrava non portare da nessuna parte, a meno che non si interrogassero tutti i novecentododici proprietari di monovolume della contea di Chittenden, operazione che appariva quantomeno mastodontica.

Nel frattempo, il test del DNA aveva restituito l'identità all'altro corpo ritrovato nella cava. Si trattava di Robert Wills, un undicenne scomparso da Shelburne il 9 settembre 1996.

Senza considerare Tommy Blanchard, ancora dubbio, il conto delle vittime del *Lupo del Vermont* (così l'avevano definito i cronisti) saliva a cinque.

***

Larry aveva intenzione di verificare una certa ipotesi.

Così si recò da Josephine Boulding, che a suo parere aveva taciuto parte della verità. La circuì invitandola a fare una breve passeggiata intorno all'isolato. La donna rifiutò categoricamente, ma poi, considerata la ferrea insistenza di Larry e la curiosità di testare la propria insperata guarigione, accettò.

Presero per Pembroke Road, in direzione opposta alla città, con l'intenzione di raggiungere la piccola area picnic di Elmwood Park. Era buffo vederli insieme, procedere a braccetto. Nonostante la differenza di età, camminavano entrambi claudicando, Josephine verso destra e Larry leggermente a sinistra, dimodoché, per non urtarsi, si disposero divergenti dando l'impressione, nel complesso, di reggersi a vicenda.

Esauriti gli argomenti convenzionali (il caldo, il marciapiede irregolare a causa delle radici degli alberi, Milky, le passeggiate di Jip, le crostate di Martha Richardson, i prezzi alle stelle), quelli meno convenzionali (la follia di Etta Grier e l'audacia del marito, la fine della storia con Jobeth Allison, la salute di Larry), quelli relativi ai crimini orribili che si erano succeduti nell'ultimo periodo (nessun ragazzino o quasi in giro per strada, i corpi restituiti dalla cava Schuyler, le ricerche di Stu Simkins) e aver dedicato un paio di minuti a elogiare il coraggio di Josephine per aver finalmente affrontato i propri demoni, Larry venne al punto.

«Perché Meredith Shoney si tolse la vita?» chiese a bruciapelo non appena si sedettero su una delle panchine dell'area verde.

Lei lo guardò risentita, come se lui l'avesse ingannata, come se l'avesse attirata in una trappola dalla quale ora le era difficile fuggire, se non altro perché si sentiva sfinita. Lo fissò a lungo, con riprovazione, aspettandosi forse che lui si scusasse e lasciasse perdere il discorso.

Invece Larry sosteneva il suo sguardo e Josephine capì che c'era un motivo, un motivo importante per fare quella domanda, che non era semplice o morbosa curiosità.

«Wiedemann» precisò.

«Come?»

«Meredith Wiedemann. Shoney era il nome di quel disgraziato del marito.»

«Perché si uccise?» insisté Larry.

«Non lo so con esattezza. Ma credo che avesse a che fare con Edward.»

«Con suo figlio? E perché lo pensa?»

«Lei perché lo vuole sapere? Se desidera una risposta sincera deve essere sincero anche lei.»

Era giusto. Larry annuì. «Sto raccogliendo informazioni sulla famiglia Shoney» disse.

«Per quale motivo?»

«Diciamo un'intuizione.»

«E che c'entrerebbe la morte di Meredith?»

«È quello che cerco di capire. Forse c'è un nesso. Magari lei aveva scoperto qualcosa che lo riguardava e che non aveva il coraggio di denunciare.»

«Tipo?»

Tipo bambini morti, avrebbe voluto risponderle, *bambini con le crocette al posto degli occhi*. Ma, ovviamente, non avrebbe mai potuto. «Ancora non lo so.»

Josephine scosse leggermente la testa. «Io penso invece che lei si sentisse in colpa per non essere riuscita a salvarlo...»

«Salvarlo da cosa?»

«Dalla sua stessa infanzia, dal padre-mostro, da un sacco di cose. Edward non è stato solo un bambino e poi un ragazzo introverso, difficile. Era strano. A sette anni uccise con un coltello da cucina il gatto di casa. Questo me lo confessò la stessa Meredith.»

«Dio santo!»

«È così. Credo che Edward soffrisse di qualche disturbo psichico. Per questo fu scartato alla scuola di polizia.»

«Eppure, a parte l'espressione un po' scorbutica, sembrerebbe una persona assolutamente normale.»

Ci fu una pausa. Una brezza improvvisa e tiepida smosse le foglie sugli alberi provocando un sussurro sommesso.

«Larry» disse Josephine quando il bisbiglio delle foglie cessò. «Pensa davvero che Edward Shoney possa avere a che fare con i delitti commessi da Herb Gilmore e Stu Simkins?»

Larry non rispose. Non lo sapeva. Però, nella sua mente, come un'insegna al neon lampeggiante, il nome Shoney continuava a rifulgere nel buio. Sempre più splendente.

***

Lasciata Josephine, Larry prese la macchina e si recò in Quarry Street.

Doveva sveltire le pratiche della quarantena: aveva l'impressione che Rocky cominciasse a essere insofferente del forzato isolamento, il che avrebbe rischiato di pregiudicare il fragile equilibrio instaurato tra loro due.

Quando arrivò, lo sentì abbaiare insistentemente da dentro il fienile. Dall'altra parte della strada c'era il figlio dei Trimble, il ragazzo che Rocky aveva *assaggiato* diverse settimane prima.

«Va avanti da ore» disse Greg Trimble. «Avevamo paura che si liberasse.»

Larry gli fece un cenno per tranquillizzarlo e andò verso la porta.

«Faccia attenzione» consigliò il ragazzo.

Larry entrò e Rocky lo fissò con ostilità ringhiando. Poi, quando lo ebbe riconosciuto, si calmò.

«Si può sapere che ti prende?» gli disse Larry.

Per tutta risposta, il molosso riprese ad abbaiare puntando il portone.

Larry si voltò a guardare. «Hai sentito qualcuno? O ce l'hai con quel ragazzo?»

Mise cibo fresco nella ciotola e uscì per cambiare l'acqua del secchio. Andò alla cisterna, ma gli sovvenne che non era più utilizzata da tempo. Così raggiunse la pompa in cortile e riempì il secchio. Rocky non riusciva a calmarsi. Ormai, a forza di abbaiare, gli si era arrochita la voce, come quella di un fumatore incallito. Larry tornò all'interno e posizionò il secchio di fronte al muso del cane. Ma quello seguitava a latrare tendendo la corda che lo legava nel tentativo di uscire.

«D'accordo» disse Larry. «Facciamo una passeggiata.»

Prima, però, si accertò che il figlio dei Trimble non fosse ancora nei paraggi (non voleva provocare nuovi incidenti). Quindi slegò Rocky (facendo molta attenzione) e si lasciò trascinare all'esterno.

«Allora? Che avevi tanto da lamentarti? Volevi solo prendere aria? Tutto qui?»

Ma non sembrava tutto lì. Rocky tirava e abbaiava, abbaiava e tirava. In particolare pareva avercela con la cisterna arrugginita, quella specie di astronave d'altri tempi pronta a decollare.

«È solo un vecchio deposito d'acqua» disse Larry. «L'avrai visto migliaia di volte. Si può sapere che ti prende?»

Rocky, anziché calmarsi, via via che si avvicinava alla cisterna era sempre più eccitato. E mentre abbaiava fiutava l'aria rumorosamente.

«C'è qualcosa che non va con la cisterna?» domandò Larry. «È questo il problema?»

Si accorse che, lungo il fianco da cui spuntavano i pioli della scala alla marinara che raggiungeva la sommità (circa tre metri in tutto), la ruggine presentava dei segni, come se qualcuno avesse spazzolato la superficie o vi avesse passato uno straccio.

Rocky poggiò le zampe anteriori contro il fianco metallico della struttura e cominciò a raspare.

«Non c'è acqua, qui dentro» disse Larry strattonandolo.

Ma forse, si disse, non era acqua ciò che Rocky sentiva. Legò la corda al primo piolo e salì la scala, deciso a controllare. Arrivato in cima, sollevò il pesante coperchio in ferro, un disco che ricordava i portelli delle navi o dei sottomarini. La puzza della putrefazione lo investì in pieno. Larry pensò che potesse trattarsi di un animale rimasto intrappolato e poi morto. Una volpe, forse, o un porcospino. Se fosse stato a Nashua avrebbe detto un gatto o un topo, ma lassù, tra i boschi, era più probabile che si trattasse di un animale selvatico. Larry si sporse all'interno, che era caldo come una fornace e buio, eccetto una piccola porzione del pavimento, illuminata dai raggi del sole che penetravano attraverso l'apertura. A Larry, in quell'anello di luce, parve di vedere qualcosa.

Quando capì di cosa si trattava per poco non cadde all'indietro. Rimase aggrappato alla scaletta con il cuore che batteva un ritmo punk, mentre Rocky, di sotto, abbaiava cercando di arrampicarsi.

Nella cisterna c'era una scarpa.

E, attaccata alla scarpa, una gamba.

***

Ancora una volta le auto della polizia occupavano lo spiazzo davanti a casa Gilmore.

Dentro la cisterna, i volontari del Fire Volunteers di Barre (nella persona di Zack Tillinghast) avevano trovato il corpo in decomposizione di Stu Simkins.

L'ipotesi di Price fu che il terzo uomo, quello che guidava la monovolume, non poteva essere soltanto un complice per il semplice fatto che, in tal caso, non avrebbe avuto necessità di uccidere Simkins. Se se n'era sbarazzato, significava che era pesantemente coinvolto e temeva che Stu, preso dal panico a causa della morte della sua *guida*, Herb Gilmore, parlasse. Questo si sposava perfettamente con la sua idea che né Herb né Stu corrispondessero al profilo che cercava. Poteva essere il terzo uomo il vero responsabile dei crimini e i due uomini i suoi gregari.

Quando Larry aveva scorto il minivan, la notte di martedì, Stu Simkins era ancora vivo, al Wayside Bar, occupato a telefonare a qualcuno e a temere (giustamente) per il suo (brevissimo) futuro. Tuttavia, l'esame del coroner aveva stabilito che la morte, avvenuta per strangolamento tramite filo di ferro, risaliva alle primissime ore di mercoledì, poco dopo che la vittima era stata vista uscire dal Wayside Bar. Inoltre, poiché mercoledì gli agenti avevano perquisito l'intera proprietà Gilmore senza trovare nulla, il corpo doveva essere stato gettato nella cisterna presumibilmente giovedì o venerdì, più facilmente venerdì, ovvero da quando Rocky aveva cominciato a fiutarlo.

Alle stesse conclusioni giunse Larry, pur senza aver frequentato alcun corso presso l'Accademia Nazionale dell'FBI. E la sua mente, a differenza di quella di Price, continuava a pensare a Edward G. Shoney, un ladro riconosciuto in tutta la contea di Chittenden. Ma forse anche qualcos'altro.

Decise che voleva vederlo, voleva guardarlo, chiedersi, avendolo di fronte, se poteva essere lui l'uomo a cui tutto il Nord Est stava dando la caccia.

Ci andò con la Mustang da Summer Street, evitando di percorrere la Main (non voleva incrociare il brutto muso di Donnie Licois e dei suoi *ragazzi*). Billy Joel se ne stava rintanato nel mangiacassette, silenzioso, in attesa degli eventi, mentre le ombre degli alberi scivolavano sul parabrezza gettando chiaroscuri intermittenti sul volto tirato di Larry. L'aria era calda e immobile e Jip (Larry se l'era portato dietro per darsi coraggio e, forse, per avere uno spunto di conversazione) fiutava tracce odorose sporgendosi dal finestrino spalancato, gli occhi socchiusi, le orecchie come piccole bandiere al vento.

Shoney era stato membro del comitato di dis-accoglienza e farsi vedere nel suo negozio poteva suonare come una provocazione, ma non c'erano alternative. Se Larry avesse dovuto attendere un incontro casuale sarebbero potute passare settimane. E in ogni caso, i sentimenti reciproci non sarebbero cambiati.

Scese dall'auto tenendo Jip al guinzaglio e ripetendosi il discorsetto che aveva preparato. Avrebbe sostenuto di dover sistemare la vetrinetta metallica della serra. Quindi aveva bisogno di sverniciarla, stendere dell'antiruggine e applicare uno smalto o qualcosa del genere. Entrò in negozio e subito fu investito dall'odore caratteristico, trielina, acqua ragia, colla, vernici, lo stesso che sniffavano i *meninos de rua* brasiliani, i ragazzi di strada, e che Larry ancora non aveva provato.

Dietro il bancone, Scott lo accolse subito con calore. «Salve, doc! Bentornato!» Forse il ragazzo era immune al virus anti-Nowak che sembrava ammorbare la città. «Che bel cucciolo! È suo?»

«Salute, Scott» disse Larry sforzandosi di sorridere al meglio delle sue possibilità. «Sì. È il mio piccolo Jip. C'è il signor Shoney?»

A Scott si scolorì il sorriso.

«Vorrei parlargli un momento» aggiunse Larry. Non desiderava che Scott si sentisse messo in disparte. «È una cosa personale.»

Scott parve riacquistare parte della sua abituale giovialità. «Lo chiamo subito» disse infilandosi nel retro.

Larry aspettò guardandosi intorno. Tese una mano davanti a sé per controllare che non tremasse. Non gli pareva. Colse lo sguardo fugace di un addetto al magazzino che passava alle sue spalle e si sentì un idiota.

«Arriva subito» annunciò Scott trotterellando al suo posto. «Posso esserle utile nel frattempo?»

«No, grazie. Aspetto.»

Scott annuì, aggirò il bancone e si accucciò per accarezzare Jip. «Quanto ha?»

Ma prima che Larry potesse rispondere, Edward Shoney apparve silenzioso da una porta laterale, verosimilmente il suo ufficio. Non appena vide chi lo attendeva si arrestò e cambiò espressione. Poi avanzò nuovamente, con quella sua camminata goffa, gli occhi come spilli infossati nel viso, l'aria da bambino triste.

«Buongiorno, signor Shoney» lo salutò Larry.

«C-cosa vuole qui?»

Scott sollevò la testa, sorpreso dalla risposta del suo titolare. Non gli avevano insegnato questo, quand'era stato assunto. Tuttavia era abbastanza sveglio da capire che era meglio togliersi di torno. Si rimise in piedi e si allontanò, andando a sistemare una scaffalatura di pennelli di varie forme.

«Non sono venuto per creare problemi» disse Larry nel tentativo di rassicurare Shoney. «E volevo dirle che non ce l'ho con lei per quella faccenda, quando siete venuti a casa mia. Posso capire che foste preoccupati.» Non era sicuro che la cosa fosse reciproca, che anche Shoney, dopo le morti di Gilmore e Simkins, considerasse chiusa la vicenda. In caso contrario l'avrebbe probabilmente cacciato dal negozio.

Larry tese la mano. «Senza rancore. Che ne dice?»

Shoney annuì, ma non restituì l'offerta di pace. «È tutto?» chiese.

«Non è tutto. Per dimostrarle che ho dimenticato, sono venuto a fare acquisti.»

«Scott sarà f-felice di seguirla» disse Shoney indicando il ragazzo in fondo al negozio.

«Preferirei che fosse lei» soggiunse Larry scrutando i suoi occhi. Cercava qualcosa, un segno che rivelasse quel che aveva dentro, quello che provava davvero o di cui aveva paura. Ma non riusciva a cogliere nulla. Era come se all'interno di quell'involucro massiccio di carne, grasso e pelle, non ci fosse nulla, un nero vuoto che si percepiva attraverso le orbite. Larry gli osservò le mani. Non tremavano. E la voce, a parte la lieve balbuzie, non tradiva alcuna emozione. Era come se Shoney non provasse nulla. Neppure la rabbia che avrebbe dovuto covare nei suoi confronti, oppure il sospetto o un semplice disappunto. Niente di niente.

Shoney esitò. Quindi dovette valutare un rifiuto come una scortesia eccessiva. Guardò Jip e disse: «E io p-preferirei che quello stesse fuori».

«Oh, ma lui è bravissimo. Non sporca. Lei ha animali in casa?»

Shoney scrollò la testa e il doppio mento fu scosso da una piccola onda sismica. «Allora, cosa le serve?» tagliò corto.

Larry glielo disse e l'uomo segnò tutto su un pezzo di carta senza commenti. Poi andò nel magazzino. Quando fu di ritorno con la merce richiesta, Larry era volutamente appoggiato al bancone, in modo da sporgersi verso l'interno. Voleva toccare Edward Shoney, voleva percepirne l'aura, se c'era. Ma l'altro si tenne a distanza, come se intuisse cosa fosse meglio per lui. Controllò i prezzi sul registro sbirciando di tanto in tanto in direzione del cane, nel timore che gli imbrattasse il tavolato del pavimento.

«Sono sedici e settanta» disse infine.

Larry prese i soldi dal portafogli e allungò una banconota da venti. Non appena Shoney fece per prenderla, Larry finse di farsela scivolare dalle dita e gli sfiorò la mano.

Il nero traboccò dai minuscoli pozzi che erano gli occhi di

Edward Shoney come un vomito denso, catramoso, avviluppando la sua tozza e ingombrante sagoma. E si propagò ovunque, esplodendo e fagocitando i mobili, le superfici, gli scaffali del magazzino, le pareti, il pavimento, la merce, perfino Scott, con tentacoli lunghi e contorti, frenetici e famelici come dita alla ricerca di appigli, finché l'unica area riconoscibile, pulita e illuminata fu quella intorno a Larry. Sentì che insieme alla luce anche l'aria era stata risucchiata dalla vampa nera, che era incredibilmente solida e consistente. Faticava a respirare e il cuore aveva raddoppiato la sua frequenza. Provò a parlare, ma dalla bocca non uscì alcun suono. Le membra intorpidite e l'impressione che la testa fosse infilata in una centrifuga, capì che barcollava. Gli sembrò di poggiare entrambe le mani al bancone ma non ne fu sicuro, mentre, dietro di lui, Jip abbaiava. I suoni erano distorti e lontani, e sembravano provenire da un apparecchio da radioamatore scassato che trasmetteva dall'altra parte del globo. Una voce da incubo gli parlava, ma non proveniva da nessun luogo e da tutti i luoghi allo stesso tempo: era la voce di quella nera enormità, la voce del Male, che ripeteva *Muori, muori, muori, muori...*

***

Ma non morì.

Come quel giorno al barbecue, quando Larry riaprì gli occhi aveva tutti intorno. E la nera devastazione era scomparsa. Restavano solo delle ombre innaturali intorno agli oggetti e un odore di cantina chiusa e ammuffita e di terra umida. Jip gli leccava la faccia, mentre Scott e un paio di magazzinieri gli sorreggevano la testa, allarmati. Comparve un bicchiere d'acqua.

«Come sta?» chiese Scott.

Larry mandò giù un sorso. «Mi spiace» disse. «Devo essere svenuto.»

«Sembra anche a noi» disse uno dei magazzinieri. «Se il signor Shoney non la afferrava al volo si sarebbe spaccato la testa sul pavimento.»

Shoney era in piedi, discosto. Lo osservava con le mani sui fianchi, sospettoso, cauto, guardingo. Era come se avesse captato una scheggia di quanto accaduto a Larry, una sorta di eco rimasta nell'aria. Lui *sapeva* che non si trattava di un semplice malore. Larry lo capì e si sentì estremamente vulnerabile. Cercò di mettersi in piedi, ma non ci riuscì.

«Chiamo il dottor Buscema» disse Scott.

«Non serve» si affrettò a precisare Larry. «Sto bene. Adesso mi passa.»

«Preferisce un caffè?» chiese Shoney. Era l'unico a non sembrare preoccupato per l'incidente.

Larry scosse la testa e avvertì un dolore acuto spaccargliela in due metà. «Basta l'acqua, grazie» rispose.

Riprovò ad alzarsi e questa volta il mondo gli apparve più stabile. Anche le ombre nere si stavano ritirando, ora erano pallide e sottili.

«Ecco il guinzaglio di Jip» disse Scott.

«Grazie. Mi scuso con tutti, ma la mia pressione fa le bizze, soprattutto d'estate.»

«Qui ci sono le sue cose.» Shoney spinse il sacchetto sul bancone. «E il suo resto» aggiunse posizionando meticolosamente tre dollari e trenta centesimi in pila uno sull'altro.

«È sicuro di farcela?» domandò uno dei magazzinieri (l'altro era già tornato al lavoro).

«Ce la faccio. È tutto a posto, ora.» Larry prese il resto, il sacchetto e uscì seguito dal suo piccolo amico.

Quando fu sotto il portico, alla luce del sole (abbagliante), respirò a fondo l'aria calda di quella giornata estiva e fu assalito da una nausea terribile. Raggiunse la macchina appena in tempo per vomitare quel poco che aveva nello stomaco in un cestino dell'immondizia. Una signora, incrociandolo, gli riservò uno sguardo indignato pensando sicuramente che si trattasse di un ubriacone o di un drogato, cose che Larry, nel caso, non avrebbe potuto negare. Si sedette in macchina, col finestrino spalancato, cercando di riordinare i suoi turbolenti pensieri.

Se il suo cervello non stava andando definitivamente in pezzi (cosa più che probabile) l'aura (ma poteva davvero definirla ancora una semplice aura?) questa volta era stata un'esperienza a tal punto *immersiva* da fargli credere che fosse assolutamente reale. La capacità di Larry di cogliere aloni emotivi intensi prescindeva ormai dalla presenza degli animali e l'onda, l'infestazione nera prodotta da Edward Shoney, oltre a essere la cosa più intensa e coinvolgente (e destabilizzante) che aveva mai provato, significava, a suo giudizio, che Shoney dentro di sé aveva un abisso insondabile, malsano e nocivo, che mescolava tragicamente angoscia, dolore e rabbia. Il Male che Larry aveva sentito provenire da Rocky e che aveva attribuito alla tossicodipendenza o all'infanzia tormentata di Herb Gilmore, era forse soltanto un riverbero di quanto albergava nel cuore nero di Edward Shoney.

***

Doveva parlarne a qualcuno, a costo di essere preso per pazzo. Josephine avrebbe perso quel po' di stima che aveva nei suoi confronti. Annette avrebbe pensato alle allucinazioni provocate dalla ketamina o ad altro di simile (e poi Annette era forse la persona meno assennata di tutta la città), mentre J.R. Randolph era un giornalista e Larry aveva imparato a non fidarsi mai del tutto di un giornalista. Price aveva dimostrato di non farsi influenzare dalle circostanze e tantomeno dalle maldicenze, ma era estremamente razionale e non avrebbe mai preso sul serio le dichiarazioni di quello che probabilmente considerava un visionario. E Jobeth era ormai un capitolo chiuso. Per quanto strano, non restava che lo sceriffo Blanchard. A Larry sembrava che tra loro fosse in atto una sorta di riavvicinamento (o semplice *avvicinamento*, considerato che non erano mai stati vicini, nel senso di condividere qualcosa). L'arresto azzardato compiuto dallo sceriffo e la conseguente scarcerazione, sommate al senso di colpa per quanto ne era derivato e al presumibile ravvedimento, nonché l'intervento chirurgico (riuscito) su Coltrane, avevano creato un effetto boomerang abbastanza singolare, che induceva Larry a ipotizzare una possibile collaborazione tra lui e Thurgood (già cominciava a chiamarlo così, nella sua testa).

Pensò che la situazione migliore per parlargli fosse quando lo sceriffo si fosse trovato in ambito, per così dire, civile. Quindi non in ufficio, ma non appena si fossero incontrati nuovamente con la scusa di controllare Coltrane, cioè l'indomani. Doveva giocarsela bene perché Thurgood poteva essere, alla fine dei conti, il suo unico alleato. E avere un alleato, anche uno soltanto, era importante quando ti sentivi solo contro il mondo.

***

Quella sera, dopo aver trascorso l'intera giornata a rimuginare, qualcosa lo attirò alla finestra. Pembroke Road era buia e deserta, un nastro luttuoso che scorreva muto. Perfino le lampade dei portici delle case e quelle dei lampioni parevano smorzate, fiacche, come se fossero esaurite, sul punto di spegnersi, la loro luce schermata dalle chiome degli aceri.

Larry scrutò in quel buio, che tutt'a un tratto gli sembrò ostile. L'idea di sedersi sotto il portico a godere del fresco della sera lo fece rabbrividire. E anche Burl Ives ne avrebbe convenuto.

I suoi occhi si fissarono su un punto specifico. Dietro uno degli alberi che facevano da sentinelle alla casa, intravide un'ombra che non sembrava far parte del tronco. Era l'ombra di un uomo. Immobile. Troppo immobile per essere vera. Si spostò alla finestra della cucina per osservarla meglio. L'ombra non si mosse.

Forse non è nulla, pensò Larry riaccostando le tende.

Ma pochi minuti dopo era di nuovo lì, alla finestra, con le luci spente per non farsi vedere. E l'ombra c'era ancora, leggermente spostata, come se cercasse una posizione da cui non farsi scorgere. Larry guardò attentamente. Non era una porzione di tronco (le porzioni di tronchi non cambiavano posizione). Ma se era un uomo, che ci faceva lì? Perché se ne stava immobile da… da quanto? Poteva essere un agente mandato da Blanchard? Per quale ragione? Un agente non se ne sarebbe rimasto nascosto in quel modo. Avrebbe probabilmente sorvegliato la casa dal sedile della sua auto di pattuglia. No, non era un poliziotto. Sentì la paura salirgli sulle gambe e avvolgergli il torace come un rampicante selvatico e maligno. Si accertò che le finestre fossero ben chiuse e tornò in salotto. Jip dormiva sul divano.

«Che bel cane da guardia sei» lo rimproverò Larry.

Aveva sonno, ma non voleva salire di sopra lasciando, per così dire, sguarnito il piano terra. Quell'ombra, se davvero esisteva, ce l'aveva con la sua casa. O meglio, con lui. Sgattaiolò nel salotto buio fino alla porta e guardò attraverso i vetri laterali. L'ombra era sparita. Oppure si era nascosta per bene.

Un rumore, proveniente dalla camera da letto, si fece strada nel silenzio della casa. Larry salì i gradini due alla volta (non senza difficoltà) certo di trovarsi di fronte un estraneo con propositi tutt'altro che amichevoli. Anche la camera era buia, come tutto intorno a lui quella sera. Il rumore si ripeté. Qualcuno bussava alla finestra. Qualcuno si era *arrampicato* sulla parete della casa come un insetto e ora bussava per farsi aprire. Non fosse stata concepita dalla sua mente, quell'idea sarebbe parsa a Larry semplicemente idiota. Invece il colpo si ripeté nuovamente. Qualcuno, dietro quei vetri, *voleva* entrare e se Larry non gli avesse aperto avrebbe probabilmente sfondato la finestra.

Un raggio di luna sbucato dalle nubi illuminò il ramo dell'albero che, mosso dalla brezza serale, batteva contro il vetro. Un ramo. Contorto, scheletrico, importuno, ma pur sempre un ramo.

Larry riuscì a sorridere della propria angoscia e tornò di sotto dandosi del paranoico.

Aprì il frigo per bere una birra ma un nuovo rumore lo paralizzò. Questa volta proveniva dalla serra e non era un lieve bussare, quanto piuttosto uno scricchiolio discreto, come qualcuno che apre una porta cercando di fare meno rumore possibile. Annette non gli aveva ancora sostituito i vetri rotti e nei riquadri c'erano pezzi di cartone attaccati con il nastro adesivo, non una gran difesa se qualcuno avesse avuto intenzione di introdursi in casa.

Larry rimase immobile, sulla soglia che dalla casa immetteva nella serra, a scrutare con il cuore in gola verso l'esterno, lo spoglio cortile e la massa inquietante e uniformemente nera del bosco di betulle. Qualcosa scivolò silenzioso nell'angolo più remoto dello spiazzo. Poteva essere solo un'ombra oppure qualcos'altro. Come sempre non era certo di quel che accadeva intorno a lui. Accese le luci, tutte. Illuminò la casa come se fosse la vigilia di Natale. Se qualcuno aveva davvero intenzione di spaventarlo (c'era riuscito) e di entrare in casa (non ancora) avrebbe avuto il dubbio di essere atteso.

Tornò in cucina. Dov'era rimasto? La birra. Optò invece per un caffè. Ne buttò giù una tazza intera sperando che la caffeina lo tenesse sveglio. Non voleva dormire. Non con qualcosa di indefinito che gironzolava intorno alla casa. Poi aprì il cassetto delle posate e impugnò un coltellaccio da carne, ripetendo il gesto che Anthony Perkins aveva compiuto molteplici volte sul sinuoso corpo di Janet Leigh mentre lei era sotto la doccia. Infine si sedette sul divano, con il coltello in grembo, proprio come quel mattacchione di Norman Bates, aspettando che accadesse qualcosa.

Nel frattempo ascoltava e osservava. Il ramo al piano di sopra seguitava a picchiare contro il vetro. Non ci aveva mai fatto particolare caso e si disse che alla prima occasione l'avrebbe tagliato. In quanto alla serra, la teneva d'occhio da dove si trovava. Il lucchetto era fisso alla porta e in ogni caso nessuno sarebbe potuto entrare da un riquadro grande trenta centimetri per trenta. Nessun essere *umano*, perlomeno.

La porta della lavanderia era accostata. Lì dentro la luce era spenta e il buio, sotto l'esame radiografico operato dagli occhi di Larry, cominciò a prendere una forma bizzarra, la forma di un uomo che lo spiava e che intanto sorrideva. Un sorriso osceno, largo, *troppo* largo, largo al punto che l'uomo sembrava fatto solo di quella bocca dilatata e tutto il resto si confondeva con l'oscurità della stanza. Larry si alzò e, brandendo il coltello, spalancò la porta della lavanderia con un calcio.

Jip si svegliò e rimase a guardarlo con un'espressione di biasimo.

Larry fece scattare l'interruttore scoprendo che la lavanderia (naturalmente) era vuota.

«Vaffanculo!» gridò.

Jip gli rispose abbaiando e correndogli incontro, forse per rincuorarlo.

Larry raggiunse nuovamente il divano e si rimise seduto. Jip balzò accanto a lui accoccolandosi e Larry prese ad accarezzargli la testa. Scoprì che era in qualche modo rilassante, come stringere quelle stupide palline di spugna antistress.

Dopo una buona mezz'ora, dal momento che non era successo nulla degno di nota (Jip ronfava irriducibilmente), Larry si sdraiò sistemando il coltello sotto un cuscino. E così restò fino all'alba, quando finalmente cedette alla stanchezza e le sue palpebre, pesanti come vagoni ferroviari, si chiusero per un paio d'ore.

35

Domenica 16 luglio

Annette Licois, in forma strepitosa, arrivò domenica mattina verso le dieci con un vassoio di pancakes ancora caldi sfornati non si sa dove.

«Hai dello sciroppo d'acero?» chiese entrando e spingendo Larry da parte.

«Forse» rispose lui. Non ne era sicuro. Gli pareva di averlo comprato per Dave.

Annette indossava una maglietta attillata con una gigantesca rosa sul davanti e una minigonna molto mini e poco gonna. I capelli a caschetto erano diventati due codini simili alle antenne di un insetto e la frangetta era stata divisa in due metà, fissate ai lati della testa con forcine colorate. Era semplicemente radiosa nella luce del mattino e dimostrava una decina di anni di meno, fatto che incupì Larry oltremodo, portandolo a realizzare che lui, al suo confronto, doveva apparire come un anziano in lista d'attesa per un posto nella prima casa di riposo disponibile.

La notte appena trascorsa era stata semplicemente assurda, passata a combattere tra la (debole) razionalità e le (inarrestabili e galoppanti) fantasie partorite dalle sezioni malate del suo cervello. Il risultato era uno stato di disordine mentale e un senso di frustrazione opprimente. Oltre a un mal di testa crudele.

«Su col morale!» lo spronò Annette. «Il caffè è caldo?»

Larry si sedette al tavolo. Portava un paio di bermuda a righe sottili assolutamente ridicole e una polo talmente larga che sembrava essergli stata prestata da un culturista. Il fatto era che, per quanto potesse sembrare inverosimile, stava dimagrendo ancora. Non aveva più grasso, in quel suo corpo macilento, e il dimagrimento doveva ormai riguardare i muscoli, dal momento che le ossa, fino a prova contraria, non dimagrivano. Si sentiva stanco, più che stanco, spossato. Negli ultimi giorni, alzarsi dal letto aveva rappresentato uno sforzo immane e perfino il sesso con una splendida donna quale Annette, quella mattina gli appariva difficile se non impossibile. Non sapeva da cosa potesse dipendere. Forse dal fatto che stava utilizzando meno farmaci e anche meno ketamina. Oppure i suoi arti e tutto quello che c'era in mezzo, dopo averci provato, dopo averci *davvero* provato, stavano semplicemente mollando gli ormeggi. Dal risveglio in avanti, avevano fatto il possibile per lui, con dedizione e sacrificio. Forse più del possibile, più di quanto chiunque, anche i medici, avesse immaginato. L'avevano rimesso in piedi, gli avevano concesso di camminare e lavorare ancora, quasi come una persona normale. Ma adesso gli stavano dicendo bye bye. Adesso si stavano disfacendo, sgretolando, lo stavano in qualche modo tradendo. No, non lo stavano tradendo. Era lui che aveva tradito loro, gli organi del suo corpo. Li aveva illusi di poter funzionare ancora come un tempo. Aveva illuso loro come aveva illuso le persone che aveva intorno. E come, in fondo, aveva illuso se stesso di tornare a vivere e di non avere colpe. Tutti i nodi vengono al pettine: una delle tante banalità di Margareth Rutledge. Però era la verità. Prima o poi tutti i nodi venivano al pettine. Anche se avevi i capelli dritti come spaghetti.

La consapevolezza della sua vulnerabilità, della sua distruzione, della fine imminente (perché era di questo che stava parlando) lo tramortì. Un triste epilogo reso ancora più evidente dal contrasto con quel mattino abbagliante di sole e con la gioiosa, esultante voglia di vivere che la voce e i movimenti tutti di Annette Licois esprimevano.

Rimase a guardarla volteggiare per la cucina con addosso un grembiule trovato in un cassetto e che Larry nemmeno sapeva di possedere, mentre il profumo dei pancakes gli faceva tornare alla mente episodi legati all'infanzia e a suo padre. Non solo il tennis, per fortuna. La colazione domenicale era una delle rare occasioni in cui sedeva allo stesso tavolo con Jimmy Nowak.

Gli parve di vederlo davanti a sé, versare lo sciroppo d'acero sul piatto, alzare la testa e, accorgendosi che Larry lo stava osservando, sorridergli.

Invece, di fronte a lui, c'era Annette Licois. Che ci faceva lì quella donna?, si chiese.

«Qualcosa non va?» domandò lei avvedendosi dell'espressione corrucciata che aveva assunto il volto di Larry.

«Come?» Il ricordo di suo padre l'aveva reso ancora più triste e cupo.

«Controllo a maggiore Tom. Mi senti, maggiore Tom?»

«Sì, scusa. Non ho fame.»

«Rifiuti i miei favolosi pancakes?»

«Non ho fame.»

«Preferisci che li dia a Jip?»

Il cucciolo, sentendo pronunciare il suo nome, si mosse curioso verso di loro, ma la donna gli fece solo una carezza. Non aveva alcuna intenzione di far assaggiare i suoi pancakes a un cane. Si sedette in braccio a Larry con sguardo malizioso. «Qui c'è bisogno di un po' di sex therapy» disse mordicchiandogli il lobo di un orecchio.

Larry, stupendo se stesso, alzò una mano e le scostò le labbra. «Sto aspettando un cliente, abbi pazienza...»

Lei si alzò e si ricompose. Il suo viso si era indurito e ora somigliava, soprattutto nello sguardo di ghiaccio, a quello del padre. «Di domenica?» chiese sospettosa.

«Sì. È lo sceriffo. Cioè, il suo gatto. Dovrebbe essere qui tra poco.» In realtà non sapeva a che ora Blanchard sarebbe passato, ma in ogni caso la scusa gli era utile per scrollarsi di dosso Annette. Non gli andava la sua presenza, non quel giorno.

Annette fece un ultimo tentativo. «E se ti offrissi una canna?»

Larry le concesse un sorriso. «Non oggi. Scusami.»

Lei rimase qualche istante immobile, a fissarlo, forse cercando di capire fino a che punto fosse impenetrabile. E alla fine dovette risolvere che sarebbe stato come scalfire un diamante con un coltellino svizzero. «D'accordo» concluse slacciandosi con gesti secchi il grembiule. «Se non mi vuoi me ne vado.»

«Non è che non ti voglio...»

Lo fissò negli occhi, le mani sui fianchi. «Allora cos'è?»

Lui scosse la testa e fece una smorfia, indecifrabile. «Non lo so» mormorò. «Davvero, non lo so.»

***

Francine aveva insistito per esserci anche lei. Aveva riversato su Coltrane tutto l'amore (e l'apprensione) che non poteva più dispensare a suo figlio, e Thurgood non era certo che fosse un bene. A dire la verità, quando sua moglie era in preda alla depressione più nera, non c'era nulla che riuscisse a smuoverla, neppure il gatto di Tommy. Ma negli ultimi tempi qualcosa era cambiato e le recenti vicissitudini di Coltrane avevano senz'altro contribuito alla causa.

Così, quella domenica, si presentarono insieme a casa di Larry, lei, lo sceriffo e il gatto, il gruppo familiare denominato Blanchard, o quello che ne era rimasto.

Thurgood, vestito in borghese, parcheggiò l'auto accanto al marciapiede, scese, fece il giro e aprì la portiera a Francine, che teneva in braccio Coltrane. Sua moglie non voleva saperne di usare il trasportino. Diceva che Coltrane non ci era abituato e che avrebbe pianto e fatto il diavolo a quattro per tutto il tragitto. Con lei, invece, era più tranquillo, avvolto in un panno morbido e pulito che odorava di bucato, e quando Francine diceva quelle cose al marito, il gatto pareva che capisse perché riservava allo sceriffo occhiate sagaci (molto sagaci per essere un quadrupede abituato a leccarsi il sedere) dall'alto della sua presunta superiorità, cosa che in Thurgood suscitava istinti felinicidi.

Prima che il tozzo dito dello sceriffo premesse il campanello e mentre Fran sussurrava paroline dolci e incomprensibili al suo pupillo, la porta si spalancò improvvisamente.

Annette Licois aveva lo sguardo accigliato e le labbra piegate all'ingiù. «Salve» disse passando davanti a Thurgood e a sua moglie.

Lo sceriffo si toccò la tesa del cappello, che quel giorno era un semplice berretto con frontino sul quale era stampata l'immagine di Miles Davis. «Salve» rispose.

Fran, invece, le concesse un mezzo sorriso e un cenno del capo. Poi tornò a concentrarsi su Coltrane.

Dal corridoio sbucò la spettrale figura di Larry Nowak.

«Possiamo entrare?» chiese Thurgood. Come la prima volta, anche quel giorno gli sembrò strano domandare il permesso per entrare in una casa che aveva perquisito da cima a fondo appena dieci giorni prima (senza contare che ne aveva anche arrestato il proprietario).

«Prego, venite.» Larry fece cenno di accomodarsi. Si chiese se il coltello fosse ancora sotto uno dei cuscini del divano. In ogni caso non era quello il momento di scoprirlo.

Jip mandò un paio di latrati, ma senza alzare il sedere dal tappeto del salotto. Gli bastava far sapere ai nuovi arrivati chi comandava da quelle parti.

Larry condusse i Blanchard alla serra e prese in consegna Coltrane.

«Tutto procede bene» disse quando ebbe finito di visitarlo (aura grigia appena percepibile, residua e trascurabile nuvolosità, cielo tendente al bello, temperature in aumento e caos nella testa di Larry Nowak).

Un sorriso sincero illuminò il volto sciupato di Francine Rosenberg. «Ne sono contenta. Per quanto ancora dovrà tenere il collare a imbuto?»

«Ancora tre o quattro giorni» rispose Larry. «Poi potremo liberarlo da questa tortura.»

«E se ci fossero recidive?»

«Non ce ne saranno. L'intervento è risolutivo. Cambierà solo il posto da cui uscirà la sua urina.»

«Come l'ha chiamata? Femminizzazione?»

«Femminilizzazione» la corresse Larry. «O uretrostomia, che sarebbe il termine corretto.»

«Ti cambieremo nome» scherzò Francine. «Che ne dici di Ella? Come Ella Fitzgerald.»

Thurgood giochicchiò con il berretto tra le mani (l'aveva acquistato nel 1986 a un concerto del *principe delle tenebre* e lo conservava come una reliquia, indossandolo solo nel tempo libero). Gli scocciava parecchio che a Coltrane avessero fatto quell'intervento (come gli era scocciato, alcuni anni prima, il servizietto che il dottor Gardner di Mattawam aveva fatto a un Coltrane molto più giovane, quando, all'insaputa di Thurgood,

Francine l'aveva portato a castrare), ma sapeva che non c'erano alternative, non se volevano scongiurare il rischio che si occludesse nuovamente. E allo stesso modo, la castrazione era stata necessaria, per evitare che un bel giorno il gatto di casa, rincorrendo uno dei possibili amori della sua vita, finisse sotto le ruote di un camion sulla 14. Lo sapeva. In ogni caso non gli andava di scherzarci su. Probabilmente nemmeno Coltrane avrebbe apprezzato quel genere di battute e gli parve addirittura che, per una volta, gli occhi del micio fossero sintonizzati sui suoi pensieri con benevola complicità.

Quando lui e Francine furono sul punto di andarsene, il dottor Nowak gli si avvicinò con fare cospiratorio.

«Posso parlarle?»

«A proposito di cosa?»

«È una faccenda un po' delicata. Se avesse qualche minuto...»

«Senta, oggi è il mio giorno libero» disse cercando di essere affabile «a meno che non ci siano emergenze, è ovvio, e pensavo di dedicare un po' di tempo a mia moglie. Facciamo domattina, in ufficio.»

«Preferirei parlargliene oggi. Riguarda il caso che sta seguendo.»

Thurgood guardò il quadrante del Bulova che portava solo quando non era in servizio (era un regalo di anniversario di Francine e aveva una paura fottuta di romperlo) e poi sua moglie. Pensò che avrebbe potuto portare a casa lei e Coltrane, e tornare. Non avrebbe probabilmente perso più di mezz'ora, tre quarti d'ora al massimo. Gli sarebbe rimasto comunque il resto della mattinata e tutto il pomeriggio per fare quello che Fran desiderava fare, che forse si sarebbe ridotto a un po' di giardinaggio, una passeggiata a downtown per mangiare un gelato e un film in tv, il che, tutto in un giorno, avrebbe rappresentato già un successo.

Sospirò. «Senta, le concedo una decina di minuti. Accompagno a casa mia moglie e torno. Ma non più di dieci minuti. Intesi?»

Francine, che era già sotto il portico, lo udì e si voltò. «Devi lavorare anche oggi?»

«Dobbiamo solo parlare brevemente di una cosa. Non ci metterò molto.»

Gli occhi della donna si rivolsero a Larry. Ora erano tornati quelli pieni di angoscia che lui aveva conosciuto settimane prima. «Si tratta di Coltrane?» domandò con voce spezzata. «Riguarda lui? Mi nasconde qualcosa?»

Larry le sorrise poggiandole una mano sul braccio per rassicurarla. «Nulla che riguardi Coltrane, glielo giuro. Deve stare tranquilla.» Fece una carezza al mento del gatto, che osservava pensieroso la gabbia vuota del merlo di Elmer Ellroy.

«È lavoro» intervenne Thurgood maledicendo in cuor suo la richiesta fuori luogo del veterinario. «Andiamo, Fran» disse sospingendo la moglie giù dai gradini. «Prima andiamo e prima sarò di ritorno.»

***

Quando, venti minuti più tardi, lo sceriffo Blanchard si ripresentò in Pembroke Road, non ebbe bisogno di suonare una seconda volta: Larry lo attendeva sotto il portico. Entrambi, pur per ragioni diverse, si erano arrovellati nell'attesa di potersi parlare. Larry si domandava se fosse una buona idea, se lo sceriffo avrebbe preso in qualche minima considerazione le sue ipotesi basate su visioni, intuizioni e scrittura automatica (quelli del settore la definivano *psicografia*), ovvero poco più di nulla, mentre Blanchard non riusciva a immaginare quali incredibili rivelazioni avesse in serbo Larry Nowak relativamente agli omicidi del *Lupo del Vermont* e, nel caso, perché non ne avesse fatto cenno fino a quel momento. Durante il breve tragitto in auto, Francine gli aveva chiesto altre dieci volte se quella conversazione avesse a che vedere con l'operazione di Coltrane o con la sua salute in generale. Temeva che, oltre ai calcoli, nascondesse una patologia più grave e che il veterinario, d'accordo con suo marito, volesse evitare di dirglielo per non farla soffrire. Thurgood si era dovuto adoperare pazientemente per convincerla che non c'era nessun sotterfugio ai suoi danni, che Coltrane ora godeva di ottima salute e che probabilmente avrebbe seppellito tutti loro (questo non lo disse).

E alla fine era lì, di fronte a quell'uomo strano, che ormai aveva la città contro, curioso di sapere che diavolo avesse da dirgli.

«Le offro del caffè?» chiese Larry non appena l'ebbe fatto accomodare (il coltello alla *Psyco* era tornato nel cassetto della cucina).

«La ringrazio, ma non sono venuto per il caffè. Le ho spiegato che il mio tempo, oggi, è limitato.»

Larry annuì. «Ha ragione. Prego, si sieda.»

Lo sceriffo prese posto sul divano, ignorando il naso di Jip che gli annusava il fondo dei calzoni. Poggiò i gomiti sulle ginocchia e incrociò le mani nel vuoto. «Sono tutto orecchi» disse.

Anche Larry si sedette, ma su una sedia che trascinò dal tavolo fino a che non fu davanti a Blanchard. Era agitato. Nei minuti precedenti l'arrivo dello sceriffo, aveva considerato se assumere dello Xanax o sniffare un po' di ketamina. Ma alla fine aveva concluso di non fare né l'una né l'altra cosa. Non voleva che il suo ospite pensasse che quello che aveva da dire fosse stato suggerito da uno stato di coscienza artificiale. Voleva essere se stesso, nel bene e nel male.

Accarezzò Jip per prendere coraggio.

«Allora?» lo sollecitò Blanchard.

«Ecco, la cosa potrà sembrare un tantino bizzarra...»

«Quale cosa?»

«Diciamo che dovrebbe fare un atto di fede.»

«Verso cosa?»

«Verso di me.»

Thurgood Blanchard si raddrizzò cambiando posizione. Ora era lui che iniziava a sentirsi a disagio. «Dica quello che ha da dire e la smetta di girarci intorno.»

Larry prese un gran respiro e vuotò il sacco.

***

Era passata più di un'ora da quando lo sceriffo era entrato in casa di Larry. Ed era ancora seduto sul divano benché avesse cambiato posizione un centinaio di volte e alla fine avesse anche accettato il caffè.

La storia raccontata da Larry era non solo bizzarra, ma ai limiti dell'inverosimile. Thurgood aveva ascoltato diligentemente, senza interrompere, tutta la faccenda delle aure. Poi le confidenze di

Annette Licois a proposito dei rapporti tra Herb Gilmore e un misterioso cittadino di Wytago da lui ricattato e quelle di Josephine Boulding relativamente a Meredith Shoney e Elmer Ellroy (compresa la teoria che Edward Shoney fosse il figlio illegittimo del vecchio veterinario di Wytago).

L'ultima supposizione messa sul tavolo da Larry riguardò il suicidio di Meredith Shoney avvenuto poche settimane dopo il ritrovamento del corpo di Tommy Blanchard (lo sceriffo, nel sentire nominare il figlio, posò la tazza e iniziò a battere nervosamente il piede sul pavimento). Larry si chiese, nel caso Edward Shoney avesse avuto effettivamente delle responsabilità negli omicidi (e lui ne era convinto), se la morte di Tommy, passata per incidente, non fosse il primo anello di quella tragica catena di eventi. Forse, ipotizzò, Meredith aveva scoperto la verità e forse, conoscendo il figlio meglio di chiunque altro (e considerata la sua infanzia complicata), aveva sempre temuto che qualcosa del genere potesse accadere. Josephine aveva dipinto Meredith Shoney come una donna estremamente fragile, che aveva lottato tutta la vita senza vincere mai una battaglia e senza aver ricevuto l'amore che lei, al contrario, aveva donato.

A quel punto della narrazione, Thurgood Blanchard si alzò di scatto dal divano. «Ora basta» disse in tono assolutamente assertivo. «Non le permetto di tirare in ballo fatti e persone di cui non sa nulla. Lasci mio figlio fuori da questi deliri. Mi sono spiegato?»

Larry rimase seduto. «So che sono solo indizi e non prove, ma ammetterà che collegati l'uno all'altro si incastrano alla perfezione...»

«Io non ammetto un bel niente» replicò lo sceriffo avviandosi alla porta. «E le dirò una cosa. Non mi piace che si accusi un membro storico di questa comunità, soprattutto senza uno straccio di prova. Non ho mai avuto nulla da ridire su Edward Shoney e se pensa che io mi metta a interrogarlo o a indagare su di lui sulla base delle sue... *allucinazioni*, si sbaglia di grosso.» Sottolineò la parola "allucinazioni" agitando entrambe le mani nell'aria. «E ora, se non le secca, vorrei tornare da mia moglie. Buona domenica, dottor Nowak.»

Larry sospirò. Non era stata una buona idea, purtroppo. Immaginava che lo sceriffo avrebbe fatto difficoltà a credergli, ma si augurava che considerasse almeno l'eventualità di approfondire le indagini in quel senso. Invece aveva liquidato quelle ipotesi come fantasie e quando era saltato fuori il nome di suo figlio si era stizzito e aveva eretto un muro di cemento armato. Forse, si disse Larry, aveva ragione lui. Erano solo vaneggiamenti prodotti da una mente malata.

Jip lo guardava con aria compassionevole. Mandò un paio di guaiti per attirare l'attenzione.

«Bell'amico ti sei trovato» disse Larry. Quindi si alzò diretto al frigorifero. A metà strada ci ripensò. Andò in bagno e tirò fuori la scatoletta dove teneva la polverina magica. E la tirò su come fosse un aspirapolvere.

***

Il volto di Francine era parzialmente in ombra per via del panama a tesa larga che la riparava dal sole. Eppure Thurgood, guardandola, pensò che era ancora una donna bellissima nonostante gli anni e la sofferenza. Era china vicino al portico, sotto la parete ovest della casa, dove avevano deciso di piantare un nuovo roseto. Indossava un camicione a fiori e guanti da lavoro verdi, e maneggiava la vanghetta con sorprendente perizia. Innestava le talee per due terzi della loro lunghezza in una miscela di terra, torba e sabbia che Thurgood le aveva procurato al reparto giardinaggio del Wal-Mart. La sua espressione, tuttavia, non era serena. E anche Thurgood, del resto, si comportava come un automa, eseguendo gli ordini di Francine senza prestare particolare attenzione a quello che faceva. Le passava gli attrezzi, versava la terra dal sacco, innestava il tubo di gomma per innaffiare, il tutto senza riuscire a smettere di pensare a quanto gli aveva detto Larry Nowak.

A un tratto Francine si sfilò i guanti, sollevò la tesa del cappello e guardò suo marito dritto negli occhi. «Ho il diritto di sapere» disse.

Thurgood riemerse dalle sue considerazioni e le restituì uno sguardo sorpreso. «Come dici?»

«Che se Coltrane ha qualcosa di grave devi dirmelo.»

«Coltrane? Ma no, non ha niente di grave. Non hai sentito il veterinario?»

«E allora cosa sei tornato a fare da lui?»

«Te l'ho detto, questioni di lavoro.»

«Da quando quell'uomo è diventato un tuo collaboratore?»

«Ma quale collaboratore?»

«Allora dimmi la verità.»

«Te la sto dicendo.»

Francine si volse verso la finestra del salotto, sul cui davanzale interno, baciato dai raggi del sole, dormicchiava Coltrane, a dispetto del collare di plastica che lo isolava dal resto del mondo.

«Se mi nascondi qualcosa giuro che non te lo perdonerò. Non questa volta.»

«Che vuoi dire?»

Gli occhi verdi di Francine tornarono a posarsi su quelli di lui. «Lo sai cosa voglio dire.»

Thurgood si irrigidì. «Stai parlando di Tommy. Vero? Non sei ancora convinta.»

«No, non sono convinta e non lo sono mai stata. Non hai mai voluto andare a fondo di quel maledetto incidente e da allora abbiamo vissuto entrambi in un limbo di mezze verità...»

«È stato un incidente» la interruppe lui. «Un fottuto incidente.» Ora aveva alzato il tono della voce. Si guardò intorno per controllare se qualche vicino fosse in ascolto. «Non voglio parlare di questo argomento» disse abbassando il volume e avviandosi in casa.

Ma lei si alzò e gli afferrò un braccio. «Thurgood, io ti amo o almeno credo di amarti, anche se dopo la morte di nostro figlio ho pensato che nemmeno il tuo amore mi avrebbe riportato alla vita. E forse non lo penso neppure adesso. Però non ce la faccio ad andare avanti senza conoscere la verità.»

«Quale verità?»

Francine scosse la testa e poggiò entrambe le mani su quelle di lui. «Ne hai bisogno quanto me, sempre che tu non la conosca già.»

«Pensi che io sappia qualcosa che tu ignori?»

«Non lo so» ammise esitante. «Ma non potrei giurare il contrario.»

Thurgood accusò il colpo. Tutto quello che aveva fatto, nel bene e nel male, l'aveva fatto per lei, per proteggerla, per darle la possibilità di riprendersi da una cosa dalla quale era quasi impossibile riprendersi, la morte di un figlio ancora piccolo. Eppure, ora, sembrava che fosse stato tutto inutile. Al contrario, passava dalla parte del torto per non aver voluto andare fino in fondo, per essersi accontentato. E nel momento stesso in cui queste considerazioni attraversavano il suo cervello, comprese che Fran aveva ragione.

«Non dico che tu abbia sbagliato» proseguì lei come se potesse leggere i suoi pensieri. «So che l'hai fatto per me, perché mi ami e non volevi che questa cosa ci distruggesse, ma in realtà l'ha fatto, ci ha distrutti. Ed è stata anche colpa mia, perché mi sono mostrata come non avrei dovuto, portandoti a fare delle scelte confuse.»

«No, no, non è così...»

«Ascoltami, ora, finalmente, abbiamo la possibilità di liberare Tommy...»

«Liberarlo? Che intendi?»

«Togliergli di dosso il sudario che lo ricopre da quel giorno, lasciarlo andare, qualunque sia la terribile verità sulla sua morte. Io voglio sapere, amore mio. Tu non vuoi sapere?» Aveva gli occhi bagnati di lacrime che tratteneva a fatica. «Non solo come sceriffo, ma come padre. Non vuoi essere libero?»

Thurgood fu sopraffatto da un'emozione forte, profonda e inaspettata, che salì all'improvviso dal centro del torace e gli si infilò in gola, impedendogli di parlare e provocandogli un singulto. Si mise le mani sul viso e scoppiò a piangere.

Lei lo prese dolcemente per mano e lo condusse in casa. Lo portò in salotto e lo fece sedere sul divano. Infine, senza dire nulla, gli si accoccolò accanto posando la sua testa sulle proprie gambe e carezzandogli i capelli.

***

Fu il discorso più lucido (e lungo) fatto da Francine che Thurgood ricordasse da un bel po' di tempo. Quando si furono entrambi calmati ed ebbero bevuto del tè freddo, lui le raccontò quello che

Larry gli aveva detto, senza omettere nulla. Voleva che Fran si fidasse. Sentirla sospettare della sua buona fede gli aveva fatto male, ma non poteva biasimarla. La fiducia andava conquistata con i fatti.

Nell'udire il nome di Edward Shoney, Francine mutò espressione. Non ci aveva mai ripensato, negli anni che erano seguiti, ma rammentava una volta in cui, insieme a Tommy, si era recata nel negozio di vernici per acquistare dell'olio per la manutenzione del tavolo da giardino. In quell'occasione, Shoney era uscito dal bancone per salutarli e aveva offerto delle caramelle a Tommy. Niente di straordinario, ma Francine era rimasta sorpresa dal modo in cui l'uomo aveva accarezzato suo figlio e da come gli si era rivolto, con una confidenza eccessiva. Lì per lì non ci aveva fatto troppo caso e l'episodio era passato presto nel dimenticatoio. Ora, però, poteva avere un senso. Soprattutto perché Tommy era morto soltanto una settimana più tardi.

***

Lo sceriffo Blanchard tornò da Larry per la terza volta quel giorno all'incirca verso le ventuno. E per la terza volta era in borghese.

«Ha dimenticato qualcosa?» domandò Larry accogliendolo sulla porta.

«Forse sì» rispose Thurgood. «Posso entrare?»

«Una birra?»

«Volentieri. Senta, anzi, diamoci del tu.»

«Siamo diventati amici?» scherzò Larry.

«Ti va o no?»

«Mi va.»

«Ho deciso di darti retta e verificare un paio di cose...»

«E a cosa è dovuto il cambiamento di rotta, se posso chiederlo?»

«Non chiederlo. Price, l'agente venuto da Boston...»

«So chi è.»

«Lui, mi ha parlato di certi versamenti di denaro contante eseguiti da Gilmore sul suo conto in periodi sospetti...»

«Che significa sospetti?»

Thurgood parve reticente. «In vicinanza di alcune di quelle

sparizioni.» Si stava riferendo anche alla morte di Tommy e riuscire a parlarne in quel modo era per lui una cosa nuova ed estremamente sorprendente. «E senza specificare da dove provenisse il denaro. È possibile che i soldi arrivassero da Shoney, ma non sappiamo per quale motivo.»

«Forse per chiudergli la bocca» suggerì Larry. «O per qualche lavoretto extra.»

«Fammi un favore, chiudila tu la bocca e lasciami parlare. Ho passato il pomeriggio al telefono con chiunque potesse darmi delle informazioni utili e ho scoperto che Shoney si spostava spesso per lavoro. In una di queste occasioni, e precisamente il 9 settembre '96, si trovava a Shelburne per firmare un grosso contratto. Quel giorno, proprio a Shelburne, scomparve Robert Wills, uno dei corpi spuntati dalla cava. La mattina del 4, quando Dave Winthrop fu rapito, Shoney era a pesca di trote lungo il Winooski. Non ha testimoni che possano confermarlo, neppure dei pesci perché quel giorno sostiene di non essere riuscito a prendere nulla. Parlando con il titolare del River Sport che lo rifornisce, ho saputo che utilizza cucchiai da pesca alla trota del tutto simili a quello ritrovato alla cava.»

Larry non aveva idea di cosa stesse parlando: la faccenda del cucchiaino da pesca gli era del tutto sconosciuta, così come parte di quello che seguì.

«Sappiamo che il pick-up di Gilmore lasciò delle tracce sullo sterrato che conduce alla cava, ma sappiamo anche che Herb era in città quella mattina. L'hanno visto in molti. Abbiamo così dedotto che al volante potesse esserci Stu Simkins, ma a questo punto, volendo speculare, nulla ci vieta di pensare a Shoney. Se aveva degli intrallazzi con Gilmore, poteva probabilmente servirsi del pick-up, e quel giorno nessuno sembra ricordarsi di aver visto Shoney ai festeggiamenti. Dunque ne aveva la possibilità e il tempo. Inoltre Edward Shoney risulta possedere un minivan, un Toyota Sienna intestato alla moglie, che potrebbe essere l'auto notata da te a casa di Herb la sera in cui è scomparso Stu. Alma sostiene che quella notte il marito era a casa, benché dormano in stanze separate e lei prenda parecchi sonniferi – Buscema è stato tanto gentile da ragguagliarmi. Shoney avrebbe potuto uscire e rientrare indisturbato.»

Larry era ammirato da come lo sceriffo aveva condotto in un tempo così breve (e di domenica) un'indagine tanto accurata e, allo stesso tempo, sorpreso e lieto che si fosse preso la briga di verificare le sue *fantasiose* teorie. Doveva esserci sotto qualcosa, quel mutamento repentino di direzione doveva avere una causa. Larry non riusciva a immaginare quale potesse essere, tuttavia non gli importava neppure. Gli era sufficiente sapere che le sue ipotesi non erano del tutto campate per aria. C'erano sufficienti motivi per sospettare che Edward Shoney avesse davvero le mani sporche del sangue di quegli innocenti.

«Non dico che sia la pista giusta» aggiunse lo sceriffo «e non è nemmeno l'unica. Inoltre abbiamo veramente poco per provare qualcosa, ma abbiamo anche il dovere di andare a fondo. Se Shoney è invischiato in questa faccenda, lo scopriremo.»

Larry annuì. «Come?» volle sapere.

«Ho pensato anche a questo, mentre venivo qui. Un giorno Price ha detto che la polizia può ricorrere a dei trucchetti per far uscire allo scoperto il colpevole.»

«Che genere di trucchi?»

«False notizie.»

36

Lunedì 17 luglio

Fu uno strano trio quello che si riunì lunedì mattino a un tavolo defilato del Sullivan Cafè.

Quando Lucille Sparks, la madre di Jobeth Allison, arrivò per prendere le ordinazioni, riconoscendo in particolare uno dei tre si fece improvvisamente seria.

«Che succede, Lucille?» chiese lo sceriffo Blanchard. «Il gatto ti ha mangiato la lingua?»

«Cosa desiderate?» ribatté la donna con voce priva di intonazione. Ce l'aveva con Larry, naturalmente, il folle tossicomane che aveva sedotto e poi deluso la sua bambina, il pedofilo che, se solo avesse potuto, avrebbe approfittato di suo nipote Luke.

«Io il solito» disse J.R. Randolph, l'ultimo componente del terzetto.

«Io prendo uova, pancetta e caffè» ordinò lo sceriffo.

Lucille trascrisse velocemente nel blocchetto e fece per girarsi.

«Lucille» la richiamò lo sceriffo. «Ti sei dimenticata di raccogliere l'ordinazione del dottore.»

«Oh, io non prendo niente, grazie» si affrettò a dire Larry.

«Nemmeno un caffè?» suggerì J.R.. Non gli era sfuggito l'aspetto macilento di Larry, il viso scavato, le profonde occhiaie e la sclera degli occhi ingiallita.

«Niente grazie.» Aveva trascorso un'altra nottata di guardia, dormendo (ben poco) sul divano, le orecchie tese e gli occhi vigili, il coltello di Norman Bates lì accanto. Ma non era accaduto nulla e lui aveva concluso di essere stato vittima della propria immaginazione. Il che forse era peggio.

Lucille chiuse il blocchetto e si allontanò, senza dire una parola e senza sollevare lo sguardo.

«Devo dire che hai lasciato davvero un segno, qui a Wytago» scherzò J.R.. «Magari un giorno incideranno il tuo nome sulla targa che c'è in municipio. Nemico pubblico numero uno» scandì sottolineando la frase con un gesto, come definendo nell'aria i caratteri cubitali della scritta.

«Allora, che ne dici?» tagliò corto Thurgood rivolgendoglisi. «Si può fare?»

«Per fare si può fare» rispose J.R. «Il problema è capire se funzionerà.»

«C'è un solo modo» disse Larry gravemente. «Farlo.»

***

J.R. fu convincente. Tornato al Vermonter, gli bastò gironzolare intorno alla macchina del caffè alla reception accennando ai colleghi presenti che lo sceriffo Blanchard si era fatto scappare una certa cosa relativa a un testimone oculare che sarebbe stato in grado di riconoscere l'uomo alla guida del pick-up con a bordo David Winthrop lungo la 110 martedì 4 luglio. Il testimone, protetto dall'anonimato, avrebbe dichiarato che non era né Gilmore né Simkins.

Fu un giochetto da bambini e la notizia uscì con grande clamore nelle edizioni serali del «Boston Globe» e dell'«Union Leader» e venne riportata in tutti i telegiornali, sia nazionali che locali. La caccia al testimone fantasma era iniziata.

Larry spense la tv avvertendo un senso vago di eccitazione. Sapere che qualcuno, là fuori, quella notte non avrebbe dormito, dilaniato (si augurava) dai dubbi e dal timore di essere arrestato da un momento all'altro, lo faceva sentire incredibilmente vivo. Avrebbe voluto vedere Shoney, incontrarlo, parlargli, osservare le sue reazioni e percepire la sua nera sconcezza. Larry era sicuro che c'entrasse lui e se nulla di tutto quello che avevano elaborato lui, Randolph e Blanchard avesse funzionato, ne sarebbe rimasto profondamente deluso. Deluso forse al punto da tentare qualcosa di personale.

37

Martedì 18 luglio

Quel giorno il caldo aveva allentato la sua morsa e il cielo aveva perso la patina di umidità che lo opacizzava da diversi giorni. Quando, verso le sei e mezza del mattino, Larry spalancò la porta e si affacciò sul portico, l'aria gli parve addirittura fredda e i peli gli si rizzarono sulle braccia. Se le massaggiò e stette qualche minuto a godersi la luce rosata e i canti degli uccelli che salutavano il sole. Pembroke Road era deserta e immersa in una pace attonita, così diversa dall'aspetto cupo che aveva assunto in quelle ultime notti (doveva davvero dipendere dalle lampadine dei lampioni), qualcosa che gli ricordava la prima volta che era stato lì, allorché aveva fatto visita al dottor Ellroy. Nemmeno Howell Grier si era ancora alzato. Larry aveva in corpo una quantità indefinita di aspirine, numerose lattine di Miller e soltanto una sniffata di ketamina, il che, a parte una lieve nausea, lo rendeva, a dispetto di quello che si sarebbe potuto credere, lucido e reattivo.

Durante la notte, insonnia e vigilanza avevano generato un piano, che lui aveva definito piano B per differenziarlo dal piano A, quello di Blanchard. Il piano B non era alternativo al piano A, bensì complementare, e prevedeva la scrittura di una lettera anonima. Niente ritagli di giornale stile sequestro, però. L'aveva elaborata poco prima dell'alba, in stampatello, su un foglio di ricettario a cui aveva tagliato l'intestazione, seduto al tavolo dove i giorni precedenti, senza rendersene conto, aveva modificato i disegni di Dave.

La lettera diceva:

AL FILIO DI ELMER ELLROY
SO CHI SEI E COSA HAI FATO
SO DOVE ERI IL 4 LULIO E SO CHE HAI UCISO STU
SE VUOI CHE STO ZITTO VIENI AL FIENILE A MEZANOTTE
PORTA 50 MILA DOLLARI E VIENI SOLO

Era indubbiamente un messaggio ingenuo, la richiesta di denaro sembrava tratta da un film di infima categoria (pochi, da quelle parti, avrebbero potuto racimolare una simile cifra in una sola giornata) e gli errori di ortografia e grammatica servivano a dare l'impressione di uno sprovveduto, di un disperato alla caccia di qualche dollaro facile. Shoney poteva cascarci e credere che fosse uno dei tanti sballati con cui se la faceva Herb. In tal caso avrebbe probabilmente pensato di poterlo eliminare.

Per questo, quel mattino, prima che la via e la città si mettessero in moto, Larry prese il badile e uscì inoltrandosi nel bosco di betulle dietro casa.

***

Se si fosse sbagliato (ma era certo di non sbagliarsi) Price e Blanchard non gliela avrebbero perdonata. Tuttavia conosceva un detto che faceva al caso suo: meglio chiedere perdono che permesso.

Larry si appostò intorno a mezzogiorno in Granite Street, più o meno all'altezza del Wal-Mart, in un punto da cui, stando in auto, poteva tenere d'occhio l'entrata della Shoney's Pitture & Smalti. Enormi nuvole bianche si rincorrevano nel cielo accendendo e spegnendo di continuo la luce accecante del sole. Larry si sentiva su di giri (aveva inalato una seconda pista di ketamina per darsi coraggio poco prima di uscire di casa) e i colori intorno a lui sembravano fuoriuscire dai margini delle cose. Anche i rumori erano amplificati e, gli pareva, distorti. Si chiese se non avesse sbagliato a farsi in un momento tanto importante. E se avesse pregiudicato tutto?

A mezzogiorno e trentacinque, Scott e i magazzinieri uscirono alla spicciolata. Edward Shoney si presentò pochi minuti più tardi. Chiuse a chiave, controllò l'orologio, salì a bordo della sua Plymouth Reliant nera e fece inversione in Main Street dirigendosi verso nord. Probabilmente andava a mangiare un boccone al Sullivan Cafè (era così grasso e pigro da utilizzare la macchina per fare meno di quattrocento metri), oppure a casa. Non aveva importanza. Larry scese dalla Mustang e percorse a piedi il tratto di Granite Street che lo separava dalla Main. Le gambe vacillavano e gli girava la testa. Attraversata la Main si ritrovò davanti al negozio di Shoney e con nonchalance infilò la busta con la lettera sotto la porta. Quando si rialzò ebbe una vertigine violenta che lo costrinse ad appoggiarsi alla parete. Si riprese in fretta spostandosi di fronte al negozio vicino e poi ancora oltre, fingendo di essere interessato alle vetrine (Fowler's Flowers, Herbal Tea & Tobacco e Rebecca's, biancheria intima femminile). Infine tornò rapidamente all'auto. Missione compiuta. Gli batteva forte il cuore, un dolore sordo e insistente gli pulsava al centro della fronte e aveva le ascelle chiazzate dal sudore, ma la prima parte del piano B era andata in porto. Ora mancava tutto il resto. Che non era poco.

***

Tornato a casa prese Jip e lo portò a fare una passeggiata oltre Wellington Street (che per un motivo sconosciuto veniva amichevolmente chiamata Chieftain Lane), in direzione del fiume. Non aveva fame (lo stomaco gli si era chiuso come un pugno e prima di uscire aveva fatto qualche sforzo a vuoto piegato sulla tazza del water) e pensava che un po' d'aria avrebbe fatto bene sia a lui (al suo mal di testa rabbioso) che al cucciolo. Ma non solo. Pensava che quella potesse essere la loro ultima passeggiata insieme. Niente premonizioni, chiaroveggenze o altre cazzate del genere. Semplicemente sapeva che quanto aveva in mente di fare era estremamente pericoloso. E ancora non era tutto. Sentiva che stava peggiorando. Qualcosa nel suo corpo (o nel suo cervello) non andava. Non era più una questione di farmaci o droga o altro. Non veniva da fuori. Veniva da *dentro*.

Forse aveva esaurito il suo tempo, la sua seconda possibilità, come aveva detto un giorno Josephine Boulding. E la cosa più incredibile, stupefacente, era che non gli importava come invece sarebbe stato logico pensare. Stava accettando il fatto che la sua ripresa, il suo miracoloso risveglio, fosse giunto al termine, avesse completato la sua rapida parabola e che per lui ci fosse un lungo tunnel nero in attesa dietro l'angolo. Chissà se in fondo ci sarebbe stata una luce? Doveva ricordarsi di chiederlo a J.R. Randolph, prima o poi.

Immaginò Edward Shoney rientrare in negozio dopo la pausa pranzo e trovare la busta con la lettera. Lo immaginò mentre la apriva, con curiosità, e la sua espressione stupita e contrariata (forse incazzata o addirittura *furiosa*) mentre ne leggeva il contenuto. Immaginò (o cercò di farlo) cosa potesse passargli per la testa, pensieri neri, pensieri di morte o di vendetta. Se davvero Shoney era il *Lupo del Vermont*, non avrebbe pagato cinquantamila dollari per chiudere la bocca a uno spione (anche perché lo spione avrebbe potuto chiederne altri cinquanta o centomila la volta successiva); gli avrebbe chiuso la bocca gratuitamente, spedendolo all'inferno più presto possibile, al primo incontro.

Procedendo, si ritrovò dove era stato con Jobeth e suo figlio quando ancora pensava di poter avere una storia con lei, quel giorno che si erano aperte le cataratte del cielo e che si erano tenuti per mano. Era stato anche il giorno in cui lui le aveva confessato di vedere le aure. Un errore, a ripensarci adesso.

Il fiume scorreva placido, indifferente e silenzioso, esattamente come quel giorno, formando piccoli gorghi, schiaffeggiando le rive e portando via con sé, verso valle, foglie, insetti e rami spezzati. Jip abbaiò alle anatre e quelle risposero starnazzando e agitando le penne. Strano come tutto, quel giorno, parlasse a Larry di pace. O forse era lui a vedere ogni cosa con altri occhi. Gli venne in mente la famosa frase *la quiete prima della tempesta.* Quella giornata meravigliosa, da ricordare, quella giornata perfetta era la calma che precedeva un disastro annunciato. E lui non poteva (e non voleva) cambiare lo stato delle cose.

Ebbe un'illuminazione: la certezza che quello sarebbe stato il suo ultimo giorno. Jip parve cogliere l'eco di quel pensiero così definitivo e sollevò il muso verso Larry, piegando la testa di lato con aria interrogativa.

Larry gli sorrise. «Che hai tu? Non mi dirai che sei un soggetto telepatico? Potremmo farci un mucchio di soldi!»

Nel pomeriggio fece un salto dalla sua vicina preferita, Josephine Boulding.

«Dio mio, dottor Nowak!» esclamò la donna non appena lo vide. «Ha un'aria peggiore del solito.»

Larry si sforzò di sorriderle. Non era una frase carina da dire, ma era abituato alla schiettezza di Josephine. E poi aveva ragione. Larry sapeva di essere malridotto e per questo motivo evitava di guardarsi allo specchio.

«Deve mangiare di più, ragazzo mio, e prendere un po' di sole su quella faccetta smunta.»

Mentiva, e Larry se ne accorse. In realtà era preoccupata. Larry era più che malridotto, faceva davvero spavento, e probabilmente la stessa impressione l'avevano avuta anche lo sceriffo Blanchard, sua moglie, J.R. Randolph, Lucille Sparks e tutti quelli che avevano avuto a che fare con lui negli ultimi giorni, ma che non avevano avuto il coraggio di dirglielo. Da quanto non mangiava? Non riusciva a ricordare. Forse da sabato. Forse addirittura da venerdì. Come mai non aveva fame?

«Le preparo qualcosa? Due uova? Un hamburger?»

L'idea di mettere del cibo nello stomaco gli provocò un'ondata di nausea da farlo impallidire, ma il suo incarnato era già così cereo che Josephine non se ne avvide. «Non serve, la ringrazio» rispose con voce incerta. «Sono solo venuto a farle un saluto.»

«Be', è gentile. Si accomodi.»

«Volevo dirle che ho apprezzato l'amicizia di cui mi ha onorato. Lei è stata probabilmente la sola amica che io abbia avuto qui a Wytago.»

«E che mi dice di Jobeth Allison?»

Larry fece una smorfia rassegnata. «Non è andata.»

«Peccato. Sembravate affiatati.»

«Non è andata» ripeté Larry impacciato.

«E come la mettiamo con quell'altra?»

«Quell'altra?»

«La signorina che viene e se ne va, come un'onda di marea. La figlia di Donnie Licois.»

Questa volta Larry arrossì. E Josephine se ne accorse. Tuttavia riuscì a pensare che "onda di marea" era una definizione che si addiceva perfettamente a un tipo come Annette Licois.

«È solo un'amica» rispose. «Niente di più.»

Josephine sorrise. «Come vuole. Dunque ha intenzione di lasciarci?»

Il saluto aveva in effetti tutta l'aria di un commiato.

«Non lo so ancora, ma ci sto pensando.» In realtà non sembrava una decisione che dipendeva da lui. Non più. E il significato che la donna attribuiva a *lasciarci* era molto diverso da quello che intendeva Larry.

«Non la posso biasimare. La città non è stata carina nei suoi confronti, per usare un eufemismo. Ma io non gliela darei vinta. La legge ha dimostrato che lei non ha nulla a che fare con quei crimini. È un uomo libero e non è giusto che rinunci al suo sogno per colpa di quattro trogloditi ignoranti. Non crede?»

Il *sogno*. Era davvero quello il sogno di Larry? Fare il veterinario in un piccolo paese sperduto nelle foreste del Vermont? Se davvero quello era stato il suo sogno, era stato un sogno piccolo e poco ammirevole. Se ne rese conto forse per la prima volta e, disgraziatamente, con una certa amarezza. No, non era stato il suo sogno, quanto piuttosto la via di fuga da un incubo, quasi una scelta obbligata, un ripiego. E come spesso accade quando si ricorre alle scappatoie, non aveva funzionato.

«Vedremo» rispose vago.

«Non è che mi nasconde qualcosa?» volle sapere Josephine sospettosa. «Oggi mi sembra un'altra persona. Cos'è che la angustia?» Si allungò dalla sedia che occupava e gli prese le mani, come lui aveva fatto con lei una delle ultime volte che era stato lì.

«Ho intenzione di parlare a Edward Shoney» confessò Larry. «Voglio capire quanto è coinvolto in questa faccenda.»

«Ed è sicuro che sia una buona idea?»

«In effetti no. Ma devo farlo.» Si chiese cosa stesse facendo Edward Shoney in quel preciso momento. Prove tecniche di uccisione, forse.

«Perché non ne parla allo sceriffo o a quell'altro agente, quello venuto da Boston?»

«Perché sono solo intuizioni, non ho prove.»
«E se si sbagliasse?»
Non mi sbaglio, pensò Larry.
«Se mi sbagliassi avrò fatto la figura dell'idiota paranoico. Niente di più. Mi scuserò con il signor Shoney e a quel punto, probabilmente, me ne andrò da Wytago una volta per tutte.»
Josephine sospirò. «Non lo so. Mi sembra che questa cosa non dovrebbe riguardarla. Dovrebbero essere altre persone a occuparsene...»
«Nessun altro può occuparsene» ribatté Larry deciso.
«E quando avrebbe intenzione di vedere Edward?»
«Oggi stesso, più tardi.»
«Mi sembra fermamente convinto, quindi non insisterò per dissuaderla. In ogni caso faccia attenzione. L'ombra di quel ragazzo chiuso e disturbato potrebbe riemergere. Non mi stupirei se i silenzi e la imperturbabilità servissero a soffocare le angosce della sua tormentata adolescenza.»
Grazie del consiglio, Josephine, ma mi sono premunito.
«Starò attento» disse invece. Poi si guardò intorno. Milky lo osservava sorniona dal divano, lo stesso sguardo della sua padrona, due attempate, distinte signore che si preoccupavano per lui come due zie, incorniciate da un salotto vecchio stile, anacronistico, che odorava leggermente di rancido e straboccava di soprammobili, ninnoli e cianfrusaglie provenienti da un passato a lui sconosciuto, ma che probabilmente era tutto ciò che restava loro.
Se quella doveva essere l'ultima immagine che Larry avrebbe serbato del piccolo mondo di Josephine Boulding, gli stava bene. Era esattamente ciò che voleva.
Si alzò e Josephine fece altrettanto.
«Allora la saluto» disse Larry accennando un abbraccio.
Lei ricambiò e gli schioccò un bacio sulla guancia. Larry avvertì le sue labbra, secche, come fogli di carta velina. Quando si staccarono, la donna aveva gli occhi bagnati di lacrime.
«A presto, Larry» mormorò. Se aveva capito, preferì non dirlo. Non lo avrebbe rivisto mai più.
«A presto, Josephine.» Fece una carezza a Milky e uscì dalla porta senza voltarsi.

***

Quando, verso il tramonto, l'auto dello sceriffo Blanchard si fermò di fronte al numero 9 di Pembroke Road, il cielo era cupo e pesante e minacciava temporale.

Larry aveva appena dato da mangiare a Jip (per se stesso niente, aveva preferito una Miller e una barretta di cioccolato al riso soffiato, finita nel water dieci minuti dopo) e si apprestava a ripassare mentalmente quanto si accingeva a fare. In realtà si sentiva sfinito, esausto, come la batteria di un'auto rimasta tutta la notte con i fari accesi. E in effetti erano già tre notti che dormiva a spizzichi e che rimaneva *acceso*. Si reggeva in piedi solo con i nervi perché… aveva una *missione*. Forse la sua ultima missione.

«Stai bene?» gli chiese Blanchard notando il suo aspetto che, se possibile, era peggiorato nell'arco di una giornata soltanto.

«Tutto ok» rispose Larry cercando di essere naturale. «Qualche elemento nuovo?»

«Shoney oggi pomeriggio è rientrato prima dal lavoro, una cosa che non fa quasi mai. Però è rimasto in casa. Sono passato poco fa e le sue auto sono parcheggiate nel garage. Se è davvero lui l'uomo che cerchiamo, non ha fatto ancora nulla per scoprire se il presunto testimone lo ha accusato.»

Oh, l'ha fatto, pensò Larry ricordando l'ombra nera che stazionava fuori da casa sua un paio di notti prima. E lo farà ancora, e molto presto. Verso mezzanotte, per la precisione.

Si accorse tutt'a un tratto dell'involucro che aveva lasciato sopra il tavolo e si sentì gelare. Avrebbe dovuto fornire spiegazioni e in quel momento era l'ultima cosa che desiderava. Cercò di spostarsi per togliere dalla visuale di Thurgood ciò che non voleva vedesse, ma lo sceriffo sembrava intenzionato a fermarsi.

«Sicuro di stare bene?» chiese nuovamente. «Sei molto pallido.»

«Sto cercando di non prendere più tutti quei farmaci» mentì. «Ma ci sono degli effetti collaterali.»

Thurgood annuì e si sistemò il cinturone. «Già. Credo che non sia facile. Però cerca di mangiare, ok? Se non c'è benzina, il motore non va avanti.»

«Ricevuto, capo» scherzò Larry alzando il pollice. Non vedeva l'ora che se ne andasse. Cercò mentalmente una scusa plausibile per cacciarlo, ma non gli venne in mente nulla. Sembrava che lo sceriffo intuisse che stava per succedere qualcosa. Perché si trovava lì, altrimenti?

Fu il telefono a salvare Larry. Si gettò a rispondere sperando che non si trattasse di un sondaggio o della telefonata di qualche setta religiosa in cerca di nuovi adepti. Ma anche in quel caso, avrebbe fatto in modo di restare all'apparecchio, così da liquidare rapidamente lo sceriffo.

Invece era sua madre.

«Ciao mamma» disse alzando il tono della voce in modo che Thurgood sentisse. «No, non disturbi...» È mia madre, mimò con le labbra all'indirizzo dello sceriffo coprendo con il palmo il microfono.

L'altro unì pollice e indice della destra nel segno internazionale di *ok* e rinculò verso l'entrata. Larry fece un gesto di saluto con la mano e attese che la porta si richiudesse.

«Eccomi» disse infine nel telefono. «Come va?»

***

Erano le undici e dieci e Larry guidava sotto una pioggia scrosciante verso Quarry Street.

La telefonata di sua madre gli aveva lasciato addosso uno strano senso di inquietudine. Era come se, quella sera, tutti intorno a lui avessero sviluppato una qualche facoltà premonitrice. Forse, sul mondo, si stava stendendo una polvere di fata che rendeva le persone recettive. Soprattutto quelle che avevano a che fare con Larry Nowak. Più facilmente, la questione doveva dipendere da lui. Era un po' come quando i clienti gli portavano i loro animali per un intervento programmato. «Sembra che se la senta» dicevano spesso. «È da ieri che è nervoso e stamattina non voleva farsi prendere. Questi animali hanno proprio un sesto senso.» E Larry sorrideva, pensando invece che non erano gli animali ad avere capacità divinatorie, ma i loro proprietari a contagiarli con l'ansia, la preoccupazione, i timori che li angosciavano per l'intervento chirurgico. Anche in quel caso gli animali recepivano e ritrasmettevano, proprio come antenne paraboliche.

Era stato lui, con il suo aspetto e il suo fare nervoso a mettere in allarme Josephine, Thurgood e sua madre. Ecco da cosa dipendeva.

I tergicristalli faticavano a spazzare il parabrezza dalla quantità di acqua che vi si rovesciava sopra. Larry si disse che non era la serata adatta per un incontro *al vertice*, come l'aveva definito. Una specie di mezzogiorno di fuoco, ma spostato di dodici ore.

Sua madre doveva aver captato qualcosa, come un segnale d'allarme, per quello l'aveva chiamato. Ed era stato Larry a mandare quel segnale, involontariamente (o volontariamente, chi poteva dirlo?), un'aura che questa volta non restava sospesa a colorare l'aria circostante, ma fluttuava infilandosi nei cavi telefonici simile a un profumo (o un puzzo, forse, l'odore della morte imminente) e che arrivava nel New Hampshire, a duecentocinquanta chilometri di distanza, senza perdere un goccio d'intensità.

Gli aveva chiesto se andava tutto bene e lui aveva risposto che andava tutto bene, ma la voce l'aveva tradito. Non andava tutto bene. Niente andava bene.

Si era sentito magnanimo, capace di dispensare indulgenza, come un personaggio della Bibbia. Il risentimento verso sua madre era scomparso, dissolto nella nebbia che gli offuscava il cervello, perché, in effetti e contrariamente a quello che aveva creduto quella mattina, ingannato dall'aria fresca e da un cielo terso, non era affatto lucido e reattivo. Era in piena confusione e gli altri lo capivano perfettamente.

Arrivò in Quarry Street (mai come quella notte gli sembrò azzeccato il soprannome *Misery Boulevard*) ma oltrepassò la casa di Herb Gilmore andando a fermarsi in una laterale un centinaio di metri più avanti, una sterrata che finiva con una sbarra che delimitava una proprietà privata. Spense il motore e rimase in auto ad ascoltare il rumore della pioggia.

Sua madre aveva insistito perché *sapeva* che c'era qualcosa di più. Si era offerta di salire a Wytago il mattino successivo e a un certo punto il suo tono si era fatto decisamente allarmato. Larry si era dovuto adoperare per calmarla e rassicurarla sul fatto che era solo stanco, che lo stress delle giornate trascorse si era fatto sentire, che gli era piombato addosso tutto in una volta, ma che si trattava solo di riposare e lui, ora, aveva tempo in abbondanza per riposare. Le aveva detto di stare tranquilla, che le voleva bene e questo era stato un ulteriore errore, perché Margareth si era spaventata. Larry non le diceva mai che le voleva bene, ma, in cuor suo, poteva essere l'ultima occasione che aveva per farlo e non voleva rinunciarvi.

«Anch'io ti voglio bene» aveva risposto lei titubante. «Ci sentiamo domattina?» aveva aggiunto con urgenza. Era una disperata richiesta di rimandare qualsiasi cosa Larry avesse intenzione di fare quella sera.

«Buonanotte, mamma» aveva detto Larry.

«Allora ti chiamo domani mattina» aveva insistito lei.

«Come vuoi.» E aveva riattaccato.

Più tardi, verso le dieci, il telefono aveva squillato ancora. Altre tre volte. Ma Larry non aveva risposto. Se avesse sentito nuovamente la voce di sua madre, così accorata, così diversa da com'era sempre stata, non era certo che l'avrebbe sopportato e sicuramente si sarebbe tradito.

Scese dall'auto e subito la pioggia lo inzuppò. Camminò senza curarsene lungo il ciglio della strada, le mani ficcate nella giacca, avvertendo il confortante peso dell'oggetto che si era portato dietro e che teneva infilato nella cintura. Il cortile della casa era un pantano. Le Adidas lasciavano passare l'acqua e i calzini fradici gli gelavano i piedi. Ma nemmeno di questo Larry si curava. Raggiunse il fienile stupendosi di non sentire Rocky abbaiare o ringhiare. Spalancò il portone e puntò la torcia.

Rocky stava dormendo profondamente. Il ticchettio insistito della pioggia sul tetto copriva ogni altro rumore. Forse per questo non l'aveva sentito arrivare. Pensò che avrebbe fatto bene a svegliarlo, in modo che non si spaventasse trovandosi di fronte all'improvviso qualcuno. Ma prima mandò il fascio di luce intorno. Aveva una buona mezz'ora di anticipo su Shoney, sempre che si presentasse all'appuntamento. Tutto era a posto, eccetto il grande tavolo da lavoro sotto la parete nord. Notò che era completamente sgombro e che gli oggetti e gli attrezzi che solitamente vi dimoravano erano stati deposti a terra alla rinfusa. Pensò che potesse essere stata la polizia, durante la perquisizione, sebbene gli sembrasse che il giorno precedente la superficie del tavolo fosse ancora disseminata di cianfrusaglie.

Il piano era quello di appostarsi in fondo al fienile, in un'area riparata da alcune casse di legno, e attendere. Quando Shoney avesse fatto il suo ingresso nel fienile, Larry gli avrebbe puntato la luce in faccia e gli avrebbe detto che sapeva tutto e che ormai non aveva scampo, che gli conveniva confessare. Poteva perfino spingersi a dichiarare che Dave si era svegliato e aveva fatto il suo nome. Dipendeva da come Shoney avrebbe reagito.

Detto così, però, il piano sembrava un'emerita idiozia. E se Shoney avesse negato tutto? Allora perché prendersi la briga di farsi vedere al fienile? In quanto al denaro, Blanchard gli aveva detto che Shoney era rimasto a casa tutto il giorno e dunque non era certo passato in banca per ritirare dei contanti. Possibile che li avesse nascosti in casa (per quanto si trattasse di una bella cifra da tenere sotto il materasso), più probabile che non ci pensasse nemmeno a gettare tanti dollari senza avere alcuna garanzia che sarebbero stati i primi e gli ultimi scucitigli dalla *Gola profonda* del Vermont. Sì, il piano non era un granché, a meno che... Toccò l'oggetto metallico che con il suo peso gli faceva scendere i calzoni sul sedere più di quello che la sua magrezza faceva già. A meno che non fosse ricorso a quello. Dio, preferiva non pensarci.

«Rocky?» sussurrò. «Rocky, sono io.»

Rocky era legato alla solita corda e al solito pilastro e anche questo sembrò a Larry qualcosa di non normale. Avrebbe giurato di averlo lasciato libero negli ultimi giorni. Invece doveva averlo legato senza rendersene conto.

«Rocky?» ripeté carezzandolo dolcemente.

Se si sveglia spaventato, di soprassalto, potrebbe staccarmi una mano, rifletté.

C'era qualcosa a terra, residui rossastri. Larry li illuminò con la torcia. Sembravano i resti di un hamburger crudo, ma non ricordava di avergli portato della carne.

Rocky mandò un lamento e sollevò le palpebre, che dovevano pesare enormemente. La ptosi di quelle inferiori era anch'essa del tutto anomala. Aveva la lingua secca che penzolava fuori dalla bocca. Cercò di alzare la testa, azione che gli costò una fatica indicibile, la fece ciondolare e infine la lasciò ricadere sulle zampe.

Rocky sta male, si disse Larry. Oppure...

Non poté terminare il pensiero perché qualcosa di pesante lo colpì alla nuca facendogli esplodere davanti agli occhi una luce improvvisa e accecante. Il dolore si propagò come una ragnatela in tutta la scatola cranica e poi si tuffò in profondità, a dare man forte alla usuale pan-crania. Emise un gemito al quale rispose un timido abbaio di Rocky.

***

Thurgood non era di turno, quella sera. Non toccava a lui pattugliare le strade di Wytago. Non lo faceva più da un pezzo, a dire il vero, dal momento che uno dei primi servizi che lo sceriffo poteva permettersi di delegare ai sottoposti era proprio il giro di ispezione notturno. Tuttavia aveva sollevato Moravi dall'incarico perché c'era qualcosa che non lo convinceva. Nowak gli era apparso strano, più del solito. Era agitato per qualcosa, ma non si trattava di droga perché aveva osservato le sue pupille e non erano per niente dilatate. Non sudava e non tremava. In effetti, più che agitato sembrava spaventato. Cosa poteva averlo spaventato? Forse temeva che l'assassino, chiunque fosse, sospettasse che lui potesse essere il testimone segreto. C'era la possibilità che, vedendolo insieme allo sceriffo e a Randolph, qualcuno avesse collegato la cosa. Era stato un errore tenere quell'incontro da Sullivan. Thurgood si diede del fesso per non averci pensato prima. E Larry, probabilmente, non aveva il coraggio di ammettere i suoi timori. Decise di passare nuovamente per casa sua. Voleva tranquillizzarlo e, se fosse stato necessario, avrebbe mandato un agente a sorvegliare la casa.

Ma quando giunse in Pembroke Road, sotto un'acqua torrenziale, la Mustang di Larry Nowak non era più parcheggiata in strada. Thurgood controllò l'ora sul quadrante: le undici e diciotto minuti. Dove se ne andava a zonzo a quell'ora e con quel tempaccio? Scese dall'auto avvertendo un sottile filo di angoscia agitargli i visceri. Suonò il campanello e udì l'abbaiare insistito di Jip. Sarebbe diventato un bravo cane da guardia. Fece il giro e provò dal retro. La serra era chiusa dall'interno e attraverso i vetri rigati di pioggia non si scorgeva alcuna luce nella casa. In compenso, c'era chiarore a una delle finestre di Josephine Boulding, dall'altra parte della strada. Thurgood attraversò di corsa e bussò con forza alla porta.

Non ci fu risposta. Bussò ancora. Non voleva suonare il campanello per timore di spaventare l'anziana donna. Forse si era addormentata in poltrona, guardando la tv. Più probabile che tenesse una lampada accesa per la notte.

Bussò per la terza volta e stava per andarsene quando la voce acuta di Josephine strillò da dentro: «Andatevene o chiamo la polizia!».

«Signorina Boulding, sono lo sceriffo Blanchard. Mi perdoni per l'ora tarda, ma avrei bisogno di parlarle.»

Ci fu una lunga pausa silenziosa. Poi lo scatto della serratura e la porta si aprì di una minuscola fessura lasciando intravedere la maglia di una catena di sicurezza e un occhio color nocciola appena velato da un'incipiente cataratta. «Thurgood, sei tu?» chiese Josephine. «Che accidente ci fai qui? Hai visto qualche ladro gironzolare da queste parti?»

Lo sceriffo avanzò sotto la luce del portico esibendo un sorriso rassicurante. «Buonasera, signorina. No, niente ladri, fortunatamente. Mi chiedevo se sapesse dov'è il dottor Nowak.»

Lei guardò verso la casa di Larry, attraverso la cortina di pioggia incessante. «Non c'è?»

«No e nemmeno la macchina. Sa dirmi dove potrebbe essere andato?»

«Non ne ho idea. Credevo fosse a casa. Perché lo stai cercando? Non vorrai arrestarlo un'altra volta!»

Thurgood sollevò le mani come se volesse arrendersi. «Stia tranquilla, niente arresti. Piuttosto il contrario.»

«Che vuoi dire?»

«Che mi sto preoccupando per lui.»

«Strano che tu lo dica. Anch'io oggi ero in pena per lui.»

Lo sceriffo cominciò a farsi interessato. «E per quale motivo?»

«Faceva discorsi strampalati.»

«Che intende per strampalati?»

«Credo che mediti di andarsene, di lasciare la città. Spero non si sia messo in viaggio con quest'acqua...»

«Stanotte?»

«Non ne ho idea. So solo che doveva incontrare Edward Shoney…»

Thurgood trasalì. «Shoney? Quando?»

«Oggi. Forse stasera.»

«Gliel'ha detto lui?»

«Certo che me l'ha detto lui. Forse io non avrei dovuto dirlo a te…»

«Perché?»

«Perché Larry, il dottor Nowak, ha dei dubbi su Shoney relativamente a quelle orribili cose che sono accadute. Ma probabilmente non ne ha parlato a voi della polizia.»

«Invece ne sono al corrente, però non sapevo che avesse in mente di vederlo. A che ora si sono incontrati?»

«Non ne ho idea. Ma non mi pare che si sia mosso per tutto il pomeriggio. Quindi, dal momento che mi stai dicendo che la sua auto non c'è, presumo che si stiano incontrando… *adesso*.»

«Cazzo!»

«Thurgood!»

«Mi scusi, signorina Boulding…»

«Larry è nei guai?» volle sapere la donna. C'era un principio di panico nella sua voce.

«Spero di no. Lo spero con tutto il cuore.» Thurgood si toccò la tesa del cappello e scese precipitosamente dal portico raggiungendo la sua auto.

Se Nowak avesse combinato un guaio, un guaio grosso, sarebbe toccato a lui sistemare le cose. E non ne aveva nessuna voglia.

***

Larry cadde in avanti, ma evitò di picchiare la faccia contro il pavimento compiendo una torsione e rotolando su un fianco. Quando si voltò vide, incombente sopra di sé nella luce obliqua della torcia, la massiccia figura di Edward Shoney. La mano destra stringeva un manganello di gomma, come quello dei poliziotti, e i suoi piccoli occhi porcini fissavano Larry con un'espressione curiosamente indifferente. Intorno a lui aleggiava un'aura nera, più tenebrosa della semioscurità che regnava nel fienile, un vuoto tremolante che si stava divorando il mondo reale.

«Qual era il p-piano?» chiese Shoney. La sua voce era atona, monocorde. «Pensavi che ti avrei p-pagato? Che avrei c-confessato?»

Sì, Larry si era aspettato una confessione, come nei film. Credeva che Shoney si sarebbe liberato finalmente la coscienza dal peso dei suoi delitti. A ripensarci era una stronzata grande come tutto il Vermont, un'idea partorita da una mente illogica, malata come la sua. Quello non era un film e lui non era Holmes o il tenente Colombo o il fottuto Ellery Queen. Lui non era un cazzo di nessuno. Anzi, era un coglione. Un coglione che però aveva ancora un asso nella manica.

Larry non conosceva le intenzioni di Shoney, ma non avrebbe atteso di esserne informato. Portò una mano dietro la schiena e con una velocità che sorprese lui per primo estrasse la Smith & Wesson calibro 32 appartenuta al dottor Ellroy. L'aveva recuperata quella mattina, nel bosco, dove l'aveva sepolta il giorno in cui era scomparso Dave. Se n'era disfatto per evitare di usarla quand'era fuori di cervello ficcandola in una buca avvolta nel suo panno sporco d'olio. Ed era stato un colpo di genio perché, altrimenti, Thurgood e i suoi l'avrebbero trovata durante la perquisizione. Era ammaccata e arrugginita, ma aveva cinque colpi in canna.

«Ecco il piano» disse Larry. «Non farai più del male a nessuno.»

Premette il grilletto e fu pronto a giurare che quello che vide sul pingue volto da psicopatico di Edward Shoney fosse una parvenza di stupore.

Un millesimo di secondo più tardi, la pistola gli esplose tra le mani con una fiammata.

E Shoney si abbatté furioso su di lui.

***

Lo sceriffo Blanchard tornò in Moonlight Terrace, la strada residenziale dove sorgeva la sontuosa casa a due piani di Alma e Edward Shoney. Non avevano figli e Thurgood si era sempre chiesto che diavolo se ne facessero di una casa tanto grande. Probabilmente vivevano in stanze separate, conducendo ognuno una vita a sé. Era questa l'idea che davano i coniugi Shoney, due estranei che condividevano lo stesso tetto.

Si guardò intorno, cercando la Ford di Larry Nowak ma non la vide. Accostò l'auto e scese. Raggiunse silenziosamente il garage, che ora, rispetto al suo precedente passaggio, era chiuso. Si portò sul lato, dove si apriva una finestrella. Controllò all'interno con la torcia. C'era un'auto sola, la Toyota monovolume intestata alla signora Shoney. Mancava la Reliant.

Thurgood sospirò e guadagnò la porta della casa. Sotto l'ampio porticato, abbellito da un dondolo che non doveva aver mai visto un solo ospite ma per il resto così spoglio da apparire *nudo*, si scrollò la mantella inzuppata di pioggia e suonò il campanello. Anche in questo caso attese a lungo prima che le luci prendessero vita e qualcuno chiedesse chi era.

Alma Shoney doveva essere riemersa da un sonno impasticcato. Aveva gli occhi gonfi, teneva la bocca semiaperta e si era infilata la vestaglia al contrario.

«Buonasera» le disse lo sceriffo. «Mi scusi per l'ora, ma è una questione ufficiale.» Parlava lentamente, come se si rivolgesse a un bambino di sei anni.

La donna si passò una mano sul viso deformandosi una guancia. I suoi occhi annacquati erano fissi al cappello dello sceriffo che gocciolava acqua. Thurgood se lo tolse, ma lei non lo seguì con lo sguardo. Restò a osservare il nulla sopra la testa dell'uomo.

«Posso chiederle dov'è suo marito, signora Shoney?»

«Mio marito?» biascicò la donna. «A… a letto.»

«Ho controllato nel garage, ma la sua auto non c'è. Sa se è dovuto uscire per qualche motivo?»

Lei scrollò la testa, dapprima con lentezza poi più energicamente. «Non saprei…»

«Ne è sicura?»

Alma Shoney, a quell'ora della notte e con tre Zolpidem in corpo, non era più sicura nemmeno che la Terra girasse intorno al Sole. Esibì un'espressione stranita, da bambina, e un sorriso che non aveva nulla di sensato.

Thurgood si rimise il cappello e disse semplicemente: «La ringrazio, signora. Buonanotte».

Salì in auto, mise in moto e partì sotto la pioggia nella direzione opposta da cui era arrivato.

***

Larry riaprì gli occhi e credette di essere a casa, nel suo letto, in Pembroke Road. Jip abbaiava, ma doveva essere cresciuto durante la notte, perché aveva fatto la voce grossa. Fuori pioveva a dirotto.

Nel sogno, un brutto sogno, aveva sparato a qualcuno. Perché si era trattato di un sogno. Sicuramente. Lui non andava in giro a sparare alla gente. Non possedeva nemmeno una pistola.

Cercò di alzarsi, ma non ci riuscì. Gli bruciava la mano destra, come se stesse andando a fuoco. Ruotò gli occhi intorno, ma era tutto buio. Un buio esagerato, denso come catrame. Vide un'ombra muoversi accanto a lui.

Shoney.

Non era stato un sogno. Era nel fienile di Herb Gilmore, il "buon" vecchio e defunto *Glove*, e quello che abbaiava non era il piccolo Jip ma il feroce Rocky, che si stava riprendendo dal sonnifero o da qualsiasi cosa Shoney gli avesse somministrato per tenerlo tranquillo. Rocky era un colosso di cane e ci volevano dosi da cavallo per stordirlo del tutto. O per ucciderlo. In ogni caso il suo abbaiare era distorto, sbilenco, disarmonico, lontano. Si stava riprendendo, ma a fatica.

Tuttavia non era nemmeno quello il problema. La cosa che davvero inquietò (*spaventò*) Larry fu che era stato legato. Legato sopra il tavolo da lavoro del fienile. Cinghie, corde o cinture, alle caviglie e ai polsi. E al collo. Tentò di parlare ma gli uscì solo una specie di rantolo. La testa gli pulsava come una campana di piombo e il dolore, a cui era assuefatto, sopravanzava di gran lunga ogni dolore mai provato in precedenza. Gli venne da vomitare e ruotò leggermente la testa per evitare di soffocarsi.

Shoney era lì. Non parlava. Non lo guardava neppure. Si muoveva con lentezza esasperante. I contorni del suo corpo sembravano ripassati con un pennarello a punta grossa e ogni passo che muoveva era anticipato e seguito da quella bolla nera che lo avvolgeva simile a un lenzuolo funebre e che tremolava come un miraggio.

C'era un'altra cosa che stringeva una parte del corpo di Larry, a livello del bicipite sinistro, il lato dal quale stava Shoney: un laccio emostatico. La siringa di un ago baluginò per un attimo nel buio intercettando il fascio di luce della torcia, posata lì accanto. Shoney non si preoccupò nemmeno di far uscire l'aria dalla siringa. Larry pensò che, dovendo uccidere qualcuno con un veleno, era assurdo preoccuparsi che una piccola bolla d'aria potesse provocare un'embolia.

Che cosa gli voleva iniettare? Nella sua mente, la minuscola porzione rimasta lucida era curiosa di saperlo. No, non era semplice veleno. Il piano di Shoney (lui sì che aveva un piano) doveva essere più raffinato. Era una droga, una di quelle in cui commerciava il suo amichetto Herb. Shoney l'avrebbe ucciso con un'overdose, la fine più logica per un tossico come Larry Nowak. Poi l'avrebbe riportato a casa e magari l'avrebbe steso nel bagno, fingendo che la botta alla nuca se la fosse procurata cadendo a terra, dopo aver colpito il bordo del lavandino o del water. L'ennesimo drogato finito male, vittima della sua stessa dipendenza. Amen, avrebbe concluso il *reverendo* Coughlin.

«Amen...» mormorò Larry.

Un piano geniale, pensò, *degno del cattivo di un film*.

***

La Crown Victoria dello sceriffo Blanchard attraversava la notte sfrecciando sull'asfalto lucido di pioggia. I tergicristalli sbatacchiavano a destra e a sinistra con un rumore di spazzole consunte. Il vetro interno era appannato e Thurgood era costretto a tenere il finestrino abbassato per vederci qualcosa, infradiciandosi tutto il lato sinistro del corpo.

«Fanculo!» esclamò battendo un pugno sul volante. «Che cazzo vi credete di fare?»

Ce l'aveva con entrambi, con Larry e con Shoney. Non sapeva di chi fosse stata l'iniziativa e non gli importava. Da qualunque prospettiva la vedesse, la cosa non gli piaceva nemmeno un po'. Proprio per niente. Perché Nowak non l'aveva avvertito? Lo sapeva già quando si erano visti quella sera. Quindi gli aveva mentito, che era peggio. «Fanculo!» ripeté.

La 110 era deserta in una notte come quella. Tanto meglio, pensò Thurgood. Stava andando alla vecchia cava Schuyler.

Inchiodò sul viale d'accesso e l'auto slittò sul terreno viscido arrestandosi di traverso qualche metro più avanti.

«Nowak!» gridò lo sceriffo utilizzando l'altoparlante esterno. «Qualunque cosa tu abbia in mente di fare, non farla!»

Accese il faro alogeno sul tetto illuminando un muro di pioggia conico. Lo fece ruotare in ogni direzione, ma a parte la zona operativa degli uomini della Scientifica ricoperta da teli mimetici e gli escavatori addormentati e bui che avevano restituito i corpi (il corpo di Tommy no, quello era *bruciato*, era *grigio* e *rattrappito* e somigliava a un *alieno*), non vide nient'altro, né uomini né automobili.

***

Shoney si avvicinò al braccio di Larry, il braccio con le vene gonfie a causa del laccio emostatico. Niente disinfettante prima dell'iniezione. Anche se Larry si beccava un'infezione, che importanza poteva avere? Un cadavere non moriva due volte. E lui era un cadavere.

Rocky, intanto, riacquistava forza. Il suo abbaio era più presente, più inquadrato, più convinto. Più rabbioso.

«Tra poco penserò anche a te» furono le uniche parole che Larry percepì uscire dalle labbra a culo di gallina di Edward Shoney. Ed erano rivolte a Rocky.

La punta dell'ago (a Larry sembrò perfino *arrugginita*) toccò la pelle del braccio. Era smussata. Avrebbe fatto fatica a penetrare, a perforare. Ma alla fine sarebbe arrivata nella vena e lì, come un tempo avevano fatto le cartiere e le manifatture tessili e tutte le altre industrie della contea nel fiume Winooski, avrebbe vomitato il suo liquame velenoso, di qualunque natura fosse. E forse il sangue di Larry, proprio come il fiume, avrebbe cambiato colore.

Shoney slacciò l'emostatico e iniziò a premere lo stantuffo.

Larry avvertì un'onda fredda invadergli il braccio e correre verso la spalla e da lì a tutto il resto del corpo. Sperò soltanto che, prima di crepare, l'overdose gli placasse per qualche istante il mal di testa che lo torturava. Questa volta era diverso, non la solita pan-crania e neppure la punta del trapano o altro che avesse mai provato prima. Questo era il Signore Oscuro dei Mal di Testa, una cosa sontuosa e totale, un'armata che stava conquistando tutto il territorio del suo cervello e che (ne aveva il fondato sospetto) non si sarebbe arrestata di fronte a nulla.

Aspettò di sentire un *clic*, la chiave nel quadro di accensione del suo corpo che veniva ruotata per l'ultima volta e che l'avrebbe definitivamente spento. Chiuse gli occhi e le sue labbra formularono una smorfia di dolore che sarebbe potuta sembrare un sorriso.

Udì invece uno *STACK* (uno *STACK* eccezionalmente sonoro e reale), che non proveniva da lui, né dalla siringa, ma da dietro le spalle di Shoney. Pareva quasi un gambo di sedano che si spezza, ma Larry non credeva che qualcuno, alle spalle di Shoney, stesse spezzando gambi di sedano. Magari erano le fauci dell'alligatore. Era da un po' che non si faceva vedere.

***

Etta non aveva idea di cosa si stesse compiendo a tre chilometri da casa sua, in quel fienile trasformato per l'occasione nel laboratorio dello scienziato pazzo. Ma non le sarebbe importato comunque. Smesso di giocare con le bambole (ultimamente, non riuscendo a farsi ascoltare da Howell, aveva iniziato a parlarci ed esse, incredibile a dirsi, non solo la ascoltavano ma le rispondevano: erano state loro, infatti, a suggerirle quell'idea e lei l'aveva trovata subito favolosa e profondamente giusta), era andata nel garage per procurarsi quello di cui aveva bisogno (suo marito era di sotto a trafficare e a sfogliare quei suoi giornalacci da vecchio pervertito) e infine, silenziosamente, era uscita.

Ora era sotto il portico della casa di Larry Nowak, inzuppata d'acqua, i capelli incollati alla fronte e il vestito, anch'esso fradicio, che aderiva in maniera oscena a quel corpo sformato, impegnata a spandere benzina (la benzina che Howell utilizzava per il tagliaerba) sulle assi dell'impiantito e sui gradini (*Tre gradini di legno scricchiolanti che diventeranno presto cenere*, avrebbe cantato Burl Ives se fosse passato da quelle parti).

Brucialo, le avevano detto le bambole. *Brucialo*! Come un tempo, da quelle parti, si faceva con le streghe e con i nemici della comunità.

Gettò la tanica vuota sul prato e accese un fiammifero. Ma l'aria umida di pioggia spense la fiammella. Il viso di Etta si aggrottò di rabbia. «Brutto fiammifero del cazzo!» ringhiò. Ne accese un secondo, proteggendolo con la mano. Poi, con cautela, lo avvicinò alla base di uno dei sostegni e la benzina si incendiò.

***

Era davvero l'alligatore.

Anche se cominciava a offuscarglisi la vista (era come avere delle garze nere davanti alla faccia), Larry lo vide avanzare barcollando con quella sua lunga coda piena di estrusioni.

Quando le mascelle si serrarono sul braccio destro di Shoney, questi non urlò. Lasciò andare la siringa (che rimase infissa nel braccio di Larry) e con la mano libera cercò di colpirlo sulla testa. Ma l'alligatore serrò la bocca ancora più a fondo e l'osso scricchiolò. Poi la riaprì e attaccò al collo.

***

Il fuoco divampò velocemente aggredendo il portico come un rampicante famelico. Il viso di Etta, illuminato dalle fiamme, pareva la maschera di un teatro antico, un ghigno feroce e compiaciuto che sarebbe potuto appartenere a una divinità terribile e vendicativa. E lei, proprio come un demone vomitato dall'inferno, danzava a piedi scalzi sotto la pioggia cantilenando *I'm singing in the rain* con voce da bambina.

Margareth arrivò in quel preciso momento e restò pietrificata dallo sgomento.

Era partita da Nashua non appena aveva chiuso la conversazione con Larry. C'era qualcosa che non andava. Non si trattava dell'intuito di una madre, ma di un dato oggettivo. Suo figlio era distante, indifferente, non fatto, non impasticcato. Le aveva dato, piuttosto, l'idea di una persona che si è arresa, che si prepara all'ultimo viaggio: di un uomo che sta per suicidarsi. Ci erano già passati, poco tempo dopo il risveglio, ma in quel caso la psicologa dell'ospedale aveva fatto un buon lavoro e Margareth si era convinta che il peggio fosse alle spalle. E quando aveva scoperto che Larry aveva ricominciato a bere e ad assumere sostanze non esattamente salutari, anziché restare e aiutarlo, se n'era tornata a casa, con la scusa che John l'aveva invitata da lui per l'Indipendenza. In realtà era fuggita come una vigliacca (ora se ne rendeva conto), perché non sapeva come gestire la situazione. E al momento dell'arresto, quando lui avrebbe avuto bisogno ancora di lei, non sapendo che altro fare gli aveva mandato un tributarista. Alla fine, l'unica soluzione a cui era stata capace di pensare, sentendosi tremendamente in colpa, era stata architettare con i medici un ricovero coatto. Era davvero una stronza.

Ma adesso si trovava lì, in quel villaggio sperduto tra le foreste del Vermont, dopo aver guidato come una pazza per quasi duecentocinquanta chilometri sotto la pioggia, solo per lui, e qualsiasi cosa avrebbero deciso di fare l'avrebbero fatta insieme.

Scese dall'auto gridando. Poi, con mani tremanti e senza staccare gli occhi di dosso dalla donna fuori di testa che ballava sotto la pioggia, chiamò il 911.

***

La porta si spalancò e la luce dei fari inondò l'ampio spazio vuoto del fienile. Quello che vide Thurgood Blanchard non l'avrebbe più dimenticato. Ma ci sarebbe stato tempo per i ricordi, compresi quelli brutti, che sarebbero venuti a trovarlo di notte, fuori e dentro gli incubi. Ora, l'unica cosa da fare, quella che aveva imparato nei lunghi anni del suo lavoro, era agire. Sganciò la sicura della pistola e puntò l'arma contro la bestia che stava letteralmente divorando Edward Shoney. «Lascialo!» gridò sapendo che non sarebbe servito a nulla. Quindi sparò. Uno, due colpi, e Rocky stramazzò a terra senza nemmeno un guaito.

Larry, steso sul tavolo, con la siringa pendula ancora infilata nel braccio, vide il cane cadere sotto i colpi di pistola e riuscì ad articolare una parola, una soltanto, che somigliava a un gemito dolente e che se ne uscì simile a un soffio appena percettibile.

«Nooo...»

Dopodiché il Grande Interruttore si spense.

Epilogo

Larry fu portato al Central Vermont Medical Center di Montpelier, lo stesso ospedale dove era ricoverato Dave Winthrop. Era nuovamente in coma. Gli fu riscontrata un'estesa emorragia cerebrale oltre a una dose notevole di barbiturici nel sangue. L'emorragia, stabilirono gli esami, era iniziata presumibilmente quella mattina o la sera precedente. I colpi ricevuti da Shoney l'avevano solo favorita, non provocata, e Larry sarebbe entrato in coma comunque nel giro di ventiquattr'ore. Fu interpellato il dottor Godschalk, il neurologo del New Hampshire Hospital che aveva seguito Larry al risveglio, e il dottor Miller, il luminare che l'aveva operato sette anni prima. Ma non c'era nulla che si potesse fare. Non questa volta.

Anche Margareth fu condotta in ospedale, al Barre Health Center, per una lieve intossicazione da anidride carbonica. In attesa dei vigili del fuoco, aveva sfondato i vetri della serra con una sedia da giardino e si era precipitata all'interno per cercare Larry, non sapendo che non si trovava in casa. Quando le dissero che suo figlio era entrato in coma, pianse a lungo tutte le lacrime che non aveva versato in passato e quando ebbe finito di piangere restò sola con i propri rimpianti.

Etta Furman finì al Dillard, il manicomio di Burlington, dove anni prima era morta la madre di *Glove* Gilmore. La diagnosi fu di disturbo psicopatico di personalità. Una delle prime cose che Howell fece quando rimase da solo fu di liberarsi definitivamente delle orripilanti bambole di porcellana di sua moglie.

Maldwyn Price, con i suoi dati incrociati, i profili e i corsi all'FBI non aveva in realtà concluso nulla. Aveva solo capito che le indagini non stavano puntando nella giusta direzione, ma ci erano voluti l'intraprendenza e il coraggio (o la sconsideratezza) di Larry e di Thurgood Blanchard per venirne a capo. Edward Shoney era uno psicopatico che aveva sofferto di gravi disturbi fin da bambino, alimentati dalle violenze subite dal patrigno e mai esplicitamente ammessi dalla madre. Aveva adescato Tommy Blanchard e poi lo aveva ucciso per il desiderio di possederlo. Gilmore lo aveva aiutato a disfarsi del cadavere simulando un incidente e da quel momento Shoney aveva pagato il suo silenzio e, di conseguenza, anche quello di Simkins. I due operavano su ordine di Shoney in cambio di favori e denaro, e Gilmore aveva perso la vita proprio cercando di proteggere la sua gallina dalle uova d'oro. La mattina del 4 luglio, Shoney aveva prelevato Dave Winthrop dalla strada con il pick-up di Gilmore e, dopo averlo tramortito, lo aveva condotto alla cava. Quando però il ragazzino, ripresosi, aveva implorato balbettando di lasciarlo andare, Shoney, riconoscendo un elemento di identificazione che ai suoi occhi lo *personalizzava*, aveva esitato, quel poco che era bastato a Dave per divincolarsi e scappare. Sfortunatamente dalla parte sbagliata.

Tutto questo si venne a sapere dalla voce di Alma Shoney, che aveva chiuso gli occhi per troppo tempo stordendo la propria coscienza con i farmaci, e da quella di David Winthrop, che aprì gli occhi poche ore dopo che Larry aveva chiuso i suoi. Anche per lui ci sarebbero state notti insonni e incubi a non finire e forse, ogni volta che si fosse trovato da solo in qualche luogo appartato, avrebbe avuto paura di incontrare un lupo pronto a azzannarlo e a fargli male. Ma per il momento era vivo e questa era la cosa più importante. E quando gli portarono Jip dicendogli che, non appena fosse tornato a casa, l'avrebbe trovato ad aspettarlo, sembrò, almeno per qualche ora, il ragazzino spensierato e felice che era stato.

All'incirca un mese dopo, una busta venne recapitata all'ufficio dello sceriffo (Kate Bundy era tornata al suo posto con grande disappunto di Martha Richardson, che in ogni caso aveva un mucchio di lavoro arretrato al circolo anziani di Front Street e un mucchio di crostate da portare alla sua amica Josephine). Era stata spedita da Osprey, in Florida, e conteneva una lettera firmata da Anna Ellroy Gorman. Suo fratello Elmer si era impiccato una settimana prima lasciando un messaggio in apparenza delirante. Parlava di un figlio che, a quanto lei ne sapeva, non era mai esistito, di nome Edward, il quale si era macchiato di azioni orribili. Sosteneva perfino di aver cercato di ucciderlo, una volta, in un bosco, sparandogli con una vecchia pistola, ma che alla fine aveva mancato il colpo perché quello era sangue del suo sangue e per quanto cattivo e marcio non se la sentiva di togliergli la vita. Un figlio che aveva portato alla disperazione la madre, uccisasi a causa sua, e che ora andava fermato. La lettera di Anna Ellroy terminava con una domanda per lo sceriffo Blanchard: *Tutto questo ha un senso per lei?*

Per Thurgood aveva senso. Ne aveva eccome. Lui e Francine se ne sarebbero andati presto da Wytago, Price aveva promesso di occuparsene personalmente.

J.R. Randolph terminò finalmente il suo libro. Non somigliava a *Peyton Place* e neppure a *A sangue freddo*. Era un saggio sulle tecniche investigative nelle indagini sui serial killer. Lo scrisse con la collaborazione preziosa di Maldwyn Price e di alcuni agenti dell'Unità di scienze comportamentali dell'Accademia dell'FBI a Quantico, in Virginia. Non divenne un best seller, ma gli permise di guadagnare discretamente e, soprattutto, di lucidare a nuovo la sua reputazione di cronista.

In quanto alla vecchia casa del dottor Ellroy, dopo che l'incendio fu spento, ne rimase in piedi poco meno di metà, una metà annerita e scrostata che presto qualcuno avrebbe demolito, non appena la Wytago Real Estate di Ted Deepneu fosse riuscita a piazzare la proprietà. In tanti vennero a vedere quei resti prima che una ruspa li abbattesse per sempre riducendoli a macerie, quasi rappresentassero un mausoleo o un monumento commemorativo. Scott Gallaudet, Bushrod Trimble, Eyleen Bishop e il suo socio Lou Touissant, Frankie Poletti, che a quella casa ci aveva lavorato, insieme a sua figlia Esther, il sindaco Hill, una delegazione di anziani del circolo di Front Street con in testa Martha Richardson e Alfred Kapelewski, Doodley Bradley e sua moglie Suzie, e, tra i *ragazzi*, Graham Moravi, che un tempo era stato un poliziotto come suo figlio e, nonostante le stronzate che sentiva uscire tutti i santi giorni dalla bocca di Donnie Licois, conservava ancora, da qualche parte in fondo al suo vecchio cuore, le spoglie di un senso morale solo parzialmente avvizzito. Vennero anche Jobeth Allison, che per un breve periodo si era illusa di potersi ricostruire una vita insieme a Larry e che si sentiva terribilmente in colpa per averlo tradito e abbandonato, e Annette Licois, che di Larry si era servita per movimentare la propria stinta esistenza e che continuava a sfruttare concedendo (a pagamento) interviste sull'uomo che aveva scoperto il *Lupo del Vermont*. A Josephine Boulding, invece, bastava scostare una tenda e guardare dalla finestra. Lei era la crisalide trasformata in farfalla.

Per quei pochi giorni durante i quali andò avanti, quel viavai testimoniò come Larry avesse davvero lasciato un piccolo segno del suo passaggio in città, che, a pensarci bene, è più di quanto riesce alla maggior parte di noi.

***

Le stagioni, nel nord del New England, non mandano biglietti. Se ne fregano dei calendari, ti piombano addosso e basta. Un po' come le auto in un tamponamento a catena. E possono far male.

La linea di demarcazione tra un periodo dell'anno e l'altro è sottile come un capello e spesso non dura che lo spazio di qualche giornata. Stai guardando dalla finestra il viale davanti a casa tappezzato di foglie come hai fatto mille altre volte e ascolti il vento che si danna rabbioso nel tentativo d'infilarsi tra i pertugi, quando il cielo d'improvviso impallidisce, quasi che qualcosa lo avesse terrorizzato, e inizia a rilasciare piccoli boli di ghiaccio che silenziosamente ricoprono e addomesticano ogni cosa fuori da quella finestra.

L'inverno, nel nord del New England, ci si ferma un bel pezzo. Si accomoda, si sistema come meglio crede e aspetta, soffocando col suo fiato gelido la vita delle cose e degli uomini. L'inverno nel New England del nord è lungo e saldo sul suo trono di marmo. Quando decide che ne ha avuto abbastanza, se ne va. Toglie il disturbo senza voltarsi indietro. Gli uomini sanno che tornerà, sufficientemente presto perché non si facciano prendere la mano, tardi quanto basta affinché siano sul punto di dimenticarlo.

La primavera al contrario è breve, esitante. È una creatura insicura che infila la sua testa verde e chiede permesso. Non vuole disturbare, sta sulla porta in punta di piedi per non sporcare i pavimenti lucidi, accetta una tazza di caffè o di tè, giusto per non sembrare scortese, e poi se ne torna da dove è venuta, scusandosi. La primavera, nel nord del New England, quasi non esiste, dura un mese forse, a volte poco più, ma non si fa dimenticare. Ci sono giornate d'aprile che sono tra le più belle di tutto l'anno, dove le condizioni climatiche si accordano tra loro come gli strumenti di un'orchestra. Quelli sono i giorni delle sinfonie, gli unici giorni in cui nell'aria si può udire la musica perfetta della creazione, priva di stonature, di stacchi, di acuti isolati, scandita da un metronomo preciso. Ci sono giornate d'aprile che fermano il tempo e la memoria, e restano per tutta una vita.

E quando arriva l'estate, mai oltre la fine di maggio, di punto in bianco inizi a sudare, la camicia ti si incolla alla schiena e la soffitta arde come la bocca di una caldaia. L'aria fatica a entrare nei polmoni e la polvere per le strade resta sospesa fino a quando l'umido della notte la riporterà a terra, di forza. La luce colpisce con la violenza di un'auto in corsa e il suo riverbero costringe a tenere le palpebre socchiuse come un miope che cerca di leggere un cartello stradale prima che sia troppo tardi per svoltare. I laghi si riempiono di gente che sguazza e grida, i boschi di campeggiatori alla ricerca di refrigerio, mentre le vie si svuotano e i termometri segnano costantemente temperature superiori ai trenta gradi. Alle volte, d'estate, sembra che non ce la si possa fare ad andare avanti un solo giorno di più.

E infine anche l'estate lascia il campo, in un ciclo perenne di vita e di morte. Accade verso la fine di agosto, come sempre senza avvisare. Un giorno il cielo si riempie di nuvole e il vento se ne salta fuori da chissà dove, prepotente, sprezzante, ridendosela dell'estate, soffiandola lontano come fosse un pelo sulla spalla della giacca. E mentre ti chini verso il ripiano più basso del frigorifero, quello dove tieni le birre e i marshmallow, ti accorgi che le foglie degli aceri sono ancora una volta in fiamme.

***

Larry morì senza aver mai ripreso conoscenza in un tiepido pomeriggio di fine settembre, quando le foglie degli aceri di Pembroke Road erano al massimo del loro splendore autunnale.

Quello stesso giorno, sul canale 52, *St. Gregory Hospital*, la soap preferita da Josephine Boulding, mandava in onda i nuovi episodi della decima serie. La battagliera dottoressa Fernon apparve sul teleschermo e, rivolgendosi direttamente al pubblico, disse: «Dove eravamo rimasti?».

Ringraziamenti

I miei più sinceri ringraziamenti in ordine cronologico o, dovrei dire, di apparizione, vanno a: Enrico Racca, la cui stima non mi è mai mancata e che a un certo punto ha deciso di farmi da *agente* parlando della mia creatura incompiuta a qualcuno che potesse renderla compiuta; Alessandro Gelso, che mi ha ricordato la famosa frase *se nel primo atto di un'opera teatrale compare una pistola, nel terzo dovrà sparare,* grazie, Ale, per questo e per molto altro che tu sai (avanzi una cena); Francesca Lang, editor entusiasta, che ha lavorato davvero sodo (compresi sabato e domenica), e che ha deciso coraggiosamente di pubblicare il libro basandosi sull'unico terzo prodotto da me nei ventidue anni e otto mesi precedenti.

Ringrazio inoltre, e come sempre, Miriam e Filippo, i miei primi fan.

Ho dedicato il libro a mio padre, scomparso mentre scrivevo gli ultimissimi capitoli, alcuni proprio mentre lo assistevo. Abbiamo avuto spesso punti di vista differenti su molteplici questioni e non ho tantissimi ricordi della mia infanzia legati a lui. Ma c'erano il tennis e il disegno e la passione per un certo cinema, e questo era comunque qualcosa. E poi ero lì, quando ha chiuso gli occhi, e questa è forse la cosa che più di ogni altra mi conforta e mi ripaga di quello che non è stato. Grazie anche a mia madre, perché se sono diventato un lettore (e successivamente uno scrittore) lo devo soprattutto a lei.

Grazie anche agli amici di Book on a Tree, sempre attenti, presenti e pronti. Veri amici.

E grazie, infine, a chi è arrivato fin qui insieme a me. Spero di rivedervi presto. Per il momento è tutto o, come direbbe il *reverendo* Hazel Coughlin, «Amen, fratelli!».